btb

Buch

Ein mysteriöser Todesfall führt Kommissar Peter Decker und seine Frau Rina Lazarus nach New York: Ein Mitglied seiner Familie ist ermordet worden. Inmitten jener Verwüstung, die die Anschläge vom 11. September hinterlassen haben, stößt das Ermittlerpaar auf unerwarteten Widerstand. Denn nicht nur die New Yorker Polizei, sondern auch die strenggläubige Verwandtschaft vermauert sich hinter eisiger Ablehnung. So muss Decker den zweifelhaften Hinweisen eines Mafia-Abkömmlings folgen und gelangt in ein gefährliches Geflecht aus Drogen, Geldwäsche und dunklen Geheimnissen.

Autorin

Faye Kellerman erreicht mit ihren Decker-/Lazarus-Romanen eine weltweite Fangemeinde. Sie lebt mit ihren Kindern und ihrem Mann, dem Psychologen und Bestsellerautor Jonathan Kellerman, in Los Angeles.

Faye Kellerman bei btb

Becca. Roman (72321)
Denn verschwiegen ist die Nacht. Roman (72559)

Decker-/Lazarus-Romane:
Denn rein soll deine Seele sein (72242); Das Hohelied des Todes (72047); Abschied von Eden (72100); Tag der Buße (72166); Du sollst nicht lügen (72407); Die reinen Herzens sind (72461); Weder Tag noch Stunde (72459); Doch jeder tötet, was er liebt (72462); Totengebet (72560); Der Schlange List (72604); Der wird Euch mit Feuer taufen (72673); Die Rache ist dein (72672); Der Väter Fluch (73125)

Faye Kellerman

Die Schwingen des Todes

Roman

*Deutsch von Franca Fritz
und Heinrich Koop*

btb

Die amerikanische Originalausgabe erschien 2002
unter dem Titel »Stone Kiss« bei Warner Books, New York.

FSC
Mixed Sources
Product group from well-managed
forests and other controlled sources

Cert no. GFA-COC-1223
www.fsc.org
© 1996 Forest Stewardship Council

Verlagsgruppe Random House FSC-DEU-0100
Das FSC-zertifizierte Papier *Munken Print* für Taschenbücher aus
dem btb Verlag liefert Arctic Paper Munkedals AB, Schweden.

Der btb Verlag ist ein Unternehmen
der Verlagsgruppe Random House.

Einmalige Sonderausgabe Oktober 2005
Copyright © 2002 by Faye Kellerman
Copyright © der deutschsprachigen Ausgabe 2003
by C. Bertelsmann Verlag, München,
in der Verlagsgruppe Random House GmbH
Umschlaggestaltung: Design Team München
Umschlagfoto: Wolf Huber
Satz: Uhl + Massopust, Aalen
Druck und Einband: Clausen & Bosse, Leck
MM · Herstellung: LW
Made in Germany
ISBN 3 442 73442 8

www.btb-verlag.de

Für Jonathan –
dreißig wundervolle Jahre mit diesem Kerl,
seinen Autos und vielen Gitarren.

Für Jesse, Rachel, Ilana und Aliza –
von Kindern zu weisen Erwachsenen. Danke für all die
aufregenden Momente.

Und für Barney Karpfinger –
für achtzehn Jahre unermüdlicher Dienste und unschätzbarer
Freundschaft. Was für eine wundervolle Zeit!

1

Der fassungslose Ausdruck in Rinas blassem Gesicht sprach Bände. Decker dachte sofort an seine Eltern. Beide waren mit Mitte achtzig schon recht betagt, und obwohl sie noch ziemlich rüstig wirkten, hatten sie in den vergangenen Jahren doch ein paar gesundheitliche Probleme gehabt. Aber Rina besaß genügend Geistesgegenwart, ihm sofort zu versichern, dass mit der Familie alles in Ordnung sei.

Decker hielt seine kleine Tochter an der Hand. Während er auf das Mädchen hinabblickte, sagte er: »Hannah Rosie, wir holen dir jetzt ein paar Videos und machen dir was zu essen. Ich glaube, Eema möchte mit mir etwas Wichtiges besprechen.«

»Ist schon okay, Daddy. Das schaff ich auch allein. Eema hat mir gezeigt, wie die Mikrowelle funktioniert.«

»Gerade mal neun Jahre alt und schon reif fürs College.«

»Nein, Daddy, aber mit dem Videorekorder und der Mikrowelle kenn ich mich aus.« Hannah wandte sich an ihre Mutter. »Ich hab eine Eins im Diktat. Und ich hab noch nicht mal geübt.«

»Das ist ja wunderbar. Ich meine nicht, dass du nicht geübt hast, sondern dass du eine Eins hast.« Rina gab ihrer Tochter einen Kuss auf die Wange. »Geh schon mal in die Küche. Ich komm gleich nach.«

»Okay…« Hannah zog ihren Trolley-Rucksack hinter sich durch die Küchentür.

»Du solltest dich setzen«, sagte Decker zu seiner Frau. »Du siehst ganz blass aus.«

»Ach, mir geht's gut.« Trotzdem ließ Rina sich auf die Couch sinken, nahm eines der blauweiß karierten Sofakissen und umklammerte es wie einen Rettungsring. Sie betrachtete mit ihren leuchtend blauen Augen unruhig das Wohnzimmer, die Lampe über Deckers Ledersessel und schließlich den weißen Weiden-schaukelstuhl, nur seinem Blick wich sie aus.

»Meinen Eltern geht es also gut?«, fragte er schließlich gezielt.

»Ja, wunderbar«, bestätigte Rina. »Jonathan hat angerufen…«

»Oh, Gott! *Seine* Mutter?«

»Nein, alles in Ordnung.«

Frieda Levine war Jonathans Mutter und gleichzeitig Deckers biologische Mutter, was Jon zu seinem Halbbruder machte. Vor etwa zehn Jahren hatte Decker eher zufällig als geplant seine Familie mütterlicherseits kennen gelernt, zu der auch fünf Halb-geschwister gehörten. Im Lauf der Zeit waren allmählich so etwas wie Familienbande entstanden: eine stärkere Bindung als zwi-schen bloßen Bekannten, aber noch nicht so belastbar wie er probte Verwandtschaftsbeziehungen. Nach wie vor betrachtete Decker nur die beiden Menschen als seine richtigen Eltern, die ihn als kleines Kind adoptiert hatten. »Was ist denn nun passiert?«

In diesem Moment hörten beide das Klingeln der Mikrowelle. Eine Sekunde später kam Hannah, einen Teller mit einem Stück Pizza, ein großes Glas Milch und ihren Rucksack balancierend, aus der Küche. »Warte, ich helf dir«, sagte Decker.

Wortlos reichte sie ihrem Vater das Essen und die Schultasche und hüpfte mit wehenden roten Ringellöckchen den Flur hinun-ter zu ihrem Zimmer. Decker folgte ihr mit ein paar Schritten Ab-stand. Rina ging in die Küche und setzte Wasser für eine Kanne Kaffee auf. Nervös nahm sie ihre Kopfbedeckung ab, löste die Haarspange und schüttelte ihre schulterlangen, glänzenden schwarzen Haare aus. Dann band sie sie wieder zu einem Pferde-schwanz zusammen. Unruhig knabberte sie an der Kuppe ihres Daumens herum, was den Zustand des eingerissenen Nagels nur noch verschlimmerte.

Als Decker in die Küche zurückkam, setzte er sich an den großen Esstisch aus Kirschbaumholz, der ein wenig mitgenommen aussah, aber immer noch brauchbar war. Damals beim Bau des Tischs hatte er das beste Holz verwendet, das er auftreiben konnte – und das hatte sich ausgezahlt. Er zog sein blaues Sakko aus und hängte es über die Rückenlehne seines Stuhls. Dann löste er die Krawatte und fuhr sich mit der Hand durch das rostbraune, von zahlreichen weißen Strähnen durchzogene Haar. »Was ist denn nun mit den Levines?«

»Nein, nicht mit den Levines, Peter. Es geht um Jonathans andere Verwandte, die Liebers... Raisies Familie. Es ist etwas Schreckliches passiert: Sein Schwager Ephraim wurde tot aufgefunden...«

»O mein Gott!«

»Ermordet, Peter. Man hat ihn in irgendeinem schäbigen Hotelzimmer im Norden Manhattans gefunden. Und was das Ganze noch verwirrender macht: Er war in Begleitung seiner fünfzehnjährigen Nichte – der Tochter seines Bruders –, und sie ist seitdem verschwunden. Die Familie ist verzweifelt.«

»Wann ist das alles passiert?«

»Jonathan hat etwa, fünf Minuten bevor du nach Hause gekommen bist, angerufen. Ich glaube, sie haben die Leiche vor ungefähr drei Stunden entdeckt.«

Decker warf einen Blick auf seine Uhr. »Also etwa vier Uhr nachmittags New Yorker Zeit?«

»So in etwa, ja.«

»Was hatte der Typ an einem ganz normalen Schultag mit seiner fünfzehnjährigen Nichte in einem ›schäbigen Hotelzimmer‹ zu suchen?«

Eine rhetorische Frage. Rina gab keine Antwort, stattdessen reichte sie ihm ein Stück Papier mit Jonathans Telefonnummer.

»Das Ganze ist wirklich furchtbar.« Decker starrte auf die Zahlen. »Und es tut mir ehrlich Leid für ihn. Aber dieser Anruf... Geht es wirklich nur darum, mein Beileid auszusprechen? Ich meine, Jon erwartet doch nicht von mir, dass ich irgendwas unternehme, oder?«

»Keine Ahnung, Peter. Ich vermute, er sähe es gern, wenn du irgendwelche Wunder bewirken könntest. Aber vielleicht rufst du ihn einfach mal an und lässt dir erzählen, was genau passiert ist.«

»Er kann doch nicht erwarten, dass ich hinfliege?!«

»Ich weiß es nicht. Möglicherweise rechnet er damit. Du hast eine ziemlich hohe Aufklärungsquote aufzuweisen.«

»Ein Gefangener meines eigenen Erfolgs. Ich hab einen *Job*, Rina. Sosehr ich auch mit ihnen fühle, kann ich nicht einfach alles hinschmeißen und nach Borough Park fahren.«

»Also, um genau zu sein: Chaim Lieber und seine Familie wohnen in Quinton, das heißt nördlich von New York, genau wie sein verwitweter Vater. Jonathans Frau, Raisie, ist Chaims jüngere Schwester. Und es ist Chaims Tochter, die seitdem verschwunden ist.«

»Nördlich von New York?« Decker dachte einen Moment nach. »Ist die Familie streng religiös?«

»Ja. Quinton ist eine sehr fromme Enklave. Die ganze Familie ist strenggläubig, extrem religiös, mit Ausnahme von Raisie. Sie gehört dem so genannten Konservativen Judentum an, genau wie Jonathan.«

»Das schwarze Schaf der Familie«, bemerkte Decker.

»Sie und Jonathan hatten Glück, dass sie einander gefunden haben.« Rina stand auf und schenkte zwei Tassen Kaffee ein. »Beide stammen aus ähnlichen familiären Verhältnissen und änderten ihren Lebensstil aus ähnlichen Gründen.«

»Und ihr Vater lebt in Quinton. Allein?«

»Ich glaube, ja. Raisies Mutter starb vor etwa zehn Jahren. Erinnerst du dich nicht mehr, dass wir bei Jonathans Hochzeit über sie gesprochen haben?«

»Nein, aber ich habe auch nicht so genau zugehört.« Decker starrte auf den Zettel mit der Telefonnummer. »Wie wär's, wenn du mal nach Hannah siehst, während ich das hier erledige?«

»Du willst nicht, dass ich dir dabei über die Schulter schaue?«

Decker stand auf. »Ich weiß nicht, was ich will.« Er küsste Rina auf die Stirn. »Aber ich weiß, was ich *nicht* will. Ich will dieses Telefonat nicht führen.«

Rina nahm seine Hand und drückte sie. »Warum telefonierst du nicht vom Schlafzimmer aus? Dann kann ich inzwischen das Abendessen vorbereiten.«

»Gute Idee. Ich bin schon fast am Verhungern. Was gibt's denn heute?«

»Lammkoteletts oder Lachs.«

»Ich hab die Wahl?«

»Ist beides frisch. Das, was du nicht möchtest, frier ich einfach ein.«

»Hannah hasst Fisch.«

»Aber sie hasst auch Lammkoteletts. Ich hab für sie noch ein paar Geflügelreste von gestern.«

»Okay, dann Lammkoteletts.« Decker verzog das Gesicht, ging ins Schlafzimmer und schloss die Tür hinter sich. Er kickte seine Schuhe von den Füßen, streckte sich auf seinem King-Size-Bett aus und wählte die Nummer. Da es nicht die Nummer von Jonathans Privatanschluss war, ging Decker davon aus, dass es sich entweder um Jons Mobiltelefon handelte oder um seine Nummer in der Synagoge in der Nähe der Columbia University. Sein Halbbruder war ein seelsorgender Kanzelrabbiner. Beim sechsten Klingeln nahm er endlich ab.

»Jon!«, sagte Decker.

»Akiva!« Ein erleichtertes Aufatmen. »Danke, dass du anrufst!«

»Rina hat es mir gerade erzählt. Wie entsetzlich! Für dich muss es die Hölle sein.«

»Für mich ist es nicht so schlimm wie für Raisies Verwandte. Die ganze Familie ist wie vor den Kopf geschlagen.«

»Das kann ich mir vorstellen. Wann ist das passiert?«

»Vor ungefähr drei Stunden. Etwa vier Uhr Ortszeit.«

»O Gott. Und was sagt die Polizei?«

»Nicht viel. Genau das ist ja das Problem. Was hat das zu bedeuten?«

»Das bedeutet lediglich, dass sie wahrscheinlich nicht viel wissen.«

»Oder uns nichts sagen.«

»Das könnte natürlich auch sein. Es tut mir so Leid.«

Am anderen Ende der Leitung herrschte einen Moment Schweigen. Schließlich sagte Jonathan: »Du fragst gar nicht, wie es passiert ist.«

»Wenn du mir irgendwelche Einzelheiten mitteilen möchtest – nur zu.«

»Ich will dich nicht unnötig belasten...«

Doch das war genau das, was er jetzt tun würde. »Erzähl mir, was los ist, Jon. Fang von vorn an. Berichte mir von der Familie.«

»Oh, Mann.« Ein tiefer Seufzer. »Raisie stammt aus einer Familie mit fünf Kindern – zwei Jungen und drei Mädchen. Beide Brüder sind älter als Raisie. Chaim ist der Älteste, dann kommt Ephraim, der, der ermordet wurde... Raisie ist die älteste Tochter. Chaim Joseph ist ein typischer erstgeborener Sohn... zuverlässig, verantwortungsbewusst. Er und seine Frau Minda haben ihrerseits sieben Kinder. Chaim ist ein guter Mann, der immer hart im Familienunternehmen gearbeitet hat.«

»Und das wäre?«

»Mehrere Elektrogeschäfte in Brooklyn... eines auf der Lower East Side. Du weißt schon, Fernseher, Stereoanlagen, Kameras, Computer, Mobiltelefone, DVD-Player und so weiter und so weiter. Der zweite Bruder, Ephraim Boruch... der, der ermordet wurde... hatte in der Vergangenheit ein paar Probleme.«

»Welcher Art?«

»Beziehungsprobleme – erst verheiratet und dann geschieden.«

»Kinder?«

»Keine.«

Schweigen.

»Was noch?«, drängte Decker.

»Drogenprobleme«, gestand Jonathan. »Drogensucht und anschließend Entzug.«

»Sicher mit ein Grund für seine Beziehungsprobleme.«

»Zweifellos. Ephraim ist seit zehn Jahren geschieden. Seine Exfrau ist vollkommen von der Bildfläche verschwunden. Sie hat wieder geheiratet und lebt heute in Israel. Und Ephraim... der hat sich selbst aus dem Dreck gezogen. Ist seit zwei Jahren clean. Etwa seit dem Zeitpunkt, als er ebenfalls in das Familienunternehmen einstieg.«

»Und wie funktionierte das?«

»Gut, soweit ich weiß. Er war schon immer der Lieblingsonkel aller Nichten und Neffen. Und mit seiner Nichte Shaynda, der Ältesten in Chaims Familie, verstand er sich besonders gut.«

»Die verschwundene Nichte.«

»Ja. Shaynda hat – genau wie Ephraim – eine rebellische Ader. Seit der Grundschule gilt sie als das Problemkind der Familie. Sie ist ein wundervolles Mädchen, Akiva, mit einem scharfen Verstand, der möglicherweise ein Teil des Problems ist. Sie hat sich nie an die Regeln gehalten.«

»Was heißt das genau?«

»Na ja, sie hat die Schule geschwänzt und mit anderen Jugendlichen im Einkaufszentrum herumgehangen. Außerdem hat sie sich ein paarmal nachts aus dem Haus geschlichen. Mein Schwager und seine Frau haben daraufhin andere Saiten aufgezogen. Aber unglücklicherweise – je härter sie durchgriffen, desto stärker widersetzte Shayndie sich. Die Beziehung zwischen ihr und ihrer Mutter ist miserabel. Onkel Ephraim war das rettende Licht am Ende des Tunnels. Er und Shayndie schienen sich gut zu verstehen; sie vertraute ihm mehr und mehr, und schließlich haben sie sich immer häufiger getroffen...«

»Hmm...«

»Ich weiß, was du jetzt denkst. Ich hätte schwören können, dass es so nicht gewesen ist.«

»Wie nicht gewesen ist?«

»Dass er sie belästigt hat. Als sie sich anfangs trafen, erschien mir das irgendwie seltsam – die viele Zeit, die sie miteinander verbrachten. Raisie hatte genau das gleiche Gefühl. Deshalb haben wir irgendwann mal eine längere Unterhaltung mit Shaynda geführt, weil uns klar war, dass das sonst niemand machen würde. Wir haben sie direkt darauf angesprochen. Als sie verneinte – sie schien wirklich geschockt –, haben wir ihr Schritt für Schritt klar gemacht, wovor sie sich in Acht nehmen muss. Nach diesem Gespräch waren sowohl Raisie als auch ich fest davon überzeugt, dass Ephraim wirklich nur das Beste für Shaynda wollte. Wir hatten nicht den geringsten Grund für die Annahme, dass Ephraim etwas anderes als ein liebevoller Onkel war, der seiner in Schwierigkeiten geratenen Nichte helfen wollte.«

»Aber jetzt denkst du anders darüber.«

Ein tiefer Seufzer. »Möglicherweise. Die beiden wollten heute

Vormittag eigentlich einen Ausflug machen … ins Museum gehen. Um sich die neue Vermeer-Ausstellung anzusehen.«

»Heute Vormittag?« Decker dachte einen Moment nach. »Heute ist Donnerstag. Musste Shaynda denn nicht zur Schule?«

»Keine Ahnung, Akiva. Vielleicht hat ihre Mutter ihr eine Entschuldigung geschrieben. Vielleicht hatte sie auch wieder eine Allergie. Es schien mir nicht der richtige Moment, meine Schwägerin danach zu fragen.«

»Natürlich. Erzähl weiter.«

Jonathan stockte, setzte mehrmals an und versuchte, die richtigen Worte zu finden. »Ephraim wurde tot in einem Hotel aufgefunden. Hat Rina dir das gesagt?«

»Ja.«

»Er ist erschossen worden, Akiva. Und er war … nackt.«

»Du lieber Himmel!«

»Ja. Es ist furchtbar!«

»Irgendwelche Spuren von dem Mädchen? Hinterlassene Kleidung? Persönliche Dinge … etwa eine Tasche oder Geldbörse?«

»Nicht dass ich wüsste.«

»Irgendwelche Anzeichen eines Kampfes? Zerrissene Bettlaken? Umgestürzte Gegenstände?« Decker fuhr sich mit der Zunge über die Lippen. »Sonstige Blutspuren außerhalb des …« Er hatte »Tatort« sagen wollen. »Sonst irgendwelche Blutspuren, die sich nicht an der Stelle befanden, an der Ephraim erschossen wurde?«

»Keine Ahnung. Die Polizei erzählt nicht viel. Sie sagt, dass sie erst mal Informationen sammeln müsste, aber wir wissen genau, was sie denken.«

In seiner Stimme schwang eine defensive Haltung mit, aber auch Kummer und Schmerz. »Und was denkt die Polizei?«, fragte Decker schließlich.

»Dass wir irgendwie selbst Schuld haben. Natürlich müssen sie der Familie eine Reihe von Fragen stellen. Aber sie haben uns allen eher das Gefühl vermittelt, dass wir die Verbrecher sind und nicht die Opfer. Glaub mir, Akiva, ich wollte dich wirklich nicht anrufen. Ich weiß, dass es unfair von mir ist, dich einzuschalten. Aber von uns hier ist keiner in der Lage, mit der Situation richtig umzugehen. Gibt es irgendetwas – egal, was –, das du mir raten könntest?«

Decker überlegte fieberhaft, aber schon fuhr Jonathan in einem Schwall fort: »Und wenn es dir nicht zu viel ausmacht, könntest du dann vielleicht ein paar Telefonate führen? Von Kollege zu Kollege?«

Die Worte hingen in der Luft.

»Ich sollte dich wirklich nicht darum bitten…«, sagte Jonathan.

»Ist schon okay, Jon. Ich muss nur einen Moment nachdenken.«

»Lass dir Zeit…«

Decker schloss die Augen und spürte, wie sich ein bohrender Kopfschmerz ankündigte. »Kann ich dich in ein paar Minuten zurückrufen?«

»Natürlich…«

Decker legte auf, bevor sein Bruder eine weitere Bitte aussprechen konnte. Er ging ins Bad, nahm zwei Aspirin und stellte sich unter die heiße Dusche. Zehn Minuten später zog er eine zerschlissene Jeans und ein altes T-Shirt an. Beklommen drückte er auf die Wahlwiederholungstaste.

»Hallo?«

»Okay, Jon, hör zu. Als Erstes besorgst du dir einen Anwalt.«

»Einen Anwalt?« Überraschung schwang in seiner Stimme mit. »Wozu?«

»Weil dir die Art und Weise nicht gefällt, wie die Polizei euch befragt. Ihr braucht jemanden, der euch schützt.«

»Aber wird das nicht irgendwie merkwürdig aussehen?«

»Sicher, das wird bestimmt für ein paar erstaunte Blicke sorgen. Aber wenn man die Vor- und Nachteile abwägt, gibt es überhaupt nichts zu diskutieren. Geh los, und such dir den besten Strafverteidiger in der Stadt. Versuch, so schnell wie möglich einen Termin mit ihm zu machen. Sieh zu, dass er euren Fall übernimmt, falls die Situation… komplizierter werden sollte. Du musst ernsthaft die Möglichkeit in Betracht ziehen, dass irgendjemand in deiner Familie mehr über die Sache weiß, als er oder sie jetzt durchblicken lässt.«

»Das kann ich so nicht akzeptieren.«

»Prima. Dann akzeptier es eben nicht. Aber hör einfach auf mich, okay? Und sprich mit der Polizei nur in Anwesenheit eines Anwalts. Das ist eine reine Vorsichtsmaßnahme.«

Keine Antwort.

Decker versuchte, seine Verärgerung zu kaschieren. »Bist du noch dran?«

»Ja. Tut mir Leid. Ich schreib mir gerade alles auf. Fahr fort.«

Decker schluckte und sprach langsamer. »Ich wollte dich nicht anblaffen, Jon. Ich bin einfach daran gewöhnt, meinen Leuten die Befehle zuzubrüllen.«

»Kein Problem, Akiva. Ich bin froh, mit dir reden zu können… mit jemandem, der weiß, was er tut.«

»Das muss sich erst noch herausstellen. Wenn du mit einem Anwalt gesprochen hast, bitte ihn, mich zurückzurufen. Ich würde gern mit ihm persönlich ein paar Worte wechseln.«

»Das ist alles?«

»Vorerst, ja.«

»Was ist mit der Polizei, Akiva?«

»Lass mich zuerst mit dem Anwalt sprechen. Die New Yorker Rechtslage unterscheidet sich von der hier in Los Angeles, und es wäre für alle von Vorteil, wenn ich nicht überstürzt handle.«

Am anderen Ende der Leitung herrschte langes Schweigen. Decker wusste genau, was jetzt kommen würde.

»Ich weiß ja, dass ich dich das nicht fragen sollte, Akiva«, begann Jonathan schließlich. »Aber es wäre uns wirklich eine große Hilfe, wenn du vielleicht…«

»Wenn ich übers Wochenende rüberkommen würde?«, vervollständigte Decker den Satz.

»Ich verstehe, wenn du Nein sagst.«

»Pass auf, ich ruf dich in fünf Minuten zurück, okay?«, sagte Decker.

»Akiva, vielen Dank…«

»Warte erst mal meine Antwort ab, bevor du dich bedankst.«

Decker legte auf. Rina stand in der Tür. »Hast du alles mitgekriegt?«

»Nur das Letzte. Ich glaube, das war ein guter Rat – das mit dem Anwalt.«

»Schön, dass du das auch so siehst. Er möchte, dass ich ihn besuche. Was hältst du davon?«

»Ich kann diese Entscheidung nicht für dich treffen, Peter.«

»Natürlich nicht, aber ich möchte trotzdem wissen, wie du darüber denkst.«

»Was hältst du vom Fliegen selbst?«

Decker zuckte die Schultern. »Es wäre ein ziemlicher Aufwand, aber der Gedanke ans Fliegen macht mich nicht nervös, falls du das meinst.«

»Wenn du es nicht tust«, sagte Rina, »wirst du dir das ewig vorwerfen.«

Decker fluchte vor sich hin – so leise, dass es nicht verletzend klang, aber dennoch laut genug, dass Rina ihn hören konnte. »Das ist einfach nicht fair, mich in die Sache hineinzuziehen.«

»Nein, das stimmt.«

»Es geht um ein Mitglied der Familie. Wenn ich irgendwelchen Dreck aufdecke oder schlechte Nachrichten überbringe, bin ich es, dem man die Schuld in die Schuhe schiebt.«

»Sehr wahrscheinlich.«

»Ganz bestimmt sogar.« Decker strich sich über den Schnurrbart, kaute auf den Enden herum. Sein Bart war die einzige Körperbehaarung, die immer noch rot leuchtete. »Andererseits geht es nicht nur um den Mord. Ein Mädchen ist verschwunden.« Decker teilte Rina noch ein paar Einzelheiten mit und sah, wie seine Frau immer blasser wurde. »Das Mädchen war vielleicht Zeugin des Mords. Oder sie konnte fliehen, bevor das Ganze geschah. Das wäre mir persönlich die liebste Variante.«

Eine Weile schwiegen beide. Decker rieb sich die Stirn.

»Das Abendessen ist fertig«, sagte Rina. »Hast du überhaupt Hunger?«

»Ja. Aber was sag ich Jonathan?«

»Das liegt ganz bei dir, Schatz.« Sie setzte sich neben ihn. »Ich liebe dich.«

»Ich liebe dich auch.« Er blickte zur Decke. »Vielleicht könnte ich mich ja mal ein paar Tage dort umsehen. Und möglicherweise ist sie bis dahin wieder aufgetaucht... so oder so.« Er sah seine Frau an und küsste sie auf die Wange. »Wie viele Bonusmeilen haben wir noch?«

»Genug für einen Freiflug für dich und sogar noch für ein Begleitticket für Hannah und mich, wenn wir über Samstagnacht bleiben.« Sie tätschelte seine Hand. »Und außerdem haben wir zwei Söhne im Osten...«

»Einen Moment mal!«, unterbrach Decker seine Frau. »Dass ich nach New York fliege, ist eine Sache, aber dass du und Hannah mitkommen, ist etwas ganz anderes.«

»Ich hab die Jungs schon so lange nicht mehr gesehen«, sagte Rina. »Und ich würde viel lieber mit dir zusammen fliegen als allein.« Sie streichelte seine Wange. »Du bist nämlich ein starker, harter Mann.«

»Ja, ein total harter Mann.« Es war wirklich schon eine Weile her, dass sie die Jungs gesehen hatten. »Und du würdest also wirklich gern mitkommen?«

»Ja, liebend gern sogar.«

Decker dachte einen Moment nach. »Okay, unter einer Bedingung: Versprich mir, dass du dich nicht in die Sache reinziehen lässt!«

»Du lieber Himmel – warum sollte ich?! Ich würde nicht im Traum daran denken, irgendein Risiko einzugehen, solange Hannah bei mir ist.« Sie gab ihm einen Klaps auf den Rücken. »Ruf Jonathan an. Ich buche inzwischen unsere Flüge auf der anderen Leitung.«

Zögerlich griff Decker zum Telefon, um seinen Halbbruder erneut anzurufen. Nachdem sie weitere Einzelheiten geklärt hatten, marschierte er in die Küche, wo Rina gerade den Hörer auflegte.

»Jonathan möchte wissen, wann wir voraussichtlich ankommen werden.«

»Ich hab uns für den Nachtflug gebucht.«

»Wann?«

»Heute Abend...«

»*Heute Abend?*«

»Wir haben Donnerstag, Peter. Wenn wir nicht den Nachtflug nehmen, kommen wir vor Samstagabend nicht von hier weg. Ich will freitags nicht fliegen, wegen möglicher Verspätungen. Das ist mir zu nah am *Schabbes*. Außerdem dachte ich, dass du möglichst viel Zeit dort verbringen willst.«

»Also gut, wenn das so ist, sollte ich mich mal daranmachen, ein paar Telefonate zu führen.«

Rina konnte mithören, wie Jonathan seinem Halbbruder sagte, er solle das Ganze besser vergessen, wenn es zu viele Schwierigkeiten bereitete. Doch Decker unterbrach ihn. »Wir werden etwa gegen sechs Uhr morgens bei euch eintreffen.«

»Gib mir die Flugnummer, dann hol ich euch ab«, sagte Jonathan. »Auch wenn es schon acht Jahre her ist, wirst du keine Probleme haben, mich wieder zu erkennen. Ich bin der mit dem dümmlichen Ausdruck im Gesicht.«

Decker schob sein Tablett zurück in die Halterung. »Warum verbringe ich kostbare Urlaubstage mit dieser Geschichte?«

»Weil du ein hilfsbereiter Mensch bist?«, schlug Rina vor.

»Nein, weil ich ein Idiot bin«, knurrte er, rutschte unruhig auf seinem Sitz hin und her und suchte nach einer bequemen Haltung für seine langen Beine. »Ich verabscheue Fälle von sexuellem Missbrauch…«

»Kannst du bitte etwas leiser sprechen?«

Decker sah sich um. Die Leute starrten ihn bereits an.

»Du *weißt* doch gar nicht, ob es wirklich so war«, flüsterte Rina.

»Doch, das weiß ich. Der Onkel war so ein Dreckskerl…«

»Peter, bitte!« Rina deutete auf Hannah.

»Sie schläft doch.«

»Trotzdem kann sie dich hören.«

»Ich bin einfach nur sauer.«

»Klar. Ich doch auch.«

Decker sah sie an. »Tatsächlich?«

»Ja, natürlich. Aber weil ich so eine gute Seele bin, werde ich so oft ausgenutzt. Ich würde liebend gern Nein sagen, aber dann hab ich ein schlechtes Gewissen. Also, was soll ich machen? Ich bin schon mit dem Helfersyndrom zur Welt gekommen.«

»Wir beide, Schatz.« Decker verzog das Gesicht. »Wir geben der ganzen Geschichte ein paar Tage – mehr nicht. Und in der Zwischenzeit treffen wir uns mit den Jungs, was ja auch nicht so schlecht ist.«

»Genau. Sammy ist kein Problem, der wohnt in der Stadt. Aber Yonkie muss ein paar Verrenkungen machen. Er hat jedoch versprochen, uns am Wochenende zu treffen.«

»Das freut dich so richtig, stimmt's?«

»Natürlich. Genau wie die Großeltern der Jungs. Sie sind schon ganz aus dem Häuschen.«

Die Eltern von Rinas verstorbenem Mann. Nicht seine Familie. Aber was machte das schon? Es waren nette Leute, die einen schrecklichen Verlust erlitten hatten. »Wenigstens mache ich jemandem eine Freude.«

Rina tätschelte seine Hand. »Dass ich mit dir zusammen sein kann, Peter, ist für mich das Schönste daran.«

»Du weißt wirklich, wie du mich um den Finger wickeln kannst.«

»Und warum schaust du dann noch so sauer?«

»Weil ich manchmal gern sauer bin. Du nimmst mir eines meiner wenigen Vergnügen.«

»Keine Sorge.« Rina klopfte ihm beruhigend aufs Knie. »Wenn du dich erst mal mit dem New Yorker Verkehr, Jonathans und meiner Familie und den Juden im Allgemeinen herumgeschlagen hast, wirst du bestimmt genügend Gründe haben, ziemlich sauer zu sein.«

2

Ihre Maschine landete pünktlich auf dem John-F.-Kennedy-Flughafen. Decker, Rina und Hannah kamen müde und erschöpft aus der Abfertigungshalle. Decker litt nicht nur unter flugbedingtem Schlafmangel. Er war am Abend zuvor erneut zur Polizeiwache gefahren, um vor der Abreise noch den nötigen Papierkram zu erledigen. Nachdem er diverse Dienstpläne und Termine hin und her geschoben hatte, war es ihm gelungen, sich vier Tage freizuschaufeln, sodass er erst Mittwochabend zurückfliegen musste. Die dringlichste Aufgabe – die Klärung einer Reihe von Überfällen auf verschiedene kleinere Supermärkte – stellte kein allzu großes Problem dar: Zwei der Täter saßen bereits in Gewahrsam. Mike Masters und Elwin Boyd kümmerten sich um diesen Fall, während Dunn und Oliver das vereinbarte Treffen mit dem Staatsanwalt in dem Harrigan-Entführungsfall übernehmen konnten. Da sie die Untersuchung leiteten, wussten sie sowieso mehr über die Geschichte als Decker. Die Beltran-Vernehmung stand ebenfalls erst nach seiner Rückkehr an, und während Deckers Abwesenheit konnte Bert Martinez – seit drei Monaten Detective *Sergeant* Bert Martinez – sich um den Verhafteten kümmern.

Rina hatte die Reiseplanung übernommen. Sie, Hannah und Decker würden New York am Montagabend wieder verlassen und dann zwei Tage bei Deckers Eltern in Florida verbringen. Dieser Besuch stand schon seit langem an. Vielleicht war diese unvorhergesehene Reise ja ein Wink des Schicksals.

Jonathan erwartete sie an der Gepäckausgabe. Er war schlanker, als Decker ihn in Erinnerung hatte, und sein Bart bestand jetzt zu gleichen Teilen aus braunen und grauen Haaren. Müde, rot geränderte Augen blinzelten durch die kleine Nickelbrille. Aber seine Kleidung war tadellos: ein blauer, dezent gemusterter Anzug, weißes Hemd und eine goldgelbe Krawatte mit Fischgrätmuster. Nach ein paar herzlichen Umarmungen und Küsschen für Hannah, die quengelig war, machte Decker eine Bemerkung über die elegante Erscheinung seines Halbbruders.

»Ach, das ist nur deshalb, weil wir in einer Dreiviertelstunde eine Verabredung haben«, erwiderte Jonathan. »Du hast gesagt, ich soll mir einen guten Strafverteidiger besorgen, und das hab ich getan. Er ist übrigens auch ein *frum* Jude. Dieser frühe Termin war die einzige Möglichkeit, uns noch in seinen Terminkalender zu quetschen. Er ist zwar bekannt dafür, dass er für in Schwierigkeiten geratene Juden immer ein wenig Zeit hat, aber als ich mit ihm sprach, wurde mir klar, dass ihn auch der Fall selbst interessiert. Ich glaube, er ist gespannt darauf, dich kennen zu lernen.«

Decker griff sich eine große schwarze Reisetasche vom Förderband und dankte dem Himmel für Gepäckstücke mit Rädern. »Ein Koffer fehlt noch. Warum ist er so interessiert daran, mich kennen zu lernen?«

»Weil du ein Cop bist... auf der anderen Seite stehst, sozusagen.«

»Da ist unser Koffer, Peter«, verkündete Rina.

Decker nahm das zweite Gepäckstück und lud es wenige Minuten später zusammen mit den anderen Sachen in Jonathans verbeulten silberfarbenen 93er Chrysler-Minivan. Rina bestand darauf, dass Peter vorn Platz nahm, dann machten sie sich auf den Weg zum Anwalt.

Die Luft war bitterkalt – typisches Märzwetter, wie Jonathan erklärte. Dunkle Regenwolken hingen über der Stadt, schwer und grau wie schmutzige Wäsche. Die kahlen Äste der nackten Bäume zitterten wie Spinnweben im eisigen Wind. Noch floss der Verkehr auf dem Highway ohne Probleme. In Deckers Augen sah die Umgebung erbärmlich und heruntergekommen aus – eine Mischung aus alten Fabrikgebäuden, kleinen Geschäften und schmucklosen Backstein-Mietskasernen. Die seitlichen Betonwände der Fahrbahn waren übersät mit Graffiti.

»Wo sind wir hier?«, fragte er.

»In Queens«, erwiderte Rina. »Ist das schon Astoria?«

»Nein, noch nicht.«

»Macht nichts«, meinte Decker. »Sieht sowieso alles gleich aus. Erzähl mir was über deinen orthodoxen Anwalt.«

»Er hat sich extra Zeit für uns genommen, Akiva. Zeit, die er gut anderweitig gebrauchen könnte, wenn man bedenkt, dass er Anna Broughder verteidigt.«

Anna Broughder. Die Frau, der die Zeitungen den Spitznamen Lizzie Borden II. verpasst hatten. Sie stand im Verdacht, ihre Eltern mit einem Beil ermordet zu haben, aber sie behauptete, dass es das Werk einer Bande wahnsinniger Junkies gewesen sei. Ihr selbst war es irgendwie gelungen, durch das Badezimmerfenster zu entkommen, wobei sie nur ein paar Kratzer an den Unterarmen und eine klaffende Wunde an der Hand davongetragen hatte. Insgesamt stand ein Zweihundert-Millionen-Dollar-Erbe auf dem Spiel.

»Leon Hershfield«, sagte Decker.

»Genau der. War der Fall auch in L. A. in den Zeitungen?«

»Riesige Schlagzeilen.« Decker versuchte, die Müdigkeit aus seinem Hirn zu vertreiben. »Ich wusste gar nicht, dass Hershfield religiös ist.«

»Er trägt zwar bei Gericht keine *kippah*, aber er bezeichnet sich selbst als modernen Orthodoxen.« Jonathan schlug leicht auf das Lenkrad. »Er hat sämtliche großen Tiere verteidigt und verfügt über einflussreiche Beziehungen.«

Decker warf Rina einen Blick zu. »Einflussreiche Beziehungen, wie etwa zu Joseph Donatti.«

»Unter anderem«, erwiderte Jonathan.

»Aber Donatti war sein größter Triumph.« Der Mafioso war wegen dreifachen Mordes sowie etlichen Betrugsfällen und anderen kriminellen Handlungen angeklagt gewesen. Nachdem die dritte Jury zu keinem einheitlichen Urteil gelangt war, sah der Staat davon ab, den Fall weiter zu verfolgen: Ständig waren irgendwelche Beweisstücke abhanden gekommen. Der Name Donatti weckte immer Deckers Neugier, obwohl sich sein Interesse nicht ausschließlich auf den Senior beschränkte. »Wie lange liegt dieses Gerichtsverfahren schon zurück? Sechs Jahre?«

»Ja, ungefähr.« Jonathan umklammerte das Lenkrad. »Hershfield hat ihn rausgehauen.«

»Tatsächlich?«

»Du hast gesagt, ich soll mir den besten Anwalt besorgen, Akiva.«

»Richtig.« Decker hob eine Augenbraue.

Beide schwiegen eine Weile.

»Hat Hershfield dir irgendeinen Rat gegeben?«, fragte Decker schließlich.

»Er möchte uns sprechen, bevor wir mit der Polizei reden. Mit uns meint er wahrscheinlich meinen Schwager.«

»Werden wir ihn dort treffen?«

»Chaim ist nicht in der Lage, auch nur mit irgendjemandem zu sprechen. Ich hab ihm gesagt, dass ich erst mal mit Hershfield rede.«

»Chaim muss völlig verzweifelt sein.« Rina beugte sich zu ihrer Tochter hinüber und streichelte ihr übers Haar. Hannah war wieder eingeschlafen.

»Die ganze Familie ist verzweifelt«, entgegnete Jonathan.

»Wie geht es denn Shayndas Mutter?«

»Minda? Sie … wir mussten ihr ein Beruhigungsmittel geben. Normalerweise würde ich in so einem Fall die Einnahme von Medikamenten strikt ablehnen, aber sie war vollkommen hysterisch.« Zögerlich suchte er nach Worten: »Sie und Shayndie lagen schon seit etlichen Jahren im Streit miteinander.«

»Das will nichts heißen«, sagte Rina. »Alle Eltern streiten mit ihren Kindern.«

»Ihre Auseinandersetzungen waren ziemlich … heftig«, erklärte Jonathan. »Ich bin mir sicher, dass Minda glaubt, das Ganze sei ihre Schuld. Was natürlich nicht stimmt.«

Es sei denn, sie hat irgendetwas mit dem Verschwinden ihrer Tochter zu tun, dachte Decker. »Chaim und sein Vater besitzen also mehrere Elektrogeschäfte.«

»Ja.«

»Als gleichberechtigte Partner?«

»Keine Ahnung. Es geht mich ja auch nichts an.«

»Ich frag ja nur. Und finanziell ist alles im grünen Bereich?«

»Die Läden gibt es schon seit über dreißig Jahren. Ich weiß zwar, dass das letzte Jahr ziemlich hart gewesen ist – der übliche Überlebenskampf in New York samt Wirtschaftskrise –, aber von größeren finanziellen Problemen habe ich nichts gehört. Andererseits würden sie mir natürlich auch nichts sagen, wenn es Probleme gäbe.«

»Hast du je von irgendwelchen unrechtmäßigen Geschäftspraktiken gehört?«

»Nein.« Jonathan biss sich auf die Lippe. »Mir tut mein Schwiegervater so Leid. Schließlich hat er einen Sohn verloren. Alle konzentrieren sich dermaßen auf Shaynda – was ja auch richtig ist –, dass man fast den Eindruck haben könnte, sie hätten Ephraim vergessen. Jetzt muss mein Schwiegervater nicht nur mit dem Verlust seines Sohnes fertig werden, sondern auch noch um seine Enkelin bangen.«

»Wann ist Ephraims Beerdigung?«, fragte Rina.

»Wir hoffen, dass sie seine Leiche heute freigeben, damit wir die *lewaje* am Sonntag halten können. Aber irgendwie habe ich das Gefühl, dass das Ganze noch länger dauert. Der *Schabbes* wird die reinste Hölle werden, jetzt, wo alles in der Schwebe ist. Es sei denn, man findet Shayndie heute ...« Jonathan warf Decker einen kurzen Blick zu. »Das wäre doch möglich, oder?«

»Natürlich«, erwiderte Decker. Es war noch viel zu früh, um irgendwelche Prognosen abzugeben. »Und ihr habt nicht die geringste Idee, wo sie sein könnte?«

»Wir haben alles abgeklappert – sämtliche Freunde, sämtliche Schulkameraden, Lehrer, Rabbiner, Obdachlosenzentren in dem Gebiet, wo das Verbrechen passiert ist. Die Polizei in Quinton hat umfangreiche Nachforschungen angestellt und ist von Haus zu Haus gegangen.« Er stieß einen Seufzer aus. »Wenn ich mich so höre, klingt das, als wäre die Lage ziemlich ... ziemlich ernst.«

»Viel Zeit ist doch noch gar nicht vergangen, Jon. Vielleicht taucht sie von selbst wieder auf.«

»Ich bete, dass es so kommt.«

»Gibt es etwas, was ich tun könnte?«, fragte Rina.

»Nein, Rina, vielen Dank« Wieder schlug er leicht gegen das Lenkrad, um seine Nervosität abzureagieren. Schweigend fuhren sie weiter, bis sich die zackige Skyline von Manhattan vor ihnen am Horizont abzeichnete.

Rina blickte aus dem Fenster.

»Ihr seid nach dem elften September nicht mehr hier gewesen?«

»Nein.«

»Ich verstehe«, sagte Jonathan. »Selbst für mich ist es immer noch ein merkwürdiges Gefühl, die beiden Türme nicht mehr zu sehen.«

Rina schüttelte den Kopf. »Ich freue mich, die Jungs wieder zu treffen.«

»Meine Mutter hat mir erzählt, dass ihr den *Schabbat* bei den Lazarus' verbringt«, sagte Jonathan. »Wie schön, dass ihr den Kontakt zu ihnen nicht verloren habt.«

»Sie sind die Großeltern meiner Söhne«, entgegnete Decker.

»Du wärst überrascht, wie viel Engstirnigkeit ich im Lauf eines Tages begegne, Akiva. Seelsorgerische Tätigkeit ist manchmal nur eine andere Bezeichnung dafür, dass man den Schiedsrichter spielen muss.«

»Das kann ich mir gut vorstellen«, sagte Decker. »Aber die Lazarus' sind sehr nette Leute. Ich glaube, dass sie jedes Mal einen Kloß im Hals haben, wenn sie mich mit Rina sehen.«

»Unsinn«, widersprach Jonathan. »Sie haben dich als einen der Ihren angenommen. Das hat zumindest meine Mutter gesagt.« Er schlug auf das Lenkrad und räusperte sich. »Ich sollte nicht so egoistisch sein. Meine Mutter ist auch deine Mutter.«

Sie verließen die Schnellstraße irgendwo im Zentrum der Stadt. Es herrschte noch wenig Verkehr, sodass sie gut vorwärts kamen. Aber Decker wusste, dass sämtliche Straßen innerhalb der nächsten Stunde völlig verstopft sein würden. Seine Wahlheimat L. A. war zumindest eine autofreundliche Stadt, während die Straßen von New York für leichte Kutschen konzipiert waren und nicht für Lieferwagen, deren Fahrer es für ihr gottgegebenes Recht hielten, überall in der zweiten Reihe zu parken – auch wenn das hieß, dass sich alle anderen zwischen ihnen hindurchzwängen mussten. Und auch die Straßenbezeichnungen hier waren eine Welt für sich. Es schien vollkommen unmöglich, eine bestimmte Adresse zu finden, wenn man nicht genau wusste, wo man anfangen musste. In Deckers Augen war jede Fahrt durch Manhattan vergleichbar mit einer riesigen Schnitzeljagd.

Er lehnte sich zurück und blickte aus dem Fenster, während er über Jons Worte nachdachte: »Meine Mutter ist auch deine Mutter.«

»Irgendwie ist es schon komisch, Jon. Ich betrachte dich als meinen Halbbruder und fühle mich den anderen – deinen Brüdern und Schwestern – auch irgendwie verbunden. Aber deine Mutter... die, wie du schon sagtest, auch meine Mutter ist... zu ihr habe ich diesen Bezug noch nicht hergestellt. Und wahrscheinlich wird es mir auch nie gelingen.«

Jonathan nickte. »Das verstehe ich. Schließlich gibt es diesen kleinen Unterschied: meinen Vater.«

»Ja, vielleicht liegt es daran. Ich bin mir sicher, dass sie sich bei dem Gedanken an mich ziemlich unwohl fühlt...«

»Nein, keine Sorge. Sie weiß, dass ihr Geheimnis bei uns gut aufgehoben ist.«

»Na, dann in psychologischer Hinsicht«, lachte Decker. »Ich mag deine Mutter. Wirklich. Aber meine eigene Mutter lebt schließlich noch. Man kann von einem Mann nicht erwarten, dass er mehr als eine Mutter gleichzeitig liebt.«

»Ganz zu schweigen von mehreren Schwiegermüttern«, fügte Rina hinzu. »Meine Mutter *und* Mrs. Lazarus.«

Decker runzelte die Stirn. »Ja, genau. Zwei Mütter, zwei Schwiegermütter, zwei Töchter und eine Ehefrau. Ich bin umzingelt von all diesen östrogengesteuerten Wesen, und man sollte mich deshalb bedauern.«

»Das würde ich ja gern«, erwiderte Rina. »Nur im Augenblick bin ich schlecht gelaunt, weil ich unter PMS leide.«

Dabei verzog sie keine Miene. Decker wusste nicht, ob sie es ernst meinte, aber er stellte keine weiteren Fragen. Schlafende Hunde sollte man nicht wecken.

3

Auf dem Schild stand »Parkgebühr: 16,83 $ pro Stunde«. Decker war sich nicht sicher, ob er das auch richtig gelesen hatte, doch dann sagte Rina etwas von knappen Parkplätzen in der Innenstadt und dass jede Parklücke heiß begehrt sei. Aber mangelnder Platz hin oder her – die Gebühren waren der reinste Wucher. Und da ein typisches Geschäftstreffen zwei, drei Stunden dauern konnte, verstand Decker nun, warum die New Yorker so schnell sprachen.

Hershfields Kanzlei befand sich in der Fifth Avenue, eine für seine Kreise unerlässliche Adresse. Und da es noch früh am Morgen war, gelang es Jonathan auf wundersame Weise, den Wagen in einer Seitenstraße zu parken. Als Rina Hannahs Sicherheitsgurt löste, wachte die Kleine äußerst übel gelaunt auf. Decker hielt sie an der Hand, während sie zu der angegebenen Adresse gingen und die gigantischen Gebäude auch noch das letzte bisschen Licht verdrängten, das der Himmel zu bieten hatte. Der Bürgersteig war gesäumt von Mülltonnen und Containern. Hannah jammerte, als sie das mit Granit verkleidete Foyer des Wolkenkratzers betraten und sich an der Rezeption meldeten, die mit sechs grau gekleideten Wachleuten besetzt war. Sie musste dringend zur Toilette.

»Wir haben keine Besuchertoilette«, verkündete einer der Wachmänner.

»Was soll das heißen, Sie haben keine Besuchertoilette?«, konterte Decker. »Das ist ein sechzigstöckiges Gebäude.«

»Sicherheitsvorschrift. Alle Toiletten sind nur noch mit Schlüssel zugänglich. Mr. Hershfields Kanzlei liegt im dreiundvierzigsten Stock. Sie können gern den Schnellaufzug nehmen.«

Rina nahm Peters Arm und schob ihn zu einer Reihe von Aufzügen. »Fang bitte nichts an.«

»Der Typ ist ein Idiot. Sehen wir vielleicht aus wie Terroristen…«

»Pssst. Er kann dich doch hören.«

»Das soll er ja auch.«

»Ich muss Pipi…«

»Gleich, Süße«, brummte Decker.

Während sie zum dreiundvierzigsten Stock hinaufsausten, klagte Hannah, dass ihr die Ohren wehtäten. Und als sie schließlich die erste Empfangsdame erreichten, jammerte das Mädchen, dass sie sich nicht mehr viel länger beherrschen könne.

»Können wir mal kurz zur Toilette?«, fragte Rina.

»Drei Stockwerke tiefer«, erwiderte die Empfangsdame. »Nehmen Sie den internen Aufzug und dann rechts. Fragen Sie dort nach Britta.«

»Aber da drüben ist doch eine Toilette«, warf Decker ein und deutete auf eine Tür.

»Die ist nur für Angestellte. Im vierzigsten Stock, Sir. Dort befindet sich übrigens auch Mr. Hershfields Kanzlei.«

»Hier geht es ja noch bürokratischer zu als bei der Polizei von Los Angeles.«

»Komm schon, Peter.« Rina zupfte an seiner Jacke. »Sie zu verärgern hilft uns auch nicht weiter.«

»Hören Sie auf Ihre Frau«, meinte die Sekretärin und kehrte ihm den Rücken zu.

Sie warteten vor dem Aufzug, während Hannah in Deckers Arm wimmerte.

»Weine ruhig etwas lauter, Süße«, sagte Decker.

»Peter ...«

»Und winsel ein wenig. Heulen ist auch gut.«

Eine weitere Aufzugsfahrt. Jetzt klagte Hannah, dass ihr schlecht sei. Sie klammerte sich an ihre Mutter. Rina nahm sie in den Arm und stürmte auf die nächstbeste weibliche Person zu – eine Frau jenseits der fünfzig mit kurz geschnittenen braunen Haaren und großen Kreolen. Sie hatte braune Knopfaugen und leuchtend rot geschminkte Lippen. Ihr schwarzer Pullover war mit Schmuck behängt. Auf ihrer Nasenspitze saß eine schmale Lesebrille.

»Ich suche eine Britta«, verkündete Rina.

»Das bin ich.«

»Die beiden haben einen Termin mit Mr. Hershfield.« Rina deutete mit dem Daumen in Richtung der beiden Männer. »Und *ich* brauche sofort eine Toilette. Die Kleine muss mal dringend, und anscheinend ist das hier das einzige Stockwerk im gesamten Gebäude, das über eine Besuchertoilette verfügt!«

»Hat Lenore Sie denn nicht die im dreiundvierzigsten Stock benutzen lassen?«

»Nein, leider nicht!«

»Eine echte Spitzenkraft!« Britta nahm einen Schlüsselring aus ihrer Schublade. »Ach, Sie Ärmste. Kommen Sie, ich zeige Ihnen den Weg.« Dann wandte sie sich an die Männer. »Ist einer von Ihnen Rabbi Levine?«

»Ja, ich«, antwortete Jonathan.

»Dritte Tür rechts. Mr. Hershfield erwartet Sie schon. Den Kaffee bringe ich gleich.« Sie wandte sich wieder Rina zu: »Kommen Sie. Ich weiß, was es heißt, wenn man eine kleine Blase hat. Nach der Geburt meines letzten Kindes habe ich mir bei jedem Niesen den Rock versaut.«

Decker sah zu, wie die Frauen hinter einer Tür verschwanden, die zum stillen Örtchen führte, dann begaben Jonathan und er sich auf die Suche nach Hershfields Büro. Ein goldenes Türschild verkündete, dass Hershfield eine eingetragene Gesellschaft war. Als Jonathan an die Tür klopfte, bat eine Stentorstimme sie in den Raum.

Das Büro besaß die Größe eines Vorzimmers. Und es war das Vorzimmer: Auf dem Schreibtisch stand ein Schild mit dem Namen MS. MOORE. Aber der Mensch hinter dem Schreibtisch war definitiv keine Frau. Seine Wangen waren so eingefallen, dass die Backenknochen förmlich durch die dünne Haut stachen. Die dünnen dunklen Haare, die sich an der hohen Stirn lichteten, trug er glatt nach hinten gekämmt. Zwei dünne Linien bildeten die Lippen, und die Augen verschwanden unter dichten Augenbrauen, funkelten aber übermütig. Der Mann war perfekt gekleidet: schwarzes Wollsakko, weißes Hemd mit Doppelmanschetten und eine gemusterte Krawatte mit Pferden und Gladiatoren – wahrscheinlich ein zweihundert Dollar teures Stück von Leonard.

Hershfield blickte zu den beiden Männern hoch, die vor ihm standen. »Das ist das Zimmer meiner Sekretärin. Hier krieg ich um sechs Uhr morgens am meisten geschafft, wenn mich nämlich niemand stört… und nicht alle zwanzig Sekunden irgendwelche Telefonate zu mir durchgestellt werden. Natürlich ist das ihr Job… Telefonate durchstellen und meine Termine organisieren. Ich weiß zwar nicht, wieso, aber der Schreibtisch meiner Sekretärin ist meiner Arbeit irgendwie förderlicher. Vielleicht, weil er nicht mit meinem eigenen Kram beladen ist.«

Hershfield schob seine Unterlagen zusammen, stand auf, zog einen Schlüsselring aus der Tasche und öffnete die Tür zum Nebenzimmer. »Bitte, kommen Sie herein.«

Ein Raum mit einer angenehmen Größe, dachte Decker. Zwar

nicht besonders tief, aber die hohen Fenster ließen das Büro weit und offen erscheinen und gaben den Blick frei auf eine endlose Abfolge von Dachaufbauten. Das Zimmer war mit Mahagonipaneelen getäfelt. Zahlreiche Diplome und Zertifikate hingen zusammen mit abstrakten Ölgemälden an den Wänden. Hinter Hershfields Schreibtisch aus Rosenholz und Messing und dem dunkelroten Ledersessel befand sich ein kleines Bücherregal, das genauso viele hebräische Bücher enthielt wie dicke Wälzer zur amerikanischen Rechtsprechung. Selbstverständlich verfügte die Kanzlei über eine eigene juristische Bibliothek, sodass es sich bei diesen Büchern wahrscheinlich um die Nachschlagewerke handelte, die er am häufigsten benutzte. Vor dem Schreibtisch standen zwei Besuchersessel, deren Polster mit einem dezenten, floralen Muster in Jagdgrün und Kastanienbraun bezogen waren. Die Raummitte nahmen ein identisch gepolstertes Sofa und zwei weitere Besuchersessel ein, wobei die beiden Sitzbereiche durch einen eleganten, niedrigen Rosenholztisch mit Messingbeschlägen voneinander getrennt waren. Ein schwerer Ohrensessel in einer Ecke des Raums rundete die Einrichtung ab, während der Parkettboden fast vollständig von prachtvollen Orientteppichen bedeckt war.

Als es an der Tür klopfte, rief Hershfield »Herein!«, und Rina betrat den Raum. Sie hatte ihr Make-up ein wenig erneuert, und unter ihrem Arm schaute Hannahs Kopf hervor.

»Wen haben wir denn da?«, wandte Hershfield sich an das Mädchen.

»Das ist Hannah.« Rina schob ihre Tochter ein wenig nach vorn. »Sie haben nicht zufällig etwas Orangensaft hier?«

»Ich habe alles, was Sie wollen.« Er drückte auf die Gegensprechanlage, um seine Sekretärin zu rufen. Die Brünette kam herein, in der Hand einen Notizblock und einen Stift. »Könnten Sie mal eben zu Harry's laufen?«

»Nein, laufen kann ich nicht, aber hingehen.«

Hershfield ignorierte sie und wandte sich wieder an Hannah: »Was hättest du denn gern, meine Kleine?«

»Bist du hungrig?«, fragte Rina ihre Tochter.

»Nein, nur schlecht gelaunt.«

»Vielleicht wärst du weniger schlecht gelaunt, wenn du etwas essen würdest.« Rina sah zu Britta. »Vielleicht sollte ich Sie begleiten.«

»Gern«, erwiderte Britta. »Möchte einer der Herren vielleicht noch etwas?«

»Kaffee«, antwortete Decker.

»Da schließe ich mich an«, sagte Jonathan.

»Mr. Hershfield?«

»Wenn es nicht zu viel Mühe macht«, erwiderte der Anwalt.

»Dafür bezahlen Sie mich schließlich, Mr. H.«

Die beiden Frauen verließen zusammen mit Hannah den Raum.

Hershfield war ausgesprochen umgänglich und höflich, während er vor Gericht zum Tier werden konnte. Jeder, der ihm auch nur zu nahe kam, wurde gebissen. Decker reichte ihm die Hand. »Wir sind uns noch nicht offiziell vorgestellt worden, Mr. Hershfield. Mein Name ist Peter Decker.«

»Der Kriminalbeamte, von dem ich Ihnen erzählt habe«, erklärte Jonathan.

»Oh, damit werden Sie ihm aber nicht gerecht, Rabbi Levine. Der Lieutenant ist Leiter einer Mordkommission. Wo arbeiten Sie genau? Irgendwo im San Fernando Valley?«

»Wie ich sehe, sind Sie gut informiert.«

»Das liegt in meiner Natur.«

»Meine Abteilung befindet sich im West Valley ... Devonshire. Kennen Sie L. A.?«

»Einer meiner Brüder wohnt in Beverly Hills. Ist im Bereich Unternehmens- und Aktienrecht tätig. Er hat ein wundervolles Haus, mit einer Eingangshalle, in der man Schlittschuh laufen könnte. Mein Bruder ist ein sehr erfolgreicher Mann.«

»Das muss in der Familie liegen«, sagte Decker.

»Ich und erfolgreich?« Hershfield verzog das Gesicht. »Ich bin nur hartnäckig und glaube an ordentliche Gerichtsverfahren. Bitte nehmen Sie doch Platz, meine Herren.«

Die Herren setzten sich.

Hershfield schenkte Decker ein Lächeln. »Es war also Ihre Idee, einen Rechtsberater einzuschalten. Das überrascht mich nicht. Schließlich wissen Sie, wozu die Polizei fähig ist.«

Decker erwiderte das Lächeln.

»Sind Sie mit dem Opfer verwandt?«, fragte Hershfield.

»Nein.«

»Wir sind Brüder.« Jonathan deutete auf Decker und dann auf sich selbst. »Halbbrüder. Das Opfer war mein Schwager.«

»Ich überlege nur, wie viel wir in seiner Gegenwart besprechen können«, sagte Hershfield.

»Da ich nicht zur direkten Familie gehöre, könnte ich theoretisch vorgeladen und zu einer Aussage gezwungen werden«, erklärte Decker.

»Das macht nichts«, meinte Jonathan, »weil die Familie nichts damit zu tun hat. Da bin ich mir sicher.«

»Ich schätze Ihre Loyalität, Rabbi, aber ich glaube, Ihr Bruder hat Recht.« Hershfield zuckte mit den Schultern. »Sehen Sie, Lieutenant Decker hat Ihnen geraten, mich einzuschalten, weil er glaubt, dass Sie möglicherweise ein kleines Problem haben. Und Sie sitzen hier, weil Sie nicht wollen, dass daraus ein großes Problem wird. Das ist sehr vernünftig. Also, lassen Sie uns reden, Gentlemen. Was genau haben Sie sich vorgestellt, Lieutenant, als Sie den Rabbi baten, mich anzurufen?«

»Zuerst habe ich daran gedacht, mich mit der hiesigen Polizei in Verbindung zu setzen, um eventuell ein paar Einzelheiten über den Stand der Ermittlungen zu erfahren. Manche Abteilungen sind relativ kooperativ, während andere sich eher zugeknöpft geben. Falls ich also auf irgendwelche Widerstände stoßen sollte, wäre es schön, einen Mann vor Ort zu haben, der auf legale Weise etwas Druck ausüben könnte.«

»Ich denke, das ließe sich einrichten, falls es nötig sein sollte.«

»Und ich denke, *Sie* könnten alles einrichten, Mr. Hershfield.«

»Ach, Lieutenant, Sie schmeicheln mir.«

In dem Moment kam Britta mit einem Tablett herein, auf dem sich mehrere Kaffeebecher, Milchdöschen und Süßstofftütchen stapelten. Rina hielt Hannah an der Hand und balancierte ein Tablett mit mehreren Bagels und Frischkäse, das sie auf Hershfields Beistelltisch abstellte. Nach einem kurzen Blick auf die Männer meinte sie: »Vielleicht sollten wir besser draußen im Sekretariat essen, Hannah.«

»Unseretwegen müssen Sie nicht gehen«, entgegnete Hershfield.

»Ich weiß, aber so stören wir auch niemanden.«

»Ich glaube, an der Fifth Avenue Ecke Fifty-fifth gibt es einen Disney-Laden.«

»Möglich, aber ich bezweifle, dass er schon um sieben Uhr morgens geöffnet hat.«

»Stimmt.«

»Kommen Sie, setzen Sie sich einfach zu mir«, schlug Britta vor. »Alma kommt sowieso etwas später.«

»Tatsächlich?«, fragte Hershfield.

»Das hängt mit ihrem Alter zusammen«, flüsterte Britta, nickte ihm zu und nahm einige der Bagel sowie etwas Frischkäse. »Bis dann.«

Sobald sich die Tür hinter ihnen geschlossen hatte, wandte Hershfield sich wieder an Jonathan. »Warum erzählen Sie mir nicht einfach, was aus Sicht der Familie passiert ist? Der Lieutenant und ich können dann weitere Details aus Sicht der Polizei hinzufügen.«

Jonathan fasste die Ereignisse für Hershfield kurz zusammen. Viel zu kurz, dachte Decker. Aber der Anwalt würde die nötigen Einzelheiten schon durch gezieltes Fragen erfahren.

Und tatsächlich hakte Hershfield sofort nach: »Sie haben also nicht die geringste Vorstellung, wie das alles passieren konnte?«

»Nein.«

Er verzog das Gesicht. »Und Ihr Schwager … hatte er irgendwelche Laster?«

Jonathan wand sich.

»Drogen«, sprang Decker ein.

»Ach.«

»Aber er war schon eine ganze Weile clean«, warf Jonathan ein.

»Welche Art von Drogen?«

Jonathan seufzte. »Hauptsächlich Kokain.«

»Geraucht?«

»Nein, geschnupft«, sagte Decker.

»Ziemlich teuer«, meinte Hershfield. »Woher hatte er das Geld?«

»Seine Familie besitzt mehrere Geschäfte«, erklärte Decker.

»Ja, ich weiß. Elektronikläden«, sagte Hershfield. »Glauben Sie denn, Rabbi, dass die Familie ihm das Geld gab, um es für Koks zu verwenden?«

Jonathan seufzte. »Ich bin mir sicher, dass sie ihm ein paarmal aus finanziellen Engpässen geholfen haben.«

»Oder er sich selbst«, schlug Decker vor. »Er arbeitete in dem Familienunternehmen.«

»Aber erst nachdem er clean war«, entgegnete Jonathan, um seinen Schwager zu verteidigen.

»Irgendwelche Vorstrafen?«, fragte Hershfield.

»Ja, er wurde einmal verhaftet.«

Decker warf seinem Halbbruder einen Blick zu. »Das hast du gestern wohl vergessen.«

»Weshalb verhaftet?«, fragte Hershfield.

Jonathan wand sich. »Wegen unsittlichen Verhaltens – er hat eine als Prostituierte getarnte Polizistin angesprochen.«

»Warum hast du mir das verschwiegen, Jon?«

»Ich dachte nicht, dass das wichtig ist. Das war vor zehn Jahren, direkt nach seiner Scheidung.«

»Aber es zeigt doch, was für ein Mensch er war…«

»Vor zehn Jahren, Akiva.«

»Ihr Bruder hat Recht«, sagte Hershfield. »Im Augenblick ist jede Information wichtig.«

»Was denken Sie denn, Mr. Hershfield?«, fragte Jonathan. »Dass Ephraim rückfällig geworden ist? Dass das Ganze ein Drogendeal war, der schief gelaufen ist?«

»Haben Sie denn diesen Eindruck?«

Jonathan gab keine Antwort.

»Du hast noch etwas ausgelassen, Jonathan«, erinnerte Decker ihn, »Ephraim wurde nackt aufgefunden.«

»Man könnte ihn doch ausgezogen haben«, sagte Jonathan.

»Die Möglichkeit besteht natürlich«, erwiderte Hershfield. »Aber es bleibt auch noch eine andere.«

Keiner der Männer sagte ein Wort.

»Doch, ich würde schon sagen, dass das wichtig ist«, brach Hershfield schließlich das Schweigen. »Insbesondere deshalb, weil er auf seine fünfzehnjährige Nichte aufpassen sollte.«

»Meine Frau hat Shayndie mehrfach gefragt, ob da irgendwelche merkwürdigen Dinge liefen. Das hat sie aber beharrlich abgestritten.«

Weder Decker noch Hershfield gaben darauf eine Antwort.

Jonathan geriet ins Stottern: »Ja, natürlich besteht die Möglichkeit, dass sie gelogen... oder ihn gedeckt hat. Aber, wie passt dann der Mord ins Bild?«

»Vielleicht hat er sie ja bedroht, Jonathan. Vielleicht hatte sie einfach genug von der Geschichte«, sagte Decker und sah zu Hershfield. »In diesem Fall bräuchte sie einen sehr guten Strafverteidiger.«

»Und warum ist sie dann freiwillig mit ihm zu dieser Kunstausstellung gegangen, Akiva?«, fragte Jonathan. »Glaub mir, Shayndie ist ein sehr eigensinniges Mädchen. Wenn er sie belästigt hätte, hätte sie bestimmt was gesagt.«

»Nicht unbedingt, Jonathan. Vor allem dann nicht, wenn sie in ihn verliebt war.«

»Das ist doch alles nur Spekulation«, reagierte Jonathan nun ungehalten.

Decker legte seinem Halbbruder eine Hand auf die Schulter. »Mir geht es doch nicht darum, dich zu verärgern, Jon. Aber wenn ich mir diese Fragen stelle und Mr. Hershfield diesen Gedanken ebenfalls in Erwägung zieht, bin ich mir sicher, dass auch die New Yorker Polizei auf diese Idee kommt.«

»Das stimmt«, sagte Hershfield.

»Du hast wahrscheinlich Recht.«

»Diese Beziehung – zwischen Onkel und Nichte – interessiert mich besonders«, sagte Hershfield. »So etwas ist recht ungewöhnlich, vor allem in einer Gemeinschaft, in der es heranwachsenden Mädchen nicht erlaubt ist, sich mit einem Mann allein in einem

Raum aufzuhalten, außer es ist ihr Vater. Warum, glauben Sie, haben die Eltern des Mädchens eine solche Beziehung geduldet?«

Jonathan versuchte erneut, Shayndies Probleme zu erläutern. »Ephraim schien der Einzige zu sein, der einen Draht zu ihr hatte. Ich habe nie etwas beobachtet, was auch nur im Entferntesten anstößig gewesen wäre.«

»Wie viel Zeit haben Sie und Ihre Frau mit Ihrer Nichte verbracht?«

»Sie ist sonntags immer zum Abendessen zu uns gekommen... hin und wieder hat sie auch mal den *Schabbat* bei uns verbracht, obwohl Chaim das nicht so gern sah. Er hat nie einen Hehl aus seiner Abneigung gemacht. Wir gehören dem konservativen Judentum an und mein Bruder dem Chassidismus.«

»In seinen Augen sind wir also alle *gojim*.«

»Wahrscheinlich«, gab Jonathan zu.

»Und Ihr Schwager mochte es nicht, dass Sie seine Tochter zu sich einluden, weil Sie zu den Konservativen gehören. Aber es machte ihm nichts aus, dass sein geschiedener, drogenabhängiger Bruder viel Zeit mit ihr verbrachte?« Hershfield wandte sich an Decker. »Irgendwas hab ich hier nicht verstanden.«

Decker zuckte die Achseln. »Sie wissen mehr über die Sache als ich.«

»Sie haben eben gesagt, dass Sie und Ihre Frau Shayndie mehrfach zu ihrem Verhältnis zu ihrem Onkel, dem Bruder Ihrer Frau, befragt haben. Warum?«

»Um... um einfach sicherzugehen.«

»Es gab also keinerlei... frühere Vorfälle, die diese Fragen nahe gelegt hätten?«

»Nein, absolut nichts. Raisie und ich haben uns über diese Beziehung unterhalten und kamen beide zu dem Schluss, dass wir mit dem Mädchen reden müssten. Sie wissen doch selbst, dass Sex in dieser Gemeinschaft ein Tabuthema ist.«

»Das gilt auch für ein Verhältnis zwischen Onkel und Nichte. *Halacha*-technisch kommt es dem Inzest gleich.«

»Soweit ich weiß, hat er sie nicht belästigt.«

»Lassen Sie uns kurz das Thema wechseln«, sagte Hershfield.

»Sie haben mir erzählt, dass Chaim zusammen mit seinem Vater im gemeinsamen Unternehmen arbeitet. Was ist mit Ephraim? Was hat er sonst gemacht, wenn er sich nicht mit Drogen beschäftigte?«

»Wie ich schon sagte: Er war seit über zwei Jahren clean«, beharrte Jonathan.

»Okay. Und er hat zusammen mit seinem Vater und seinem Bruder im Familienunternehmen gearbeitet.«

»Ja.«

»Zusammen mit Chaim?«

»Chaim ist seit zwanzig Jahren in dem Geschäft, daher hat er natürlich mehr zu sagen. Aber Ephraim wusste das.«

»Es hat also keinerlei Probleme gegeben?«

»Nicht dass ich wüsste. Meiner Ansicht nach war mein Schwiegervater hocherfreut, dass sein Sohn schließlich doch noch Interesse am Familienunternehmen zeigte.«

»Okay. Und wie steht's mit dem Unternehmen? Ist es solvent?«

»Akiva hat genau die gleichen Fragen gestellt. Natürlich hat es harte Zeiten gegeben. Die Branche ist zurzeit etwas nervös, in der gesamten Wirtschaft sieht es nicht gerade rosig aus. Aber soweit ich weiß, sind die Läden alle liquide.«

»Irgendwelche undurchsichtigen Kredite?«, fragte Decker.

»Nicht dass ich wüsste.«

»Irgendwelche Fehlinvestitionen?«

»Das müsstest du Chaim fragen.«

»Werd ich«, entgegnete Decker. »Und ich garantiere dir, dass die Polizei das Gleiche tun wird.«

»Warum sollte der Mord irgendetwas mit dem Geschäft zu tun haben? Die Läden haben immer nur mit einer geringen Gewinnmarge gearbeitet. Da gibt es nichts, worüber es sich zu spekulieren lohnt.«

»Ihr Bruder versucht nur die Lage der Dinge einzuschätzen«, sagte Hershfield. »Wenn ich offen mit Ihnen reden darf, Rabbi… Sie wissen doch, dass Chassidim in der Region, in der Ihr Bruder lebt, in die Schlagzeilen geraten sind, weil sie Mittel für öffentliche Schulen veruntreut haben und das Geld den örtlichen *jeschiwas* zukommen ließen. Ist einer Ihrer beiden Schwager vielleicht in der Lokalpolitik tätig?«

»Nicht dass ich wüsste. Das sind beides hart arbeitende Männer, Mr. Hershfield. Sie verdienen ihr Geld im Schweiße ihres Angesichts.«

»Vor zwei Jahren wurde Yosi Stern wegen Drogenhandels angeklagt. Ich war damals nicht sein Anwalt – wenn ich es gewesen wäre, säße er heute nicht im Gefängnis. Er hat Chassidim dazu benutzt, Ecstasy aus Holland einzuschmuggeln, und das Drogengeld anschließend in örtlichen *jeschiwas* und Geschäften der Chassidim gewaschen. Was wissen Sie darüber?«

»Nichts«, sagte Jonathan.

»Und die Familie Ihrer Frau?«

»Mein Schwiegervater würde so etwas niemals zulassen«, erwiderte Jonathan. »Er war im Konzentrationslager. Nur durch seinen unerschütterlichen Glauben an Gott hat er nicht den Verstand verloren. Er ist nicht nur ein sehr religiöser, sondern auch ein guter Mensch.«

»Was sich nicht immer gegenseitig bedingt«, sagte Decker.

Hershfield stand auf und nahm sich etwas Kaffee. »Wie wär's mit einer kleinen Pause. Jemand ein Bagel?«

Jonathan ließ den Kopf in die Hände sinken, aber Decker erhob sich. »Ich habe Hunger.« Er strich sich etwas Frischkäse auf ein Mohnsamenbagel. »Kann man sich hier irgendwo frisch machen?«

Hershfield drückte auf eine in der Vertäfelung eingelassene Tür, hinter der ein Waschbecken zum Vorschein kam. Er hielt einen Becher hoch, ein traditionelles Gefäß zur rituellen Reinigung. »Ich bin für alles gerüstet.«

Decker wusch sich und aß seinen Bagel, während er Jonathan ermutigte, das Gleiche zu tun. Fünfzehn Minuten später, nachdem sie den Dankessegen gesprochen hatten, ließ Hershfield sich wieder – ganz Anwalt – in seinen Sessel sinken.

»Ich habe einen Entschluss gefasst«, verkündete er. »Und ich denke, das Ergebnis wird Ihnen gefallen. Wenn Sie einen Rechtsbeistand benötigen, bin ich bereit, Sie in meinen Terminplan hineinzuquetschen. Aber nur unter einer Bedingung.«

»Und die wäre?«, fragte Jonathan.

»Wenn Ihre Familie mich beauftragt, dann wird sie mit mir *zusammenarbeiten* müssen. Das bedeutet, dass Fragen, die ich stelle, wahrheitsgemäß beantwortet werden müssen.« Warnend wedelte er mit dem Zeigefinger vor Jonathans Nase. »Wir sind hier nicht auf dem Basar, Rabbi. Hier geht es nicht darum, so lange herumzufeilschen, bis wir eine Version der Geschichte finden, die uns beiden zusagt. Ich muss genau wissen, was los ist, damit ich Ihrer Familie nach bestem Wissen und Gewissen helfen kann. Manche unserer schwarz behüteten Brüder übersehen gern, dass zwischen Anwalt und Klient ein besonderes Vertrauensverhältnis besteht. Sie scheinen es als Zumutung zu empfinden, wahrheitsgemäß zu antworten. Mit solchen Klienten verhandle ich nicht. In meinem Alter muss ich mir diesen *zores* nicht mehr antun. Habe ich mich deutlich ausgedrückt?«

Jonathan nickte. »Ja.«

Hershfield stand auf. »Ich muss am Vormittag noch ein paar wichtige Dinge erledigen. In der Zwischenzeit wäre es für alle Beteiligten das Beste, wenn Ihre Familie von Unterredungen mit der Polizei absehen würde, solange ich nicht dabei bin.« Er wandte sich an Decker. »Ich bin mir sicher, dass Sie das nicht betrifft, Lieutenant, aber ein paar Ihrer hiesigen Kollegen haben es in der Vergangenheit mit der Verlesung der Rechte nicht immer so genau genommen.«

Decker verzog keine Miene. »Wenn Sie meinen.«

Hershfield lachte. »Sie werden sich doch sicher mit Ihren Kollegen in Verbindung setzen, oder?«

»Ich würde gern einen Blick in die Akte werfen.«

»Und Sie werden mich auf dem Laufenden halten.«

»Ich tu, was ich kann, Mr. Hershfield.«

»Aber was passiert, wenn Ihre Ermittlungen zu einem Interessenkonflikt mit Ihren familiären Verpflichtungen führen?«

»Ja, daran hab ich auch schon gedacht.«

»Und?«

»Und…« Decker warf einen Blick auf seine Uhr. »Und ich denke, es ist jetzt Zeit zu gehen.«

4

Es war noch früh am Morgen, und die beiden zuständigen Beamten saßen noch nicht an ihrem Schreibtisch. Decker hinterließ Namen und Telefonnummer bei dem Beamten am Empfang und auf dem Anrufbeantworter des Morddezernats. Wenn ihn bis neun Uhr niemand auf seinem Mobiltelefon zurückgerufen hatte, würde er einfach dort hingehen. Hannah und Rina brauchten etwas Ruhe. Jonathan fuhr sie nach Brooklyn; der Verkehr staute sich zum Glück in die andere Richtung. Als der Van den Eastern Parkway erreichte, eine der Hauptverkehrsadern in Richtung Borough Park, erschien Decker die Umgebung immer vertrauter. Es lag zehn Jahre zurück, dass er hier gewesen war, aber damals hatte er die Straßen dieses Viertels ziemlich gut kennen gelernt, weil er jemanden suchen musste.

Ein verschwundenes Kind, um genau zu sein.

Wiederholte sich die Geschichte?

Möglicherweise. Was gar nicht mal schlecht wäre. Das Kind war damals lebendig wieder aufgetaucht.

Während sie die großen Hauptstraßen passierten – Zweiundvierzigste Straße, Dreiundvierzigste, Vierundvierzigste –, stellte Decker überrascht fest, wie viele Leute schon auf den Beinen waren. Gruppen bärtiger Männer, die meisten mit Brille, in schwarzen Anzügen aus dickem Wollstoff, weißen Hemden und mit schwarzen Hüten eilten die Bürgersteige entlang, wobei ihnen die Schläfenlocken, *pejot* genannt, auf den Schultern tanzten. Abgesehen vom Bartwuchs wirkten auch die kleinen und großen Jungen wie Miniaturausgaben der Männer. Aber auch Dutzende, in dicke Mäntel gehüllte Frauen mit Kopftüchern schoben bereits ihre Kinderwagen über die Bürgersteige, während sie gleichzeitig eine Schar um sie herumhüpfender Kinder zu bändigen versuchten. Einige wurden von bis zu zehn Sprösslingen begleitet, wobei die älteren Töchter schon früh die Rolle einer Hilfsmutter für ihre jüngeren Geschwister übernahmen. In den Straßen wimmelte es von Schülerinnen, die riesige Schulranzen mit sich schleppten und jüdische Schuluniformen trugen: langärmlige weiße Blusen und blaue Röcke, deren Saum bis weit übers Knie reichte, darunter blickdichte Strumpfhosen und über der Uniform schwere Wollmäntel.

Da ein eisiger Wind wehte, waren die warmen Anzüge, Mäntel und Strumpfhosen nicht nur sittsam, sondern auch praktisch. Doch Decker wusste, dass sich die chassidische Kleiderordnung auch dann kaum veränderte, wenn im Sommer Temperaturen von fast vierzig Grad und eine Luftfeuchtigkeit von neunzig Prozent herrschten. Die dicken Mäntel durften dann zwar im Schrank bleiben, aber die langärmlige Kleidung klebte in der Wärme am Körper, und die Gesichter glänzten vor Schweiß. Und dennoch akzeptierten die Menschen ihr Los, erduldeten die Hitze und Schwüle und lebten mit den Unannehmlichkeiten.

Als er die Schülerinnen sah, musste Decker unwillkürlich an Shaynda denken. All diese Mädchen mit ihren Pferdeschwänzen oder den langen Zöpfen wirkten so unschuldig. Nicht eines trug Make-up oder Nagellack … selbst die älteren Teenager nicht.

Gegen welche Regeln hatte Shaynda wohl verstoßen? Hatte sie sich geschminkt oder Nagellack getragen? War sie ausgerissen und hatte sich mit Schülern anderer Schulen im Einkaufszentrum getroffen? Das alles schien so harmlos – aber das war es nicht für diese Gemeinde. Ihre Mitglieder würden einen falschen Eindruck von dem Mädchen bekommen, und die Eltern hätten es schwer, einen geeigneten *schidech*, einen passenden Ehepartner, für ihre Tochter zu finden.

Die Straßen waren gesäumt von Geschäften für den täglichen jüdischen Bedarf: koschere Cafés, Pizzerien und Restaurants, koschere Fleischereien und Metzger, Gemüseläden, die Waren vom Vortag günstiger anboten, ein Bekleidungsgeschäft, das mit Preisnachlässen auf *scheitl* – Perücken – warb. Manche Geschäfte hatten sich auf den Handel mit *sepharim*, religiösen Werken, spezialisiert, während einige Goldschmiede kleine esoterische Silberobjekte anboten, die wie *jads* geformt waren – Zeigegeräte für die Thoralesung. Decker bemerkte außerdem das Studio eines *sojfer*, eines Schreibers. Jedes zweite Gebäude schien ein *schtibl*, einen kleinen Gebetsraum zu beherbergen. Möglicherweise hatte im Lauf der Jahre bei einigen Geschäften der Besitzer gewechselt, aber das Erscheinungsbild der Gegend hatte sich kaum verändert – außer, dass die Bewohner des Viertels *noch* religiöser wirkten als zehn Jahre zuvor. Doch weshalb?

Jonathan lenkte den Van vor einem kleinen zweigeschossigen Backsteinreihenhaus an den Straßenrand – das Haus der Familie Lazarus, Rinas ehemaligen Schwiegereltern. Wie immer hätte Decker am liebsten im Wagen gewartet. Das Ehepaar Lazarus hatte ein schrecklicher Schicksalsschlag getroffen, und Decker fühlte sich in ihrer Gegenwart immer unwohl, weil er in ihnen eine schmerzliche Erinnerung an ein Ereignis wachrief, das nicht hätte passieren dürfen. Aber kaum war der Motor ausgestellt, stürzte das Ehepaar mit einem strahlenden Lächeln aus der Tür. Sie begrüßten Decker mit einer Herzlichkeit, die wieder einmal bewies, welch liebenswerte Menschen sie waren. Mit einer frischen Schürze über dem Rock umarmte und küsste Mrs. Lazarus Rina und drückte sie an ihren großen Busen, während ihr Mann, der weißbärtige Rav Lazarus, Deckers Hand ergriff und sie so kräftig schüttelte, dass man ihm seine sechsundachtzig Jahre nicht anmerkte. Dann begrüßten beide Hannah so herzlich, als wäre sie ihre leibliche Enkelin, und überhäuften sie mit Keksen und hübsch verpackten Geschenken. Das kleine Mädchen lächelte, dankte ihnen schüchtern und nannte sie *Bobe* und *Sejde* – Großmutter und Großvater.

Nachdem die Begrüßungszeremonie vorüber war, trug Decker das Gepäck ins Haus. Das kleine Wohnzimmer war überheizt und stickig und roch nach Hühnersuppe, Braten und süßen Schokoladenplätzchen, was Decker daran erinnerte, dass er nicht gerade ein üppiges Frühstück genossen hatte, aber er konnte seinen Hunger später stillen. Er warf einen Blick auf seine Uhr und überlegte, wie er sich auf diskrete Weise verdrücken konnte. Doch Rina erriet seine Gedanken und eilte ihm zu Hilfe.

»Ich weiß, du hast zu tun. Geh ruhig. Ich werde dich entschuldigen.«

»Sicher?«

»Natürlich. Jonathans Schwager wird nicht wieder lebendig und das Mädchen ist noch immer verschwunden.«

»Mach dir eine schöne Zeit«, riet Decker seiner Frau.

»Keine schlechte Idee. *Bobe* und *Sejde* kümmern sich ja gerade rührend um Hannah – sie haben ihr sogar einen *Fernseher* gekauft.«

»Das ist wirklich erstaunlich«, sagte Decker. »Diese Leute besitzen doch eigentlich keinen Fernseher, oder?«

»*Diese Leute!*« Rina verpasste ihm einen leichten Stoß mit dem Ellbogen. »Na, jedenfalls haben sie jetzt einen. Also bitte!« Sie strahlte ihn an. »Ich werde jetzt ein heißes Bad nehmen und mich mal so richtig entspannen!«

Decker lächelte. Es war schön, Rina so glücklich zu sehen. In dieser streng religiösen Umgebung schien sie immer besonders ruhig und ausgeglichen. Bisher hatte er sich selbst als denjenigen gesehen, der gab und sein Leben vollständig umgestellt hatte, um mit ihr zusammen sein zu können. Doch jetzt wurde ihm bewusst, dass auch sie viel aufgegeben hatte, um mit ihm ein Heim zu schaffen. Sittsam küsste er sie auf die Wange. »Ich möchte, dass du mir etwas versprichst.«

»Was?«

»Dass du, wenn du dich ein wenig ausgeruht hast, anschließend noch etwas mehr ausruhst.«

Ihre blauen Augen strahlten. »Das ist eine sehr gute Idee. Du bist in etwa sechs, sieben Sunden zurück, ja?«

»Ja. Schließlich beginnt heute Abend der *Schabbes*.«

»Wie viel kannst du denn in dieser Zeit überhaupt rauskriegen?«

»Das hängt ganz davon ab. Ich habe schon Fälle innerhalb von dreißig Minuten gelöst.«

»Wirklich?«

»Ja.«

»Und was ist der längste Zeitraum, den du für die Lösung eines Mordfalls benötigt hast?«

Decker lachte. »Keine Ahnung. Manche Akten sind noch immer nicht geschlossen.«

Quinton war eine geteilte Stadt. Auf der einen Seite des großen öffentlichen Parks – Liberty Field – lag eine teure, ländlich anmutende Vorstadt: zweigeschossige Backsteinhäuser auf großzügigen Grundstücken mit Geländewagen und Mercedes-Limousinen in der Auffahrt. Die geschwungenen Alleen und Straßen waren gesäumt von hohen Bäumen und altmodischen Straßenlaternen, deren Lampen an Blütenzweige erinnerten. Manche Wege waren nicht einmal gepflastert. Überall standen große Platanen und Eichen, die im Sommer kühlenden Schatten spendeten, auch wenn sie jetzt noch kahl waren. Lediglich die Nadelbäume und ein paar Frühblüher mit knospenden Blättern, die wie Moos die Äste überzogen, sorgten für etwas Grün.

Zwischen Taft, Taylor und Tyler Street befand sich die örtliche Einkaufsmeile mit den üblichen Namen: The Gab, Banana Republic, Star's, Ann Taylor, Victoria's Secret, Pottery Barn. Alles Ladenketten, aber zumindest einzelne Geschäfte und nicht unzählige Läden unter einem riesigen Dach mit angrenzendem Parkplatz in der Größe des Michigansees. Hier verlief die Parkplatzsuche ohne Probleme und ohne Gebühr. Decker sprach Jonathan auf das nicht vorhandene Einkaufszentrum an und wollte wissen, wo Shaynda sich mit den anderen Jugendlichen getroffen hatte.

»In der nächsten Stadt gibt es ein Einkaufszentrum – in Bainberry.«

»Es ist sehr hübsch hier … so nett altmodisch.«

»Auf dieser Seite, ja.«

»Und was ist mit der anderen …?«

Jonathan starrte aus dem Fenster.

»Wie weit sind wir vom religiösen Teil entfernt?«, fragte Decker.

»Du wirst es merken, wenn wir da sind.«

In dem baumreichen und mit bunten Tulpenbeeten übersäten Park befanden sich auch die Gerichts- und Verwaltungsgebäude, das Stadtarchiv, die Hauptwachen von Polizei und Feuerwehr und eine Bibliothek. Darüber hinaus bot Liberty Field einen kleinen See, einen botanischen Garten, eine überdachte Eislaufhalle, ein Bowlingcenter sowie ein Gemeindezentrum, in dem die Quinton-Highschool gerade ein Theaterstück aufführte.

Nachdem sie den Park passiert hatten, lenkte Jonathan den Van in eine Straße, die von Gruppen kahler Bäume gesäumt war. Einige Minuten später kamen wieder Gebäude in Sicht: kleinere, schmucklosere und zweckmäßigere Häuser. In den Auffahrten standen billigere Wagen und Vans. Die Grundstücke waren kleiner und kahler, und auch das Einkaufsviertel unterschied sich deutlich von seinem eleganteren Pendant. Abgesehen von dem Wort »Quinton«, das hin und wieder auf Schildern auftauchte, war die Gegend vollkommen austauschbar mit den religiösen Geschäften, *schuls* und den nach Geschlechtern getrennten kirchlichen Schulen in Borough Park. Auch die Bewohner mit ihren Perücken und schwarzen Hüten schienen identisch. Es war kaum vorstellbar, dass diese beiden so unterschiedlichen Viertel gemeinsam eine Stadt bildeten. Decker fragte sich, warum sich die beiden Bevölkerungsgruppen zu diesem Schritt entschlossen hatten, wenn jedes Viertel solch großen Wert auf eine eigene Identität legte.

»Im Augenblick braucht die Stadtverwaltung jedes kleinste bisschen an Grundsteuer, um Quinton am Leben zu erhalten. Wenn sich die orthodoxe Bevölkerung lossagen würde, käme nicht mehr genügend Geld in die Kasse, um sämtliche städtischen Aufgaben wahrnehmen zu können.«

»Und gibt es irgendwelche Probleme zwischen den beiden Bevölkerungsgruppen?«

»Ja«, sagte Jonathan. »Aber sie sind aufeinander angewiesen. Zwar wurde eine Reihe von Kompromissen geschlossen, aber es kam auch zu ein paar unschönen Auseinandersetzungen. Im Augenblick wünschen sich die Orthodoxen ihren eigenen Schulbezirk, allerdings soll die Stadt das finanzieren. Sie können die Idee einer Trennung von Kirche und Staat nicht nachvollziehen. Und was noch schlimmer ist: Sie verstehen nicht, warum das auf lange Sicht besser für sie sein soll.«

»Andererseits haben sie nicht ganz Unrecht«, erwiderte Decker. »Sie zahlen Steuern, bekommen aber nichts dafür zurück.«

»Du hast dich doch sicher schon mal mit Rina darüber unterhalten, dass sämtliche Orthodoxen das Gutscheinsystem schätzen.«

»Ja, auch Rina schätzt es, aber sie ist andererseits zu der Erkenntnis gelangt, dass das öffentliche Schulsystem auch eine Menge für sich hat.«

»Dann ist sie aber eine der Ersten«, entgegnete Jonathan. »Die Orthodoxen bekommen die Feuerwehr, die Müllabfuhr und die Polizei. Vor kurzem war sogar die Rede davon, dass sie die öffentlichen Schulen am Vormittag mitnutzen und ihre Kinder am Nachmittag in die *jeschiwas* schicken, damit diese keine zusätzlichen Lehrer für weltliche Schulfächer einstellen müssen.«

»Das klingt doch ganz vernünftig«, meinte Decker.

»Dummerweise wollen die Orthodoxen aber nicht, dass die Lehrer Evolutionstheorie, Sexualunterricht oder Biologie im Allgemeinen unterrichten – Schulstoff, der im Curriculum der Schulen von Quinton zwingend vorgeschrieben ist. Und darüber hinaus...«, Jonathan stieß einen Seufzer aus, »...darüber hinaus interessieren sich die Orthodoxen überhaupt nicht für die säkulare Schulbildung, was dazu führte, dass die Leistungen ihrer Kinder die Ergebnisse der Standardtests nach unten drückten. Deswegen hat es vor einiger Zeit auch eine große Ratsversammlung gegeben, in der ein paar hässliche Worte fielen. So, da sind wir.«

Jonathan parkte den Wagen.

»Du scheinst das Ganze nicht gutzuheißen«, stellte Decker fest.

»Ich sage ja gar nicht, dass man seinen Prinzipien untreu werden soll«, erwiderte Jonathan. »Aber man muss auch nicht so einen Aufstand machen. Und wenn dann noch der Vorwurf der Unterschlagung von Geldern hinzukommt... Das wirft ein schlechtes Licht auf uns alle.«

»Keine Bevölkerungsgruppe ist perfekt.«

»Natürlich nicht. Und die große Mehrheit hier ist wirklich okay. Aber wenn man sich dazu entschließt, an die Öffentlichkeit zu gehen, dann hat man auch die Verpflichtung, ein *Kiddusch Haschem* zu sein.«

Kiddusch Haschem bedeutet so viel wie, für Gott ein gutes Beispiel abzugeben.

»Fertig?«, fragte Jonathan.

»Klar.«

47

Der Rabbiner öffnete die Wagentür und stieg aus. Decker folgte ihm den gepflasterten Weg entlang, der zu einem bescheidenen, zweigeschossigen Backsteinhaus ähnlich denen in Borough Park führte. Jonathan machte sich nicht die Mühe anzuklopfen. Er öffnete die Tür und trat ein.

»Chaim?« Jonathan drehte sich zu Decker um. »Komm rein. Sie erwarten uns. Chaim?«

»Yonasan?« Die Stimme kam vom oberen Stockwerk.

»Ja, ich bin's. Ich hab Akiva mitgebracht.«

»Ich komme gleich runter.«

Das Wohnzimmer sah geräumig aus. Aber vielleicht lag das auch nur an der spärlichen Möblierung. Vor dem Kamin stand eine kleine Sitzgruppe, eine Polstercouch mit mehreren Sesseln. Der Rest des Raums war in ein Esszimmer umgewandelt worden: ein viereckiger Tisch mit weißem Tischtuch, umgeben von zwölf Stühlen. Der Fußboden bestand aus Kalksteinfliesen, deren harte Oberfläche durch keinen Teppich gedämpft wurde. In einer Ecke befand sich ein Klavier mit Notenblättern auf dem Ständer. Decker fragte sich, ob Shaynda vielleicht Klavier spielte.

Die Wände waren in einem gebrochenen Weiß gestrichen und bis auf mehrere gerahmte Bildnisse von ergrauten, bärtigen Rabbinern vollkommen kahl. Einer von ihnen war Menachem Mendel Schneerson, der Lubawitscher Rebbe. Daneben sah Decker ein Bild von Chofetz Chaim, einem bedeutenden jüdischen Gelehrten des 19. Jahrhunderts. Die anderen Porträts kannte er nicht. Vielleicht besaßen die Liebers ja noch andere Kunstwerke und waren nur noch nicht dazu gekommen, sie aufzuhängen. Doch Decker hatte diesbezüglich seine Zweifel.

In diesem Moment kam ein graubärtiger Mann die Treppe herunter. Er war etwa einsfünfundsiebzig groß, schlank, weit jenseits der vierzig und trug die übliche chassidische Kleidung, allerdings keinen Hut, sondern eine große *jarmulke* aus schwarzem Samt. Das Haar, das darunter hervorschaute, war schütter. Als er seinem Gast die Hand reichte, spürte Decker, dass seine Handflächen von Schwielen übersät waren. Ganz offensichtlich ein Mann, der nicht den ganzen Tag herumsaß und studierte.

»Chaim Lieber.« Er ließ Deckers Hand los. »Ich kann Ihnen gar nicht genug danken und weiß nicht, was ich sagen soll.«

»Ach, ich bitte Sie.«

Seine Augen füllten sich mit Tränen. »Bitte nehmen Sie Platz, Lieutenant.«

»Akiva oder Peter.« Decker setzte sich. »Es tut mir so Leid, dass wir uns unter diesen Umständen kennen lernen.«

»Ja. Aber wir sind uns schon einmal zu glücklicheren Zeiten begegnet.«

»Bei meiner Hochzeit«, erklärte Jonathan.

»O ja, natürlich.«

»*Auf simchas*«, murmelte Lieber. Seine haselnussbraunen Augen waren rot gerändert. Müde strich er sich über die Stirn. »Wir haben schon überall nach ihr gesucht. Also besteht keine Notwendigkeit, dass noch jemand…«

»Natürlich. Aber manchmal übersieht man in der Panik schon mal etwas…«

»Was ich brauche, ist jemanden, der mit der Polizei redet«, fiel Lieber ihm ins Wort. »Vielleicht wissen die ja etwas, das uns hilft, Shay…«, seine Stimme zitterte, »Shayndie zu finden. Wenn man herausbekommen könnte, was die Polizei weiß, wäre das schon eine große Hilfe.«

»Da stimme ich Ihnen zu.«

Lieber beugte sich vor. »Werden die denn mit jemandem von außerhalb reden?«

»Das weiß ich nicht, Mr. Lieber…«

»Sag doch Chaim zu mir! Es ist wichtig, dass sie mit dir reden. Du weißt schließlich, welche Fragen man stellen muss. Wir nicht.« Wieder strich er sich über die Stirn. »Ich will…« Er brach in Tränen aus. »Ich will meine Tochter zurück!«

»Es tut mir so Leid…«

»Ach was, Leid tun! Unternimm lieber was!« Er schüttelte den Kopf. »Entschuldige…«

»Schon in Ordnung«, sagte Decker. »Kein Problem. Darf ich dir ein paar Fragen stellen, Chaim?«

»Was immer du willst.«

»Ich weiß, dass deine Tochter ein wenig… sagen wir mal herumexperimentiert hat…«

»Das führt zu nichts!«, verkündete Lieber entschieden. »Wir haben diese Jugendlichen schon überprüft. Und auch die Polizei hat das getan. Nichts!«

»Kannst du mir vielleicht ein paar Namen nennen?«

»Ich erinnere mich nicht… das waren gojische Namen. Ryan, Brian, Ian, Evan… Da musst du die Polizei von Quinton fragen. Aber das bringt nichts. Du musst mit der Polizei in Manhattan reden. Denn da ist sie verschwunden.«

»Ich hab dort bereits meine Nummer hinterlassen.«

»Und, hat dich schon jemand zurückgerufen?«

»Nein.«

»Die New Yorker Polizei ist derzeit unterbesetzt. Du musst dich selbst dahinter klemmen.«

»Ich will nachher mal persönlich dort vorbeischauen. Ich bin Lieutenant; manchmal hilft das ja, manchmal aber auch nicht. Das hängt davon ab, wie kooperativ sie sind. Doch jetzt würde ich mir gern mal Shayndies Zimmer ansehen.«

»Natürlich… ach, nein, das geht nicht. Mein Vater schläft dort. Er hat die ganze Nacht kein Auge zugetan.«

Decker schwieg.

»Er ist ein alter Mann«, erklärte Lieber. »Gebrechlich.«

»Je eher ich einen Blick hineinwerfen kann, desto größer ist die Chance, dass ich…«

»Warum kommst du nicht später noch mal vorbei?«, warf Lieber ein. »Nachdem du mit der Polizei gesprochen hast. Dann kannst du uns auch berichten, was sie gesagt haben. Und mein Vater ist bis dahin ganz bestimmt wach. Und meine Frau. Ich nehme doch an, dass du auch mit ihr reden willst.«

»Natürlich.«

»Sie ist im Augenblick nicht ansprechbar. Yonasan hatte mir geraten, ihr diese Tabletten zu geben. Stimmt's, Yonasan?«

Jonathan nickte, fühlte sich aber sichtlich unwohl.

»Können wir uns noch kurz über die anderen Male unterhalten, als Shaynda ausgerissen ist?«, fragte Decker.

Lieber wandte den Kopf ab. »Nicht *Male*. Ein einziges Mal. Sie hat sich davongeschlichen und ist zu einer Party gegangen. Aber dann haben die Jugendlichen dort irgendwelche schrecklichen Dinge gemacht. Sie bekam Angst und hat uns angerufen, damit wir sie abholen. Zumindest besaß sie so viel Geistesgegenwart.«

»Und was passierte dann?«

»Ich hab sie abgeholt – was denkst du denn?«

»Hast du sie bestraft?«

»Natürlich! Sie konnte von Glück reden, dass die Jungs nicht irgendetwas mit ihr angestellt haben. Dieses dumme Kind!« Er zuckte zusammen. »Ich war so wütend auf sie. Doch jetzt wünschte ich...«

Decker nickte.

»Ein aufsässiges Kind kann seinen Vater wirklich Nerven kosten.«

»Ich weiß, Chaim. Einer meiner Jungs ist auch ziemlich eigensinnig.«

»Bei Jungs ist das doch was anderes! Die können sich selbst beschützen! Mädchen nicht. Außerdem setzt bei Mädchen der Verstand aus, wenn's um Jungs geht.«

»Da hast du vermutlich Recht.«

»Ein einziges Mal!«, setzte Lieber seinen Monolog fort. »Dabei hatte sie versprochen, sich zu bessern. Das Ganze hatte ihr wirklich Angst eingejagt.«

»Was genau?«

»Das weiß ich nicht! Ich war schließlich nicht dabei. Ich nehme mal an Sex und Drogen. Diese Jugendlichen sind doch alle wilde Tiere! Die Eltern haben ihre Kinder überhaupt nicht mehr im Griff. Allerdings sind sie selbst auch keinen Deut besser – Scheidungen, Affären, Drogen, Alkohol. Kein Wunder, dass die Kinder wahre Bestien werden.«

Jonathan blickte zur Seite; sein Kiefer mahlte.

»Und dabei hatte sie sich doch schon ein wenig gebessert«, fuhr Lieber fort. »Mein Bruder... ganz bestimmt kein *zadik*... aber er war... er hatte... Mit ihm redete sie. Er half ihr. Und das half *ihm*. Ich dachte wirklich, zumindest *er* hätte sich gebessert.«

»Vielleicht war das ja auch der Fall, Chaim«, warf Jonathan ein.

»Ja sicher, Jonathan, deswegen hat man ihn auch nackt in einem Hotelzimmer gefunden!«

Jonathan atmete geräuschvoll aus.

Chaim schlug seine rechte Hand in seine linke. »Bitte, Akiva. Mach dich auf den Weg und rede mit der Polizei. Wenn wir herausfinden, was mit Ephraim passiert ist, dann finden wir vielleicht auch heraus, was mit Shayndie ist. Bitte. Es ist Freitag. Du hast nicht mehr allzu viel Zeit bis zum *Schabbes*. Geh endlich!«

»Ich würde trotzdem gern einen Blick in ihr Zimmer werfen«, sagte Decker.

»Ja, ja. Heute Nachmittag. Wenn du zurückkommst, dann reden wir darüber.«

»Ich könnte ein Foto gebrauchen.«

»Die Polizei hat ein Foto von ihr. Sprich mit denen.«

Chaim stand auf und streckte seine Hand aus. »Ich kann dir gar nicht genug danken.«

Decker erhob sich. »Noch hab ich nichts getan.«

»Doch, das hast du. Du bist hier, und das ist schon einiges.« Er hielt einen Finger in die Luft. »Wie Mosche Rabeinu und Abraham Avenu bist du gekommen, als du gerufen wurdest.«

5

Die Nummer auf dem Display von Deckers Mobiltelefon gehörte Detective Mike Novack vom 28. Revier. Decker erklärte ihm kurz, worum es ging, wer er war und was er hier tat.

»Ich hab inzwischen alle Papiere zur Durchsuchung der Wohnung des Opfers zusammen. Ich treffe mich dort mit dem Hausverwalter, der den Schlüssel hat, und mit ein paar Kollegen vom Dreiundsechzigsten. Jede Wette, dass sie Stan Gindi schicken. Die Wohnung liegt in Flatbush. Sollen wir uns dort treffen?«

»Klingt gut. Wo liegt Flatbush?«

Schweigen am anderen Ende der Leitung. Dann meinte Novack: »In Brooklyn. Schon mal von Brooklyn gehört?«

»In Los Angeles gibt's die Brooklyn Bagel Company.«

»Großartig. Ich arbeite mit einem Zugereisten. Von wo aus rufen Sie an?«

»Quinton.«

»Quinton? Was zum Teufel machen Sie in Quinton?«

»Ich komme gerade von einem Besuch bei der Familie des Opfers – seinem Bruder.«

»Verstehe. Also sind Sie jetzt nördlich von hier. Trotzdem werden Sie wohl schneller in Flatbush sein als ich. Ich muss durch die ganze Stadt – Amsterdam Avenue und 162. Straße. Der Verkehr ist der helle Wahnsinn – Freitagmittag!« Er gab Decker die Adresse. »Ich vermute, Sie wissen nicht, wie Sie dahin kommen … nach Flatbush …«

»Nein. Aber mein Bruder fährt mich. Er kennt sich hier aus. Er ist der Schwager des Opfers.«

»Der Rabbi. Ja, wir haben gestern schon mit ihm gesprochen. Scheint ein netter Kerl zu sein, abgesehen davon, dass er einen Anwalt eingeschaltet hat – und auch noch ausgerechnet Hershfield.«

»Das war meine Idee. Ich hab meinem Bruder geraten, den besten Strafverteidiger der ganzen Stadt zu engagieren.«

»Ihre Idee? Wieso? Trauen Sie uns etwa nicht? Nicht doch. Ganz Amerika liebt die New Yorker Polizei.«

»Das stimmt. Aber darum geht es nicht. Ich weiß nicht, was hier wirklich gespielt wird. Die Familie muss geschützt werden.«

»Auf welcher Seite stehen Sie eigentlich?«

»Auf der Seite von Wahrheit, Gerechtigkeit und den Prinzipien, die Amerika groß gemacht haben.«

»Noch so einer aus L. A., der sich für Superman hält. Ich gebe Ihnen die Adresse. Haben Sie Papier und Stift?«

»Ja.«

»*Richtiges* Papier und einen richtigen Stift?«

Decker schwieg einen Moment. In der Stimme des Mannes schwang eine gewisse Feindseligkeit mit, aber das war zu erwarten gewesen. Sie beide waren zwar keine direkten Widersacher,

aber zumindest im Augenblick auch keine richtigen Kollegen.
»Als ich das letzte Mal nachgesehen habe, waren sie jedenfalls noch ziemlich real.«

»Das ist keine blöde Frage, auch wenn es sich so anhört. Ihr Typen aus L. A. habt doch alle diese Handhelds. Eines Tages werdet ihr in ein Gewitter geraten und dann machen sich eure sämtlichen Daten auf den Weg ins Nirwana.«

Der erste Detective, auf den Decker traf, war einsfünfundsiebzig groß, dünn wie ein Streichholz und kahl. Er hatte runde braune Augen und einen dicken roten Schnurrbart. Unter seinem grauen Anzug trug er ein weißes Hemd und eine schwarze Krawatte. Das war Gindi. Novack, Boxernase, fleischige Wangen und wulstige Lippen, sah größer aus und wirkte massig. Sein glänzendes schwarzes Haar war glatt nach hinten gekämmt und gab den Blick frei auf eine gewölbte Stirn, buschige Augenbrauen und mitternachtsblaue Augen unter schweren Lidern. Er trug einen dunkelblauen Anzug, ein weißes Hemd und eine Krawatte mit einem verrückten Muster aus dünnen roten und blauen Streifen.

»Ich bin der zuständige jüdische Detective für den ganzen Norden«, erklärte Novack. »Jedes Mal, wenn einer der Chassidim, Israelis oder Juden in Manhattanville oder Umgebung umgelegt wird, müssen entweder ich, Marc Greenbaum oder Alan Josephs raus. Die Behörde sieht es gern, wenn ein Jude sich um jüdische Angelegenheiten kümmert, genauso wie man es gern sieht, dass sich ein Schwarzer mit den Schwarzen oder ein Puertoricaner mit den Puertoricanern befasst. Zu den Jungs aus der Dominikanischen Republik schicken sie auch schon mal einen Kubaner. Für die Koreaner haben wir gleich mehrere Koreaner und ein paar Taiwanesen; außerdem verfügen wir über einen besonderen Beamten für die Haitianer. Und falls drüben in Brooklyn ein Jude betroffen ist, werden Stefe Gold, Ken Geraldnick oder Stan hier losgeschickt. Habe ich Recht?«

»Absolut«, pflichtete Gindi ihm bei. »Wobei ich das gar nicht mal schlecht finde.«

»Ich hab nicht gesagt, dass das schlecht ist.«

»Wir haben hier in Brooklyn eine ganze Reihe jüdischer Beamter. Wahrscheinlich sogar mehr als in der City. Schließlich leben in Brooklyn ja auch viele Juden. Aber nicht so viele wie bei dir, Mick.«

»Nein, nicht so viele, obwohl die Juden der West Side die Grenze immer weiter nach Norden verschieben. Und wenn man ganz weit in den Norden fährt, stößt man auf die von Washington Heights. Deswegen war ich heute Morgen auch schon da oben.«

»Was war denn los?«, wollte Gindi wissen.

»Ein Überfall auf irgendeinen billigen Schmuckladen. Der Besitzer ist Chassid. Bekam ein paar Kugeln ab, ausgerechnet in den Hintern. Der Typ lebt in Wash Heights. Zur Synagoge wird er es heute Abend wohl nicht schaffen, aber es hätte schlimmer kommen können.«

Sie standen vor einem sechsgeschossigen Backsteinhaus, dessen Fassade mit Ruß bedeckt war. Die Wolkendecke hatte sich etwas gelichtet, aber es ging immer noch ein schneidend kalter Wind. Die Seitenstraße, in der Ephraim gewohnt hatte, war schmal und mit Schlaglöchern übersät. Zwischen den rissigen Gehsteigplatten hatte sich rötlicher, sandiger Matsch angesammelt. Neben dem Haus befand sich ein kleines unbebautes Grundstück, auf dem ein paar nackte Baumschösslinge Wurzeln geschlagen hatten und jede Menge Müll herumlag.

»Was ist denn das hier für eine Gegend?«, fragte Decker. »Arbeiterviertel?«

»Dieses hier schon. Sehr jüdisch, sehr religiös. Allerdings nicht die Gegend, in der *seine* Leute leben.« Novack zeigte mit dem Daumen in Gindis Richtung. »Stan ist Syrer. In Flatbush leben eine Menge syrische Juden. Die haben alle diese merkwürdigen Namen – Zolta, Dweck, Pardo, Bada, Adjini.«

»In Flatbush leben alle möglichen jüdischen Bevölkerungsgruppen.«

»Ja, aber die aus Syrien... die verstehen es zu leben, hab ich Recht?«

»Du sagst es, Mick!«

Novack warf einen Blick auf seine Uhr. »Junge, Junge, schon halb eins. Wo bleibt denn dieser Hausmeister?«

»Ich hab einen Schlüssel«, verkündete Jonathan.

»Sie haben einen Schlüssel?«, wiederholte Novack.

»Ja.«

»Würde es Ihnen was ausmachen aufzuschließen?«, fragte Gindi.

»Ist das in Ordnung?«, wandte Jonathan sich an Decker.

»Er hat alle erforderlichen Papiere, Jon. Du würdest die Sache nur etwas beschleunigen.«

»Dann werde ich aufschließen.«

Jonathan führte sie zum Aufzug, der fast ein wenig zu eng für alle war. Ruckelnd setzte er sich in Bewegung und fuhr im Schneckentempo nach oben. Ephraims Wohnung lag auf einem schlecht beleuchteten Flur, in dem es leicht nach Müll und Urin roch – Apartment Nummer vier. Am Türpfosten befand sich die erforderliche *mesusa*, die Schriftkapsel mit der Pergamentrolle. Als die Beamten ihre Handschuhe anzogen, holte auch Decker ein Päckchen mit Handschuhen, das das offizielle Siegel der Polizei von Los Angeles trug, aus seiner Jackentasche.

»Was haben Sie vor?«, fragte Novack. »Lieutenant hin oder her – Sie sind hier immer noch Gast. Und das bedeutet, dass Sie und der Rabbi nur *zuschauen*.«

»Ich hatte nicht vor, etwas anzufassen«, log Decker. »Ich bin einfach nur vorsichtig. Wir wollen doch nicht, dass wir versehentlich irgendwelche Spuren vernichten, oder? Also, dann mal los.«

»Ich hoffe doch sehr, dass Sie das auch ernst meinen«, sagte Novack.

»Sie sind sehr freundlich zu mir, Detective«, erwiderte Decker. »Das weiß ich zu schätzen.«

Novack zögerte einen Moment, nahm aber dann den Schlüssel, den Jonathan ihm hinhielt, und öffnete die Tür. Als Jonathan über die Türschwelle trat, streckte er reflexartig die Hand in Richtung *mesusa* aus, doch Decker hielt ihn zurück. Novack hatte die Szene beobachtet und nickte Decker dankend zu. Ein paar Gummipunkte für den Zugereisten aus L. A.

Ephraim hatte in einer winzigen Zweizimmerwohnung gelebt, in der es kaum Möbel gab. Im Wohnbereich befanden sich ein kleines abgenutztes Sofa, dessen grüner Polsterstoff verschossen war, und ein Beistelltisch mit einer Laminatoberfläche in Holzdekor, die sich bereits ablöste. Auf dem Tisch stapelten sich Zeitungen: Das ganz oben liegende *Time*-Magazin verdeckte die Titel der anderen Zeitschriften. Daneben stand ein Becher; die Kaffeepfütze am Boden war kalt. Auf dem Ablagefach unter dem Tisch erkannte Decker ein jüdisches Gebetbuch, eine jüdische Bibel und mehrere Werke von Rav Menachem Kaplan. Eines trug den Titel *Die jüdische Seele*, ein anderes hieß *Rettung der jüdischen Seele*. Gegenüber der Couch befanden sich zwei nicht zusammenpassende Sessel und zwischen ihnen eine Stehlampe.

Der Essbereich umfasste einen viereckigen Tisch, dessen rubinrote Linoleumoberfläche an eine Marmorplatte erinnerte; die Beine bestanden aus Stahlrohrgestellen. Vier dazu passende Stahlrohrstühle mit dunkelroter Kunststoffpolsterung waren um den Tisch verteilt. Bei dem Tisch handelte es sich vermutlich um ein Originalstück aus den Fünfzigerjahren, das heute wahrscheinlich mehr wert war, als es damals gekostet hatte.

Gindi durchsuchte die wenigen Küchenschränke der winzigen Kochnische. Decker sah einen Minikühlschrank und eine einzelne Kochplatte. Während der ganzen Zeit stand Jonathan in der Mitte des Wohnbereichs, die Hände tief in den Taschen vergraben und einen leidvollen Ausdruck in den Augen. Decker ging zu ihm.

»Es tut mir so Leid.«

»Das ist alles so traurig.«

»Ich weiß.«

»Er hatte sich wirklich zum Besseren verändert, Akiva. Ganz ehrlich.«

»Und diese Wohnung hier soll also eine Verbesserung gewesen sein?«

»Ja. Vor ein paar Jahren noch hat er mehr oder weniger auf der Straße gelebt.«

»Und was hat ihn gerettet?«

»Wir haben ihm Geld gegeben, genau wie sein Vater.«

»Und Chaim?«

»Chaim…« Jonathan zuckte die Schultern. »Chaim hat sieben Kinder. Er kommt zwar über die Runden, aber man kann ihm kaum einen Vorwurf daraus machen, dass er auf sein Geld achtet.«

»Natürlich nicht.«

»Ephraim hat uns überschwänglich dafür gedankt, dass wir ihn nicht abgeschrieben hatten. Wir haben ihn häufig zum Essen eingeladen und versucht, so viel wie möglich zu geben. Und auch sein Vater war immer für ihn da.« Er schüttelte den Kopf. »Gott allein weiß, was in diesem Hotelzimmer passiert ist.«

»Wie ist er von seinem Drogenproblem losgekommen?«

»Keine Ahnung. Über diesen Teil seines Lebens hat er nie gesprochen.« Jonathan seufzte. »Wenn es dir nichts ausmacht, gehe ich ein paar Minuten an die frische Luft und hol mir einen Kaffee. Ein paar Häuser weiter hab ich ein Café gesehen. Das hier ist einfach zu deprimierend.«

Novack trat zu ihnen. »Sie gehen schon, Rabbi?«

»Hier gibt es nichts, was ich noch tun könnte. Im Gegenteil: Ich hab das Gefühl, dass ich nur im Wege stehe.«

»Sie sehen müde aus, Rabbi. Ich kann ja den Kerl hier herumkutschieren.« Sein Daumen wies in Deckers Richtung. »Wahrscheinlich will er auch noch den Tatort sehen, richtig?«

»Das wär sehr nützlich«, antwortete Decker.

»Warum fahren Sie also nicht nach Hause?«, wandte Novack sich wieder an Jonathan.

»Vielleicht braucht mich der Lieutenant ja noch.« Jonathans Stimme klang mutlos.

»Ich denke, Detective Novack hat Recht«, sagte Decker. »Das Einzige, was du für mich tun könntest, wäre, mich zurück nach Quinton zu fahren. Ich möchte mit Shayndas Mutter reden.« Er drehte sich zu Novack um. »Es sei denn, Sie wollen mich begleiten.«

»Ich muss heute Nachmittag noch ein paar dringende Dinge erledigen. Außerdem habe ich schon mit ihr gesprochen – mit beiden Elternteilen.« Er machte eine bedeutungsvolle Pause. »Falls Sie aber etwas herausfinden sollten…«

»Selbstverständlich. Dann werde ich Sie sofort informieren.«

»Ich hab ein schlechtes Gewissen, wenn ich dich jetzt allein lasse, Akiva«, sagte Jonathan.

»Ich will ganz ehrlich sein, Jon – ich glaube, es würde manches vereinfachen.«

»Und wir fahren später sowieso in die Stadt«, fügte Novack hinzu. »Sie wissen, wo der Tatort ist? An der 134. Straße, zwischen Broadway und Amsterdam Avenue.«

»Ja, ich weiß.« Jonathan wischte sich eine Träne aus den Augen. »Nicht weit von meiner *schul*.«

»Wo liegt die?«

»An der 117., zwischen Morningside und St. Nicholas Avenue. Gegenüber dem Park der Columbia University.«

»Das ist nur einen Katzensprung vom 28. Revier entfernt. Ich setze ihn einfach an Ihrer Synagoge ab. Überhaupt kein Problem.«

»Sie sind sehr freundlich.« Jonathan klang völlig erschöpft.

»Ruhen Sie sich ein wenig aus, Rabbi«, sagte Novack. »Ich bin mir sicher, dass eine Menge Leute Ihre Unterstützung brauchen.«

»Da haben Sie Recht, Detective.«

Decker begleitete seinen Bruder zur Tür. »Ich ruf dich in ein paar Stunden an.«

Als Jonathan gegangen war, meinte Novack: »Armer Kerl. Erst wird sein Schwager umgenietet, dann bequatschen seine Verwandten ihn, Sie mit in die Sache hineinzuziehen, und jetzt hat er deswegen auch noch ein verdammt schlechtes Gewissen.«

Eine gute Beschreibung der Situation.

»Die Eltern des Mädchens«, fuhr Novack fort, »waren nicht gerade hilfsbereit. Das lag vielleicht daran, dass sie so mitgenommen waren. Aber ich will mich noch nicht endgültig festlegen. Verstehen Sie, was ich meine?«

»Ich höre.«

»Es ist immer das Gleiche. Zuerst wird die Familie unter die Lupe genommen. Aber ich glaube, das muss ich Ihnen nicht erzählen.«

»Genau das ist der Grund, warum ich meinen Verwandten geraten habe, einen Anwalt zu nehmen.«

»Ja, das war ein guter Rat.« Novack drehte den Kopf in Richtung Küche. »Hey, Stan! Rate mal, was ich im Schlafzimmer gefunden hab.«

Der kahle Mann schloss den letzten Küchenschrank. »Hoffentlich was Interessanteres als Kakerlaken. Davon gibt's nämlich hier mehr als genug.«

»Was denn?«, fragte Decker.

»Zeitschriften. Und nicht die, die man im Wohnzimmer herumliegen lässt.«

»Harter Tobak?«

»Zumindest nichts Illegales. Keine Kinder oder Tiere, soweit ich das beurteilen kann.«

»Männer?«

»Nein, Frauen.«

Decker warf einen Blick auf Ephraims Beistelltisch. »Ich würde gerne das *Time*-Magazin vom Stapel nehmen. Sind Sie damit einverstanden?«

»Klar.«

Decker legte die Wochenzeitschrift beiseite, sodass eine Ausgabe des *New Yorker* und eine Mappe mit zusammengehefteten Blättern zum Vorschein kam. Auf dem blauen Umschlagblatt stand EMEK REFA'IM. »Kann ich mir das hier mal genauer ansehen?«, wandte er sich an Novack.

Novack zuckte mit den Schultern. »Nur zu, Sie tragen ja Handschuhe.«

Decker blätterte durch die Mappe.

»Was ist es denn?«, fragte Novack. »Irgendwelcher Pornokram?«

»Bestimmt nicht, wenn EMEK REFA'IM vorn drauf steht«, antwortete Gindi.

Decker betrachtete den gedruckten Titel. »Was bedeutet das?«

»Emek Refa'im? *Emek* ist ein Tal. Und ich glaube *refa'im* stammt von *refuah*…«

»Heilen«, warf Decker ein.

»Ja, das Tal der Heilung.«

»Das würde auch einen Sinn ergeben«, sagte Decker. »Das

Ding sieht nach einer selbst gemachten Broschüre für jüdische Drogenabhängige aus.«

»Lassen Sie mich mal sehen«, meinte Novack.

Decker reichte ihm die Mappe. »Sieht ganz so aus, als hätte die Organisation mehrere Ortsgruppen, die ihre eigenen Zwölfstufenprogramme durchführen. Am Ende stehen noch weitere Adressen.«

Novack überflog die Blätter. »Vielleicht sollte ich diese Leute mal besuchen. Ich frage mich, wann die sich treffen.«

»Heute ist Freitag, also wird das Treffen mit Sicherheit nicht heute Abend stattfinden«, sagte Decker.

»Das ist wohl wahr«, stimmte Novack ihm zu.

»Wie wär's mit morgen Abend?«, fragte Gindi. »*Motzei Schabbat?* Wenn alle vom Geist des heiligen Tages erfüllt sind?«

»Oder vom Stress«, sagte Decker. »Wer als Drogenabhängiger gezwungen ist, den ganzen Tag mit seiner Familie zu verbringen, bei dem liegen die Nerven abends mit Sicherheit blank.«

»Da ist was dran.« Novack legte die Mappe als Beweismittel in einen Plastikbeutel. »Ich werd diese Typen mal anrufen und nachprüfen, ob Ephraim irgendwas mit einer dieser Ortsgruppen zu tun hatte. Falls sie sich morgen Abend treffen, wollen Sie dann mitkommen?«

»Ja, sehr gerne«, erwiderte Decker.

»Willst du dir den nicht jugendfreien Kram noch ansehen?«, rief Novack in Gindis Richtung.

»Wenn's sein muss«, erwiderte Gindi.

Selbst Deckers Geräteschuppen war größer als Ephraims Schlafzimmer. An der Wand stand ein ungemachtes Bett mit einem Nachttischchen, auf dem sich ein Telefon, ein Wecker und ein gerahmtes Bild befanden – ein chassidischer Mann und ein junges, etwa vierzehnjähriges Mädchen, aber mit gebührendem Abstand zwischen beiden. Decker betrachtete das Foto.

»Darf ich?«

Novack zuckte mit den Schultern.

Decker nahm das Bild und betrachtete die Gesichter darauf. Das Mädchen konnte man wirklich nicht als hübsch bezeichnen.

Sie hatte eine große Nase, und ihre Wangen zeigten noch etwas Babyspeck. Aber in ihren großen, dunklen Augen blitzte ein schelmisches Lächeln. Sie trug eine langärmelige rosa Bluse und einen langen Jeansrock. Ihre Haare waren nach hinten gekämmt, vermutlich zu einem Zopf geflochten. Ihre Lippen umspielte ein kleines, geheimnisvolles Lächeln. Der Mann auf dem Foto musste um die vierzig sein und trug den typisch chassidischen schwarzen Anzug. Er hatte einen Bart, und unter dem schwarzen Hut schauten die beiden Schläfenlocken hervor. Er lächelte breit, und in seinen Augenwinkeln kräuselten sich kleine Lachfältchen. Decker zeigte Novack das Foto. »Ist das Shayndie?«

»Bei so einem kleinen Bild lässt sich das schwer sagen, aber ich glaube schon.«

»Haben Sie denn ein größeres Foto?«

»Ja, ein Foto von Shayndas Bat-Mizwa. Ich hab es gestern fotokopiert und heute Morgen in der Gegend rund um den Tatort verteilen lassen. Damit war ich gerade beschäftigt, als Sie anriefen. Shaynda trug bei der Feier ein bauschiges rosa Kleid und sah aus wie in rosa Zuckerwatte gehüllt. Sie schien wesentlich jünger als dreizehn zu sein.«

»Wahrscheinlich war sie auch erst zwölf«, entgegnete Decker. »Die orthodoxen Mädchen feiern ihre Bat-Mizwa mit zwölf Jahren, nicht mit dreizehn.«

»Ja, richtig«, bestätigte Novack.

Decker betrachtete das Foto. »Auf diesem Bild ist sie älter als zwölf, hat aber immer noch dieses unschuldige Gesicht. Himmel, was für eine furchtbare Geschichte! Darf ich das Foto behalten?«

»Das ist gegen die Vorschriften.«

»Deswegen frage ich ja.«

»Also gut, behalten Sie's.«

Decker steckte das Foto ein. Erneut sah er sich gründlich in dem Zimmer um. Am Fuß des Betts stand ein tragbarer Fernseher auf mehreren Ziegelsteinen. Novack berichtete Decker und Gindi, dass er die beiden Schachteln unter dem Bett gefunden habe – eine enthielt eine Reihe zerlesener Taschenbücher, die andere die üblichen Pornomagazine.

Decker bückte sich und roch am Bettlaken.

»Ich hab kein Sperma riechen können, falls es das ist, wonach Sie suchen«, sagte Novack. »Aber wir brauchen das Laken nicht einzutüten. Wenn wir das Mädchen finden, und sie...« – er beschrieb mit seiner Hand ein paar Kreise in der Luft – »...und sie hat Spermareste in sich, dann hab ich genügend Gewebeproben von der Leiche, um einen DNA-Test durchzuführen.«

Gindi überflog die Titel der Pornohefte. »Nichts Besonderes, sieht man mal davon ab, dass dieser Typ hier angeblich ein frommer Mann war. Aber selbst für die ist das hier noch nichts Außergewöhnliches. Die Nutten stehen doch schon direkt hinter der Brücke von Manhattan nach Williamsburg und warten nur darauf, den Chassidim die Flöte zu blasen. Okay, niemand ist perfekt. Aber diese Typen haben eine ziemlich elitäre Einstellung, und wenn man nicht einer von ihnen ist, dann zählt man nicht. Und deswegen ist es für sie auch in Ordnung, das Gesetz zu umgehen, denn alles, was sich außerhalb ihrer eigenen Gesetze abspielt, gilt für sie nicht.«

Novack hob die Hände und ließ sie wieder sinken. »Kaum zu glauben, dass das meine Leute sein sollen. Mein Großvater hat alles dafür gegeben, um hierher kommen zu können, und diese Schwarzröcke sind zu blind, um zu erkennen, was wahre Freiheit ist.«

»Haben Sie irgendwelche Hinweise gefunden, dass das Opfer das Mädchen missbraucht hat?«, fragte Decker.

»Bisher noch nicht«, antwortete Novack. »Keine Nacktfotos von dem Mädchen, falls Sie das meinen.«

Decker nickte. »Irgendwelche Kameraausrüstung oder Videos?«

»Nichts.«

»Haben Sie gestern einen Blick in das Zimmer des Mädchens werfen können?«

»Nein, allerdings war ich auch gar nicht bei ihr zu Hause«, erwiderte Novack. »Ich hab auf dem Revier mit ihren Eltern gesprochen. Wie schon gesagt, will ich gar nicht behaupten, dass sie etwas zu verbergen hätten. Vielleicht fällt es ihnen einfach nur schwer, sich jemandem außerhalb ihres *chewra* anzuvertrauen.«

Decker wusste, dass Novack mit *chewra* ihren Freundeskreis meinte. »Könnte sein.«

»Deshalb ist Ihre Anwesenheit hier für mich gar nicht mal so schlecht. Wahrscheinlich können Sie an ein paar Insiderinformationen rankommen.«

»Mag sein, dass ich näher dran bin als Sie, aber ich bin alles andere als einer der ihren.« Erneut betrachtete Decker das Foto. War das einfach nur ein Onkel, der das Beste für seine Nichte wollte? Oder ein Mann, der verrückt nach jungen Mädchen war. »Glauben Sie, dass er sie mal mit hierher genommen hat?«

Gindi schaltete sich ein. »Sie dürfen nicht vergessen, wo Sie hier sind, Lieutenant. Das hier ist ein sehr gläubiges Viertel. Und die Leute reden nun mal. Wie lange würde es wohl dauern, bis die Geschichte die Runde gemacht hätte, dass ein frommer Mann ein Mädchen mit in seine Wohnung nimmt – ganz zu schweigen von einem jungen Mädchen. Mal abgesehen davon, dass Unzucht mit Minderjährigen strafbar ist, ist es auch nicht *zniesdik*.«

Zniesdik bedeutete tugendhaft. »Vielleicht hat ja sein Bruder Wind davon bekommen.«

»Nein.« Gindi schüttelte den Kopf. »Wenn er irgendwas Illegales mit dem Mädchen angestellt hat, dann bestimmt nicht hier in seinem eigenen Viertel.«

Novack zog eine Schachtel aus einem Wandschrank. »Seht mal, was ich hier habe.«

»Mach's nicht so spannend, Mike.«

»Lauter Papierkram aus dem Laden.« Novack knallte die Schachtel auf den Boden und zog ein paar Blätter heraus. »Listen mit Artikeln, Preisen und Strichcodes, alles aus Liebers Elektronikgeschäft.«

»Ephraim war im Familienunternehmen tätig«, erklärte Decker.

»Ja, das hab ich auch gehört.« Novack blätterte durch die Unterlagen. »Ephraims alter Herr hat mir erzählt, dass sein Sohn alles machte, was so anfiel. Und wenn es mal nichts zu tun gab, hat er sich um die Inventurliste gekümmert. Und so wie es aussieht, hatte er einen ziemlich genauen Überblick darüber, was in den Läden raus- und reinging.«

Gindi klopfte mit seinem Fuß auf den Boden. »Findest du es nicht auch merkwürdig, dass sie ausgerechnet einem Mann mit Drogenproblemen die Inventurliste anvertrauen? In diesem Gewerbe fällt schon mal gern was vom Laster. Das ist wie die sprichwörtliche Möhre, die man dem Esel vor die Nase hält.«

»Du meinst: Bedien dich selbst, solange das Ganze nicht ausartet?«, fragte Novack.

»Genau.«

»Wenn sie wirklich gedacht hätten, dass er ein Risiko darstellt, hätten sie ihm dann überhaupt eine Aufgabe übertragen?«, mischte Decker sich ein. »Vielleicht sein Vater, aber der Bruder?« Er schüttelte den Kopf. »Ich wette, Chaim hat seinen Bruder mit Argusaugen beobachtet.«

»Trotzdem ist dieser Gedanke für mich noch nicht vom Tisch«, meinte Gindi.

»Hey, ich hab nur so drauflos gedacht. So mach ich das mit meinen Leuten in L.A.: Wir werfen einfach ein paar Ideen in den Raum und überlegen dann, was davon haltbar ist.«

»Hier läuft das genauso, und Sie haben gar nicht mal Unrecht.« Novack durchwühlte die Unterlagen. »Alles der gleiche Kram. Ich werd das alles eintüten und mir im Büro mal genauer ansehen, schön langsam und systematisch. Vielleicht sind ja doch ein paar Sachen darunter, die ich im Moment noch vermisse.«

»Zum Beispiel?«, fragte Gindi.

»Na, zum Beispiel ein Sparbuch. Außerdem muss der Kerl doch ein Girokonto gehabt haben.«

»Wenn er wirklich an einem dieser Zwölfstufenprogramme teilgenommen hat, wäre es gut möglich, dass er weder ein Scheckbuch noch eine Kreditkarte besaß. Möglicherweise hat er nur bar bezahlt.«

»Ja, das stimmt«, sagte Gindi. »Viele Drogenabhängige haben Finanzprobleme und lassen Schecks platzen.«

»Das würde uns die Arbeit nicht gerade erleichtern«, überlegte Novack. »Keine Spuren, die wir zurückverfolgen könnten.«

»Vielleicht hatte er ja früher eine Kreditkarte«, sagte Decker.

Novack klappte den Deckel zu und verschloss die Schachtel mit

Klebeband. »Trotzdem sollten wir einen möglichen Diebstahl im Familienunternehmen nicht außer Acht lassen. Vielleicht hat Ephraim damit alte Drogenschulden bezahlt, und die möglicherweise nicht schnell genug.«

»Und was ist mit dem Mädchen?«, fragte Gindi.

Novack seufzte. »Sie ist ein echtes Problem.«

»Die armen Eltern«, sagte Gindi.

»Das arme Mädchen«, sagte Decker.

6

Der Tatort war ein schäbiges Hotelzimmer mit einer tollen Aussicht auf eine Ziegelsteinmauer, obwohl Decker davon ausging, dass der – oder die – Täter das verblasste Rollo vorher heruntergezogen hatte. Die Kreideumrisse waren noch deutlich zu sehen: Die Leiche hatte neben dem Bett gelegen. Aber da zwischen Bett und Wand nicht genügend Platz war, hatten Ephraims linker Arm und linkes Bein an der Wand gelehnt, und die Kreidestriche setzten sich auf der einst weißen, inzwischen jedoch völlig vergilbten Tapete fort. Innerhalb des Kopfumrisses befand sich ein dunkelbrauner Fleck – eine amöbenförmige Lache aus getrocknetem und klebrigem Blut mit einem Durchmesser von etwa fünfzehn Zentimetern. Die restliche Wand war bedeckt mit Fingerabdruckpulver, genau wie das Nachttischchen, das Telefon, der Wecker und große Bereiche der teilweise gesprungenen weißen Bodenfliesen. Im angrenzenden Bad sah Decker eine verfärbte graue Porzellantoilette mit dunklen Spuren in der Schüssel und ein ebenfalls verfärbtes graues Porzellanwaschbecken.

Decker widerstand dem Drang, sich die Schläfen zu reiben, um die sich ankündigenden Kopfschmerzen zu vertreiben – er hatte gerade erst ein paar frische Handschuhe angezogen. Seit sechzehn Stunden hatte er nichts Anständiges gegessen, und die überall herumschwebenden Staubpartikel des Fingerabdruckpulvers trugen auch nicht gerade zu einer Steigerung seines Wohlbefindens bei. Außerdem hing dieser Übelkeit erregende Geruch in der Luft, ein starker Uringestank mit einer Spur von Fäkalien. Trotzdem hatte Novack, genau wie Decker, auf Mentholsalbe verzichtet – er hatte schon Schlimmeres gesehen und gerochen.

Novack holte sein Notizbuch und einen Umschlag mit Fotos von der Leiche hervor. »Ein einzelner Schuss durch die Schläfe – der Eintrittswunde nach zu urteilen aus nächster Nähe; allerdings fehlt das typische Explosionsmuster.«

»Und wieso?«, fragte Decker.

Novack zuckte die Schultern.

Decker blätterte durch die Fotos. »Austrittswunde?«

»Keine. Das Ding muss sich also noch im Schädel befinden. Wahrscheinlich ein Hohlspitzgeschoss – irgendwas, das im Innern des armen Teufels explodiert ist. Wir wissen mehr, sobald die Gerichtsmedizin die Kugel herausgeholt hat. Bei der Hülse handelte es sich um ein Kaliber .32.«

»Ein Hohlspitzgeschoss …« Decker warf einen Blick auf den Tatort. »Das würde den geringen Blutverlust erklären.« Er ging zu der Stelle und betrachtete die Kreidespuren. »Hier haben wir eine große Blutlache, was bedeutet, dass das Opfer mit der Wunde nach unten gefallen sein muss. Irgendeine Vorstellung, wie sich das Ganze abgespielt hat?«

»Ja, darüber hab ich mir auch schon den Kopf zerbrochen. Zuerst dachte ich, dass er auf dem Bett erschossen wurde und dann heruntergefallen ist. Aber dann müssten auch auf der Bettwäsche Blutspuren sein … und da ist nichts. Also haben wir überlegt, dass er umgelegt wurde, während er in der Ecke kauerte oder stand.«

»Irgendwelche Blutspritzer?«

»Nein, keine Spritzer an den Wänden. Wir haben jedenfalls keine gefunden.«

»Vollkommen unmöglich.«

»Aber so sind die Fakten.«

»Falls er nicht auf der linken Seite gelegen hat und durch den Fußboden erschossen wurde, müssen einfach irgendwo Spritzer sein«, sagte Decker.

»Deshalb glauben wir, dass er vielleicht gar nicht hier erschossen wurde.«

»Und wo ist es dann passiert?«

»Jedenfalls nicht in diesem Raum.«

Decker dachte nach. »Aber das würde bedeuten, dass die Leiche die Treppe hinaufgeschleppt wurde... und zwar... wie viele Stockwerke? Zehn Stockwerke hoch?«

»Da wäre noch der Aufzug. Vielleicht hat man ihn in einen Sack gestopft.«

»Wir sind mit dem Aufzug gefahren, was ziemlich lange gedauert hat. Ganz zu schweigen von der Tatsache, dass es ein verdammt großer Sack gewesen sein muss.«

»Ist alles schon vorgekommen«, meinte Novack.

»Nehmen wir mal an... nur für den Moment..., dass der Typ auf seinen eigenen zwei Beinen hier heraufgekommen ist,«

»Sie meinen, er hat das Mädchen mit hierher gebracht?«

Decker dachte über diese Möglichkeit nach. »Haben Sie irgendwelche Beweise dafür, dass das Mädchen hier war?«

»Nichts. Kein Sperma auf den Bettlaken, keine Kleidung, keine Tasche, nichts, was auf irgendwelche sexuellen Aktivitäten schließen ließe.«

»Okay. Also gehen wir einfach mal davon aus, dass das Mädchen nicht hier oben war.« Decker hob eine Augenbraue. »Um sie kümmern wir uns später. Ephraim wurde jedenfalls gekidnappt und hierher gebracht – vielleicht in einem Sack, vielleicht auf seinen eigenen Füßen... irgendwie muss er hier hochgekommen sein.«

»So viel ist sicher. Was wir aber nicht wissen, ist, ob er noch lebte oder schon tot war.«

»Angenommen, er lebte noch, als man ihn hierher brachte.«

Novack lachte. »Okay. Sie sind aus L. A. Sie schreiben das Drehbuch, und ich spiele die Sache einmal durch.«

Decker lächelte. »Nehmen wir also an, jemand brachte Ephraim auf seinen zwei Beinen hierher.«

»Wahrscheinlich war das mehr als nur eine Person«, meinte Novack.

Decker nickte. »Ja, wahrscheinlich brauchte es wirklich zwei Leute, um ihn die Treppe raufzubringen, ohne dass er abhaute –

vermutlich haben sie ihm eine Waffe an den Kopf gehalten und die Treppe hinaufgezerrt. Vielleicht hatte er auch ein Klebeband über dem Mund.«

»Als wir ihn fanden, war nichts zu sehen.«

»Bitten Sie den Gerichtsmediziner, nach Kleberestspuren rund um den Mund zu suchen.«

Novack nickte, machte sich aber keine Notizen.

»Die Täter haben das Opfer also in dieses Zimmer gebracht«, fuhr Decker fort, »dann das Rollo heruntergezogen…«

»Ach, übrigens… ich hab im Nachbarhaus nach eventuellen Zeugen suchen lassen.«

»Das auf der anderen Seite des Fensters?«

»Ja, genau das. Aber nichts.«

»Okay. Okay.« Deckers Hirn arbeitete auf Hochtouren. »Sie ziehen das Rollo herunter und legen ihn hier im Zimmer an einer Stelle um, an der keine Spritzer zurückbleiben.« Er wandte sich an Novack. »Waren Ephraims Haare nass?«

»Nicht, als ich hier ankam«, entgegnete Novack. »Aber das will nichts heißen. Das Opfer hatte kurze Haare… fast bis zum Schädel abrasiert. Seine Haare wären innerhalb weniger Minuten trocken gewesen. Das sehen Sie auch auf den Fotos.«

Decker betrachtete die Aufnahmen. Ephraim hatte einen sehr kurzen Bürstenhaarschnitt. »Was ist mit seinen Sachen? Haben Sie seine Kleidung gefunden?«

»Nein, er war splitterfasernackt. Worauf wollen Sie hinaus?«

»Die Toilette«, sagte Decker. »Sie haben ihn ins Bad gezerrt, seinen Kopf in die Schüssel gehalten und ihn umgelegt. Die Toilettenspülung hat dann die größte Menge an Blut verschwinden lassen. Und außerdem wurde dadurch der Schall etwas gedämpft.«

»Das würde eine Riesenpfütze verursachen.«

»War der Boden nass?«

Novack blätterte in seinen Notizen und schüttelte den Kopf. »Nein… ich hab jedenfalls nichts notiert. Aber einer der anderen hätte doch rosa Wasser auf dem Boden bemerkt.«

»Hingen Handtücher im Bad?«

Erneut überprüfte Novack seine Notizen. »Nein. Ist ein ziemlich mieses Hotel.«

»Aber möglicherweise werden ja doch Handtücher zur Verfügung gestellt. Das sollte man mal überprüfen.«

Novack schwieg. Dann sagte er: »Wir sollten unter dem Toilettenrand nach Spritzern suchen.«

»Ja. Und falls Sie nichts finden, könnte man es noch mal mit einer UV-Leuchte versuchen. Und sagen Sie dem Gerichtsmediziner, dass er die Lunge des Opfers überprüfen soll. Vielleicht hat Ephraim Wasser eingeatmet, bevor er gestorben ist.«

Novack kratzte sich im Nacken und räusperte sich. »Das lässt sich einrichten.«

»Macht es Ihnen was aus, wenn ich mich noch ein wenig umsehe?«

»Nicht zu lange, okay?«

»Zehn Minuten?«

»Na, dann viel Vergnügen.« Aber bereits nach fünf Minuten wirkte Novack verärgert. »Wonach suchen Sie eigentlich, Decker?«

»Ich versuche nur, mir ein Bild davon zu machen… wie er hierher gekommen ist.«

»Das Zimmer war auf den Namen John Smith gebucht«, sagte Novack. »Im Voraus bar bezahlt. Der Beleg war schon bei der Bank eingeliefert, deshalb konnten wir keine Fingerabdrücke nehmen – selbst wenn wir gewusst hätten, wonach wir suchen.«

Decker sah sich noch einmal gründlich um. »Und Sie haben hier absolut nichts gefunden?«

»Das Einzige, was wir gefunden haben, war eine einzelne Tablette.«

»Eine Tablette?«

»Ja, wie eine Aspirintablette. War aber kein Aspirin. Die Tablette hatte keinerlei Prägung. Dabei sind selbst billige Generika mit einem Aufdruck versehen.«

»Ecstasy?«

»Ja, daran haben wir natürlich auch gedacht. Aber selbst diese Tabletten besitzen normalerweise irgendeine Prägung – ein Smiley oder ein Herz. Der Kerl hatte ein Drogenproblem, die Tablette ist ihm vielleicht aus der Tasche gerutscht. Wir haben das Ding ins Labor geschickt, wo es untersucht wird. Wenn es sich um eine bekannte Droge wie Ecstasy handelt, müssten die Ergebnisse bald da sein.«

»Mein Bruder sagte, dass Ephraim Kokain nahm«, bemerkte Decker. »Wird Koks jetzt auch schon in Tablettenform hergestellt?«

Novack zuckte die Schultern. »Keine Ahnung, ich bin kein Experte. Auf unserem Revier haben wir weder die Sitte noch ein Rauschgiftdezernat.«

Decker hielt die Fotos hoch. »Kann ich die übers Wochenende behalten, oder sind das Ihre einzigen Abzüge?«

»Das *sind* Abzüge. Die Originale liegen auf meinem Schreibtisch im Büro.«

»Dann kann ich die hier also behalten?«

»Was wollen Sie denn damit?«

»Ich will sie ... betrachten. Vielleicht kommt mir ja dabei ein Geistesblitz. Bevor ich fahre, bekommen Sie sie wieder zurück.«

Novack fuhr sich mit der Zunge über die Zähne. »Schätze, ich kann Ihnen vertrauen. Okay, nehmen Sie sie mit.«

»Danke, Novack.« Decker steckte die Bilder ein.

Statt sich dem altersschwachen Aufzug ein zweites Mal anzuvertrauen, zogen die Männer es vor, die zehn Stockwerke zu Fuß hinunterzugehen. Das Treppenhaus war düster – in jeder Etage baumelte nur eine nackte Glühbirne von der Decke – und dreckig und stank zum Himmel. Decker war froh, dass er noch die Handschuhe trug. Als sie schließlich auf den Bürgersteig traten, erfasste sie ein heftiger Windstoß. Decker streifte die Latexhandschuhe ab. »Wissen Sie was? Ich kann mir auch ein Taxi nehmen, um zu meinem Bruder zu kommen.«

»Ich könnte Sie dort absetzen ...«

»Ach was, das liegt doch gar nicht auf Ihrem Weg.«

»Kein Problem.«

»Vielen Dank, Detective, aber ich komme schon klar.« Decker schwieg einen Moment. »Sie werden sich jetzt also diese Ortsgruppen vorknöpfen ...«

»Ja, Lieutenant, genau das hatte ich vor.« Novack klang verärgert.

»Ich bin eine echte Nervensäge«, sagte Decker. »Und dazu auch noch eine ziemlich alte – was bedeutet, dass ich mich nicht nur in eine Sache verbeiße, sondern auch ständig die gleichen Fragen stelle, weil ich nämlich vergesslich bin. Seien Sie froh, dass Sie nicht mit mir verheiratet sind.«

Novack lächelte. »Ich kümmere mich um die Ortsgruppen.«

»Und was ist mit den Dealern? Woher bezog ein streng religiöser Mann wie Ephraim sein Koks?«

»Wahrscheinlich von den gleichen Typen, bei denen auch die Normalsterblichen kaufen. Hier laufen viel zu viele Dealer rum, als dass ich jeden überprüfen könnte.«

»Gibt es irgendwelche Dealer, die sich auf die Lieferung an die orthodoxe Bevölkerung spezialisiert haben?«

Novack dachte einen Moment nach. »Okay, Decker – weil Sie es sind: Ich werde das beim Rauschgiftdezernat nachprüfen. Ich kümmere mich um den New Yorker Kram, und Sie helfen mir dafür mit der Familie und dem ganzen religiösen Zeug.«

»Ich tu, was ich kann«, erwiderte Decker. »Aber eines muss ich Ihnen gleich sagen: So sehr religiös bin ich nun auch wieder nicht. Außerdem sind die Chassidim in Quinton mir gegenüber wahrscheinlich voreingenommen, weil ich nicht von Anfang an dieser Religion angehörte.«

»Aha!« Novacks Augen verengten sich. »Und was hat diesen Sinneswandel bewirkt?«

»Meine Frau.«

»Und, hat es sich gelohnt?«, fragte Novack lächelnd.

»Absolut.«

Novack lächelte. »Da fällt mir was Unanständiges ein.«

»Nur zu, ich bin nicht empfindlich«, sagte Decker.

»Sie haben auf Schweinefleisch verzichtet, um an einen saftigen Schinken zu kommen.«

»Ja, das ist wirklich unanständig«, entgegnete Decker. »Können Sie mich *Motzei Schabbat* – Samstagabend – auf meinem Mobiltelefon anrufen?«

»Mach ich.« Novack schüttelte ihm die Hand. »*Schabbat Schalom.*«

»*Schabbat Schalom*«, erwiderte Decker.

Aber nur in New York.

7

Der Weg zurück nach Quinton war die reinste Tortur. Die Blechlawine, die sich im Schneckentempo aus der Stadt wälzte, bestand aus unzähligen roten Rücklichtern, umhüllt von Dreck und Staub, den der Wind durch die Straßen wehte. Jonathan saß regungslos hinter dem Lenkrad, die Augen starr geradeaus gerichtet – ein zur Untätigkeit verdammter Fahrroboter. Decker versuchte gegen die Müdigkeit anzukämpfen, spürte aber, wie ihm die Augen zufielen. Als er sie wieder öffnete, verließ der Van gerade den Highway. Deckers Mund war staubtrocken und sein Magen schon jenseits jeden Hungergefühls. Er fühlte sich ausgepumpt und erschöpft.

Jonathan reichte ihm eine Flasche Wasser, die Decker fast in einem Zug leerte.

»Danke.«

»Ich hab hinten noch etwas Obst. Äpfel, Birnen und Apfelsinen.«

Decker griff auf die Rückbank, nahm einen der Äpfel und verschlang ihn gierig. Als Nächstes knöpfte er sich eine Birne vor.

»Ich hätte dir ein Sandwich mitbringen sollen«, sagte Jonathan. »Tut mir Leid.«

»Kein Problem. Das hier ist wunderbar. So hab ich noch Hunger für das Schabbatessen heute Abend. Ich bin sicher, bei Lazarus' wird es jede Menge zu essen geben.«

»Bestimmt.«

Sie fuhren am Liberty Field vorbei.

Decker schälte sich eine Apfelsine. »Kommst du auch nach Brooklyn?«

»Zum *Schabbes*? Ja, Mrs. Lazarus hat meine Eltern eingeladen.

Und ich habe Raisie gesagt, dass wir uns um dich kümmern müssen.«

»Ist schon okay, Jon. Ich bin daran gewöhnt...«

»Also gut, das war gelogen. Es ist gar nicht deinetwegen, sondern meinetwegen, Akiva. Ich muss dich einfach mal in einem anderen Kontext sehen, in einem familiären Rahmen. Ich habe wirklich Bedenken wegen dieser ganzen Geschichte... dass ich dich da mit hineingezogen habe. Ich weiß nicht, was da in meinem Kopf vorgegangen ist. Es überkam mich einfach in einem schwachen Moment.«

»Dafür hat man schließlich Familie.«

»Aber bisher war das alles ziemlich einseitig. Du hast mich noch nie um einen Gefallen gebeten.«

»Das liegt daran, dass ich der Älteste bin. Ich gebe, statt zu nehmen.«

»Aber wir sind alle erwachsen.«

»Diese Verhaltensmuster sind tief verwurzelt, Jon, und ich hab überhaupt kein Problem damit. Meine Jungs besuchen uns übers Wochenende. Wenn sie nicht hier wohnen würden, wäre ich vielleicht nicht gekommen. Aber sie besuchen uns, und ich bin hier – also lass uns einfach das Beste daraus machen.«

»Du bist sehr großzügig. Eigentlich ist das ja meine Aufgabe, nicht deine.«

Ein paar Minuten später hatten sie den ärmeren Stadtteil erreicht. Der Van glitt über die fast leeren Straßen. Deckers Armbanduhr zeigte halb drei. »Wann beginnt der *Schabbes*?«

»Halb sechs.«

»Und wie lange brauchen wir, um nach Brooklyn zurückzufahren?«

»Mindestens eine Stunde, wenn nicht länger. Warum?«

»Wenn wir noch genügend Zeit haben, würde ich gern mal bei der Polizei in Quinton reinschauen... und ein paar Fragen stellen.«

»Das könnte knapp werden, obwohl wir die Strecke in Rekordzeit zurückgelegt haben.« Jonathan hielt vor dem Haus der Liebers. »Du hast Minda noch nicht kennen gelernt. Selbst unter günstigsten Umständen ist sie ziemlich schwierig.«

»Ich werde sehr behutsam vorgehen.«

»Das spielt keine Rolle«, erwiderte Jonathan trocken. »Minda ist einfach Minda – und daran wird sich auch nichts ändern.« Er stieg aus dem Wagen und knallte die Tür zu. Decker zuckte zusammen und stieg ebenfalls aus. Er musste sich beeilen, um mit seinem Bruder Schritt zu halten. Jon war gereizt – das machte dann zwei übellaunige Brüder.

Chaim öffnete die Tür, noch bevor Jonathan geklopft hatte. »Sie ist wach, aber gar nicht gut beieinander, Yonasan. Ich glaube, wir sollten den Arzt rufen.«

»Können wir erst mal reinkommen?«, fragte Jonathan.

»Aber sicher. Sicher.« Chaim trug ein frisch gestärktes Hemd. Und er hatte ein Bad genommen. Obwohl er bereits um seinen Bruder trauerte, begann die offizielle Trauerzeit erst nach der Beerdigung. Außerdem war es zulässig, vor dem *Schabbat* zu baden. Lieber ging einen Schritt zur Seite, sodass die beiden eintreten konnten.

»Was hast du herausgefunden?«, fragte Chaim.

Decker nahm auf einem der zwölf Esszimmerstühle Platz. »Bin ich gemeint?«

»Ja, natürlich. Warst du nicht die ganze Zeit bei der Polizei?«

»Doch, schon.«

»Also, was hast du herausgefunden?«

Decker rieb sich über die Stirn. »Mr. Lieber ...«

»Chaim.« Er marschierte auf und ab. »Was soll das? Wir sind doch miteinander verwandt. Warum nennst du mich jetzt wieder ›Mr. Lieber‹? Hast du schlechte Neuigkeiten?«

»Also im Augenblick habe ich gar keine Neuigkeiten«, sagte Decker.

»Aber du warst doch vier Stunden bei der Polizei.«

»Drei«, sagte Jonathan. »Es war ziemlich viel Verkehr ...«

»Ob drei oder vier ... du musst doch irgendwas herausgekriegt haben!« Lieber starrte Decker zornig an. »Was hat die Polizei dir erzählt? Hat sie dir überhaupt irgendwas erzählt?«

»Wir befinden uns noch in der Anfangsphase der Ermittlungen ...«

»Ach, was!« Lieber machte eine abschätzige Handbewegung. »Erzähl mir doch nichts. Das sind doch nur Ausflüchte…«

»Chaim!«, unterbrach Jonathan seinen Schwager. »Wenn er irgendetwas wüsste, würde er es dir doch mitteilen?«

»Zurzeit kann ich nur so viel sagen«, meinte Decker, »ich hab den Tatort gesehen und glaube nicht, dass Shaynda mit deinem Bruder in diesem Hotel war.«

»Und wo ist sie dann? Wo ist sie?«

»Das weiß ich nicht.«

»Ach, komm schon! Sie ist ein unschuldiges Mädchen! Wo würde sie hingehen?«

»Ich weiß es nicht, Chaim«, wiederholte Decker. »Ich komme aus L.A., nicht aus New York. Aber ich garantiere dir, dass die Polizei überall nach ihr sucht.«

»Ach!«

Deckers Schädel dröhnte. Er versuchte eine andere Taktik. »Chaim, könnte ich jetzt vielleicht einen Blick in Shayndas Zimmer werfen?«

»Warum?«

»Um mir einfach ein Bild von dem Mädchen zu machen.«

Eine schrille Stimme rief Chaims Namen. Er blickte in Richtung Treppe. »Ich bin gleich da, Minda.«

»Ich komm runter. Mit wem sprichst du da?«

»Mit dem Detective.«

»Und was will er?« Am oberen Treppenabsatz tauchte eine Frau auf. Sie hatte ein Handtuch um ihre Haare geschlungen und trug einen bodenlangen schwarzen Kaftan. Ihre Augen waren rot verquollen, und ihre Haut wirkte fleckig. Nervös spielte sie an ihren Fingern, die nicht eine Sekunde zur Ruhe kamen.

Chaim rannte die Treppe hinauf und bot der Frau seinen Arm an. Sie schob ihn jedoch beiseite. »Ich bin nicht krank!« Mit wildem Blick starrte sie Decker an. »Haben Sie sie gefunden?«

»Das ist meine Frau, Minda…«, sagte Chaim.

»Er weiß, wer ich bin. Wer könnte ich sonst wohl sein? Haben Sie sie gefunden?«

»Nein, Mrs. Lieber, noch nicht.«

»Und was machen Sie dann hier?« Wütend funkelte sie ihn an. »Wenn Sie sie noch nicht gefunden haben, *was wollen Sie hier*?«

»Ich wollte mir Shayndas Zimmer ansehen, Mrs. Lieber. Ich kann mir dann ein besseres Bild von dem Mädchen machen.«

»Für diesen Unsinn habe ich keine Zeit.« Unten angekommen, lief sie wie eine eingesperrte Raubkatze ruhelos auf und ab. »Ziehen Sie los, und *finden* Sie sie.«

»Wenn ich einen Blick in ihr Zimmer werfen könnte, würde mir das vielleicht bei der Suche helfen, Mrs. Lieber.«

»Nein, das wird Ihnen nicht helfen, weil sie das Zimmer nämlich mit jemandem teilt und ich es bereits aufgeräumt habe und wir kurz vor *Schabbes* haben und ich mich noch um eine Menge Dinge kümmern muss. Ich kann hier keine weiteren Leute gebrauchen! Chaim, warum bist du noch hier? Du kommst zu spät zum *Mincha*-Gebet!«

»Ich wollte mich gerade fertig machen, Minda.« Abrupt drehte Lieber sich zu Decker um. »Wenn du jetzt bitte gehen würdest!«

Auf Jonathans Gesicht spiegelte sich Bestürzung; er war entsetzt. »Chaim, wie redest du denn mit ihm? Du hast mich doch gebeten, ihn hierher zu holen!«

»Dann hab ich eben einen Fehler gemacht.«

»Das scheint mir auch so«, sagte Decker ruhig.

Plötzlich brach Minda in Tränen aus. »Verschwindet«, schrie sie, »ich will, dass ihr verschwindet! *Lasst mich in Ruhe!*«

Decker seufzte und versuchte, wie ein Profi vorzugehen. Schließlich stand das Leben eines Mädchens auf dem Spiel. »Wenn ich nur kurz einen Blick ...«

»Hier im Haus gibt es nichts zu sehen!«, beharrte Minda. »Oder glauben Sie, ich würde es Ihnen nicht sagen, wenn ich *irgendetwas* gefunden hätte?«

»Ich behaupte ja gar nicht, dass Sie absichtlich etwas übersehen haben.«

»Sie ist da draußen!« Mindas Stimme klang hoch und schrill. »Was wollen Sie noch hier? Ziehen Sie los, und unternehmen Sie endlich was! Durchkämmen Sie die Straßen!« Ihre Augen funkelten ihn böse an. »Warum finden Sie sie nicht?«

»Ich tu, was ich kann…«

»Nein, das tun Sie nicht. Statt sie da draußen zu suchen, stehen Sie hier rum!«

»Da es schon recht spät ist, Mrs. Lieber, halte ich es für das Beste, wenn ich die verbleibende Zeit hier verbringe.«

»Was interessiert es Sie schon, wie spät es ist? Der *Schabbes* ist ja wohl nicht Ihr Problem.« Ein eindeutiger Versuch, Decker in seine Schranken zu weisen.

»Was soll das heißen?«, fragte er verärgert.

Sie starrte ihn an. »Tun Sie doch nicht so! Sie wissen genau, was das heißt.«

Jetzt war Decker so wütend, dass er kaum an sich halten konnte. Mühsam beherrschte er seine Stimme: »Ja, Mrs. Lieber, ich weiß, was das bedeutet. *Schabbat Schalom.*«

Dann stürmte er aus dem Haus. Sein Zorn war so groß, dass es einen Moment dauerte, bis er bemerkte, dass sein Bruder auf ihn einredete.

»…hat nichts zu bedeuten, Akiva. Sie ist nicht sie selbst.«

»Das ist mir klar«, knurrte Decker. Er öffnete die Wagentür und setzte sich mich verschränkten Armen auf den Beifahrersitz.

Jonathan klemmte sich hinter das Lenkrad. »Akiva…«

»Das ist schon merkwürdig: Als *goj* war ich gut genug, um hierher zu kommen und mich um alles zu kümmern. Aber jetzt, wo ich mich tatsächlich an die Arbeit machen will, legen sie mir lauter Steine in den Weg. Du kannst von Glück sagen, dass ich nicht empfindlich bin. Und was noch viel wichtiger ist: Du kannst froh sein, dass ich dieses arme Mädchen wirklich finden will.«

»Du bist kein *goj*«, sagte Jonathan.

»Nein, das bin ich nicht. Aber das weiß sie nicht, richtig? Was sie anbelangt, bin ich dieser große, vierschrötige Bulle aus dem hinterwäldlerischen Los Angeles, der nur wegen Rina konvertiert ist.« Decker schwieg einen Moment. »Hör zu, mir tut diese Frau wirklich Leid. Das meine ich ehrlich, Jonathan. Aber das Ganze macht mich trotzdem rasend.« Er lehnte den Kopf zurück und starrte nach oben. »Ich bin hier am falschen Platz. Sie haben Recht. Es war ein Fehler, hierher zu kommen.«

»Es tut mir so Leid!«

Decker hörte den Schmerz in der Stimme seines Bruders.

»Mein Gott, und ich lasse das Ganze auch noch an dir aus.«

»Es ist dein gutes Recht, wütend zu sein.«

Decker lächelte. »Die Worte eines wahren Hirten.« Er warf einen Blick auf seine Uhr. »Also, das Positive daran ist, dass wir jetzt noch genügend Zeit haben, um der Quinton Police einen Besuch abzustatten.«

Die Polizeireviere der Vorstädte besaßen gegenüber ihren innerstädtischen Pendants einen entscheidenden Vorteil: eine große Anzahl an Grundsteuerzahlern. Es sprach einiges dafür, dass die reiche angloamerikanische Bevölkerung im nördlichen Teil die ärmere jüdische im Süden subventionierte, weil ihre Häuser größer und ihre Grundstücke teurer waren. Aber für die entgegengesetzte These sprach ebenso viel: Die jüdische Bevölkerung trug mehr als nur ihr erforderliches Scherflein bei, denn auf jeden protestantischen Villenbesitzer kamen drei jüdische Hauseigentümer. Was den Juden an Qualität fehlte, machten sie durch Quantität wieder wett.

Die Hauptwache der Quinton Police befand sich im Liberty Park, während weitere, mit jeweils zwei Beamten besetzte, kleinere Polizeistationen über die verschiedenen Einkaufs- und Gewerbegebiete verteilt waren. Das Polizeirevier war relativ neu: ein rechtwinkliger Bau aus Stahl und verspiegeltem Glas, der im Inneren hell und luftig wirkte. Der Bereitschaftsraum der Mordkommission war geräumig und etwa so groß wie der von Deckers Truppe in Los Angeles. Der Unterschied bestand nur darin, dass sich in L.A. dreiundvierzig Detectives der Devonshire Division den Raum teilen mussten, während in Quinton zwölf voll ausgestattete Schreibplätze über die gesamte Fläche verteilt waren – alle mit eigenem Telefon, Anrufbeantworter und Computer.

Das Mord- und Raubdezernat in Quinton beschäftigte sich zu fast hundert Prozent mit Raubüberfällen und zu null Komma einem Prozent mit Mordfällen. Von den drei unnatürlichen Todesfällen, die die Quinton Police im letzten Jahr beschäftigten, war einer ein Selbstmord – ein Sechsundneunzigjähriger mit Prostatakrebs im Endstadium –, und die anderen beiden waren fahrlässige Tötung, aus dem gleichen Verkehrsunfall. Einen Moment lang spielte Decker mit dem Gedanken, sich in einer ländlichen Vorstadtgegend wie Quinton zur Ruhe zu setzen. Doch der Gedanke verschwand genauso schnell wie er gekommen war.

Als Lieutenant aus einer großen Stadt wurde Decker von Virgil Merrin, dem Polizeichef von Quinton, persönlich empfangen. Merrin war etwa einsfünfundachtzig groß, korpulent und besaß diesen wie nassrasiert glänzenden, rosa Teint und so dünne, blonde Haare, dass die Kopfhaut durchschimmerte. Seine hellblauen Augen funkelten, als Decker ihm erzählte, dass er ursprünglich aus Gainesville in Florida stammte. Merrin kam aus West Virginia, was bedeutete, dass sie beide typische Südstaatler waren. Nachdem sie eine Weile übers Angeln gefachsimpelt hatten, kam Merrin schließlich zur Sache.

»Eine Schande, diese Geschichte mit dem Mädchen.« Merrin trug einen blauen Anzug mit einem hellblauen Hemd, dessen Knöpfe sich über seinem Bauch spannten. Er schenkte Jonathan einen teilnahmsvollen Blick. »Wirklich eine Schande! Wir sind von Haus zu Haus gezogen – haben sämtliche Freunde des Mädchens abgeklappert. Aber nichts!«

Merrins Büro lag im dritten Stock und bot eine herrliche Aussicht auf den Park mit seinen leuchtenden Tulpenbeeten, die sich wie farbige Wimpel im Wind wiegten. Dahinter lag ein eisgrauer See mit kleinen weißschaumigen Wellenkronen. Von seinem Platz aus konnte Merrin die ganze Szenerie mit einem Blick überschauen. In einem anderen Umfeld hätte das Ganze fast schon gemütlich gewirkt – das Einzige, was noch fehlte, waren ein offener Kamin, eine Zeitung und eine Tasse Kaffee.

»Was ist mit den anderen?«, fragte Decker. »Den Jugendlichen von der städtischen Schule.«

Merrin lachte leise. »Ich will es mal so sagen: Zwischen diesen beiden Stadtteilen… besteht keinerlei Kontakt. Selbst die Juden, die im Norden *wohnen*, haben keinen Kontakt zu den Juden im Süden.«

»Der Vater hat sich unter anderem darüber beklagt, dass...«

»Das ist doch Chaim Lieber, oder?«

»Ja, genau«, sagte Decker. »Eine der Vorhaltungen, die Rabbi Lieber Shayndie machte, war, dass sie mit einigen Jugendlichen der städtischen Schule viel Zeit verbrachte. Gefährlichen Jugendlichen.«

»Sehen Sie, das ist genau das Problem«, erklärte Merrin. »Das ist *seine* Definition... gefährliche Jugendliche. Was ihm gefährlich erscheint, ist für uns vielleicht ganz harmlos. Er sieht im Sommer ein Mädchen mit Shorts – für ihn ist das eine liederliche Hure. Und was sehen Sie und ich? Ein Mädchen in Sommerkleidung. Wenn Shaynda Lieber tatsächlich mit ein paar gefährlichen Jugendlichen herumgehangen hätte... dann könnte ich ihm vielleicht helfen. Denn es gibt da ein paar Typen – keine richtig bösen Jungs, aber auch nicht ganz ohne. Sie wissen schon: laute, unbeaufsichtigte Partys, wilde Autorennen, Saufgelage... und wahrscheinlich auch den einen oder anderen Joint. Wenn ich genau wüsste, dass sie mit diesen Jugendlichen zusammen war, könnte ich denen mal einen Besuch abstatten. Aber ich fürchte, dass in Rabbi Liebers Augen alle Jugendlichen aus dem Norden gefährlich sind.« Er drehte sich in Jonathans Richtung. »Verstehen Sie, was ich meine, Rabbi?«

»Wir verstehen«, sagte Decker und wandte sich an Jonathan. »Hattest du nicht gesagt, dass Shayndie im Einkaufszentrum herumhing?«

»Ja«, sagte Jonathan. »In dem in Bainberry.«

»Sämtliche Jugendlichen aus dem Nordteil lungern in der Mall von Bainberry herum. Das gehört weder zum einen noch zum anderen Stadtteil. Korrigieren Sie mich, wenn ich mich irre, aber hat sich dieses ganze Theater nicht in der City abgespielt?«

»Doch, natürlich«, sagte Decker. »Ich hab mich bloß gefragt, ob sie sich vielleicht bei einem der Jugendlichen im Norden versteckt hat.«

»Warum sollte sie das tun?«

»Keine Ahnung«, sagte Decker. »Vielleicht hat sie ja irgendwas gesehen. Vielleicht hat sie Angst, nach Hause zu gehen.«

»Der einzige Grund, warum sie sich möglicherweise nicht nach Hause traut, wäre, dass einer ihrer Leute in die Sache verwickelt ist. Aber Sie wissen so gut wie ich, Rabbi, dass ich diese Leute von morgens bis abends befragen könnte – mit mir würden sie kein Wort wechseln. Vielleicht reden sie ja mit Ihnen.«

Er schob die Verantwortung zurück zu Jonathan, zurück zu den Juden.

»Wahrscheinlich haben Sie Recht«, meinte Decker. »Aber falls Sie irgendetwas hören sollten…«

Merrin machte eine großzügige Geste. »Aber natürlich. Falls ich was hören sollte, wende ich mich direkt an die Eltern. Ich habe mehrere Leute an diese Sache gesetzt, Lieutenant. Den Süden haben wir schon Haus für Haus abgeklappert. Aber vielleicht stimmt es ja… dass sich das Mädchen im Norden versteckt. Wissen Sie was? Ich werde meine Männer bitten, sich mal umzuhören.«

Decker wusste, was das bedeutete. Eine oberflächliche Befragung an der einen oder anderen Haustür, das Verteilen von ein paar Handzetteln.

»Ich werde meine Männer *und Frauen* bitten, sich umzuhören«, fuhr Merrin fort und lächelte. »Ich hoffe, Sie gehören nicht zu diesen superempfindlichen Typen. Auf diesem Revier gibt es keine Vorurteile, nur alte Gewohnheiten…«

Decker nickte. »Danke, dass Sie sich Zeit für uns genommen haben.«

Merrin stieß einen schweren Seufzer aus. »Ich hab das Mädchen noch nicht aufgegeben, das wissen Sie. Wenn sie hier in der Gegend ist, werden wir sie finden.«

Decker hoffte, dass er Recht behalten würde, denn die Zeit war nicht auf ihrer Seite.

8

Das ist mein Studentenausweis von der Johns Hopkins.«

Decker warf seinem Stiefsohn einen Blick zu und betrachtete danach das Foto: Jacob, mit seinen strahlenden eisblauen Augen und der pechschwarzen Haarsträhne. Der Junge hatte zweifellos Ausstrahlung – ein Teeniestar mit einem unwiderstehlichen, spöttischen Grinsen. »Das war noch, bevor du dir die Haare hast schneiden lassen.«

»Du meinst, bevor die *jeschiwa* mir die Haare hat schneiden lassen.« Jacob rückte seine Krawatte zurecht. »Da sah ich noch aus wie James Dean.«

Sammy warf einen Blick über die Schulter seines Stiefvaters und wandte sich dann an seinen Bruder: »Bild dir mal keine Schwachheiten ein.«

»Ach, komm schon«, protestierte Jacob. »Hab ich nicht diesen lasziven ›Denn-sie-wissen-nicht-was-sie-tun‹-Ausdruck im Gesicht?«

Erneut betrachtete Sammy das Foto und grinste. »Damals vielleicht. Aber heute nicht mehr.«

Jacob versetzte seinem älteren Bruder einen leichten Stoß gegen die Schulter. Sammy war etwa drei Zentimeter größer als Jacob – sogar barfuß maß er über einen Meter achtzig. Zwischen den beiden Brüdern bestand kaum Ähnlichkeit. Sammy kam nach seinem Vater: rotblonde Haare, braune Augen, ebenmäßige Gesichtszüge und ein verschmitztes Lächeln. Er sah gut aus, war aber kein Schönling. Jacob hingegen schien Rina wie aus dem Gesicht geschnitten: Er hatte das gewisse Etwas. Allerdings besaßen die beiden Jungen fast identische Stimmen und eine ähnliche Sprachmodulation. Am Telefon konnte Decker sie nicht auseinander halten.

»Das Bild ist für dich, Dad«, sagte Jacob. »Wenn ich eines Tages meinen Abschluss mache und dann alt und grau bin, erinnert es daran, was ihr beide – du und Eema – mir angetan habt.«

»Ein wenig akademische Blässe hat noch keinem geschadet.«

Jacob verzog das Gesicht. Doch plötzlich hellte es sich zu einem Lächeln auf. »*Sejde, Sejde,* was siehst du gut aus!«

Rav Lazarus hatte das Wohnzimmer betreten, seinen Stock in der Hand, obwohl er ihn nicht unbedingt als Gehhilfe benötigte. Er begrüßte sie mit einem strahlenden Lächeln, auch wenn seine Zähne durch jahrzehntelangen Teekonsum etwas braun verfärbt waren. Langsam ging er auf seinen Enkel zu, legte einen Arm um Jacobs Hals und zog ihn zu sich herunter, damit er ihm einen Kuss auf die Stirn drücken konnte. Zur Feier des Tages trug er einen langen schwarzen Gehrock, einen schwarzen, breiten Stoffgürtel – *gartl* genannt – und einen prachtvollen schwarzen Hut, der gut zu seinem weißen Bart passte. Seine Stimme klang krächzend und dünn, als bekäme er nur schlecht Luft. »Yonkele.«

»Sejdele.« Jacob küsste seinen Großvater auf die Wange. »Du kannst stolz auf mich sein. Ich hab jetzt meinen eigenen schwarzen Hut.« Er zeigte ihm seinen Borsalino und setzte ihn auf. »Na, wie findest du ihn?«

Rabbi Lazarus tätschelte ihm die Wange. »Ich finde, du bist ein guter Junge!«

»Wie mein *abba*?«, fragte Jacob.

»Wie dein *abba*.« Der alte Mann lächelte Decker an. »Wie deine beiden *abbas*.«

»*Schabbat Schalom, Sejde.*« Sammy küsste seinen Großvater. »Bist du bereit?«

»*Cain, cain*«, bestätigte sein Großvater auf Hebräisch. »Natürlich bin ich bereit.« Er ging zu Decker. »Danke, dass du gekommen bist. Du hast meine Frau sehr glücklich gemacht.«

Decker lächelte. Natürlich war Sora Lazarus nicht die Einzige, die sich darüber freute, ihre beiden Enkel, die den Namen Lazarus trugen, bei sich zu Besuch zu haben. »Ich freue mich auch, dass ich hier bin.« Er fuhr sich mit den Fingern durch das noch ein wenig feuchte Haar. Die Dusche hatte gut getan, aber als Jonathan ihn am Nachmittag in Brooklyn abgesetzt hatte, war Decker der sechste, der ins Bad wollte, und als er schließlich an die Reihe kam, floss nur noch lauwarmes Wasser aus dem Hahn. Aber zumindest war es nicht kalt.

Der Esstisch reichte an diesem Abend bis ins Wohnzimmer: Man hatte ihn ausgezogen und für sechsundzwanzig Personen gedeckt. Deckers Familie zählte fünf Personen; dazu kamen die Großeltern Lazarus sowie die Familie ihrer Tochter, also insgesamt dreizehn. Jonathan samt Frau, Kindern und seinen Eltern, die nur wenige Straßen entfernt wohnten, machte zusammen neunzehn Personen. Und dann hatte Mrs. Lazarus in letzter Minute noch Jonathans Bruder Shimon eingeladen, der auch in der Nachbarschaft lebte. Shimon, der Älteste der fünf Levine-Kinder, war natürlich ebenfalls Deckers Halbbruder – ein kontaktfreudiger und humorvoller Mensch, den Decker sehr mochte. Im Lauf der Jahre hatte Decker nur zu Shimon und Jonathan Kontakt gehalten... abgesehen von der jährlichen *Schana-tova*-Neujahrskarte an Frieda Levine. Was den Rest des Levine-Clans betraf, hatte es nach der anfänglichen Euphorie unter den Geschwistern keine weiteren Kontakte gegeben.

Insgesamt sechsundzwanzig Personen.

Aus Respekt gegenüber Jonathans Vater wurde über Deckers verwandtschaftliche Beziehung zu den Levines Stillschweigen gewahrt. Alter Levine wusste nicht, dass Frieda, seine geliebte Frau, vor fünfzig Jahren ein uneheliches Kind bekommen hatte, und er hätte sich nie vorstellen können, wie sehr Frieda darunter litt, als sie den Jungen zur Adoption freigab. Aber damit war die Sache noch nicht ausgestanden gewesen. Vor etwa zehn Jahren war Decker – während eines Besuchs bei den Lazarus' in Borough Park – der armen Frau direkt in die Arme gelaufen und hatte dadurch ihr gesamtes Leben umgekrempelt.

Doch das galt nicht nur für ihr Leben, sondern auch für sein eigenes. Selbst heute noch beschäftigte ihn dieses Thema. Die Menge an Blutsverwandten war einfach überwältigend. In Los Angeles fühlte Decker sich manchmal wie ein kleines Schiff auf einem großen Meer der Einsamkeit. Hier schien es ihm jedoch, als hätte sein Schiff angelegt – im Hafen war es sicher, aber übervoll. Erdrückend war vielleicht der bessere Ausdruck.

Und dennoch hatte eine große Familie auch etwas für sich... in guten wie in schlechten Zeiten.

Der Anblick des langen Esstischs erinnerte Decker an das Haus der Liebers, und einen Augenblick spürte er den Kummer und das Leid, das sie jetzt durchmachten. Doch er zwang sich, den Schmerz beiseite zu schieben. Vor dreizehn Jahren hatte das Ehepaar Lazarus ihren einzigen Sohn verloren, und dennoch waren ihre Herzen an diesem Abend von *simcha* – Freude – erfüllt, während sie voller Stolz auf ihre Enkel und die neunjährige Hannah blickten. Decker war es den Lazarus' schuldig, sich des Lebens zu freuen. Er beugte sich hinunter und küsste den kleinen Mann auf den Hut. »*Schabbat Schalom, Sejde.*«

Der alte Mann lächelte mit schmalen, blassen Lippen. Er warf den Stock auf das Sofa und nahm Deckers Arm. »Du bist ein kräftiger junger Kerl. Ich darf mich doch auf dich stützen, oder?«

»Jederzeit. Die Polizei, dein Freund und Helfer.«

Die Feier war wunderbar, bereichernd, erbauend, aber auch sehr anstrengend!

Als Rina endlich ins Bett ging, war es bereits nach eins. Da Sora Lazarus am *Schabbat* nicht abwusch, würde Samstagabend ein riesiger Berg schmutziges Geschirr auf sie warten. Aber es war wirklich erstaunlich, wie viel Arbeit auch so noch erledigt werden wollte: servieren, abräumen, Reste abwischen, Lebensmittel wegräumen, Geschirr stapeln, Besteck sortieren – und das alles in einer winzigen Küche!

Und dann diese anfängliche Spannung, als Frieda eintraf. Aber Peter gelang es immer wieder, sie zu verblüffen. Er war ein anderer Mann als vor zehn Jahren, wesentlich vertrauter und ruhiger im Umgang mit jüdischen Sitten und Gebräuchen, ja fast schon entspannt – wie er mit den Jungs und allen anderen scherzte und lachte. Tatsächlich war es Jonathan, der angespannt und nervös wirkte, aber er musste sich auch um so vieles kümmern. Rina fragte sich, was wohl zwischen Peter und Jonathan vor sich ging.

Nachdem sie ins Bett geklettert war, knautschte sie ihr Kopfkissen zusammen und kuschelte sich unter die Decke. Im nächsten Moment spürte sie, wie Peter das winzige Stückchen ihres Gesichts, das noch nicht unter der Decke verschwunden war, behutsam küsste.

»Du bist noch wach?«, flüsterte sie.

»Ich hab auf dich gewartet.«

Sie drehte sich zu ihm und sah ihn an. »Ich liebe dich wahnsinnig. Aber im Augenblick bin ich nur noch müde.«

»So meine ich das doch gar nicht, mein Schatz!« Er küsste sie auf die Nase. »Ich bin auch müde. Ich wollte dir nur sagen, dass ich dich liebe. Das war schon alles.«

Sie schmiegte sich an ihn. »Das ist sehr lieb von dir. Wenn ich auch nur ein bisschen Energie hätte, würde ich dich dafür belohnen.«

Decker schwieg einen Moment. »So gesehen, könntest du es ja mal versuchen…«, sagte er schließlich lächelnd.

Sie gab ihm einen Klaps auf die Schulter. »Du warst heute Abend einfach wunderbar. Wenn man bedenkt, was dir zurzeit alles im Kopf rumschwirren muss, dann war das eine Meisterleistung.«

»Man nennt das auch Aufgabenverteilung. Ich werde mich von den Mistkerlen doch nicht unterkriegen lassen.«

»Und wie läuft es zwischen dir und Jonathan?«

Ein schwerer Seufzer. »Ich will es mal so ausdrücken«, begann Decker. »Erinnerst du dich, als wir vor zehn Jahren hier waren und Frieda Levine plötzlich herausfand, dass ich ihr lang verschollener Sohn bin? Und wie sie in Ohnmacht fiel, als sie mich sah? Und wie sich der ganze Abend zu einem riesigen Fiasko entwickelte und du ständig rein- und rausgelaufen bist, um ihr und mir etwas zu essen zu holen? Und dass *Rosch ha-Schana* das reinste Chaos war? Und dass – als krönender Abschluss – Noam am nächsten Tag verschwand?«

»So schlimm?«

»Nein, das war der reinste Spaziergang im Vergleich zur heutigen Situation. Ezra und Briena waren wenigstens auf meiner Seite. Sie wollten, dass ich Noam finde, und sie haben mir dabei geholfen.«

»Helfen dir Chaim und Minda denn nicht?«

»Minda ist eine sehr schwierige Frau. Sie mag mich nicht. Sie war kurz davor, mich offen als *goj* zu beschimpfen.«

»Ach, du lieber Himmel.«

»Ich bin mir sicher, dass das zum Teil auf ihren hysterischen Anfall zurückzuführen ist. Aber ein Teil von ihr hat es wirklich so gemeint.«

»Und was ist mit Chaim?«

»Als ich ihn das erste Mal traf, war er die Dankbarkeit in Person. Aber vier Stunden später – beim zweiten Treffen – forderte er mich auf, das Haus zu verlassen.«

»Wie merkwürdig. Warum dieser plötzliche Sinneswandel?«

»Keine Ahnung. Entweder war er über meine mangelnden Fortschritte verärgert, oder mein Charme lässt nach.« Er seufzte. »Ich hab dir doch erzählt, dass sich manche Fälle innerhalb einer halben Stunde lösen lassen. Aber dieser hier gehört bestimmt nicht dazu. Es gibt *absolut nichts*, was ich tun könnte. Ich bin hier vollkommen überflüssig.«

»Das glaube ich nicht.«

»Na, dein Wort in Gottes Ohr. Ich konnte Noam nur deshalb finden, weil dieser Psychopath Hersh ihn nach Los Angeles gebracht hatte. Das war der entscheidende Unterschied. In L. A. hab ich meine Quellen. Das ist mein Heimatrevier. Hier bin ich verloren. Ich bräuchte einen Insider, der mir weiterhilft. Und so wie es aussieht, werden weder Chaim noch Minda diese Rolle übernehmen. Ich kann sie noch nicht einmal dazu bringen, mich einen Blick in Shayndies Zimmer werfen zu lassen. Und was sie sagen würden, wenn ich mit jemandem von Shayndies Freunden oder ihren Geschwistern reden wollte, kann ich mir gut vorstellen. Selbst wenn ich der Typ wäre, der auf eigene Faust loszieht, würde sich die Gemeinschaft mir gegenüber verschließen wie eine Auster. Da bin ich mir sicher.«

»Du steckst in der Klemme.«

»Wie die Fliege im Spinnennetz. Wenn den beiden wirklich etwas an ihrer Tochter läge, würden sie mir mehr Informationen geben. Aber diese Mauer des Schweigens lässt sie verdächtig erscheinen... als wenn sie selbst das Mädchen versteckt hielten und nur vorgäben, sie sei verschwunden. Vielleicht ist Shaynda ja schwanger, und sie haben sie irgendwohin gebracht und nutzen Ephraims Tod als Vorwand. Wer weiß? Vielleicht sind sie die Drahtzieher der ganzen Geschichte ...«

»Ein schrecklicher Gedanke, Peter.«

»Mag sein, aber es könnte was dran sein.«

»Ich glaube aber, dass es so ist, wie du gesagt hast: Minda ist einfach am Ende mit den Nerven!«

»Jedenfalls traut sie mir nicht über den Weg.« Plötzlich schwand Peters gute Laune. »Erst ruft Jonathan mich an und bittet mich zu kommen. Also düse ich los. Und dann, innerhalb von vierundzwanzig Stunden, scheint meine Anwesenheit plötzlich nicht mehr erwünscht zu sein.«

»Du bist frustriert«, stellte Rina fest.

»Falsch! Die frustrieren mich! Genau wie damals, als wir uns das erste Mal trafen. Ich war der bose Cop. Rina, ich habe diese Rolle einfach satt.«

»Kann ich dir nicht verübeln. Ich verstehe auch nicht, warum sie dir gegenüber so feindselig sind. Jonathan klang am Telefon so, als hätten sie ihn regelrecht angefleht, dich einzuschalten.«

»Das ist jetzt scheint's nicht mehr der Fall.«

»Was ist mit der Polizei? Die Beamten, mit denen du dich heute, ich meine gestern, getroffen hast?«

»Micky Novack. Kein übler Typ. Recht sympathisch, aber auch sehr beschäftigt, hat Wichtigeres zu erledigen. Er kann mich nur eine bestimmte Zeit mit sich herumschleppen; danach muss jeder schauen, wo er bleibt.«

»Und was hast du jetzt als Nächstes vor?«

»Nicht viel, was mich betrifft. Ich denke, wir harren hier das Wochenende aus und kürzen unseren Aufenthalt in New York ab. Dann bleibt uns mehr Zeit für meine Familie in Florida. Wir könnten die Everglades besichtigen oder mit Hannah nach Epcot oder Disney World fahren, und ich könnte mit ihr zum Reiten gehen oder einen Bootsausflug machen. Ich brauche wirklich mal eine Pause.«

Rina schwieg.

Decker versuchte, seine Verärgerung zu verbergen. »Was spricht dagegen?«

»Nichts. Du hast Recht.«

»Du hast kein gutes Gefühl dabei, wenn wir hier früher abreisen.«

»Nein, nein, das macht mir nichts aus. Der heutige Abend war für meinen Geschmack schon fast zu viel Familie.«

»Was ist es dann? Meine Mutter?«

»Deine Mutter und ich verstehen uns hervorragend. Sie respektiert mich, weil ich das Alte Testament besser kenne als sie. Und dein Vater ist einfach wunderbar.« Rina strich ihm über das Gesicht. »Deine Eltern haben überhaupt nichts damit zu tun. Und es geht auch nicht um die Lazarus-Familie. Es geht um dich. Du hasst es, wenn du aufgeben musst. Du sagst zwar, alles sei in Ordnung, aber innerlich frisst es dich auf.«

»Dieses Mal nicht.«

»Aus der Reihe ›Berühmte letzte Worte‹ hörten Sie heute…«, spottete Rina. Dann sah sie ihn aufmerksam an. »Versprichst du, dass du die ganze Geschichte vergisst, sobald wir abgereist sind?«

»Mein Wort drauf.«

»Und du kannst es wirklich einfach so beiseite schieben?«

»Willst du wetten? Was hältst du von folgendem Vorschlag: Wir gehen mit den Jungs Sonntagabend essen, und danach sehen wir beide uns eine Broadwayshow an…«

»Sonntagabend ist am Broadway alles dicht.«

»Wirklich?«

»Ich würde dich doch nicht belügen, Peter.« Sie bemerkte die Enttäuschung in seiner Stimme. »Wie wär's mit einem Jazzclub? Das gefällt dir wahrscheinlich sowieso besser. Ich bin mir sicher, dass *Bobe* und *Sejde* Lazarus auf Hannah aufpassen würden.«

»Wunderbar.« Decker lächelte in der Dunkelheit. »Das ist die richtige Einstellung! Gönnen wir uns ein wenig Spaß, solange wir noch leben.« Er küsste Rina hingebungsvoll und spürte eine gewisse Spannung unterhalb der Gürtellinie. Doch er beschloss, sich auf die andere Seite zu drehen. »Gute Nacht, Süße. Ich liebe dich.«

»Ich dich auch.« Rina schloss die Augen und war schon fast eingeschlafen, als sie ihn reden hörte.

»...vielleicht die winzige Möglichkeit, dass Micky Novack morgen Abend anruft.«

»Was?« Sie zuckte leicht zusammen. »Wer ist Micky... ach, der Cop. Was hast du gerade gesagt?«

»Ich sagte, es besteht vielleicht die winzige Möglichkeit, dass Micky Novack mich morgen Abend anruft. Als ich wegfuhr, überprüfte er gerade, ob Ephraim vielleicht an einem Entzugsprogramm für jüdische Drogensüchtige teilgenommen hat. Wenn er was Genaueres weiß, wollte er mich verständigen. Dann können wir vielleicht zusammen dahin fahren und die anderen Teilnehmer befragen... falls Novack etwas rauskriegt.«

»Ich dachte, du hättest den Fall für dich abgeschlossen.«

»Nicht, wenn Novack einen Anhaltspunkt hat, Rina.«

»Aber du bist nicht etwa von der Geschichte besessen?«

»Nein. Besessen wäre, wenn ich ohne Anhaltspunkt zu der Versammlung ginge und selbst Fragen stellen würde. Das wäre besessen. Erkennst du den Unterschied?«

»Ja.«

»Sagst du das jetzt nur, damit ich den Mund halte?«

»Ja... ich meine, nein.« Rina hob den Kopf und küsste ihren Mann auf den Mund. »Gute Nacht, Peter.«

Dann zog sie sich die Decke über den Kopf und schlief ein, während er leise vor sich hin grummelte.

9

Es besteht vielleicht die winzige Möglichkeit, dass Novack anruft? Nicht dass Rina tatsächlich etwas *gesagt* hätte. Sie hatte ihm einfach nur einen dieser *Blicke* zugeworfen. Und ihre tatsächliche Frage lautete dann auch: »Soll ich die Flugtickets umbuchen?« Worauf Decker mit einem beleidigten »Nein, natürlich nicht« geantwortet hatte und aus der Tür verschwunden war, bevor sie sehen konnte, wie er rot wurde.

Jetzt marschierten sie – Novack und Decker – den Broadway entlang, zwischen 75. und 80. Straße. Die ganze Gegend pulsierte vor Leben, und es wimmelte von jungen Leuten, die all das nutzten, was die Upper West Side zu bieten hatte: Cafés, Restaurants, Bars und zahlreiche Geschäfte. Nicht solche überteuerten Boutiquen wie auf der Fifth oder Madison Avenue, sondern Drugstores, Buchhandlungen, Spirituosenläden und Lebensmittelgeschäfte. Es war ein kühler, feuchter Abend, und Decker trug einen dicken Mantel – ein altes, schweres Wollteil, das er vor fünfundzwanzig Jahren erstanden hatte, als er mit seiner ersten Frau im Winter in London Urlaub machte. Die Reise war eine Katastrophe gewesen, aber er hatte zumindest nicht gefroren.

Novack trug einen schwarzen Anorak. »Während Sie beim *Schabbat*-Gottesdienst den Herrn gelobt haben, war ich nicht untätig. Das ist natürlich mein Job. Ich wollte Ihnen nur versichern, dass hier nicht nur Schwarzröcke rumlaufen.«

Decker sah ihn überrascht an. »Warum sollte ich so etwas denken?«

Doch Novack wechselte das Thema: »Um noch mal auf die Geschichte mit der Toilette zurückzukommen – ich hab das überprüfen lassen. Auf dem Rand waren Spritzer. Ich hätte eigentlich selbst drauf kommen müssen. Natürlich ist es leichter, wenn man nur einen statt zwanzig Fälle gleichzeitig bearbeiten muss und sich die eigene Stadt nicht im Belagerungszustand befindet.«

»Absolut richtig«, pflichtete Decker ihm bei.

»Trotzdem hatte ich wegen dieser Geschichte ein schlechtes Gewissen. Aber so bin ich wenigstens in die Gänge gekommen – was so schlecht auch nicht ist. Also hab ich ein paar der Telefonnummern auf der Mappe, dieser *Emek-Refa'im*-Broschüre, angerufen. Es ging aber niemand ans Telefon. Und dann dämmerte es mir endlich…« Er schlug sich mit der Hand gegen die Stirn. »Es ist *Schabbes*. Da geht keiner ans Telefon. Also hab ich es mit dem guten alten Telefonbuch probiert… und die Namen rausgesucht.«

»Das hört sich nach einer Menge Arbeit und viel Lauferei an.«

»Stimmt. Aber was soll's: Die Knicks spielen am Sonntag wieder – dann seh ich mir eben morgen das Spiel an. Also, diese ganze

Geschichte war ziemlich verwirrend: Die Ortsgruppen treffen sich in der City, aber kein einziger der Namen ist in der City aufgeführt. Und dann ging mir schlagartig ein Licht auf: Das sind Chassidim, die wahrscheinlich genau wie Ephraim in Brooklyn wohnen, sich aber in der City treffen, weil sie nicht wollen, dass irgendjemand aus ihrem Viertel erfährt, dass sie ein Problem haben. Anonymität, verstehen Sie? Also hab ich im Brooklyn-Verzeichnis nachgeschlagen, und siehe da: Treffer! Da niemand ans Telefon ging, bin ich einfach hingefahren.«

Decker nickte. »Und was passierte dann, als Sie so einfach vor der Tür standen?«

»Man war nicht gerade erfreut, aber ich war diskret. Ich hab etwa drei, vier Männer abgeklappert ... und eine Frau. Als dieser Typ namens Ari mir sagte, dass er Ephraim kenne, hat es mich fast umgehauen.«

»Wusste er, dass Ephraim ermordet worden ist?«

»Ja. Er war ziemlich aufgewühlt deswegen. Ich könnte nicht sagen, wer mehr Fragen gestellt hat, er oder ich. Na, wie auch immer, jedenfalls konnte er nicht offen reden – schließlich darf seine nette, kleine Frau nicht wissen, was Sache ist –, und deshalb hat er mich gefragt, ob wir uns nicht hier in einem koscheren Restaurant treffen könnten.«

»Hat er keine Angst, erkannt zu werden?«

»Er sagt, das sei kein Problem. Niemand würde ihn erkennen, weil er in Zivil käme. Ich nehm mal an, dass er damit eine andere Kleidung als die chassidische Tracht meint.«

»In Zivil?«, fragte Decker. »Hat er das so gesagt?«

»Hat er. Diese ganze Geschichte mit *HaSchems* Heer, dem Heer Gottes ... ich schätze, diese Jungs nehmen die Sache echt wörtlich.«

Marvad Haksamim, der Name des Lokals, bedeutete auf Hebräisch »Fliegender Teppich«. Das ganze Restaurant war übersät mit Teppichen: Teppichen an den Wänden, auf dem Boden und ein riesiger Teppich unter der Decke, der das Lokal wie ein Zelt erscheinen ließ. Vor den Fenstern leuchteten bunte Lichterketten, und um die Tür herum hingen mehrere gerahmte Bilder von Jerusalem. Nichtsdestotrotz schmückten Stoffservietten und Tischtücher die mit Kerzen und frischen Blumen dekorierten Tische. Auch die Weinkarte konnte sich sehen lassen. Decker gönnte sich ein Glas Cabernet. Novack bestellte ein Bier.

Ari Schnitman, dessen Zivilkleidung aus einem schwarzen Polohemd, Jeans und Turnschuhen bestand, spielte mit einem Glas Mineralwasser. Statt der üblichen *jarmulke* oder dem schwarzen Hut ruhte eine gewirkte *kippah* auf seinem Kopf. Aber da seine Haare sehr kurz waren, ließ sich die Kappe nicht mit Haarklemmen befestigen und drohte ständig bergab zu rutschen. Schnitman war Anfang dreißig, hatte einen sorgfältig gestutzten Bart, eine aschfahle Gesichtsfarbe und hellgrüne Augen hinter einer Nickelbrille. Sein Gesicht war schmal, genau wie seine Hände. Decker hatte ihn begrüßt, während er bereits saß. Ihm war klar, dass er Schnitman turmhoch überragen würde, sobald sie aufstehen und sich verabschieden würden.

In der Mitte des Tischs stand eine Vorspeisenplatte mit pikanten Möhren, Kartoffeln mit Zwiebeln und Essig, Oliven, Essiggemüse, Kichererbsenmus, Auberginensalat und *Merguez*, einer scharfen, vor Öl triefenden Wurst.

Niemand rührte die Platte an.

Schnitman war nervös. Seine Stimme ging kaum über ein Flüstern hinaus. Decker musste sich anstrengen, um ihn vor dem Hintergrund der Geräuschkulisse im Lokal überhaupt verstehen zu können. »Es ist nicht so, dass ich glaube, diese Tragödie hätte was mit *Emek Refa'im* zu tun. Ich weiß, dass das nicht der Fall ist. Aber diese Geschichte – abgesehen davon, dass sie furchtbar ist... ich mochte Ephraim, wirklich – ...also diese Geschichte ist verheerend für die Moral.«

»Verheerend? Inwiefern?«, fragte Novack.

»Na ja... der Gedanke, dass er vielleicht rückfällig geworden ist. Ephraim hatte gerade erst sein Jubiläum gefeiert... er war seit zwei Jahren clean. Die Vorstellung, dass ein Rückfall nicht nur zwei Jahre harte Arbeit zunichte gemacht, sondern ihn auch das Leben gekostet hat... dieser Gedanke ist einfach schrecklich.«

»Sie glauben also, es war ein Drogendeal, bei dem was schief gelaufen ist?«, fragte Novack.

»Danach klang es jedenfalls. Ich habe gehört, dass die Polizei ihn nackt in einem Hotelzimmer gefunden hat und dass der Mord wie eine Exekution aussah.«

Weder Novack noch Decker reagierten darauf.

Schnitman ließ den Kopf in die Hände sinken. Dann blickte er wieder auf. »Wer nie drogenabhängig gewesen ist, weiß nicht, wie schwer das Ganze für uns Abhängige ist. Ich sage deshalb ›Abhängige‹, weil wir vielleicht nicht mehr körperlich abhängig sind, aber unser ganzes Leben lang psychisch abhängig bleiben werden. Es ist eine Frage der Persönlichkeit. Die Sucht ist eine Krankheit, fast wie Aids. Sie ist immer da. Aber man lernt, damit umzugehen. Und wenn du sie nicht mit Respekt behandelst, bringt sie dich um.«

»Seit wann kam Ephraim regelmäßig zu den Treffen Ihrer Gruppe?«, fragte Decker.

»Seit dreieinhalb Jahren. Die beiden letzten Jahre war er clean – wie ich schon sagte.«

»Wann haben Sie ihn das letzte Mal gesehen?«

»Beim letzten Treffen… Dienstagabend.«

»Und da war alles in Ordnung?«, fragte Novack.

»Ja, ja, natürlich.« Aber Schnitman wirkte plötzlich abweisend.

»Sind Sie sicher?«, hakte Decker nach. »Es gab nichts, was ihn beschäftigte?«

»Irgendetwas beschäftigt einen immer, wenn man abhängig ist…«

»Nichts Ungewöhnliches?«

»Er war… nervös.« Der junge Mann seufzte. »Aber das ist nichts Außergewöhnliches. Während der ersten Jahre ohne Drogen… da ist man ständig nervös.«

»Hören Sie, niemand hier möchte Ihnen unterstellen, Sie hätten nachlässig gehandelt oder etwas falsch gemacht«, versicherte Decker. »Wir stellen diese Fragen nur, weil wir Informationen brauchen. Wenn Sie uns sagen, dass er nervös wirkte, dann müssen wir natürlich fragen, was mit ihm los war.«

»Ich weiß es nicht. Obwohl ich ihn gefragt habe ... ob ihn etwas beunruhigen würde. Ob er vielleicht Hilfe bräuchte. Aber er sagte, dass es nichts mit Drogen zu tun hätte. Dass es etwas Persönliches sei. Ich hab ihn gefragt, ob er darüber reden wolle, aber er sagte Nein, es wäre alles in Ordnung. Er hätte alles unter Kontrolle.« Schnitman stiegen Tränen in die Augen. »Ich schätze mal, er hatte nicht alles unter Kontrolle. Aber woher hätte ich das wissen sollen?«

»Das konnten Sie nicht wissen«, sagte Decker.

»Haben Sie irgendeine Idee, was das für private Probleme gewesen sein könnten?«, fragte Novack.

»Nein.«

»Vielleicht Geldprobleme?«

»Keine Ahnung. Eine der Regeln, auf die wir in den Gruppen großen Wert legen, lautet, nicht zu früh auf Bekenntnisse zu drängen. Denn das kann schwer wiegende Konsequenzen haben. Unser Entzugsprogramm ist gestaffelt; die Teilnehmer absolvieren es in ihrem eigenen Tempo. Und außerdem deutete nichts darauf hin, dass Ephraims Probleme irgendwie ungewöhnlich gewesen wären.«

Alle drei schwiegen.

Nach einer Weile fuhr Schnitman fort: »Aber offenbar müssen sie doch ungewöhnlich gewesen sein, sonst wäre das Ganze nicht passiert.« Er wischte sich über die Augen. »Ich werde mich mal waschen gehen.«

»Ich komme mit«, sagte Decker.

»Weiß jemand, wo hier die Örtlichkeiten sind?«, fragte Novack.

»Im hinteren Teil.«

Schnitman und Decker standen auf, um zum Waschbecken zu gehen. Wie erwartet, überragte Decker den anderen turmhoch, und Schnitman schien noch mehr in sich zusammenzusinken, als er den Größenunterschied bemerkte. Sie wuschen sich die Hände, sprachen den Segen, während sie warmes Pitabrot aßen, und gingen schweigend zurück zum Tisch, wo Novack aufstand und sich kurz entschuldigte.

Schnitman nahm sich ein Stück Fladenbrot aus dem Korb, tunkte es in das Kichererbsenmus und schob es mit der Paste in den Mund. »Ich hatte keine Ahnung, dass er wirklich in Schwierigkeiten steckte, Lieutenant. Er war nicht sehr… gesprächig. Außerdem schien alles in Ordnung zu sein. Ich habe es wirklich nicht gewusst!«

»Nein, das konnten Sie auch nicht.«

»Das Ganze ist einfach schrecklich.«

»Ja«, sagte Decker. »Hat Ephraim je von seiner Nichte gesprochen?«

»Shayndie? Ja, ständig.« Schnitman bediente sich ein zweites und schließlich ein drittes Mal. Sein Appetit schien zurückzukehren. Er häufte Möhren, Oliven und Auberginensalat auf seinen Teller. »Sie war ein Ruhepol in seinem Leben, jemand, für den er ein Vorbild sein konnte. Er hat sie sogar mal zu einem Treffen mitgebracht, weil er ihr zeigen wollte, wozu Drogen führen. Ich denke, der Besuch hatte eine nachhaltige Wirkung auf sie… einige der Geschichten, die wir ihr erzählt haben. Sie war sehr still, aber man konnte sehen, dass sie das alles in sich aufnahm.«

Novack kam wieder an den Tisch. »Hab ich was verpasst?«

»Ephraim hat Shayndie einmal zu einem *Emek-Refa'im*-Treffen mitgenommen«, sagte Decker.

»Tatsächlich?« Novack nahm sich mehrere Wurststückchen. »Junge, ist die gut! Und scharf!« Er fächelte seinem halb geöffneten Mund Luft zu. »Wie hat das Mädchen auf das Treffen reagiert?«

»Ich war gerade dabei, das zu erzählen.« Weitere Möhren wanderten auf Schnitmans Teller, gefolgt von mehreren Löffeln Kartoffeln. »Sie war sehr still, aber auch sehr betroffen.«

»Hat sie sich mit einem der anderen Teilnehmer unterhalten?«, fragte Decker.

»Nein, ich glaube nicht. Ich kann mich jedenfalls nicht daran erinnern. Wie ich schon sagte, sie war sehr still.«

»Vielleicht mit einer der Frauen?«, versuchte Decker es erneut.

»Ich kann mich nicht erinnern.«

»Könnten Sie sich mal erkundigen?«, fragte Novack.

»Natürlich, kein Problem.« Schnitman brach sich noch ein Stück Brot ab und häufte Auberginensalat darauf. »Ephraim …« Er kaute in Ruhe weiter. »So wie er es erklärt hat … hat er sie unter seine Fittiche genommen, weil sich sonst niemand in der Familie mit ihren Problemen beschäftigen wollte.« Er schob sich eine Olive in den Mund. »Die Menschen meiner Gemeinde … ich liebe sie wirklich. Aber manche der *Haredi* denken wirklich sehr engstirnig. Für einige von ihnen, für die wirklich ultraorthodoxen, ist es im Grunde gleich schlecht, ob man dem Gesang einer Frau – *kol b-ischa* – lauscht oder sich einen Schuss setzt. Natürlich wissen wir, dass man diese beiden Dinge weder physisch noch moralisch miteinander vergleichen kann, aber wenn man mit dieser Gedankenwelt nicht vertraut ist, kann man das unmöglich verstehen.«

»Meine Frau bedeckt ihr Haar«, sagte Decker.

Schnitman sah ihn überrascht an. »Oh. Aber Sie selbst sind nicht ultraorthodox.«

»Nein, und meine Frau auch nicht. Aber ich weiß, wovon Sie reden.«

Ein Kellner kam an den Tisch. »Wünschen Sie noch etwas?«

Die drei Männer schüttelten den Kopf.

Daraufhin legte der Kellner die Rechnung auf den Tisch und ging.

Schnitman betrachtete den Teppich unter der Decke. »Sie gehören zu den modernen Orthodoxen.«

»Das sagt meine Frau auch«, erwiderte Decker. »Aber für mich ist auch das noch ziemlich religiös. Ich bin erst vor kurzem konvertiert … ein *baal teschuwa*.«

»Was heißt ›vor kurzem‹?«

»Vor zehn Jahren. Aber glauben Sie mir, das ist wirklich erst vor kurzem.«

Schnitman knabberte an seinem Fingernagel. »Die modernen Orthodoxen mögen uns nicht.«

»Wie kommen Sie darauf?«

»Weil es eben so ist. Die halten uns alle für Faulenzer und Schmarotzer und Taugenichtse. Aber das stimmt nicht. Manche Menschen sind ausgebildete Ärzte, andere Anwälte und die meisten *Haredi* ausgebildete Gelehrte. Das ist es, was wir für wichtig halten – das Studium der Thora. Alles andere ist unwichtig.«

Decker nickte.

Schnitman blickte zur Seite. »Wahrscheinlich denken Sie, dass es arbeitende Menschen wie Sie sind, die es Menschen wie mir ermöglichen, den ganzen Tag zu studieren. Aber das ist genau der Weg, wie Sie Ihren *schar mizwa,* Ihren Platz im Himmel, erlangen.«

»Nein, Mr. Schnitman, ich erlange meinen Platz im Himmel – falls er existiert –, dadurch, dass ich selbst gute Taten vollbringe. Ich bin dafür nicht auf andere Leute angewiesen.« Decker schaute dem Mann tief in die grünen Augen. »Hören Sie, Ari, lassen Sie uns doch einfach mal die minimalen Unterschiede zwischen uns vergessen. Denn von der Welt da draußen werden wir alle – Sie, ich, Detective Novack – in einen großen Topf geworfen, und zwar als diese verflixten Juden, die immer nur Ärger machen.«

»Das ist wohl wahr«, stimmte Novack zu.

»Dann schlage ich vor, dass wir einfach mal unsere Pflicht tun und herauszufinden versuchen, was mit Ephraim passiert ist, und dadurch vielleicht auch etwas über Shayndie erfahren.«

»Es tut mir Leid. Ich habe keine Ahnung, was mit den beiden geschehen ist!« Seine Stimme klang niedergeschlagen. »Ich habe Ihnen alles erzählt, was ich weiß.«

»Da bin ich mir nicht ganz sicher«, widersprach Novack. »Vielleicht haben Sie uns nicht alles gesagt, weil Sie möglicherweise glauben, dadurch einen Vertrauensbruch zu begehen oder etwas Ähnliches.«

»Nein, nicht wenn ein junges Mädchen vermisst wird. Und außerdem existiert zwischen mir und Ephraim kein Vertrauensverhältnis mehr, denn Ephraim ist tot.«

»Also können Sie mir antworten, wenn ich Sie nach Ephraims Sucht frage?«

»Seine Sucht?«

»Nahm er Haschisch, Alkohol, Koks…«

»Kokain. Ephraim war kokainabhängig.«

»Und…«

»Das war's. Nur Kokain.«

»Geraucht oder geschnupft?«

»Geschnupft.«

»Sind Sie sicher, dass Kokain seine einzige schlechte Angewohnheit war?«, fragte Novack.

»Sie meinen ›Sucht‹, Detective.«

»Also gut, ›Sucht‹. Hat er jemals davon gesprochen, dass er mit anderen Drogen experimentierte?«

»Nein. Nur Kokain. Das allerdings in extremen Mengen. Es gab eine Zeit, da brauchte er mehrere hundert Dollar pro Tag, um seine Sucht zu finanzieren.«

Novack pfiff durch die Zähne. »Das reicht für einen hübschen Schuldenberg.«

»Ja, er hatte Schulden«, sagte Schnitman. »Aber soweit ich weiß, war er dabei, sie zurückzuzahlen. Er erzählte sogar, dass es ziemlich gut klappte.«

»Vielleicht klappte es nur für ihn gut«, sagte Novack, »und nicht für die Leute, denen er das Geld schuldete.«

»Mag sein. Ich weiß es nicht.«

»Wäre es möglich, dass er das mit ›persönlichen Problemen‹ meinte?«, fragte Decker. »Vielleicht hatte er gewaltige Schulden?«

»Möglich. Ich kann auch nur raten.«

»Und Sie sind absolut sicher, dass er nichts anderes nahm?«, fragte Novack. »Beispielsweise Ecstasy?«

Plötzlich wusste Decker, worauf Novack hinauswollte. Die Tablette, die man in dem Hotelzimmer gefunden hatte – die Untersuchungsergebnisse mussten inzwischen vorliegen. Ob nun mit oder ohne Prägung, bei der Pille musste es sich um Ecstasy handeln.

»Er nahm nur Kokain, und das auch nur durch die Nase«, beharrte Schnitman. »Ephraim hätte niemals etwas in seinen Magen gelassen, das keine *hechscher* besaß.«

Eine *hechscher* war eine Koscherbescheinigung. Decker musste lachen. »Ich wusste gar nicht, dass es von Rabbinern überprüftes Kokain gibt.«

»Nein, natürlich gibt es das nicht.« Jetzt war Schnitman gekränkt. »Es klingt verrückt, aber einige der sehr religiösen Drogenabhängigen nehmen ihre Drogen nicht oral ein. Stattdessen spritzen sie sich das Gift ins Blut oder atmen die Dämpfe durch die Nase ein. Nur damit das Suchtmittel nicht ihre Lippen berührt. Ich weiß, dass das in diesem Zusammenhang eine lächerliche Vorschrift ist, aber in der Bibel steht *lo tuchlu*, dass man nichts *essen* darf, was nicht koscher ist.«

»Da steht aber auch, dass man es nicht berühren darf«, sagte Decker.

»Und deswegen benutzen sie Strohhalme, um sich das Zeug in die Nase zu ziehen!«, reagierte Schnitman wütend. »Sie können sich über uns lustig machen, Lieutenant, oder Sie versuchen, uns zu verstehen. Ja, wir sind nicht immer konsequent. Aber das geht Ihnen sicher genauso.«

»Sie haben Recht, Mr. Schnitman. Es tut mir Leid, wenn ich Sie gekränkt habe.«

»Ja, Sie waren sehr kooperativ«, sagte Novack. »Hier. Versuchen Sie doch mal die Wurst. Aber Vorsicht, die ist wirklich scharf.«

»Danke, ich passe.« Schnitman schob seinen Teller weg. »Ich muss langsam gehen.«

»Da sind Sie nicht der Einzige«, sagte Decker.

Nachdem die beiden das Tischgebet gesprochen hatten, reichte Novack Schnitman seine Karte. »Falls Sie noch irgendetwas hören sollten…«

»Dann rufe ich Sie an.« Schnitman holte seine Brieftasche hervor, legte die Karte hinein und nahm einen Zehndollarschein heraus.

Decker machte eine abwehrende Geste. »Lassen Sie nur, ich übernehme das.«

Doch Schnitman erwiderte: »Eine der ersten Regeln, die wir lernen, wenn wir unsere Probleme in Angriff nehmen, lautet, für alles selbst aufzukommen. Deshalb werde ich das bezahlen.«

»Das ist doch lächerlich«, widersprach Decker. »Wir haben Sie schließlich eingeladen. Die Rechnung geht auf uns.«

Novack nahm die Rechnung an sich. »Das hier ist eine Ermittlung in einem Mordfall. Sie sind ein Zeuge. Also was mich betrifft, soll doch die Stadt New York mein Sodbrennen bezahlen.«

Decker knöpfte seinen Mantel zu, zog seine Handschuhe an und rieb die Hände gegeneinander. Er hatte seinen Schal vergessen, und der eisige Wind schnitt ihm ins Gesicht, während sie den Broadway entlanggingen. »Bei der Tablette handelte es sich um Ecstasy.«

»Ja, genau.«

»Also, wenn man Schnitman Glauben schenken darf, dann kann sie nicht von Ephraim stammen.«

»Meinen Sie ernsthaft, dass eine Koksnase sich von einem Kick abhalten ließe, nur weil das Rauschmittel nicht von einem Rabbiner abgesegnet ist?«

»So merkwürdig das auch klingen mag, Micky, aber das kann ich tatsächlich nachvollziehen.«

»Na ja, Sie sind wirklich näher dran als ich.«

Ein paar Minuten gingen sie schweigend nebeneinander her. Dann sagte Decker: »Wo würde sich ein Mädchen wie Shayndie in dieser Stadt verstecken?«

»Machen Sie Witze?«, fragte Novack. »Ich würde nicht mal im Traum daran denken, auch nur zu raten. Sehen Sie sich doch um. Eine Million Schlupflöcher allein in der City, durch die Jugendliche wie Shaynda verschwinden können.« Er ging ein paar Meter weiter und sagte dann: »Ich werd mich mal bei der Sitte umhören. Und beim Jugenddezernat. Aber erwarten Sie nicht zu viel.«

»Es ist wahrscheinlich noch zu früh, um sie auf dem Straßenstrich zu suchen«, sagte Decker.

»Stimmt, ein Zuhälter würde sie jetzt noch nicht losschicken.« Novack zuckte die Schultern. »Falls sie nicht zu Hause auftaucht und auch nicht unter irgendeinem Stein, dann finden wir sie ja vielleicht irgendwann auf der Straße. Das Einzige, was wir tun können, ist abwarten. So, mir reicht's für heute. Wo müssen Sie jetzt hin?«

»Zurück nach Brooklyn. Und Sie?«

»Queens, aber auf dem Revier wartet noch jemand auf mich.« Die beiden Männer blieben stehen. »Wir haben bei den Jugendlichen kaum eine Chance, Peter. Die Lokale wechseln ständig. Wenn wir endlich herausgefunden haben, wo die Kids stecken könnten, haben die schweren Jungs schon zugeschlagen und sie weggeschafft.«

»Falls Sie einen Informanten haben, könnte man den vielleicht befragen.«

»Niemand wird zugeben, dass er eine Fünfzehnjährige festhält. Darauf steht eine verdammt lange Haftstrafe. Die Jugendlichen brauchen jemanden mit Einfluss, jemanden, der sie vor den Cops verstecken *und* vor den Freiern beschützen kann. Diesen Stress tut sich kaum ein Zuhälter an, wenn gleichzeitig genügend Achtzehnjährige herumlaufen, die den Job freiwillig machen. Außerdem kommt noch hinzu, dass sich das Mädchen vielleicht vor einem Mörder versteckt ... wer will sich schon so einen Ärger aufhalsen?«

Decker nickte.

»In L. A. muss das doch ähnlich laufen.«

»Ja, obwohl ich nicht bei der Sitte bin. Auch noch nie war, dafür aber sechs Jahre beim Jugenddezernat. Viele traurige Fälle.«

»Dann wissen Sie wahrscheinlich mehr darüber als ich. Wo habt ihr die Kids denn im Allgemeinen gefunden?«

»Normalerweise werden sie von Streifenbeamten aufgegriffen. Viele der Kinder waren total abgemagert und krank. Manchmal kamen sie von sich aus aufs Revier und baten um Hilfe, oder sie wollten, dass wir als Vermittler zwischen ihnen und ihren Eltern auftraten. Oder wir mussten helfen, sie von einem misshandelnden Freund oder Stiefvater wegzubekommen.«

»Ja, es ist überall das Gleiche.«

»Ich kenne in L. A. den einen oder anderen Unterschlupf und, wenn ich nicht selbst weiterkomme, Leute, mit denen ich reden kann. Hier in Manhattan tappe ich völlig im Dunkeln.«

Inzwischen war es kurz vor elf, und es wurde immer kälter. Dennoch waren die Bürgersteige voll von zügig vorwärts strebenden Menschenmassen, die beim Atmen Dampfwolken ausstießen und dabei fast so viel Nebel produzierten wie der Fluss. Etwa die Hälfte der Geschäfte war noch geöffnet. Und auf den Straßen herrschte reger Verkehr.

»Ich weiß nicht viel über die hiesige Zuhälterszene, aber ich kenne jemanden, der Bescheid weiß. Wenn Sie glauben, dass Shayndie diesen Weg eingeschlagen hat, dann könnte ich ihn mal anrufen«, sagte Novack.

»Ich weiß nicht, welchen Weg sie eingeschlagen hat«, sagte Decker. »Ich greife einfach nach jedem Strohhalm, weil mir die Zeit davonläuft.«

»Wann reisen Sie denn ab?«

»Montag... oder vielleicht auch erst Dienstag.« Rina würde sich über ihn lustig machen. »Aber nur, wenn wir was rausfinden.«

»Wenn *wir* was rausfinden?«

Decker lächelte. »Nur, wenn ich das Gefühl habe, dass ich Ihnen vielleicht helfen könnte, Detective Novack.«

»Ah, schon viel besser.« Novack lächelte. »Nun, da Sie unter Zeitdruck stehen, werde ich mal sehen, ob wir uns morgen früh mit ihm treffen können.«

»Das wäre sehr gut. Denn sonst...« Decker streckte die Hände hoch. »Es könnte sein, dass sie die Stadt verlassen hat... oder in Quinton ist. Die Beamten dort versicherten, dass sie noch mal nach ihr suchen wollen, aber der Polizeichef von Quinton klang nicht besonders zuversichtlich. Im Grunde war er alles andere als hilfsbereit.«

»Mit wem haben Sie gesprochen?«

»Virgil Merrin.«

Novack zuckte die Schultern. »Kenn ich nicht. Wir sind hier ein eigener Distrikt.«

»So langsam komme ich auch dahinter. Meinen Sie, wir können Ihren Informanten morgen ganz früh treffen?«

»Ganz früh? Wie früh ist das?«

»Acht, neun Uhr.«

»Da bin ich mir nicht sicher. Der Typ ist Ire. Und Samstagabend ist Pubzeit.«

»Sagen Sie ihm einfach, wenn er sich um acht mit mir trifft, dann kriegt er von mir eine Kiste seines Lieblingsbiers.«

Novack nickte. »Das ist eine gute Idee, Lieutenant Decker.«

10

Ephraim Lieber hatte sein Leben nur ein paar Straßenzüge vom 28. Revier entfernt ausgehaucht, in einem heruntergekommenen Mietshaus westlich von Harlem. Es war ein Viertel voller Hochbahngleise und Maschendrahtzäune, die von Unkraut überwucherte Grundstücke umgaben – eine Gegend mit Autowerkstätten, Waschanlagen und jeder Menge einstöckiger Fastfoodläden, die genauso gut in Deckers gewohntem Jagdrevier in L. A. hätten stehen können. Feuerleitern umgaben die schmutzigen Ziegelbauten wie ein einziges riesiges Baugerüst. Und dennoch konnte Decker erkennen, wie schön es hier einmal gewesen sein musste. Überall sah er alte und prächtige – wenn auch von Graffiti übersäte – Sandsteinbauten mit wohlproportionierten Grundrissen. Und es gab den Riverside Park, einen Grünstreifen von Bäumen, Buschwerk und kleinen Gärten, der sich am Hudson River entlangzog, eine grüne Oase voller Parkbänke und Joggingwege. Der Park begann auf Höhe der 72. Straße, erstreckte sich nach Norden bis über die 120. Straße hinaus und endete nur wenige Blocks vor dem 28. Revier. In den Vierziger- und Fünfzigerjahren auf ehemaligen Bahngleisen errichtet, diente der Riverside Park heute als botanische Erinnerung daran, was es hier früher für Pflanzen gegeben hatte, bevor sich Manhattan in eine Insel aus Asphalt und Wolkenkratzern verwandelte.

Das Polizeirevier war ein zweistöckiger Betonbau, dessen Oberfläche man offensichtlich mit der Harke behandelt hatte, als der Zement gerade trocknete. Man betrat das Gebäude durch eine Doppeltür aus Stahl, die nicht nur massiv, sondern kugelsicher aussah. Decker ging drei Stufen nach unten und stand vor einem leuchtend blauen, hufeisenförmigen Tisch, hinter der eine Schwarze in Uniform saß. Rechts befand sich eine Vitrine, in der die Sportpokale des Reviers ausgestellt waren; nach links ging es zu einer Reihe von Büros, vor denen fest verschraubte, limonengrüne Plastikstühle standen. Einige davon waren belegt von einem schlafenden, in sich zusammengesackten Obdachlosen.

Als Decker sich dem Empfang näherte, kam Novack mit großen Sätzen die Treppe herunter.

»Hallo. Auf die Minute pünktlich. Hier lang.«

Decker folgte Novack die Treppen hinauf.

»Wie geht's?«, fragte Micky.

»Gut, danke.«

»Prima. Ich hab ihn dazu gebracht herzukommen, aber es war nicht leicht.«

»Ich schulde Ihnen was.«

»Stimmt.« Novack führte ihn an einem winzigen Raum vorbei, der als Büro der Sekretärin des Bereitschaftsraumes diente. »Willkommen im Achtundzwanzigsten. Es ist nicht gerade ein architektonisches Wunderwerk, aber dafür haben wir eine sehr schöne Aussicht auf die Tankstelle gegenüber.«

Bis auf einen weiteren Mann war das Revier leer – einer der großen Vorteile des Sonntagmorgendienstes. Der Bereich der Detectives war ein Labyrinth aus hüfthohen Bürozellen, voll gestopft mit den üblichen Metallschreibtischen, Bürostühlen und Computern. Die Wände bestanden aus weiß getünchten Betonziegeln; von der mit Wasserflecken übersäten Decke warfen Neonröhren ihr fahles Licht in den Raum, und der ehemals weiße Steinfliesenboden hatte sich in eine abgetretene, schmutzig graue Oberfläche verwandelt. Einige Beamte hatten schüchterne Versuche unternommen, eine heimelige Atmosphäre zu verbreiten – auf ein paar Tischen sah man welkende Topfpflanzen, von Kinderhand getöpferte Tassen oder Briefbeschwerer und gelegentlich einen Bilderrahmen mit einem Foto. Doch der größte Teil des Raums gehörte ganz der Arbeit.

Papierstapel türmten sich auf jeder ebenen Oberfläche, und sämtliche Pinwände waren von Notizzetteln überwuchert. Akten und dicke Bündel von Formularen und Berichtsbogen quollen aus Aktenschränken und Plastikcontainern. An den Wänden hingen Stadtpläne, gespickt mit Stecknadeln in unterschiedlichen Farben, je nach Klassifizierung der Verbrechen. Selbst zwischen den pfauenblauen Türen der beiden Verhörzimmer hing ein schwarzes Brett, das übersät war mit Polizeiskizzen gesuchter Straftäter.

Deckers Blick blieb an einem gedruckten Poster hängen. Es zeigte die amerikanische Flagge, und darunter stand: DIESE FARBEN WERDEN NICHT WEICHEN. Unter diesem Bild hing ein weiteres Anschlagbrett, das nur Schnappschüsse vom 11. September zeigte – blutende, mit Asche bedeckte Polizisten.

Novack folgte seinem Blick. »Und dabei hab ich immer gedacht, ich hätte in unserem Job schon alles gesehen.«

Decker lachte trocken. »Tatsächlich?«

»Tja, so kann man sich irren.« Novack deutete auf den einzigen anderen Anwesenden im Raum. »Das da drüben an meinem Tisch ist Brian Cork von der Sitte. Hey, Brian, sag Lieutenant Decker guten Tag.«

Cork schaute auf. »Tag.«

»Tag.«

Sie setzten sich an Novacks Tisch. Cork war ein Mittvierziger, etwa einsfünfundsiebzig groß, mit breitem Brustkorb und einem anschwellenden Bierbauch. Seine Schultern und Arme waren muskelbepackt. Falls das Revier ein Footballteam hatte, waren Novack und er die perfekten Außenverteidiger. Cork hatte ein rundliches, gerötetes Mopsgesicht, dünne, fast blutleere Lippen und eine breite, gebrochene Nase, die in sein Gesicht gequetscht war wie ein Melonenkürbis. Er studierte gerade die am Tatort von Ephraims Leiche gemachten Fotos.

»Und Sie sind also Lieutenant in L.A.?«, fragte er.

»Ja.«

»Und warum geben Sie sich dann hier bei uns mit diesem Kram ab?«

»Man hat mich an die Ostküste geholt, damit ich den Mittelsmann für die Polizei spiele. Das Opfer war der Schwager meines Bruders, und ich habe ihm versprochen, mich um die Sache zu kümmern. Ich wollte Detective Novack gerade sagen, dass ich mittlerweile glaube, in dieser Angelegenheit niemandem mehr nützen zu können. Selbst die eigene Familie sieht mich inzwischen lieber gehen als kommen. Keine schlechte Leistung, wenn man bedenkt, dass ich erst seit zwei Tagen hier bin.«

»Familie...« Cork verzog das Gesicht. »Ich hab sechs Brüder

und Schwestern. Drei davon sind Cops, also können Sie sich vorstellen, wie lange es dauert, bis wir uns auf die Nerven gehen. Wir treffen uns jedes Jahr zu Weihnachten, und jedes Jahr ist es das Gleiche. Am Anfang sind noch alle bester Laune, aber gegen Ende des Abends fliegen die Fetzen. Ich laufe mir lieber jeden Tag draußen auf der Straße die Hacken ab, als ihn mit meinen stocksauren Geschwistern verbringen zu müssen.«

»Aber was kann man dagegen tun?«, fragte Decker.

»Nichts«, seufzte Cork. »Also, Sie verabschieden sich?«

»Da ich hier niemandem wirklich eine Hilfe bin, scheint es das Vernünftigste zu sein.«

»Ich weiß zwar nicht, ob es was nützt, aber ich kann ja mal meinen Senf dazugeben. Das ist aber nur eine Vermutung.« Cork starrte wieder die Bilder an. »Wisst ihr, wie das Ganze für mich aussieht?«

»Wie?«, fragte Novack.

»Wie ein Familienjob…«

»Ich glaube nicht, dass es die Mafia war, Brian.«

»Ich hab ja gar nicht gesagt, dass es die Mafia war, Mick, ich hab nur gesagt, dass es wie ein Familienjob *aussieht*. Nicht wie die heutige Familie, sondern wie die vor vier, fünf Jahren, als C. D. noch im Geschäft war und hinter dem alten Mann stand. Aber er kann es nicht gewesen sein. Zum einen gibt sich C. D. nur mit großen Fischen ab, und dieser Typ ist offensichtlich ein sehr kleiner. Zweitens würde C. D. *niemals* jemanden in einem Hotel aus dem Weg räumen. Viel zu viele Leute, C. D. zieht nicht gern die Aufmerksamkeit auf sich. Und drittens – das mag vielleicht nur ein Gerücht sein – habe ich vor kurzem gehört, dass C. D. nicht mehr im Geschäft ist. Ich sage nur, dass es wie einer seiner Jobs *aussieht*. Ein einziger Schuss. Kaum Blut. Kein überflüssiger Mist. Schnell und sauber.«

»C. D.?«, fragte Decker.

»Christopher Donatti«, antwortete Novack.

Decker brauchte einen Moment, um die Worte zu verarbeiten. Dann wurde sein Gehirn von einer Bilderflut überschwemmt. Die wenigsten von Deckers Mordfällen riefen gleich Erinnerungen wach, doch Chris Donatti gehörte dazu. Acht Jahre waren vergangen seit Deckers letztem Kontakt mit dem jungen Donatti, und dennoch hatte er die Einzelheiten noch so klar vor Augen, als wäre das Ganze vor wenigen Tagen passiert. Es ging um den Mord an einer Highschool-Ballkönigin, und Donatti war der Hauptverdächtige gewesen. Damals hatte er noch Whitman geheißen, und obwohl sich mittlerweile der Nachname geändert hatte, war Decker davon überzeugt, dass das nicht für den Jungen selbst galt. Einmal ein Irrer ...

»Der Mord sieht also so aus, als könnte Chris Donatti ihn begangen haben?«

»Er *sieht* so aus – mehr aber auch nicht. C.D. konnte mit nichts mehr in Verbindung gebracht werden, seit sein alter Herr einen schweren Herzanfall erlitt.«

»Joseph Donatti hatte einen Herzanfall?«, fragte Decker.

»Ja, den alten Joey hat's richtig erwischt.« Cork schaute ihn seltsam an.

»Muss mir wohl entgangen sein.« Decker schluckte. »Wann ist das passiert?«

»Muss vier, fünf Jahre her sein«, antwortete Novack.

»Anscheinend hab ich einiges verpasst«, meinte Decker. »Also ist Chris Donatti jetzt Chef der Familie?«

»Sie meinen die Donatti-Familie? Es gibt sie nicht mehr. Sie hat sich aufgelöst.«

»Was ist geschehen? Hat jemand anderes Chris aus dem Geschäft gedrängt?«

»Nein, C.D. hat die Familie aufgelöst.« Cork sah Decker an. »Wieso nennen Sie Donatti Chris? Sind Sie auf Du und Du mit dem Kerl?«

Decker zuckte die Achseln. »Und was macht er jetzt – C.D.?«

»Wir haben da ein kleines Problem. C.D. ist eine Sphinx. Er redet nicht.«

»Was soll das heißen – er redet nicht?«

»Genau das. Er redet nicht. Das genaue Gegenteil des Alten. Wenn der alte Mann jemanden umlegen lassen wollte, wusste die halbe Welt davon. Aber C.D. ist anders. Nachdem der Alte sich zur Ruhe gesetzt hatte, warteten alle gespannt darauf, wie es weitergehen, wie und wann C.D. seine Muskeln spielen lassen würde. Und dann passierte es – zwei Morde an Topdealern in Washington Heights. Bumm, bumm. Blitzsauber. Schnell rein, schnell raus. Einwandfrei Donattis Handschrift. Verdammt, dachten wir alle, jetzt will C.D. sich das Territorium der Dominikaner holen. Nicht mehr lange, und wir haben Krieg. Aber wissen Sie, was dann geschah?«

»Nein, was?«

»Nichts, absolut gar nichts. Während die Doms wie aufgescheuchte Hühner durch die Gegend rennen und versuchen, sich nach dem Verlust zweier großer Bosse wieder neu zu organisieren, kommt jemand anspaziert und zahlt sie alle aus. Und ich rede hier nicht von einem Taschengeld – es ging um richtig viel Kohle. Als wir uns gerade von unserem Schock erholt hatten, ist halb Washington Heights plötzlich Benedetto-Territorium.«

»Chr... C.D.s Schwiegervater.«

»Sie wissen mehr über die Sache, als Sie uns sagen wollen.«

»Nein, über diese Ereignisse weiß ich absolut nichts. Darum frage ich Sie ja.«

»Stimmt – Benedetto war C.D.s Schwiegervater. Also nahmen wir an, dass C.D. die Aktion durchgezogen hatte und jetzt die Beute zwischen sich und seinem Schwiegervater verteilte – Sie wissen schon, als Geschenk an den alten Mann. Eigenartig ist nur, dass drei Monate später C.D. und Benedettos Trampeltier von einer Tochter nicht mehr im heiligen Stand der Ehe verbunden sind, und kurz darauf verschwindet C.D. von der Bildfläche. Wie vom Erdboden verschluckt. Der Alte, also Benedetto, übernimmt das ganze Territorium. Also dachten wir, dass Benedetto Donatti aus dem Geschäft gedrängt hat und der gute C.D. entweder zwei Meter unter der Erde liegt oder irgendwo in den Fundamenten der Neubauprojekte in Camden, New Jersey, steckt. Natürlich bestand immer noch die Möglichkeit, dass der Typ sich irgendwo versteckt hielt und seinen Gegenzug plante. Und wenn das so war, mussten wir mit einem Krieg rechnen. Aber wissen Sie, was dann passierte?«

»Nein. Was?«

»Nichts, absolut gar nichts. Also gingen wir davon aus, dass er tot sei. Doch dann, vielleicht zwölf Monate später – vor etwa drei, vier Jahren – taucht C.D. plötzlich wie aus dem Nichts wieder auf. Er lebt irgendwo im Norden, nicht weit von hier entfernt, und macht schmutzige Bilder von jungen Mädels…«

»Kinderporno?«

»Nein – sie sind alle über achtzehn. Woher ich das weiß? Ich habe bestimmt zehnmal versucht, den Kerl hochzunehmen. Seine Mädchen sind alle legal – zumindest bis jetzt. Es stehen noch ein paar Entscheidungen des Obersten Gerichtshofs aus, die ihnen das Geschäft für eine Weile verderben könnten, aber der Knabe ist wie Unkraut. Er würde sofort wieder mit einer neuen Idee auftauchen. Zurzeit wissen wir nur, dass er seine Mädchen auf den Strich schickt, aber wir haben noch keine Möglichkeit gefunden, um ihn auszuhebeln. Und wissen Sie, warum?«

»Warum?«

»Weil C.D. nicht redet.«

»Haben er und der Alte immer noch Kontakt?«

»Ja, klar. Seit er wieder aufgetaucht ist, wir haben das beobachtet, hat er Joey immer wieder mal einen Besuch abgestattet. Nichts Wichtiges. Wahrscheinlich gibt es keine Verpflichtungen mehr. Joey hat C.D. damals adoptiert; sie sind nicht miteinander verwandt. Aber wahrscheinlich wissen Sie das schon.«

»Ja.«

»C.D. hat keine Blutsverwandten mehr, keine Freunde, absolut keine sozialen Bindungen. Aber was er hat, ist eines der miesesten Blättchen in der Szene. Zwanzig bis dreißig Hochglanzseiten voller junger Mädchen, alle gerade erst achtzehn geworden, aufgemacht wie jüngere Teenager – gerade richtig, um die schmutzige Fantasie des Mannes um die fünfzig zu beflügeln. Sie wissen schon – Schülerin/Lehrer, Schwester/Patient, die beste Freundin Ihrer Tochter…«

»Wie reizend.«

»Ich hab nicht die leiseste Ahnung, wem er diesen Dreck verkauft, aber es muss einen Absatzmarkt dafür geben. Das ursprüngliche billige, selbst gemachte Blättchen hat sich zu einem Hochglanzmagazin mit Profifotos und Anzeigenwerbung gemausert. Ich will damit nicht sagen, dass es am Zeitungsstand ganz vorn liegt, aber über zu wenig Käufer muss er sich nicht beklagen.«

»Vom Tellerwäscher zum Millionär.«

»Wissen Sie, was ich glaube?«

»Was?«, fragte Decker.

»Ich glaube, Donatti schenkte Benedetto Washington Heights, damit der ihn im Gegenzug aus der Familie aussteigen ließ. Der Typ ist viel zu sehr Einzelgänger, um sich Befehle von Leuten gefallen zu lassen, die über ihm stehen. Andererseits kann man nicht gerade behaupten, dass er sich der Welt gegenüber geöffnet hat. Wenn er in Saus und Braus lebt, versteckt er es jedenfalls gut.«

»Besitzt er nicht auch ein eigenes Haus, Brian?«, warf Novack ein.

»Ja. Ihm gehören einige Immobilien rund um die Hundertfünfunddreißigste, in einer Gegend, die als Shona Bailey Area bekannt ist. Da oben gibt es noch die alten Sandsteinhäuser, eigentlich ganz hübsch, aber in einem ziemlich schlechten Zustand. Shona Bailey ging es eine Zeit lang richtig gut – das Viertel war der Liebling der Internetmillionäre. Dann platzte die Seifenblase, und der 11. September gab ihnen den Rest. Soweit ich gehört habe, konnte C. D. die Häuser für ein Butterbrot kaufen.«

Novack schüttelte den Kopf. »Man kann sagen, was man will – blöd ist der Typ nicht.«

»Wenn ich also nach ihm suchen wollte, würde ich ihn in der Gegend um die 135. Straße finden?«, fragte Decker.

»Ich denke schon, obwohl ich nicht glaube, dass er an einem Sonntagmorgen um Viertel vor zehn dort ist. Warum wollen Sie ihn suchen?«

»Weil Sie sagten, dass der Mord seine Handschrift trug. Und wenn er Jagd auf junge Mädchen macht, könnte eine verzweifelte Fünfzehnjährige genau das Richtige für ihn sein.«

»Ich wüsste nicht, warum er sich mit Minderjährigen abgeben sollte, wenn er jede Menge Volljährige kriegen kann, die ihm all seine Wünsche erfüllen. Die Frauen sind verrückt nach ihm – und er ist genau der Typ böser Junge, auf den kleine dumme Mädels stehen.«

Nicht nur kleine dumme Mädels. Decker dachte einen Augenblick nach. »Haben Sie seine Adresse?«

Cork sah ihn prüfend an. »Was haben Sie vor, Decker? Einfach mal vorbeigehn und ihm ein paar Fragen stellen? Wenn Sie hinter Donatti her sind, können Sie nicht einfach dort aufkreuzen und sich vorstellen. Sie brauchen eine Empfehlung. Sonst redet er nicht mit Ihnen.«

»Mir bleibt keine Zeit für Feinheiten«, sagte Decker. »Ich will ihm einfach nur ein paar Fragen stellen.«

»Soll ich mitkommen?«, bot Novack an.

Decker versuchte, sich die Enttäuschung nicht anmerken zu lassen. Er hatte Donatti allein sprechen wollen. »Gern.«

»Willst du bei diesem Blödsinn mitmachen, Mick?« Cork verzog das Gesicht.

»Wissen Sie, Novack, vielleicht ist er noch nicht mal zu Hause«, sagte Decker leichthin. »Ich hab ja Ihre Handynummer. Wenn ich etwas erreiche, ruf ich Sie an. Es sei denn, Sie wollen *unbedingt* mitkommen.«

Novack schüttelte den Kopf. »Nicht wenn die Knicks heute Nachmittag spielen. Außerdem habe ich meiner Frau versprochen, die Garage sauber zu machen. Und wenn ich das nicht rechtzeitig schaffe, kann ich meinen ruhigen Nachmittag vor dem Fernseher vergessen.«

»Dann sollten Sie nach Hause gehen, Mick. Ich komm schon klar.« Zu Cork gewandt, sagte Decker: »Seine Adresse?«

»Wollen Sie da wirklich hin?«

Decker nickte.

»Ich hol sie«, meinte Cork. »Mein Notizbuch liegt im Auto. Bin gleich wieder da.«

Cork verschwand. Novack schaute Decker eine Weile prüfend an und sagte dann: »Was haben Sie vor, Peter?«

»Das weiß ich noch nicht. Aber Sie haben ja gesehen, dass ich auf dem offiziellen Weg wenig Erfolg hatte.«

»Es ist nicht klug, sich zu sehr in anderer Leute Angelegenheiten einzumischen.«

Du brauchst nicht auf mir herumzuhacken. »He, wenn Sie etwas dagegen haben, werde ich nicht hinfahren«, entgegnete Decker.

»Machen Sie bloß keinen Blödsinn, okay? Die Sitte hat es nicht gern, wenn sie hinterher dumm dasteht.«

»Schon verstanden.«

Aber die Spannung hielt an. Keiner sagte ein Wort, bis Cork ein paar Minuten später mit einem Zettel in der Hand zurückkam. »Es ist nicht weit von hier, vielleicht fünfzehn Blocks nach Norden. Ich weiß nur nicht mehr genau, ob es zwischen Riverside Drive und Broadway oder ein Stück östlich des Broadway liegt.«

»Ich werd's schon finden.«

Cork gab Decker den Zettel. »Irgendwas ist hier im Busch. Sie wissen mehr über Donatti, als Sie zugeben wollen.«

»C.D. hielt sich eine Zeit lang in Kalifornien auf. Unsere Wege haben sich gekreuzt.«

»Aha!«, sagte Cork. »Aber egal, ob alte Bekannte oder nicht – Sie verschwenden Ihre Zeit. Selbst wenn er da ist, wird er nicht mit Ihnen reden wollen.«

Das konnte durchaus der Fall sein. Allerdings hatte Decker noch ein Ass im Ärmel, von dem seine New Yorker Kollegen offensichtlich nichts ahnten. »Vielleicht redet ja eines seiner Mädchen.«

»Pffff.« Der Detective winkte ab. »Nein, von denen redet keine. Ich weiß es, weil ich's versucht hab. Donatti hat sie im Griff – in einem Würgegriff…«

11

Rina würde ihn umbringen, und Novack – wenn er wirklich die ganze Geschichte gekannt hätte – würde ihm für seinen Alleingang einen Riesenrüffel verpassen. Es war unverantwortlich, gefährlich und dumm – denn C.D. war ein eiskalter Killer, ein Psychopath, und außerdem hasste er ihn wie die Pest. Dennoch besaß Decker genug Gottvertrauen, um dem Jungen ohne jede Waffe gegenüberzutreten. Aber es war mehr als das: Nach sieben Jahren als Lieutenant, in denen er nur noch Fälle delegiert und sich mehr um das Anlegen von Aktenordnern als um die Aufklärung von Verbrechen gekümmert hatte, brauchte er einfach den Nervenkitzel eines richtigen Einsatzes. Bis auf wenige außergewöhnliche Fälle war er zum Gefangenen seines eigenen Erfolges geworden, an seinen Schreibtisch gefesselt und mit zunehmendem Alter seiner Kraft und Reflexe beraubt.

Decker zerbrach sich gar nicht erst den Kopf darüber, welche Art von Empfang ihn erwartete – solange Chris ihn nicht auf der Stelle erschoss, war alles andere okay.

Während seines Fußmarsches stellte er fest, dass das Gebiet auf der Karte kleiner gewirkt hatte, als es in Wirklichkeit war. Die Uhr zeigte bereits halb elf, als er endlich die Adresse fand. Donattis Haus lag im Norden der Stadt – ein sechs Stockwerke hoher, altersschwacher Backsteinbau, einige Blocks entfernt von den besseren Mietskasernen der Gegend. Aber es besaß eine Eingangshalle mit fest verschlossener Tür. Auf dem Klingelschild fand Decker zwanzig Knöpfe für die verschiedenen Wohneinheiten. Der fünfte und sechste Stock schienen von einem einzigen Mieter belegt zu sein: MMO Enterprises. Da C.D. das Gebäude wahrscheinlich gehörte und er es als sein Studio benutzte, drückte Decker zuerst auf diesen Knopf. Nach mehrfachem Klingeln hörte er zu seiner Überraschung eine Frauenstimme über die Gegensprechanlage: »MMO.«

»Polizei«, sagte Decker.

Einen Augenblick geschah gar nichts. Dann ertönte ein lautes Summen, das ihm erlaubte, das Gebäude zu betreten. Er nahm das Treppenhaus bis hinauf in die fünfte Etage und trat dann hinaus auf den Flur. Auf der linken Seite sah er eine einzelne Tür, auf der die Zahl 13 stand. Er drückte einen weiteren Klingelknopf, und wieder ließ man ihn eintreten. Direkt hinter der Tür wartete ein Metalldetektor auf ihn. Natürlich löste er ihn aus.

Vor sich sah er ein Mädchen, das keinen Tag älter sein konnte als fünfzehn.

»Da drüben ist eine Schale für Ihre Schlüssel und die Brieftasche und alles andere, was das Summen ausgelöst haben könnte. Würden Sie bitte einen Schritt zurücktreten und es noch einmal versuchen?«

Decker folgte ihren Anordnungen und nahm nach dem Durchschreiten des Metalldetektors seine Habseligkeiten wieder an sich.

Neben dem Mädchen saß ein Junge und blätterte in einem Magazin. Er wirkte klein und schmächtig, aber vielleicht sah er nur deshalb so aus, weil er ein übergroßes Hawaiihemd trug. Zwar konnte Decker nichts erkennen, was auf eine Pistole hingedeutet hätte, aber er war sich sicher, dass der Junge eine Waffe trug. Sein Blick begegnete dem Deckers.

»Kann ich Ihnen helfen, Officer?«, fragte das Mädchen.

Sie war sehr geschäftsmäßig gekleidet – ein schwarzer Anzug, das Haar zu einem Pferdeschwanz gebunden. Kein Make-up. Ihre Hände waren so glatt wie die eines Babys, mit kurz geschnittenen Nägeln und ohne Nagellack.

»Ich würde gern mit Mr. Donatti sprechen.«

»Haben Sie einen Termin?«

Ihre Augen hielten seinem Blick stand.

»Nein, aber es ist sehr wichtig.« Er zeigte ihr sein goldenes Abzeichen und seinen Ausweis.

Der Junge legte das Magazin zur Seite und starrte Decker finster an, was Decker mit einem Lächeln quittierte. Dann wechselten der Junge und das Mädchen einen schnellen Blick, und er nickte.

»Einen Augenblick, bitte, Sir.« Sie nahm einen Telefonhörer in die Hand und tippte mehrere Nummern ein.

»Entschuldigen Sie die Störung, Mr. Donatti, aber hier ist jemand von der Polizei.«

Dann schwieg sie. Decker konnte nicht hören, was Donatti antwortete.

Schließlich fragte das Mädchen: »Könnte ich Ihren Ausweis und Ihre Marke noch einmal sehen?«

»Natürlich.«

»Es ist ein Lieutenant Peter Deck…«

»Verdammte Scheiße!«

Das hatte Decker hören können. Er unterdrückte ein Lächeln. Mit einem leicht verwunderten Ausdruck in den Augen legte das Mädchen den Hörer auf. »Er ist mitten in den Aufnahmen. Sie müssen ja wirklich wichtig sein.«

»Da bin ich mir nicht so sicher.«

»Er wird in ein paar Minuten hier sein.«

»Vielen Dank«, entgegnete Decker und lächelte, bis ihm klar wurde, dass es keinen Stuhl gab, auf den er sich hätte setzen können. Der Raum bot kaum Stellfläche für zusätzliche Möbel – ein unscheinbares Zimmer mit kahlen, cremefarbenen Wänden, das gerade genug Platz bot für die Rezeptionistin und den Wachmann. Anscheinend bekam Chris nicht allzu oft Besuch.

Bei Donatti waren ein paar Minuten auch tatsächlich ein paar Minuten. Die Tür zum Nebenraum öffnete sich, und da stand er. Im Alter von sechsundzwanzig Jahren war Christopher Whitman Donatti nicht mehr der hoch aufgeschossene, schlaksige Teenagerschwarm früherer Tage, sondern ein erwachsener Mann mit einer breiten Brust, kräftigen Schultern und gut entwickelten Oberarmen. Die Hasselblad-Kamera in seiner linken Hand wirkte wie ein Spielzeug. Er war glatt rasiert und trug seine dichten blonden Locken so kurz geschnitten, dass sie fast wie ein Bürstenschnitt aussahen. Sein hageres, längliches Gesicht mit den hohen Wangenknochen und der kräftigen Stirn hatte eine rötliche Farbe und wirkte trotz einiger Narben frisch und gesund. Er hatte eine ausgeprägte Kinnpartie. Volle Lippen verbargen gerade weiße Zähne. Vor allem seine großen blauen Augen fielen auf – sie hatten die Farbe von Eis, ohne jedoch Licht oder irgendeine Gefühlsregung zu reflektieren. Was war das Gegenteil von strahlend?

Mit seinen knapp zwei Metern hatte Decker Chris bisher immer gerade in die Augen sehen können. Jetzt bemerkte er zum ersten Mal, dass er ein wenig nach oben schauen musste.

»Du bist gewachsen.«

»Ich war schon immer ein Spätzünder.« Donatti trug legere

Kleidung – ein schwarzes T-Shirt über khakifarbenen Cargohosen mit ausgebeulten Taschen, wahrscheinlich gefüllt mit jeder Menge Fotomaterialien und, ganz ohne Zweifel, einer Pistole. Seine Füße steckten in Laufschuhen aus schwarzem Wildleder. Noch immer versperrte er die Tür und starrte Decker an. »Ich muss Sie abklopfen.«

»Ich bin schon durch den Metalldetektor gegangen.«

»Ich muss Sie abklopfen«, wiederholte Donatti.

Der junge Wachmann sprang auf, die rechte Hand an der Hüfte. Auch wenn sein Gesicht das eines Kindes war, ließ sein Blick keinen Zweifel daran, dass er es ernst meinte. »Kann ich Ihnen helfen, Mr. Donatti?«

»Danke, Justin, aber das mache ich.« Donatti gab dem Mädchen seine Kamera und wandte sich dann Decker zu. »Welche Position?«

Ohne ein weiteres Wort drehte Decker sich zur Wand und stützte sich auf seine Hände. Es war nur logisch für Donatti anzunehmen, dass Decker eine Waffe oder ein Mikrofon am Körper trug – etwas, um sich selbst zu schützen. Also folgte Decker besser all seinen Anweisungen. Donatti ging bei der Durchsuchung äußerst gründlich vor – von vorn nach hinten, von oben nach unten und von innen nach außen. Er durchstöberte Deckers Taschen und sah seine Kreditkarten sowie seine persönlichen Papiere durch. Dann zog er aus der Brieftasche das einzige Foto, das Decker bei sich trug – der Schnappschuss von Jacob.

Donatti hielt ihm das Foto hin. »Ist das das einzige Bild, das Sie bei sich haben?«

»Mein Sohn hat es mir vor ein paar Tagen geschenkt. Normalerweise habe ich überhaupt keine Bilder meiner Familie bei mir.«

»Aus Sicherheitsgründen?«

»Es soll Leute geben, die etwas gegen mich haben«, meinte Decker lächelnd.

Donattis Gesicht blieb ausdruckslos. Er starrte das Bild an. »Er ist Ihrer Frau wie aus dem Gesicht geschnitten.«

Deckers Magen krampfte sich zusammen. Er antwortete nicht und versuchte, unbeeindruckt zu wirken.

»Das stimmt doch, oder?«, fragte Donatti.

»Ja, das kann man wohl sagen.«

Donatti legte das Foto in Deckers Brieftasche und steckte sie wieder in dessen Innentasche zurück. Dann durchsuchte er die restlichen Jackentaschen und kramte den Umschlag mit den Fotos vom Tatort hervor.

Der Anblick ließ ihn innehalten.

Sorgfältig betrachtete er jedes einzelne Bild. Als er auf das Foto stieß, das Ephraim mit Shaynda zeigte, zögerte er erneut. Obwohl sein Blick auf den Gesichtern ruhte, blieb sein Gesicht völlig ausdruckslos. Nach einer Weile schob er die Fotos abrupt in den Umschlag zurück und ließ das ganze Paket wieder in Deckers Tasche gleiten. Dann trat er von der Tür zurück. »Okay. Sie können reinkommen.«

Der Loft war riesig, mit einem Tonnengewölbe und hohen, staubigen Fenstern, durch die gedämpftes Licht hereinfiel. Vor jedem Fenster hing ein Rollo, aber nur einige waren heruntergezogen. Der Fußboden bestand aus alten Kirschholzdielen, abgenutzt, aber immer noch intakt. Der größte Teil des Studios war leer, abgesehen von einer Reihe Einbauschränken unter den Fenstern, einer Hantelbank, einem Cellokoffer neben einem Hocker und der eigentlichen Aufnahmefläche. Hier spielte sich also alles ab: eine Unmenge von Requisiten, zahllose Hintergrundrollen, Teppiche in vielen verschiedenen Farben, Stühle, Tische und Beleuchtungsutensilien. Decker sah Blitzschirme, Stative, Reflektoren und Scheinwerfer, die alle um eine Art Podest herum aufgebaut waren.

Im Hintergrund lief Musik – etwas Klassisches, atonal und avantgardistisch, das Decker nicht kannte. Das Stück klang gedämpft und leise, wie eine Unterhaltung im Flüsterton. Zwei junge Männer – eher noch Teenager – bauten gerade den Hintergrund und die Fotoausrüstung um und holten verschiedene Requisiten aus Kisten und Kästen. Sie wirbelten um die Bühne und die Hauptdarstellerin – ein Mädchen, nackt bis auf eine Federboa um den Hals und Stöckelschuhen an den Füßen. Ihr blondes Haar war nachlässig hochgesteckt. Sie hatte wenig Make-up aufgelegt –

etwas Lippenstift, einen Hauch Rouge. Große blaue Augen musterten ihn.

Decker konnte sich gerade noch beherrschen, sie anzustarren, und blickte stattdessen auf seine Schuhe.

Alle seine Mädchen waren volljährig.

Wahrscheinlich hatte sie gerade die achtzehn überschritten – aber sie war aufgemacht wie eine Vierzehnjährige.

Donatti fingerte wortlos an einem Stativ im Hintergrund herum, auf dem ein Blitzgerät befestigt war. »Schießen Sie los.«

»Redest du mit mir?«, fragte Decker.

»Ja, natürlich.«

»Hättest du etwas dagegen, wenn wir uns unter vier Augen unterhalten?«

»Etwas abgelenkt, Lieutenant?«

»Abgelenkt ist das richtige Wort.«

»He – *Sie* haben gesagt, es sei wichtig. Ich dachte, wir könnten uns unterhalten, während ich weiterarbeite.« Er sah Decker in die Augen, aber seine Miene blieb kalt und ausdruckslos. »Wenn Sie mit mir unter vier Augen sprechen wollen, werden Sie warten müssen.«

»Wie lange?«

»Keine Ahnung. Aber Sie können sich setzen, wenn Sie wollen. Sie dürfen sich sogar eine Tasse Kaffee nehmen.«

Deckers Augen wanderten durch den Raum. Auf einem der Schränke unter den Fenstern stand eine Kaffeekanne. Er ging hinüber, goss sich einen Pappbecher mit schwarzem Kaffee ein und blickte sich suchend nach einem Stuhl um.

»Matt, hol dem Lieutenant eine Kiste, damit er sich setzen kann«, befahl Donatti.

Einer der Jungen rannte hinüber und brachte Decker eine Holzkiste. Decker bedankte sich; dann sah er zu, wie Donatti das Mädchen in Positur stellte, wobei er sich wieder bemühte, nicht zu auffällig hinüberzustarren. Donatti ließ das Mädchen den Kopf in den Nacken legen und die Beine spreizen. Dann stupste er mit den Zehen einen Reflektor an. »Höher… noch höher. Genau so, okay?«

Matt nickte und griff nach der silbrigen Oberfläche.

Donatti zog ein Objektiv aus einer seiner Hosentaschen und wechselte es gegen das auf seiner Kamera aus. »Halt das verdammte Ding hoch!« Diesmal gab er dem Reflektor einen Tritt. »Genau so! Himmel noch mal! Welche Blende?«

Der andere Junge hielt einen Belichtungsmesser in die Höhe. Ein Blitz ging los, und der Junge nannte Donatti ein paar Zahlen.

Die beiden Assistenten wirkten beinahe vorpubertär, mit schmalen Schultern und Hüften und ohne jeden Anflug von Bart. Einer war dunkelhäutig – ein Latino oder Puertoricaner –, der andere weiß, und beide besaßen langes, seidiges Haar. Decker fragte sich, ob Chris an beiden Ufern zu Hause war oder zumindest den Zuhälter für beide Geschlechter spielte. Die Jungen waren ganz auf ihre Arbeit konzentriert und zeigten keinerlei Interesse für das Mädchen, den Mittelpunkt der allgemeinen Aufmerksamkeit. Sie leckte sich lasziv die Lippen, spreizte langsam die Beine und sah Decker dabei unverwandt an.

Erneut sah Decker auf seine Füße. »Nettes Studio«, sagte er geistesabwesend.

»Gefällt es Ihnen? Das Haus gehört mir.«

»Ein richtiges Unternehmen, Chris.«

»Ich mag es geschäftsmäßig. Es passt zu mir.« Donatti drehte sich langsam um und sah Decker mit glanzlosen Augen an. »Ach ja, wenn ich Sie schon mit Lieutenant anspreche, dann erwarte ich, dass Sie mich Mr. Donatti nennen.«

»Klar.«

Donatti ging hinüber zum Podest und schaute durch die Kamera. »Matt, heb den Reflektor ein paar Zentimeter an … ja, so ist es gut. Richie, ich brauch mehr Gegenlicht, sonst krieg ich einen hässlichen Schatten … etwas weiter nach links. Gut so. Jetzt den Belichtungsmesser.«

Ein Blitz flackerte auf.

»Welche Blende?«

Richie gab ihm die Werte. Donatti war nicht zufrieden. Er spielte mit den Scheinwerfern, den Blitzschirmen und den Reflektoren. Je mehr sich seine Unzufriedenheit äußerte, desto unruhiger wurden seine Assistenten – was sich sogar in nervösen Zuckungen bemerkbar machte. Zwischen ihnen gab es keinerlei Vertraulichkeit; man hörte nur »Mr. Donatti« hier und »Mr. Donatti« dort. Als Chris endlich mit den Aufnahmebedingungen zufrieden war, begann er zu fotografieren und dirigierte das Mädchen dabei mit einem Schwall von Worten. Er arbeitete schnell, wie besessen, und unter den grellen Scheinwerfern troff der Schweiß an ihm herab. Auch sein Modell schwitzte. Etwa fünf Minuten lang fotografierte Donatti ununterbrochen, dann hielt er abrupt inne, griff nach einer Sprühflasche mit Eiswasser und besprühte damit Brust und Vagina des jungen Mädchens.

»Iiih…«, kreischte das Mädchen.

»Ich weiß, dass es kalt ist«, erklärte Donatti. »Aber es muss sein.« Dann warf er ihr ein Kühlkissen zu. »Hier, leg das auf deine Muschi.«

»Wie bitte?«

Donatti ging zu ihr und klatschte ihr das Kühlkissen auf die Vagina. »Festhalten. Und hör auf, ein wütendes Gesicht zu machen. Du sollst eine Fantasie sein, und Fantasien sehen nicht so aus, als hätten sie gerade auf eine Zitrone gebissen. Wenn die Kerle, die diese Fotos kaufen, ein solches Gesicht sehen wollten, könnten sie gleich mit ihren Frauen vögeln.«

»Aber es ist so kalt«, maulte sie.

»Halt es fest, und hör auf zu jammern.« Er wandte sich Decker zu. »Das Eis bewirkt, dass sich die Blutgefäße zusammenziehen. Das gibt bessere Bilder. Ich brauche unbedingt eine Klimaanlage – dann könnten wir nicht nur besser arbeiten, auch die Nippel würden schön steif bleiben.«

»Draußen ist es kalt«, meinte Decker.

»Die Fenster lassen sich nicht öffnen. Aus Sicherheitsgründen.« Donatti wandte sich wieder seinem Modell zu. »Okay, du kannst es jetzt wegnehmen… gut so. Und jetzt zeig's mir, Tina. Mach schon, Baby, lass sehen, was du kannst.«

Das Mädchen begann sich aufreizend zu räkeln, während Donatti ein Foto nach dem anderen schoss. Doch plötzlich stoppte er wieder und knurrte: »Du schwitzt ja immer noch.«

»Ich kann nichts dafür.«

Er seufzte. Dann ging er zu einem der Pappkartons und zog verschiedene Requisiten heraus. Er entschied sich für ein Schweißband, ein Paar Turnschuhe, Socken mit Pompons und einen Taschenrechner. Dann warf er ihr die Sachen zu. »Zieh das an. Dann wird's eben wieder der verdammte Cheerleader-Look.«

Sie zog die schwarzen Stöckelschuhe aus, streifte die Socken über und versuchte danach, die Turnschuhe anzuziehen. »Sie sind zu klein.«

»Dann quetsch deinen Fuß hinein, Aschenputtel. Du musst sie ja nicht zubinden, oder? Weißt du was? Ich hab eine Idee. Zieh nur einen an, und lass den anderen über die Schulter baumeln. Ja … genau so. Jetzt noch das Schweißband … Ja, das ist Klasse!«

Er legte den Taschenrechner vor ihre Füße und besprühte sie danach noch einmal mit Eiswasser. Dann spreizte er die Schenkel des Mädchens und zerzauste ihr Schamhaar. »Wirf den Kopf zurück, aber lass deine Augen weiter Liebe mit der Kamera machen. Gutes Mädchen. Jetzt nimm deinen Finger und schieb ihn dir rein, aber nicht zu tief … nur den Nagel. Gut so … wirklich gut.«

»Aber *wofür* soll der blöde Taschenrechner gut sein?«, quengelte sie.

»Weil du ein *Schulmädchen* bist. Du erinnerst dich doch noch an die Schule, oder?«

»Ha, ha, sehr witzig.«

»Benimm dich«, knurrte Donatti. »Wir haben einen Gast.«

Der drohende Ton in seiner Stimme ließ Angst in ihrem Blick aufflackern. Einen Moment später war sie voll konzentriert.

»So ist es besser«, lobte Donatti. »Große Klasse, Tina. Komm schon, zeig mir deine feuchten Lippen, Baby!«

Das Mädchen schenkte ihm ein breites Lächeln, das sie wie zwölf aussehen ließ. Donatti war zufrieden. »Das ist es, Baby.« Klick, klick. »Gib's der Kamera, Kleine, mach's ihr hart und fest. Du bist wirklich große Klasse.« Klick, klick, klick. »Du hast es, Baby – du bist der perfekte feuchte Traum für all die alten Knacker, die ihn nicht mehr hochkriegen.«

Sie warf Decker einen anzüglichen Blick zu. »Alte Knacker wie der da?«

Donatti hörte auf zu fotografieren und folgte ihrem Blick.

Er war so auf seine Arbeit konzentriert gewesen, dass er Decker völlig vergessen hatte. Seine Augen verloren jeden Glanz. »Genau, alte Knacker wie er.« Klick, klick. »Aber nicht genau wie er.« Wieder zurück zum Modell. »Ich hab seine Frau gesehen.« Klick, klick, klick. »Einen hochzukriegen dürfte wahrscheinlich kein Problem für ihn sein.«

Nach fünfzehn Minuten richtete Donatti sich auf und straffte die Schultern.

»Das wär's.« Er zog mehrere Fünfzigdollarscheine aus seiner Brieftasche und gab sie Richie. »Eine Stunde Pause. Nehmt Amber und Justin mit. Seid um zwölf wieder da. Wenn ihr zu spät kommt, werd ich sauer.«

Richie nickte.

»Ich will mein Wechselgeld zurück, ist das klar?«

»Ja, Sir.«

Donatti grinste und fuhr dem jungen Latino durch die Haare. Der Junge lächelte schüchtern. Das Mädchen schlüpfte in einen alten Jogginganzug und schulterte einen Rucksack, was sie noch jünger wirken ließ.

»Tina!«, rief Donatti hinter ihr her.

Sie drehte sich um.

Donatti zeigte ihr den erhobenen Daumen. Sofort erstrahlte ihr Gesicht… als ob jemand einen Schalter umgelegt hätte. Nachdem alle gegangen waren, sagte Donatti: »Ich muss mir das Material ansehen. Nehmen Sie sich noch einen Kaffee. Ich bin in einer guten halben Stunde zurück.«

Der Loft hatte vier Türen. Donatti verschwand durch eine davon und tauchte erst zweiunddreißig Minuten später mit einem Timer in der Hand wieder auf.

»Hier entlang.« Er bedeutete Decker, ihm durch eine andere Tür zu folgen. Sobald Decker die Türschwelle überschritten hatte, legte Donatti mehrere Schalter um – darunter auch einen Lichtschalter – und verschloss die Tür anschließend mit zwei massiven

Riegeln. Das Büro war geräumig, hatte aber keinerlei Fenster. Im gedämpften Licht erkannte Decker, dass der Raum durch einen Ventilator an der Decke be- und entlüftet wurde. Auch hier gab es nur wenige Möbel. Ein zwei mal ein Meter großer Tisch mit vier Stühlen, auf dem eine Lampe, ein Telefon und ein Faxgerät standen, diente wahrscheinlich als Schreibtisch. Außerdem hatte Donatti einen Aktenschrank an eine Wand gestellt und eine Uhr darüber gehängt. An derselben Wand befanden sich noch sechs Videomonitore, die Donatti einen Blick auf die Eingangshalle, die Tür zu seinem Loft und verschiedene andere Außenbereiche des Gebäudes ermöglichten. Neben den Monitoren hatte er eine Wandtafel mit zehn Lichtern installiert – einige leuchteten rot, andere grün. Decker nahm an, dass es sich dabei um verschiedene Sicherheitsbereiche handelte.

Donatti setzte sich an eine Seite des Tisches; Decker entschied sich für den Stuhl ihm gegenüber. Beide schwiegen. Dann legte Decker die Aufnahmen vom Tatort auf den Tisch und das Foto von Ephraim und Shaynda daneben.

Donatti warf keinen Blick darauf. »Wie um alles in der Welt kommen Sie auf die Idee, dass ich mit Ihnen reden werde? Sie haben mein Leben ruiniert.«

»Das ist eine sehr negative Sicht der Dinge, Chris. Ich sehe es eher so, dass ich dadurch Terrys Leben gerettet habe.«

»Hat sie Ihnen meine Adresse gegeben?«

»Nein, die Cops.«

»Die Cops?«

»Ja, genau.«

Donatti lachte auf. »Irgendwie schmeichelhaft, wenn man als Täter für jeden einzelnen Mord infrage kommt, der in dieser Stadt passiert.« Seine Augen verdunkelten sich. »Nachdem ich damals herausgefunden hatte, dass Terry schwanger war, hab ich darauf gewartet, dass sie es mir sagt. Sechs Monate nach der Geburt des Jungen wurde mir schließlich klar, dass sie etwas anderes vorhatte … nämlich mir meinen Sohn vorzuenthalten. Und das machte mich wütend. Ich beschloss, Terry ein wenig Zeit zu geben, um alles auf die Reihe zu kriegen. Weitere sechs Monate, bis der Junge ein Jahr alt war. Wenn ich dann noch nichts von ihr gehört hätte, hätte sie einen tragischen Unfall erlitten. Drei Wochen vor dem fraglichen Datum bekam ich einen Brief von ihr. Er begann in etwa so:

›Lieber Chris,

eigentlich wollte ich es dir gar nicht sagen, aber Lieutenant Decker hat mich dazu überredet.‹«

Er unterbrach sich.

»›Ich wollte es dir gar nicht sagen, aber *Lieutenant* Decker hat mich dazu überredet.‹

Und das brachte das Fass zum Überlaufen. Es hatte mich wütend gemacht, dass sie es mir nicht sagen wollte. Und es machte mich noch wütender, dass sie es mir schließlich nur deshalb erzählte, weil Sie sie dazu überredet hatten, und ich bin fast geplatzt vor Wut, als ich feststellte, dass Sie es bis zum Lieutenant gebracht hatten.«

»Klingt, als ob du ziemlich sauer gewesen wärst, Chris.«

»Stimmt – und es heißt immer noch *Mr. Donatti* für Sie.«

»Das sagten Sie bereits.«

»Ja, aber anscheinend haben Sie's vergessen. Ich schreibe das Ihrem fortgeschrittenen Alter zu.«

»Von mir aus.« Decker rieb sich die Augen. Sie fühlten sich heiß an und brannten. »Terry sagte mir, dass ihr seit mehreren Jahren regelmäßigen Kontakt hättet.«

»Minimalen Kontakt.«

»Was bedeutet das?«

»Das müssen Sie sie fragen.«

»Sie meinte, Sie würden sie und ihren Sohn etwa sechsmal pro Jahr sehen.«

»Also schreibt sie Ihnen immer noch.«

»Gelegentlich.«

Chris rollte die Augen.

»Stimmt – sie hat mir auch erzählt, dass Ihnen das nicht gefallen würde«, sagte Decker.

»Nein, so hab ich das nicht gesagt. Ich hab ihr geraten, nichts niederzuschreiben. Wenn sie mit Ihnen sprechen will, soll sie Sie anrufen. Ich weiß, dass Terry Sie als eine Art Vaterfigur betrachtet. Es ist harmlos – wahrscheinlich sogar vernünftig, wenn man bedenkt, dass ihr alter Herr ein durchgedrehter Alkoholiker ist. Ich will nur vermeiden, dass durch ihre Briefe eine schriftliche Verbindung zu mir hergestellt werden kann. Es ist nicht gut, weder für sie noch für das Kind.«

Decker dachte einen Moment nach. »Die Cops wissen nichts von Terry oder dem Jungen, richtig?«

Donatti blickte Decker scharf an.

»Das heißt also Nein«, fuhr Decker fort. »Wer weiß noch davon außer mir? Joey?«

Donatti schloss kurz die Augen und öffnete sie wieder – eine harmlose Geste, die Decker jedoch nur allzu gut kannte. Sie bestätigte ihm, dass er einen wunden Punkt berührt hatte und Chris gereizt war.

Decker lächelte. »Joey hat keine Ahnung, dass Sie noch Kontakt zu Terry haben. Er glaubt, Sie haben vor acht Jahren Schluss gemacht, und zwar endgültig.« Sein Lächeln wurde immer breiter. »Joey hat nicht die leiseste Ahnung von ihr oder dem Kind, stimmt's?«

»Sehe ich das richtig, Decker?« Donattis Nasenflügel bebten. »Wollen Sie tatsächlich Terry als *Druckmittel* gegen mich einsetzen?«

»Was soll die Frage? Sie wissen genau, dass ich so nicht arbeite!« Decker atmete aus. »Dabei würde mir das vieles erleichtern.« Er deutete auf die Bilder. Dieses Mal sah Chris sie sich an. »Ich bin fremd in dieser Stadt, Mr. Donatti. Ich brauche Hilfe. Ich interessiere mich für jede Art von Information in Bezug auf den Mord und die Frage, was dieser Mann getan hat, um umgelegt zu werden. Aber was für mich noch wichtiger ist, ist die Tatsache, dass er ein fünfzehnjähriges Mädchen bei sich hatte. Das hier.« Decker deutete auf das Bild von Shaynda. »Sie ist verschwunden, und ihre Eltern sind außer sich vor Sorge. Irgendwelche Ideen?«

Donatti antwortete mit einem erneuten Schulterzucken.

»Ist das ein Ja oder ein Nein?«

Donatti schwieg. Dann klingelte eine Zeitschaltuhr. »Entschuldigen Sie, ich muss wieder an die Arbeit.« Er erhob sich und wartete darauf, dass Decker das Gleiche tat.

Decker blieb sitzen.

»Das bedeutet, dass Sie jetzt gehen«, sagte Donatti.

Widerwillig erhob sich Decker und verließ den Raum. Chris schloss die Tür ab und steckte den Schlüssel in die Hosentasche. »Sie können auf dem gleichen Weg raus, auf dem Sie reingekommen sind.«

Mit diesen Worten verschwand Donatti hinter einer der Türen. Decker blieb stehen und überlegte, was er nun tun sollte. Eines wusste er: Wenn er jetzt ging, würde er nie wieder eine Chance bekommen. Dann wäre er in Donattis Augen ein feiger Schwächling. Aber wenn er Donatti unter Druck setzte, würde er ebenfalls keine Antworten bekommen.

C. D. redet nicht.

Doch damals vor acht Jahren *hatte* Chris geredet, hatte Decker in Zeiten persönlicher Not viele Dinge erzählt. Auf irgendeine verdrehte Art und Weise war Decker nicht nur für Terry zur Vaterfigur geworden, sondern auch für Donatti. Während Chris im Gefängnis saß, war Decker seine Verbindung zu Terry gewesen. Und was noch wichtiger war: Decker hatte C. D. die Türen in die Freiheit geöffnet. Es stimmte, dass er ihn ins Gefängnis gebracht hatte, aber als Zweifel an den Untersuchungsergebnissen aufkamen, war es Decker gewesen, der Donattis Unschuld bewies. Wenn überhaupt noch irgendwelche Methoden bei dem Jungen zogen, dann waren es die alten Rollen und nicht die neuen.

Es gab nichts, womit Decker Chris davon überzeugen konnte, dass er nur zu seinem Besten handelte. Aber er konnte Donatti davon überzeugen, dass Terry ihm am Herzen lag – einfach, weil es die Wahrheit war. Decker hatte dem Mädchen Geld gegeben, als es sich in einer verzweifelten Lage befand – von allen verlassen, selbst von ihren Eltern. Eintausend Dollar, die Decker damals gut hätte selbst gebrauchen können, wanderten in den Lebensunterhalt von Donattis Sohn, zu einer Zeit, als Chris mit ihr nichts zu tun haben wollte. Heute, da sie wieder in Verbindung standen, hatte Terry ihm wahrscheinlich davon erzählt, und Chris war sicherlich empört darüber. Und dennoch – die Tatsache blieb, dass Decker sich für Terry eingesetzt hatte, und Donatti stellte Loyalität über alles.

Decker setzte sich auf eine Holzkiste. Wenn er der Lösung dieses Mordfalls auch nur einen Schritt näher kommen wollte, brauchte er einen Insider – und wer war dazu besser geeignet als Donatti?

Vorausgesetzt, dass Donatti nichts mit dem Mord zu tun hatte.

Natürlich war es ein Risiko, aber was war das Leben schon ohne den gelegentlichen Adrenalinschub?

Decker wartete ganz ruhig ab, bis Donatti wieder auftauchte. Der blieb beim Anblick Deckers wie angewurzelt stehen. »Sie sind ja immer noch da.«

»Ja.«

»Warum?«

Als Decker aufstand, spannten sich Donattis Muskeln an, so als ob er erwartete, dass Decker sich jeden Moment auf ihn stürzte. Stattdessen senkte Decker seine Stimme zu einem beruhigenden Flüstern: »Du hast einen wunderbaren Sohn, Donatti, weil du dir die richtige Mutter ausgesucht hast. In diesem Punkt sind wir uns einig. Was Terry betrifft, nehme ich dein Geheimnis mit ins Grab, mein Junge. Und du kennst mich gut genug, um zu wissen, dass mein Wort nicht nur Gold wert, sondern auch unwiderruflich ist. Wenn du mir also helfen kannst – gut. Wenn nicht, bin ich dir auch nicht böse. Dann werde ich verschwinden, und du hörst nie wieder etwas von mir.«

Damit drehte Decker sich um und ging.

12

Wenn Donatti etwas mit dem Mord zu tun hatte, war es ihm jedenfalls nicht anzumerken. Andererseits hatte Chris es immer gut verstanden, Dinge zu verbergen, also konnte Decker sich nicht leisten, ihn völlig als Täter auszuschließen. Ganz offensichtlich bevorzugte Donatti Jugendliche – Teenager, die er kontrollieren und manipulieren konnte. Schließlich musste er seine Mädchen irgendwo auftreiben, und solange Shaynda verschwunden blieb, war jeder mit einer Vorliebe für junge Mädchen verdächtig. Decker hatte im Dreck gerührt – nun musste er abwarten und sehen, was an die Oberfläche gespült wurde.

Während er zu Fuß den Riverside Drive entlangging, zog er seinen Mantel enger um sich und steckte die Hände in die Taschen. Der Himmel über ihm war rußig grau und umschloss den Hudson River wie eine verbeulte Rüstung. Ein scharfer Wind raute die Oberfläche des Flusses auf. Decker fühlte die beißende Kälte in seinem Gesicht. Als er ein Taxi sah, winkte er es heran. Doch dann wurde ihm plötzlich klar, dass er überhaupt nicht wusste, wohin er wollte.

Der Fall war festgefahren, und es gab keine neuen Spuren – was hielt ihn also noch hier in Manhattan? Und dennoch, genau wie Rina prophezeit hatte, widerstrebte es ihm, die Sache einfach hinzuschmeißen. Warum benahmen die Liebers sich ihm gegenüber plötzlich so feindselig? War es der ständig zunehmende Stress oder wurde ihnen langsam bewusst, dass auch Decker keine Wunder vollbringen konnte? Ein echter Profi wäre wieder nach Quinton gefahren und hätte die Familie zur Kooperation gezwungen. Aber genau da lag das Problem: Die Liebers gehörten zur Familie. Und da die Beziehung zu seinem Halbbruder noch nicht sehr gefestigt war, wollte Decker das sensible Vertrauensverhältnis, dessen Aufbau zehn Jahre gedauert hatte, nicht gefährden.

Langsam gingen ihm die Alternativen aus, aber er verfügte noch immer über eine Karte, auf die er setzen konnte. Da er sowieso in Manhattan war, würde er Leon Hershfield einen Besuch abstatten. Der Anwalt beschäftigte sich mit einem Fall, der überall in den Medien Beachtung fand, und da Hershfield am Samstag nicht arbeiten konnte, lag es für Decker nahe, dass er ihn mit großer Wahrscheinlichkeit am Sonntag in seiner Kanzlei antreffen würde.

Er nannte dem Taxifahrer die Adresse auf der Fifth Avenue und rief Hershfield auf seinem Mobiltelefon an. Der Anwalt schien nicht gerade begeistert, Deckers Stimme zu hören, aber er war klug genug, auf seinen Wunsch einzugehen. Zwanzig Minuten später öffnete Hershfield ihm die Tür zu seinem Büro, wie immer tadellos gekleidet – dieses Mal sportlich, mit einem Kamelhaarsakko, grauer Hose, einem weißen Hemd und roter Krawatte. Nicht der übliche Brioni- oder Kiton-Anzug, aber immer noch angemessen für einen millionenschweren, prominenten Anwalt.

»Dem Rastlosen schlägt keine Stunde«, sagte er, als er die Tür hinter Decker schloss. »Setzen Sie sich. Möchten Sie eine Tasse Kaffee?«

»Nein, danke.«

Nach einem schnellen Blick auf seine teure goldene Armbanduhr meinte er: »Wir haben beinahe Mittag. Wie wär's mit einem Essen? Ich wollte mir gerade etwas bestellen. Der Broughder-Fall ist ziemlich zeitaufwändig. Wer hat heute überhaupt noch Zeit auszugehen? Aber es würde mich freuen, wenn ich Ihnen ein Sandwich oder einen Bagel bestellen könnte.«

Decker lächelte. Hershfield hatte soeben mehrere versteckte Botschaften an ihn gesandt: *Ich bin ein viel beschäftigter Mann, ich habe Verpflichtungen und stehe unter Zeitdruck. Und jetzt kommen Sie auch noch daher. Ich hab auf meine Uhr geschaut. Ich stoppe Ihre Zeit.*

»Nein, vielen Dank. Ich wollte Sie nur ganz kurz stören. Vielen Dank, dass Sie sich überhaupt Zeit für mich nehmen.«

Botschaft angekommen, und zwar laut und deutlich.

Hershfield lehnte sich in seinem Bürosessel zurück. »Und, wie geht's Ihnen?«

»Ich hab mich schon mal besser gefühlt.«

»Der Jetlag?«

»Natürlich spielt das auch eine Rolle.«

Schweigen.

»Machen Sie zufrieden stellende Fortschritte?«

»Nein.«

»Das tut mir Leid.«

»Das ist zum Teil der Tatsache zuzuschreiben, dass ich im Dunkeln tappe.« Decker leckte sich die Lippen. »Irgendwie werde ich das Gefühl nicht los, nicht sehr erwünscht zu sein.«

»Polizisten verteidigen ihr Territorium.«

»Ich meinte nicht die Polizei, Mr. Hershfield, sondern Ihre Klienten. Irgendwie habe ich den Eindruck, dass es gewissen Leuten Leid tut, dass ich da hineingezogen worden bin. Der Himmel weiß, warum sie mich überhaupt angerufen haben.«

»Anfängliche Panik?«

»Möglicherweise.«

»Dann wäre es vielleicht das Beste, sich zu verabschieden.«

Die Geschwindigkeit, mit der Hershfield reagierte, machte Decker nachdenklich. Wahrscheinlich hatten die Liebers Kontakt mit Hershfield aufgenommen und ihn vielleicht sogar gebeten, ihnen Decker vom Hals zu schaffen. »Obwohl ich auch sagen muss«, entgegnete Decker, »dass es mir schwer fällt, die Angelegenheit nicht weiterzuverfolgen. Ich habe diesen ... meine Tochter sagt, man bezeichnet es als ›Zygarnic-Effekt‹. Es ist eine Art krankhaftes Verlangen danach, Dinge zu Ende zu bringen. Zumindest behauptet das meine Tochter.«

»Kinder lieben es, ihre Eltern zu kategorisieren.«

»Meine Frau sagt etwas Ähnliches. Es muss also ein Körnchen Wahrheit darin stecken.«

»Mag sein. Aber wenn es sich um ein krankhaftes Verlangen handelt, kann sich eine derartige Verbissenheit äußerst schädlich auswirken.«

»In meinem Beruf ist sie sehr nützlich.«

»Das kann ich mir vorstellen.« Hershfield lächelte. »Und was ist mit Ihren New Yorker Kollegen? Als wir uns das letzte Mal sahen, sagten Sie, dass Sie mit ihnen Kontakt aufnehmen und ein paar Fragen stellen wollten.«

»Sie waren sehr kooperativ.«

»Freut mich zu hören. Halten Sie sie auch für ausreichend kompetent?«

»Ja. Sie sind gut. Eigentlich sogar sehr gut. Motiviert.«

»Also, warum überlassen Sie den Fall nicht ihnen? Im Gegensatz zu Ihnen tappen die nicht im Dunkeln. Die haben ihre Quellen und ihre Verbindungen. Warum weiteren Ärger riskieren? Die Familie würde es sowieso nicht zu schätzen wissen.«

»Wie kommen Sie darauf?«

»Wir Juden sind nun einmal so, *nu*?« Jetzt gab er sich nicht nur verschwörerisch, sondern auch noch populistisch. »Vielleicht sollten Sie wirklich Ihre Zelte hier abbrechen, bevor Sie ganz in dem Fall untergehen.«

Decker sah ihn prüfend an. »Ganz untergehen?«

»Es ist genauso, wie Sie sagten, Lieutenant. New York ist ein Moloch. Wenn Sie nicht von hier sind, haben Sie keine Chance. Und selbst wenn Sie von hier wären, würden Sie im Treibsand versinken. Dazu kommt noch der Faktor Chassidim. Wenn Sie der Ansicht sind, dass die Cops gute Arbeit leisten, dann würde ich Ihnen dringend raten abzureisen, bevor Sie in etwas hineingezogen werden, mit dem Sie nicht fertig werden.«

Decker starrte ihn an. »Ich bin hier nicht erwünscht.«

»Nehmen Sie es nicht persönlich.«

»Wem trete ich hier auf die Zehen? Minda kann mich nicht ausstehen, das ist offensichtlich – aber ich glaube, dass es nicht allein das ist.«

Hershfield zuckte die Achseln. »Ich kann Sie gut leiden. Schließlich verbindet uns einiges. Wir sind beide *frum jiddim*, die versuchen, die Welt für einen Haufen Schwarzhüte zu retten, der uns für *gojim* hält. Warum also seine Nase in irgendwelchen Dreck stecken, nur damit die Leute einem hinterher vorwerfen, dass man stinkt?«

»Das ist nun mal mein Beruf – die Nase in Dinge zu stecken, die einen nichts angehen.«

»Aber in diesem Fall werden Sie nicht dafür bezahlt, Lieutenant. Sie vergeuden wertvolle Urlaubstage. Und wenn Sie glauben, dass Sie sich mit diesen Leuten versöhnen können, selbst wenn alles vorbei ist, dann haben Sie sich getäuscht. Sie kennen unser Volk lange genug, um zu wissen, dass es nichts als Probleme mit sich bringt, für Juden zu arbeiten. Ich werde dafür bezahlt. Aber aus welchem Grund tun Sie sich das an?«

Die anonyme Beschwerde hätte von jedem kommen können, von Chaim bis hin zu den Cops und sogar zu Donatti, der ebenfalls Hershfields Dienste als Anwalt in Anspruch nahm. Und wenn es Chris war, dann schob Hershfield wahrscheinlich die Liebers vor, um den Verdacht von ihm abzulenken. Decker gab keine Antwort.

»Kann ich sonst noch etwas für Sie tun?«, fragte Hershfield.

»Ja, es gibt tatsächlich noch etwas. Als wir uns das erste Mal begegneten, fragten Sie meinen Bruder, ob Mr. Liebers Geschäfte eine Durchgangsstation für die Geldwäsche von Drogendollars sein könnten. Wissen Sie etwas darüber, was mir nicht bekannt ist?«

»Lieutenant, wenn Sie in dieser Richtung recherchieren wollen, habe ich nichts dagegen.«

»Ich brauche Ihre Erlaubnis nicht.«

»Nein, Mr. Decker, das stimmt.« Hershfields Miene verhärtete sich. »Schauen Sie, Mord ist eine schreckliche Sache. Und ich mache mir wirklich Sorgen wegen des jungen Mädchens. Aber solange sie nicht gefunden wird – wie auch immer –, muss die Familie Lieber geschützt werden. Das ist der Grund, warum sie mich engagiert haben. Das ist es, was ich zu tun versuche und warum ich die Familie aufgefordert habe, nicht mit Ihnen zu sprechen, bevor wir nicht genau wissen, was hier Sache ist.«

Decker starrte ihn an.

»Es ist nur zu ihrem Besten«, fuhr Hershfield fort. »Ich weiß, dass Sie nur Ihren Job machen wollen, Lieutenant, aber das gilt auch für mich.«

»Sie behindern meine Ermittlungen.«

»Nein, Lieutenant, ich bin nur ein sehr guter Strafverteidiger.« Wieder ein schneller Blick auf die Uhr.

Decker stand auf. »Keine Sorge, ich gehe schon.«

»Seien Sie nicht so verbittert, Lieutenant. Ich hörte, dass Sie einen sehr angenehmen *Schabbes* hatten, dass Ihre Söhne Sie übers Wochenende besucht haben und die ganze Familie zusammen war. Vielleicht sollten Sie dies als den wahren Zweck Ihrer Reise in Erinnerung behalten.«

»Möglicherweise haben Sie Recht«, lächelte Decker. »Vielen Dank für Ihre Zeit.«

»Gern geschehen.«

Decker schloss die Tür hinter sich und überlegte, dass nur sehr wenige Menschen den genauen Ablauf seines *Schabbes* kannten und nur zwei von ihnen einen Grund gehabt hätten, Hershfield zu informieren. Es war unwahrscheinlich, dass Jonathan seine Ermittlungen behindern wollte, also blieb nur Raisie. Die Frage war nur: Hatte sie Hershfield aus eigenem Antrieb angerufen oder im Auftrag ihres Bruders gehandelt?

Doch die wichtigere Frage lautete: Was machte es für einen Unterschied?

Er hätte gar nicht erst herkommen dürfen. Eigentlich sollte er dort sein, wo man ihn schon längst erwartete, in Gainesville, und etwas wirklich Sinnvolles tun, wie zum Beispiel seinem alten Herrn beim Neubau des Werkzeugschuppens zu helfen oder seiner Mutter die Wasserleitungen zu reparieren. Stattdessen tat er anderen Menschen Gefallen, die niemand wirklich wollte oder zu schätzen wusste.

Jetzt reichte es.

Zur Hölle mit Quinton.

Zur Hölle mit ihnen allen.

13

Sein Magen knurrte, passend zu seiner Stimmungslage, aber Decker konnte niemandem Vorwürfe machen außer sich selbst. Hershfield hatte sich zwar nicht gerade mitteilsam gezeigt, aber letzten Endes tat er nur, wofür man ihn bezahlte. Und es war Deckers Idee gewesen, einen Rechtsbeistand hinzuzuziehen. Er hatte sich in seiner eigenen Falle gefangen.

Vor dem Gebäude wählte er die Nummer von Rinas Eltern, um mit ihr zu sprechen, aber sie war beim Einkaufen. Vielleicht war es besser so: Er hatte viel zu schlechte Laune, um ein angenehmer Begleiter zu sein. Trotzdem vermisste er sie. Er lief ziellos durch die Straßen und suchte nach einem einfachen Lokal, um etwas gegen seinen Hunger zu tun. Aber das war leichter gesagt als getan. Viele Restaurants in dem Viertel hatten Sonntagmittag geschlossen, und die, die geöffnet waren, sahen zu fein aus für seine Gemütslage. Schließlich entschied er sich für ein kleines Café auf der Third Avenue, das zwischen ein Blumengeschäft und einen koreanischen Gemüseladen gequetscht war. Der Salat war mittelmäßig – mit viel zu viel Knoblauchdressing. Decker aß ein paar Gabeln voll und ließ ihn dann stehen. Ein paar Häuser weiter fand er eine Konditorei, die viel versprechend aussah. Er bestellte ein Apfelcroissant und einen doppelten Espresso.

Decker versuchte immer noch, aus dem Ganzen schlau zu werden. Er war wütend, aber wie Hershfield gesagt hatte – vielleicht war der wahre Zweck dieser Reise wirklich ein anderer. Heute Abend würde die engere Familie in einem Steakhaus essen, das die Jungs als großartig empfohlen hatten. Dann würden er und Rina irgendwo bei ein bisschen Livemusik ein paar Drinks nehmen und sich zur Abwechslung mal wie ein richtiges Ehepaar amüsieren. Er nahm den letzten Schluck Kaffee und warf den Becher dann in einen Mülleimer.

Die Uhr zeigte kurz nach zwei. Decker war inzwischen so weit, dass er die Stunden bis zur Abreise zählte. Er blieb an der Ecke 53. und Second Avenue stehen und hob die Hand, um ein Taxi heranzuwinken, das ihn nach Brooklyn fuhr. Schließlich hielt ein Wagen. Als Decker die hintere Tür öffnete und einsteigen wollte, sagte jemand über seine Schulter: »Sollen wir es uns teilen?«

Decker drehte sich um und schaute in Donattis ausdrucksloses Gesicht.

»Ich bin immer dafür, Geld zu sparen.« Decker trat zur Seite. »Schönheit vor Alter.«

Donatti stieg ein. Decker folgte ihm und gab dem Fahrer Donattis Adresse im Norden Manhattans an. Die Fahrt verlief schweigend, bis Chris' Mobiltelefon klingelte. Er wartete, bis das Klingeln aufhörte, und als er die Nummer kontrollierte, blitzte Widerwille in seinen Augen auf. Dann entspannten sich seine Züge wieder.

Die Fahrt dauerte über zwanzig Minuten. Decker bezahlte den Fahrer, und Donatti erhob keinen Einspruch. Sobald sie den Loft betreten hatten, sagte Donatti: »Ich muss einen Anruf von meinem Büro aus beantworten. Warten Sie hier. Sie können sich einen Kaffee zubereiten, wenn Sie wollen.«

»Soll ich auch einen für Sie machen?«, fragte Decker.

»Nein, ich kann keinen Kaffee mehr sehen. Ich habe auch einen Glenlivet Single Malt im Schrank, unter der Kaffeekanne. Bedienen Sie sich.«

Normalerweise trank Decker nicht. Aber er schenkte zwei Gläser Scotch ein, um so etwas wie eine gemeinsame Ebene zu schaffen. Als Donatti zurückkam, reichte Decker ihm ein Glas. »Haben Sie mit Joey telefoniert?«

»Wie kommen Sie darauf?« Donatti nahm einen kräftigen Schluck.

»Sie haben im Auto so das Gesicht verzogen.«

»Manche Dinge ändern sich eben nie.«

»Wie geht es ihm?«

»Schrecklich. Er lebt mit einem Herz, das nur noch zu fünfzig Prozent arbeitet, und das nach vier Bypassoperationen. Aber fünfzig Prozent sind verdammt viel für einen Typ, der nie ein Herz hatte.«

Decker lächelte und stieß sein Whiskyglas gegen das von Donatti.

»Worauf trinken wir?«, fragte Donatti.

»Auf was Sie wollen.«

»Wie wär's mit großem finanziellem Erfolg?«

»Guter Vorschlag.«

Donatti nahm die Scotchflasche und holte dann einen Schlüsselbund heraus.

»Lassen Sie uns in mein Büro gehen.« Er schloss die Tür auf.

»Nach Ihnen«, meinte Decker.

»Alter vor Schönheit«, erwiderte Donatti.

Decker zuckte die Achseln und trat in den fensterlosen Raum. Der Ventilator begann sich zu drehen, und das Licht ging an. Die Videomonitore ließen den Raum wie das Cockpit eines Raumschiffs wirken. Decker betrachtete die Bildschirme.

»Gutes Sicherheitssystem.«

»Es zahlt sich aus, vorsichtig zu sein.« Donatti nahm noch

einen Schluck Scotch. »Ich bin hier mit allem abhörsicheren Schnickschnack ausgestattet, den es auf dem Markt gibt. Ich behaupte nicht, dass man mich nicht drankriegen kann, aber im Moment ist das das Beste, was man mit Geld kaufen kann. Außerdem hat das FBI seit dem 11. September Wichtigeres zu tun.« Er leerte sein Glas und goss sich einen neuen Drink ein. »Nachdem Sie heute Morgen gegangen waren, bin ich neugierig geworden.« Er starrte Decker an. »Wieso interessieren Sie sich so für den Fall? Es ist doch eine lokale Angelegenheit.«

»Ich tu einem Freund einen Gefallen«, antwortete Decker.

»Sie opfern Ihren sauer verdienten Urlaub, um sich in den Drecklöchern von New York rumzutreiben und einen unbedeutenden Mord aufzuklären? Muss ja ein verdammt guter Freund sein.«

Decker analysierte Donattis Worte. Er hatte den Mord unbedeutend genannt – ein Trick, oder war es wirklich unter seiner Würde? Natürlich wollte Donatti Informationen, aber was genau wollte er wissen? Wie viel Decker wusste, damit er sich überlegen konnte, wie er sich absichern musste? Oder sollte das eine Art Waffenstillstand sein? Das war vermutlich Wunschdenken. Am Ende entschied Decker sich für die Wahrheit, weil dies das Einfachste war.

»Ich tu meinem Bruder einen Gefallen.«

Donattis Miene blieb ausdruckslos. »Ihrem Bruder?«

»Ja, meinem Bruder. Das Opfer ist ein Verwandter meines Bruders.«

»Sie sind mit dem Opfer verwandt?«

»Nein, mein Bruder ist mit ihm verwandt. Der Tote war der Schwager meines Bruders.«

»Sie wollen mir also erzählen, dass Sie nur hier sind, um Ihrem Bruder zu helfen.«

»Genau.«

»Ihrem *Bruder*?«

»Donatti, ich weiß, dass Sie ein Einzelkind sind, aber es gibt auch Leute, die nun mal Geschwister haben.«

»Soll das heißen, dass Ihr Bruder *Ihre* Hilfe braucht?«

Decker kratzte sich am Kopf. »Warum ist das ein Problem für Sie?«

»Ihr Bruder ist seit über fünfundzwanzig Jahren in Miami bei der Sitte. Ich vermute mal, dass er seine eigenen Verbindungen an der Ostküste hat.«

»Oh!« Decker lehnte sich zurück. »Jetzt verstehe ich. Das ist Randy, mein richtiger Bruder – obwohl er nicht blutsverwandt ist. Wir sind beide adoptiert. Ich lernte meine leibliche Mutter erst vor zehn Jahren kennen. Ihr jüngster Sohn, mein Halbbruder, ist derjenige, dem ich helfen will. Er ist ein Rabbi.«

»Ihr seid beide adoptiert?«

»Ja.«

»Dann sind Sie also ein Bastard.«

»Wussten Sie das nicht?«

Donatti musste lächeln.

»Woher kennen Sie Randy?«, fragte Decker.

»Florida ist eine Art New York-Süd. Was hier passiert, wirkt sich oft auf das aus, was dort passiert und umgekehrt. Meine Familie hatte immer ein persönliches Interesse daran zu wissen, wer bei der Sitte arbeitet. Dieser Typ, den sie umgebracht haben… ist er Ihr Schwager?«

»Nein. Er ist der Schwager meines Halbbruders. Der Bruder der Frau meines Halbbruders.«

»Verstehe. Und Sie stehen ihm so nahe, dass Sie hierher kommen und Ihren Urlaub für ihn opfern?«

Decker dachte nach. »Ich mag ihn. Ich möchte nicht, dass ihm oder seiner Familie wegen seiner Verbindung zu dem Opfer etwas zustößt. Diese Möglichkeit besteht doch, oder?«

»Woher soll ich das wissen?« Donatti leerte sein zweites Glas Scotch.

»Einfach weil Sie ein gut informierter Mann sind, Donatti.«

»Wollen Sie mich reinlegen, Lieutenant?«

»So jung und schon so misstrauisch.«

»Ich hatte ein hartes Leben. Vernachlässigt und missbraucht. Sie kennen die Geschichte ja wohl gut genug.«

Decker nahm die Scotchflasche und schenkte Chris noch einen

Drink ein. »Haben Sie zufällig Ihrem Anwalt von mir erzählt, Donatti?«

»Meinem *Anwalt*?«

Die Überraschung schien echt zu sein. »Vielleicht auch nicht.«

»Sie meinen Hershfield?«

»Ja, Hershfield. Ich habe ihn getroffen, weil die Familie des Opfers ihn engagiert hat. Ich wollte nicht, dass die Polizei sie ohne Rechtsbeistand befragt.«

Donatti lachte. »Das kann ich verstehen.«

»Hershfield sagte mir, es würde bestimmten Kreisen nicht gefallen, dass ich Nachforschungen über Ephraims Tod anstelle. Ich habe mich gefragt, ob Sie dahinter stecken könnten.«

Donatti wurde wütend. »Sehe ich aus wie jemand, der sich bei seinem Anwalt ausheult? Meine Güte, Decker, ich hätte Ihnen mehr zugetraut.«

»Nun, irgendjemand ist gar nicht glücklich.«

»Dann finden Sie doch heraus, wer für den Schlamassel verantwortlich ist. Es könnte Ihnen bei der Lösung Ihres Problems helfen.« Donatti runzelte die Stirn. »Sie haben doch wohl nicht mit Hershfield über mich gesprochen, oder?«

»Nein. Aber wenn er Ihr Anwalt ist, dürfte ihm ja bekannt sein, dass wir schon miteinander zu tun hatten.«

»Er weiß, dass Sie mich ins Gefängnis gebracht haben. Und auch, dass Sie den Fall wieder aufgerollt haben, um mich rauszuholen. Aber er weiß nichts von Teresa McLaughlin. Und er weiß mit Sicherheit auch nichts von dem Kind. Ich möchte, dass es so bleibt.« Donatti ließ die bernsteinfarbene Flüssigkeit in seinem Glas kreisen. »Da Sie von ihnen wissen, möchte ich, dass Sie mir etwas versprechen. Und zwar, dass Sie sich um Terry und den Jungen kümmern, wenn mir etwas zustößt und sie allein dastehen.«

»Du meinst deinen Sohn, Chris.«

»Das ist noch sehr die Frage.«

Decker schaute Donatti in die Augen. »Sie machen Witze.«

»Nein.«

»Was soll das heißen?«

»Ich will Ihnen was verraten, Decker. Ich war drei Jahre verheiratet und habe es nicht geschafft, meiner damaligen Frau ein Kind zu machen.«

»Das liegt daran, dass Sie mit Ihrer Frau ins Bett hätten gehen müssen, um sie zu schwängern.«

Donatti lachte. »Sehr witzig. Dass ich mit einer Frau wie meiner Ex verheiratet sein konnte, sagt doch alles über den Zustand meines Steifen aus. Ich kann buchstäblich alles ficken. Es gibt aber ein Problem – ich schieße nur Nieten. Ich hab mich untersuchen lassen. Und wenn es jemals einen gesunden kleinen Dreckskerl in meinen Keimdrüsen gegeben hat, haben die Ärzte ihn jedenfalls nicht gefunden. Deshalb hab ich wegen dem Jungen meine berechtigten Zweifel.«

»Wir sprechen über Terry, Donatti.«

»Ein einziger gesunder kleiner Dreckskerl aus einem anderen Schwanz genügt, Decker.«

»Er ist dein Sohn.«

»Das sagt sie.«

»Also bitte. Du hast Gabriel doch gesehen, oder nicht?«

»Natürlich habe ich ihn gesehen! Aber das heißt für mich nur, dass sie wahrscheinlich irgendjemand gefickt hat, der so aussieht wie ich.«

»Mach einen Vaterschaftstest. Ich garantiere dir, dass sie damit einverstanden sein wird.«

»Klar. Das sagt sie jedes Mal, und das hat etwas zu bedeuten. Sie weiß, was passiert, wenn ich sie beim Lügen erwische.« Donatti schaute zur Decke. »Gabe ist ein verdammt kluges Kerlchen. Und sehr begabt. Er hat schon einige von Mozarts Klavierkonzerten gespielt. Woher ich das weiß? Weil ich nicht nur das Klavier, sondern auch seine Klavierstunden bezahlt habe.«

»Gut für dich.«

Donatti sah ihn an. »Er hat ein gutes Gehör, das stimmt. Vielleicht ist er von mir. Dieses Talent hat er bestimmt nicht von seiner Mutter geerbt. Köpfchen, ja, Aussehen auch, aber bestimmt nicht das Talent. Und das bedeutet, dass sie mit jemandem gevögelt hat, der aussah wie ich *und* musikalisch begabt war.«

»Das kannst du nicht ernst meinen. Mach den Test, Chris. Dann musst du nicht mehr darüber nachdenken.«

»Und wenn sie lügt?« Er verzog das Gesicht. »Dann muss ich sie umlegen. Ich will Terry nicht umlegen. Ich *liebe* sie.«

»Du musst sie nicht umlegen. Sie lügt nicht.«

Donatti starrte auf seinen Drink. »Heute Morgen haben Sie mich nach meiner Verbindung zu Terry gefragt. Sie besteht darin, dass ich einmal im Monat für ein paar Tage nach Chicago fliege. Ich verbringe Zeit mit dem Jungen – hole ihn von der Schule ab, helfe ihm bei den Hausaufgaben, sitze neben ihm, wenn er Klavier übt, gehe mit ihm Abendessen und bringe ihn anschließend ins Bett. Dadurch hat Terry mehr Zeit für ihr Studium. Wenn Gabe schläft, ficke ich Terry. Und wenn wir fertig sind, gebe ich ihr Geld.« Er schüttelte den Kopf. »So was verstößt gegen strenge puritanische Gesetze.«

»Man nennt es ›sein Kind unterstützen‹.«

»Man nennt es ›ein Arschloch sein‹.« Donatti knallte sein Glas auf den Tisch. »Ich will sicher sein, dass sich jemand um sie kümmert, wenn ich umgenietet werde.«

»Ich werde mich auch um sie kümmern, wenn du nicht umgenietet wirst.«

»Ich weiß. Du hast ihr damals Geld geschickt.«

»Sie hat es mir zurückgezahlt…«

»*Ich* habe es dir zurückgezahlt.« Er lehnte sich in seinem Stuhl zurück. »Nachdem ich wieder Kontakt mit ihr aufgenommen hatte, hab ich alle ihre Schulden bezahlt. Sie waren nicht übertrieben hoch, aber beträchtlich.«

»Sie hatte es nicht leicht.«

»Sie lebte in einem Slum, hatte zwei Jobs, versuchte Gabe durchzubringen und ging gleichzeitig zur Schule. Das Mädchen ist von Natur aus fleißig. Aber ich hab sie trotzdem gerettet, auch wenn sie mich wie Müll weggeschmissen hat. Ich finanziere ihr Medizinstudium und den Privatunterricht des Jungen. Ich bezahle ihre Miete, ich gebe ihr Geld für Essen, Kleider, Versicherungen, Bücher und alles, was sie sonst noch braucht. Ich hab ihr Leben umgekrempelt, Decker. Ich hab diesem Leben in der Hölle ein

Ende gemacht und es in etwas Lebenswertes verwandelt, und alles, was ich dafür verlange, ist gelegentlicher Sex und ein ›Ich liebe dich, Chris‹. Sie kann sich gut verstellen und gibt sich wirklich Mühe, mich glücklich zu machen. Und sie macht mich glücklich. Sie ist das Einzige, was ich auf der Welt habe – sie und der Junge –, und ich bin vollkommen besessen von ihr. Sieh mal, Decker, ich will nicht, dass du ihr hilfst, weil du ein gutes Herz hast. Ich will, dass du dich *verpflichtet* fühlst, ihr zu helfen. Nur so kann es funktionieren.«

»Sie steht kurz davor, Ärztin zu werden. Was soll das alles?«

»Wir sind beide Waisen. Ich bin eine Vollwaise, und sie hat einen nutzlosen Vater, eine Hexe von Stiefmutter und zwei nette Großeltern, die zu alt sind, um ihr beizustehen. Ich muss sicher sein, dass sie jemanden hat – für sich und meinen Sohn.«

Es bestand die realistische Möglichkeit, dass sie einen anderen Mann heiratete, der gut für sie sorgen konnte. Decker wagte nicht, dieses Thema anzusprechen. »Kein Problem. Wenn sie mich braucht, bin ich für sie da.«

»Gut.« Donatti stand auf. »Gut. Vielen Dank.«

»Das ist alles?«

»Das ist alles.«

Donatti bot nichts als Gegenleistung für Deckers Versprechen an. Die beiden standen auf. »Dann werden wir uns vielleicht schon bald wieder sprechen, Chris.«

»Vielleicht.« Er zuckte die Schultern. »Vielleicht auch nicht.«

C. D. redet nicht.

Es war egal. Decker hatte ihm das Versprechen gegeben, und sie wussten beide, was das bedeutete. Jedes weitere Wort war überflüssig.

14

Etwas Gutes war bei der Diskussion mit Donatti herausgekommen: Decker hatte seinen Bruder nie als Informationsquelle in Betracht gezogen. Randy war schon sehr lange bei der Sitte und an der Ostküste. Wenn es Gerüchte gegeben hatte, dass die Liebers Drogengeld wuschen, hatte er vielleicht davon Wind bekommen. Decker rief seinen Bruder auf seinem Mobiltelefon an. Randy antwortete nach dem dritten Klingeln. »Decker.«

»Hier auch Decker.«

»Peter, mein Alter! Wann kommt ihr? Dad hat sich gerade einen neuen Satz Werkzeug und einen Bierkühler angeschafft. Er hat ganz klare Vorstellungen, Bruder.«

»Was für Vorstellungen? Ach ja, der Geräteschuppen.«

»Ganz genau. Aber die Veranda ist immer noch da. Besteht aber nur noch aus bröckligen Steinen, Mann. Er träumt von einer Sonnenterrasse und einem Whirlpool…«

Decker lachte. »Mannomann!«

Randy lachte ebenfalls. »Die beiden im Whirlpool… ein Bild für die Götter!«

»Das muss man fördern«, sagte Decker. »Und Ma hat nichts dagegen?«

»Solange er für neue Rohre im Bad sorgt, ist sie glücklich.«

»Das ist ein Aufenthalt von drei Tagen, Randy.«

»Ich bringe vier Jungs mit. Du bist der Vorarbeiter, Bruder. Fast wie ein altmodischer Scheunenbau – nur mit ein paar kleinen Änderungen.«

»Super.«

Beide lachten, dann wurde Decker ernst. »Ich muss über eine private Leitung mit dir sprechen.«

»Sprichst du von einem Festnetzanschluss aus?«

»Nein, über mein Handy. Aber ich kann einen finden.«

»Tu das. Und ruf mich dann unter dieser Nummer zurück. Ich brauche ungefähr zwanzig Minuten, bis ich so weit bin.«

»Ich etwa dreißig«, meinte Decker.

»Dann mach dich jetzt besser auf den Weg.«

Nachdem Decker ein Taxi gefunden hatte, war der Rest einfach. Zum Glück war Raisie zu Hause. Jonathans Frau, eine zierliche Person mit elfenhaften Zügen, einer spitzen Nase und runden, leuchtenden Augen, hatte glänzendes rotes Haar, das sie, abgesehen von ein paar federartigen Fransen, die ihr in die Stirn fielen, dicht an den Kopf gekämmt trug. Ein loser, bunter Kaftan hing um ihren Körper. Sie legte einen Finger an die Lippen. »Ich hab gerade die Kinder ins Bett gebracht.«

»Ich werde ganz leise sein.«

Die Levines wohnten in einem Appartement an der Upper West Side in Manhattan. Es gab zwei kleine Schlafzimmer, zwei winzige Badezimmer, eine Küche, die kaum größer war als ein Schrank, und ein voll gestopftes Zimmer, in dem gerade zwei Sofas und ein Esstisch Platz hatten. Für den Luxus dieser neunzig Quadratmeter großen Wohnung bezahlten sie ungefähr viertausend Dollar Miete im Monat. Decker mochte es kaum glauben und fragte sich, warum jemand sich mit einem solchen Mietwucher abfand, besonders nach den Terroranschlägen. Aber die New Yorker sind ein eigenartiges Völkchen und reden sich ständig ein, weniger sei mehr.

Sie ließ ihn eintreten, schien aber nicht glücklich darüber, ihn zu sehen. »Jonathan ist in der *schul*.«

»Ich muss dein Telefon benutzen, Raisie.«

»Hast du kein Handy?«

»Ich brauche einen Festnetzanschluss.« Er sprach leise. »Ich weiß – ich werde langsam zu einer Landplage.« Etwas Ähnliches hatte sie wohl zu Hershfield gesagt. »Bald geh ich euch nicht mehr auf die Nerven. Ihr müsst euch deswegen keine Sorgen machen.«

Sie senkte den Kopf. »Akiva, es tut mir so Leid. Es ist alles meine Schuld. Jonathan wollte dich nicht anrufen. Ich habe ihn darum gebeten. Es ist nur, weil Chaim denkt, dass…« Raisie unterbrach sich.

»Was denkt Chaim?«

»Er hat diese verrückte Idee, dass deine Nachforschungen Shayndies Leben gefährden könnten.«

»Verstehe.« Decker musste sich zurückhalten. »Und wie kommt er darauf?«

»Er glaubt, dass sie sich irgendwo versteckt hat, und je näher du ihr kommst …, dass es sie verschrecken könnte. Oder dass es vielleicht den Leuten, die Ephraim getötet haben, verrät, wo sie ist.«

Deckers Herzschlag setzte für eine Sekunde aus. »Sie hat zu ihm Kontakt aufgenommen?«

Tränen stiegen ihr in die Augen. »Nein, jedenfalls nicht dass ich wüsste. Vielleicht. Er redet verrücktes Zeug. Genau wie Minda. Wahrscheinlich sind sie beide nur völlig verzweifelt.«

»Ich weiß nicht, Raisie. Für mich klingt das so, als kämen die Ideen von woanders. Hat er mit dir über Ephraims Tod gesprochen, dir irgendeinen Verdacht anvertraut?«

»Die Antwort lautet nein. Aber ich will ehrlich sein, Akiva. Selbst wenn er mir etwas anvertraut hätte, würde ich es dir nicht sagen. Ich muss die Wünsche der Familie respektieren.«

Deshalb das Gespräch mit Hershfield und der Versuch, ihm weitere Informationen vorzuenthalten. »Selbst wenn es bedeuten würde, Shayndies Wohl zu gefährden?«

Sie wurde zornig. »Keiner von uns würde jemals etwas tun, was ihr Wohl gefährden könnte.«

Decker schwieg.

»Hast du irgendeine Ahnung, wann Ephraims Leiche freigegeben wird?« Ihre Stimme war kalt. »Wir möchten, dass unser Bruder eine richtige Beerdigung bekommt.«

»Ich weiß es nicht, aber ich werde Novack anrufen und ihn fragen.«

Raisie legte eine Faust an ihre Stirn. Dann sah sie auf. »Danke.«

»Gern geschehen.« Decker versuchte, seine Verärgerung zu verbergen. »Kann ich dein Telefon benutzen? Ich muss ungestört telefonieren.«

»Im hinteren Schlafzimmer …« Sie seufzte. »Akiva, sei mir nicht böse. Reg dich nicht auf, bitte. Wenn Jonathan wüsste, dass ich dich verärgert habe, wäre er sehr wütend. Er verehrt dich.« Tränen liefen ihr über die Wangen. »Ich habe meinen Bruder verloren. Bitte, hab ein wenig Geduld.«

Decker fuhr sich mit der Hand übers Gesicht. Die Frau trauerte um ihren toten Bruder, hatte zwei kleine Kinder und stand unter einer großen Anspannung. »Es tut mir Leid, Raisie. Ich bin sehr verbissen, wenn ich arbeite. Es ist eine Berufskrankheit. Ich rufe Novack für dich an, sobald ich den anderen Anruf erledigt habe.«

»Vielen Dank.«

»Wie wär's, wenn ich das Telefon in der Küche benutze, und du legst dich ein bisschen hin?«

»Das geht nicht, ich muss ein paar Sachen erledigen.«

»Du bist in Trauer. Du solltest überhaupt nicht arbeiten.«

»Wir haben noch nicht mit der *schiwa* begonnen.«

»Dann ruh dich ein wenig aus, solange du kannst.«

»Eigentlich hast du Recht. Ich bin so *müde*!«

»Ruh dich aus, Raisie.«

Schließlich stimmte sie zu. Decker wartete, bis sie aus dem Zimmer gegangen war. Dann wählte er die Nummer, die Randy ihm gegeben hatte.

»Ich bin's«, meldete sich Randy. »Schieß los.«

Decker flüsterte: »Geldwäsche. Emmanuel Lieber. Er besitzt eine Kette von Discountläden für Elektrozubehör. Kameras, Computer, Telefone, Radios, Stereoanlagen... solche Sachen. Die Geschäfte gingen schlecht in letzter Zeit. Vor vier Tagen wurde einer seiner Söhne ermordet. Ephraim Lieber. Er hatte Drogenprobleme. Er war mit seiner Nichte zusammen. Sie wird vermisst.«

»Wie alt?«

»Fünfzehn. Es gibt noch einen Bruder, den du für mich überprüfen sollst. Chaim, buchstabiert Cäsar-Heinrich-Anton-Ida-Martha.«

»Der Nachname ist *L-E-I-B-E-R*?«

»*L-I-E-B-E-R*.«

»Und der Vorname des Opfers?«

Decker buchstabierte zuerst Ephraim und dann Shaynda.

»Verstanden«, sagte Randy. »Ephraim Lieber... Lieber...« Eine kurze Pause. »Nein, da klingelt nichts. Ich nehme an, sie sind Juden?«

»Ja.«

»Chassidim?«

»Ja, genau. Warum?«

»Wir hatten ein paar Fälle, in denen deine Religionsbrüder ein paar schlimme Sachen mit illegalen Substanzen angestellt haben.«

»Was für Substanzen?«

»Die ganze Palette, soweit ich mich erinnere. Meistens erheben wir wegen anderer Sachen Anklage gegen die Chassiden – Schutzgelderpressung in Slums, Betrug in Altenheimen, Steuerhinterziehung. Und Aufforderung zur Unzucht. Du wärst überrascht, wie viele von diesen frommen Typen für Sex bezahlen. Gut, ich höre mich mal um.«

»Danke, Randy. Ich seh dich also in Gainesville.«

»Darauf kannst du wetten. Ich ruf dich an, wenn ich irgendwas rausfinde.«

»Danke.«

»Pete, ich weiß, dass ich dein kleiner Bruder bin und es immer bleiben werde, aber ich will dir einen guten Rat geben, weil ich die Ostküste kenne und du nicht. Diese Typen bedeuten nichts als Ärger. Begib dich nicht in ihre Schusslinie. Das mögen sie nicht.«

»Du bist nicht der Erste, der mir das sagt.« Es entstand eine Pause. »Auch nicht der Zweite.«

»Dann solltest du vielleicht auf mich hören.«

»Ja, sollte ich.«

»Aber du tust es nicht.« Randy seufzte. »Du bist ein sturer Kerl. Genauso wie die anderen Deckers, die ich kenne.«

»Es liegt in der Familie, Randy.«

»Wir sind adoptiert, Peter.«

»Da hast du's, kleiner Bruder. Gene sind nicht alles.«

Es wurde Zeit, sich bei Novack zu melden. Nach ihrem letzten Zusammentreffen war der New Yorker Detective gereizt gewesen, und Decker wollte nicht mit einem schlechten Gefühl abreisen. Außerdem wollte Raisie wissen, wann die Leiche ihres Bruders freigegeben würde. Er nahm sein Handy heraus und wählte Novacks Nummer. Als dieser antwortete, fragte Decker ihn, wie das Spiel ausgegangen sei.

»Sagen Sie bloß, das wissen Sie nicht? Aber Sie wissen, gegen wen sie gespielt haben.«

»Gegen die Lakers.«

»Noch mehr Klugscheißer aus L.A., die sich für Gott halten.«

»Jetzt sind Sie aber ungerecht.«

»Haben Sie das Spiel gesehen?«

»Nein, gehört«, antwortete Decker. »Shaq ist im vierten Viertel mit sechs Fouls vom Platz gegangen, aber Kobe hat in der Nachspielzeit alles klar gemacht.«

»Yada, yada, yada«, meinte Novack. »Wie ist es gelaufen?«

»Was gelaufen?«

»Mit C.D.«

»Oh, das. Nichts.«

»Er war nicht zu Hause?«

»Doch, ich hab ihn getroffen. Er hat mir sogar Kaffee angeboten. Ich habe ihn getrunken und lebe noch, er war nicht mit Strychnin versetzt.«

»Was halten Sie von seinem Laden?«

»Wir haben uns im Empfangsbereich unterhalten.« Das stimmte zwar, war aber nicht die ganze Wahrheit. »Direkt am Eingang stand ein Metalldetektor.«

»Vermutlich hat er noch viel mehr als das.«

»Ich bin sicher, dass er bewaffnet ist, aber ich habe nichts entdeckt«, sagte Decker. »Sind Sie jemals drin gewesen?«

»Nein. Hatte nie die Gelegenheit. Haben Sie ihn nach dem Mord gefragt?«

»Ja.« Decker wartete einen Augenblick. »Er hat natürlich nichts gesagt. Ich dachte, ich könnte vielleicht etwas aus seiner Miene lesen, aber er hat ein ziemliches Pokerface.«

»Das ist seine Spezialität.«

»Ich hab ihm meine Karte gegeben. Wenn mir plötzlich etwas zustößt, wissen Sie, wen Sie befragen müssen.«

»Das ist nicht komisch, Decker.«

»Ich reise morgen ab, Mick. Ich glaube nicht, dass C.D. mir nach L.A. folgen wird. Und wenn doch, kann ich nichts dagegen tun.«

»Sie klingen reichlich gelassen angesichts einer ziemlich ernsten Angelegenheit.«

»Das liegt am Jetlag. Mein Anruf hat einen Grund: Meine Verwandten möchten wissen, wann Ephraims Leiche zur Beerdigung freigegeben wird. Ich will keinen Druck machen – ich habe ihnen nur gesagt, dass ich Sie anrufe.«

»Soweit ich weiß, wird die Leiche morgen freigegeben. Sie hören von mir.«

»Danke. Irgendwas Neues?«

»Ich wünschte, es wäre anders, Pete, aber es gibt nichts Neues. Übrigens, ich hab mal die Fühler nach, wie heißt er gleich... Merino..., dem Polizeichef von Quinton ausgestreckt.«

»Virgil Merrin. Gute Idee. Und ist was dabei rausgekommen?«

»Bis jetzt noch nichts.«

»Warum sollte irgendetwas einfach sein?«, sagte Decker.

»Hey, wir werden den Fall lösen«, beharrte Novack. »Aber es wird kein Sonntagsspaziergang. Falls wir uns nicht mehr sehen sollten: Es war schön, Sie kennen gelernt zu haben.«

»Gleichfalls«, antwortete Decker. »Danke für alles, Micky. Vielleicht kann ich mich ja eines Tages erkenntlich zeigen. Sie haben meine Nummer. Falls Sie je nach L. A. kommen sollten, rufen Sie mich an.«

»Danke, Lieutenant, aber ich glaube, da passe ich. Ihr seid alle zu braun gebrannt und zu schlank für meinen Geschmack. Und viel zu passiv.«

»Wir nennen es ›entspannt‹.«

»Das ist nur eine Umschreibung für apathisch – und wenn New Yorker eines nicht sind, dann apathisch. Nicht Ihre Schuld, Decker. Es liegt an der Sonne im Westen. Sie kocht einem das Hirn weich.«

15

Sie war spät dran. Rina wusste, dass sie nicht mehr hätte einkaufen gehen sollen, aber in Brooklyn war alles so viel billiger als in L. A. Dabei hatte sie gar nichts für sich selbst gekauft – ihre Taschen waren voll mit Kleidern, Mänteln, Hüten, Schuhen und Spielkleidung für Hannah, halb so teuer wie in den großen Warenhäusern, und einige der Sachen stammten sogar aus Europa. Hannah war so ein hübsches Mädchen, und Rina mochte es, sie schön anzuziehen. Es war eine völlig neue Erfahrung, nach zwei Jungs eine Tochter zu haben. Sie sah Hannah gerne dabei zu, wie sie sich am Morgen des *Schabbat* vor dem Spiegel herausputzte.

Zumindest hatte Rina sich schon passend für den Abend angezogen, bevor sie in die Stadt ging. Nur ihr Make-up musste sie noch erneuern. Ihre Kleidung war bequem und sehr hübsch – ein schwarzer Pullover über einem knöchellangen schwarzen Rock, der an der Seite bis zur Mitte der Wade geschlitzt war. Darüber trug sie eine lange rote Kaschmirjacke, in der sie sich elegant und vornehm fühlte. Dazu ein Hauch Chanel No. 19 – ihres und Peters Lieblingsparfüm. Schließlich wollten sie heute Abend nach dem Essen ausgehen. Ihre Schuhe hatten keine besonders hohen Absätze, sahen aber dennoch schick aus.

Aber es waren eben keine Turnschuhe, sodass ihr jetzt nach dem langen Einkaufsbummel Füße und Beine schmerzten. Hannah hatte sie bei Sammy und Jacob gelassen. Sie waren zusammen ins Naturkundemuseum in der Stadt gefahren; Rina würde sie nachher im Steakhaus treffen.

Wo Peter sich aufhielt, wusste niemand genau.

Sie schaute auf ihre Uhr und schwor sich, dass dies das letzte Geschäft sein würde. Es wurde schon dunkel. Sie war die Nächste in der Reihe, aber die Frau vor ihr diskutierte wegen des Preises eines herabgesetzten Artikels. Rina räusperte sich, aber die Frau ließ sich nicht beirren.

Rina ließ ihren Blick über die Menschen im Geschäft wandern, weil das besser war, als sich aufzuregen.

Zuerst bemerkte sie ihn nicht.

Dann sah sie, dass er sie anschaute… ja *anstarrte*. Ein kalter, durchdringender Blick, der sie so irritierte, dass sie fast ihre Einkaufstüten fallen ließ.

Er war groß und muskulös, trug schwarze Jeans, einen schwarzen Rollkragenpullover unter einer braunen Cordjacke und Springerstiefel.

Wer zum Teufel…?

Und dann erkannte sie ihn plötzlich wieder.

Was zum Teufel…?

Seine Größe und Kraft hätten sie einschüchtern können, doch das taten sie nicht. Sie war seit über zehn Jahren mit einem großen und starken Mann verheiratet. Hier ging es nicht um groß und stark.

Sie spürte Wut in sich aufsteigen. Wofür hielt er sich!

Sie verließ ihren Platz in der Schlange und ließ das bezaubernde marineblaue Kleid mit weißem Saum und dazu passendem Mantel und Hut für Hannah zum Pessachfest zurück.

Sie ging auf ihn zu und sah ihm direkt in die Augen. »Lust auf einen Kaffee? Ich zahle. Sie nehmen die Tüten.« Sie drückte sie ihm an die Brust und marschierte aus dem Laden. Sie gingen in ein nahe gelegenes Café, wo sie für ihn einen Becher normalen und für sich einen Milchkaffee orderte. Danach steuerte sie einen Park an – nur ein paar Schaukeln und Rutschen, aber für ihre Zwecke würde es genügen. Sie wählte eine etwas abseits gelegene Bank, von der aus man aber noch immer Leute sehen konnte.

Sie setzte sich als Erste. Er hatte so viel Anstand, auf der anderen Seite Platz zu nehmen und die Tüten zwischen sie beide zu stellen. Als seine Jacke aufsprang, sah sie die Pistole, die in der Innentasche steckte. Er bemerkte ihren Blick auf die Waffe, und seine eiskalten Augen blitzten auf.

Schweigend tranken sie ihren Kaffee.

Ihre Nervosität gefiel ihm, das war offensichtlich. Aber sie wartete, dass er zuerst sprach. Sie konnte warten.

Schließlich begann er. »Müsst ihr jüdischen Frauen euer Haar in der Öffentlichkeit nicht bedecken?«

»Ich trage eine Perücke«, antwortete Rina.

»Tatsächlich?«

»Ja.«

»Es ist eine gute Perücke.«

»Und eine teure. Sie besteht aus echtem Menschenhaar.«

»Wirklich?« Er nahm einen Schluck Kaffee. »Wie geht denn so was? Wird dafür jemand skalpiert?«

»Nein. Sie kaufen die Haare von Frauen, die ihr eigenes Haar extra dafür wachsen lassen und es abschneiden. Es ist sehr zeitaufwändig. Ich glaube, meine Perücke stammt von einer Asiatin. Die Haare sind ganz glatt und kräuseln sich nicht bei nassem Wetter.«

»Wie sieht Ihr natürliches Haar aus?«

»Meins?« Rina berührte ihren Pony. »Das ist mein natürliches Haar.«

»So dunkel?«

»Ja, es ist fast schwarz.«

»Die Farbe ist sehr ähnlich.«

»Ja.«

Schweigen.

»Aber verfehlt das nicht irgendwie den Zweck?« Er musterte sie mit einem anzüglichen Blick. »Wenn Sie für andere Männer nicht attraktiv sein wollen, gelingt Ihnen das aber nicht sehr gut.«

Rina sah ihm in die Augen. »Die Gründe dafür, dass wir unser Haar bedecken, hat nicht nur etwas mit körperlicher Attraktivität zu tun. In der weißen Tüte sind süße Brötchen. Bedienen Sie sich, Mr. Donatti.«

»Sie können mich Chris nennen.« Er musterte sie von oben bis unten. »Schließlich habe ich Sie in meiner Fantasie sehr oft Rina genannt.«

»Sie können mich auch im richtigen Leben Rina nennen. Ich habe damit kein Problem.«

Sie schwiegen.

Chris' Augen blieben auf ihr Gesicht gerichtet. »Wissen Sie, ich hatte viele Mädchen, Rina. Sehr, sehr viele. Wenn die Mädchen einem wie reifes Obst in den Schoß fallen, wird es ein bisschen langweilig und immer schwerer, jemanden aufregend zu finden. Das heißt, verbotene Früchte werden irgendwann *sehr* attraktiv.«

Schweigen.

Rina hörte die spielenden Kinder. Sie schwieg einen Augenblick und überlegte genau, was sie sagen wollte. Dann sprach sie mit klarer Stimme. »Sind Sie mit irgendeiner Religion aufgewachsen, Mr. Donatti?«

»Chris, bitte.« Ein breites Lächeln. »Wir sind hier alle Freunde.«

»Sicher. Sind Sie mit irgendeiner Religion aufgewachsen, Chris?«

Donatti starrte sie weiterhin an. »Ich bin katholisch.«

»Dann kennen Sie sich ein wenig in der Bibel aus.«

Chris lächelte. »Ich war kein sehr guter Christ, Rina.«

»Kennen Sie die Geschichte von Jakob und Esau?«

»Das ist schon lange her.« Ein raubtierhaftes Grinsen. »Erzählen Sie sie mir.«

»Jakob und Esau waren Brüder... Zwillingsbrüder, aber das war auch schon alles, was sie verband. Sie waren sehr verschieden. Jakob war ein stiller, gebildeter Mann – *ish tam*, wie wir im Hebräischen sagen. Er lernte, benahm sich gut, tat, was sein Vater ihm sagte, und machte keine Probleme. Esau war ganz anders. Er wird als ein *ish sadde* beschrieben – ein Mann des Feldes. Er war ein ausgezeichneter Jäger, ein guter Krieger, sehr männlich und vermutlich auch gut aussehend. Er war sehr charmant und hatte tadellose Manieren.

In den jüdischen Sagen heißt es, Esau sei mit einem kompletten Gebiss und einem Bart geboren worden. Man könnte es wörtlich nehmen, aber für mich ist es eine Metapher, Mr. Donatti. Zähne und Bart stehen für einen reifen Mann. Für mich heißt das, dass Esau genau als der Mann geboren wurde, der er bestimmt war zu sein. Seine gesamte Kindheit – all die *Lernerfahrungen* durch die Fehler, die man als Kind macht – war für ihn bedeutungslos. Er blieb bis zu seinem Tod unverändert.

Die Eltern liebten natürlich beide Kinder, aber der Vater, Isaak, liebte Esau mehr, weil er ihm frisches Fleisch brachte und weil Esau ausgezeichnete *derech eretz*, Manieren, hatte; das heißt, dass er seinem Vater Respekt zollte. Ich glaube auch, dass Isaak Esaus Jagdtalent bewunderte. Aber die Mutter, Rebecca, die eher weltlichen Dingen zugeneigt war als ihr Mann, liebte Jakob mehr. Sie bewunderte seine stille, fromme Art.«

»Klingt, als sei Jakob ein Schwächling gewesen.«

»Nein, er war nicht schwach. Seine Stärken waren nur weniger offensichtlich.«

Donatti dachte einen Moment nach. »Sie wissen, dass es nicht gut ist, ein bestimmtes Kind zu bevorzugen.«

»Da haben Sie vollkommen Recht«, stimmte Rina ihm lächelnd zu. »Darin bestand ein Teil des Problems.«

Er sah sie mit einem anzüglichen Blick an. »Wissen Sie, dass Sie ein wunderschönes Lächeln haben, Rina?«

Rina ignorierte ihn. »Unter den Brüdern herrschte große Rivalität, die schließlich offen ausbrach. Sie hatten eine heftige Auseinandersetzung, und Jakob musste vor Esaus Wut fliehen.«

»Ich hab doch gleich gesagt, dass Jakob ein Schwächling war. Was ist passiert?«

»Zuerst betrog Jakob seinen Bruder um das Geburtsrecht, indem er seinen Vater überredete, ihm den ersten Segen zu geben – den Segen, der dem ältesten Sohn, Esau, zustand. Nach dem Erstgeborenenrecht sollte der Ältere die Herrschaft über den Jüngeren haben. Aber Rebecca, die Mutter, glaubte, Jakob solle den Segen bekommen. Durch ihre List und Täuschung willigte Isaak ein, Jakob zuerst den Segen zu erteilen, um somit dem Jüngeren, Jakob, die Herrschaft über den Älteren, Esau, zu geben.«

»Wie hat sie ihn dazu gebracht?«

»Wie bei allen Mythen geht etwas durch die Überlieferung verloren. Lesen Sie in der Bibel nach, wenn Sie neugierig sind. Aber diese Geschichte hat einen tieferen Sinn – wie alles in der Bibel. Esau *verdiente* den Segen nicht. Nicht weil er ein Jäger, ein *Mörder* mit Blut an den Händen war. Esau verdiente den Segen nicht, weil er ein Ehebrecher war – er nahm sich die Frauen anderer Männer. Ich spreche nicht für Gott, Mr. Donatti, aber in meiner Religion ist es etwas Abscheuliches, sich eine verheiratete Frau zu nehmen.

Ich weiß nicht, wie Sie zu meinem Mann stehen, und vielleicht wollen Sie Rache. Ich hoffe es zwar nicht, aber ich kann Sie nicht davon abhalten, wenn Sie dazu entschlossen sind. Aber ich will Ihnen das Eine sagen: Wenn Sie mich jemals auch nur anrühren, dann garantiere ich Ihnen, dass Sie und alles, was Ihnen lieb und teuer ist, von Gott, von Satan und jedem toten und lebenden Geschöpf im Universum verflucht werden. Nicht nur in *diesem* Leben, sondern in jedem späteren auch.« Sie schaute ihn hasserfüllt an. »In alle Ewigkeit, Mr. Donatti. Mit anderen Worten: *für immer*!«

Das Schweigen hing für ein paar Augenblicke in der Luft. Dann zwang sich Donatti zu einem Lachen. »Und jetzt soll ich nervös werden, oder was?«

»Es ist eine faire Warnung. Und außerdem werden Sie rot.«

Unwillkürlich wandte Donatti seinen Blick ab. Als er es bemerkte, starrte er sie wieder an. »Was passierte also mit Jakob?«

»Was mit ihm passierte?«

»Sie sagten, er hätte vor Esau fliehen müssen. Wenn ich Esau wäre und jemand hätte mich bestohlen, dann würde ich alles daran setzen, den Dreckskerl zu erwischen.«

»Die beiden trafen sich wieder, Mr. Donatti. Und Jakob hatte große Angst vor seinem Bruder. Schreckliche Angst, nicht nur, weil dieser seinen Besitz, sondern auch seine Frauen und Kinder gestohlen hatte. Besonders seine Frau Rachel, denn sie war sehr schön. Wie ich bereits sagte, Esau brüstete sich damit, verheiratete Frauen zu rauben. Als abzusehen war, dass sich die Wege der beiden Männer kreuzen würden, überlegte sich Jakob sehr genau, wie er mit seinem rachsüchtigen Bruder umgehen sollte. Aber schließlich, so steht es geschrieben, weinte Esau vor Ergriffenheit, umarmte seinen Bruder und küsste ihn auf den Hals.«

»Esau *vergab* Jakob also?«

»So sieht es aus.«

»Dann war Esau ja auch ein Schwächling!« Donatti rümpfte verächtlich die Nase. »Jemand sollte das Ende umschreiben.«

Rina lächelte. »Dann sollte ich Ihnen vielleicht Folgendes erzählen. Nach außen hin fand zwar eine Art Versöhnung statt, aber jüdische Rabbis und Gelehrte sind unterschiedlicher Meinung darüber. Sie sagen, als Esau Jakob auf den Hals küsste, habe er eigentlich vorgehabt, ihn zu beißen. Kein kleiner Knutschfleck, Mr. Donatti. Esau wollte seinen Bruder umbringen – ihm die Halsschlagader durchbeißen. Aber Gott hatte Jakobs Hals in Stein verwandelt, und Esau brach sich die Zähne aus. Esau verstand den Hinweis. Rache war keine Lösung.«

»Dieses Ende gefällt mir besser.«

»Das dachte ich mir.«

Donatti nippte an seinem Kaffee. »Vielleicht ist Rache auf Dauer keine Lösung. Aber vorübergehend hat sie eine beruhigende Wirkung.«

»Vielleicht.« Sie legte die Hände in ihren Schoß. »Stehen Sie und mein Mann wieder auf verschiedenen Seiten des Zauns?«

»Interessante Frage. Was hat Ihr Mann erzählt?«

»Nichts! Ich hatte keine Ahnung, dass Sie sich in New York aufhalten. Aber da Sie hier sind, müssen Sie gewusst haben, dass *ich* in New York bin. Es war kein Zufall. Sie sind mir gefolgt. Und irgendwann müssen Sie meinen Mann getroffen haben. Herrscht wieder Streit zwischen Ihnen?«

»Er bat mich um Hilfe.«

Rinas erster Gedanke war, dass Peter irgendwann Donatti als Täter im Mordfall Ephraim verdächtigt haben musste. Aber wenn das so war – und Donatti wusste, dass Peter ihn verdächtigte –, warum hatte sich Donatti dann so unverschämt an sie herangemacht?

Donatti schien ihre Gedanken lesen zu können. »Es ist die Wahrheit. Fragen Sie den Lieutenant, wenn Sie mir nicht glauben.«

»Werden Sie ihm helfen?«

»Ich hab mich noch nicht entschieden.«

Rina spürte das Brennen seines Blicks. Verlegen sah sie zur Seite, aber sie weigerte sich, klein beizugeben. »Ich bin sicher, Sie werden die richtige Entscheidung treffen.«

Donatti ließ weiter seinen Blick auf ihr ruhen. »Mein Gott, wie schön Sie sind!«

»Danke.«

»Ich würde Sie gern zeichnen, Mrs. Decker. Oder wenigstens fotografieren.«

»Kommt beides nicht in Frage.«

»Es muss schwer sein, so gut auszusehen. Die Mutter meines Sohnes ist ein tolles Mädchen.« Er stützte die Ellbogen auf die Knie und betrachtete den Park. »Sie müssen Terry doch kennen.«

»Kennen ist zu viel gesagt, aber ich hab gehört, dass sie sehr schön sein soll.«

»Sie wird ständig angemacht«, sagte Donatti. »Sie ist sehr ernst – ähnlich wie Sie –, und all die Aufmerksamkeit der Männer nervt sie. Manchmal hat sie deshalb sogar Schwierigkeiten. Die Leute stellen Vermutungen über ihr Sexualleben an, nur weil sie allein lebt und ein Kind hat. Sogar ihre Professoren. *Besonders* ihre Professoren. Besonders ihre *verheirateten* Professoren.«

»Wird sie belästigt?«

»Ständig. Einer von ihnen wurde so zudringlich, dass ich ihn besuchen und einiges klarstellen musste.«

»Ich bin sicher, dass Ihr plötzliches Erscheinen seine Leidenschaft abgekühlt hat.«

Donatti lachte. »Ja. Nach meinem Besuch beruhigte er sich ziemlich schnell. Was tun *Sie*, wenn Männer sich daneben benehmen? Hetzen Sie ihnen den Lieutenant auf den Hals?«

»Nein, Mr. Donatti, ich bin eine erwachsene Frau und kümmere mich lieber selbst um meine Probleme. Ich habe festgestellt, dass es die Sache nur schlimmer macht, wenn ich den Lieutenant einschalte.«

Er lehnte sich zurück und starrte sie an. »Bezieht Ihre Verschwiegenheit auch dieses kleine Stelldichein mit ein?«

»Es ist kein Stelldichein. Für den Fall, dass Sie meinem Mann tatsächlich helfen wollen, ist es vielleicht besser, wenn ich ihm nichts davon erzähle. Denn wenn ich es tue, wird er Sie vermutlich umbringen.«

»Wenn ich ihm nicht zuvorkomme.«

»Wenn Sie das gewollt hätten, wäre es schon längst geschehen.«

»Rache ist ein Gericht, das man am besten kalt serviert.«

»Trotzdem, ich habe nicht die Absicht, meinem Mann von unserer kleinen Unterhaltung zu erzählen, wenn es das ist, worum Sie mich bitten.«

»Ich bitte Sie um gar nichts.«

»Okay. Dann möchte ich Sie um etwas bitten. Es würde mein Leben leichter machen, wenn auch Sie ihm nichts davon erzählten. Denn wenn er es von Ihnen erfährt, wird er nicht nur auf Sie wütend sein, sondern auch auf mich, weil ich nichts gesagt habe. Werden Sie mir diesen Gefallen tun?«

»Ich tue immer gerne einen Gefallen.« Donatti lächelte. »Es bleibt unser kleines Geheimnis.«

Er machte alles zu etwas Persönlichem. Ein erstklassiger Manipulator. »Danke.«

»Gern geschehen.«

Donatti stand auf und warf ihr erneut einen anzüglichen Blick zu. »He, warum etwas verderben, was eine wunderbare Beziehung sein könnte?«

»Wir haben keine Beziehung, Christopher.«

»Nicht Sie und ich, Mrs. Decker. Der Lieutenant und ich.« Donatti reichte ihr seinen leeren Kaffeebecher. »Da hinten ist ein Mülleimer. Werfen Sie den bitte für mich weg?«

»Kein Problem.«

Wieder starrte er sie an. »Vielleicht *unterhalten* wir uns mal wieder.«

Rina blickte auf und schenkte ihm einen abschätzigen Blick. »Und vielleicht können *Schweine* fliegen.«

Donatti lachte schallend. »Haben Sie was dagegen, wenn ich Terry Ihre Telefonnummer gebe, Mrs. Decker? Wenn sie wieder mal bei den großen Jungs mitspielen will, wäre es gut, wenn sie sich vorher ein paar Tipps von einer Expertin holen würde.«

16

Wenn überhaupt eine Theorie einen Sinn ergab, dann die von einem Drogendeal, der schief gelaufen war. Aber wozu hätte Ephraim Shayndie mitnehmen und in Gefahr bringen sollen? War der Mann so ein Feigling gewesen, dass er ein junges Mädchen als Schutzschild benutzt hatte? Raisie hatte Decker gewarnt, seine

Nachforschungen würden Shayndie gefährden, was Decker wiederum auf den Gedanken gebracht hatte, dass Chaim mehr wusste, als er zugab. Er dachte daran, Novack anzurufen, um mit dem Detective einige seiner Vermutungen zu besprechen. Aber wenn Raisie nun Recht hätte? Wenn seine Ermittlungen Shayndies Chancen auch nur minimal verschlechterten – durfte er dann überhaupt etwas unternehmen?

Vielleicht war es dem Mädchen gelungen zu fliehen, und jetzt hielt es sich irgendwo versteckt. Vielleicht hatte sie sich inzwischen mit ihren Eltern in Verbindung gesetzt, zögerte aber noch, nach Hause zu kommen. Möglicherweise hatte ihr Verschwinden aber auch einen ganz anderen Grund. Vielleicht war sie schwanger, hatte die ganze Geschichte mit ihrem Onkel nur vorgeschoben und hielt sich jetzt in einem Heim für minderjährige Mütter auf, und Chaim wollte das vor Decker verheimlichen? Vielleicht schlug Deckers Fantasie aber auch nur Kapriolen.

Dealer morden in der Regel, um ein Zeichen zu setzen. Doch diesmal war der Mann im Hotel erschossen worden, und es gab keinerlei Anzeichen von Folter.

Ein sauberer Auftragsmord – nach Donattis Muster.

Der Rückflug ging am nächsten Abend um sechs. Von da an hätte Decker sowieso nichts mehr mit der Sache zu tun. Also wäre es das Beste, es sich gemütlich zu machen. Er würde Rina und die Kinder in ein bekanntes, koscheres Steakhaus ausführen. Danach würden er und Rina sich in einem der Hotels das Harley-Mann-Quintett anhören. Rina hatte zuerst Skrupel gehabt, denn wie konnten sie ausgehen und sich amüsieren, während die Liebers trauerten?

Für sechs Uhr hatte er sich mit seiner Familie verabredet. Aber schon zwanzig Minuten früher fand er sich am vereinbarten Treffpunkt ein. Um fünf vor sechs sah Decker dann Sammy, Jacob und Hannah die Straße entlangkommen. Zwei gut aussehende junge Männer und ein süßer kleiner Fratz.

Hannah rannte auf ihn zu und nahm seine Hand. Sie trug einen Jeansrock und einen grünen Pulli. Ihre roten Locken hüpften auf ihren Schultern. »Wo ist Eema?«

»Die müsste auch gleich kommen.« Decker küsste sie auf den Scheitel. »Wie war's im Museum?«

»Ganz toll«, antwortete sie. »Vor allem der Wal.«

»Der Wal war cool.« Jacob schwenkte eine Reisetasche. »Ein echter Brocken.«

»Im Hayden-Planetarium waren wir auch mit ihr«, sagte Sammy.

»Klingt nach einem ereignisreichen Tag«, meinte Decker.

»Ja, meine Füße tun total weh«, beschwerte sich Sammy. »Ich möchte mich nur noch hinsetzen.«

»Geben wir Eema noch ein paar Minuten, okay?«, schlug Decker vor.

Die jungen Leute waren über den Vorschlag zwar nicht begeistert, beschwerten sich aber ausnahmsweise mal nicht. Die Jungs waren ähnlich gekleidet – dunkle Pullover und Jeans. Jacob trug eine dicke Jeansjacke, Sammy über dem Pullover ein flauschiges, kariertes Flanellhemd.

»Und – hattest du einen schönen Tag?«, fragte Sammy seinen Vater.

»Also, das hier ist mit Sicherheit der Höhepunkt unseres Aufenthalts«, antwortete Decker.

»Echt – so gut?«

»Ich freue mich jedenfalls sehr, euch Jungs zu sehen.«

»Da vorn kommt Eema!«, verkündete Jacob. »Glaub ich wenigstens, soweit ich das unter den Bergen von Tüten erkennen kann.«

»Was hat die denn angestellt?«, fragte Sammy. »Den ganzen Laden leer gekauft?«

»Weiß der Himmel«, seufzte Decker. »Geht ihr doch entgegen und nehmt ihr was ab.«

»Meinst du wirklich, Dad?«, fragte Sammy zweifelnd. »Das Ganze sieht ziemlich gut ausbalanciert aus.«

Decker warf ihm einen strafenden Blick zu, worauf die Jungs losstürmten und ihrer Mutter die Tüten abnahmen. Jacob bekam die eine Hälfte, die andere übernahm Sammy. »Könnt ihr die Sachen nachher mitnehmen?«

»Ich fahr doch nicht nach Brooklyn zurück, Eema«, meinte Jacob. »Ich muss meinen Zug erwischen.«

»Ich kann sie ja mitnehmen«, bot Sammy sich an.

»Ganz der gute Sohn«, witzelte Jacob.

Als sie vor dem Restaurant ankamen, blieben sie stehen. Jacob grinste seine Mutter an. »Und, hast du mir was Schönes mitgebracht?«

»Zwei Hemden«, antwortete Rina. »Ich hab vor allem Sachen für Hannah gekauft.«

»Na, super!«, schmollte Jacob. »Erst interniert ihr mich in einer Schule, wo ich in eine Zelle gesteckt und halb skalpiert werde, und dann krieg ich bloß ein paar Hemden.«

»Wie gemein von uns.« Rina zog ihren jüngsten Sohn an sich und drückte ihm zehn Küsse auf die Wange.

»Und was ist mit mir?«, wollte Sammy wissen.

Rina küsste ihn auch. Als sie sich Hannah zuwandte, wich die Kleine zurück. »Doch nicht in der Öffentlichkeit!«

Rina und Decker lachten. »Ich glaube, ihr beide seid gewachsen«, sagte Rina.

»Du hast mich doch erst gestern gesehen«, entgegnete Jacob.

»Seitdem bist du eben gewachsen«, gab Rina zurück. »Sollen wir jetzt reingehen und was essen?«

»Jedenfalls besser, als hier draußen vor aller Welt die verkorkste Familie abzugeben«, bemerkte Sammy.

Jacob fügte hinzu: »Außerdem, so gut wie da drin essen wir das nächste halbe Jahr garantiert nicht mehr.«

»Wie wahr, wie wahr«, sagte Sammy düster.

»Geht rein, und lasst euch schon mal einen Tisch geben«, forderte Decker sie auf. »Und nehmt Hannah mit. Ich muss mal kurz mit eurer Mutter reden.«

»Muss ich den ganzen Kram wirklich mitschleppen?« Sammy hielt die Tüten hoch. »Können wir die nicht irgendwo in einem Schließfach deponieren?«

»Geht jetzt bitte rein«, sagte Decker streng.

»O je …« Jacob nahm seine Schwester bei der Hand.

Decker wartete, bis er mit seiner Frau allein war. »Du wirst mich jetzt auslachen«, sagte er. »Aber ich würde gern noch einen Tag länger bleiben. Morgen wird die Leiche freigegeben, das heißt, am Dienstag findet die Beerdigung statt. Ich finde, wir sollten hingehen.«

Außerdem war Deckers letztes Gespräch mit Donatti viel versprechend verlaufen. Er hoffte, doch noch etwas aus Chris herauszubekommen.

»Nichts läge mir ferner, als dich auszulachen«, entgegnete Rina. »Obwohl – verlockend wäre es schon. Nein, ich finde es bewundernswert, wie flexibel und mitfühlend du bist, eben ein Mann mit Charakter. Dann werd ich die Tickets morgen eben noch mal umtauschen.« Sie schlang die Arme um Deckers Hals und küsste ihn leidenschaftlich auf den Mund. »Es ist nicht gerade die fromme und bescheidene Art, aber es kommt von Herzen.«

»Ich mag das!«, meinte Decker. »Nur, was verschafft mir die Ehre?«

»Weil du bist, wie du bist. Jetzt sollten wir aber reingehen, sonst denken die Kinder noch, wir streiten uns.«

Sie mussten zehn Minuten warten, bis sie einen Platz bekamen. Die Tische standen so dicht beieinander, dass Decker mit einer halben Pobacke fast auf dem mit Pilzen gefüllten Hähnchen seines Nachbarn saß. Mit all den Einkaufstüten und Jacobs Reisetasche um sich herum kamen sie sich vor wie Sardinen in der Büchse. Auf den Tischen lagen rot karierte Papierdecken, auf dem Boden waren Sägespäne ausgestreut. Es war laut und verraucht, aber es roch gut.

Weitere fünf Minuten vergingen, bis ihnen ein junger Mann in Jeanshemd, weißen Jeans und Turnschuhen die Speisekarten brachte. Die Bedienungen trugen alle dieselbe Kluft und rannten hektisch zwischen den Tischen herum, als hätten sie Aerobicübungen zu absolvieren. Nach weiteren fünf Minuten wurden fünf Gläser Eiswasser, Brot und Margarine gebracht.

Bevor sie das Brot brechen konnten, mussten alle noch einmal zur rituellen Waschung aufstehen.

Fünf Minuten später war das Brot aufgegessen.

Seit einer halben Stunde saßen sie jetzt schon in dem Restaurant und hatten außer Krümel und Eiswürfel nichts auf dem Tisch. Im Gefängnis wäre die Versorgung auch nicht schlechter gewesen.

»He, Sammy!«, rief plötzlich jemand. Sammy drehte sich um. »Ari!« Er stand auf und wechselte ein paar Worte mit dem jungen Mann, bevor er ihn mit seiner Familie bekannt machte. Rina und Decker lächelten und sagten hallo. Ari ging wieder, dann erschien ein Kellner, brachte mehr Brot, nahm die Getränkebestellung entgegen und verschwand.

Rina fragte Decker: »Hast du großen Hunger?«

»Vorhin hatte ich ihn. Jetzt bin ich am Verhungern. Und *nein*, ich möchte mir *nichts* mit dir teilen.«

»O Mann, da scheint aber jemand stark Unterzucker zu haben«, stellte Sammy fest.

»Iss doch Brot«, schlug Rina vor.

»Ich will kein Brot«, knurrte Decker. »Ich will Fleisch.«

Endlich kehrte der Kellner mit dem Block in der Hand zurück. »Sind Sie so weit?«

»Ich bin schon seit einer Dreiviertelstunde so weit...«

»Peter...«

»Chateaubriand für zwei für einen«, bestellte Decker.

»Das ist aber eine große Portion«, bemerkte der Kellner.

»Gut – die brauche ich jetzt auch«, entgegnete Decker und gab ihm die Karte. Die Jungs beschlossen, sich ein Chateaubriand zu teilen.

Rina entschied sich für das Rib Steak. Hannah bestellte einen Hot dog mit Pommes. Als jemand Jacob beim Namen rief, drehte er sich um.

»Reuven! Was machst du denn hier?«

»Wahrscheinlich dasselbe wie du«, antwortete der. »Ich leiere meinen Erzeugern eine Mahlzeit aus den Rippen. Sind das deine Eltern?«

»Ja«, sagte Jacob.

Reuven lächelte. »Schön, Sie kennen zu lernen, Mr. und Mrs. Lazarus.«

»In meinem Fall Mr. Decker«, antwortete Decker. »Ich bin nämlich der Stiefvater.«

»Das schon, aber er zahlt meine Collegegebühren – das quali-
fiziert ihn als Vater«, antwortete Sammy.

Reuvens Vater lachte und streckte Decker die Hand hin.
»Shragy Miller.«

»Genauer gesagt Rav Miller«, erläuterte Jacob.

Decker gab ihm die Hand. »Angenehm, Rav Miller.«

»Nennen Sie mich einfach Shragy. Das hier ist meine Frau
Rivka. Meine Tochter, Rachel.«

Miller war ein untersetzter Mann, der die schwarze Kleidung
der Rabbiner trug. Seine Frau war hoch gewachsen und hager und
trug eine *scheitl* – die Kopfbedeckung der orthodoxen Jüdinnen.
Ihr Gesicht war so spitz wie das ihres Mannes rund. Die Tochter
hatte das Beste beider Elternteile mitbekommen: ebenmäßige
Züge, strahlende, haselnussbraune Augen und kastanienbraunes
Haar. Sie war sehr hübsch und nicht nur Decker aufgefallen.
Sammy hatte bereits Augenkontakt aufgenommen; jetzt sah er
nach unten auf seine Serviette.

Der Nebentisch war soeben frei geworden, und es bot sich geradezu an, die Millers zu fragen, ob sie nicht dort Platz nehmen
wollten. Nachdem Rina das getan hatte, stellte sie sich Rivka vor,
und nach einigem Hin und Her hatten schließlich alle ihren Platz
gefunden. Das Mädchen brachte das Kunststück fertig, mit
Sammy zu reden, ohne ihn dabei anzusehen. Ein ziemlich guter
Trick; Decker vermutete, dass man so etwas im Grundkurs züch-
tiges Verhalten für fromme jüdische Mädchen lernte.

»Auf welcher Uni bist du?«, fragte Rachel gerade.

»Einmal darfst du raten.«

»Yeshiva University.«

»War ja auch nicht schwer.«

»Yeshiva und Columbia«, merkte Jacob an.

»Aha«, sagte Rachel. »In leichter Fallhöhe zum Gesindel.«

»Ich bin das Gesindel«, sagte Sammy. »Die Yeshiva ist in meinem Hauptfach nicht der Hit, deshalb darf ich an einem Aus-
tauschprogramm der beiden Unis teilnehmen.«

»Was studierst du denn im Hauptfach?«

»Neuropsychologie… im Vorstudium. Aber ich wollte eben

keine halben Sachen, sondern einen richtigen Abschluss machen.«

»Ja, dasselbe versuche ich gerade im Stern College, aber ich stoße da auf einige Widerstände.« Ihre Stimme klang angespannt. »Aber du hattest da ja wahrscheinlich keine Probleme... so als *Mann*.«

Sammy ging sofort darauf ein. »Ich kann mir gut vorstellen, dass einige der älteren Rabbis auf dem Stern College ziemlich antiquierte Vorstellungen davon haben, was Mädchen tun sollen und was nicht.«

»Die haben sehr genaue Vorstellungen, was sich für jemanden gehört, der aus einer Familie von Schwarzhüten kommt.«

»Man muss eben wissen, wie man es anstellt.«

»Hast du ein paar Tipps auf Lager?«

»Ein paar schon. Wenn du interessiert bist.«

»Und wie.«

»Hört mal, Kinder«, meinte Rina plötzlich. »Wollt ihr euch nicht an einer Seite zusammensetzen und wir an der anderen?«

Erneutes Stühlerücken. Diesmal kamen Rachel und Sammy nebeneinander zu sitzen.

»Hab ich ein Glück«, freute sich Rav Miller, »dass ich neben so einem Schätzchen sitzen darf.«

»Sag schön guten Tag, Hannah«, forderte Decker sie auf.

»Guten Tag.«

»Was lernt ihr denn gerade in der Schule?«, erkundigte sich der Rabbi.

»Wir nehmen die *dinim* durch, die an Pessach zu beachten sind. Und die Haggada natürlich.«

»Und was kannst du mir über die Haggada sagen?«

»Dass *HaSchem* sich beeilen musste, die Juden aus Ägypten herauszuführen.«

»Richtig. Und weißt du auch, warum?«

»Die Juden waren so böse, dass *HaSchem* sie ganz, ganz schnell wegbringen musste, weil sie sonst auf der untersten Stufe der *Tuma* festgesessen hätten – der Sünde. Und deshalb hat *HaSchem* sie nach zweihundertzehn Jahren rausgeführt und nicht nach vierhundert.«

Alle brachen in Lachen aus. Rina errötete. »Ich glaube, der Rav meinte eher, dass die Juden schnell ausziehen mussten, ehe *Pharao* es sich anders überlegte.«

»Oh«, sagte Hannah. »Stimmt, das kommt dazu.«

»Sie haben da ja eine wahre Denkerin in der Familie«, sagte Miller zu Rina.

»Sie ist… außergewöhnlich.«

Decker konnte nicht widerstehen und verschlang ein weiteres Stück Brot. Mit Blick auf die jungen Leute flüsterte Rivka Rina zu: »Gleich berühren sich ihre Nasenspitzen.«

»Wie lange es wohl noch dauert, bis sie sich trauen, einander in die Augen zu sehen?«, gluckste Rina.

Rivka seufzte. »So ist es vermutlich besser, als sich einen passenden Lebenspartner aus dem *Schidech*-Verzeichnis heraussuchen zu lassen. Trotzdem bin ich ein bisschen überrascht. Rachel ist sonst sehr zurückhaltend. Wie alt ist Ihr Sohn denn?«

»Fast zwanzig.« Rina betrachtete das Mädchen. »Und sie ist wahrscheinlich… achtzehn, neunzehn?«

»Gerade neunzehn geworden. Auf welcher *jeschiwa* ist er in Israel gewesen?«

»Gush.«

Die Mutter nickte.

»Und Ihre Tochter?«

»Auf der Midrashet Lindenbaum.«

»Ah, in Bravenders«, antwortete Rina. »Die gilt doch als ausgesprochen progressiv.«

»Sie hat ihren eigenen Kopf.«

»Das ist doch schön.«

»Wie alt waren Sie, als Sie geheiratet haben?«, wollte Rivka wissen.

»Siebzehn. Und Sie?«

»Achtzehn.«

Beide schwiegen.

Dann wandte sich Rivka an ihren Mann. »Genug gefragt, Shragy. Du machst die Kleine ja ganz verrückt.«

»Sie ist sehr klug. Das macht ihr gar nichts.«

»Woher willst du das wissen?«, winkte sie ab.

Endlich kam das Essen. Als alle fertig waren, blieben bis zum Beginn des Konzerts nur noch zwanzig Minuten. Rina sah zu Sammy. Seine Wangen waren noch immer gerötet. Das Essen hatte er kaum angerührt. Sie stieß Decker mit dem Ellbogen an. »Du siehst ein bisschen müde aus, Peter«, flüsterte sie. »Wie wär's, wenn wir die Konzertkarten verschenken und stattdessen einen romantischen Spaziergang machen?«

Decker sah sie überrascht an. »Meinst du wirklich?«

»Natürlich nur, wenn du nichts dagegen hast.«

»Was sollte ich dagegen haben?« Im Gegenteil, er war begeistert. Er hatte gerade eine halbe Kuh verdrückt. Ein Spaziergang würde ihm in jeder Hinsicht gut tun. Außerdem drängte wieder diese leise Stimme in ihm, er solle doch noch einen Versuch unternehmen, Shayndie zu finden.

»Ich glaube, das ist genau das Richtige, Schatz.« Decker griff nach der Hand seiner Frau.

Rina bot die Konzertkarten den Millers an. »Ich bin kein großer Jazzfreund – zu viele Töne auf einmal«, wehrte der Rabbi ab. »Geben Sie die Karten doch einfach den Jungs.«

Jacob entschuldigte sich. »Mein Zug fährt gleich.«

»Ich hätte schon Interesse«, meldete sich Reuven.

Jacob trat ihm unter dem Tisch ans Schienbein.

»Ach, da fällt mir ein, ich muss ja noch packen.«

»Wenn kein anderer sie will, nehm ich sie gern«, sagte Sammy. Dann wandte er sich an Rachel: »Kommst du mit?«

»Gerne.« Rachel errötete. »Wäre ja schade, die Karten verfallen zu lassen.«

»Ihr beide sprecht mal lieber euren Tischdank und schaut, dass ihr wegkommt«, sagte Rina. »Sonst wird es knapp.«

»Wir sind drei Männer am Tisch, also sollten wir *mesuman benschen*«, stellte Rav Miller fest. Das bedeutete, dass die drei Männer vor dem eigentlichen Tischdank gemeinsam eine besondere Gebetsformel zu sprechen hatten. »Dann lassen Sie uns alle *benschen* und dann gehen«, sagte Decker. »Rav Miller, darf ich Ihnen diese schöne Pflicht übertragen?«

»Tun Sie uns die Ehre«, antwortete Miller.

»Nein, bitte, ich bestehe darauf.«

»Aber Sie haben den Kindern schon Ihre Konzertkarten überlassen.«

Rachel verzweifelte allmählich. »Kann jetzt mal bitte einer anfangen? Sonst kommen wir wirklich zu spät.«

Rav Miller sprach mit der Gruppe den Dankessegen. Anschließend wandte Decker sich an Jacob: »Würde es dir was ausmachen, Hannah und die Einkäufe nach Brooklyn zu bringen?«

Jacob hielt seine Reisetasche hoch.

»Ach ja, stimmt. Du musst ja weg.« So viel also zu seinem Vorhaben, nach Shayndie zu suchen. »Gut, dann bringen wir Jacob zum Bahnhof und fahren danach zurück nach Brooklyn.«

Da schaltete sich Rina ein: »Ich hab den Eindruck, du möchtest hier in Manhattan noch was erledigen. Ich fahre schon mal mit Hannah und den Einkaufen vor.«

»Und unser Spaziergang?«

»Da mach dir mal keine Sorgen.« Sie flüsterte ihm zu: »Wir machen uns später noch ein bisschen Bewegung.« Und an ihre Tochter gewandt: »Komm, Chanale, wünsch deinem Bruder eine gute Reise.«

Einer nach dem anderen verabschiedete sich von Jacob. Als Rinas jüngster Sohn schließlich fort war, hatte sie feuchte Augen. Dann sagte sie: »Und nun wird's schwierig. Welcher Taxifahrer bringt uns jetzt noch über die Brooklyn-Bridge?«

»Unsinn«, warf Rivka ein. »Wir sind doch mit dem Auto da. Wir fahren Sie. Wohin müssen Sie denn?«

»Borough Park. Und wo wohnen Sie?«

»Englewood.«

»Aber das wäre ja ein Riesenumweg.«

»Das macht nichts. Shragys Eltern wohnen ganz in der Nähe. Bei der Gelegenheit könnten wir gleich dort vorbeischaun und sie besuchen. Shragy, du hilfst ihr mit den Tüten.« Sie wandte sich wieder an Rina. »Wir holen schon mal den Wagen.«

»Das ist wirklich sehr nett von Ihnen«, gab Rina zurück.

Nachdem die Millers mit Reuven verschwunden waren, nahm

Decker seine Tochter bei der Hand und lächelte seine Frau an: »Eigentlich habe ich in der Stadt gar nichts zu tun. Ich möchte mich bloß ein bisschen umsehen.«

»Du willst es also noch mal versuchen«, stellte Rina fest.

»Vor dir kann ich aber auch gar nichts verbergen.«

Er wirkte niedergeschlagen. Rina drückte ihm die Hand: »Du bist nicht für die ganze Welt verantwortlich, Peter.«

»Ich weiß. Nur kommt es mir manchmal so vor.«

17

Von der Achtundvierzigsten aus schlenderte Decker Richtung Süden, den Mantel eng vor der Brust übereinander geschlagen, die Hände tief in den Taschen vergraben. Zwanzig Blocks später stand er vor dem Gebäude, in dessen Untergeschoss sich die *Emek-Refa'im*-Gruppe traf, zu der auch Ephraim Lieber gehört hatte. Ein Gebäude wie jedes andere im Garment District, dem Herzen der New Yorker Textilbranche. Tagsüber wimmelte es in dem Viertel von Leuten, schwer beladene Kleiderständer wurden hin und her gerollt, überall gab es Läden und Passagen sowie Schaufenster der verschiedensten Modefirmen, deren Vertreter Großeinkäufern die Exklusivrechte an den neuesten Kreationen in der schnelllebigen Welt der Mode versprachen. Aber zu dieser späten Stunde waren die Straßen dunkel und still, die hohen Häuserblocks warfen Schatten auf den Asphalt, und durch die stahlgrauen Wolken brach trübes Mondlicht. Nur hier und da sah man ein Fenster, aus dem Neonlicht strahlte: Jemand legte eine Nachtschicht ein, um die Konkurrenz abzuhängen.

Da ihn nichts weiter in diesem Teil der Stadt hielt, ging er langsam zurück in Richtung Norden. Vielleicht konnte er Sammy noch abfangen und mit ihm zusammen ein Taxi nach Washington Heights nehmen. Kurz nach neun erreichte er das Hotel. Bis zum Ende des Konzerts verblieben noch vierzig Minuten. Er setzte sich in ein nahe gelegenes Café und bestellte eine Kanne Kräutertee. Schließlich wollte er nicht draußen in der Kälte herumstehen.

Erst fünf Minuten nachdem ihm der Tee serviert worden war, fiel ihm auf, wie hirnverbrannt seine Idee war. Meine Güte, Sammy hatte eine Verabredung mit einem Mädchen. Decker war wahrscheinlich der Allerletzte, den er jetzt sehen wollte. Er trank noch einen Schluck, legte fünf Dollar auf den Tisch und ging. An der Kreuzung Fünfundvierzigste und Achte winkte er ein Taxi heran.

»Was halten Sie davon, wenn wir uns die Fahrt teilen?«

Decker fuhr herum.

Der Mann war wirklich ein Phantom.

Diesmal hatte Donatti ein junges Mädchen bei sich. Sie sah aus wie fünfzehn, aber angesichts der Vorsicht, die er walten ließ, war sie wahrscheinlich eher achtzehn. Donatti öffnete die Wagentür, und Decker nahm Platz. Das Mädchen rutschte neben ihn, Chris folgte ihnen.

Sie hatte ein hübsches Gesicht, das kaum geschminkt und von dunklem Haar umrahmt war. So unschuldig ihr Gesicht war, so wenig traf das auf ihre Kleidung zu. Sie trug ein knappes rotes Top, einen Minirock aus Leder und Netzstrumpfhosen. Um die Schultern hatte sie eine Federboa geschlungen. Da sie keinen BH trug, waren ihre großen Brustwarzen deutlich zu erkennen. Klar – in diesem Aufzug musste ihr ziemlich kalt sein.

Donatti nannte dem Fahrer eine Adresse. Niemand sagte ein Wort.

Während draußen die Häuserzeilen vorbeihuschten, spürte Decker, wie sich etwas an sein Bein drückte. Er rutschte ein Stück zur Seite, doch die Kleine war hartnäckig und schmiegte ihren Schenkel weiter gegen seinen. Als ihre Hand über seinen Oberschenkel wanderte und sich auf sein Knie legte, reichte es ihm.

Ihn packte die Wut. Er warf Donatti einen hasserfüllten Blick zu, sodass dieser die Hand seines Schützlings von Deckers Schenkel zog.

»Du nervst ihn, Schatz. Komm, wir tauschen die Plätze.«

Als er sie mit Schwung über seine Beine hob, klatschte er ihr aufs Hinterteil.

»Oh, mach das noch mal«, gurrte sie.

»Benimm dich«, sagte Donatti, »wir sind nicht zu Hause.«

»Ach, und seit wann stört dich das?«

Diesmal bedachte er sie mit einem strengen Blick, und sie ließ sich in den Sitz zurückfallen, die Hände brav im Schoß gefaltet.

»Fahren Sie rechts ran«, befahl Donatti dem Taxifahrer. »Lassen Sie die Uhr laufen, und warten Sie auf mich.«

Der Fahrer nickte.

Donatti öffnete den Wagenschlag. »Steig aus. Ich bring dich zur Tür.«

»Wie, kommt er nicht mit rauf?«, fragte das Mädchen.

»Nein.«

»Warum denn nicht?«

»Darum.«

»Aber vielleicht würde er ja gern?«

»Nein.«

»Kommst du mit hoch?«

»Nein. Steig aus.«

»Aber wieso denn nicht?«

»*Raus.*« Donatti war mit seiner Geduld am Ende. Er stieß die Tür weit auf und schubste sie aus dem Wagen. Sie fiel auf den Gehsteig, und noch bevor sie sich aufrappeln konnte, stand Chris über ihr, riss sie hoch und zerrte sie zur Eingangstür eines Apartmenthauses.

Als Decker sah, wie grob Chris mit dem Mädchen umsprang, musste er an sich halten. Schließlich war Shayndie nach wie vor verschwunden. Als Donatti und das Mädchen außer Hörweite waren, sagte der Fahrer: »Die Firma sieht es nicht gern, wenn man uns warten lässt.«

»Wenn Sie weiterfahren wollen, ich hab nichts dagegen«, entgegnete Decker.

Der Fahrer lachte auf. »Lieber nicht. Sie wissen doch, wer das ist, oder?«

»Ja«, sagte Decker.

»Sicher?«

»Christopher Donatti.«

»Ich dachte nur, ich erwähne das besser mal, für den Fall, dass

Ihnen das nicht klar ist. Weil er doch gefragt hat, ob Sie sich das Taxi teilen wollten. Hätte ja sein können, Sie kennen ihn gar nicht.«

»Doch, ich kenne ihn. Danke.«

Decker warf einen Blick nach draußen. Das Mädchen schlang die Arme um Donatti und versuchte ihn zu küssen. Aber der drehte den Kopf weg und schob sie von sich. Zum Ausgleich für seine Grobheit gab er ihr noch einen Klaps aufs Hinterteil. Dann stieg er wieder ins Taxi und nannte dem Fahrer die Adresse seines Lofts.

Donatti legte den Kopf zurück und schloss die Augen. Er gab sich völlig unbekümmert. Decker kochte. Je mehr er nachdachte, desto wütender wurde er. Worauf legte Donatti es an? Er konnte ja wohl nicht so schwachsinnig sein, dieses Mädchen – dieses *Kind* – beauftragt zu haben, ihn zu verführen. Was also sollte das Ganze? Bloß ein kleines Spielchen, um zu sehen, wie Decker sich wand?

Langsam reichte es ihm. Möglicherweise wusste Donatti wirklich etwas, aber im Moment war Decker einfach zu wütend, um den Scheißkerl zu ertragen. Bei Chris konnte er nur mit Ruhe und Gelassenheit etwas erreichen. Er musste sich ein wenig Bewegung verschaffen, um sich zu beruhigen.

»Halten Sie da vorne!«, rief er dem Fahrer zu. Gut zwei Dutzend Blocks von Donattis Loft entfernt.

Chris schlug die Augen auf und sah ihn an.

»Hier muss ich raus«, sagte Decker noch mal.

»Was, hier?«, fragte der Fahrer.

»Ja, hier. Fahren Sie jetzt sofort rechts ran.«

Der Fahrer gehorchte.

Decker warf Donatti seinen Anteil am Fahrpreis in den Schoß. »Vielen Dank auch, Kumpel.« Er riss die Tür auf und sprang hinaus.

Decker setzte sich auf dem Riverside Drive Richtung Norden in Bewegung. Es dauerte über zwanzig Minuten, bis sich sein Herzschlag normalisiert hatte. Während er die nahezu menschenleere Straße am Hudson River entlangwanderte, sah er das Bild dieses herumgestoßenen und erniedrigten Mädchens vor sich –

und dabei hatte sie sich solche Mühe gegeben. Der Gedanke an all diese gebrochenen Seelen deprimierte ihn, aber was half es, mit ihnen zu leiden? Selbst wenn es in Deckers Macht gestanden hätte, sie dort herauszuholen, gab es hunderte, die nur darauf warteten, sofort ihren Platz einzunehmen.

Hier draußen, wo ihm ein strenger Geruch entgegenwehte, war es verdammt ungemütlich. Er näherte sich mit raschen Schritten der 135. Straße und musste allmählich entscheiden, ob er dem Fisch hinterherspringen oder die Leine kappen wollte.

Bisher war er Shayndies Aufenthaltsort keinen Schritt näher gekommen.

Instinktiv steuerte er auf das Gebäude zu, in dem Donatti wohnte, zögerte jedoch, dort auf den Klingelknopf zu drücken. Es konnte gut sein, dass Donatti mittlerweile genauso wütend war wie er – was bedeutete, dass Decker seine einzige Chance vermasselt hatte. Großartig!

Ohne dass Decker den Knopf berührt hatte, ertönte unvermittelt ein Summton.

Die Videoüberwachung des Büros: Donatti hatte auf ihn *gewartet*.

Decker betrat die Eingangshalle und nahm diesmal den Lift. Langsam und rumpelnd schob sich die Kabine nach oben. Mit einem Summen öffnete sich die Tür zum Vorzimmer. Er ging durch den Metalldetektor, der aber nicht reagierte, wahrscheinlich weil Chris ihn abgeschaltet hatte. Die Tür zum Loft stand offen. Chris erwartete ihn mit zwei Gläsern Scotch, von denen er eines Decker anbot.

»Für mich nicht.«

Donatti rührte sich nicht und streckte ihm weiter das geschliffene Kristallglas entgegen. Ihre Blicke begegneten sich. Decker war klar, wenn er den Drink nicht annahm, konnte er gleich einpacken. Warum sollte er sich die Chance entgehen lassen herauszufinden, ob Donatti wirklich etwas wusste?

Sollte der Scheißkerl seinen kleinen Sieg doch bekommen. Er griff nach dem Glas.

Chris stieß mit ihm an, nahm die Flasche und öffnete die Tür zu seinem Büro. Wortlos betrat Decker den Raum. Chris folgte ihm, verschloss die Tür und schaltete den Abhörschutz ein. Er nippte an seinem Whisky und versuchte nach wie vor, Decker mit Blicken zu bezwingen. Doch diesmal würde Decker keinen Zentimeter weichen.

Donatti sprach als Erster. »Sie hat improvisiert. Sie werden doch nicht glauben, dass das Ganze meine Idee war.«

Decker ließ ihn nicht aus den Augen. »Was hatte sie denn überhaupt mit Ihnen zu schaffen?«

»Ich hab ihr aus der Patsche geholfen.«

»In die Sie als ihr Zuhälter sie erst gebracht haben.«

Donatti fand das witzig. »Wenn ich ihr Loddel gewesen wäre, wäre sie gar nicht erst in Schwierigkeiten geraten.« Er leerte seinen Scotch in einem Zug. »Kann ich was dafür, dass sie so eine schlechte Menschenkenntnis hat?«

Decker schwieg.

Donatti sagte: »Ich lege Wert auf ein gutes Verhältnis zu meinen ehemaligen Models.«

»Ehemalig?«

»Klar, sie ist mittlerweile neunzehn. Nicht mehr zu gebrauchen. Zu oft gesehen und zu alt.«

»Zu alt, mit neunzehn?«

»Ein Jahr, Decker«, sagte Donatti. »Zwischen achtzehn und neunzehn. Männer haben einen unersättlichen Appetit auf Muschis, so lange das Fleisch frisch ist. In unserer Branche ist die Fluktuation enorm hoch.«

»Wo kriegen Sie sie her?«

»Das ist mein Geheimnis. Was uns zum Anlass unseres Treffens bringt. Was ich Ihnen jetzt erzähle, darf niemals nach außen dringen. Kein Wort darüber. Weder zu Ihrer Frau noch zu Ihrem Anwalt oder Rabbi. Ein kleiner Versprecher könnte sich als äußerst gesundheitsschädlich erweisen.«

Decker gab keine Antwort.

»Schweigen genügt nicht. Ich brauche Ihr Wort.«

»Sie setzen ein ziemliches Vertrauen in mein Wort, Donatti.«

»Unbegründeterweise?«

Hinter dem Whiskyglas war Deckers Miene nicht zu erkennen.

»Wenn Sie mir nicht Ihr Wort geben, brauchen wir gar nicht weiterzureden.«

»Beichten Sie mir bloß keinen Mord, Chris.«

»Wer, ich?« Er grinste. »Hab ich nun Ihr Wort?«

Decker nickte.

»Ich erzähl Ihnen das nur, damit Sie die Kirche im Dorf lassen«, sagte Donatti. »Ich hab das Mädchen. Das heißt, Sie können sich ganz auf den Mord konzentrieren. Wenn die Bullen Ihnen gesagt haben, ich wär's gewesen, war das gelogen. Ich weiß nichts über die Sache. Wenn ich was rausfinde, geb ich's an Sie weiter.«

Er stand auf, Decker blieb sitzen. »Was soll das heißen? Sie haben das Mädchen?«

»Genau, was ich sage. Ich hab das Mädchen. Seit Freitag. Sie ist in Sicherheit. Mehr braucht Sie nicht zu interessieren.«

»Und was ist mit den Eltern...?«

»Wenn ich sage, Sie dürfen mit niemandem darüber sprechen, dann meine ich auch niemanden. Ich dachte, das wäre klar.«

»Sie sind halb wahnsinnig vor Sorge.«

»Das kann schon sein. Aber sie fallen trotzdem unter den Begriff *niemand*, Decker!«

Schweigen.

Die verschiedensten Gedanken wirbelten Decker durch den Kopf. »Donatti – sie ist fünfzehn!«

»Das ist mir bekannt.« Er lächelte. »Deshalb dürfen Sie es ja auch niemandem sagen. Ich könnte dafür in den Bau wandern. Und da ich da schon mal war, weiß ich ziemlich genau, dass es mir dort nicht gefällt. Es wird langsam spät...«

»Haben Sie noch mehr Mädchen?«

Donatti sah ihn an. »Sie stellen eine Menge Fragen, Decker. Die Antworten könnten Sie in Konflikte bringen. Damit ist keinem von uns gedient.«

»Wie viele Mädchen haben Sie, Donatti?«

Chris gab keine Antwort.

Decker musste Donattis Vertrauen gewinnen, um mehr aus ihm

herauszubekommen. Er traf eine wohl überlegte Entscheidung.
»Ich schwöre, das bleibt unter uns.«

Donatti setzte sich wieder und goss sich noch einen Drink ein.
»Im Moment sind es zwanzig. Wenn ich wollte, könnte ich hundert haben. Die meisten sind sechzehn und älter, aber es sind auch ein paar jüngere darunter.«

»Jungs auch?«

»Ja, doch, ein paar Schwuchteln hab ich. Wie die zwei Süßen, die mir bei den Aufnahmen zur Hand gehen. Die beiden sind über achtzehn, waren es aber nicht, als ich sie kennen lernte. Heteros kommen mir nicht ins Haus. Mit ein paar hab ich's mal probiert… nichts als Scherereien. Sie belästigten die Mädels und meinten ständig, sie müssten mir den Platz streitig machen. Wer die Oberhand behalten hat, können Sie sich ja denken. Nervensägen – allesamt.«

»Und Sie sind ihr Zuhälter.«

Donatti blickte zur Decke. »Zuhälter ist ein starkes Wort, Decker. Ich tu ihnen einen Gefallen. Und dafür tun sie mir einen. Die sind mir sogar so dankbar, dass sie es kaum abwarten können, mir einen Gefallen zu tun. Ich seh das so: Ich bin so eine Art letzter Bahnhof vor der Endstation, eine letzte Chance für sie, ihren Arsch zu retten und nicht bei einem der wirklich eiskalten Schweine zu landen. Manche kaufe ich den Arschlöchern sogar ab, wenn sie gut genug aussehen. Ich bring sie in Wohnungen unter, wo sie ihren Entzug machen können. Sie kriegen was zu essen, ein Dach über dem Kopf, Klamotten und Medikamente, falls sie welche brauchen. Ein Viertel haut nach ein paar Tagen ab, ein Viertel nach einer Woche. Wenn sie länger als zwei Wochen bleiben, hab ich sie. Dann sind sie abhängig.«

»Abhängig?«

»Nicht von Drogen… von *mir*. Ich mach ihnen klar, dass sie ohne meinen Schutz nicht überleben können«, erklärte Donatti geduldig. »Ich bin ein praktisch denkender Mensch, Decker. Ich schinde meine Rennpferdchen nicht. Ich will auf keinen Fall, dass sie ihren Sex verschleißen. Ich will sie frisch und knackig. Ein gesund aussehendes, junges, geiles Luder mit gespreizten Beinen macht an – eine sexuell missbrauchte Streunerin, die in der Ecke kauert, turnt ab.«

»Sie brauchen die Mädchen für Ihr Heft.«

»Genau darum geht's, Decker – wie komme ich an junge Muschis für meine verschiedenen Unternehmen. Aber erst mal müssen sie achtzehn werden. Am liebsten wär's mir, wenn sie ihre Dienste nicht verscherbeln müssten, aber im Moment hab ich ein kleines Problem mit dem Cash-Flow, weil ich nämlich selbstständig arbeite. Wissen Sie, falls Sie in der *Familie* mal Bedarf haben, ist immer Geld für Sie da – aber es gibt eben keine Vermögensplanung. Wenn Joey nichts in der Tasche hatte, holte er es sich von dem, der gerade was besaß. Bei mir ist das anders. Ich will was mit Zukunft.«

»In den Regalen liegen aber ziemlich viele Männermagazine, Donatti.«

»Ganz zu schweigen von den Videos und interaktiven Web-Angeboten. Und genau deshalb konzentriere ich mich auf Marktnischen. Nicht die Yuppies, die *GQ* oder *Esquire* lesen. Oder die Loser, die sich an den Silikontitten im *Playboy* oder *Penthouse* aufgeilen. Können *Sie* als älterer verheirateter Heterosexueller mit der Scheiße was anfangen?«

»Ich kaufe keine solchen Magazine, Donatti.«

»Weil sie Sie nicht ansprechen, Lieutenant. An wen wende ich mich? An biedere Familienväter in funktionierenden, aber langweiligen Ehen. An Männer, die nicht alles für eine lausige kleine Affäre aufs Spiel setzen wollen, aber aus deren Sexleben die Luft raus ist. Ein Haufen Verzweifelter. Sie vielleicht nicht, Decker, aber viele Typen aus dem Mittelstand haben es ganz gern, wenn man sie ein bisschen aufrichtet. Ich weiß, wovon ich rede. Ich hab selbst dreieinhalb Jahre Knast in einer beschissenen Ehe hinter mir. Ich weiß alles über Internet, Websites und Cyberpeepshows – dazu habe ich auch schon ein paar Ideen –, aber mit dem Laptop aufs Klo zu gehen, um sich einen runterzuholen, ist doch letztlich ziemlich unpraktisch. Was soll denn da die Frau denken?«

Decker schaute kopfschüttelnd zur Seite. »Sie haben wohl ein bisschen Marktforschung betrieben, Chris?«

»Heutzutage muss man sich schon was einfallen lassen. Im Augenblick bin ich noch im Versuchsstadium, experimentiere mit Ratgeberseiten oder speziellen Duftstoffen im Papier. Mit jungem Fleisch lässt sich ganz legal ein Haufen Geld machen. Ich will mit dreißig halb Harlem in der Tasche haben. Klar tun mir meine Mädchen Gefallen, aber ich bin kein rücksichtsloses Schwein. Das ist die Wahrheit. Glauben Sie mir, wenn ich wollte, könnte ich meine Mädels tagtäglich, sieben Tage die Woche rund um die Uhr beschäftigen. Der elfte September hat mehr als nur einen New Yorker in die Midlifecrisis gestürzt. Alles Männer, die gesehen haben, wie diese Hurensöhne in die Türme des World Trade Center krachten, und dachten, jetzt sei alles aus. Aber sie haben es überlebt, genauso wie ihre Schwänze, und seither ist ihr Hunger nach Sex, besonders nach frischen jungen Muschis, besonders groß.«

»Komisch, Donatti«, knurrte Decker. »Ich hab Helden gesehen, keine Perversen.«

»Wir sehen das, was wir sehen wollen«, konterte Donatti. »Ich weiß nur, dass im Moment die Nachfrage groß ist. In der momentanen Wirtschaftslage ist ein schneller Fick immer noch ein billiges Vergnügen. Also tun die Mädchen mir ein paar Gefallen mehr als sonst. Aber die Sklaverei ist in unserem Land abgeschafft. Gezwungen wird bei mir keine.«

»Kommt darauf an, wie Sie Zwang definieren.«

»Die Kids können jederzeit gehen. Aber wer geht, kann nicht wieder einsteigen. Wenn sie glauben, sie könnten es mit der großen bösen Welt da draußen aufnehmen – dann kann ich ihnen nur viel Erfolg wünschen.«

»Ein bisschen Einschüchterung kann ja nie schaden.«

»Es ist eine grausame Welt da draußen, Decker. Wenn das, was ich ihnen erzähle, sie vorsichtiger werden lässt – damit kann ich leben.«

Decker strich sich über den Bart. »Und Sie haben keine Angst, dass jemand mal auspacken könnte?«

»Meine Schützlinge reden nicht. Bisher habe ich eine Stillhaltequote von hundert Prozent. Ich bin eben sehr überzeugend.«

»Und falls doch mal jemand auspackt?«

Donatti schüttelte kaum merklich den Kopf. »Das ist nicht Ihr Problem.«

Decker schnaubte und wandte sich ab. Dann knallte er die Faust auf den Tisch.

»Ich weiß«, sagte Donatti, »Sie wollen mir die Scheiße aus dem Leib prügeln. Sie wollen meine hübsche, arrogante Fresse zu Brei schlagen und mir meinen Riesenschwanz abhacken, weil ich nämlich am Steuer sitze, Decker. Es war auch schon mal andersherum – da habe ich mich genauso gefühlt wie Sie jetzt. Aber inzwischen sind wir erwachsen. Sie müssen schlucken, Decker, so wie ich acht Jahre lang geschluckt habe. Wenn Sie ehrlich mit sich sind, müssen Sie zugeben, dass ich Ihnen ganz schön entgegenkomme. Immerhin haben Sie mein Leben ruiniert.«

Decker lachte trocken. »Dafür haben Sie sich aber gut erholt, Chris.«

»Einen Scheiß wissen Sie«, sagte Donatti wütend. »Ich hatte meinen *Onkel* überzeugt. Ich hatte *sie* überzeugt. Sie hätte mir *gehören* können, mit Haut und Haar – wenn Sie mir die Sache nicht vermasselt hätten.«

»Frauen sind keine Leibeigenen mehr, Donatti.«

»Ja, das glauben Sie«, fauchte Donatti. »Ich war so nahe dran!« Er markierte mit Zeigefinger und Daumen einen kaum erkennbaren Abstand. Dann lehnte er sich zurück und seufzte. »Sie wissen ja, wie das ist. Am versessensten ist man auf die, die einem durch die Lappen geht. Und ich war von Anfang an versessen auf sie.«

»Besser für Sie«, sagte Decker.

»Sie meinen, besser für *sie*.« Donatti nahm einen großen Schluck Scotch. »Scheiß auf die Vergangenheit. Ich bin jetzt ein großer Junge. Okay, sie gehört mir nicht, aber ich *miete* sie. Und zwar auf Langzeitbasis. Außerdem ist Terry hier nicht das Thema. Also vergessen Sie Terry. Sie haben ganz andere Probleme. Und Ihr Problem ist im Moment bei mir einquartiert und fühlt sich da auch sehr wohl.«

Decker spürte, wie sein Blutdruck stieg, was die Sache nicht einfacher machte. »Ist sie unversehrt?«

»Absolut.«

»In welcher Verfassung befindet sie sich?«

»Aufgewühlt. So habe ich sie aufgelesen. Im Moment spricht sie nicht darüber. Mir soll es recht sein. Die Einzelheiten interessieren mich nicht.«

»Und was stellen Sie mit ihr an?«

»Ich lasse sie einfach ausruhen. Ich bin kein Zuhälter, aber wenn, würde ich in dem Zustand niemand arbeiten lassen. Viel zu instabil.«

»Das heißt, Sie geben ihr Kost und Logis, ohne irgendeine Gegenleistung?«

»Das trifft es ziemlich genau. Kann sein, sie ruht sich ein, zwei Tage aus, und ich sehe sie nie wieder. Das ist mein Risiko. Aber vielleicht möchte sie mir ja auch einen Gefallen tun. Ich bleibe mit allen meinen Mädels in Kontakt, Decker. Sie sind da draußen auf der Straße – manche verkaufen ihren Arsch auf eigenes Risiko, manche haben sogar ganz legale Jobs. Sie sind meine Augen und Ohren. Sie halten mich auf dem Laufenden, weil sie mir dankbar sind.«

»Weil sie Angst vor Ihnen haben?«

»Das läuft auf dasselbe hinaus.«

»Ist sie in Sicherheit?«

»Ja, Shayndie ist in Sicherheit.«

Dass er das Mädchen beim Namen nannte, bewies Decker, dass die Geschichte stimmte. Er warf Donatti einen scharfen Blick zu. »Schlafen Sie mit ihr?«

»Ach was, noch nicht. Aber wenn sie lange genug bleibt, schon.« Donatti erwiderte den Blick. »Sex macht anhänglich.«

»Und was machen Sie mit den Jungen?«

»Wie ich schon sagte – Sex macht anhänglich.« Donatti lächelte viel sagend. »Haben Sie jetzt ein Problem, mit mir allein hier zu sitzen, Lieutenant?«

Decker zeigte ihm den Mittelfinger.

Donatti lachte. »Ich tu, was ich tun muss, damit der Laden läuft. Einen Kick gibt mir das nicht. Für meine Schützlinge – Mädchen wie Jungen – heißt Sex, sich auf den Rücken legen, die

Augen zukneifen, stillhalten und Onkel George oder Daddy machen lassen. Aber ganz unter uns, viel lieber würde ich Ihre Frau ficken...«

Decker hatte den Jüngeren an der Gurgel, bevor der wusste, wie ihm geschah. Er schleuderte Donatti gegen die Wand, stemmte sich mit seinem ganzen Gewicht gegen ihn, sodass er sich nicht rühren konnte, und umklammerte seinen Hals. »Ich glaube, wir müssen ein paar grundsätzliche Dinge klären, Chris«, zischte er.

In diesem Moment hörte Decker ein Klicken und spürte, wie sich etwas Hartes zwischen seine Beine schob.

»Lassen... Sie... mich... los!«, röchelte Donatti.

Decker drückte stärker zu. »Na los, erschieß mich doch, du Hurensohn! Was hast du davon? Eine Menge Blut und Ärger am Arsch.« Dann aber lockerte er den Griff. »Meine Frau ist tabu. Verstanden?«

Die Waffe bohrte sich tiefer in Deckers Weichteile. Donattis Gesicht wurde immer roter, teils vor Wut und teils, weil er keine Luft mehr bekam. »Loslassen!«

»Verstanden?«

Schweigen. Sekunden vergingen. Schließlich hob Chris die Hände, in der Linken eine Double-Action-Automatik, wahrscheinlich eine Walther TPH.

Decker gab ihn frei. »Hier geht es ums Berufliche.« Er trat zurück und nahm Platz. »Lassen wir das Private aus dem Spiel.«

Donatti rappelte sich auf und drückte Decker die Pistole an die Stirn. »Manche Männer würden das als Kompliment auffassen.«

»Ich nicht.« Decker unterdrückte mit aller Kraft den Reflex zurückzuzucken. »Seien wir vernünftig: keine Übergriffe auf die Privatsphäre.«

Donatti hielt die Waffe eine weitere Minute auf ihn gerichtet, aber Decker tröstete sich mit dem Wissen, dass die Walther in Sachen Sicherheit als sehr zuverlässig gilt.

Endlich ließ Chris die Pistole sinken. Er räusperte sich und nahm einen großen Schluck Scotch. Dann begann er wie ein Tier im Käfig auf und ab zu gehen – erhitzt und rot im Gesicht, schnell und stoßweise atmend. Decker spürte, wie sein Herz pochte, aber er ballte die Fäuste und verbarg seine Wut hinter einer ausdruckslosen Miene. Sie waren wie zwei mit Adrenalin voll gepumpte Kampfstiere. Das Büro stank wie eine Boxhalle.

Als Donatti die Halbautomatik schließlich auf der Tischplatte ablegte, sagte er mit kehliger Stimme: »Tun Sie so was nie wieder. Nach den Erfahrungen mit meinem Vater und Joey reagiere ich extrem empfindlich auf Gewalt.«

Decker breitete die Hände aus. »Wenn Sie sich benehmen, benehme ich mich auch.«

»Weiß der Henker, warum ich mir diese Scheiße von Ihnen habe bieten lassen.«

»Weil ich nicht nur für Terry eine Vaterfigur bin, sondern auch für Sie, Chris. Setzen Sie sich doch wieder hin. Es ist vorbei. Ich würde sagen, wir sind quitt.«

Chris klopfte unschlüssig mit dem Fuß auf den Boden, nahm aber schließlich Platz. »Okay, Sie haben Ihren Tanz aufgeführt und ich meinen. Trotzdem können Sie sich bei mir bedanken, dass ich Ihre Eier verschont habe.«

»Schönen Dank auch.« Decker brauchte eine Weile, bis er wieder ruhig atmete. »Ich würde das Mädchen gern sehen. Shayndie.«

»Glauben Sie etwa, ich halte sie gegen ihren Willen fest?«

Genau das war Decker gerade durch den Kopf gegangen. Er misstraute Donatti, aber eine andere Quelle hatte er nicht. »Doch, ich glaube Ihnen. Trotzdem würde ich Shayndie gerne sehen.«

Donatti sah ihn skeptisch an.

»Das ist kein Hinterhalt, Donatti. Ich würde mir dann einfach ein bisschen weniger Sorgen machen. Nur Sie, das Mädchen und ich. Auch darauf haben Sie mein Wort.«

»Sie wollen ihr Fragen stellen.«

»Sie ist eine wichtige Zeugin für einen Mord. Ich könnte ein paar Hinweise gebrauchen.«

»Wenn Sie die Kleine in Panik versetzen, haut sie ab«, wandte Donatti ein. »Damit wäre keinem von uns gedient.«

»Können wir nicht einfach mal sehen, wie's läuft?«

»Solange ich sage, wo's langgeht.«

»Wie Sie wollen, Boss.«

Donatti fuhr sich über seine kurz geschorenen blonden Locken. »Ich glaube, das lässt sich einrichten.« Er dachte lange nach. Dann nahm er einen Zettel, kritzelte etwas darauf und reichte ihn Decker. »Dort treffen wir uns morgen Abend so um elf, halb zwölf. Falls ich nicht auftauche, heißt das nicht, dass ich Sie verarsche, sondern dass es zu riskant war. Hier wimmelt es zurzeit überall vor Bullen. Auf Schritt und Tritt hat man eine Streife an der Ferse.«

Decker las die Adresse. »Wo zum Teufel ist das?«

»Sie sind doch Detective. Kriegen Sie's raus! Und kommen Sie bloß nicht auf die Idee, mich beschatten zu lassen. Im Augenblick ist das Mädchen in Sicherheit. Aber wenn sie eine Belastung für mich wird, tu ich, was ich tun muss.« Donatti kratzte sich am Kopf. »Brauchen Sie ein Eisen?«

Decker blinzelte. »Sie meinen eine Schusswaffe?«

»Klar meine ich eine Waffe.« Er schob Decker die Walther über den Tisch. »Was dachten Sie denn? Eine Brechstange? Kann ich Ihnen auch besorgen, wenn Sie wollen.«

»Ich will keins von beiden.«

»Haben Sie denn was zum Schießen?«

»Nein, aber ich leg es auch nicht darauf an, mich in die Scheiße zu reiten. Sauber habe ich die besseren Karten.«

»Meinen Sie?«

»Ja, meine ich. Mit einer Pistole würde ich mich womöglich zu sicher fühlen.«

»Wie Sie wollen, Lieutenant.«

Diesmal erhob sich Decker. »Ich muss gehen. Wir sehen uns morgen. Und Sie kommen auch? Mit Shayndie?«

»Wenn's geht, komme ich. Und wenn Shayndie nicht schon abgehauen ist, bring ich sie mit. Wie ich Ihnen schon sagte – ich verfolge eine Politik der offenen Tür. Da weiß man nie.«

»Dort, wo sie ist … gibt es da Telefone?«

»Nein.«

»Das heißt, wenn sie jemanden kontaktieren wollte, müsste sie aus dem Haus.«

»Ohne meine Erlaubnis würde sie das nicht tun. Nicht, wenn sie zurückkommen will.«

»Haben Sie Wachen aufgestellt, Donatti?«

»Bei Ihnen klingt das gleich nach Gefängnis. Aber so würde ich das nicht sehen. Natürlich hab ich ein paar Leute, die mir zur Hand gehen; schließlich kann ich nicht die ganze Zeit dort sein. Ich muss mich ums Geschäft kümmern. Ihr kleiner Ausflug hat meinen Arbeitsplan schon ganz schön durcheinander gebracht.«

»Wo haben Sie Shayndie eigentlich aufgelesen?«

»Berufsgeheimnis. Wollten Sie nicht gerade gehen?«

Decker rührte sich nicht von der Stelle. »Ich weiß, das ist jetzt eine merkwürdige Frage... aber, wenn Sie herausfinden könnten, ob sie noch Jungfrau ist... Das würde mich vielleicht weiterbringen.«

Donatti lachte. »Soll das ein Witz sein?«

»Guter Gott, ich meine nicht, Sie sollen sie *vögeln. Bitte* tun Sie das nicht. Nein, ich meinte, vielleicht könnten Sie sie fragen oder... was weiß ich.«

»Ich krieg schon raus, ob einer sie aufgerissen hat.« Er zuckte mit den Achseln. »Sie verdächtigen den Onkel?«

»Ist nicht auszuschließen.«

»Das kann gut sein. Die sind alle sexuell missbraucht worden. Und meine Tee-und-Trost-Tour kommt deshalb so ehrlich rüber, weil ich da selber durchmusste. Ich kenne ihren Schmerz aus erster Hand. Deshalb vertrauen sie mir. Sie kennen ja das Sprichwort, Decker: Mit Honig lockt man mehr Fliegen als mit Essig.«

»Und wenn es mit dem Honig nicht klappt, Donatti?«

»Für den Fall hat Gott die Feuerwaffen erschaffen.«

18

Du warst letzte Nacht so unruhig.« Rina strich etwas Butter auf ihren Toast. »Hab ich dir gestern nicht genügend Bewegung verschafft?«

Decker sah von der Zeitung auf. »Wenn mein Herz auch nur

etwas schneller geschlagen hätte, hätte ich einen Herzinfarkt bekommen.« Er rollte die Schultern. »Es liegt an diesem verdammten Bett, das die Größe einer Streichholzschachtel hat und Heu als Matratzenfüllung.«

»Ich hab die Tickets noch nicht storniert. Ephraims Beerdigung ist für drei Uhr angesetzt.«

»Wann, heute?«

»Ja. Offensichtlich ist der Leichnam gestern Abend freigegeben worden. Wir könnten nach der Beerdigung Ephraims Familie noch einen *schiwa*-Besuch abstatten und um zehn Uhr bereits in der Maschine zu deinen Eltern sitzen. Dann müssten wir allerdings jetzt anfangen zu packen.«

Decker senkte die Stimme. »Ich muss noch einen weiteren Tag in der Gegend bleiben.«

Rinas Hand mit dem Toast verharrte auf dem Weg zwischen Tisch und Mund. »Du bist auf etwas gestoßen.«

»Möglicherweise.«

»Und das muss etwas ziemlich Wichtiges sein. Denn du konntest es doch kaum erwarten, endlich abzureisen.«

»Stimmt.«

»Darf ich fragen, was es ist?«

»Lieber nicht.«

Es ging natürlich um Donatti. Aber Rina konnte nichts sagen. Sie nippte an ihrem Kaffee und nahm sich eine Broschüre der *Agudat-Yisrael*-Partei zur Erläuterung der jüdischen Speisegesetze.

Decker legte seine Zeitung beiseite. »Ich will dich nicht ausschließen; ich versuche nur, vorsichtig zu sein.«

»Natürlich.«

Er nahm ihre Hand. »Hör mal, mein Schatz, wie wär's, wenn ihr beide, du und Hannah, heute Abend schon mal nach Florida fliegt und ich…«

»Nein.«

»Meine Mutter wäre begeistert. Wir wissen doch beide, dass sie dich lieber mag als mich und Hannah lieber als uns beide.«

»Peter, ich werde nicht ohne dich abreisen. Wir fliegen morgen früh, und zwar alle zusammen. Auf den einen Tag mehr oder

weniger kommt es nicht an. Und wo wir schon mal dabei sind –
warum rufst du nicht auf dem Revier an und nimmst dir auch
noch den Rest der Woche frei? Dann können wir mehr Zeit bei
deinen Eltern verbringen und müssen uns nicht so abhetzen.
Immer nur hetzen, hetzen, hetzen. Und wozu das Ganze? Um
einen weiteren Fall zu lösen, der dann durch die Mühlen der Jus-
tiz gedreht wird? Wir werden auch nicht jünger.«

»Du meinst, *ich* werde nicht jünger. Du bist doch noch jung.«

»Ich bin fast vierzig.«

»Also bitte!« Decker warf ihr einen Blick zu. »Du bist achtund-
dreißig und siehst aus wie zweiundzwanzig. Ich dagegen bin fünfzig und seh auch so aus.«

»Also, ich finde dich sehr attraktiv.«

Decker lächelte. »Das ist lieb von dir. Vielen Dank.«

»In dieser Stadt gibt es jede Menge Möglichkeiten, was zu
unternehmen«, meinte Rina. »Ich könnte mit Hannah in den Zoo
gehen oder in den botanischen Garten oder ins Museum. Oder ich
fahre zur Yeshiva University und nerve Sammy oder gehe einkaufen. Hier ist alles viel billiger. Sag mir einfach, für welchen Tag ich
die Flugtickets umbuchen soll. Wie wär's mit Dienstagmorgen?
Oder lieber Dienstagabend – nur für den Fall?«

»Dienstagabend wäre gut. Und du hast Recht. Ich rufe auf dem
Revier an und nehme mir die ganze Woche frei. Dann freuen sich
meine Eltern, *und* wir kommen ein wenig zur Ruhe. Und am
Sonntag fliegen wir dann nach Hause.«

»Wunderbar!«

»Freut mich, dass du zufrieden bist.« Decker griff wieder zur
Zeitung.

»Ich kann noch gar nicht glauben, dass du wirklich mal auf
mich hörst«, sagte Rina.

»Hin und wieder werf ich dir einen Knochen hin. Das hält dich
bei Laune.«

Decker wusste, dass bei vielen jüdischen Gemeinden die Beerdigung in zwei Phasen verlief. Zunächst fand der *hespid*, der Ge-
denkgottesdienst statt, bei dem der geschlossene Sarg in der Syna-

goge aufgebahrt und Lobreden gehalten wurden. Dann brachte man den Sarg zur Grabstätte und setzte den Verstorbenen im engsten Familienkreise bei. Da es in Quinton keine Synagoge gab, die groß genug war, um alle Trauergäste aufzunehmen, fand der *hespid* im Gemeindezentrum von Liberty Park statt. Aber selbst dieses Gebäude konnte nicht alle Trauernden fassen, sodass sich viele der schwarz gekleideten Menschen vor den Türen auf den Wegen und Rasenflächen drängten.

Rina war mit Jonathan und Raisie schon nach Quinton vorgefahren. Decker wollte vorher noch ein paar Dinge erledigen – er versuchte, die Adresse ausfindig zu machen, die Donatti ihm gegeben hatte – und würde später mit dem Wagen von Sora Lazarus nachkommen. Allerdings hatte er nicht damit gerechnet, dass ihn der Verkehr und die Suche so viel Zeit kosten würden. Er kam eine halbe Stunde zu spät in Quinton an, und es gelang ihm nicht mehr, in das Gemeindehaus hineinzukommen. Da er zur Familie gehörte, hätte er das Recht gehabt hineinzugehen, aber da er und die Liebers nicht gerade auf freundschaftlichem Fuß standen, zog er es vor, sich im Hintergrund zu halten.

Die Luft draußen war bitterkalt, der Boden gefroren. Der Himmel präsentierte sich in einem helleren Grauton als am Vormittag, doch nebelgraue Wolken dämpften das Licht der Sonne. Decker wippte auf seinen Zehen, um seine Füße warm zu halten. Seine Schuhsohlen waren abgetreten, und er trug nur dünne Baumwollsocken. Er schob die Hände tiefer in die Manteltaschen und sah sich um.

Etwas weiter entfernt lag ein Spielplatz, auf dem Kinder in dicken Pullovern und Jacken auf Klettergerüsten herumturnten oder Fangen spielten. Kindermädchen und Hausfrauen schoben Kinderwagen über die Pfade, die sich durch die Anlagen schlängelten. Schüler schlenderten durch den Park, auf dem Weg nach Hause. Das Baseballspielfeld war verlassen, aber auf den Basketballplätzen lieferten sich mehrere Jugendliche ein spannendes Match.

Die reinste Idylle, aber Decker wusste nur zu gut, was das für Teenager bedeutete: Für sie waren Begriffe wie Frieden und Ruhe gleichbedeutend mit sterbenslangweilig und öde. Jugendliche brauchten Action, Spannung und Abenteuer. Konnte die Umgebung, in der sie aufwuchsen, ihnen das nicht bieten, dann gingen sie eben woandershin. Selbst ein so religiös erzogenes Mädchen wie Shaynda stahl sich nachts aus dem Haus, um an »verbotenen« Partys teilzunehmen.

Nicht dass das jetzt noch eine Rolle spielte. Die schiefe Bahn, auf die Shaynda geraten war – von der in sich geschlossenen Religionsgemeinschaft in Quinton direkt in die Fänge von Donatti –, musste für das Mädchen ein Höllentrip gewesen sein.

Deckers Puls ging sofort schneller beim Gedanken an die nächtliche Begegnung mit diesem Hitzkopf. Aber selbst eine Waffe an der Schläfe war leichter zu ertragen als Jacob mit schlechter Laune – seinem knapp achtzehnjährigen Stiefsohn hatte er ein ausgezeichnetes Training in Selbstbeherrschung zu verdanken. Decker wollte nur noch eins: das Mädchen zurückbringen und dann so schnell wie möglich aus der Stadt verschwinden. Was als spannendes Abenteuer begonnen hatte, entwickelte sich immer mehr zu einem Kampf auf Leben und Tod. Heute Abend würde zwischen ihm und diesem Psychopathen Donatti Runde drei stattfinden... und er war mindestens noch ein oder zwei Runden davon entfernt, das Mädchen in Sicherheit zu bringen.

Was würde er Donatti geben müssen, um Shaynda freizubekommen?

Etwa fünfzehn Meter links von ihm standen drei Lateinamerikaner: zwei traurig aussehende, dunkeläugige Frauen mit stark geschminkten Gesichtern und toupierten Haaren, die beide einen dunklen Hosenanzug unter dem Mantel trugen, sowie ein schnauzbärtiger Mann um die fünfzig in einem altmodischen schwarzen Anzug mit weißem Hemd und schmaler schwarzer Krawatte und mit brillantineglänzenden Haaren. Die drei waren eindeutig zu Ephraims Beerdigung gekommen – aber wer waren sie?

Decker ging zu ihnen, um es herauszufinden. Als er sich dem Trio näherte, verstummte das auf Spanisch geführte, halblaute Gespräch allmählich, bis es ganz erstarb. Einen Moment lang überlegte er, sie in ihrer Muttersprache anzureden, verwarf dann aber den Gedanken. Er wollte nicht als der gönnerhafte, besserwisserische Angloamerikaner erscheinen.

»Ich komme von außerhalb«, begann er. »Sind Sie Freunde von Mr. Lieber?«

»Ich arbeiten für ihn«, erwiderte der Mann mit einem starken Akzent. Er sah untersetzt aus, und sein schwarzes Haar war von zahlreichen grauen Strähnen durchzogen.

»Ah«, sagte Decker. »Sie arbeiten für Mr. Lieber. Für den Senior? Oder den Sohn?«

Ein unbestimmtes Achselzucken. »Für die Familie.«

»Sind Sie alle in den Elektronikgeschäften tätig?«, fragte Decker.

»Warum Sie fragen so viele Fragen?«, wollte eine der Frauen jetzt wissen. Sie war mittleren Alters, hatte breite Hüften, einen ausladenden Hintern und einen üppigen Busen – und das alles bei einer Körpergröße von knapp ein Meter fünfzig, die hochhackigen Schuhe mitgerechnet.

»Ach, ich versuche nur Konversation zu machen.« Decker lächelte. »Ich bin nicht von hier.«

»Und was Sie machen dann hier?«, fragte die Miniaturfrau.

»Ich bin ein Verwandter von einem Verwandten«, erklärte Decker. »*Mi hermano es el esposo de la hija de Señor Lieber.*«

Die drei sahen ihn misstrauisch an. »*Que hija?*«, fragte der Mann.

»Raisie«, erwiderte Decker. »Jonathan… der Rabbi. Das ist mein Bruder. Mein Halbbruder, um genau zu sein. Eine lange Geschichte.«

Schweigen.

»Und warum Sie sind hier draußen?«, fragte die kleine Frau. »Warum Sie sind nicht bei Ihre Bruder?«

»Gute Frage.« Decker schien einen Moment darüber nachzudenken. »Ich kenne die Liebers nicht besonders gut. Und ich will mich nicht aufdrängen, auch wenn mein Bruder mich gebeten hat, hierher zu kommen. Es ist doch so: Vermutlich wissen Sie drei mehr über die Familie als ich. Sie arbeiten schließlich jeden Tag mit ihnen zusammen, oder?«

Das konnte niemand bestreiten.

»Es ist eine Schande«, fuhr Decker fort. »*Quel dolor*. Den Sohn auf solch schreckliche Weise zu verlieren. Ich habe gehört, dass sie sich sehr nahe standen – Vater und Sohn.«

Schweigen.

Decker zuckte die Achseln. »Vielleicht aber auch nicht.« Er blickte zur Seite.

»Mr. Lieber liebt alle seine Kinder«, sagte die kleine Frau.

»Natürlich.« Decker lächelte. »Er war sehr froh, als auch Ephraim bei ihm im Geschäft einstieg.«

Keine Reaktion.

»Das hat zumindest mein Bruder erzählt«, erklärte Decker.

»Er war guter Mann... Mr. Ephraim«, erwiderte die kleine Frau. »Immer *feliz* ... immer glücklich. Immer lächeln.«

»Ja, immer lächeln«, wiederholte die zweite Frau. Sie war etwas jünger, schlanker und größer als ihre Kollegin, wenn auch nicht viel. »Er machen viel Witze... Mr. Ephraim. Immer Witze.«

»Also ganz anders als sein Bruder?«, fragte Decker.

»Pssst...« Die Zwergenfrau rümpfte die Nase. »Er ist guter Mann... Mr. Jaime, aber nicht mit Witze. *Muy grave*. Und er beobachten Angestellte, als wären *bandidos*, vor Angst, dass sie stehlen. Ich stehlen gar nichts. Große Fernseher in meine Wohnung – das *estuupido*! Wenn anderen auf meine Straße finden raus, dass ich haben große Fernseher, sie brechen ein in meine Wohnung und stehlen Fernseher. Und dann sie stehlen andere Sachen, die auch in Wohnung. Ich haben nur kleine Fernseher in meine Schlafzimmer. Mr. Lieber... er mir schenken zu Weihnachten vor zwei Jahre. Fernseher mit Fernbedienung und Kabelanschluss. Ich glücklich.«

»Wozu du brauchen mehr?«, warf die andere Frau ein. »Fernseher besser als Männer.«

Die beiden Frauen lachten, aber der Mann schüttelte missbilligend den Kopf.

»Mr. Lieber schenkte Ihnen einen Fernseher?«, fragte Decker. »Das war doch sehr nett von ihm.«

»Er sehr nette Mann; ich arbeiten hart. Sieben Uhr, ich im Geschäft. Eine Stunde Mittag. Dann ich kommen zurück und arbeiten bis sechs. Jede Tag an fünf Tage in Woche. Das Geschäft nicht auf an Samstag, und ich nicht arbeiten an Sonntag. Ich gehen in die Kirche. Dann ich lassen mache meine Nägel.« Sie zeigte ihm ihre roten Krallen. »Acryl. Sehr hart.«

»Sehr hübsch«, sagte Decker.

Die Frau errötete leicht. »Er sehr gut zu mir… Mr. Lieber.«

»Welche *trabajo* machen Sie?«, fragte Decker.

»Ich machen alles. Ich machen Kasse. Ich füllen Regale. Sehr, sehr, sehr große Regale. Das Geschäft *es* sehr groß mit große Regale.« Sie hielt ihre Hand hoch in die Luft. »Wir haben große Leiter. Zu Anfang Mr. Lieber nicht wollen, dass ich hinaufklettern, aber ich haben sehr gute Schuhe. No Problem. Ich sehr stark.« Sie zeigte ihre Muskeln.

Ein kleines Lächeln stahl sich auf die Lippen des Mannes. Auf Spanisch ließ er eine Tirade los, in der er andeutete, ihre Muskeln stammten wohl eher davon, dass sie so viele Pythons gewürgt hätte. Sie warf ihm einen finsteren Blick zu, errötete aber, als ihr bewusst wurde, dass Decker den Mann verstand. Schon drohte ein heftiger Wortwechsel, aber Decker unterbrach sie.

»Was ist mit Mr. Jaime? Ist er auch ein netter Mann?«

»Sehr nette Mann«, antwortete die kleine Frau. »Aber nicht mit Witze. Nicht wie Mr. Ephraim. Er machen viel Witze. Und er mir immer geben *mucho ayuda*… Mr. Ephraim.«

»*Ayuda*« bedeutete Hilfe. Das Tageslicht schwand zunehmend. »Sie beide haben zusammengearbeitet.«

»*Si, si*. Wir füllen Regale zusammen. Manchmal ich raufklettern, manchmal er raufklettern.«

»Du kannst ja mal auf mich raufklettern, Luisa«, sagte der Mann auf Spanisch.

Luisa reagierte mit einer obszönen Handbewegung. Dann verdüsterte sich ihre Miene erneut. »Er immer mit mir gesprochen… Mr. Ephraim. Er nach meine Kinder fragen. Einmal er mir geben Geld für Strafzettel für falsch parken. Fünfzig Dollar. Ich ihm zahlen zurück, aber er nicht fragen nach Geld.« Ihre Augen füllten sich mit Tränen. »Sehr, sehr traurig.«

Decker nickte zustimmend.

Luisa rieb ihre Hände gegeneinander. »Sehr kalt, *no?*«

»Möchten Sie meine Handschuhe anziehen?«, fragte Decker. »Ich kann meine Hände ja in die Taschen stecken.«

Sie warf einen sehnsüchtigen Blick darauf.

»Hier nehmen Sie ruhig. Wirklich kein Problem.« Er reichte ihr die Handschuhe.

Zögernd zog sie sie an. »*Gracias.*«

»*Por favor.*« Decker schob seine Hände in die Manteltaschen. »Das war also Mr. Ephraims Aufgabe? Die Regale füllen?«

Jetzt mischte sich der Mann wieder ein. »Mr. Ephraim? Er machen alles. Er füllen Regale, er arbeiten an Ladenkasse, er fegen Boden. Zwei-, dreimal ich ihn sehen, wie er putzen Toilette. Keine Arbeit zu schlecht für ihn. Er sehr nette Mann. Er niemals klagen. Er niemals schreien. Jedes Mal ich ihn sehen, er glücklich. Er lächeln.« Der Mann blickte zu Boden. »Ich ihn vermissen. Es sehr schrecklich.«

»Ja, sehr schrecklich«, bestätigte Decker. »War Ephraim darüber verärgert, dass er all diese niederen Arbeiten machen musste?«

Alle drei schüttelten den Kopf.

»Ephraim glücklich mit jede Arbeit«, sagte der Mann. »Er glücklich, dass alter Mann ihn so lieben.«

Marta brach in Tränen aus. »Es sehr schlimm! Armer Mr. Lieber.«

»Es sehr schrecklich!«, stimmte Luisa zu.

Decker nickte und wartete einen Moment, bevor er weitersprach. »Schien Ephraim in letzter Zeit bedrückt? Hatte er Sorgen?«

Die drei sahen sich fragend an.

»Ich nicht wissen«, sagte Marta. »Er für mich wie immer.«

Aber der Mann sah an Decker vorbei in die Ferne.

»*Señor?*«

»Teddy, er redet mit dir«, sagte Luisa auf Spanisch.

»Mit mir?«, fragte Teddy.

»Schien Mr. Ephraim besorgt?«, wiederholte Decker seine Frage.

»Er großer Mann mit große Verantwortung.« Teddy holte eine

Zigarette aus seiner Jackentasche und zündete sie sich an. »Ich glauben, er vielleicht Angst haben, dass Mr. Jaime denken, er nicht machen gute Arbeit.«

»Haben sie miteinander gestritten?«, fragte Decker.

»*No*, nicht viel. Nicht laut. Manchmal Mr. Jaime nicht wollen, dass Mr. Ephraim reden mit Frauen.«

»Mr. Ephraim mögen alle Frauen«, erklärte Luisa. »Er nett zu Mädchen, aber sehr nett zu alte Frauen. Er machen Witze, und sie lachen. Er sehr nett zu alle. Immer lächeln... immer, immer lächeln.«

»Hatte er eine Freundin?«, fragte Decker. »Mr. Ephraim?«

Luisa dachte einen Moment nach, zuckte dann die Achseln und wandte sich an die andere Frau. »*Que piense, Marta?* Du sehen Mr. Ephraim mit Freundin?«

»*No*, nie. Ich ihn nie sehen mit Mädchen. Sehr traurig, er nicht verheiratet. Mr. Ephraim lieben Kinder.«

»Ja, ich habe gehört, dass er Shaynda nahe stand – seiner Nichte«, sagte Decker. »*La hija de Señor Jaime.*«

»Er nett zu alle Kinder von Mr. Jaime«, erwiderte Marta. »Wenn Mr. Jaime... wenn er bringen Kinder in Geschäft, Mr. Ephraim immer machen Spiele mit Kinder. Er mögen Street Fighter Two.«

»Klingt, als wäre er ein netter Mann gewesen«, sagte Decker.

»Sehr nett.« Luisas Stimme zitterte. »Das nicht gut für Vater. Mein Herz sehr schwer für ihn... Mr. Lieber. Zehn Jahre zurück, seine Frau... sie sterben.« Sie beugte sich vor und flüsterte: »Krebs.«

»Oh, er weinen und weinen«, fügte Marta hinzu.

»Sehr traurig«, stimmte Luisa zu.

»Sie sagten, dass Mr. Jaime Sie ständig beobachtet«, wandte Decker sich an Luisa.

»Er nicht meinen böse.« Sie runzelte die Stirn. »Es viel Diebstahl in Geschäft. Wir haben Alarm... Sensor in Strichcode auf Verpackung. An Kasse wir ziehen Strichcode über Gerät, und Sensor gehen aus. Aber böse Leute nicht kümmern. Sie laufen mit Ware auf Straße. Sehr, sehr schlimm.«

»Ja, sehr schlimm«, stimmte Decker zu. »Aber warum sollte Mr. Jaime Sie beobachten, Luisa? Seit wann arbeiten Sie für Mr. Lieber? Wie lange schon?«

»Zwölf Jahre.«

»Genau. Warum sollte er annehmen, dass Sie etwas aus seinem Geschäft stehlen würden?«

»Ich nicht glauben, dass er *denken*, ich stehlen«, erklärte Luisa. »Er nur vorsichtige Mann.«

Oder das Unternehmen kämpfte mit umfangreichen Ladendiebstählen, dachte Decker. Vielleicht war das ja der Grund für die Auseinandersetzungen.

Teddy meldete sich wieder zu Wort: »Ich sieben Jahre arbeiten für Mr. Lieber. Ich niemals etwas stehlen. Nicht Batterie, nichts.«

»Es hat doch niemand behauptet, dass du stiehlst«, sagte Marta in ihrer Muttersprache, »warum regst du dich so auf?«

Teddy holte tief Luft. »Mr. Jaime eines Tages reden mit Mr. Ephraim über Inventurliste. Ich hören, wie er sagen, dass jemand in Geschäft stehlen. Aber nicht ich.«

»Ich auch nicht«, sagte Marta.

Decker erinnerte sich an die Kisten mit den Inventurlisten in Ephraims Wohnung. War Ephraim dabei gewesen, jemanden zu überprüfen, oder wollte er seine eigenen Spuren verwischen? Decker wandte sich wieder an die drei: »Haben Sie irgendeine Idee, wer das gewesen sein könnte?«

Teddy schüttelte heftig den Kopf. »Mr. Lieber geben Mr. Ephraim Inventurliste, weil Mr. Jaime diese Arbeit hassen. Es langweilig, alle Sachen zählen. Aber Ephraim nichts ausmachen. Das typisch Mr. Jaime. Er immer geben lange und langweilige Arbeit an Mr. Ephraim.«

»Warum nicht?«, fragte Marta dazwischen. »Mr. Ephraim hier nur arbeiten vielleicht zwei Jahre. Mr. Jaime arbeiten Jahre und Jahre in Geschäft, als Mr. Ephraim noch ... na, du weißt schon«, beendete sie ihren Satz auf Spanisch.

»Er nehmen Drogen«, flüsterte Luisa Decker zu.

Decker nickte. »War Mr. Ephraim wütend, dass er die Inventurliste überprüfen musste?«

In diesem Moment öffneten sich die Türen des Gemeindehauses, und die schwarz gekleidete Menschenmasse teilte sich in der Mitte. In der Türöffnung erschienen die Sargträger, die einen Kiefernholzsarg auf ihren Schulter trugen.

Decker deutete auf Jonathan. »Da ist mein Bruder. Der ganz hinten links.«

»*Vaya con Dios*«, flüsterte Luisa und brach in Tränen aus. »*Vaya con Dios.*« Sie drehte sich zu Marta um, und die beiden stützten sich gegenseitig, während sie zusammen weinten.

Decker entdeckte seine Frau, die sich ein Taschentuch an die Augen drückte. »Ich gehe mal besser zu meiner Familie.«

»Ihre Handschuhe, *señor*.« Luisa wollte die Handschuhe von ihren Händen streifen.

Aber Decker hielt sie zurück. »Sie können sie mir zukommen lassen, wenn Sie wieder zu Hause sind. Mr. Lieber wird sie meinem Bruder geben, und der kann sie mir dann schicken.«

»Sie sehr, sehr nett.«

Decker bedankte sich bei ihr und anschließend bei den beiden anderen. Dann bahnte er sich einen Weg durch die Menge, um Rina zu trösten.

19

Es war bereits nach fünf, als Ephraim begraben wurde. Die Beerdigung war sehr aufwühlend gewesen, und Decker brauchte einen anständigen Scotch, bevor er sich mit Donatti traf. Außerdem wusste er noch immer nicht die genaue Adresse ihres Treffpunkts, da Donatti ihm nur einen Straßennamen gegeben hatte. Es kostete Decker über eine Stunde, nur um herauszufinden, dass sie sich in New Jersey befand.

Decker wollte als Abendessen einen kleinen Imbiss mit Rina einnehmen, doch die hatte jetzt andere Sorgen. Der Tradition entsprechend mussten sie als Nächstes zu den Liebers fahren und ihnen einen Kondolenzbesuch abstatten, um Emmanuel Lieber und seinen vier hinterbliebenen Kindern, darunter auch Deckers

Schwägerin, persönlich ihr Beileid auszusprechen. Doch obwohl Decker sich gerne auch mit dem alten Mann unterhalten hätte, wollte er sich nicht an einem einzigen Abend mit Chaim und Minda Lieber *und* Christopher Donatti auseinander setzen. Und da er Shayndas Wohlergehen über die Tradition stellte, bat er Rina, ohne ihn zu fahren.

»Aber Jonathan erwartet dich.« Sie standen am rituellen Waschbecken vor dem Friedhofstor. Das Aschgrau des Himmels hatte sich in einen dunklen Anthrazitton verwandelt, und die Temperatur war noch weiter gefallen. Als Rina das eiskalte Wasser über ihre Hände goss, nahmen ihre Finger eine krebsrote Farbe an. Stumm sprach sie das traditionelle Gebet beim Verlassen des Friedhofs.

»Ich kann es nicht ändern.« Decker übernahm den Becher mit Wasser von ihr. »Da wir ja erst später abreisen, hab ich auch morgen noch Zeit, der Familie den *schiwa*-Besuch abzustatten. Kannst du Jonathan bitten, dich mitzunehmen?«

»Das ist nicht das Problem.« Rina trocknete sich die steifen Finger mit einem feuchten Papiertaschentuch ab. »Falls ich ihn finde.«

»Wir waren bei den Ersten, die gegangen sind. Und er muss doch auch hier vorbeikommen, oder?«

Rina nickte.

»Dann kannst du ihn also nicht verpassen.« Decker goss Wasser über seine Hände und murmelte die hebräischen Worte. »Sag ihm einfach, dass ich ihn morgen treffe.«

»Da drüben ist sein Wagen. Es wäre nett, wenn du es ihm selbst...«

»Herrgott noch mal!«, brummte Decker. »Also gut, ich werde es ihm sagen!«

Mit verquollenen Augen stieg Jonathan aus dem Van und ging, Arm in Arm mit seiner Frau, die von den Ereignissen der letzten Tage ebenfalls gezeichnet war, gebückt zum Wasserbecken. Auf Raisies Wangen zeichneten sich frische Tränenspuren ab, und ihre Nase war rot vor Kummer und Kälte. Decker klopfte seinem Bruder auf die Schulter. Jonathan drehte sich um und sah ihn mit einem überraschten Ausdruck an. Als Decker ihm ein Zeichen gab, löste er sich kurz von seiner Frau.

»Kannst du Rina zu deinem Schwiegervater mitnehmen und später zurück nach Brooklyn bringen?«

»Du kommst *nicht* mit?«

»Ich kann nicht, Jon. Es hat sich was ergeben…«

»Was?« Das Gesicht des Rabbi nahm schlagartig wieder Farbe an. »Bist du auf eine Spur gestoßen?«

»Nein, nein«, log Decker. »Ich versuche nur, noch ein paar Dinge mit den Detectives zu klären.«

»Dafür würdest du ja wohl keinen *schiwa*-Besuch versäumen«, fuhr Jonathan ihn an. »Du hast eine Spur.«

Decker zog ihn beiseite, weg von den anderen. »Hör mir gut zu, Jonathan, denn es ist wirklich wichtig. Damit das klar ist: Das muss unbedingt unter uns bleiben.«

Der Rabbi nickte aufgeregt.

»Nein, ich habe dir nichts zu sagen«, beharrte Decker. »Du musst mir einfach vertrauen. Aber du darfst mit niemandem über mich sprechen – nicht mit deinem Schwager und auch nicht mit deinem Schwiegervater. Wenn sie fragen, wo ich bin, sag ihnen einfach, dass ich mich nicht wohl fühle.«

»Ja, ja, ich versteh schon.« Jonathan zog Decker am Ärmel. »Aber ich bin doch dein Rabbi, Akiva. Erzähl es mir! Ich sichere dir absolute Verschwiegenheit zu. Ich werde niemanden auch nur ein Wort davon sagen. Es ist nicht fair, mich auszuschließen! Bitte! Ich muss es einfach wissen!«

»Schluss jetzt!« Decker versuchte mühsam, sich zu beherrschen, und blickte seinem Bruder fest in die Augen. »Ich erkläre es dir noch mal: Ich habe dir nichts zu sagen, und du sagst zu niemanden auch nur ein Wort! Wenn du dich verplapperst oder irgendjemandem durch ein kleines Zwinkern oder einen Blick einen Hinweis gibst, vermasselst du alles! Hast du das *verdammt noch mal* verstanden?«

Der Rabbi wich erschrocken zurück.

Decker fuhr sich übers Gesicht. Der Umgang mit Donatti verwandelte auch ihn in einen Mistkerl. »Tut mir Leid.«

»Ich verstehe.« Jonathan legte seinem Bruder eine Hand auf die Schulter. »Ich habe nicht die geringste Vorstellung davon, mit wem oder womit du es zu tun hast, Akiva, aber offensichtlich ist es gefährlich. Denk einfach nicht mehr darüber nach. Ich weiß, wie man jemanden glaubwürdig entschuldigt. Sie werden keinen Verdacht schöpfen.«

Decker stieß laut die Luft aus. »Jon, du musst mir einfach vertrauen.«

»Das tu ich. Es tut mir Leid, dass ich dich so bedrängt habe.«

Mühsam versuchte Decker, seine heftige Atmung unter Kontrolle zu bringen. »Ich werde Rina holen.«

»Akiva.«

Decker wartete.

»Danke.« Er reichte seinem Bruder die Hand und umarmte ihn innig. »Ich danke dir für alles.«

Es kostete Decker über drei Stunden, die Adresse ausfindig zu machen, aber nach etlichen Abzweigungen und Wendemanövern war er sich nicht mehr sicher, ob er auch die *richtige* Adresse gefunden hatte. Der eigentliche Treffpunkt lag unter verlassenen Hochbahngleisen, ein Stück von der Stelle entfernt, die Donatti ihm genannt hatte. Er war den Anweisungen gefolgt, aber Chris hatte ihn mit »rechts« und »links« statt mit »Osten« und »Westen« dirigiert. Decker wusste nur, dass er irgendwo in Jersey war, weit weg von jeder normalen Behausung, weit weg von jeglicher Zivilisation. Die letzte Stadt auf dem Weg hierher war Camden gewesen – eine völlig verarmte, verwahrloste, schlecht beleuchtete Gegend aus heruntergekommenen Mietskasernen und verbarrikadierten Bauruinen. Decker erinnerte sich, dass er vor einiger Zeit einen Artikel über Stadterneuerung im Raum New Jersey gelesen hatte. Aber nach dem zu urteilen, was er sah, konnte davon kaum die Rede sein.

Inzwischen war es kurz vor elf. Decker wartete in der feuchten Kälte, die ihm bis ins Mark kroch, und wippte auf seinen Füßen, direkt neben sich den Radschlüssel aus dem Wagen, seine einzige Verteidigungswaffe. Nervös rieb er sich die Hände, um die Blutzirkulation aufrechtzuerhalten. Warum zum Teufel hatte er Luisa seine Handschuhe gegeben? Der einzige Vorteil bestand darin, dass er sie später noch mal aufsuchen und aushorchen konnte und sie sich hoffentlich an sein idiotisches, aber ritterliches Verhalten erinnern würde.

Sein Wagen stand etwa fünfzig Meter von ihm entfernt; näher hatte er ihn nicht heranfahren können. In der Ferne hörte er das Rauschen des Highways – dumpfes Motorendröhnen, das Rumpeln schwerer Sattelschlepper und ein gelegentliches Hupen. Abgesehen von den Industriegeräuschen war die Gegend unheimlich still.

New Jersey, Heimat von Bruce »Born in the USA« Springsteen. Decker wusste, dass dieser Staat auch prachtvolle und wohlhabende Regionen besaß, aber diese Gegend hier zählte eindeutig nicht dazu. Beseitigte die Mafia im Fernsehen ihre Leichen nicht immer irgendwo in New Jersey? War das der Grund, warum Donatti diesen Ort ausgewählt hatte? Hatte er hier schon mal eine Leiche entsorgt?

In der Ferne lärmte plötzlich irgendetwas laut los – etwas, das sich fortbewegte. Durch den Dopplereffekt schwoll das Geräusch erst an und nahm anschließend wieder ab. Danach hörte er ein paar Tierschreie – eine Eule? Und dann war es plötzlich wieder vollkommen ruhig. Eine unheimliche Stille erfüllte die Luft, die unangenehmer war als jedes Knacken und Knirschen.

Und wenn Donatti gar nicht auftauchte?

Dann wär's das eben gewesen.

Diese Möglichkeit gefiel Decker gar nicht mal so schlecht, jedenfalls besser, als sich hier am Arsch der Welt die Eier abzufrieren. Ständig blickte er sich um, damit ihm nicht irgendein durchgeknallter Punk, der gerade nichts Besseres zu tun hatte, von hinten eins über den Schädel zog.

Ein Teil von Decker hoffte fast, dass C.D. sich wie früher als pathologischer Lügner erweisen und ihn attackieren würde. Donatti war ein seltsamer Vogel: nicht bösartig um der Bösartigkeit willen, sondern selbstsüchtig und ohne jede Moral – ein skrupelloser Hurensohn, der miese Dinger drehte. Und das machte seine nächsten Schritte noch schwerer vorhersehbar. Ein bösartiger Mensch stahl, vergewaltigte und tötete allein für den Kick, aus reiner Lust, während ein amoralischer Mensch wie Donatti zwar kein Problem mit Mord und Totschlag hatte, aber darin keinen Lustgewinn fand. Er war zwar jederzeit dazu in der Lage, aber nur, wenn es in seinem Interesse lag.

Doch was lag in Donattis Interesse?

Decker holte eine kleine Flasche Whisky aus der Tasche und nahm einen großen Schluck. Zum Abendessen hatte er ein fades vegetarisches Sandwich mit altbackenem Brot gehabt – sozusagen als Buße für das viele Fleisch am Abend zuvor. Er hatte seinem Magen etwas Gutes tun wollen; stattdessen lag ihm die »leichte Mahlzeit« nun wie ein Stein im Magen.

Noch ein Schluck Chivas, um die Nerven zu beruhigen. Decker hatte völlig die Orientierung verloren; er kam sich vor wie eine leichte Beute. Warum zum Teufel war er nicht wenigstens auf Donattis Angebot mit der Kanone eingegangen? Aber selbst das hätte ein Trick sein können.

Wenn du die Kanone nimmst, habe ich einen Grund, dich zu erschießen.

Bei C.D. konnte Decker einfach nie sagen, woran er war. Donatti hatte davon gesprochen, dass Decker jetzt alles schlucken müsste, so wie er zuvor acht Jahre lang hatte schlucken müssen. Handelte es sich bei diesem Treffen um eine Inszenierung? Ging es in Wahrheit nur um einen letzten Akt eines Racheplans, der jahrelang in einem grausamen Geist geschlummert und darauf gewartet hatte, ausgeführt zu werden?

Viertel nach elf.

Decker nahm noch einen Schluck.

Weitere fünfzehn Minuten vergingen, ohne dass etwas geschah. Kalte Schauer liefen ihm über den Rücken, und er spürte, wie seine Zehen langsam taub wurden.

Er würde bis zur Geisterstunde warten. Danach ... wäre es das eben gewesen.

Fünf Minuten vor Mitternacht sah Decker etwas, einen Schatten, der sich langsam näherte. Kein Auto weit und breit; Decker hatte noch nicht einmal entfernte Motorgeräusche gehört. Er fragte sich, wie der Schatten so leise so nah herankommen konnte. Hatte er sich angeschlichen, oder waren Deckers Sinne so abgelenkt gewesen, dass sie jeden Lärm ausblendeten?

Ein Adrenalinstoß jagte durch seinen Körper, als er sich herunterbeugte und nach dem Radschlüssel griff – kalt und schwer in seiner Hand. Langsam nahm der Schatten Gestalt an, und aus dem Nebel tauchten die Umrisse Donattis auf. Er trug einen Wollmantel, Handschuhe und zog eine Art Paket hinter sich her, ein schmales, zerbrechliches Wesen in einem viel zu großen Mantel. Seine Hände steckten in Wollfäustlingen, die jedoch Öffnungen für die Fingerspitzen hatten. Neben Donattis wuchtiger Gestalt wirkte es wie ein Kleinkind. Selbst aus dieser Entfernung konnte Decker erkennen, dass es weinte, schluchzend etwas zu Donatti sagte, ihn *anflehte*.

»Bitte schicken Sie mich nicht zurück.«

»Niemand schickt dich zurück.«

»Ich will nicht mit ihm reden...«

»Er will dich nur sehen...«

»Nein, bitte nicht!« Sie umklammerte Chris' Arm; ihre Finger krallten sich in den Wollstoff des Mantels. Donatti zerrte sie weiter in Deckers Richtung, der ihnen ein paar Schritte entgegenkam. Decker sah, dass sie vor Angst immer stärker zu zittern begann, und ihre Beine kaum noch in der Lage waren, das Gewicht ihres Körpers zu tragen.

Decker blieb stehen. »Schon gut, es ist alles okay. Bleib, wo du bist.« Er musterte das Mädchen. Es schien sich um Shayndie zu handeln, aber da es so dunkel war und ihr Gesicht im Schatten lag, konnte er sich nicht sicher sein. Donatti blieb ebenfalls stehen, und sofort vergrub das Mädchen sein Gesicht in seiner Seite, kurz unterhalb der Achselhöhle.

»Sie fühlt sich offensichtlich wohl bei Ihnen«, sagte Decker.

»Was soll ich machen?«, antwortete Donatti. »Mein natürlicher Charme. Shayndie, beantworte einfach die Fragen dieses Mannes, und dann fahren wir zurück...«

»Er wird meinem Vater alles erzählen.«

»Ich werde deinem Vater gar nichts sagen«, antwortete Decker.

»Glauben Sie ihm nicht, Mr. Donatti. Er ist einer von denen.«

»Quatsch«, schnitt Chris ihr das Wort ab. »Die Juden sind ihm scheißegal. Er muss nur so tun, als wäre er einer von ihnen, sonst wird seine Frau wütend. Los jetzt, Shayndie. Mir ist kalt, und ich hab keine Lust, hier lange rumzustehen. Also bringen wir's hinter uns.« Er packte sie am Arm und schob sie von sich weg. Dann beugte er sich vor und schaute ihr in die Augen. Sofort schlug Shayndie die Hände vors Gesicht.

»Er wird dir nichts tun.« Donatti zog ihre Hände herunter. »Eigentlich ist er sogar ganz okay. Ich verspreche dir, dass er dir nichts tun wird. Und wenn er es versucht, lege ich ihn um, okay?« Eine Pistole tauchte aus dem Mantel auf. Es war eine große Waffe, wahrscheinlich eine Magnum. Donatti richtete sich auf und zielte damit auf Decker. »Siehst du? Ich hab eine Kanone, er nicht. Das bedeutet, wenn er irgendwas versucht, ist er tot.«

»Bitte – ich will nicht mit ihm reden.«

»Shayndie, beantworte seine Fragen, oder ich werde echt *sauer*! Ich bin müde, und ich will nach Hause. Tu's einfach, okay?«

Sie nickte, schlug aber dann wieder die Hände vors Gesicht.

»Und nimm die verdammten Hände runter! Los jetzt, Süße! Ich will dir doch nur helfen – aber du musst dich zusammenreißen.« Erneut beugte er sich zu ihr hinunter. »Komm schon, Shayndie«, sagte er mit leiser Stimme, »tu's für mich.«

Sie antwortete nicht, aber Decker bemerkte, dass das Zittern langsam nachließ.

Donatti küsste ihre Stirn und strich ihr ein paar Haarsträhnen aus dem Gesicht. »Bitte, Süße. Du möchtest mich doch glücklich machen, oder?«

Sie nickte.

»Und das hier würde mich sehr glücklich machen. Tu's für mich – rede mit ihm, okay?«

Sie nickte wieder.

»Ich weiß, dass du das schaffst. Du bist ein großes Mädchen.« Donatti küsste sie auf die Wange, richtete sich erneut auf und starrte Decker an. »Beeilen Sie sich, oder wir haben beide ein Problem.«

»Kannst du mir sagen, was mit deinem Onkel passiert ist, Shayndie?«

Sie murmelte etwas, das Decker nicht verstand.

»Ich kann dich nicht verstehen.«

Chris seufzte ungehalten. Er beugte sich ein drittes Mal zu ihr hinunter. »Mach jetzt, Shayndie. Flüster's mir ins Ohr.«

Sie gehorchte. Donatti nickte, während sie in sein Ohr sprach. Dann sagte er: »Irgendwer hat ihn sich geschnappt, als sie beide auf dem Weg ins Museum waren. Sie konnte weglaufen.« Dann fragte er Shayndie: »Konntest du sehen, wer's war?«

»Männer«, murmelte sie.

»Wie viele?«, fragte Decker.

»Zwei... drei. Sie waren *frum*. Sie trugen *kapatas*.«

»Lubawitsch?«, fragte Decker.

Ein verneinendes Kopfschütteln.

»Satmar?«

Erneut schüttelte sie den Kopf.

»Breslau.«

»Nein. Ich meine, ich weiß nicht. Sie trugen... *schtreimel*.«

»*Schtreimel?* Mitten in der Woche?«

Sie nickte bejahend.

»Und sie trugen seidene *kapatas* oder etwas in der Art?«

Sie nickte.

»Können Sie mir das übersetzen?«, fragte Donatti.

»Die Männer, die ihren Onkel entführten, trugen die Kleidung der chassidischen Juden. Es gibt viele verschiedene chassidische Sekten. Die Liebers gehören einer dieser Sekten an, und ich versuche herauszufinden, ob einer der eigenen Leute Ephraim umgelegt hat. Sie glaubt, es könnte eine andere Sekte gewesen sein, weil die Männer mitten in der Woche Sabbatkleidung trugen. Ein *schtreimel* ist ein typischer breitrandiger Pelzhut, der nur am Sabbat und zu besonderen Gelegenheiten getragen wird.« Decker runzelte die Stirn. »Irgendwas stimmt da nicht, Donatti. Das Ganze klingt so, als ob jemand Modenschau gespielt hat.«

»Und wer?«

»Wenn ich das wüsste.« Zu Shayndie gewandt, sagte Decker: »Hast du irgendeinen der Männer erkannt?«

Ein schnelles Kopfschütteln.

»Bist du ganz sicher?«

»Es ging alles so schnell«, murmelte sie. »Ich hatte Angst.«

Decker war sich sicher, dass das Mädchen ihm etwas verschwieg. »Hast du danach noch einmal mit deinen Eltern gesprochen?«

Mit weit aufgerissenen Augen schüttelte sie heftig den Kopf. Dann fasste sie nach Chris. »Können wir gehen, Mr. Donatti? Ich tu auch *alles*, was Sie wollen. Ich schwöre. Alles! Nur schicken Sie mich nicht mit ihm zurück.«

Man konnte es ihr ansehen – die Kleine meinte jedes Wort ernst, das sie sagte. Für Donatti hätte sie, ohne mit der Wimper zu zucken, die Beine breit gemacht. Decker wurde speiübel davon.

»Bitte, Mr. Donatti!«, bettelte Shayndie.

»Okay. Du warst sehr brav.«

»Danke!« Sie brach in Tränen aus.

»Warte hier, Shayndie. Ich will nur kurz mit…«

»Bitte lassen Sie mich nicht allein!« Sie klammerte sich an ihn. »Bitte gehen Sie nicht…«

»*Lass das!*« Donatti schob sie von sich, als ob er einen Fussel wegwischen wollte. Seine Stimme wurde leise und bedrohlich: »Du wartest hier, verstanden?«

»Bitte schicken Sie mich nicht zurück.«

»Hab ich das gesagt?« Er packte sie an den Schultern und schüttelte sie. »Hab ich das gesagt?«

»Nein.«

»Du bist jetzt still, rührst dich nicht vom Fleck und lässt mich ihn loswerden! Dann fahren wir beide zurück.«

Tränen rannen ihr über die Wangen. Aber sie nickte.

Donatti legte seinen Arm um Decker und schob ihn außer Hörweite des Mädchens. Als ihr Beschützer sich von ihr entfernte, begann Shayndie, Donatti zu folgen. Er stoppte sie mit einem warnenden Blick. Dann sagte er zu Decker: »Sie ist noch Jungfrau.«

Decker schaute Donatti prüfend an. »Woher wissen Sie das?«

»Weil ich sie gefragt habe.«

»Und Sie glauben, dass sie Ihnen die Wahrheit sagt?«

»O ja. Ich hab sie gefragt, bevor ich sie mitgenommen habe. Ich sagte ihr, es sei sehr wichtig, dass sie mich nicht anlügt. Ich sagte, es sei mir scheißegal, ob sie noch Jungfrau ist oder nicht, aber ich müsste die Wahrheit wissen. Denn wenn ich etwas hasse, sind es Lügen. Sie hat es mir geschworen. Sie war eine Jungfrau.«

Decker starrte ihn an. »Vor ein paar Sekunden haben Sie noch gesagt, sie *ist* eine Jungfrau. Gegenwartsform.«

Donatti schaute mit gespielter Verblüffung zurück. »Hab ich das gesagt?«

»Ja.«

Chris lächelte rätselhaft.

Du Bastard. »Und wie geht es jetzt weiter?«, fragte Decker.

»Ich melde mich.«

»Was ist mit ihren Eltern?«

»Kein Wort, bis ich mich melde. Ein Wort zu ihren Eltern, und alle Absprachen sind null und nichtig. Ein Wort zu ihnen bedeutet auch, dass Sie Ihr Wort gebrochen haben – und dann sind Sie ein toter Mann.«

»Dann kann ich ja von Glück sagen, dass mein Testament schon gemacht ist. Wann werden Sie sich melden?«

»Keine Ahnung. Sie werden sich etwas gedulden müssen.«

»Geduld ist mein zweiter Vorname. Ich hab sowieso vor, mich erst mal in der unmittelbaren Umgebung der Liebers umzuhören. Jetzt, wo ich weiß, dass Shaynda bei Ihnen ist, finde ich ja vielleicht heraus, wer diese frommen Typen waren. Ich kann doch davon ausgehen, dass ich Ihnen mit meiner Suche nicht auf die Füße trete?«

»Kein Problem. Ich weiß absolut nichts über den Mord. Und was noch wichtiger ist, es ist mir völlig egal. Wenn alle Juden auf diesem Erdball plötzlich tot umfallen würden, wäre ich froh – dann bliebe mehr Geld für mich über.«

»Sie sind hoffnungslos sentimental, Donatti, genau wie die Nazis.«

»Sie wissen doch, ich bin kein großer Wagner-Fan.«

»Wenn ich auf ein paar Namen und Gesichter stoße, muss ich noch mal mit ihr sprechen. Wie komme ich dann an sie ran?«, fragte Decker.

»Ich werde mich melden«, antwortete Donatti.

»Und dann kann ich ihr die Gesichter zeigen?«

»Wenn Sie sich an meine Regeln halten, wird sich das einrichten lassen.«

»Danke.« Decker legte seine Hand auf die Schulter des jüngeren Mannes. »Wahrscheinlich sollte ich Ihnen das nicht sagen, Donatti, aber Sie waren eine große Hilfe.«

»Gut«, grinste Donatti. »Ich tu gern jemandem einen Gefallen.«

»Das denk ich mir.« Decker wandte sich zum Gehen, aber Donatti hielt ihn am Arm zurück. »Ich hab mit ihr herumgemacht, Decker, aber sie ist immer noch heil. Nur aus Respekt vor Ihnen hab ich sie noch nicht gefickt.«

»Das weiß ich zu schätzen«, entgegnete Decker. Er überlegte einen Moment und fragte dann: »Hatte sie schon irgendwelche sexuelle Erfahrung?«

Donatti verzog spöttisch den Mund. »Für derartige Details verlange ich normalerweise Geld, Lieutenant.«

Decker unterdrückte seine aufsteigende Wut. »Muss ich die Möglichkeit eines *Missbrauchs* in Betracht ziehen?«, fragte er mit Nachdruck.

»Seit Terry bin ich mit niemandem mehr zusammen gewesen, der *noch* unschuldiger war als die Kleine«, lachte Donatti leise. »Meine Güte, selbst Terry wusste, was ein Steifer war. Ich bin sicher, dass Shayndie gestern Nacht zum ersten Mal in ihrem Leben einen Schwanz *gesehen* hat – vom *Anfassen* ganz zu schweigen. Das Mädel kommt aus einem anderen Jahrhundert.«

Decker schwieg.

»Niemand hat an ihr herumgespielt«, wiederholte Donatti. »Dafür lege ich meine Hand ins Feuer.«

»Gut. Das hilft mir weiter.«

Donatti sah nach oben. »Haben Sie eigentlich eine Ahnung, wie viel ich für ihren Weiterverkauf bekommen könnte? Ich habe mindestens drei Kunden aus dem Nahen Osten, die ein Vermögen dafür ausgeben würden, eine jüdische Jungfrau zu vergewaltigen. Sie setzen sie in ein Privatflugzeug, nehmen sie mit in ihr Land, haben ihren Spaß und verkaufen sie danach an ein Bordell.«

»Ich werde zahlen, was Sie verlangen!«, platzte es aus Decker heraus.

»Das können Sie sich nicht leisten.« Donatti verbiss sich ein Lachen. »Vielleicht können wir ja einen Tausch gegen Ihre Frau arrangieren.« Er trat blitzschnell einen Schritt zurück und hielt abwehrend die Handflächen hoch. »War doch nur Spaß! Keine Angst, Shayndie ist bei mir sicher. Wenn Sie rausgefunden haben, was passiert ist, und keine Gefahr mehr für die Kleine besteht, können Sie sie zurückhaben – heil und unversehrt.«

Decker atmete immer noch heftig. »Danke. Vielen Dank, Chris.«

»Noch ein Gefallen, den Sie mir schulden.«

»Führen Sie etwa Buch?«

»Darauf können Sie Ihren jüdischen Arsch verwetten.«

20

Decker schreckte schweißgebadet und zitternd aus dem Schlaf hoch. Der Wecker zeigte acht Uhr morgens – Rina war schon aufgestanden –, und weil an Schlaf nicht mehr zu denken war, entschloss er sich, den Tag zu nutzen. Er wusste, dass Shayndie lebte und einigermaßen in Sicherheit war, also konnte er sich ganz auf den Mord konzentrieren. Da Chaim nur wenig Interesse an dessen Aufklärung gezeigt hatte, musste Decker nun die einzige Person befragen, welche der Verlust Ephraims wirklich nahe gegangen war. Emmanuel Lieber saß *schiwa* in seinem Haus in Quinton. Bei der Vorstellung, einen alten Mann in seinem Kummer zu stören, hatte Decker ein ungutes Gefühl – aber falls etwas dabei herauskam, war diese Störung vielleicht gerechtfertigt. Nach einem kurzen Morgengebet plante er in Gedanken seinen Tag. Erst würde er seinen *schiwa*-Besuch machen und danach Micky Novack anrufen, um herauszufinden, ob der Detective in seinen Ermittlungen vorangekommen war. Bis dahin hatte sich möglicherweise auch Donatti gemeldet.

Vielleicht.

Decker wollte seinen Flug nicht noch ein weiteres Mal verschieben. Aber wenn Donatti das Mädchen heute nicht auslieferte, würde Decker sein Ticket erneut umbuchen müssen. Sein Gewissen verpflichtete ihn dazu. Shayndas Sicherheit hatte oberste Priorität.

Er wusste nur noch nicht, wie er das Rina beibringen sollte.

Seine Frau saß mit Hannah am Frühstückstisch. Die Kleine trug einen Pulli mit rot-weiß-schwarzem Hahnentrittmuster und einen roten Faltenrock aus Wolle. An ihren Füßen hatte sie Turnschuhe. Sie las in einem Buch. Decker gab erst seiner Frau, dann seiner Tochter einen Kuss.

»Du siehst aus, als wolltest du gleich Dudelsack spielen«, scherzte er.

Hannah gab keine Antwort, denn sie war so in ihr Buch vertieft, dass sie ihn nicht einmal hörte.

Rina lächelte. »Ich mag Dudelsäcke.« Sie musterte ihren Mann. »Ich hab eine Idee, Peter. Ich spiele Dudelsack, wenn du einen Kilt anziehst.«

»Meine Beine sind tabu.« Er schüttete Cornflakes in eine Schüssel und schob zwei Brotscheiben in den Toaster. »Was habt ihr beide heute vor?«

»Hannah will mit ihrer neuen besten Freundin aus New York spielen, und ich gehe einkaufen.«

»Nicht schon wieder.«

»Mach du dich nur lustig. Ich kann mir die Schnäppchen doch nicht entgehen lassen.«

»Ich gönn's dir ja. Nimmst du das Auto?«

»Nein, ich kann bei jemandem mitfahren. Ich hab mir schon gedacht, dass du das Auto brauchst.«

»So ist es. Ich will nach Quinton.« Er goss sich Kaffee in einen Becher und strich sich Butter auf den Toast. »Wie war es gestern bei der Familie?«

»Wie erwartet«, seufzte Rina. »Und bei dir?«

»Wie erwartet.« Er wandte sich seiner Tochter zu. »Hallo, Hannah. Erinnerst du dich an mich? Ich bin der große Kerl, dein Vater.«

Sie sah auf und lächelte. »Hallo, Papa.«

»Hallo, Hannah. Ich hab dich lieb.«

»Ich hab dich auch lieb.« Sie legte ihr Buch beiseite. »Wie findest du meinen Pulli?«

»Schön.«

»Eema hat ihn mir gekauft.«

»Sie hat Geschmack.«

»Heute spiele ich mit Leah Sora Estee Beryl. Eigentlich muss sie zur Schule, aber sie hat die Windpocken. Ich fürchte mich nicht davor, ich hab eine Spritze bekommen.«

»Das ist gut.«

»Ein Junge aus meiner Klasse, Kenny Talbot, der hat schon die Windpocken gehabt. Als er wieder kam, hat er ein Foto mitgebracht, wo er mit den ganzen Flecken im Gesicht drauf ist. Das war vielleicht eklig. Hoffentlich ist es bei Leah Sora Estee Beryl nicht so schlimm.«

»Ist das eine Person? Leah Sarah…«

»Sora«, korrigierte Hannah ihn.

»Ist das ein Mädchen?«

»Ja, ein Mädchen mit vielen Namen«, sagte Rina. »Bist du fertig. Chanalah?«

Hannah nickte, stand auf und küsste ihren Vater auf die Wange. »Ich bin froh, dass ihr mir keine vier Namen gegeben habt. Die passen nicht auf die Matheblätter in der Schule.«

Rina nahm ihre Tochter bei der Hand und half ihr, den Mantel anzuziehen. »Was sagst du zu dem Mantel?«

»Wirklich hübsch.«

»Dreißig Dollar.«

»Das ist günstig.«

»Das ist geschenkt! Geh du mal einkaufen! Komm, Schatz, lass deinen Vater in Ruhe frühstücken.«

Emmanuel Lieber wohnte in einem einstöckigen Fachwerkhaus mit einer umlaufenden Veranda und Holzschindeldach. Der Rasen davor hatte durch den Winter gelitten, aber einige große Bäume trugen grüne Knospen, die den Frühling ankündigten. Ein gepflasteter Weg führte zu einer Eingangstür aus Eiche. Als Decker die drei Eingangsstufen hinaufstieg, hörte er, dass sich drinnen Leute unterhielten – es waren tiefe, dunkle Stimmen. Er blieb auf der Veranda stehen, schaute durchs Fenster und sah einen Haufen Männer in der schwarzen Kleidung der Chassidim. Aber er sah keine *schtreimel*. Das konnte von Bedeutung sein.

Er wollte gerade den Türklopfer betätigen, als die Tür aufging und drei Chassidim mit gesenktem Blick herausstürmten. Sie hielten die Hände auf dem Rücken und eilten mit fliegenden Schläfenlocken an ihm vorbei.

Decker ging hinein.

Die Leute in dem dunklen stickigen Raum standen so eng beieinander, dass man sich kaum bewegen konnte. Schließlich wurde er nach vorn geschoben, zur trauernden Familie: drei Schwestern, ein Bruder und ein Vater, deren Gesichter von tiefer Trauer gezeichnet waren. Sie hockten auf Kissen am Boden. Mr. Lieber und Chaim trugen schwarze Hosen, schwarze Schuhe und weiße Hemden, die unter dem Kragen eingerissen waren: ein Zeichen der Trauer. Auf ihren Köpfen saßen große schwarze *jarmulkas*. Die drei Schwestern hatten dunkle Röcke und Blusen an, die ebenfalls am Kragen eingerissen waren. Zwei der drei Frauen trugen eine Perücke, Raisie hatte sich für ein Tuch entschieden.

Jonathan stand neben ihm. Er führte Decker in eine Ecke und bot ihm Kaffee an.

»Nein, danke.«

»Limonade, Wasser?«

»Nein, danke.«

»Danke, dass du gekommen bist«, sagte Jonathan. »Und das, obwohl du bestimmt wenig Zeit hast.«

»Es geht noch. Ich fliege erst heute Abend um neun.«

»Oh...« Eine unangenehme Pause. »Ich dachte, du würdest schon heute Nachmittag abreisen.«

Decker sah seinen Halbbruder an. »Heute Abend.«

Jonathan nickte. »Gut. Ich meine: nicht gut. Ich... du wirst sicher froh sein, von hier fortzukommen.«

»Du siehst angespannt aus, Jon. Ist was nicht in Ordnung?«

Jonathan zögerte. »Nein, es ist nur... Was soll ich sagen, Akiva? Was soll ich sagen?«

»Du sollst mir sagen, was du denkst.«

»Ich... ich muss... immerzu an Shayndie denken.«

Decker fühlte sich schuldig. »Es ist furchtbar.«

Jonathan nickte, hatte aber nichts hinzuzufügen. Sein Blick wanderte über die Menschen hinweg und blieb an Chaims Gesicht hängen. Die beiden sahen sich in die Augen, bis Chaim wegschaute.

Jonathan sagte: »Ich möchte dich meinem Schwiegervater vorstellen.«

»Ach, lass nur.«

»Doch, doch. Ich bestehe darauf.«

Obwohl Decker Jonathan nicht besonders gut kannte, spürte er, wenn jemand verunsichert war – und in diesem Fall war sein Gegenüber mehr als nur das. Decker hätte schwören können, dass Jonathan etwas verbarg. Aber jetzt konnte er ihn nicht zur Rede stellen, besonders weil er ihm gestern auch nicht die ganze Wahrheit gesagt hatte. Vielleicht ergab sich ja später noch eine Gelegenheit.

Kurz danach stand Decker vor einem alten, gebrochenen Mann. Mr. Lieber sah Decker an, schien ihn aber nicht zu erkennen. Aber als er dann Jonathan neben diesem fremden Mann im braunen Anzug erblickte, schaltete er und nickte Decker zu.

Decker tat es ihm gleich.

Lieber war robuster gebaut, als Decker erwartet hatte – er besaß breite Schultern und ein breites Gesicht mit einer großen Nase und dicken, wulstigen Lippen. Früher war sein Kinn wahrscheinlich kantig gewesen, aber jetzt verdeckten es seine Hängebacken. Seine Augen unter den schweren Lidern änderten ihre Farbe je nach Licht und Atmosphäre: ein anatomisches Stimmungsbarometer.

Chaim erhob sich; seine dunklen Augen funkelten zornig. Decker fragte sich, was er verbrochen hatte, dass dieser Mann ihn so hasste. Schließlich hatte er seiner Tochter doch nichts getan – im Gegenteil. Er fühlte sich miserabel, weil er sein Geheimnis nicht preisgeben durfte, und einen Moment lang wollte er seinem inneren Drang nachgeben und Chaim die wunderbare Neuigkeit erzählen. Aber dann stellte er sich die daraus folgenden Konsequenzen vor und ließ es bleiben.

»Ich dachte, Sie wären schon weg«, sagte Chaim.

»Heute Abend«, entgegnete Jonathan.

»Warum erst heute Abend? Was wollen Sie hier noch?«

Decker schob sein Kinn vor. »Rina wollte zum Begräbnis gehen. Und ich musste einige Dinge erledigen, Rabbi Lieber. Man verwickelt andere nicht in seine Angelegenheiten und geht dann einfach, ohne sich zu bedanken.«

»Wollen Sie mir Vorhaltungen machen, weil ich mich nicht bei Ihnen bedankt habe?«

»Chaim…«, begann Jonathan.

Doch Decker stoppte ihn. »Nein, Rabbi Lieber. Das meinte ich nicht. Ich meine die Polizisten, die mir geholfen haben. Ich möchte auch weiterhin ein gutes Verhältnis zu ihnen aufrechterhalten.«

»Na, über die Teufelskerle von New York müssen Sie sich keine Sorgen machen. Sie waren schließlich keine große Hilfe, oder?«

»Es tut mir Leid. Das alles ist sicher sehr schmerzhaft für Sie.«

»Furchtbar schmerzlich.«

Aber er klang eher wütend als verzweifelt. Seine Augen verengten sich, und sein Körper nahm eine feindselige Haltung ein. »Sie wissen gar nichts, Lieutenant. Fahren Sie nach Hause.«

»Chaim!«, schalt eine raue Stimme. »*Es pass nischt. Vas machst-du? Setze dich!*«

»Aber Papa…«

»*Nischt gebest mir del Papa. Setze dich nun. Nischt drey mir a kop.*«

Widerwillig hockte Chaim sich wieder auf sein Kissen. Mr. Lieber winkte Decker zu einem Stuhl. »Setzen Sie sich, Lieutenant. Möchten Sie Tee?«

»Nein, danke. Mr. Lieber. Sie vielleicht?«

»Nein, ich möchte im Moment gar nichts.« Er sah zu seinem Schwiegersohn. »Jonathan, hol ihm Tee.«

»Wirklich, ich…« Decker unterbrach sich. »Ja, gern. Danke.«

»Wenn du schon stehst, dann bring Papa auch etwas!«, rief Raisie.

»Ich möchte keinen…«

»Papa, du musst etwas trinken!«

»Ich trinke nur Tee, wenn Sie auch einen nehmen«, meinte Decker.

Der alte Mann nickte.

Jonathan seufzte schwer und ging in die Küche.

Der alte Mann lehnte sich vor. »Entschuldigen Sie Chaims Benehmen. Er ist schrecklich angespannt.«

»Natürlich, Mr. Lieber. Sicher hat meine Anwesenheit alles nur noch schlimmer gemacht. Ich wollte Ihnen nur mein Mitgefühl aussprechen. Dann werde ich gehen.«

»Er hofft auf ein Wunder. Dann muss er zum Abischter beten.«

»Es ist besser, bei *HaSchem* Zuflucht zu suchen, als sich auf Menschen zu verlassen«, zitierte Decker aus dem Hallel-Gottesdienst.

»Ja, so ist es.« Lieber traten Tränen in die Augen. »Es ist so schrecklich.«

»Ja. Es tut mir sehr Leid.«

»Furchtbar.« Lieber wischte sich über die Augen. »Und reisen Sie morgen ab?«

»Heute Abend. Vielleicht auch erst morgen. Mal sehen, was passiert.«

Donatti hatte ihm gesagt, er solle auf seinen Anruf warten, aber wie lange konnte Decker sich noch gedulden?

»Gestern, bei der *hespid*, habe ich mit Leuten gesprochen, die mit Ephraim gearbeitet haben. Und mit anderen, die Ihren Sohn kannten. Ephraim muss ein gutes Herz gehabt haben.«

»Mit wem hast du gesprochen?«, wollte Chaim wissen.

»Mit einer Frau namens Luisa…«

»Ephraim hat ihr Geld gegeben«, spottete Chaim. »Natürlich hat sie ihn gemocht.«

»Seit wann ist *zedaka* etwas Schlimmes?«, fragte Raisie ihn.

»Nächstenliebe beginnt zu Hause«, sagte Chaim.

»Streitet euch nicht«, schimpfte eine andere Schwester. »Haben wir nicht schon genug Sorgen?«

Raisie blickte zu Decker und wies dann auf ihre Schwestern. »Das ist Esther und das Malka.«

Decker sprach ihnen sein Beileid aus.

»Und wer waren die anderen, die Ephraim kannten?«, fragte Mr. Lieber.

»Ich habe mich mit einem Mann unterhalten, der Ephraim in einer Gruppe namens *Emek Refa'im* kennen gelernt hat.«

»Ach ja«, sagte Mr. Lieber. »Diese Therapiegruppe.«

»Ein Ort für Drogensüchtige, Papa«, meinte Chaim.

»Ein Ort, an dem ihnen geholfen wird«, erwiderte Mr. Lieber. »Er machte Fortschritte, Lieutenant, wirklich.«

»Das kann ich mir denken.«

Der alte Mann seufzte. »Er war gut.« In seinen Augen schimmerten Tränen. »Auch im Geschäft.«

»Seit wann hat er mit Ihnen und Chaim gearbeitet?«

Lieber antwortete nicht.

»Zwei Jahre«, murmelte Chaim.

»Zwei Jahre«, wiederholte der alte Mann. »Es hat ihm Freude gemacht. Ich weiß, er mochte die Arbeit.«

Chaim verdrehte die Augen, aber das sah der alte Mann nicht.

»Ich bin mir sicher, dass er gern im Geschäft eingebunden war«, meinte Decker. »Was war seine Aufgabe?«

»Was tut das jetzt noch zur Sache?«, zischte Chaim.

»Er möchte es wissen«, sagte Mr. Lieber. »Er war der Mann für die Kisten …«

»Er war das Faktotum«, berichtigte Chaim.

»Er führte die Kasse, füllte die Regale auf, kümmerte sich um die Inventarlisten für die Läden und das Lager und sprang ein, wenn die Leute nicht auftauchten.«

»Wenn *er* denn auftauchte«, sagte Chaim.

»Chaim!«, rief Raisie. »Bitte!«

Chaim rieb sich das Gesicht. »Entschuldigung.«

Jonathan kam mit dem Tee zurück. Er gab seinem Schwiegervater, dann Decker ein Glas. »Danke, Jon.«

Chaim sagte: »Ich gehe kurz nach oben, Papa. Ich bin gleich wieder da.«

»Ich komme mit«, sagte Jonathan.

»Okay.«

Die beiden Männer bahnten sich einen Weg durch die Menge. Sie gingen dicht nebeneinander, und es lag ein unausgesprochenes Einverständnis zwischen ihnen.

Sie verheimlichten etwas.

War das Mädchen ausgerissen? Hatte es Kontakt zu ihnen aufgenommen? Gestern Abend hatte es panische Angst davor gehabt, irgendetwas mit ihren Verwandten zu tun zu haben, aber morgens sieht die Welt oft anders aus. Vielleicht war sie mittlerweile zu der Überzeugung gelangt, zu Hause sei es immer noch am sichersten.

Oder interpretierte er zu viel in diese Verbrüderung? Vielleicht wollten die beiden nur den vielen Leuten entfliehen – was verständlich war.

Mr. Lieber nippte an seinem Tee. »Ich war der Meinung, die Dinge hätten sich eingerenkt.«

Decker widmete seine Aufmerksamkeit wieder ganz dem alten Mann. »Ich bin mir sicher, das war auch so.«

»Warum dann? *Warum?* Die Polizei sagt, es hatte mit Drogen zu tun. Warum hatte er mit Drogen zu tun?«

Decker gab keine Antwort und kaschierte sein Schweigen mit einem Schluck Tee.

Mr. Lieber schüttelte den Kopf. »Das Fleisch ist schwach.«

»Mr. Lieber«, flüsterte Decker. »Vielleicht waren es nicht die Drogen. Können Sie sich vorstellen, dass ihm jemand etwas Böses wollte?«

»Nein! Niemand!«

»Ich frage Sie das nicht gern, aber vielleicht haben Sie oder Ihr Sohn jemanden verärgert?«

»Ich?« Der alte Mann zuckte die Schultern. »Ich verärgere alle meine Kunden. Mit Juden kann man keine Geschäfte machen. Sie wollen immer alles herunterhandeln. Wenn man ihnen nicht gibt, was sie wollen, beschweren sie sich. Aber niemand wird so wütend, dass er mich angreift.«

»Kann ich Ihnen eine andere persönliche ...«

»Fragen Sie, fragen Sie.« Lieber stellte das Glas auf den Boden und nahm Deckers freie Hand. »Fragen Sie.«

»Schulden Sie jemandem Geld?«

»Nur der Bank ... Geschäftsschulden. Ihretwegen würde die Citibank mich oder meine Söhne nicht unter Druck setzen.«

»Keine privaten Kredite?«

»Nein. Ich habe Geld auf einem Geschäftskonto und auf einem Sparkonto. Nicht viel. Das Geschäft ist in letzter Zeit nicht besonders gut gelaufen. Meine Einnahmen gehen zurück, es wird viel gestohlen ... das passiert immer, wenn die Zeiten schlecht sind. Aber sie sind nicht so schlecht, dass ich mich an diese Kredithaie wenden musste, falls Sie das meinen.«

»Ja.« Decker stellte seine leere Tasse neben den Stuhl. »Das meine ich.« Er legte sich seine Worte zurecht. »Und was ist mit Ihren Angestellten? Haben Sie da mit jemandem Ärger?«

»Nicht dass ich wüsste. Die meisten arbeiten schon sehr lange für mich. Die Teilzeitkräfte ... um die kümmert sich Chaim. Einstellen und rausschmeißen. Wir haben da einen ziemlichen Durchlauf an Schleppern, den Leuten, die die schweren Kisten im Lager ein- und ausladen. Dafür nimmt man halt jeden, der bereit ist, für den Mindestlohn zu arbeiten. Manchmal sind das Ausländer mit Aufenthaltserlaubnis, manchmal Jungs, die aus der Highschool geflogen sind, manchmal Studenten, die einen Ferienjob suchen.«

»Alle, die man bekommen kann.«

»Ja. Wenn Sie Fragen dazu haben, wenden Sie sich am besten an Chaim.«

»Das würde ich auch, doch er redet nicht mit mir. Aber ich kann verstehen, warum.«

»Ja, das ist nachvollziehbar«, stimmte der alte Mann zu. »Vielleicht ein andermal.«

»Vielleicht.«

Decker bemerkte, dass die anderen sich enger um Mr. Lieber scharen wollten, um an der *mizwa* zur Tröstung des Trauernden teilzunehmen – *menachem awel*. Er stand auf und murmelte die traditionellen hebräischen Worte der Tröstung erst Raisie und ihren Schwestern, dann Mr. Lieber zu. Dann zwängte er sich durch die Menge in den hinteren Teil des Raums.

Chaim und Jonathan waren nicht zu sehen. Nun gut. Unauffällig verließ Decker das Haus. Draußen atmete er erst einmal tief durch. Während er so den gepflasterten Weg zurücklief, hörte er, wie ein Auto mit quietschenden Reifen an den Bordstein fuhr und hielt.

Minda Lieber stieg aus dem verbeulten Auto und schlug die Tür hinter sich zu. Sie war völlig durcheinander und hatte ihr Kleid falsch zugeknöpft. Ihre Perücke war zerzaust und saß schief. Sie schlug mit den Armen um sich und schluchzte hysterisch. Decker hielt sie fest.

»Was ist passiert?«

Sie versuchte, sich aus seinem Griff zu befreien und schrie, wie er es wagen könne, sie anzufassen – eine verheiratete Frau. Aber Decker packte sie nur noch fester.

»Minda. Was… ist… passiert?«

Die Frau stieß nun schrille Schreie aus. »Sie haben sie gefunden! Sie ist *tot*! O Gott, sie ist *tot*. *Sie ist tot…*«

»Nein!« Deckers Herz hämmerte gegen seine Brust.

»*Sie ist tot! Verstehen Sie nicht! Sie ist tot! Sie ist tot! Sie ist tot!*«

Ihre Knie gaben nach. Decker fing Minda auf, als sie bewusstlos wurde.

21

Wutentbrannt raste er mit Vollgas in Richtung Süden, erreichte die Stadt gegen elf und fuhr an der 132. Straße vom Henry Hudson Parkway ab. Einen Block weiter fand er einen Parkplatz und rannte dann hinüber zum Haus. Er drückte wie wild die Klingel. Dieses Mal kam Donattis Stimme aus der Gegensprechanlage. Decker atmete schwer, als er seinen Namen nannte, und hörte

Verärgerung in der Stimme des Mistkerls. Aber die Tür wurde trotzdem geöffnet. Der Empfangsbereich war menschenleer – kein Wachmann, keine Sekretärin –, was durchaus logisch schien, weil es Mittagszeit war. Decker ging durch den Metalldetektor und löste mit seinen Schlüsseln den Alarm aus. Er machte sich nicht die Mühe zurückzugehen, denn Donatti stand bereits an der Tür. Er trug Jeans und darüber ein weites Hawaiihemd. Decker marschierte an ihm vorbei ins Studio.

Donattis Verärgerung verwandelte sich in Zorn. »Was zum Teufel machen Sie hier eigentlich?«

Auf dem großen Konferenztisch waren Dutzende von Pornofotos ausgebreitet – Schnappschüsse von jungen Mädchen mit geschürzten Lippen und Schlafzimmerblick, die alles Mögliche mit grauhaarigen, schmerbäuchigen Männern anstellten. Obszöne Fotos, die noch widerwärtiger wirkten, weil Donatti ein verdammt guter Fotograf war. Die Wut kochte in Decker und verlieh seinem Gesicht etwas Raubtierhaftes. Donatti bemerkte den Ausdruck und wurde seinerseits immer wütender.

»Wofür zum Teufel hältst du dich eigentlich? Verpiss dich, sonst…«

Decker packte ihn an der Gurgel und schleuderte ihn gegen die Wand. Mit seinem ganzen Körpergewicht presste er sein Knie in Donattis Unterleib und verstärkte den Griff um den Hals des Scheißkerls, während er dessen Hände mit den Schultern abwehrte. Je mehr Donatti sich wehrte, desto größer wurde der Druck, den Decker auf seine Kehle ausübte.

»*Was hast du mit ihr gemacht?*«, knurrte Decker.

Atemlos und mit hochrotem Gesicht gelang es Chris, den Kopf zu schütteln.

»*Rede, verdammt noch mal!*« Er drückte noch fester zu und wiederholte, diesmal lauter: »*Was hast du mit ihr gemacht?*«

»Mit wem?«, krächzte Donatti.

»Shayndie! *Sie ist tot!* Was hast du…«

»Nichts…«

»*HÖR AUF ZU LÜGEN, DU MIESES STÜCK SCHEISSE! WAS HAST DU MIT IHR GEMACHT?*«

»Kann nicht…«

Er verdrehte die Augen. Decker löste seine Umklammerung und ließ ihm genug Luft, um zu sprechen. »Beantworte meine Frage, oder ich bring dich um.«

»Himmelherrgott noch mal, ich hab sie noch vor *sechs Stunden* gesehen«, röchelte Donatti. »Es ging ihr *gut*. Lass mich los!«

Decker drückte noch ein letztes Mal zu und stieß ihn dann abrupt von sich weg. Donatti fiel auf die Knie, hielt sich den Hals und rang nach Luft. Decker begann im Raum auf und ab zu gehen.

»Du hast gesagt, sie sei *sicher* bei dir! Du hast gesagt, dass alles *okay* wäre! Du hast gesagt, du kümmerst dich um sie, und ich hab dir vertraut, Donatti. Entweder hast du mich angelogen, oder du hast es vermasselt. Und mit vermasselt meine ich wirklich vermasselt!«

Noch immer nach Luft ringend, konnte Donatti ihn nur anstarren. Er keuchte wie eine gehetzte Bulldoge und begann plötzlich heftig zu schwitzen; der Schweiß rann in Strömen über sein Gesicht und durchtränkte Hemd und Hose. Schaum bildete sich vor seinem Mund. Decker dachte einen Moment, er habe einen Anfall. Doch stattdessen riss Donatti die Augen auf und trat so heftig gegen die Unterseite des Konferenztisches, dass die Fotos in die Höhe flogen, einen Augenblick in der Luft schwebten und dann zu Boden segelten. Ein weiterer Tritt, und der Tisch fiel um.

Von diesem Moment an wurde jeder Gegenstand im Raum zum Projektil – Requisiten, Stative, Ständer, Stühle, Lampen, die Kaffeemaschine, Tassen, die Whiskyflasche, die Gläser, alles, was Chris in die Finger bekam – bis auf sein Cello. Objekte schossen durch den Raum, und obwohl nichts direkt auf Decker gezielt war, konnte er sich kaum schützen. So viele schwere Gegenstände flogen mit solcher Wut durch den Raum, dass sie Glas und Keramik zerschmetterten. Decker blieb nichts, wohin er sich flüchten konnte; schließlich duckte er sich in eine Ecke.

»*Donatti, hör auf!*«, befahl er.

Aber Donatti hörte nicht auf. Eine Karaffe flog in Deckers Richtung und verfehlte ihn nur um wenige Zentimeter.

»*Donatti…*«

KRACH!

»Chris…« Decker kämpfte sich langsam zu ihm vor und hielt dabei seine Jacke schützend vor sich. »*Hör auf, verdammt! Chris.*«

Er berührte Donatti an der Schulter. Er hätte es besser wissen müssen. Trotzdem wäre er dem Schlag beinahe erfolgreich ausgewichen, doch leider hatte er vergessen, das Chris Linkshänder war.

Decker bekam den Schlag mitten ins Gesicht und torkelte drei Schritte zurück, bevor er gegen die Wand krachte und zu Boden sank. Er sah Sterne; sein Kopf schien in eine Million Stücke zersprungen zu sein. Als er wieder klar sehen konnte, stellte er mit einer gewissen Befriedigung fest, dass sein Kiefer noch heil war. Das ließ sich von seiner Nase allerdings nicht behaupten: Sie blutete heftig, genau wie seine Lippe. Aber er konnte immer noch sehen und hören, zumindest gut genug, um zu begreifen, dass Donatti vom Werfen zum Fluchen übergegangen war.

»…weißt du, was das für meinen Ruf bedeutet? Weißt du, was das für meine Mädchen bedeutet? Wenn ich diesen Scheißkerl nicht bald finde, kannst du mir genauso gut eine *Kugel* durch den Kopf jagen, weil ich nämlich dann so gut wie *tot* bin!«

Donatti hatte Schaum vor dem Mund. Er zitterte so stark, dass seine Zähne klapperten. Sein Gesicht troff förmlich vor Schweiß. Er stampfte so heftig auf und ab, dass die Absätze seiner Stiefel tiefe Abdrücke in den Dielen hinterließen. Er murmelte, fluchte, schwitzte und spuckte vor sich hin. Dann prügelte er auf die Wand ein und schlug ein Loch hinein.

Noch immer benommen von dem Schlag ins Gesicht, saß Decker zusammengekrümmt auf dem Boden. Er wischte sich die Nase an seinem Hemd ab. »Hilf mir auf.«

Donatti wirbelte herum und starrte finster in Deckers Richtung. Er glotzte ihn an wie einen Fremden.

»Ich sagte, hilf mir auf, Mann!«, befahl Decker.

Donatti blieb stehen und starrte noch immer auf Decker. Aber er streckte seine Hand aus und zog Decker auf die Füße. Dann trat er zwei Riesenschritte zurück. »Wirst du mir einen Schlag von hinten verpassen, wenn ich mich umdrehe?«

»Führ mich nicht in Versuchung!«, knurrte Decker. Er strich seine Kleidung glatt und berührte vorsichtig sein Gesicht. »Du brauchst einen Drink. Ich hol dir einen Schnaps. Aber lass deine verdammten Pfoten in den Taschen!«

Donatti hatte noch immer eine heisere Stimme. Er räusperte sich. »Wo du schon dabei bist, bring dir auch etwas Eis für dein Gesicht mit.«

Decker zog eine Flasche Scotch, die den Wutausbruch heil überstanden hatte, aus den Trümmern und reichte sie Chris. Dann nahm er einen Eiswürfelbehälter aus dem Kühlschrank, drückte das Eis in ein Papierhandtuch und hielt sie sich gegen sein schnell anschwellendes Gesicht.

Donatti streckte Decker die Flasche hin. Der nahm einen kräftigen Schluck daraus und gab sie dann wieder Chris zurück.

Fünfzehn Minuten vergingen, in denen sie, vor sich hin schnaubend und fluchend, die Flasche hin und her reichten. Das Zimmer war ein Trümmerfeld. Decker spürte, wie sich ihm der Magen umdrehte.

Nach weiteren zehn Minuten kramte Donatti schließlich seine Schlüssel heraus und schloss die Tür zu seinem privaten, wanzenfreien Büro auf. Nachdem sie den Raum betreten hatten, ließen sie sich auf Stühle fallen. Donatti legte sich mit dem Oberkörper auf den Tisch und bettete den Kopf zwischen seine Arme. Er hatte die Augen geschlossen. Er atmete noch immer schwer und schwitzte, wenn auch nicht annähernd so heftig wie zuvor.

»Ich muss nachdenken.«

»Du hast sie nicht umgebracht...«

»Nein, ich hab sich nicht *umgebracht*. Warum sollte ich sie *umbringen*?«

»Geld.«

»Wenn ich Geld gewollt hätte, hätte ich sie verkauft.«

Schweigen. Decker befühlte sein stark geschwollenes Gesicht. Das Eis war zu kaltem Wasser geworden; das Handtuch in seinen Händen tropfte. »Irgendeine Idee?«

»Sei still, und lass mich nachdenken.«

»Ist es möglich, dass jemand rausgekriegt hat…«

»Nein.« Donatti hob den Kopf und setzte sich dann aufrecht hin. »*Nein!* Ich habe Leute, die aufpassen…«

»Vielleicht hat man sie bestochen.«

»Vergiss es. Sie wissen, was ich mit ihnen in so einem Falle mache.« Er schüttelte verzweifelt den Kopf. »Sie muss von allein abgehauen sein.«

»Nach dem, was letzte Nacht passiert ist, kann ich mir das nicht vorstellen.«

»Nach dem, was heute Morgen passiert ist, kann ich das *unmöglich* glauben!« Donatti griff in seinen Aktenschrank und holte ein Päckchen Zigaretten heraus. »Ich habe es Terry zuliebe aufgegeben.« Er nahm eine Zigarette heraus. »Widerliche Angewohnheit.« Er zündete sich eine an und blies eine Wolke Teer und Nikotin aus. »Aber im Moment liegen meine Nerven blank.«

»Gib mir auch eine.«

Donatti zündete noch eine Zigarette an und reichte sie Decker. Innerhalb weniger Augenblicke war der Raum in Rauch gehüllt. »Als ich heute Morgen wegging, war das Mädchen so anhänglich, dass ich ihr den Spitznamen ›Frischhaltefolie‹ gegeben hab.«

»Was ist passiert?« Decker inhalierte tief. Er hatte vergessen, wie herrlich ein Nikotinstoß war.

»Ich weiß es nicht.«

»Jemand hat sie mitgenommen…«

»Unmöglich!«

»Nein, Chris. Nichts ist unmöglich!«

Donatti atmete eine Wolke sauren, nach Alkohol stinkenden Atem aus. »Sie ist von allein abgehauen.« Er drückte seine Zigarette aus und holte zwei Wasserflaschen hervor, von denen er eine Decker zuwarf. »Irgendwas muss ihre Meinung geändert haben.«

Decker trank gierig. »Irgendeine Ahnung, was das gewesen sein könnte?«

»Nein.« Donatti sah ihn an. »Ich hab dir doch gesagt, dass sie labil war. Und nach unserem Treffen ist sie noch mehr ausgeflippt. Wahrscheinlich hast *du* ihr Angst eingejagt und sie vertrieben.«

»Ich?«, fragte Decker.

»Ja, du! Du hast sie zum Ausflippen gebracht.«

»Dann wäre es deine Aufgabe gewesen, sie wieder zu beruhigen ...«

»*Leck mich, Decker!*«

Keiner sprach, während sie in großen Schlucken ihr Wasser tranken. Decker berührte seine Nase. Sie pochte vor Schmerz.

»Angenommen, sie ist abgehauen, wo hätte sie hingehen können?«

»Keine Ahnung. Es gibt keinen Ort, der so sicher ist wie meine Wohnung.« Donatti knirschte mit den Zähnen. »Ich kann mir einfach nicht vorstellen, warum sie abgehauen ist! Es ergibt keinen Sinn. Du musst jetzt verschwinden. Ich muss ein paar Leute anrufen.«

Decker sagte: »Kannst du mir einen großen Gefallen tun?«

»Nein. Und jetzt *verpiss* dich endlich!«

»Komm wieder runter, Mann!« Decker nahm einen letzten Zug seiner Zigarette und trank dann sein Wasser aus. »Wenn du in der Sache etwas erreichen willst, dann halt dich da raus. Zumindest vorläufig.«

Donatti hob ruckartig den Kopf. »Ich glaube, meine Faust hat dir dein Gehirn vernebelt. Mach, dass du hier rauskommst!« Er zog eine Pistole. »RAUS!«

»Ist ja schon gut.« Decker spürte seine Lippe. »Was ist das? Eine Walther Automatik? Vierundzwanzig Schuss, stimmt's. Hübsches Teil.«

Donatti sah ihn mit zusammengekniffenen Augen an und begann dann zu lachen. »Freut mich, dass sie dir gefällt.«

»Nimm sie runter, Chris ... bitte.«

»Weil du bitte gesagt hast.« Er legte die Pistole auf den Tisch und griff zur Whiskyflasche.

»Donatti, lass uns logisch vorgehen!«, begann Decker. »Ich bin als der große Lieutenant nach New York gekommen, um bei der Aufklärung eines Mordes zu helfen. Und was ist passiert? Ich hab alles nur noch schlimmer gemacht. Bei der Suche nach Liebers Mörder sind wir keinen Schritt weiter, und jetzt ist auch noch

Shayndie tot. Die Bullen hier müssen mich für einen Versager halten – einen Vollidioten aus dem Kuhkaff L. A.«

Er betupfte Gesicht und Nase mit dem nassen Papiertuch.

»Das kommt der Wahrheit ziemlich nahe.«

Donatti betrachtete das Gesicht des Lieutenants und reichte ihm dann die Flasche.

Decker nahm einen Schluck. »Im Moment halten mich alle für eine Niete. Keiner hat Angst vor mir. Die Liebers nicht, die Bullen nicht, du nicht und auch nicht die Schweine, die Shaynda und Ephraim umgelegt haben. Ich bin wie ein dampfender Haufen Scheiße. Keiner will auch nur in meine *Nähe* kommen. Aber du ... bei dir ist das was anderes, Donatti. Du hast einen Ruf als wirklich harter Typ. Wenn du dich umhörst und die Täter davon Wind bekommen, werden sie türmen. Schlimmer noch: Wenn du es versaust, bist du tot. Wenn ich es dagegen versaue, passiert gar nichts. Im Augenblick ist es also in unser beider Interesse, dass du dich raushältst.«

Im Zimmer war es still.

Donatti schlug mit der Faust auf den Tisch und zuckte vor Schmerz zusammen. Die Pistole hüpfte auf und landete dann – mit dem Lauf auf Deckers Magen gerichtet – wieder auf dem Tisch.

»Schaff dieses Ding hier weg«, stöhnte Decker.

»Mist!« Donatti nahm die Walther und steckte sie sich unters Hemd. Wut machte sich in seinem Gesicht breit. »Sie haben eins meiner *Mädchen*, Decker. Das ist was *Persönliches*!«

»Aber wenn man sie *nicht* vor deiner Nase entführt hat und sie von allein abgehauen ist, ist es *nichts* Persönliches. Denk einen Augenblick drüber nach, Chris. Sagen wir, sie wäre abgehauen, weil ich ihr Angst gemacht habe. Dann hätte derjenige, der Shaynda umgebracht hat, überhaupt keine Ahnung, dass sie etwas mit dir zu tun hat. Wenn das der Fall ist, möchtest du doch bestimmt nicht, dass rauskommt, dass sie eins von deinen Mädchen war, oder?«

Donatti schwieg.

»Rede mit deinen Leuten, Chris. Vielleicht sagen sie dir, dass sie einfach getürmt ist.«

»Kann es sein, dass dir gestern Nacht jemand gefolgt ist?«, fragte Donatti.

»Ich wüsste nicht, wie«, antwortete Decker. »Ich bin um so viele Ecken und Kurven gebogen, dass es unmöglich war, mir zu folgen. Nicht weil ich so clever bin, sondern weil ich mich verfahren habe.«

»Hast du dich vergewissert?«

»Christopher, das ist eine Beleidigung.«

Er warf den Kopf in den Nacken und schaute zur Decke.

Decker sagte: »Sprich mit deinen Mädchen.«

»Natürlich werde ich das tun.« Donatti fuhr sich mit den Fingern durch seine kurz geschorenen Locken. »Das Vertrauen ist dahin, Mann. Ich war für sie unbesiegbar. Sie werden sich nie mehr so fühlen wie vorher.«

»Das sehe ich ganz anders, Donatti. *Wenn* Shayndie von allein abgehauen ist, wirst du in ihren Augen noch stärker sein. Sie werden sich denken: ›Da sieht man, was passiert, wenn es eine auf eigene Faust versucht, wenn Mr. Donatti mich nicht beschützt.‹ Das werden sie denken.«

Decker hob eine Augenbraue.

»Stimmt doch, oder?«

Donatti gab keine Antwort. Er nahm die Flasche, stellte sie dann aber wieder hin. Sein Gesicht war so ausdruckslos wie immer.

»Du musst mir in dieser Sache vertrauen.« Decker nahm das nasse Handtuch vom Gesicht. Jetzt war seine Nase eiskalt *und* geschwollen. »So schwer es dir auch fällt, du musst dich da raushalten! Du bist ein ausgezeichneter Jäger, Donatti, wenn du weißt, wo deine Beute ist. Aber in diesem Fall kennen wir die Beute nicht. Das ist meine Spezialität, die Schweine zu finden. Überlass das mir.«

Wieder musterte Donatti ihn.

»Stimmt doch, oder?« Decker nickte. »Du hältst dich raus, und alles ist in Ordnung. Ich werde dieses Schwein finden und es kaltmachen. Mach dir keine Sorgen. Er kriegt, was er verdient.«

»Nicht so, wie ich mir das vorstelle.«

»Stimmt, unser Stil ist verschieden«, entgegnete Decker. »Dieser ganze Schlamassel hat mit mir zu tun – mit meiner Familie. Du bist es mir schuldig, dass ich es wieder gutmachen kann. Gib mir diese eine Chance, oder wir werden beide tief in der Scheiße landen.« Er berührte wieder Nase und Lippe. »Wie soll ich das nur meiner Frau erklären?«

»Sag ihr einfach, dass dich irgendein Verrückter zusammengeschlagen hat. Das ist New York. Sie wird dir glauben.« Donatti rieb sich den Kopf und schob ihm die Flasche hin. »Ich weiß nicht, was ich übersehen hab... Da muss noch was anderes laufen.«

»Vielleicht.« Decker holte Luft. Es schmerzte. »Wenn du mir eine Chance gibst, das herauszufinden, dann erfahren wir vielleicht beide, was passiert ist.«

Schweigen.

Decker war auf Donattis Kooperation angewiesen; er wollte Chris nicht in die Quere kommen. Fehler konnten tödlich sein. »Du hältst dich also raus, ja?«

»Nein, ich werde mich nicht raushalten«, entgegnete Donatti wütend. »Aber da es deine Familie ist, gebe ich dir vierundzwanzig Stunden Vorsprung. Dann heißt es: jeder für sich.«

»Aber so schnell kann ich nicht arbeiten. Zweiundsiebzig Stunden, Chris. Nach Ablauf von drei Tagen – ob der Fall gelöst ist oder nicht – bin ich hier weg.«

»Gut.«

»Donatti, ich lege nicht meine Hand dafür ins Feuer. Niemand hat eine hundertprozentige Aufklärungsquote.«

»Wie hoch ist deine?«

»Hoch genug. Aber nicht hundert Prozent.«

»Achtundvierzig Stunden.«

»Sechzig Stunden, ab jetzt. Du hast mir die Nase gebrochen, du Dreckskerl. Das bist du mir schuldig.«

Chris beugte sich über den Tisch und untersuchte Deckers Gesicht. »Nein, ich hab dir nicht die Nase gebrochen, sondern sie nur gestreift. Ich hab dich an der Backe erwischt. Sie ist geschwollen, aber nicht schlimm. Es war nicht mit voller Wucht, Decker. Wenn ich es ernst gemeint hätte, würde dein Gesicht jetzt aussehen wie ein kubistisches Stillleben.«

»Falls ich dir dafür dankbar sein soll, vergiss es. Sechzig Stunden.«

»Das ist bescheuert. Ich soll mich raushalten, bis du die Stadt verlässt. Okay, abgemacht. Aber ich zahl nicht für deine Beerdigung.«

»Ich werd daran denken.«

»Ich meine es ernst, Lieutenant. Du bist vielleicht ein guter Cop in L. A., aber von New York hast du keinen blassen Schimmer.«

»Dann klär mich auf.«

»Das ist unmöglich. Könntest du mich darüber ›aufklären‹, was einen guten Cop bei der Mordkommission in Los Angeles ausmacht? Solche Dinge laufen intuitiv ab. Ich hab mein ganzes Leben in diesen Straßen und mit diesen Menschen gelebt. Es ist einfach dieses… dieses Gefühl, dieser sechste Sinn. Ich kann hier binnen eines Tages erreichen, was du nicht mal in einem Jahr schaffst. Ich bin ein Aktivposten für dich.«

»Ich glaube nicht, dass eine Partnerschaft einem von uns einen besseren Ruf einbringen würde.«

»Ich hab schon vorher mit den Bullen zusammengearbeitet.«

»Nicht mit ehrlichen.«

»Die gibt es doch gar nicht.«

Decker widersprach nicht. Was hätte es genutzt?

»Ich könnte dich innerhalb von einer Minute zum mordenden Irren machen, weil ich deine Schwächen kenne. Aber wozu der Aufwand? Deine Familie auszulöschen löst mein Problem nicht.«

»Wohl wahr. Gib mir sechzig Stunden, Donatti. Ich muss wissen, dass ich dir nicht auf die Füße trete.«

»In Ordnung.« Donatti hob die Hände. »Ich gebe dir bis Freitag Zeit, wenn du überhaupt so lange durchhältst. Wenn du auf dem Arsch landest, erledige ich die Sache auf meine Art. Abgemacht?«

»Du lässt mich in Ruhe…«, sagte Decker.

»Ich sagte ›abgemacht‹.« Plötzlich sprang Donatti über den Tisch und drückte seinen Mund auf Deckers blutige Lippen. »Bitte. Unterzeichnet, überbracht und besiegelt mit einem Kuss.«

Decker verzog das Gesicht und wischte sich den Mund ab. »Was sollte das denn?«

»Keine Ahnung.« Donatti war von Deckers Abscheu amüsiert. »Ich bin es gewöhnt, Autoritätspersonen auf den Mund zu küssen. Ich hab das immer mit meinem Onkel gemacht.«

»Ich bin aber nicht dein Scheißonkel, Chris.«

»Du hast gesagt, du bist meine Vaterfigur. In der Therapie nennt man das Übertragung.«

»Dann nehme ich alles zurück.«

»Du zierst dich, Decker.« Donatti leckte sich die Lippen mit seiner gepiercten Zunge. »Könnte das… *Panik* sein, die da ihr hässliches Haupt erhebt?«

»Christopher, um Himmels willen, werd endlich erwachsen! Es ist mir scheißegal, wie du dazu stehst, solange du die Finger von meiner Familie und mir lässt. Was, zum Teufel, geht es mich an, mit wem du herumhurst?«

»Du hast dir Sorgen um Shayndie gemacht. Du hast mich gebeten, sie nicht anzurühren, und das hab ich auch nicht getan.« Donatti wirkte nachdenklich. »Jetzt tut es mir Leid, dass ich es nicht getan habe. Sie wollte es, aber ich sagte Nein. Es war falsch. Ich hätte sie vögeln sollen. Niemand sollte als Jungfrau sterben.«

22

Keinen Deut.

So viel glaubte Decker von dem, was Donatti ihm gesagt hatte.

Als er über den Riverside Drive zu seinem Wagen zurückging, behielt Decker die Hände in den Taschen und ließ seinen Blick über den Parkway schweifen. Die Sonne hatte kleine Löcher in die Wolkendecke gerissen, und ihre Strahlen ließen den träge dahinfließenden Hudson mal da, mal dort aufleuchten. Die Straßen waren rutschig, eine Mischung aus Motoröl, Wasser und Eis. Die Autos spritzten Schlamm und Matsch auf den Gehsteig, sodass Decker immer wieder ausweichen musste. Er berührte sein geschwollenes Gesicht und ignorierte stoisch den Schmerz. Er hatte zwei Möglichkeiten vorzugehen.

Die erste bestand darin, Donatti zu beschatten und herauszufinden, was seine nächsten Schritte waren. Doch Decker verwarf die Idee gleich wieder. Der Mann war nicht dumm und erkannte einen Verfolger so schnell, wie er seine Automatik zog. Außerdem waren ihm die Straßen der Stadt vertraut, Decker jedoch nicht. Ihn zu beschatten wäre nicht nur sinnlos, sondern würde Donatti auch auf die Tatsache aufmerksam machen, dass Decker ihm nicht traute.

Eins musste man ihm lassen: Donatti hatte eine gute Show geliefert. Aber der Schock und die Wut bedeuteten gar nichts. Chris war ein pathologischer Lügner, der mehrere, von erfahrenen Fachleuten durchgeführte Lügendetektortests bestanden hatte. Er war nicht perfekt gewesen, aber gut genug, um die Experten zu verblüffen. Was für Chris sprach, war die Frage »Warum die Mühe?«. Was hätte er durch Shayndies Tod gewonnen? Es gab nichts daran zu verdienen, und außerdem hatte er jetzt Decker am Hals.

C. D. tut nichts, ohne dass etwas dabei für ihn herausspringt.

Für den Augenblick war es vorteilhaft, Donatti auf Abstand zu halten – ihn zwar nicht unberücksichtigt zu lassen, aber seine Anstrengungen in eine andere Richtung zu lenken. Deckers zweite und etwas realistischere Möglichkeit bestand darin, noch einmal von vorn anzufangen und herauszufinden, was falsch gelaufen war. Das erforderte eine weitere Durchleuchtung der Liebers. Von Chaim und Minda konnte er keine Hilfe erwarten. Sie hassten ihn völlig irrational und hatten ihn zum Sündenbock gestempelt – *azazel* auf Hebräisch, das symbolische Schaf, das an Jom Kippur von der Klippe gestürzt wurde und für die vergangenen Sünden der Gemeinde büßte. Minda und Chaim in dieser für sie schrecklichen Zeit zur Rede zu stellen war ausgeschlossen.

Aber bei Jonathan war das etwas anderes.

Decker dachte an Jonathans Reaktion auf die Nachricht von Shayndies Tod. Die Überraschung und der Schock waren echt, daran bestand kein Zweifel, aber etwas an seiner Reaktion erschien merkwürdig, als hätte er Shayndies Tod überhaupt nicht für *möglich* gehalten. Es kam ihm ungewöhnlich vor, weil Jon in den fünf Tagen vor ihrem Tod so skeptisch gewesen war. Er hätte mit Mord als Möglichkeit rechnen und sich darauf vorbereiten müssen, seinen Schwiegereltern beizustehen, wenn dies passieren sollte. Jon war Geistlicher; das war sein Beruf. Aber als er die Nachricht erfuhr, schien es, als würde es Jon noch härter treffen als Chaim.

Und da war noch dieser nagende Verdacht, den Decker während seines *schiwa*-Besuchs kurz vor seiner Begegnung mit Minda gehabt hatte.

Chaim und Jonathan verbergen etwas.

Decker kombinierte deren geheimnistuerisches Verhalten mit dem Wissen, dass Shaynda entweder von Donatti abgehauen oder weggebracht worden war, und kam zu dem Schluss, dass das Mädchen irgendwann zwischen sechs Uhr morgens – als Donatti sie zum letzten Mal gesehen hatte – und ihrem Tod ungefähr vier Stunden später mit Jon und Chaim Kontakt aufgenommen haben musste.

Er brauchte wirklich nicht von vorn anzufangen. Er musste diese entscheidenden vier Stunden rekonstruieren – die Ereignisse dieser vier Stunden waren wahrscheinlich Nebenprodukte des Mordes an Ephraim.

Er beschloss, mit der einfachsten Aufgabe zu beginnen, nämlich die Flugtickets umzubuchen.

Es gab nicht den geringsten Grund, dass Rina und Hannah bei ihm blieben. Das bedeutete, dass er seine Frau überzeugen musste, *mit* seiner Tochter und *ohne* ihn nach Florida zu fliegen. Seine Probleme mit Donatti waren ein Spaziergang, verglichen mit dem Ärger, den Rina ihm nun machen würde. Sie schien die Gefahr einfach zu ignorieren. Aber auch wenn sie keine besondere Rücksicht auf ihre eigene Sicherheit nahm, so sorgte sie sich doch um Hannah.

Als er bei seinem Auto ankam, rief er über Handy bei der Familie Lazarus an. Wie erwartet ging keiner ans Telefon. Rina hatte kein Mobiltelefon, und er wusste nicht, wo sie sich aufhielt. Vermutlich hatte sie die Neuigkeit noch nicht erfahren, sonst hätte sie ihn bereits angerufen. Es blieb ihm nichts anderes übrig, als darauf zu warten, dass sie sich meldete.

Dann rief er Jonathans Handy an. Die Stimme am anderen

Ende der Leitung war eine Mischung aus Wut und Angst. »Ich kann jetzt nicht sprechen, Akiva. Du weißt, dass hier ein furchtbares Durcheinander herrscht. Und es wird immer schlimmer.«

»Gut. Ich komme raus nach Quinton. Wir treffen uns in einer Stunde…«

»Nein, tu das *nicht*!«

»Wo können wir uns dann…«

»Akiva, ich kann dich jetzt nicht treffen! Ich muss mich um Chaim und Minda kümmern.«

»Jonathan, hör mir zu.« Decker klang entschlossen. »Etwas ist vorgefallen heute Morgen, bevor wir die schreckliche Nachricht erfahren haben. Du *weißt* etwas. Oder zumindest dachtest du, du wüsstest etwas. Entweder du redest mit mir, oder ich rufe die Polizei an und du setzt dich mit ihr auseinander. Du kannst es dir aussuchen.«

Schweigen am anderen Ende.

Dann sagte Jonathan: »Du erpresst mich.«

»Das ist nicht fair. Aber ich sehe es dir nach, weil du unter Druck stehst.«

»Ich wollte nicht… Was *willst* du von mir?«

Jetzt war es nackte Wut.

»Ich treffe dich in Quinton – im Liberty Park direkt vor dem Gemeindezentrum«, sagte Decker.

»Nicht in der Öffentlichkeit.«

Decker unterdrückte seinen eigenen Zorn. »Schämst du dich, mit mir gesehen zu werden?«

»Akiva, *bitte*!«

Decker entschuldigte sich, aber er gab nicht nach. »Jon, du kennst mich nicht besonders gut, deshalb will ich dir etwas sagen. Du hast mich gerufen. Jetzt bin ich in die Sache verwickelt. Ich halte mich nicht raus, nur weil du und dein Schwager mich loswerden wollt. Diese Kehrtwendung macht mich sehr neugierig.«

»Es ist nicht das, was du denkst.«

»Also treffen wir uns, und du erklärst es mir.«

Wieder Schweigen.

Dann sagte Decker: »Wo wurde sie gefunden?«

»Fort Lee Park.«

»Wo ist das?«

»In Jersey.«

In Deckers Kopf fing es an zu hämmern. »*Wo?*«

»Fort Lee. Liegt direkt hinter der George-Washington-Brücke... fünf Minuten von der Stadt entfernt. Der Park ist eine Gedenkstätte.«

»Groß?«

»Ja.«

»Belebt?«

»Am Tag schon. Es ist ein weitläufiges Gelände.«

Decker wusste nicht genau, wo er sich letzte Nacht aufgehalten hatte, aber es musste weiter als fünf Minuten von der Stadt entfernt gewesen sein – er schätzte etwa eine Stunde bis Manhattan. Möglicherweise war Folgendes geschehen: Nachdem Decker mit Shaynda gesprochen hatte, hatte Chris sie ermordet und ihre Leiche dann auf dem Weg zurück in seine Wohnung irgendwohin geschafft. Aber warum sollte Donatti sie an einem so überschaubaren Ort und so nah bei seiner Wohnung abladen? Er war ein Profi; er machte nicht gern Reklame. Aber vielleicht gehörte er zu den Typen, die es wegen des Kicks taten – dann hätte Decker allen Grund zur Sorge.

Jonathan räusperte sich am anderen Ende der Leitung. »Die Cops denken, dass sie vielleicht« – er räusperte sich erneut –, »dass sie sich dort vielleicht versteckt haben könnte. Es gibt im Park viele Möglichkeiten, sich zu verstecken, weil er so groß ist. Historisch gesehen... geht er zurück auf die Zeit der Revolution. Deshalb liegt er so dicht an der Brücke. Man hat die Brücke nach George Washington benannt, weil sie sich so nahe bei Fort Lee befindet.«

Jonathan schweifte vom Thema ab. Decker unterbrach ihn. »Ich würde gern noch mal mit der Polizei in Quinton reden. Es macht mir deshalb nichts aus, in den Norden zu kommen. Wenn du mich nicht in der Öffentlichkeit treffen willst, dann an einem privaten Ort.«

»Wir könnten uns in der City treffen. Sie wollen, dass ich nach Jersey komme... um die Leiche zu identifizieren...« Am anderen

Ende war ein deprimiertes Seufzen zu hören. »Akiva, ich weiß nicht, ob ich das schaffe.«

»Soll ich mitkommen?«

»Sie brauchen einen Verwandten, der sie identifiziert.«

»Ich weiß, Jon. Ich hab das Mädchen nie gesehen.« Die Lüge ging ihm leicht über die Lippen. »Ich meine nur, ich würde dich begleiten, um dich moralisch zu unterstützen.«

»Das ist sehr großmütig von dir. Danke.«

»Schon in Ordnung, Jon. Wann willst du fahren?«

»Man erwartet mich um fünf an der ... an der Leichenhalle.«

In vier Stunden also. »Dann ist noch genug Zeit, dass ich zu dir rauskomme. Wenn du mich treffen willst, gut. Wenn nicht, reden wir später. Ich mach mich auf den Weg zur Polizei. Wenn du von zu Hause losfährst, sag mir Bescheid, dann folge ich dir nach New Jersey.«

Jonathans Stimme war nur noch ein Flüstern, seine Worte tränenerstickt. »Ich glaube, ich habe einen großen Fehler gemacht.«

»Das glaube ich nicht«, sagte Decker. »Ich bin sicher, dass du getan hast, was du für das Beste hieltst. Wir treffen uns in Quinton und reden darüber.«

»Ja, das ist wahrscheinlich eine gute Idee.« Jetzt richtete sich seine Wut gegen sich selbst. »Das hätte ich heute Morgen tun sollen.«

»Es wäre schön, wenn wir alles im Voraus wüssten«, beruhigte Decker ihn. »Also, sag mir, wo wir uns treffen können.«

»Keine Ahnung ... mein Kopf ist völlig leer.«

»Gibt es dort irgendwo ein Starbucks?«

»Nein, das wäre nicht gut. Jemand könnte uns sehen.«

»Wie wär's, wenn wir einfach im Auto bleiben?«, schlug Decker vor. »Wenn die Fenster von innen beschlagen, kann uns keiner sehen.«

»Nein, das ist ...« Er räusperte sich wieder. »Das Einzige, was mir einfällt, ist ein Tattlers zwischen Quinton und Bainberry.«

»Klingt gut.«

Sie schwiegen.

»Kennst du diese Kette?«

»Nein.«

»Es sind Striplokale, ähnlich wie *Hooters*.«

»*Da* willst du dich mit mir treffen?«

»Ich bin nie dort gewesen, Akiva. Es ist der einzige Ort, der mir einfällt, an dem wir wohl kaum jemandem aus der Gemeinde begegnen werden. Und wenn doch, wird er mit Sicherheit so tun, als existierten wir nicht.«

Zwischen Quinton und Bainberry lagen zehn Kilometer Wald mit vielen kahlen Bäumen und jeder Menge dichtem Unterholz. Die Grenze zwischen den beiden Gemeinden wurde durch das Einkaufszentrum von Bainberry markiert, eine Reihe miteinander verbundener Backsteinbauten inmitten eines riesigen Parkplatzgeländes. Das Tattlers stand wie ein auf Abwege geratenes Kind abseits dieses Komplexes. Jonathan erwartete ihn bereits, und beim Anblick Deckers wurden seine Augen hinter der Brille groß.

Die Hostess, auf deren Namensschild BUFFY stand, schenkte ihnen ein strahlendes Lächeln und gewährte ihnen einen tiefen Einblick in ihr üppiges Dekolleté. Nach Donattis Mädchen war Decker förmlich erleichtert, eine gesunde, wenn auch spärlich bekleidete Frau jenseits der zwanzig zu sehen. Da bei den Uniformen am Stoff gespart worden war, herrschten im Inneren des »Gentlemen's Club« Temperaturen wie in einer Sauna, was die Männer dazu brachte, ihre Jacken und Krawatten abzulegen. Anscheinend wollte jemand, dass die Jungs sich wohl fühlten – wahrscheinlich sorgte das für bessere Trinkgelder.

Decker steckte der Hostess einen Zwanziger zu. »Eine ruhige Nische im Hintergrund.«

Sie wandte kurz den Blick ab – vermutlich, weil er so übel zugerichtet aussah –, schaffte aber trotzdem noch ein verschmitztes Lächeln. »Jemand Besonderes, Sir?«

Er klappte seine Geldbörse auf und zeigte ihr seine Polizeimarke. »Irgendjemand, der mir eine Kanne starken Kaffee bringt und wieder verschwindet.«

Die Frau war sofort ernst. »Ich glaube, da können wir Ihnen weiterhelfen, Detective. Hier entlang, bitte.«

Sie führte sie an der Bühne vorbei, wo drei barbusige Frauen in Stringtangas sich unter farbigen Scheinwerfern im Kreis drehten. Männer johlten und pfiffen, um die Mädchen zu immer obszöneren Bewegungen anzustacheln. Ein Schild mit der Aufschrift BERÜHREN ABSOLUT VERBOTEN! hielt sie davon ab, noch unverschämter zu werden.

Jonathan wandte seinen Blick ab, Decker betrachtete jedoch die perfekten Körper genau. Sie waren jung, schön und energiegeladen. Vermutlich verdienten sie gutes Geld, mehr Dollars, als wenn sie Platinen schweißten oder Bettpfannen im Krankenhaus wechselten. Ganz zu schweigen von der Aufmerksamkeit, die sie bekamen. Es war wie im Zirkus – nur die Kuppel fehlte.

Wie gewünscht, wies Buffy ihnen eine versteckte Nische in einer Ecke zu, abseits von der Fleischbeschau, die von dort, wo sie saßen, eher einer Peepshow glich.

»Ich hole Ihren Kaffee, Detective.«

Sie war sofort wieder zurück. »Sonst noch ein Wunsch?«

»Jon?«

Der Rabbi schüttelte den Kopf und versuchte, seine Augen von Buffys üppigem Busen abzuwenden.

»Einen Bagel, wenn Sie so etwas haben«, antwortete Decker.

»Wir haben einen Teller mit Bagel, Räucherlachs und Frischkäse.«

»Schön. Und ich hätte noch gerne eine Schale Eis und eine Serviette.«

Buffy nickte. »Tut es weh?«

»Nicht besonders.«

»Ich gebe die Bestellung auf und bring Ihnen das Eis«, sagte Buffy. »Ambrosia wird sie bedienen.«

»Danke.« Als sie gegangen war, sagte Decker: »Wo haben die bloß diese Namen her?«

Jonathan versuchte zu lächeln, aber seine Augen waren auf Deckers Verletzungen geheftet.

Decker ignorierte seinen Blick. »Als ich bei der Sitte gearbeitet habe, bin ich ständig in solche Läden gekommen. Noch schäbigere als dieser. Richtig runtergekommene. Die Mädchen waren älter, viel verbrauchter, perfektes Futter für Psychopathen, die gern schlagen und vergewaltigen. Es war sehr traurig.«

Jonathan nickte.

»Diese Mädchen hier sehen gesünder aus.«

»Aber wie lange noch?«, fragte Jonathan. »Sie sind alle unter fünfundzwanzig, was meinst du?«

»Ja, das könnte hinkommen.«

»Es ist nur eine Frage der Zeit, bis ihr gutes Aussehen dahin ist. Und dann?«

»Nun, wenn sie sich nichts in die Venen gepumpt oder durch die Nase gezogen haben, geht es ihnen vielleicht gut. Hier kann man Geld machen. Es sieht nicht so aus, als hätten sie keine anderen beruflichen Möglichkeiten mehr.«

Buffy kam mit dem Eis und einer Serviette. »Ich hab Ihnen Schmerzmittel mitgebracht.«

Decker griff in seine Tasche und holte eine Schachtel Aspirin heraus. »Danke, aber ich bin versorgt.« Er schüttete die Eiswürfel auf die Serviette und legte sie sich aufs Gesicht.

»Was ist passiert?«, fragte Jonathan schließlich.

»Irgend so ein Psychopath auf der Straße mochte mich wohl nicht.«

»Das ist ja schrecklich!« Ein Zögern. »Er hat einfach zugeschlagen?«

»Ich hätte ihm vermutlich nicht in die Augen sehen sollen. Wenigstens hat er mir keine Spritze mit tödlichen Bakterien verpasst.«

»Mein Gott, sag so was nicht! Es ist schon alles beängstigend genug.« Jonathan schüttelte den Kopf und rieb sich die Augen. »Es tut mir so Leid. Hast du Schmerzen? Ich könnte dir ein Rezept für etwas Stärkeres besorgen.«

»Ich bin okay. Sieht es schlimm aus?«

»Du hast noch nicht in den Spiegel geschaut?«

»Das hab ich vermieden.«

»Die ganze rechte Seite deines Gesichts ist blaurot.«

»Ich sage den Leuten einfach, man hätte mir einen Blaubeerkuchen ins Gesicht geworfen.«

»Das ist alles so furchtbar deprimierend!«

»Wir haben beide schon bessere Tage erlebt... bessere Jahre.« Decker schenkte zwei Tassen Kaffee ein. »Hat dir jemand gesagt, wie sie umgekommen ist?«

»Sie wurde erschossen.« Jonathan hatte Tränen in den Augen. »Wo?«

Er zitterte. »Warum willst du das wissen?«

»Ich möchte nur herausfinden, ob es Ähnlichkeiten mit Ephraims Mord gibt.«

»Ich würde sagen, dieselben Leute, die Ephraim umgebracht haben, haben auch Shayndie auf dem Gewissen.«

»Das ist logisch, aber man kann nicht selbstverständlich davon ausgehen.« Das Eis tat gut. »Willst du mir jetzt sagen, was du heute Morgen verschwiegen hast?«

Der Rabbi fuchtelte mit seiner Serviette herum und gab Milch und Zucker in seinen Kaffee.

»Fang einfach an zu reden, Jon. Es wird leichter, wenn die ersten Worte heraus sind.«

»Chaim rief mich gegen sieben, halb acht an. Er sagte, er müsse mit mir persönlich sprechen.«

»Bist du nach Quinton gefahren?«

»Sofort«, antwortete Jonathan. »Seine Stimme klang aufgeregt. Nachdem ich angekommen war, ging er mit mir in den Keller, wo uns keiner hörte. Ich musste schwören, niemandem was zu verraten. Deshalb *konnte* ich dir nichts sagen.«

»Verstehe.«

»Ich erzähle es dir auch jetzt nur deshalb, weil du gedroht hast, zur Polizei zu gehen. Nicht dass ich ihnen etwas sagen würde – ich habe das Recht, mich auf die Schweigepflicht zu berufen –, aber es würde Wunden aufreißen. Ich dachte, es sei einfacher, mich mit dir als mit der Polizei auseinander zu setzen.« Er hob seine Augenbrauen. »Vielleicht aber auch nicht.«

»Ob du es mir glaubst oder nicht, ich hab nicht die Absicht, den Leuten das Leben schwer zu machen.«

»Das weiß ich.« Jonathan seufzte. »Jetzt, wo sie nicht mehr lebt, ist wohl ohnehin alles bedeutungslos.«

»Sag's mir, Jonathan.«

»Chaim meinte, er habe Grund zu glauben, dass Shaynda noch am Leben sei. Er sagte, er habe von gewissen Leuten erfahren, dass sie wohlauf sei. Offensichtlich hat sich jemand geirrt. Vielleicht hat Chaim etwas falsch verstanden. Er sagte, er vertraue sich mir nur an, weil er wisse, dass ich ein Geheimnis bewahren könne. Und Verschwiegenheit wäre das Allerwichtigste. Wenn etwas herauskäme, könnten schlimme Dinge passieren.«

»Ist etwas herausgekommen?«

»Keine Ahnung, Akiva. Ich weiß, dass Chaim es mir erzählt hat, aber ich weiß nicht, wem sonst noch. Irgendwann, wenn sich alles ein wenig beruhigt hat, werde ich ihn fragen.«

»Und das ist alles, was Chaim dir gesagt hat? Dass er Grund hatte zu glauben, Shaynda sei noch am Leben?«

»Nein. Er deutete außerdem an, dass es vielleicht eine Lösegeldforderung geben könnte. Und wenn alles so lief wie geplant und jemand eine Geldübergabe für Shaynda machen müsse, ob ich dann bereit sei zu helfen.«

»Was hast du geantwortet?«

»Ich sagte, dass ich selbstverständlich helfen würde.«

»Und Chaim hat nichts über Shayndas Aufenthaltsort angedeutet?«

»Nein.«

»Ich will sichergehen, dass ich dich richtig verstehe.« Decker nahm das Eis von seinem Gesicht. »Chaim erfuhr also aus einer anonymen Quelle, dass es Shaynda gut geht.«

»Ja.«

»Und er dachte, es könne eine Lösegeldforderung geben. Und falls es dazu kommen sollte, bat er dich, den Mittelsmann zu spielen.«

»Ja.«

»Hat Chaim selbst mit Shayndie gesprochen?«

»Ich glaube nicht, nein.«

»Derjenige, von dem die Informationen stammten, hätte also lügen oder sich geirrt oder Chaim ihn falsch verstanden haben können.«

»Ja.«

»War die Geldübergabe der einzige Gefallen, um den Chaim dich bat?«

»Nein.« Jonathan rieb sich wieder die Augen. »Da war noch etwas. Es schien, als seist du zu einem Hindernis, einer Belastung geworden.«

»Wieso?«

»Das ist mir nicht bekannt, Akiva. Ich weiß, dass Chaim sagte, der Kidnapper oder Lösegeldforderer – oder wer auch immer – wolle, dass du von der Bildfläche verschwindest. So schnell wie möglich.«

Decker hob eine Augenbraue. »Wie von der Bildfläche verschwinden?«

»Dass du die Stadt verlassen sollst, natürlich.« Jonathan riss die Augen auf. »Das bedeutet es doch, oder?«

Ambrosia – eine kräftige Blondine, die ein Bikinioberteil und weite Shorts trug – brachte Decker einen Teller mit einem Bagel und Räucherlachs. Er gab ihr einen Zwanziger. »Noch etwas Kaffee, und das wär's dann.«

»Wirklich?«

»Ja.«

Ambrosia runzelte die Stirn.

»Es ist nichts Persönliches«, sagte Decker.

»Hey, denken Sie, dass ich mich beschwere?« Sie stopfte den Zwanziger in die Tasche ihrer Shorts. »Das ist bis jetzt mein bestes Trinkgeld für die wenigste Arbeit heute. Vor einer halben Stunde gab mir ein anderer Herr einen Fünfziger. Aber ich musste mich lange nach vorn beugen und so tun, als würde ich nicht merken, dass er sich einen runterholte.« Sie sah Decker an. »Die Polizei, dein Freund und Helfer. Sie sind doch Polizist. Helfen Sie sich auch selbst?«

Schweigen.

»Ha, ha, das ist doch lustig, oder nicht?«, kicherte Ambrosia.

Decker und Jonathan saßen mit versteinerter Miene da.

»Wenn Sie nicht verschwinden, verlange ich den Zwanziger zurück«, drohte Decker.

»Schon kapiert.« Sie ging und kam mit einer neuen Kanne Kaffee zurück.

Decker wandte sich wieder Jonathan zu. »Irgendeine Ahnung, mit wem Chaim gesprochen haben könnte?«

»Nein. Da es Shayndie gut ging, dachte ich, es steht mir nicht zu, Fragen zu stellen.« Jonathan senkte den Blick. »Ich bin sicher, sie meinten nur, dass du die Stadt verlassen sollst.«

»Eine seltsame Art, sich auszudrücken«, sagte Decker und zuckte die Schultern. »›Von der Bildfläche verschwinden.‹ Klingt irgendwie endgültig, findest du nicht?«

Jonathan begann zu schwitzen. »Ich hab's nicht so verstanden.«

»Vielleicht hast du Recht.« Decker strich Frischkäse auf sein Bagel.

Ein flüchtiges Lächeln. Jonathan verbarg das Zittern seiner Hände, indem er die Kaffeetasse umklammerte.

Er tat Decker Leid. »Ich kann mich gar nicht mehr erinnern, wie oft ich schon bedroht worden bin. Ich nehme alle Drohungen ernst, aber bis jetzt ist alles nur Gerede gewesen.« Er legte eine Scheibe Lachs auf den unteren Teil des Bagels und dann den oberen Teil darauf. Als er hineinbiss, schmerzten Lippen und Kiefer, aber nicht so schlimm, wie er befürchtet hatte. »Du solltest auch etwas essen.«

»So, wie Chaim es sagte… klang es, als sei das alles, was sie wollten. Dass du die Stadt verlässt.«

»Dann hast du vielleicht Recht. Beruhige dich.«

»Chaim bat mich, dich dazu zu bringen abzureisen.«

»Mich zum Abreisen zu *bringen*?«

»Er hatte nicht viel Erfolg.«

»War er so ungeduldig?«

»Ja, Akiva. Warum? Ich weiß es nicht. Jedenfalls sagte ich ihm, es sei nicht nötig, da du sowieso am Nachmittag abreisen würdest. Er schien sich mit der Antwort zufrieden zu geben.«

»Hat er dich nach meiner Flugnummer gefragt?«

»Nein. Warum sollte er…« Jonathan wurde bleich. »Was denkst du? Dass sie sichergehen wollten, dass du abreist?«

»Vielleicht.« *Oder vielleicht dachte Chaim daran, mich für alle Zeiten zu verabschieden.* Decker behielt seine Gedanken für sich.

Jonathan wischte sich den Schweiß von der Stirn. »Dieser Psychopath, der dich geschlagen hat... Sollte das eine Warnung sein?«

»Nein, das war einfach nur Pech«, versicherte ihm Decker. »Ist schon in Ordnung, Jon. Hat Chaim dich noch um einen anderen Gefallen gebeten?«

»Er sagte, ich solle dich im Auge behalten«, gab Jonathan zu.

»Du meinst, mich ausspionieren.« Decker biss noch einmal in sein Bagel. »Was hast du ihm geantwortet?«

»Das sei nicht nötig. Es ist mir ein völliges Rätsel, Akiva. Warum sollte Chaim *mich bitten, dich zu bitten,* hierher zu kommen – nur um dich wieder loszuwerden?«

»Weil ich nicht das getan habe, was er von mir erwartete. Ich habe *überhaupt nichts* getan. Er und Minda wollten nicht, dass ich etwas unternehme. Und vielleicht ging es nur darum vorzutäuschen, dass unbedingt etwas getan werden müsse, aber in Wirklichkeit wollten sie das gar nicht.«

»Ich kann dir nicht folgen«, entgegnete Jonathan.

»Ich war sein Alibi, Jon, etwas, auf das Chaim zeigen und sagen konnte, er hätte es versucht. Aber im Grunde hat er gar nichts versucht. Doch ich behaupte nicht, dass das der Fall ist. Ich stelle nur Vermutungen an. Mehr nicht.«

»Ich wünschte, ich hätte eine Antwort. Weil es merkwürdig ist, Akiva. Selbst in seiner Trauer wollte Chaim unbedingt wissen, wohin du verschwunden bist, nachdem du die Neuigkeit erfahren hast. Er schien von dem, was du tust, besessen zu sein.«

»Was hast du ihm gesagt?«

»Dass ich es nicht wüsste. Wo bist du hingegangen, Akiva? Du warst sehr schnell weg.«

»Zurück in die Stadt.«

»Warum?«

»Ich dachte, dass mir Detective Novack vielleicht etwas über die Einzelheiten des Falls sagen könnte. Er war nicht da. Ich machte einen Spaziergang und wurde dabei zusammengeschlagen.«

Jonathan gab sich mit der Erklärung zufrieden.

»Es wäre hilfreich gewesen, wenn du mir das alles heute Morgen erzählt hättest, obwohl ich verstehe, warum du es nicht getan hast. Du wolltest niemanden in Gefahr bringen.«

»Ja, und ich konnte mein Versprechen nicht brechen.«

»Ich frage mich, warum dieser ›Jemand‹ unbedingt wollte, dass ich von der Bildfläche verschwinde.«

»Ich kann nur vermuten, dass du einer Sache auf der Spur warst, auch wenn du es selbst nicht wusstest.«

»Dann muss ich herausfinden, was oder wem ich auf der Spur war.«

»Nein, Akiva – du musst jetzt nur noch abreisen. Heute Abend. Wie geplant.«

»Was macht das jetzt noch für einen Unterschied, Jon? Sie ist tot.«

»Aber du lebst noch. Wenn ich jetzt darüber nachdenke, klingt ›von der Bildfläche verschwinden‹ äußerst bedrohlich. Und ich weiß nicht, ob die Prügel nicht eine Warnung waren, auch wenn du sagst, dass es nicht so ist. Wenn dir etwas passiert, werde ich mir das nie verzeihen. Ich glaube, wir sollten das Ganze der hiesigen Polizei überlassen.«

»Du hast Recht, aber ich werde nicht aufgeben. Rina soll abreisen, aber ich bleibe bis Freitag.«

»Akiva...«

»Es ist beschlossen, Jon. Versuch nicht, mich umzustimmen. Es wird dir nicht gelingen. Willst du mir helfen oder nicht?«

»Natürlich. Was kann ich tun?«

»Ich brauche dein Auto. Sobald Rina weg ist, werde ich mir eine billige Unterkunft in der Stadt suchen. Was bedeutet, dass ich Sora Lazarus' Wagen zurückgeben muss.«

»Du wirst nirgendwo in der Stadt eine billige Unterkunft finden. Du wohnst bei mir. Keine Diskussion. Ich kann auch stur sein. Und du kannst natürlich meinen Wagen haben. Aber jetzt will ich dir meine Meinung sagen: Was du tust, ist Rina gegenüber nicht fair.«

Decker legte einen weiteren Zwanziger auf den Tisch. »Lass

das meine Sorge sein.« Er stand auf. »Bringen wir den Besuch in der Leichenhalle hinter uns.«

Jonathan stand ebenfalls auf. »Ja.«

»Ich werde dich begleiten.« Decker legte seinem Bruder die Hand auf die Schulter. »Wir stehen das durch.«

Als sie zum Ausgang gingen, kamen sie an der Bühne vorbei. Die gleiche Show, aber andere Mädchen, die Troddeln kreisen ließen, die von ihren Brustwarzen herabhingen. Deckers Augen wanderten über die Gäste, deren Gesichter von sexueller Erregung und Alkohol gerötet waren. Mit zitternden Händen steckten sie den Tänzerinnen Zwanziger in die Tangas, feuerten sie an, machten Kussgeräusche und obszöne Gesten.

Decker entdeckte plötzlich an einem der vorderen Tische Virgil Merrin, Chef der Polizei von Quinton. Er trank und brüllte wie ein Wahnsinniger. Sein strohblondes Haar war mit Gel an seinen Kopf geklebt, und wenn er lachte, wackelte sein Bauch.

Decker blieb stehen. »Einen Augenblick, Jon.«

»Was ist?«

»Bitte, warte einen Augenblick.« Decker ging zu Merrin. »Hi, Merrin, erinnern Sie sich an mich?«

Merrin drehte sich um und sah zu ihm auf. Er starrte Decker an, zeigte aber keinerlei Reaktion. Vielleicht lag es an Deckers geschwollenem und verfärbten Gesicht.

»Lieutenant Peter Decker... Los Angeles Police Department. Ich habe Ihnen ein paar Fragen über Shaynda Lieber gestellt.«

»Ah! Ja, klar, ich erinnere mich, junger Mann.« Er starrte ihn immer noch an. »Was ist mit Ihrem Gesicht passiert?«

»Man muss auf diese Baseballschläger Acht geben.« Er lächelte. »Sollte ein Witz sein.«

»Das will ich hoffen.« Ein Lächeln, hinter dem sich etwas verbarg. »Setzen Sie sich.«

»Nein, danke. Ich wollte gerade gehen.«

Der Polizeichef zwinkerte ihm zu. »Ich verrate nichts, wenn Sie auch nichts verraten.«

Decker zwinkerte zurück. »Wie wär's damit? Sie können es verraten – und ich auch.«

Merrins Miene wurde eisig. Decker lächelte immer noch.

Ihre Blicke trafen sich für einen kurzen Augenblick.

Dann ging Decker.

Er schaute noch ein letztes Mal über seine Schulter zurück.

23

Ich weiß, du regst dich jetzt auf...«

»Natürlich rege ich mich auf! Und wie ich mich aufrege! Das ist furchtbar!«

Decker atmete tief durch. »Es tut mir so Leid, Schatz.«

Rina wischte sich über die Augen, dann hielt sie sich den Hörer ans andere Ohr. »Ich weiß, ich bräuchte jetzt nicht mehr überrascht zu sein. Doch ich hatte immer noch gehofft...«

»Ich weiß, Schatz, ich weiß.«

»Ich will nicht ohne dich nach Florida, Peter. Wieso musst du hier bleiben? Kommt die Polizei nicht damit klar?«

»Doch, natürlich.«

Schweigen.

»Versprichst du mir, dass du am Freitag nachkommst?«, begann Rina.

»Versprochen«, antwortete Decker.

»Und du passt auf dich auf?«

»Klar.«

»Wenn du deine Tochter wirklich liebst, solltest du besonders vorsichtig sein.«

»Das werde ich.«

»Sehen wir uns, ehe Hannah und ich abfliegen?«

»Ja, natürlich. Ich muss nur noch diese Sache in Fort Lee erledigen; dann komm ich zurück nach Brooklyn und bring euch zum Flughafen.«

»Wo bist du gerade? In New Jersey?«

»Nein, Jonathan und ich verlassen gerade Quinton. Es tut mir Leid, dass du es auf diese Weise erfahren musstest und ich es dir nicht selbst mitteilen konnte.«

»Ist schon gut.«

»War Chaim grob zu dir?«

»Ich habe nicht mit Chaim gesprochen, sondern mit Raisie. Sie wollte wissen, wo du steckst. Wenn du in Quinton bist, wieso weiß dann keiner, wo du dich aufhältst?«

»Weil ich bei Jonathan bin. Wir mussten unter vier Augen reden.«

»Es hieß, du seist eingeschnappt abgezogen.«

»Nein.« Decker blieb geduldig. »Nicht eingeschnappt, sondern in aller Eile. Ich hielt es für taktvoller, die Familie in ihrer Trauer in Ruhe zu lassen.«

Doch Rina blieb skeptisch. Er war sicher gegangen, weil er etwas erledigen wollte, doch sie bedrängte ihn nicht.

»Kannst du mein Flugticket umbuchen, oder soll ich das selbst machen?«, fragte Decker.

»Das mach ich schon. Aber ich wünschte, du würdest es dir anders überlegen.«

»Vielleicht. Möglicherweise bleibe ich nicht bis Freitag. Aber ich will es mir offen halten. Soll ich bei der Fluggesellschaft anrufen?«

»Nein, das mach ich schon, Peter.« Sie putzte sich die Nase. »All diese Buchungen und Umbuchungen. Ich sollte ein Reisebüro aufmachen.«

»Das wäre keine schlechte Idee.«

Rina lächelte. »Solange du noch in Quinton bist, solltest du mal bei Mr. Lieber vorbeischauen. Ich könnte mir vorstellen, dass die Familie dich gern sehen würde.«

»Wie kommst du denn darauf? Chaim hat mich heute Morgen fast rausgeschmissen.«

»Hm, vielleicht würde Raisie sich über deinen Besuch freuen.«

»Ich kann jetzt niemanden besuchen.« Auf seiner Uhr war es vierzehn Uhr siebenunddreißig. »Wenn wir rechtzeitig in New Jersey im Leichenschauhaus sein wollen, müssen wir uns beeilen. Jonathan hat schon mit Raisie gesprochen. Sie weiß aber nicht, dass ich in Quinton bin. Keiner weiß es. Wie gesagt, Jon und ich mussten uns unter vier Augen unterhalten. Erzähle niemandem, dass ich hier bin.«

»Ich verrate es keinem.«

»Ich glaube kaum, dass ich bei irgendjemandem hier willkommen bin«, gab Decker zu bedenken.

»Wie meinst du das?«

»Das erkläre ich dir, wenn wir uns sehen. Ich muss jetzt Schluss machen. Bis später dann.«

Er legte auf.

Rina hob ihre Einkäufe vom Boden der Telefonzelle auf und versuchte, sich wieder zu fassen. Wie gelähmt war sie gewesen durch diese Nachricht. Sie hatte Raisie angerufen, um zu erfahren, ob Peter dort war. Und dann hatte sie das Schluchzen im Hintergrund gehört.

Sie verließ die City nun früher als geplant. Ihr war die Lust vergangen einzukaufen oder essen zu gehen.

Sie besaß genug Geld für ein Taxi, aber das erschien ihr als Geldverschwendung. Sie sah sich den Busfahrplan an. Es war nicht weit nach Brooklyn – aber wie lange würde sie bei diesem Verkehr wohl brauchen? Langsam ging sie zur Haltestelle. Ihr *scheitl* saß wie ein Helm auf ihrem Kopf. Außerdem schmerzten ihre Schultern von den vielen Einkaufstüten. Warum übertrieb sie es jedes Mal? Als ob es in L. A. keine Kindersachen gäbe. Eigentlich war sie ganz froh, bald abzureisen. Sie wünschte sich so sehr, dass Peter Hannah und sie begleiten würde. Sie hoffte es so …

Ohne Vorwarnung wurde sie mit solcher Wucht nach vorn gestoßen, dass sie stolperte. In ihrem Kopf dröhnte laut ein mehrfaches, scharfes Knallen.

Sie landete flach auf der Motorhaube eines geparkten Wagens, ihr Gesicht schlug gegen das harte Blech, wurde von einem Arm heruntergedrückt. Diese Bewegung kam so plötzlich und wurde derart energisch vollführt, dass sie sich in die Lippe biss.

Ihr Mund füllte sich mit Blut.

Sie konnte kaum atmen, da etwas oder jemand sie nach unten presste, auf ihr lag, sie mit seinem ungeheuren Gewicht geradezu erdrückte. Die Wucht des Aufpralls hatte ihr den Atem genommen, ließ ihren verdrehten Körper schmerzhaft verkrampfen. Sie rang nach Luft.

Dann – so schnell, wie man sie eingeklemmt hatte – wurde sie wieder befreit. Jemand zog sie hoch und stellte sie wieder auf die Beine, benommen und verwirrt.

»Ich bin gestolpert«, entschuldigte sich Donatti bei den Schaulustigen, die sie umringten. Er legte seinen rechten Arm um Rina und zog sie an sich. »Alles in Ordnung, Darling?«

Eine Sekunde noch, und sie hätte um Hilfe gerufen. Doch sie spürte etwas, das sie davon abhielt... etwas Warmes, Feuchtes sickerte durch ihre Kleider. Als sie an sich herabsah, erblickte sie seine linke Hand, die das Jackett festhielt, und das Blut, das aus einem Riss daraus hervortropfte. Ihre Augen weiteten sich, als sie begriff, was dieser scharfe Knall bedeutet hatte. Ihr Mund öffnete sich zu einem Schrei.

Donatti packte sie im Genick und presste seine Lippen fest auf die ihren. Es kam ihr wie eine Ewigkeit vor, dabei waren es nur ein paar Sekunden. Doch es brachte sie zum Schweigen.

»Gott sei Dank, dir ist nichts passiert!« Er griff in eine der Einkaufstüten, riss Wäsche heraus und stopfte sich die Sachen zwischen Jackett und Hemd. Dann küsste er sie erneut und wandte sich den Leuten zu, die Rina noch immer anstarrten. »Ist noch was?«

Schnell zerstreuten sich die Umstehenden; ihre Neugier war ihnen nun selbst peinlich. Donatti zog Rina dichter an sich heran, legte eine Hand um ihre Schulter.

»Nehmen wir uns ein Taxi.«

Es war Rina klar, dass er auf ihre Hilfe angewiesen war. Sie legte ihren Arm um seine Taille, winkte ein Taxi heran und ließ ihn mit ihrer Hilfe als Ersten einsteigen. Dann nahm sie neben ihm Platz und reichte ihm weitere Wäsche aus einer der Tüten. Donatti dankte ihr mit einem Nicken und presste die Sachen gegen seine Wunde.

Sie beugte sich nach vorn zum Fahrer. »Wo ist das nächste Krankenh...«

Donatti zog sie zurück, dann nannte er dem Taxifahrer die Adresse seiner Wohnung. Rina wollte protestieren, doch sein Blick, warnend und bösartig, hielt sie davon ab. Stattdessen holte sie ein rotes T-Shirt hervor und tupfte ihm die nasse Stirn ab. Er nahm ihr das Wäschestück ab und wischte sich damit über das ganze Gesicht. Dann lehnte er sich zurück, schloss die Augen und bemühte sich, möglichst gleichmäßig und ruhig zu atmen.

Die Fahrt schien kein Ende zu nehmen. Der Verkehr war sehr dicht, und sie sprachen kein Wort. Während sie so dahinfuhren, bemerkte sie, dass er immer weiter von ihr wegsackte, bis sein Kopf am Seitenfenster lag. Seine Blutung hatte anscheinend nachgelassen. Vielleicht lief das Blut aber auch nur in das Wäscheknäuel, das er auf die Wunde presste.

Rina schloss die Augen.

Auch das hier würde ein Ende nehmen.

Aber in letzter Zeit konnte nicht allzu oft von einem Happy End die Rede sein.

Die Ankunft des *Meschiech*? Es war besser, einen Glauben zu haben, als ihn zu verlieren.

Vierzig Minuten später bremste das Taxi und hielt an der Bordsteinkante. Sie öffnete die Augen und griff nach ihrer Geldbörse. Donatti legte seine Hand über die ihre. Mit Mühe schob er eine Hand unter sein Jackett, das sich dabei gerade weit genug öffnete, dass Rina die Waffe sehen konnte. Er zog seine Brieftasche heraus und entnahm ihr zwei Hunderter. Dann beugte er sich vor und hielt sie dem Fahrer vor die Nase.

Seine Stimme war kalt.

»Bringen Sie sie zu der Adresse, die sie Ihnen nennt.«

»Aber…«

Donatti schlug Rina eine blutige Hand auf den Mund und ließ den Arm dann langsam wieder zur Seite sinken. »Sie bringen Sie zu der Adresse, die sie Ihnen nennt; danach vergessen Sie, dass Sie uns jemals gesehen haben. Sie wissen, wie ich das meine?«

»Jawohl, Sir.« Die Stimme des Mannes zitterte vor Angst.

»Wissen Sie, wer ich bin?«

»Jawohl, Sir.«

»Wer bin ich?«

»Dieser Mann bei diesem älteren Mann, der beim Gerichtsverfahren… mit dem komischen Anwalt…« Sein Kopf bewegte sich auf und ab wie eine Boje. »Ich weiß, wer Sie sind, ich weiß es.«

»Das ist gut«, sagte Donatti. »Denn jetzt weiß ich auch, wer Sie sind. Sie heißen Farum Narzerian. Sie haben doch bestimmt eine Familie, richtig?«

Der Kopf hüpfte auf und ab.

»Es ist schön, Familie zu haben.« Donatti nahm die Hand des Taxifahrers und knüllte die Geldscheine hinein. »Wenn Sie nun *völlig* vergessen, wer ich bin, dann werde ich *völlig* vergessen, wer Sie sind. Wenn Sie das aber nicht vergessen, dann hab ich ein sehr… gutes… Gedächtnis. Sie wissen, was ich meine?«

»Jawohl, Sir.«

Er blickte Rina von der Seite an. Dann griff er nach der Tür, um sie zu öffnen. Seine Hand war blutverschmiert. »Machen Sie's gut.«

Wieder wollte sie etwas sagen. Wieder schlug Donatti ihr auf den Mund. Fest. Ihre Lippe tat ohnehin schon weh, seit sie sich darauf gebissen hatte. Er sprach in tiefem, bestimmtem Ton: »Wissen Sie noch, was Sie darüber sagten, wie es mir ergehen würde, wenn ich Sie anrührte?«

Sie wischte sich die Lippen ab. »Ja.«

»Nehmen Sie es *zurück*?«

»Ja.«

»Können Sie das?«

»Ja.«

Er sah sie an.

»Es ist okay.« Sie nickte. »Ich verstehe, was Sie getan und warum Sie es getan haben. Es bedeutete nichts.«

»Sie haben Recht. Es hatte keine Bedeutung.« Blitzartig war er über ihr, küsste sie leidenschaftlich. »Aber dieser hier… der bedeutet etwas.« Er quälte sich ein Lächeln ab. »Verlassen Sie die Stadt. Fliegen Sie nach Hause. Passen Sie auf sich auf. Das ist mein Ernst. Ich mag Sie nämlich.«

Er öffnete die Tür und humpelte hinaus. Sie sah, wie er eine Glastür aufschloss und ein Foyer betrat. Wenige Augenblicke später war er verschwunden.

24

Jonathan stand völlig neben sich, das Gesicht kreidebleich, asch-fahl.

Nachdem die Berge von Papierkram erledigt waren, nahm De-cker den Arm seines Bruders und ging mit ihm nach draußen zum Parkplatz, auf dem der Van stand. Als er Jons zitternde Hände sah, bot Decker sich an zu fahren. Jonathan lehnte dies ab und nahm auf dem Fahrersitz Platz. Minutenlang saßen sie schwei-gend da und starrten vor sich hin.

Jonathans Augen waren rot vom Weinen. »Was für ein Mons-ter tut so etwas?«, sagte er leise.

Decker wusste keine Antwort. Schuldgefühle quälten ihn. Er hätte Shayndie mit Waffengewalt befreien und Donatti erschie-ßen, sich mehr auf seinen Instinkt als auf diesen Scheißkerl ver-lassen sollen.

»Was ist das für ein *Gott*, der solche Ungeheuer erschafft?«, fragte Jonathan.

»Ich werde fahren«, bot Decker erneut an.

»Es geht schon«, antwortete Jonathan. »Danke, dass du ge-kommen bist.«

»Ich wollte nur…« Decker spürte den Drang, auf das Armatu-renbrett einzuschlagen, klopfte aber schließlich nur darauf he-rum. »Es tut mir Leid, dass ich euch im Stich gelassen habe. Die ganze Familie.«

»Das hast du nicht, Akiva. Sei nicht albern.«

»Was weißt du schon!«

Jonathan wandte sich zu ihm, wartete auf eine Erklärung.

»Ich hätte es besser machen können.« Decker wirkte beschämt.

»Das glaube ich einfach nicht. Wenn uns einer im Stich gelas-sen hat, dann Gott. Wir sind nur Bauern für ihn – kleine Schach-figuren, die Er auf Seinem Spielbrett, das man das Universum nennt, herumschiebt.« Seine Lippen bebten. »Nicht dass ich Seine Weisheit anzweifeln würde. Aus diesem Grund sprechen wir das *Baruch Dayan Emet* (Gelobt sei der gerechte Richter). In der Theorie glaube ich jedes Wort. Aber ich bin nur ein Mensch... fehlbar... von Gefühlen geleitet. Und im Moment bin ich sehr wütend auf Ihn.«

Tränen rannen über seine Wangen.

»Nicht nur du, Bruderherz.« Decker sank in den Sitz zurück. »Nicht nur du.«

Weitere Zeit verging. Schließlich ließ Jonathan den Motor an und legte den Rückwärtsgang ein. »Wohin jetzt?«

»Während du die Papiere unterschrieben hast, hab ich Micky Novack erreicht. Ich soll ihn in einem Restaurant treffen...« Decker sah auf den Zettel. »Am Broadway zwischen der 114. und 115. Straße... vielleicht auch zwischen der 115. und der 116.« Er nannte ihm die genaue Adresse. »Das dürfte nicht länger als eine Stunde dauern. Danach werde ich Rina und Hannah in eurer Wohnung abholen und sie zum Flughafen bringen.«

»Wann fliegen sie?«

»Irgendwann nach neun. Es ist ein Linienflug. Ab La Guardia.« Auf Deckers Uhr war es sechs. »Wird das zu knapp?«

»Angenommen, du bist um sieben dort fertig. Man braucht mindestens eine Dreiviertelstunde bis hinaus nach La Guardia, wenn der Verkehr nicht zu dicht ist.« Ein Seufzer. »Ja, das wird zu knapp.«

»Gib mir eine halbe Stunde mit Novack.«

»Weißt du was«, schlug Jonathan vor, »ich setze dich ab, fahre schnell in meine *schul*, höre den Anrufbeantworter ab und nehme die Post mit. Dann komme ich zurück und hol dich wieder ab. Dafür sollten die dreißig Minuten gerade reichen.«

»Klingt gut.«

»Ja, in der Theorie klingt immer alles gut.«

Novack erhob sich, als Decker das Deli betrat. Der Laden war so klein wie ein Kiosk, voll gestopft mit einem halben Dutzend linoleumbezogener Tische samt Stühlen mit rissigen Kunstlederpolstern. Es gab auch einen Tresen mit Barhockern. Alle Plätze waren besetzt. Es war nach Dienstschluss, und der Detective hatte den Anzug gegen Flanellhemd und Jeans getauscht. Seine Finger waren fettig von den Pommes frites, die er knabberte. Ein halb aufgegessenes Cornedbeefsandwich lag auf dem Teller, daneben zwei Essiggurken. Decker setzte sich ihm gegenüber, zwängte sich da hinein, wo eigentlich kein Platz mehr war. Er begann zu schwitzen, lockerte daraufhin seine Krawatte und öffnete die obersten Hemdknöpfe.

»Sie schwitzen ja. Geht es Ihnen nicht gut?«, fragte Novack.

»Ich glaube, mein Blutzuckerspiegel ist zu niedrig.« Sein Blick fiel auf Novacks halbes Sandwich. »Der Laden ist wohl nicht koscher, was?«

»›Auf koschere Art.‹ Das zählt nicht, ich weiß. Es gibt hier ein paar vegetarische Sachen. Ich glaube, die Graupensuppe mit Pilzen ist vegetarisch.«

»Die wird's tun.«

»Kaffee?«

»Wunderbar.«

Novack winkte die Kellnerin herbei – eine dürre ältliche Frau namens Alma. Fünf Minuten später stand eine dampfende Tasse Suppe vor Deckers Nase. Es schmeckte noch besser, als es roch. Dazu gab es frisches Roggenbrot mit einer dicken Körnerkruste. Decker fühlte sich wie im Himmel, auch wenn er langsam essen musste.

Novack hatte sein Sandwich aufgegessen und bestellte sich als Nachspeise eine Tasse Kaffee und ein großes Stück Apfelkuchen.

»Was zum Teufel ist mit Ihrem Gesicht passiert?«

Decker erzählte ihm die Geschichte mit dem Schläger.

Novack schaute skeptisch. »Zeigen Sie den Kerl an?«

»Er ist weggelaufen. Ich hätte ihn ja verfolgen können, aber mir drehte sich alles.«

»Das sieht ziemlich schmerzhaft aus.«

»Es tut weh, aber es ist halb so schlimm. Meine Frau weiß noch nichts davon.«

Novack kratzte sich an der Wange. »Begeistert wird sie nicht gerade sein. Also, wenn ich an ihrer Stelle wäre, würde ich denken, dass Sie vielleicht nicht so ganz die Wahrheit sagen. Dass jemand Sie angegriffen hat, und Sie versuchen, Ihre Frau zu schonen – oder vielleicht versuchen, ihr etwas zu *verheimlichen*. Oder vielleicht allen etwas zu *verheimlichen*, mich inbegriffen?«

Ein mahnender Blick.

Decker gab sich lässig. »Wenn jemand hinter mir her gewesen wäre, Novack, hätte ich jetzt eine Kugel im Kopf.«

Novack überlegte. Wahrscheinlich stimmte es. »Wir müssen ehrlich zueinander sein, Pete.«

»Absolut«, log Decker.

»Ja, absolut.« Novacks Tonfall wirkte zynisch, aber er hakte nicht weiter nach. »Sie kommen also gerade von der Polizei in Fort Lee?«

Eigentlich aus dem Leichenschauhaus von Bergen County. Wissen die da, was sie tun?«

»Ja, Bergen bekommt die Leichen zum Teil von uns, es ist ja gleich über die Brücke. Ich will nicht behaupten, dass der Park als Abladeplatz für Leichen dient – das Gelände wird ständig überwacht, weil es viele Besucher dort gibt –, aber es ist ein weitläufiges Areal, und das ist nicht das erste Mal, dass dort eine Leiche gefunden wurde.«

»Gibt es eine abteilungsübergreifende Zusammenarbeit?«

»Im Idealfall, ja. Aber in der Praxis kommt es darauf an, wer die Ermittlungen leitet.«

»Ein gewisser Martin Fiorelli.«

»Den Namen hab ich schon mal gehört, aber ich hatte noch nicht das Vergnügen, mit ihm oder überhaupt der Polizei von New Jersey zusammenzuarbeiten. Ich kenne ein paar Leute, die mit denen zu tun hatten. Ich will niemanden mies machen oder so, aber die kleineren Polizeibehörden glauben immer, das NYPD würde auftauchen und alles an sich reißen. Das mag in manchen Fällen gerechtfertigt sein; wir haben einige echte Nervensägen. Aber das ist noch lange kein Grund, Informationen zurückzuhalten. Es wäre für mich nämlich von großem Interesse zu erfahren, ob die ballistische Untersuchung eine Übereinstimmung ergibt – schließlich sieht es so aus, als würde es sich um dieselbe Vorgehensweise handeln.«

»Der einzelne Schuss in den Kopf war auf dem Identifizierungsfoto zu erkennen, aber sie wurde auch in die Brust getroffen«, sagte Decker.

»Tatsächlich? Haben Sie das selbst gesehen?«

»Nein, ich habe am Tatort den Bericht des Leichenbeschauers überflogen. Ich wollte, ich hätte mehr Zeit gehabt, ihn zu studieren, aber ich war zu sehr damit beschäftigt, mich um meinen Bruder zu kümmern.«

»Wie geht es ihm?«

»Nicht besonders.« Decker aß den letzten Löffel Suppe. Nun fühlte er sich besser. »Keinem von uns geht es besonders gut.«

»Das kann ich mir vorstellen.« Novack schüttelte den Kopf. »Ich weiß nicht, wie lange die Leiche schon dort lag, und frage mich, ob das Mädchen nicht zur gleichen Zeit wie Ephraim umgebracht wurde.«

»In dem Bericht stand, der Tod sei etwa zwei bis vier Stunden vor dem Zeitpunkt eingetreten, an dem sie gefunden wurde.«

»Sie war also noch warm?«

»Ja.«

»Wie schrecklich. Keine Totenst…«

»Nicht die Spur«, kam ihm Decker zuvor. »Keine erkennbare Leichenblässe.«

An die Stelle des Schocks traten bei Decker nun Schuldgefühle. Warum in aller Welt hatte er diesem Dreckskerl vertraut! Vielleicht konnte er ihn verhaften lassen? Aber mit welcher Begründung?

»…ganz klar, dass das Mädchen Zeugin von irgendetwas wurde. Vielleicht entkam sie, wurde aufgespürt und ermordet.«

Konzentrier dich, Decker! »Oder vielleicht hing sie von Anfang an mit drin.«

»Sie hat ihrem Onkel etwas angehängt?« Novacks Gesicht verriet, dass er ihm das nicht abkaufte.

»Möglicherweise galt es ihr«, tastete sich Decker vor. »Der Onkel war zur falschen Zeit am falschen Ort.«

»Er war der Drogenabhängige«, entgegnete Novack.

»Der seit über zwei Jahren clean war.« Decker signalisierte der Kellnerin, ihm noch eine Tasse Kaffee zu bringen. »Wir wissen es ganz einfach nicht.«

»*Wir* wissen es nicht?« Novack sah ihn kühl an. »Sie sind jetzt also Ehrenmitglied der Mordkommission des 28. Reviers? Ich dachte, Sie wollten weg und hätten sich schon längst verabschiedet.«

»Also, ich will ja niemandem zu nahe treten, aber ich dachte, wenn ich schon von so weit her komme, dann bleibe ich lieber noch eine Weile.«

»Wie lange?«

»Am Freitag bin ich weg.«

Die beiden Männer musterten einander.

»Ehrlich, Mick. Am Freitag bin ich weg. Ich muss zu meinen Eltern. Sie sind bestimmt schon sauer, weil ich meinen Besuch um zwei Tage verschoben habe.«

»Und warum?« Novack kratzte sich am Kopf. »Worum geht's Ihnen, Pete?«

»Ich habe versagt. Ich will noch einmal von vorn anfangen, jetzt, wo ich ein bisschen mehr über die Familiendynamik weiß.«

»Erzählen Sie mir die Einzelheiten, Pete«, forderte Novack ihn auf. »So etwas macht einen ermittelnden Detective sehr froh.«

»Also gut, hören Sie zu. Ich weiß, dass Chaim sich über die Beteiligung seines Bruders am Geschäft ärgerte. Aber vielleicht hatte er ja einen Grund für seine Feindseligkeit.«

»Zunächst einmal: Woher wissen Sie, dass er sich ärgerte?«

»Als das mit Shayndie bekannt wurde, war ich gerade dabei, dem alten Herrn einen Kondolenzbesuch abzustatten. Ich sprach mit dem Vater über Ephraim. Versuchte, freundlich zu sein. Ephraim war *tot*, aber Minda und Chaim ließen noch immer kein gutes Haar an ihm. Übrigens war Chaim sehr besorgt wegen möglicher Diebstähle.«

»Woher wissen Sie das?«

»Ich hatte bei Ephraims Beerdigung eine Unterhaltung mit dem Ladenpersonal. Man erzählte mir, dass Chaim sich Gedanken wegen möglicher Diebstähle machte. Ephraim war für die Lagerhaltung zuständig. Vielleicht hat er geklaut. Sind Sie einmal die Unterlagen durchgegangen, die in Ephraims Wohnung lagen?«

»Ich hab etwa die Hälfte davon überflogen. Nur Inventarlisten.

Sagt mir alles nichts, weil ich keinen Vergleich habe. Ich kann nicht feststellen, ob am Inventar herummanipuliert wurde oder nicht. Glauben Sie, Chaim hat jemanden angeheuert, um seinen Bruder Ephraim zu beseitigen, weil er gestohlen hat?«

Decker dachte über diese Frage nach.

Es wäre nicht das erste Mal in der jüdischen Geschichte, dass ein Bruder gegen den anderen kämpfte. Brudermord kam in der Bibel häufig vor. Kain und Abel. Isaak und Ismael. Jakob und Esau. Joseph und seine Brüder. Im Buch Genesis war der Hass unter Geschwistern eher die Regel als die Ausnahme.

»Ja, warum nicht?«

»Weil es leichter gewesen wäre, ihn zu feuern, Decker.«

»Dann war es vielleicht umgekehrt. Chaim hat das Geschäft bestohlen, und Ephraim hat ihn erwischt, nachdem der alte Herr dem jüngeren Sohn die Lagerhaltung übertragen hatte. Vielleicht ärgerte es Chaim, dass Ephraim so gut dastand, vor allem, weil er sich selbst schon jahrelang in den Läden abrackerte und Ephraim erst sehr viel später dazukam. Außerdem könnte Chaim den Diebstahl damit gerechtfertigt haben, dass er sich einredete, der Laden würde ihm ohnehin gehören. Wenn er jemanden bestahl, dann doch nur die Versicherung.«

Novack horchte auf. »Chaim hat fingierte Ansprüche geltend gemacht?«

»Das dürfte leicht zu überprüfen sein.«

»Stimmt«, meinte Novack. »Wenn etwas an diesen neuen Informationen dran ist, dann gibt es also Juden, die kein Problem damit haben, einen Betrug zu begehen. Aber wenn Chaim seinen Bruder umlegen wollte, warum brachte er dann seine eigene Tochter in Gefahr? Warum erledigte er Ephraim nicht in dessen Wohnung oder als dieser seine Drogenhöhle verließ – als er allein war? Warum tat er es, wenn er doch wusste, dass Ephraim gerade an diesem Tag mit Shayndie etwas unternehmen wollte?«

»Genau diese Frage beschäftigt mich«, antwortete Decker. »Die einzige Antwort, auf die ich komme, ist die, dass man den Verdacht von sich ablenken kann, wenn man seine eigene Tochter in Gefahr bringt. Als Bruder des Opfers wird die Polizei gegen einen ermitteln, vor *allem dann*, wenn man zusammengearbeitet hat. Wenn aber die eigene Tochter auch zum Opfer wird, tja, dann wird sie sich eher zurückhalten.«

»Wollen Sie damit sagen, dass Chaim seine eigene Tochter in Gefahr gebracht hat, um Ephraim daran zu hindern, seinem alten Herrn zu verraten, dass Chaim den eigenen Laden bestahl?«

»Ich behaupte nicht, das hieb- und stichfest beweisen zu können. Ich zeige nur Möglichkeiten auf.«

»Seien Sie nicht gleich eingeschnappt, Lieutenant.« Novack trank seinen Kaffee aus. »Wir stehen auf der gleichen Seite. Vielleicht haben Sie ja noch Hunger.« Wieder winkte er der Kellnerin. »Er möchte noch eine Tasse Suppe, Alma.«

»Ich muss in zehn Minuten weg«, warf Decker ein.

»Machen Sie schnell!«, rief Novack der Kellnerin nach.

»Zwei Blocks von hier ist ein McDonald's, wenn es so schnell gehen muss«, grummelte Alma beleidigt und verschwand.

Decker beugte sich über den Tisch und sprach leise. »Vielleicht hat Chaim die Killer dafür bezahlt, den Bruder umzulegen, aber das Mädchen laufen zu lassen. Vielleicht gibt es deshalb keine Beweise dafür, dass Shayndie im Hotel war. Sie ließen sie laufen. Aber irgendetwas ging schief.«

»Was zum Beispiel?«

»Keine Ahnung. Vielleicht sollte sie in Panik nach Hause laufen und ihrem Vater alles erzählen. Dann wären sie zusammen zur Polizei gegangen … Vielleicht hätte Chaim sich eine Geschichte ausgedacht, die das Geschehen erklärt und zugleich den Verdacht von ihm abgelenkt hätte. Aber stattdessen rastete Shayndie aus und tauchte unter. Und da verloren die Killer die Nerven. Sie trauten ihr wohl nicht über den Weg, also machten sie sie ausfindig und legten sie auch um. Aber das gehörte nicht zum ursprünglichen Plan.«

Novack antwortete nicht gleich. »Sie war Zeugin des Kidnappings. Also musste man sich um sie kümmern.«

»Genau.«

»Und warum brachte Ihr Bruder Sie ins Spiel?«, wollte Novack wissen.

»Ich hab mich mit meinem Bruder darüber unterhalten. Vielleicht hatte ich nur eine Vorzeigefunktion. Durch mich konnte Chaim allen überzeugend demonstrieren, dass ihm wirklich etwas an der Sache lag. Dabei können Chaim und Minda mich in Wirklichkeit nicht ausstehen und haben mir nur Steine in den Weg gelegt.«

»Interessant.«

Die zweite Tasse wurde so heftig auf den Tisch gestellt, dass die Suppe über den Rand schwappte.

»Essen Sie«, sagte Novack. »Sie müssen was zu sich nehmen.«

Während Decker die Suppe löffelte, dachte er über Donatti nach. Der Mord erschien ihm zu schlampig für die Handschrift dieses Mistkerls. Und warum hätte er Decker gegenüber zugeben sollen, dass sie bei ihm war? Warum um Gottes willen *ließ er ihn zu ihr, um mit ihr zu reden* – um sie dann umzubringen?

Um ihn von der Fährte abzubringen?

Wenn Donatti der Täter war, dann war er prahlerisch und leichtsinnig geworden, und das passte nicht zu ihm. Dieser Mann war eiskalt.

Novack spekulierte: »Vielleicht hat Chaim Sie ins Spiel gebracht, weil er einiges von Ihnen wollte. Erstens: Sie konnten eher als er herausbekommen, was die Polizei wusste. Sie würden es ihm berichten, und er konnte dann überlegen, wie er weiter vorgehen sollte. Oder zweitens: Shayndie war verschwunden, und er brauchte Sie, um sie zu aufzuspüren.«

»Klingt plausibel.« Decker sah auf seine Armbanduhr. Er hatte nur noch zwei Minuten, bis Jonathan ihn abholen kam. »Irgendwas über Virgil Merrin herausbekommen?«

»Er war acht Jahre als Lieutenant bei der Polizei in Charleston beschäftigt. Davor jobbte er eine ganze Weile herum… meist bei der texanischen Polizei. So was ist immer ein bisschen merkwürdig, außer wenn einer damit eine Strategie verfolgt. Nun ja, man verbessert sich ständig, bis man irgendwo die Nummer eins ist. Scheint, als hätte er Erfolg gehabt.«

»Ich hab ihn heute in einem Tattlers gesehen, Mike.«

»Interessant.« Novack hob die Augenbrauen. »Was haben *Sie* denn in einem Tattlers zu suchen?«

»Das ist eine lange Geschichte. Ich war dort mit Jonathan…«

»Dem Rabbi?«

»Ja.«

»Sieh mal einer an.«

»Er wollte mich in einem Lokal treffen, wo niemand aus der jüdischen Gemeinde von Quinton auftauchen würde.«

»Das sagen alle.«

»Vielleicht ist mein Bruder ja auch ein geiler Bock. Aber darum geht es hier nicht. Hier geht's um Virgil Merrin. Er schien dort Stammkunde zu sein.«

»Ich werde weiterforschen.«

»Danke. Sie sind sehr hilfsbereit.«

»Ja, das stimmt. Ich bin ein bisschen blöd, wenn Sie's genau wissen wollen.«

»Ich glaube, ich hab's mir bei ihm verscherzt. Bei Merrin«, sagte Decker. »Ziemlich sicher sogar.«

»Wie das?«

Decker berichtete es ihm.

»Das war unklug. Warum haben Sie das getan?«

»Es kotzte mich an… wie er sich aufführte. Ich war auch stinksauer, dass er davon ausging, ich wär so wie er.«

»Decker, wenn Sie seine Hilfe wollen, dann müssen Sie ihn davon überzeugen, dass Sie beide etwas gemeinsam haben.«

»Ja, ich weiß, das war unklug von mir. Ich hab in letzter Zeit viele Dummheiten gemacht.«

»Dann sollten Sie vielleicht damit aufhören, ehe Sie Probleme kriegen, die über ein blaues Auge hinausgehen.« Novacks Warnung war mit Freundlichkeit verbrämt. »Vor allem, wenn Sie mir irgendeinen Scheiß auftischen und behaupten, ein anonymer Anrufer hätte Ihrem Bruder zu verstehen gegeben, Sie sollten ›von der Bildfläche verschwinden‹. Das hört sich nicht allzu gut an.«

»Das hat er nicht Jonathan gesagt, sondern Chaim. Jonathan hat nie mit diesem Kerl gesprochen.«

»Es könnte also sein, dass Chaim lügt.«

»Mit Sicherheit.« Decker runzelte die Stirn. »Wenn irgend so ein Irrer glaubt, er könnte mich einschüchtern, dann hat er sich gewaltig geschnitten.«

»Womit könnte man Sie denn einschüchtern?«, fragte Novack.

»Vielleicht durch eine Waffe an der Schläfe.« Decker zuckte die Achseln. »Vielleicht nicht einmal damit. Aber ganz bestimmt durch eine Waffe an der Schläfe meiner Frau.« Es lief ihm eiskalt über den Rücken. »Ich werde aufatmen, wenn sie hier weg ist.«

»Wann fliegt sie?«

Decker sah auf seine Armbanduhr. »Ich bringe sie jetzt gleich zum Flughafen.« Er zog zwei Zwanziger heraus. »Reicht das?«

»Ist viel zu viel. Auf der Rechnung steht nur achtzehn fünfzig.«

»Der Rest ist Trinkgeld.«

»Einundzwanzig Dollar fünfzig?« Novack lachte. »Das ist mehr als der übliche Tarif für einen Blowjob.«

»Alma sieht aus wie achtzig«, bemerkte Decker. »Aber wenn sie willig ist, Novack, gebe ich Ihnen einen aus.«

»Achtzig ist ein bisschen alt«, fand Novack, »aber es hat auch seine Vorteile. Ich glaube, Alma trägt ein Gebiss. Schon mal von 'ner Zahnlosen einen geblasen bekommen?«

»Hatte noch nie das Vergnügen.«

»Die reine Freude.« Novack grinste.

»Ja, Zahnlosigkeit ist gar nicht so übel.« Schweigen.

Dann brach Novack in schallendes Gelächter aus. Decker tat es ihm gleich.

Novack zeigte glucksend mit dem Finger auf ihn. »Ich hab Sie drangekriegt.«

»Leck mich, Novack.«

Decker sprach ein wenig zu laut. Alma eilte zu ihnen. »Irgendwelche Probleme, Detective Novack?«

»Alma, dieser Herr hat Ihnen gerade einundzwanzig Dollar fünfzig Trinkgeld gegeben.«

Die alte Dame lächelte breit und entblößte ihre dritten Zähne.

»Danke. Sie haben den Tag gerettet. Wenn Sie das nächste Mal kommen, kriegen Sie eine Extraportion.«

Decker wusste, dass sie freundlich sein wollte, aber es wirkte nicht überzeugend. Er dankte ihr und ging.

25

Rina wollte sich ihre Verärgerung nicht anmerken lassen, zumindest nicht vor Jonathan, doch innerlich drehte sich ihr der Magen um vor Angst und Sorge. Es war absolut leichtsinnig von Peter, in New York zu bleiben, obwohl er dort ganz eindeutig jemandem im Weg war.

Eigentlich waren sie *beide* jemandem im Weg.

Doch vielleicht stimmte das nicht ganz: Als sie die Geschehnisse dieses Nachmittags noch einmal Revue passieren ließ, schien es ihr immer wahrscheinlicher, dass der Schütze es auf Donatti abgesehen haben musste und nicht auf sie. Vielleicht war sie einfach nur zur falschen Zeit am falschen Ort gewesen, oder – was durchaus denkbar schien – Donatti war ihr wie beim ersten Mal gefolgt, wodurch sie dann ins Visier des Schützen geriet. Oder er wusste etwas, was sie nicht wusste, und hatte sie beobachtet ...

»Ich weiß, ich weiß«, brummte Decker, »das war zu knapp.«

»Warum hast du so lange gebraucht?« Rina konnte ihren Ärger nur mühsam verbergen.

»Ich hab mich verzettelt«, gab er zu, »es tut mir wirklich Leid.«

»In einer Viertelstunde sind wir da«, beruhigte Jonathan sie, »ihr schafft es.«

»Wann kommst du nach, Daddy?«

Vor fünf Minuten hatte Hannah dasselbe gefragt. »Am Freitag, Schatz«, erwiderte Decker.

»Versprochen?«

»Versprochen.«

Die Kleine nickte, wirkte aber immer noch traurig.

»Ich *verspreche* es dir, Hannah Rosie«, wiederholte er. »Du darfst auf meinem Schoß sitzen, wenn ich den *Kiddusch* bete.«

»Beim *Kiddusch* steht man«, korrigierte ihn Hannah.

»Danach«, versicherte er, »beim Essen.«

»Und da darf ich die ganze Zeit auf deinem Schoß sitzen?«

»Nicht die ganze, aber die meiste.«

Hannah sah ratlos zu ihrer Mutter. Rina nahm ihre Hand: »Er kommt, Hannah, er muss nur noch ein paar Sachen…«

»Ja, ja, ich weiß schon«, unterbrach sie das Mädchen, »hoffentlich backt Oma etwas mit mir.«

»Bestimmt.«

»Ich mag Omas Kekse so gern.«

»Die sind wirklich klasse.«

»Wir sind da.« Jonathan studierte die Anzeigetafeln der Parkdecks, aber es war fast alles voll. »Die Parkplatzsuche wird schwierig.«

»Lass uns einfach hier raus«, schlug Rina vor, »wir schaffen das schon.«

»Mit dem schweren Koffer?«, wandte Peter ein.

»Ja«, entgegnete Rina, »dort vorn kannst du halten, Jonathan.«

Peter merkte, wie verärgert sie war. »Ich helfe dir…«

»Ich brauch keine Hilfe.« Rina versuchte mit normaler Stimme zu sprechen. »Ich will nur, dass mit dir alles okay ist.«

»Das ist es.«

»Du siehst aber nicht so aus.« Rina schwieg. Jonathan lenkte den Wagen an den Straßenrand. Rina stieg aus und öffnete die Heckklappe.

Peter war neben ihr und griff nach dem Koffer.

»Ich kann das allein!«

Er hielt sie am Arm: »Bitte, Rina, sei nicht so stur. Du weißt, ich liebe dich. Bitte!«

Sie gab nach und berührte sanft sein Auge. »Tut es sehr weh?«

»Nicht halb so weh wie dein Zorn.«

Sie küsste ihn zärtlich. »Ich liebe dich doch. Genau wie deine Kinder. Deine Eltern. Und dein Bruder… deine Geschwister. Viele Menschen hängen an dir.«

»Das hab ich nicht vergessen«, Peter hievte zuerst den Koffer und dann die Reisetasche aus dem Auto, »ich mach schon keine Dummheiten.«

»Ich hoffe, du meinst es ernst. Deine Erklärung für dein blaues Auge kommt mir spanisch vor.«

»Du glaubst, ich belüge dich?«

»Vielleicht.« Rina rollte den Koffer zum Eingang und zeigte dem Sicherheitsbeamten ihre Flugtickets.

Peter hob seine Tochter hoch und nahm sie fest in die Arme. »Ich hab dich lieb, Kleines.«

»Ich dich auch.« Sie küsste ihn auf die Wange. »Du fehlst mir bestimmt.«

»Pass gut auf deine Mama auf.«

»Ich dachte, sie passt auf mich auf.«

»Na, dann passt doch gegenseitig auf euch auf.«

»Okay.«

Er stellte sie wieder auf den Boden; Rina umarmte Jonathan und küsste dann ihren Mann. »Wir müssen los.«

Jonathan hielt Rina zehn Dollar hin. »Für die *Zedaka*.«

Rina nahm den Schein. »Bis zum nächsten Mal, Jonathan, und hoffentlich zu einem schöneren Anlass. *Auf simchas.*«

»Amen!«

Peter küsste seine Tochter, dann seine Frau. »Ich hab euch lieb. Passt auf euch auf.«

Rina griff nach Hannahs Hand, nahm das Gepäck und hastete durch die Glastür.

Der Flug hatte Verspätung.

Unter den gegebenen Umständen war es eine willkommene Pause. Sie ließ sich auf einer der harten Bänke in der Abfertigungshalle nieder. Hannah holte ein Buch aus ihrem Rucksack und fing zu lesen an.

»Möchtest du etwas essen?«, fragte Rina.

»Nein, danke, Eema, ich hab keinen Hunger.«

Rina lehnte sich zurück und schloss die Augen. Doch mit einem Mal riss sie sie wieder auf und fuhr hoch.

»Was ist?«, fragte Hannah.

»Ach …« *Jetzt nur schnell etwas erfinden.* »Ich hab was liegen lassen. Nichts Wichtiges. Das bekomm ich auch bei Oma.«

Hannah zuckte die Achseln und vertiefte sich wieder in das Buch. Rina machte sich Selbstvorwürfe. Wie hatte sie sich nur so sicher fühlen können? Noch am Nachmittag hatte jemand auf sie geschossen – obwohl die Kugeln wahrscheinlich für Donatti bestimmt waren … oder?

Waren sie vielleicht eine Warnung an Peter gewesen?

Wenn sie das herausfinden wollte, gab es nur eine einzige Möglichkeit.

»Ich muss mal eben telefonieren, ohne dass jemand zuhört, Hannalah.«

Hannah schaute auf.

»Ich rück mal ein paar Sitze weiter.«

»Ich hör nicht mit, Eema.«

»Ich weiß, Liebling. Aber besser ist es, wenn du gar nichts hörst.« Rina setzte sich auf einen freien Platz gegenüber und holte ihr Handy aus der Handtasche. Randy war sofort am Hörer.

»Hallo, Schwägerin. Ihr habt Verspätung?«

»Ja, wahrscheinlich wird es ein Stündchen später. Ich hoffe, das macht Mama nicht zu viel Umstände. Vor ein Uhr nachts sind wir nicht da.«

»Keine Sorge – ich werde euch vom Flughafen abholen. Mom und Dad hab ich schon ins Bett geschickt.«

Rina schwieg.

»Was ist los, Rina? Ist alles okay mit ihm?«, fragte Randy.

»Jemand hat ihm ein blaues Auge geschlagen, Randy.«

Wieder eine Pause.

»Er wollte unbedingt hier bleiben. Ich mach mir Sorgen.«

»Soll ich nach New York kommen?«

»Vielleicht wird's darauf hinauslaufen. Das besprechen wir, wenn ich bei euch bin.«

»Rina, er ist kein leichtsinniger Mann und lange genug dabei, um zu wissen, wo seine Grenzen sind.«

»Hoffentlich hast du Recht.« Sie nahm all ihren Mut zusammen. »Randy, ich bin sehr müde. Und da der Flug auf unbestimmte Zeit verschoben ist, dachte ich, ich könnte vielleicht … Könntest du uns auch erst morgen früh abholen?«

Randy gab keine Antwort.

»Wäre das möglich?«

»Möglich ist alles.«

»Ich dachte, ich fahr nach Brooklyn zurück ...«

»Rina, mach mir nichts vor. Was hast du vor?«

»Ich muss mit jemandem reden ...«

»Mit wem?«

Rina wich seiner Frage aus. »Es dauert nur ein paar Stunden. Ich nehm dann die Morgenmaschine und komme gegen neun in Orlando an. Geht das?«

»Klar geht das. Aber es gefällt mir nicht.«

»Dann gefällt dir das, was jetzt kommt, bestimmt noch weniger: Ich will nicht, dass Peter etwas davon erfährt. Ich ruf ihn heute Abend noch an. Aber wenn er sich morgen bei dir meldet und etwas wissen oder mit Hannah sprechen will, kannst du dir dann eine Ausrede ausdenken?«

Randy schwieg.

»Randy ...«

»Ich hab schon verstanden. Hör mal, Rina, wenn Pete rumschnüffelt, ist das eine Sache. Aber mit dir ist das was völlig anderes. Wie stellst du dir das eigentlich vor?«

»Randy, bitte! Nur bis morgen früh!«

»Ihr beide habt einander verdient.« Er klang sehr verärgert. »Und was machst du mit Hannah?«

»Ich nehm sie auf jeden Fall mit nach Brooklyn ...«

»Wenn du morgen da bist, werden wir beide uns einmal ausführlich unterhalten müssen.«

»Okay, ich erzähl dir dann alles, was ich weiß. Von A bis Z, Randy.«

»Ich mag den Kerl. Und er ist mein einziger Bruder. Und dich kann ich auch ganz gut leiden.«

»Ich mach schon keine Dummheiten.«

»Dein Wort in Gottes Ohr.« Randy machte eine Pause und sagte dann, diesmal entschlossen: »Okay. Okay, ich decke dich. Ich muss sowieso mit Pete reden. Er hat mich um ein paar Infos gebeten, und morgen früh hab ich vielleicht Neuigkeiten für ihn.«

»Er hat dich angerufen?«

»Ja, vor ein paar Tagen.«

»Was wollte er wissen?«

»Das kann ich dir nicht sagen, Rina. Aber überleg dir bitte ganz genau, was du da tust, denn rechtlich gesehen bin ich Hannahs Vormund. Und möchtet ihr etwa, dass *ich* eure Tochter erziehe, wenn euch etwas zustößt?«

Randy hatte schon Ehefrau Nummer vier, und das war natürlich ein schlagkräftiges Argument.

»Trotzdem bist du ein feiner Mensch.«

»Kann sein, Schwägerin, aber wir haben nicht ganz denselben Stil, wenn du verstehst, was ich meine.«

»Die Botschaft ist angekommen, vielen Dank.«

»Ich werde mich viel besser fühlen, wenn du dich persönlich bei mir bedankst.«

Kurz vor Mitternacht kam sie wieder in Manhattan an. Zu ihrer großen Überraschung benötigte sie nur zwanzig Minuten bis in den Norden und war erstaunt, wie schnell man die Stadt ohne den störenden Berufsverkehr durchqueren konnte. Sie stieg allerdings nicht sofort aus Sora Lazarus' altem Honda, sondern blieb noch einen Moment sitzen und starrte das Haus an. Sie musste handeln, und die Zeit war knapp. Schließlich brachte sie genug Mut auf auszusteigen, und rannte dann hinüber zur Eingangshalle des Gebäudes.

Donattis Name war nirgends zu finden.

Entweder stand er nicht auf dem Klingelschild, oder sie hatte die falsche Hausnummer. Es war natürlich schon viel zu spät, um aufs Geratewohl Klingelknöpfe zu drücken, aber da sie schon einmal hier war, wollte sie sich auch nicht gleich geschlagen geben. Da der vierte und fünfte Stock von einem einzigen Mieter namens MMO bezogen war, ging sie davon aus, dass ihre Chancen dort am größten waren. Doch noch bevor sie den Knopf drücken konnte, gab die Tür ein entnervendes Summen von sich.

Sie trat ein und ging zum Aufzug.

Doch wohin jetzt?

Nicht der geringste Hinweis.

Er würde sie holen kommen.

So war es auch – mit tief eingefallenen Augen, bleichen Lippen und geröteter, aber gleichzeitig wächsern wirkender Haut kam er ihr entgegen. Er trug eine schwarze Jogginghose und ein weit geschnittenes weißes T-Shirt und ging barfuß. Er winkte ihr, ihm zu folgen. Die Fahrt nach oben dauerte ewig. Beim Verlassen des Aufzugs legte er den Finger auf die Lippen und führte sie durch einen Vorraum mit Metalldetektor. Als Rina ihn auslöste, winkte er sie rasch weiter durch eine Tür in einen geräumigen Loft. Ein Durcheinander von Glassplittern und verbogenem Metall nahm den größten Teil der Raummitte ein. Der rechte Teil stand voller Fotozubehör, und die linke Wand bestand hauptsächlich aus drei Türen. Eine davon öffnete er, trat zur Seite und ließ sie als Erste eintreten.

Er verriegelte die Tür und drückte ein paar Schalter. Einige Lichter gingen an und beleuchteten ein Bild, das in allen Farben des Regenbogens schillerte; dann setzte sich ein Deckenventilator in Bewegung. Auf Videomonitoren konnte man verschiedene Ausschnitte aus der Umgebung des Gebäudes sehen. Der Mann überließ nichts dem Zufall.

Er setzte sich, und sie folgte seinem Beispiel. Sie war viel nervöser, als sie gedacht hatte.

»Ich hab nur eine Frage.«

Donatti wartete.

»Wissen Sie, wer Peter verletzt hat?«

Er starrte sie an und schwieg.

»Waren Sie es?«

Noch immer keine Antwort.

»Haben Sie meinen Mann geschlagen?«, wollte Rina wissen.

Er lächelt schwach. »Mea culpa.«

Rina sank in ihren Sessel zurück. Tränen rollten ihr über die Wangen. »Gott sei Dank!« Die Erleichterung war ihr anzusehen. »Und ich dachte, jemand wollte ihn *umbringen*!«

»Vielleicht stimmt das sogar.« Seine Stimme sank zu einem Flüstern herab: »Und vielleicht war ich es ja.«

»So ein Quatsch!«, widersprach Rina. »Warum hätten Sie ihn dann laufen lassen? Und warum *mich*?«

»Ich hab eben ein Faible für Psychospielchen.« Er starrte sie an.

Sie spürte, wie ihr plötzlich ganz heiß wurde. »Ich hab Sie aus dem Bett geholt«, entschuldigte sie sich.

»Ach was, ich war noch wach.«

Erst jetzt bemerkte sie, wie mitgenommen er aussah. Über sein Gesicht rann Schweiß. Er tupfte es sich mit einem feuchten Handtuch ab, das auf dem Schreibtisch lag. Sie schämte sich.

»Sie sind krank. Kann ich Ihnen helfen?«

»Gute Frage.« Er sah sie an. »Zuerst könnten Sie mir mal das Hemd ausziehen.«

Sie standen beide auf, wobei er sie weit überragte. Mit ruhiger Hand zog sie ihm das Baumwollhemd über den Kopf. Ein unangenehmer Geruch stieg ihr in die Nase – nach Schweiß, Fäulnis und Entzündung. Die Gaze war voll gesogen und rostrot. »Ich würde mir die Sache gern genauer anschauen…«

»Lassen Sie mich in Ruhe.« Er setzte sich wieder. »Ich habe seit über zehn Jahren keine Mutter mehr und will auch jetzt keine. Sie müssen aus der Stadt raus, Mrs. Decker. Auch Ihr Lieutenant täte gut daran zu verschwinden, doch das wird er wohl kaum tun, dickköpfig wie er ist. Außerdem kann er selbst auf sich aufpassen.«

»War… Sie wissen schon… war das hier für Sie oder für mich bestimmt?«

»Das hier?« Er zeigte auf seine Rippen.

Rina nickte. »Ja.«

»Ich hab ein paar mögliche Erklärungen dafür. Keine Sorge, ich werd's schon rauskriegen. Ich *muss* es rauskriegen. So was kann einen hart erkämpften Ruf wie meinen ruinieren!«

Er schnippte mit den Fingern. »Und wer auch immer das war… und wem auch immer es galt… er macht seine Sache nicht besonders gut, denn wir sind beide noch am Leben.«

Rina schauderte. »Warum sollte jemand hinter mir her sein?«

»Ich hab nicht gesagt, dass es wirklich so ist. Aber wenn es so sein sollte, dann können Sie die Frage bestimmt besser beantworten als ich.«

»Meiner Meinung nach ist Peter nicht einmal in die Nähe einer Antwort gelangt.«

»Dann sollte man vielleicht mal eine Pause einlegen und Bilanz ziehen.« Er schloss die Augen und atmete tief durch, um den Schmerz zu lindern. »Für wen es bestimmt war, ist unwichtig. Wichtig ist das Ergebnis. Sie schulden mir was.«

»Haben Sie den Mann gesehen?«

»Ich hab genug Metall blitzen sehen, um zu wissen, was kommen würde. Ich hab eine Antenne für so was… und achte… sehr auf solche Feinheiten.«

Sie hörte ihn wieder um Atem ringen. »Lassen Sie mich mal die Verletzung sehen.«

»Das ist nur ein Kratzer. Hat ein paar Rippen angeschlagen. Hören Sie, Mrs. Decker, wenn Sie jetzt wieder gehen – keiner darf etwas davon erfahren, vor allem nicht Ihr Mann.«

»So hatte ich mir das auch gedacht. Eigentlich wollte ich heute Abend abreisen, und mein Mann geht immer noch davon aus, dass wir die Stadt schon verlassen haben.« Sie nahm das Mobiltelefon aus der Tasche. »Kann ich kurz anrufen?«

Donatti schob ihr sein Telefon über den Tisch: »Ihr Handy kriegt hier keine Verbindung.«

Widerstrebend nahm sie den Hörer in die Hand, rief Peter an und tat so, als ob sie gerade gelandet und alles in schönster Ordnung wäre. Er fragte sie mehrmals, ob es ihr auch wirklich gut ginge. Er konnte an ihrer Stimme hören, wie angespannt sie war. Trotz allem gelang es ihr, ihn davon zu überzeugen, dass Hannah zu müde sei, um ans Telefon zu gehen, und Randy sich aufs Fahren konzentriere müsse. Eigentlich hätte sie ein schlechtes Gewissen haben müssen, doch sie spürte kein Schuldgefühl. Ohne dieses Täuschungsmanöver ging es eben nicht. Sie war unglaublich erleichtert darüber, dass er sein geschwollenes Auge nur Donattis Faust verdankte.

Als sie auflegte, lächelte Donatti amüsiert. »Sehr gerissen, Mrs. Decker. Und wenn Sie mich fragen, alles andere als fromm.«

»Ganz im Gegenteil, ich würde es ›Wahrung des häuslichen Friedens‹ nennen, *Schalom bayit*.« Sie faltete die Hände. »Woher haben Sie gewusst, dass ich in Gefahr war?«

Donatti ließ sich in den Sessel zurücksinken. »Ich könnte Ihnen dazu eine Geschichte erzählen, Ihnen was vormachen, und Sie würden es mir wahrscheinlich glauben. Dass ich ritterlich war und Sie schützen wollte. Ich wusste nicht, dass Sie sich in Gefahr befanden, bis ich den Lauf sah. Ich war Ihnen heimlich gefolgt, Mrs. Decker. Es macht mich nämlich an, Frauen nachzuspionieren, die für mich unerreichbar sind. Nachdem Terry damals mit mir Schluss gemacht hatte, bin ich ihr die ganze Zeit heimlich gefolgt. Das tue ich immer noch. Es törnt mich richtig an.«

Rina konnte seinem Blick nicht standhalten und errötete.

»Sie sind nervös. Das erregt mich ebenfalls. Aber keine Sorge, ich glaube nicht daran, dass man Frauen mit Gewalt nehmen kann. Aber wenn Interesse besteht, brauchen Sie nur mit dem kleinen Finger zu winken. Ich bin nicht so krank, wie ich aussehe.«

»Erinnern Sie sich noch, was ich Ihnen vor ein paar Tagen im Park gesagt habe?«, fragte Rina. »Daran hat sich nichts geändert.«

Donatti rang sich ein flüchtiges Lächeln ab. »Na, da Sex nun wohl flachfällt und Ihr Flugzeug erst in vier Stunden geht, wollen Sie hier übernachten?«

Rinas Blick wanderte wieder zu seiner Verletzung. »Ihr Verband ist ganz nass, Mr. Donatti. Lassen Sie mich das mal sehn.«

»Ich bin okay.«

»Nein, das sind Sie nicht. Sie haben Schmerzen, und Ihre Wunde eitert. Stehen Sie mal auf, und lassen Sie mich einen Blick drauf werden. Der Verband muss in jedem Fall gewechselt werden.«

Donatti zögerte, erhob sich dann aber. Er spürte ihren Atem an seiner Hüfte. Sie entfernte Schicht um Schicht des Verbands. Dabei beobachtete er genau ihr Gesicht, das völlig konzentriert wirkte.

Rina inspizierte die entzündete Wunde, aus der Sekret sickerte. An der linken Seite des Brustkorbs entdeckte sie ein bräunliches, geschwollenes Loch. Rundherum waren Hautfetzen zu sehen. »Sie haben zwei Kugeln abbekommen. Die erste ist nur ein Streifschuss. Die andere drang vorne ein und ging hinten wieder raus.«

»Ich bin okay.«

»Das kann schon sein – trotzdem ist das nicht nur oberflächlich. Was haben Sie an Medikamenten da?«

Er griff in seinen Aktenschrank und reichte ihr eine große Plastiktüte voller Fläschchen und Dosen mit Pillen, Salben, Cremes und Verbandszeug – Gaze, Watte, Wattestäbchen, sogar eine OP-Nadel. Die Tabletten waren verschreibungspflichtig, doch Beipackzettel fehlten. Keine Hinweise zur Dosierung oder Anwendung, nichts. Es gab Antibiotika, entzündungshemmende Medikamente, Anabolika, eine komplette Prednison-Behandlungspackung und mindestens zehn verschiedene schmerzstillende Mittel, darunter Kodein und Morphin.

»Sind die vom Schwarzmarkt?«

»Ich bezahle keine Einzelhandelspreise.«

Rina ließ Beipackzettel Beipackzettel sein und wühlte sich durch die verschiedenen Medikamente. »Welches wollen Sie nehmen?«

Donatti sah sich die Fläschchen an. »Ich nehme mal dies hier.«

»Amoxicillin?«

»Ist das denn kein Antibiotikum? Ich hab es mal gegen Halsschmerzen genommen.«

»Nur dass Sie diesmal keine Halsschmerzen haben, sondern eine Schusswunde.« Sie zog eins der Medikamente heraus. »Das hier wird gehen, Keflex. Vielleicht bringt es Ihren Magen durcheinander; nehmen Sie es aber trotzdem weiter. Die Menge hier reicht für zehn Tage. Danach brauchen Sie wahrscheinlich mehr. Was Sie aber *eigentlich* brauchen, ist ein Arzt…«

»Sind Sie jetzt fertig?«

»Nein, Christopher, ich bin noch *nicht* fertig. Ich hab noch nicht mal angefangen. Ich werde die Wunde jetzt säubern, und wenn man das richtig macht, dauert es ein Weilchen.«

»Ich bin müde.«

»Ich auch. Je eher wir anfangen, desto früher sind wir fertig.«

»Und dann gehen Sie?«

»Ja.«

»Ich kann es kaum erwarten.«

Rina zwang sich, systematisch vorzugehen. »Erst einmal muss ich mir die Hände waschen.«

Er überlegte kurz, griff dann in den Aktenschrank und holte antiseptisch verpackte Latexhandschuhe heraus. Gute Qualität, reißfest und dünn. Rina starrte erst ihn, dann die Handschuhe an, bevor sie sie überzog.

»Das ist sogar noch besser.« Sie setzte sich auf einen Stuhl, er blieb stehen. Sie nahm einen Bausch Watte und begann die eiternde Stelle zu reinigen.

Er zuckte zusammen.

»Entschuldigung, ich weiß, das tut weh.«

Er rümpfte die Nase. »Es tut nicht nur weh, es stinkt auch.«

»Es ist eben entzündet.«

Wortlos arbeitete sie weiter. Die Minuten verstrichen.

»Sie haben eine sehr ruhige Hand«, bemerkte Donatti.

»Hmm.«

»Für eine fromme Frau sind Sie aber nicht besonders zimperlich.«

»Was hat das eine mit dem anderen zu tun?«

»Sie haben so was schon mal gemacht.«

Das war eine Feststellung, keine Frage. »Ja.«

»Haben Sie Ihrem Mann die Schusswunden verarztet?«

»Ja, unter anderem. Aber Erfahrung hatte ich schon vorher. Als ich das erste Mal verheiratet war, lebten wir in Israel… zur Zeit der Libanon-Invasion, vor achtzehn Jahren. Wir wohnten in so etwas, was Sie hier in Amerika *Siedlung* nennen, damals, als es wirklich noch Siedlungen gab…«

Sie schwieg einen Augenblick, weil sie sich konzentrieren musste.

»Heute sind diese Siedlungen de facto Städte. Ich sehe das Ganze eigentlich eher als Wiederbesiedlung statt als Siedlung, aber vielleicht bin ich voreingenommen. Wie auch immer, wir – eine Gruppe von Siedlerfrauen – entschlossen uns, etwas für unsere Soldaten an der Front zu tun. Wir fuhren zu sechst nach Norden, um zu helfen. Ich war ungefähr zwanzig. An der Grenze gab es ein provisorisches, aber gut ausgerüstetes Lazarett. Es hatte vielleicht fünfzig Betten. Der erste Tag war die Hölle – das Stöhnen und Ächzen, all die Wunden, der Gestank, die Verletzungen.

Der zweite Tag erschien mir auch nicht viel besser, aber nach einer Woche gibt man entweder auf oder kann es richtig. Was man da lernt, vergisst man nicht mehr.«

Donatti staunte. »Und was hat der Lieutenant gemacht, während Sie die Soldaten verarzteten?«

»Wahrscheinlich als Polizist in Los Angeles gearbeitet.« Sie warf die eitergetränkten Wattebäusche in den Müll und sah ihm in die Augen. »Ich war damals nicht mit Lieutenant Decker verheiratet, Christopher. Ich hab mit meinem ersten Mann in Israel gewohnt.«

Donatti schwieg einen Moment und fragte dann: »Sie sind also geschieden?«

»Ich hab mit siebzehn geheiratet, hatte mit zwanzig zwei Söhne, und mit vierundzwanzig war ich Witwe.«

Donatti hob eine Braue und musste sich dann beherrschen, um nicht laut aufzuschreien.

»Tut mir Leid. Ich muss mal eben diesen Riss säubern, der ist etwas tiefer.«

Sie schwiegen eine Weile.

»Decker ist also nicht der Vater Ihrer Jungs?«

»Nicht der leibliche.«

»Kommt er gut mit ihnen aus?«

»Sehr gut sogar.«

»Wie haben Sie ihn kennen gelernt, Decker, meine ich?«

»Mein erster Mann und ich sind später in die Staaten zurückgegangen. Wir haben da in einer sehr geschlossenen religiösen Gemeinschaft gelebt. Mein Mann ist dort gestorben, und ich bin geblieben. Dann passierte ein Verbrechen, und der Lieutenant war zuständig für die Untersuchung. Ich vermittelte damals für die Polizei, war ungebunden und fühlte mich sehr von ihm angezogen.«

»Was für ein Verbrechen?«

»Vergewaltigung. Damals arbeitete der Lieutenant in der Abteilung für Sexualdelikte.«

»Wollte Sie jemand vergewaltigen?«

Sie stockte. »Ich hab nicht gesagt, dass ich das Opfer war.«

»Irgendwie hatte ich es so verstanden.«

Rina gab keine Antwort. Donatti sah, wie sich ihre Züge verhärteten. »Ich hab Sie verletzt, tut mir Leid. Ich frag nicht mehr.«

»Sie haben mich nicht verletzt.« Trotzdem wurde sie ganz still und biss auf ihre geschwollene Lippe, um nicht die Fassung zu verlieren.

Sie tat Donatti Leid. »Wissen Sie, mein Vater war ein Trinker und konnte so richtig zuschlagen«, begann er. »Hat mich andauernd grün und blau geprügelt. Als ich sieben war, hat er mich in besoffenem Zustand ein paar Mal zwischen die Beine getreten. Ich hab einen Hoden verloren.«

Rina schauderte. »Das ist ja furchtbar!«

»Schön war es nicht; vor allem habe ich damals keine kosmetische Operation bekommen. Im Umkleideraum musste ich mir immer ein Handtuch umbinden.« Er lachte bitter. »Die anderen dachten, ich sei ein Riesenbaby mit 'nem unterentwickelten Ding.«

»Das ist schlimm und tut mir wirklich Leid für Sie.«

Donatti fuhr fort. »Meine Mutter hat er auch geschlagen.« Seine Miene verfinsterte sich. »Mindestens ein Dutzend Mal rief jemand die Cops... die scherten sich einen Dreck darum. Sie nahmen ihn mit, steckten ihn zum Ausnüchtern in eine Zelle, brachten ihm morgens ein Frühstück und ließen ihn dann laufen. Ein paar Tage oder eine Woche später dasselbe Spiel. ›Hey, Patty! Haben wir dir nicht gesagt, du sollst sie nur dahin schlagen, wo es keiner sieht?‹ Eine Farce, es war zum Heulen. Das Allerschlimmste war... die völlige Hilflosigkeit.«

»Das ist ja die Hölle.«

Donatti schwieg.

»Ich verstehe einfach nicht, wie jemand ständig ein Kind schlagen kann.« Rina versagte die Stimme. »Sie müssen sehr gelitten haben.«

»Ja.« Donatti war sichtlich berührt von ihrem Mitleid. »Aber ich hab's überlebt. Anscheinend ohne hormonelle Probleme.«

»Sieht so aus.«

»Man soll Gott auch für kleine Wunder danken.« Donatti

wischte sich mit dem Handtuch den Schweiß vom Gesicht. »Eigentlich war es gar kein so kleines Wunder. Zwei haben, eins verlieren – damit kann man leben. Eins haben, eins verlieren, das ist etwas anderes. Außerdem hab ich später eine kosmetische Operation machen lassen. Man sieht absolut keinen Unterschied.« Er grinste. »Soll ich's Ihnen mal zeigen?«

»Es scheint Ihnen schon wieder besser zu gehen«, entgegnete Rina. »Zumindest Ihrer Zunge.«

»War nur ein harmloser Scherz.« Sein Lächeln verschwand. »Ich weiß gar nicht mehr, wann ich das letzte Mal geflirtet habe. Ich benutze Sex leider meist als Waffe. Das kommt wahrscheinlich daher, dass ich missbraucht worden bin.«

Rina lief es kalt über den Rücken. »Hat Ihr Vater Sie sexuell belästigt?«

Donatti sah, wie bleich sie geworden war. Diesmal hatte er wohl einen sehr wunden Punkt getroffen. »Nein, mein Vater hat mich nur als Sandsack benutzt. Aber für Joey Donatti – das ist mein Adoptivvater – musste ich den Lustknaben spielen.«

Er sah zur Seite.

»Meine Mutter war Joeys Geliebte. Er war ganz verrückt nach ihr. Nach ihrem Tod war ich Waise, und Joey nahm mich auf. Er muss ihr das wohl an ihrem Sterbebett versprochen haben. Ich war knapp vierzehn ... diese komische Übergangsphase ... noch nicht voll in der Pubertät, unbeholfen und voller Pickel. Ich war groß, aber sehr dünn, hatte langes, blondes Haar ... es reichte mir bis zu den Schultern. Das war damals groß in Mode.«

Er blickte wieder hinab zu Rina.

»Ich sah aus wie meine Mutter. Ich musste zu Joey ins Zimmer kommen, mich hinknien und es ihm mit dem Mund besorgen. Dabei strich er mir mit den Fingern durchs Haar.«

»Grauenvoll.«

»Das Ganze dauerte ein Jahr, vielleicht auch etwas länger. Dann kriegte seine Frau Wind von der Sache ... und blies ihm ordentlich den Marsch. Außerdem wurde ich immer männlicher, konnte keine Frau mehr spielen. Aber auch danach rammte er mir immer, wenn er mich küsste, die Zunge tief in den Hals. Ich küsse ihn immer noch so, nur umgekehrt. Jetzt drücke ich ihm die Zunge rein. Das ist natürlich kein Sex, das sind Machtspielchen. Jetzt ist er mein Lustknabe.«

Rina traten die Tränen in die Augen. »Der Vergewaltiger aus unserer Gemeinde… hat auch meine Kinder missbraucht… vor allem meinen jüngeren Sohn. Auch jetzt, zehn Jahre danach, leidet er noch darunter. Ich hab es erst vor einem Jahr herausgefunden. Können Sie sich vorstellen, was für ein schlechtes Gewissen ich habe?«

»Hält Ihr Sohn Ihnen das denn vor?«

»Nein, gar nicht. Halten Sie Ihrer Mutter etwas vor?«

»Nein.«

»Mein Sohn versucht mich zu beschützen. Der Arme hat so viel mitgemacht.«

»Leidet er sehr drunter?«

»Leiden ist vielleicht zu viel gesagt.«

Donatti wusste, dass das nicht stimmte.

»Es geht ihm jetzt besser«, meinte Rina, »aber er hatte Probleme mit Drogen, und er hat es wohl auch sexuell ziemlich wild getrieben. Aber darüber würde er mit mir nie reden.« Sie bemühte sich, nicht die Fassung zu verlieren, und fuhr dann fort: »Er hat eine unheimliche Ausstrahlung, Christopher, und er ist sehr beliebt bei den andern Jungs und vor allem bei den Mädchen. Er sieht gut aus, und sie fliegen einfach auf ihn.« Sie musterte Donatti. »Aber vielleicht ist das gar kein so großer Vorteil.«

»So etwas ist immer ein zweischneidiges Schwert.«

Donatti überlegte. »Sieht er Ihnen eigentlich ähnlich, Ihr Sohn?«

Rina gab keine Antwort.

Donatti grübelte: »Vielleicht war es ja wie bei Joey. Der Bastard wollte Sie, kam aber nur an Ihren Sohn heran.« Er lachte. »Sie hätten sich auch nie träumen lassen, dass wir etwas gemeinsam haben könnten, Mrs. Decker. Was ist aus ihm geworden, dem anonymen Vergewaltiger?«

»Er saß eine Zeit lang im Gefängnis. Seit drei Jahren ist er draußen, auf Bewährung.«

»Und wo hält er sich jetzt auf?«

»Irgendwo im Mittleren Westen.«

»Irgendwo im Mittleren Westen, soso«, lachte Donatti. »Ich wette, Sie wissen seine Adresse, Telefonnummer und alles andere über ihn – wahrscheinlich sogar, wie oft er am Tag aufs Klo geht.«

»215 Kingley Avenue, Medford, Indiana. Klar, ich weiß auch seine Telefonnummer und wo er arbeitet, welches Auto er fährt, in welche Kirche er geht. Aber nicht, wie oft er zur Toilette muss.«

Er lächelte. »Okay, jetzt weiß ich, dass ich Sie ernst nehmen kann. Hat er Sie auch belästigt?«

»Nein, aber ich glaube, es ist kein Zufall, dass die Probleme meines Sohns genau zu der Zeit begannen, als er wieder freikam. Bitte halten Sie doch still.«

Nach einer Weile war Rina fertig und stand auf. »Soll ich Ihnen das T-Shirt wieder überziehen?«

»Vielen Dank, Mrs. Decker, aber allein bei dem Gedanken, dass etwas meine Haut berühren könnte, gehe ich an die Decke.«

»Eigentlich müsste ich mich jetzt auch bei Ihnen dafür bedanken, dass Sie mein Leben gerettet haben.«

»Wollen Sie Ihre Schuld begleichen?«

»Jetzt bloß keine sexuellen Anspielungen, bitte.«

»Nein. Ich würde Sie gern zeichnen.«

»Nein.«

»Ich würde mich auch benehmen – und nichts zeichnen, was Sie nicht gutheißen oder man nicht öffentlich zeigen könnte.«

»Nein.«

»Sie sind hier in meinem Haus. Ich war so nett, mit Ihnen zu sprechen – ganz abgesehen davon, dass ich sogar Ihre Kinder davor bewahrt habe, Halbwaisen zu werden.«

Rina hielt seinem Blick stand. »Das letzte Mal, als Sie jemanden gemalt haben, saßen Sie hinterher im Gefängnis. Lernen Sie aus Ihren Erfahrungen, Christopher. Außerdem muss ich zurück nach Brooklyn, meine Tochter holen. Als guter Gastgeber sollten Sie mich jetzt zur Tür bringen.«

»Sie meinen, der Gestank von verwesendem Fleisch sagt Ihnen nicht zu?« Er öffnete die Tür und entließ sie in den großen Raum;

sie fühlte sich, als sei sie einem Gefängnis entronnen. Doch mit einem Mal drehte sich alles.

»Sie sehen ganz blass aus«, sagte Donatti, »vielleicht sollten Sie noch einen Moment bleiben.«

Rina fühlte ihre Kräfte schwinden. »Ja, noch einen Augenblick.« Sie ließ sich in einen Sessel fallen, zog einen Karton heran und legte ihre Füße darauf. »Meine Güte, ist mir schwindlig!«

»Sie haben ja auch all den Alkohol eingeatmet.«

»Sie scheinen aber nichts davon zu merken.«

»Ich hab schon mehr Chemikalien geschluckt als eine Laborentlüftung. Mein Hirn ist das gewöhnt.« Donatti betrachtete sie. »So könnte ich Sie auch malen!«

Rina hielt sich die Handtasche vors Gesicht. »Hören Sie bloß auf! Gehen Sie schlafen. Ich finde schon selbst hinaus.«

»Sicher, ich verschwinde gleich.«

Er wartete noch einen Augenblick. Fünf Minuten später war Rina eingeschlafen. Die Handtasche, mit der sie das Gesicht bedeckt hatte, war auf die Brust gesunken und hob und senkte sich mit jedem Atemzug. Donatti betrachtete sie. Selbst schlafend hatte sie noch eine dezente Haltung, die Beine an den Fußgelenken gekreuzt, den Rock bis zu den Knien herabgezogen.

In einer Stunde würde er sie wecken. Er holte Kohlestifte und Zeichenbogen aus dem Malschrank. Während er Rina skizzierte, wanderten seine Gedanken zu Terry. Er hatte solche Sehnsucht nach ihr, dass es ihm das Herz zusammenzog. Er fragte sich, was sie wohl gerade tat und ob sie überhaupt jemals an ihn dachte, wenn sie nicht zusammen waren.

In einem hatte Terry schon Recht: Er war kein Mann zum Heiraten und auch kein geborener Vater. Zwar liebte er Gabriel, doch auf eine sehr ichbezogene Weise. Denn vielleicht könnte Gabe ja eines Tages das Leben leben, das das Schicksal ihm selbst verwehrt hatte. Mit einem stärkeren Charakter hätte er sich wahrscheinlich ändern können. Aber sein jetziges Leben war ein einziger Höhenflug – aufregend, unvorhersehbar, ein chemisch-sexueller Rauschzustand. Und er steckte schon zu tief drin, um es wieder rückgängig zu machen. Wie Esau war auch er zum Jäger geboren.

Sein Blick wanderte über Rinas Körper. Er hatte ihr versichert, er würde Frauen zu nichts zwingen, und das stimmte auch, aber nur so lange, wie er es wollte. Regeln waren eben da, um sie zu brechen! Vor gar nicht so langer Zeit hatte er sich noch ausgemalt, wie er sie in jeder Position des *Kamasutra* penetrierte, während sie bettelte, er solle aufhören. Ja, erst würde er sie dazu zwingen. Das machte ihn scharf. Dann würde sie langsam Gefallen daran finden – anfangen vor Lust zu stöhnen und ihn anflehen weiterzumachen. Sie würde sich unter seinem Gewicht aufbäumen, sich vor Leidenschaft winden und schließlich ganz im Orgasmus aufgehen. Und dann würde er ihr Leben mit einem kurzen Schuss in die Brust auslöschen. Die endgültige Rache an Decker, weil er ihm Terry weggenommen hatte.

Doch während er sie zeichnete und in ihrem unschuldigen Schlaf betrachtete, wandelte sich sein Bild von Rina und begann stellvertretend für alles Unschuldige und Gute zu stehen. Sexuelle Fantasien mit ihr erschienen ihm schließlich pervers – wie ein Inzest.

Seine eigene Mutter hatte sterben müssen, als er vierzehn war.

Vielleicht würde ihm diese ja etwas länger bleiben.

Seine eigene Madonna.

Irgendwie machte ihn dieses Bild glücklich.

26

Ich war in der Tiefschlafphase, aus der mich eigentlich nichts hätte wecken können – und doch musste mein Gehirn etwas registriert haben. Mein Herz hämmerte in der Brust, als ich nach dem Hörer tastete; mein Kopf fühlte sich an wie Watte. Ich muss wohl »Hallo!« gesagt haben, denn sie fing an zu sprechen, obwohl ich die Worte noch nicht einordnen konnte. Als ich »Lieutenant« hörte, wurde ich hellhörig. Die Uhr auf dem Nachttisch zeigte drei Uhr fünfzehn.

»Ich weiß, wer Sie sind«, sagte ich. »Ist mit Ihrem Mann alles in Ordnung?«

»Ja«, antwortete sie, »und es tut mir wirklich Leid, Sie mitten in der Nacht zu wecken, aber ich war gerade bei Ihrem Freund. Es geht ihm nicht gut. Ich dachte, das würde Sie interessieren.«

»Mein Freund?« Das ließ mich stutzen. Ich war noch nicht ganz wach und redete abgehackt und undeutlich. »Ich habe keinen Freund. Von wem sprechen Sie?«

»Vielleicht habe ich mich nicht klar ausgedrückt«, erklärte sie, »aber ich bin nicht in Los Angeles, Terry. Der Lieutenant und ich sind in New York.«

New York.

Okay.

Zumindest wusste ich nun, von wem sie sprach. Sie war vorsichtig genug, keine Namen zu nennen. Ich hörte öfter ein merkwürdiges Klicken in meiner Leitung. Kein Wunder, wenn man bedachte, wer der Vater meines Sohnes war. »Hat...«, es gelang mir nicht richtig, Luft zu holen, »hat der Lieutenant irgendwelche Schwierigkeiten mit ihm?«

»Nein, überhaupt nicht.«

»Sicher?«

»Ganz sicher. Ich rufe Sie nur wegen Ihres Freundes an. Es geht ihm *wirklich* nicht gut.«

Wieder beschleunigte sich mein Puls. Zuerst machte ich mir Sorgen um Christophers Zustand. Doch dieser Gedanke ging einher mit der Frage, was mit mir und meinem Sohn passieren würde, wenn er nicht mehr in der Lage wäre, uns zu unterstützen. Nicht sehr nobel, aber mein Überlebensinstinkt war sehr ausgeprägt. Ich musste ein Kind versorgen, und ich hatte noch zwei Jahre Ausbildung vor mir. Niemand würde mir Kredit geben, und auf meinem Sparkonto herrschte Ebbe. Mein Wohlergehen hing von seinem ab.

Ich brauchte einen Moment, bevor ich die Worte herausbrachte: »Wie krank ist er denn?«

»Nicht sehr, aber vielleicht möchten Sie ihn ja selbst einmal besuchen. Ich hab für Sie und Ihren Sohn einen Flug von O'Hare nach La Guardia für zehn Uhr gebucht. Wenn Sie ihn nicht wollen, storniere ich ihn wieder.«

Mir gingen eine Menge Gedanken durch den Kopf: Konnte ich mir das Ticket leisten? Und einen Babysitter? Konnte ich die Schule schwänzen? Aber solche Überlegungen waren eigentlich müßig: Letztendlich blieb mir keine andere Wahl. »Ich fliege, aber meinen Sohn lasse ich lieber mit seinem Babysitter hier.«

»Dann storniere ich seinen Platz.«

»Das kann ich auch selbst, wenn Sie mir die Daten geben.«

»Sicher?«

»Absolut. Ich hol eben mal Papier und was zu schreiben.«

Sie nannte mir die Flugnummer und alle anderen Daten.

»Das hat Ihnen bestimmt Umstände gemacht«, sagte ich. »Vielen Dank.«

»Keine Ursache.«

»Wem gebe ich das Geld für das Ticket?«

»Das ist schon bezahlt.«

»Hmm... wenn er Ihnen gesagt hat, Sie sollen mich anrufen, muss er ja wirklich sehr krank sein!«

»Er ist nicht wirklich krank und kommt sicher bald wieder auf die Beine. Aber über einen Besuch würde er sich bestimmt freuen. Er weiß übrigens nicht, dass ich Sie angerufen habe. Das war meine Idee.«

»Haben Sie dann das Ticket bezahlt?«

»Machen Sie sich darüber keine Gedanken.«

»Ich kann Ihnen das Geld wiedergeben...«

»Wie schon gesagt, es ist bezahlt, und Sie brauchen sich keine Gedanken zu machen«, erklärte sie. »Aber es bleibt unter uns.«

»Okay.« Ich bedankte mich nochmals. »Richten Sie dem Lieutenant einen schönen Gruß von mir aus und sagen Sie ihm, dass alles im grünen Bereich ist.«

»Mach ich. Er wird sich bestimmt freuen.«

Für New Yorker Maßstäbe war die Dreizimmerwohnung der Levines eigentlich groß. Doch für Decker konnte sich dieses »groß« eigentlich nur auf die dreieinhalb Meter Raumhöhe beziehen, was jedoch noch längst keine akzeptable Wohnfläche bedeutete. Jon und Raisie waren so nett gewesen, ihm das Kinderzimmer zu überlassen und ihre drei Kleinen auf Futons und Sofas ins Wohnzimmer auszuquartieren. Der Raum bestand fast nur aus Betten – ein Kinderetagenbett und ein dazu passendes einfaches Kinderbett, das sie neben das untere Etagenbett gerückt hatten. Decker hatte sich zum Schlafen quer über die unteren Betten gelegt und auf das obere seinen Koffer verfrachtet, denn im Kleiderschrank war kein Platz mehr für seine Sachen. Es gab zwar einen in einen Winkel gezwängten Schreibtisch, der aber so voll war, dass ständig eine Papierlawine abzugehen drohte.

Irgendwie brachte er es auch fertig, seine einsneunzig ohne allzu viele Verrenkungen ins Bad und unter die Dusche zu manövrieren, sich zu rasieren, anzuziehen und ein Morgengebet zu sprechen. Um zehn hatte er die Wohnung für sich allein. Raisie war zuerst mit den Kindern zur Schule und dann zur *schiwa* gegangen, nachdem sie ihm vorher eine Kanne frischen Kaffee gemacht und die *New York Times* hingelegt hatte. Jonathan war schon früh mit der U-Bahn zur Arbeit gefahren und hatte ihm die Wagenschlüssel dagelassen.

Bei der zweiten Tasse Kaffee klingelte sein Handy. Es war Rina.

»Wie geht's deinem Gesicht?«

»Es ist noch da.«

»Peter...«

»Die Schwellung ist ziemlich zurückgegangen. Ich fühl mich viel besser.«

»Das Darvocet wirkt.«

»Gott sei Dank gibt's Medikamente.« Decker legte die Zeitung aus der Hand. »Du klingst ausgeschlafen.«

Tatsächlich hatte Rina in den letzten dreißig Stunden nur drei davon geschlafen. Als sie in Orlando ankam, war es schon fast neun gewesen. Die Autofahrt zu den Deckers, die außerhalb von Gainesville wohnten, hatte auch noch einmal eine Stunde gedauert. »Ich bin froh, dass ich hier bin. Schade, dass du noch fehlst.«

»Ich bin bald bei euch, Schatz. Sind auch alle nett zu dir?«

»Sehr, und Hannah hat schon zwei Bleche Kekse gebacken.«

»Kann ich mit ihr sprechen?«

»Sie ist mit deiner Mutter im Garten, rote Bete ernten. Danach wollen sie Kuchen backen. Und anschließend machen Hannah und ich vielleicht eine Radtour.«

»Das Wetter muss ja die reinste Wohltat sein nach New York.«

»Ja, wir haben schon fast fünfzehn Grad, und es soll noch wärmer werden. Strahlender Sonnenschein. Lockt dich das nicht?«

»Du bist mir so eine Hexe.«

Rina konnte kaum ein Gähnen unterdrücken. »Eigentlich müsste ich mal nachsehen, was sie so treiben.« *Eigentlich müsste ich mal schlafen.* »Randy steht hinter mir, und ihm gefällt es genauso wenig wie mir, dass du dich immer noch in New York herumtreibst. Er will mit dir sprechen.«

»Was hast du ihm denn erzählt?«

»Nur ein paar nicht unwesentliche Details zur Lage in New York, die du ihm wohlweislich verschwiegen hattest.«

»Du machst es mir nicht gerade leicht.«

»Genau. Ich möchte nämlich, dass du schnellstens herkommst.«

»Gib ihn mir mal.«

Sie reichte Randy den Hörer und machte ihm ein Zeichen, dass sie sich jetzt hinlegen würde.

Randy nickte und wandte sich an Peter. »Wie geht's deinem Gesicht?«

Seine Stimme klang ernst – ganz Polizeibeamter.

»Ausgezeichnet«, antwortete Peter, »sicher hat Rina furchtbar übertrieben.«

»Das glaub ich nicht. Ich hab mich mit ihr unterhalten, mein Lieber. Muss ich wieder Feuerwehr spielen, weil jemand mit Streichhölzern hantiert?«

»Also, ich sitze hier am Küchentisch, lese die *New York Times* und trinke Kaffee. Hört sich das etwa nach James Bond an?«

»Wir müssen mal ein paar Takte miteinander reden, Peter. Telefonierst du von einem Festanschluss?«

»Nein. Ich ruf dich sofort zurück.« Zwei Minuten später meldete er sich wieder. »Also, wolltest du mich nur runterputzen, oder hast du auch ein paar Fakten für mich?«

»Austeilen kannst du, aber einstecken nicht.«

Peter verkniff sich eine Bemerkung, denn Randy klang wirklich ernst. »Hast du was Neues für mich?«

»Okay, kommen wir zur Sache«, lenkte Randy ein. »Ich habe den Namen Lieber in alle Datenbanken im Miami/Dade County eingegeben, aber Fehlanzeige. Kein Chaim Lieber, kein Ephraim Lieber, nichts über den Alten. Dann hab ich Lieber in allen umliegenden Bezirken suchen lassen – wieder kein Ergebnis. Dann landesweit im NCIC-Fahndungscomputer. Wieder nichts. Es gibt noch andere Datenbanken, aber das kann dauern. Und da du den Fall sowieso am Freitag abschließt, können wir uns das eigentlich schenken.«

»Stimmt.«

Randy zögerte einen Moment. »Das heißt, du kommst wirklich am Freitag?«

»Ja, ich komme *wirklich* am Freitag, das hab ich Rina versprochen, und Hannah auch. Und jetzt versprech ich's dir.«

»Gut. In dem Fall erzähl ich dir, was ich rausgekriegt hab. Ich habe ›Quinton‹ in unsere lokale Datenbank hier eingegeben, ohne wirklich zu erwarten, dass ich etwas finden würde. Aber tatsächlich kam dabei heraus, dass einige Leute von da oben Immobilien an unserer ›Goldküste‹ besitzen, in Miami/Dade County, Boca Raton und Fort Lauderdale. Auch über chassidische Juden aus Quinton konnte ich ein paar Informationen herausfischen, die meisten über Veruntreuung öffentlicher Schulgelder. Weißt du schon darüber?«

»Ein wenig. Erzähl mal.«

»Mehrere Mitglieder der jüdischen Gemeinde, die im Schulrat saßen, sind angeklagt, öffentliche Schulgelder als Mittel für religiöse Schulen verbucht zu haben. Es gab auch ein paar Hinweise darauf, dass sie der Bezirksschulleitung zu hohe Schülerzahlen gemeldet haben, um an mehr Geld zu gelangen. Dann war da noch was über Falschangaben bei Wohlfahrtsbehörden und Lebensmittelmarkenbetrug. Du hast es dort also wirklich mit ganz feinen Leuten zu tun.«

»Na ja, zum Teil vielleicht.«

»Auf jeden Fall sind es genug, um richtig Ärger zu kriegen.«

»Du hast ›mehrere Mitglieder‹ gesagt. Meinst du damit zwei oder drei? Verglichen mit der Kommunalpolitik in anderen Städten wäre das ja ein Klacks.«

»Nun nimm's nicht gleich persönlich.« Randy hielt inne. »Sicher, du liegst wahrscheinlich auch nicht falsch, Pete. Es ist halt nur so, dass sie relativ auffällig leben und sich eigentlich für was Besseres halten. Wer zu viel redet, landet schnell auf der Abschussliste.«

Das sah Decker ein. »Tja, so ist das Leben…«

»Auf jeden Fall wäre es die klassische Reaktion. Wenn du nicht mit Rina verheiratet wärst, würde ich glatt denken, du hast total den Verstand verloren, dich mit denen einzulassen. Und manchmal hab ich wirklich das Gefühl, du bist übergeschnappt.«

»Das klingt wie Mama persönlich.«

»Nein, denn Mama glaubt, du hättest aus anderen Gründen den Verstand verloren – und macht sich Sorgen, dass du in der Hölle landest.«

»Richte ihr aus, dass ich warmes Klima gut vertrage. Übrigens ist Unlauterkeit kein jüdisches Monopol. Selbst die frommen Baptisten waren nicht alles Moralapostel.«

»Wohl wahr, aber jetzt hast du es nicht mit korrupten Baptisten, sondern vielleicht mit korrupten Juden zu tun.«

»Du hast gerade gesagt, du hättest nichts über die Liebers gefunden.«

»Das heißt noch lange nicht, dass sie sauber sind. Vielleicht ist ihnen nur noch keiner auf die Schliche gekommen. Aber lass mich zu Ende erzählen.«

»Hast du noch mehr rausbekommen?«

»Ja, eine Sache noch. Für Quinton gab's eine Reihe Fundstellen in unserem Bezirk. Anscheinend hat man mehrere Teenager, die mit ihren Eltern Ferien in Miami gemacht haben, bei einer Rave-Razzia festgenommen. Sie hatten Ecstasy eingeworfen. Eigentlich sollten sie wegen Drogenbesitz angeklagt werden, aber die Anklage wurde abgebogen zu Erregung öffentlichen Ärgernisses. Offenbar hat sich wer eingemischt und mit ein paar Scheinchen gewedelt.«

Decker kam ein Gedanke. *Die einzelne Pille in Ephraims Zimmer.*

»Hey, bist du noch dran?«, erkundigte sich Randy.

»Ja, ja. Ecstasy, sagst du?«

»Ja, Ecstasy. Zurzeit sehr angesagt bei den Raves.«

»Was haben sie mit den Kids gemacht?«

»Die Sache fiel unters Jugendstrafrecht – die Akten sind unter Verschluss.«

»Wann war das?«

»Vor etwa sechs Monaten.«

Ungefähr zu der Zeit, als Shayndie im Einkaufszentrum herumhing.

»Unter Verschluss, sagst du.« Peter überlegte.

»Man kommt absolut nicht dran. Keine Ahnung, wo sie sind. Aber wenn ein Ryan Anderson und ein Philip Caldwell als Problemkinder in Quinton auftauchten, würde das sicher niemanden überraschen, falls dir das weiterhilft.«

»Und ob mir das weiterhilft. Danke, Randal.«

»Dank mir lieber, indem du dein Versprechen hältst.«

»Ich schwöre …«

»Ja, ja, schon gut. Übrigens, wusstest du, dass Ecstasy ein Laster deiner Brüder ist?«

»Wovon redest du?«, hakte Peter nach.

»Die israelische Mafia. Hast du nichts vom Oded-Tuito-Fall in New York gehört?«

Decker wusste nichts darüber. Als Lieutenant bei der Mordkommission hatte er mit der Arbeit der Sitten- und Rauschgiftdezernate so gut wie keine Berührungspunkte, zumal er viertausend Kilometer von der Ostküste entfernt arbeitet. »Erzähl's mir kurz.«

»Oded Tuito war ein Drogenkurier, den die New Yorker Polizei neun Monate lang nicht zu fassen kriegte, bis er schließlich in Spanien festgenommen wurde. Er schmuggelte Ecstasy von Europa in die USA, und zwar mithilfe von Erotiktänzerinnen …«

»Sag das noch mal!«

»Was?«

»Hast du ›Erotiktänzerinnen‹ gesagt?«

»Kommt dir das irgendwie bekannt vor?«

»Möglicherweise.«

»Was heißt das … ?«

»Erzähl erst mal weiter von Oded Tuto …«

»Tuito.«

»Buchstabier mal.«

Randy buchstabierte. »Wo war ich jetzt stehen geblieben?«

»Oded Tuito wurde in Spanien festgenommen.«

»Ja, genau, er und der andere … den Namen hab ich vergessen. Egal, ich erinnere mich gleich wieder dran, weil es wichtig ist.« Randy ging im Geist seine Notizen durch. »Egal, also der zweite Kerl bekannte sich auch schuldig auf Beteiligung am Drogenhandel – das war vor einem Jahr. Beide ließen Stripteasetänzerinnen für sich arbeiten, und beide hatten Kontakte zur israelischen Mafia – Orgad … Jacob Orgad. Das war der andere Typ. Aber weißt du, welche Masche sie vor den Erotiktänzerinnen hatten?«

»Ich kann's mir fast schon denken.«

»Chassidische Juden. Junge Pärchen, frisch verheiratet, oft erst Anfang zwanzig. Ein paar von den Frauen waren schwanger. Also packten die Dealer die Pillen in Socken und erzählten denen, es seien Diamanten drin. Die Sache flog natürlich auf. Interessant ist das vor allem in einer Hinsicht.«

»Nun sag schon.«

»Der Fall ist noch nicht abgeschlossen. Nachdem die Polizei die beiden Kerle hochnahm, übernahmen andere Israelis den Job, und diesmal ging die Sendung zu einem anderen Hafen – Miami/Dade. Im Drogendezernat liegen Haft- und Durchsuchungsbefehle für ein paar von ihnen bereit – Shalom Weiss, Ali Harabi und Yusef Ibn Dod …«

»Die letzten beiden Namen klingen eher nach Arabern als nach Israelis.«

»Es sind israelische Araber. Tja, im Nahen Osten herrscht Frieden, aber nicht so, wie man sich das vorstellt. Einer meiner jüdischen Kollegen vom Drogendezernat hat mir erzählt, dass die Israelis und die Araber nur auf drei Märkten kooperieren; Drogen, Sex und – ganz im Ernst – Wassermelonen.«

Decker lachte. »Und hast du eine Ahnung, wo die Kerle stecken?«

»Nein. Wir haben uns ein paar von den Tänzerinnen hier geschnappt. Eine von ihnen war schwer auf Turkey, und als sie nicht mehr so richtig weiterwusste, hat sie die besagten Namen ausgespuckt. Aber die Männer waren schon über alle Berge, als wir das Mädchen einkassierten.«

»Klingt alles sehr interessant.«

»Ja, aber jetzt bist du dran, Pete.«

»Ich frag mich nur, ob Lieber Shalom Weiss kannte.«

»Ich mich auch. Hast du einen bestimmten Verdacht?«

»Ich war da auf etwas gestoßen, das ich mir nicht erklären konnte. Aber vielleicht versteh ich's jetzt.«

»Spuck's aus.«

»Der Polizeichef von Quinton, Virgil Merrin. Ich traf ihn im Tattlers…«

»Was zum Teufel treibst du im Tattlers?«

»Lange Geschichte, aber unwichtig. Ich fragte mich nur, warum Merrin dort war. An einem politisch so unkorrekten Ort so nah bei seinem Wohnort?«

»Vielleicht ist er einfach nur ein geiler Bock, der nicht gern weit fährt.«

»Vielleicht war er ja auch wegen Geschäften dort, Randy. Überleg doch mal, was du mir gerade erzählt hast. Teenager aus Quinton werden in Miami wegen Besitz von Ecstasy festgenommen. Die Israeli-Mafia schmuggelt Ecstasy mithilfe von Erotiktänzerinnen. Ich begegne dem Polizeichef von Quinton in einem Lokal, dessen Hauptattraktion erotische Tänzerinnen sind. Drei flüchtige Israelis, die wegen Ecstasyschmuggels gesucht werden. Und das ermordete Mädchen, Shaynda Lieber. Sie hing mit einigen Jugendlichen rum, die in Quinton wohnen… und das Ganze ausgerechnet vor sechs Monaten.«

»Klingt spannend.«

»Zufall kann es schlecht sein, da kommt einfach zu viel zusammen«, überlegte Decker weiter. »Aber vielleicht ist das auch nur Wunschdenken. Randy, kannst du mir ein Bild von Weiss faxen? Beziehungsweise von allen dreien – wie hießen die anderen noch mal?«

»Harabi und Ibn Dod.«

»Genau, alle drei, wenn ihr sie dahabt.«

»Sicher. Aber sag mir erst mal ganz ehrlich, ob du die drei im Visier hast, Pete.«

»Das würde ich dir natürlich sagen, Randy. Glaubst du wirklich, ich verheimliche dir was?«

»Kein Kommentar.«

»Nun ja, ganz falsch liegst du nicht. Ich hab zwar keinen bestimmten Verdacht, aber doch so meine Vorstellungen, denn ich frage mich natürlich, wo sich diese Kerle verstecken, ohne aufzufallen.«

»In einer der vielen israelischen oder arabischen Gemeinden.«

»Oder in einer chassidischen.«

»Araber?«, fragte Randy skeptisch. »Ausgerechnet jetzt?«

»Wenn es wirklich israelische Araber sind, dann sprechen sie bestimmt Hebräisch und haben genügend Schwarzhüte gesehen, um selbst in die Rolle zu schlüpfen. Und wenn andere New Yorker Chassidim an Transporten beteiligt waren, dann hatten diese Typen ja sowieso schon Kontakte hier.«

»Also in Quinton?«

»Na ja, wenn sie die Leute hier beliefert haben, warum nicht?«

»Dann komme ich schnellstens…«

»Noch nicht, Randy. Wenn sie sich hier in Quinton aufhalten und du auftauchst, machen sie sich wieder aus dem Staub – und wer weiß, wohin dann? Vielleicht brauch ich dich ja bald hier, aber erst will ich allein recherchieren. Ich falle nicht so auf wie jemand Neues; außerdem weiß ich nicht, welche Rolle Merrin bei dem Ganzen spielt und ob er mit den Morden an Ephraim und Shaynda Lieber zu tun hat. Lass mich mal ein bisschen herumstochern.«

»Nur ein paar kleine Recherchen, was?«

»Du sagst es.«

»Hör mal, Peter, lehn dich aber nicht zu weit aus dem Fenster. Diese Leute sind gefährlich. Weiss war in der israelischen Armee. Das heißt, er ist kein schlechter Schütze.«

»Ich weiß, was du meinst, Randal, und bin dir wirklich dankbar, dass du mir hilfst. Ich hab einen ziemlich guten Draht zu dem Detective, der für den Fall Lieber zuständig ist, Mick Novack vom 28. Revier in Manhattan. Das ist ein fähiger Kopf. Ich kann ihm etwas Arbeit abnehmen, weil er mit fünfzig Fällen gleichzeitig beschäftigt ist und ich nur mit einem.«

»Ich hör immer gern, dass du keine Dummheiten machst«, erwiderte Randy.

»Was, zum Teufel, willst du damit sagen?«, fragte Peter gereizt.

»Ich will damit sagen, dass du dich allein an diesem Fall überhebst, Pete. Es sind zu viele Leute und zu viele Unbekannte im Spiel. Du brauchst einen zweiten Mann. Jemanden, dem du trauen kannst.«

»Theoretisch hast du ja Recht. Ich könnte dich hier auch ganz gut gebrauchen. Aber genauso dringend brauche ich jemand in Gainesville, der auf die Familie aufpasst. Und wer könnte das besser als du?«

Randy fiel ein, dass Rina ihm gegenüber morgens die Überzeugung geäußert hatte, sie und wahrscheinlich auch Peter seien von jemandem verfolgt worden. Sie hatte ihm die Verletzungen in Peters Gesicht zwar detailliert beschrieben, über sich selbst aber wenig Konkretes gesagt. Vielleicht war Peters Bitte, auf die Familie aufzupassen, gar nicht so unbegründet. Also gab Randy nach.

»Ruf mich an, sobald du irgendwelche Zusammenhänge erkennst.«

»Na klar.«

»Ich werde von hier aus weitersuchen«, fügte Randy hinzu.

»Das wäre nicht schlecht.«

»Peter, versuch bitte, nicht alles allein zu machen. Du weißt, mit wem wir es zu tun haben.«

»Keine Sorge, Randy, ich hänge am Leben.«

»Genau das meinte ich, Bruderherz. Gut, dass du's mal selber sagst.«

27

Er behauptete immer, nicht wie ein König zu leben, und dem Gebäude, in dem er wohnte, nach zu urteilen, sagte er wenigstens einmal die Wahrheit. Das Haus sah fast verwahrlost aus, und auch die ganze Gegend hatte schon bessere Tage gesehen. Ich drückte die Klingel und eine sehr sexy Stimme fragte, wer ich sei. Ich nannte meinen Namen, und obwohl sie ihn nicht kannte, ließ sie mich ein.

Die Räume lagen im vierten Stock, und wenn das eine Bedeutung hatte, wusste ich nicht, welche. Ich musste durch einen Metalldetektor gehen, dann schaute ein junger Wachmann in meine Handtasche. Die Empfangsdame war ein hübsches Mädchen unter zwanzig und fragte, ob ich einen Termin hätte. Als ich verneinte, bat sie mich zu warten.

»Er ist mitten in einer Aufnahme. Es dauert eine Weile. Wollen Sie nicht in einer Stunde wiederkommen?«

»Es ist wichtig«, antwortete ich.

»Es ist immer wichtig.« Sie verdrehte die Augen. »Sie müssen warten, Madam.«

»Es ist *sehr* wichtig«, beharrte ich. »Ich komme von außerhalb. Wenn Mr. Donatti erfährt, dass ich hier war und Sie mich nicht reingelassen haben – oder auch nur warten ließen –, kann ich Ihnen garantieren, dass er sehr wütend werden wird.«

Sie antwortete nicht gleich. Es musste etwas in meiner Stimme sein – Ruhe und Autorität, eine Seltenheit bei mir.

»Ich übernehme die Verantwortung«, versicherte ich ihr. »Ich kenne ihn, wenn er wütend ist. Rufen Sie ihn bitte.«

Sie zögerte, griff dann aber zum Telefon. Ich hörte ihn brüllen.

»*Was?*«

»Sir, da ist eine Frau…«

Weiter kam sie nicht. Der Hörer wurde so laut auf die Gabel geknallt, dass sogar ich zusammenzuckte. Er schoss aus der Tür, das Gesicht rot vor Wut. »Wer zum Teu…«

Als er mich sah, blieb ihm das Wort im Hals stecken. Er atmete schwer und schwitzte heftig. Mrs. Decker hatte Recht gehabt. Er sah krank aus. »Alles in Ordnung mit dir?«, fragte er mich.

»Mir geht es gut. Ich muss mit dir reden.«

»In fünf Minuten.«

Ich nickte. »Soll ich hier warten?«

»Ja.« Er schaute zu seiner Sekretärin. Sie war aschfahl geworden. »Alles okay, Amber. War richtig von dir. Nimm dir den Rest des Tages frei.« Ein Blick zu dem Wachmann. »Nehmt euch beide frei. Wir sehen uns morgen.«

Der Wachmann stand auf. »Sind Sie sicher, Mr. Donatti?«

»Ja. Hier.« Er gab ihnen je einen Fünfziger. »Ihr könnt jetzt gehen. Viel Spaß.« Dann sagte er noch mal zu mir: »Fünf Minuten.«

»Lass dir Zeit.«

»Möchtest du was? Hast du Hunger?«

»Nein, danke.«

Er hob die Hände und verschwand hinter der Tür.

Amber packte ihre Sachen zusammen und sah mich mit einer Miene an, die zwischen Verwirrung und Ehrfurcht schwankte. Ich wusste, was sie dachte. *Wer ist diese Pennerin mit Pferdeschwanz und seltsam gelben Katzenaugen in zu weiten Hosen, einem schwarzen Rippenpullover mit rundem Ausschnitt, alten Turnschuhen und einer Matrosenjacke? Ihre Klamotten sehen aus wie aus dem Secondhandladen.*

Sie hatte Recht. Im Moment zahlte Chris nicht nur mein Medizinstudium, sondern auch Gabriels Privatschule, außerdem seine Klavierstunden bei einem sehr bekannten Lehrer. Chris beglich meine Miete, meine Nebenkosten, die Kindersachen und unsere Krankenversicherung. Er zahlte meine Kredite vom Grundstudium ab und gab mir Geld, wann immer ich etwas brauchte. Er fragte nie, wofür. Dank seiner Großzügigkeit brauchte ich nicht zu jobben und konnte mich ganz auf Gabe und mein Studium konzentrieren. Ich achtete genau darauf, wo jeder Cent hinging.

Chris kannte ich seit fast neun Jahren. Wir trafen uns in der Highschool in Los Angeles, wo ich herkomme. Ich war damals in jeder Hinsicht unglaublich naiv, sicher einer der Gründe, warum er sich von mir angezogen fühlte. Aber auch mein Aussehen war nicht ganz unwichtig. Es ging alles sehr schnell, und ich glaubte, ich sei verliebt. Als ich die Leine kappen wollte, war es zu spät. Ich erwartete ein Kind.

Inzwischen wusste ich, was Chris machte, obwohl wir nie darüber gesprochen hatten. Ab und zu las ich den Namen Donatti in der Zeitung. Als Joseph Donatti vor sechs Jahren erstmals wegen Mordes vor Gericht stand, wurde Chris wegen Beihilfe mit angeklagt. Sechs Monate später ließ man diese Anklage aus Mangel an Beweisen fallen, und kurz danach wurde Joey freigesprochen. Das Bild, auf dem er und Chris sich umarmten, kam auf die Titelseite der *Tribune*. Ich hatte mehrere Artikel über Chris' Magazin und die Andeutungen über Zuhälterei und Kuppelei gelesen. Doch es konnte nie etwas bewiesen werden.

Nein, wir redeten nie über das, was er *tat*, aber wir wussten beide, was er *war*.

Zehn Minuten später kam er mit zwei Jungen und einem Mädchen, um das er den Arm gelegt hatte, aus seinem Büro. Er redete flüsternd mit ihnen. Das Mädchen warf mir einen Blick von der Seite zu. Ich lächelte, sie jedoch nicht. Als alle weg waren, winkte er mich herein, hielt aber den Finger vor die Lippen. Er nahm seine allgegenwärtige Scotchflasche, und wir gingen in ein großes, fensterloses Büro – ordentlich wie erwartet – mit viel Sicherheitstechnik. Ein Ventilator an der Decke sorgte für Frischluft, aber das Neonlicht war sehr grell. Als er sah, wie ich die Augen zusammenkniff, schaltete er es aus und knipste dafür eine Stehlampe an. Ich setzte mich auf die eine Seite eines quadratischen Tisches, er nahm in einem Sessel auf der anderen Platz. Er trank einen Schluck Whisky, anschließend Wasser.

»Wo bist du angeschossen?«, fragte ich.

Sein Lachen war gedämpft. »Sie hat dich angerufen. Rina.«

Ich legte den Kopf schief. »Du redest sie mit dem Vornamen an?«

»Eigentlich nicht. Sie hat damit angefangen, nicht ich.«

»Magst du sie?«

»Sie ist sehr attraktiv.«

»Sie scheint sehr nett zu sein.«

»Ist sie auch.« Er trank noch ein wenig Wasser. »Wo ist das Kind?«

»Dein Sohn«, verbesserte ich ihn. »Ich hab ihn zu Hause bei einem Babysitter gelassen.«

»Schön. Ich bin gern allein mit dir.«

»Deine väterliche Fürsorge ist rührend.«

»Das setzt voraus, dass ich die Vaterschaft anerkenne.«

Ich seufzte leidgeprüft. »Kannst du nicht einfach einen Bluttest machen, damit wir das endlich klären? Warum quälst du mich? Warum quälst du dich selbst?«

Seine Augen wurden schmal. »Schrei mich nicht an. Ich bin verletzt.«

Ich stand auf, ging zu ihm und legte die Hände auf seine Schultern. »Lass mich mal sehen.«

»Du bist noch keine Ärztin. Geh weg.«

»Chris…«

»Geh weg.«

»Bitte.«

Er stand auf, fasste mich am Kinn und küsste mich leidenschaftlich. »Nein.«

»Du bist stur.«

»Du siehst toll aus, Terry, wie immer.«

»Lass mich sehen…«

»Herrgott, du bist unausstehlich!«

Er versuchte, sich das Hemd hochzuziehen. Als ich ihm helfen wollte, schlug er meine Hand weg. Dann zeigte er mir die Wunde.

»Ich mach den Verband nicht auf.«

»Das solltest du aber. Die Wunde nässt durch die Gaze. Hast du Medikamente oder Ersatzverbände oder Salbe?«

Er hob ärgerlich die Hand, doch dann gab er mir einen Beutel mit Verbandszeug, Medikamenten und Salben. Ich sah alles durch, dann desinfizierte ich meine Hände und begann die äußere Schicht des Verbands zu entfernen. Er zuckte zusammen.

»Tut mir Leid. Ich hoffe, es dauert nicht lange.«

»Weißt du, was du tust?«

»Ja.«

Seine Miene war zweifelnd, aber er hielt still. Ich nahm den Verband ab. »Wer hat das behandelt? Derjenige hat gute Arbeit geleistet.«

»Sie.«

Ich lachte. »Mein Gott, bin ich sexistisch. Wer ist sie? Mrs. Decker.«

»Ja.«

»Weiß Lieutenant Decker davon?«

»Nein, er weiß weder, dass seine Frau hier war, noch dass ich angeschossen bin. Es gibt vieles, was Lieutenant Decker nicht weiß.«

»Was ist los?«

»Das ist kompliziert.«

»Ich hab genug Zeit, bis ich zum Flugplatz muss.«

Er redete mit mir, während ich arbeitete. Seine Sätze waren präzise und knapp. Ich bekam die Kurzfassung zu hören. Nach zwanzig Minuten hatte ich ihn verbunden. Er setzte sich und nahm einen weiteren Schluck Scotch.

»Du solltest nicht trinken, wenn du Schmerztabletten nimmst«, sagte ich.

»Deinetwegen hab ich aufgehört zu rauchen. Lass mich in Ruhe.«

»Ich mach mir Sorgen um dich.«

»Mein Körper ist immun gegen Medikamente. Ein Wunder, dass ich noch am Leben bin.«

Ich nahm ihm die Flasche aus der Hand und fuhr mit der Hand über das aschfahle Gesicht. »Ich bin froh darüber.«

Er musterte mich. Vor langer Zeit hatte sein durchdringender Blick mich nervös gemacht, jetzt nicht mehr. Die Jahre mit Chris' Unberechenbarkeit hatten mich abgehärtet. Zunächst hatten meine Großeltern meinen Sohn und mich unterstützt. Sie sind sehr lieb, aber ich weiß, dass wir eine Last waren. Nach achtzehn Monaten versicherte ich ihnen, ich würde es schon schaffen, und überredete sie, in eine Seniorensiedlung nach Florida zu ziehen. Sofort versank ich in Armut. Fast zwei Jahre ging ich aufs College und versuchte gleichzeitig etwas zu verdienen. Die Schulden wuchsen mir langsam über den Kopf – und Chris sah zu. Als ich am Ende war – kurz vor der Räumung –, warf Chris mir einen Rettungsanker zu. Ich ergriff ihn und habe seitdem nicht zurückgeblickt, obwohl ich es eines Tages tun werde. Kein Ruhmesblatt in meiner Geschichte.

Seine Hände berührten mein Gesicht. Er küsste mich... lange und zärtlich. Ich spürte seine gepiercte Zunge in meinem Mund. Er löste meinen Pferdeschwanz und fuhr durch mein langes Haar. Er küsste mich immer wieder. »Ich liebe dich.«

»Ich dich auch.«

»Nein, tust du nicht.«

»Doch«, sagte ich. »Wäre ich sonst hier?«

»Klar, aus Dankbarkeit.«

»Du glaubst nicht an meine Gefühle. Sei nicht gemein.« Ich ließ meine Hand zur Innenseite seines Schenkels wandern. »Sei lieb.«

Er legte sie auf seine Leiste, und ich spürte ihn unter meinen Fingern wachsen. Er schloss die Augen und atmete deutlich hörbar. »Ich vergesse immer wieder, was du mit mir anstellst«, flüsterte er. Er sah mich mit einem gierigen Blick an. »Hier ist es ganz sicher, Teresa. Der einzige Ort, wo ich in Ruhe reden kann.«

»Ich wusste nicht, dass du reden wolltest.« Ich stellte mich auf die Zehenspitzen und küsste seine Lippen, dann biss ich hinein. »Macht nichts, Chris. Hier ist es gut. Überall ist es gut.«

»Willst du ein Kissen?«

»Hast du ein sauberes?«

Er schnitt eine Grimasse. »Du bist sehr komisch.«

»Ich meine es ernst. Ich weiß ja nicht, wen du sonst so hierher bringst.«

»Niemand. Du weißt, wie ordentlich ich bin.«

Das stimmte.

»Ich hab auch eine Stereoanlage hier«, sagte er. »Vivaldis *Vier Jahreszeiten*?« Ein Lächeln spielte um seinen Mund – es brachte seine Augen zum Leuchten und ließ ihn unglaublich attraktiv erscheinen. »Oder die Gipsy Kings?«

»Du Teufel.« Ich lächelte zurück.

»Bin gleich wieder da.«

Er war aufgeregt wie ein kleiner Junge, wie damals, als ich ihm etwas zu Weihnachten geschenkt hatte. Er legte die CD ein und brachte ein großes Kissen mit, das er auf dem Schreibtisch platzierte.

Ich zog es auf den Boden und ließ mich auf die Knie sinken.

Ein paar Stunden später fragte ich ihn, ob ich irgendwo duschen könnte. Obwohl er behauptete, sonst immer Kondome zu nehmen, weigerte er sich, sie zu benutzen, wenn er mit mir schlief. Er sagte, das würde er nur tun, weil ich der einzige Mensch sei, dem er vertrauen könne. Aber es war mehr als das. Alles, was ihn einschränkte, galt ihm als Beweis dafür, dass ich sein tiefstes Inneres ablehnte – deshalb waren meine Bitten auf taube Ohren gestoßen. Ich war so vernünftig gewesen, mir eine Spirale einsetzen zu lassen, als wir wieder intim wurden, aber das schützte nicht vor Krankheiten. Als ich ihn das letzte Mal gebeten hatte, ein Kondom zu verwenden, war er sehr wütend geworden – eine schweigende, bedrohliche Wut, die Furcht in mir auslöste.

»Oben ist ein Bad. Ich komme gleich mit.« Er nahm meine Hand und küsste jeden meiner Finger. Dann ließ er sie los und zog sich an. Als er sich setzte, war er immer noch außer Atem. »Lass mich mal verschnaufen. Du hast mich richtig auf Trab gebracht, du Biest.«

Ich zog mich an und band meine Haare zusammen. Nachdem ich die halbe Flasche Evian ausgetrunken hatte, nahm er einen großen Schluck vom Rest und schloss die Augen. Er war schweißnass und sah erschöpft aus. Ich legte ihm die Hand auf die Stirn. »Du bist sehr heiß.«

»Es ist stickig hier drin.«

»Du hast Fieber, Chris.«

»Kein Wunder nach der ganzen Gymnastik.«

»Ich mach mir Sorgen. Kann ich mit deinem Arzt reden? Du brauchst ein Antibiotikum.«

»Hab ich.«

»Nimmst du's?«

»Nein.«

»Warum nicht?«

»Es schlägt mir auf den Magen.«

»Christopher…«

»Ich werd's nehmen.« Er trank das Wasser aus. »Wahrscheinlich bin ich bloß ausgetrocknet. Nörgel nicht rum.«

»Ich mach mir Sorgen um dich.« Ich setzte mich auf seinen Schoß. »Bitte.«

»Okay, ich werde das Keflex nehmen.« Er knabberte an meiner Oberlippe, dann küsste er mich. »Zufrieden?«

»Ja.«

Wir küssten uns. Dann löste er sich.

»Also, mit wem verabredest du dich?«

»Mit niemandem.«

»Lüg mich nicht an, mein Engel. Mit wem…«

»Mit niemandem«, wiederholte ich.

Er nahm einen Müsliriegel aus einem Aktenschrank, aß die Hälfte und bot mir die andere an. Ich schüttelte den Kopf, und er aß ihn auf.

»Keine Verabredungen?«

»Nein.«

»Warum gehst du dann mit dem Typ aus deinem Kurs ins Hilton? Wie heißt er noch? Michael Bonocelli? Sprech ich das richtig aus?«

Seine Augen waren völlig ausdruckslos. Ich erwiderte: »Wenn dein Spitzel besser aufgepasst hätte, hätte er auch gesehen, dass ich wieder rausgekommen bin.«

Seine Miene sagte mir, dass er nicht überzeugt war.

»Es gibt da ein gutes italienisches Restaurant, Chris. Als Mike mich zum Essen eingeladen hat, wusste ich nicht, dass er noch mehr wollte.«

»Du bist trotzdem noch mit ihm ausgegangen.«

»Wir haben zusammen an einer Untersuchung gearbeitet… ›Die Implikationen iatrogener Einflüsse beim Strahlentod von Brustkrebspatientinnen dritten Grades‹. Das Thema interessiert mich, weil unsere beiden Mütter daran gestorben sind. Gott sei Dank haben wir einen Sohn. Der Professor heißt Doktor Edwin Alvary. Mike hat mich zum Essen eingeladen, und ich bin mitgegangen. Na und? Ich hab's satt, jeden Abend Cheeseburger oder Erdnussbutter zu essen.«

Ich schob sein Gesicht weg.

»Ich verabrede mich nicht, Chris. Wann hätte ich denn Zeit? Außerdem ist eine Parade ständig wechselnder Männer in meinem Apartment das Letzte, was ich will. Gabe ist *alles* für mich. Er soll keine Schlampe als Mutter haben.«

»Du wärst keine Schlampe, wenn du es ab und zu treibst.«

»Aber ich tu's nicht! Das weißt du, weil du mich beobachten lässt. Ich schlafe nur mit dir, und das ist was anderes, weil du Gabes Vater bist. Du bist der einzige Mann, mit dem ich je zusammen war. Punkt. Bei einer Vierundzwanzigjährigen ist das eigentlich lächerlich.«

»Für mich nicht. Ich krieg immer noch diesen unglaublichen Kick, wenn ich dich hinlege und dir die Beine spreize.«

Ich stieß ihn wieder weg. »Sei nicht so vulgär.«

»Das war ein Kompliment, mein Engel.«

Ich schnitt eine Grimasse. »Ein typisch männlicher Standpunkt. Ich möchte mit dir schlafen, also solltest du dich geehrt fühlen.«

»Männer sind Hunde.«

Er sagte es völlig ausdruckslos. Rasch fiel mir ein, mit wem ich sprach. Ich küsste ihn auf die Wange. »Wenigstens bist du ein sehr großzügiger Hund.«

Er sah mir in die Augen. »Wie viel?«

»Das meinte ich nicht.«

Er öffnete die zweite Schublade seines Aktenschranks. Darin war ein Schuhkarton voller Dollarscheine. Er nahm ein paar heraus, rollte sie zusammen und reichte sie mir. Ich lehnte ab.

»Wie gesagt, das meinte ich nicht.«

Er zählte sie – achthundert Dollar. Er legte noch zwei Scheine drauf und drückte sie mir in die Hand. »Kauf was Schönes für dich und den Kleinen.«

»Danke.« Ich küsste ihn auf die Wange. »Das wird nicht ewig so weitergehen, Christopher. In ein paar Jahren verdiene ich selbst Geld.«

»Ich hab mich nicht beschwert, Teresa.«

»Das tust du nie«, sagte ich. »Ich sollte einen reichen Alten heiraten, damit du aus dem Schneider bist.«

»Ich bin dein reicher Alter. Wofür brauchst du noch einen anderen?«

Ich zuckte die Achseln.

Er starrte mich an. »Hast du einen bestimmten im Auge?«

»Ich meine nur theoretisch.«

»Du kotzt mich an!«

»Ein gut aussehender, viel älterer Mann, der mich für den Rest meines Lebens verwöhnt. Jemand, der keine große Konkurrenz für dich wäre.«

»Es wäre *überhaupt* keine Konkurrenz für mich, weil er tot wäre.«

»Ich meine viel, viel älter, Chris. Über vierzig oder fünfzig. Das würde dir doch nichts ausmachen, oder?«

»Über vierzig vielleicht. Über fünfzig wohl nicht.« Er hob die Augenbrauen. »Wen würdest du dir aussuchen, Schatz? Decker?«

»Du bist krank!«

»Ja, du hast Recht. Nicht reich genug.«

Ich sah ihn ernst an. »Ihr beiden arbeitet also zusammen?«

»Keine Ahnung.«

Diese Haltung gefiel mir nicht. »Christopher Sean Whitman Donatti, wenn du diesem Mann was tust, werde ich dir *niemals* verzeihen, das schwöre ich!«

Er stieß mich grob von seinem Schoß. »Was ist bloß an dem Kerl dran, dass alle so loyal zu ihm sind?«

»Außer der Tatsache, dass er dich aus dem Knast geholt hat? Dass er mir als einziger Mensch Geld geschickt hat? Dass er der einzige Mann war, der nie versucht hat, mit mir zu schlafen?«

»Du vergisst deinen Vater.«

»Ich bleibe bei dem, was ich gesagt habe, Chris!«

Ruckartig hob er den Kopf und sah mir in die Augen. »Was? *Wann?*«

Ich winkte ab. »Bevor wir uns kannten. Er war nicht hartnäckig. Es ist auch gar nichts passiert.« Meine Augen wurden feucht. »Er war zu betrunken.«

»Und was noch?«

»Jean hat uns… ihn ertappt. Sie hat mir immerhin nie die

Schuld gegeben. Sie hat mich nicht unterstützt, aber auch nicht…« Ich wischte mir die Tränen weg. »Melissa ist jetzt im selben Alter. Ich rufe sie fast jeden Tag an und sage ihr immer wieder, wenn er irgendwas versucht…« Ich wagte den Gedanken nicht zu Ende zu denken.

»Das hast du mir nie erzählt.« Er zog mich wieder auf seinen Schoß. »Du hättest was sagen sollen, mein Engel. Ich hätte es verstanden. Ich bin selbst missbraucht worden. Nachdem meine Mom gestorben war, hat Joey mir immer das Haar gekämmt, und ich musste ihm einen blasen.«

»Das ist ja *schrecklich*!« Ich streichelte sein Gesicht und küsste ihn. »Armer Chris.«

»Tja, ich Armer.« Er schüttelte den Kopf. »Weißt du, jahrelang hab ich den Mund gehalten, und jetzt erzähl ich's zwei Leuten in vierundzwanzig Stunden. Was, zum Teufel, ist mit mir los?«

»Wem hast du's noch erzählt?«

»Rina Decker. Ich weiß nicht, wie ich auf meinen Onkel kam. Sie hat so eine Art, was aus einem rauszukriegen. Sie und der Lieutenant passen zusammen.«

»Das denke ich auch.«

»Mein Gott, ich kann nicht glauben, dass dein Alter…«

»Es war vorbei, bevor es anfing.«

»Ich sollte ihn umlegen.«

»Chris…«

»Ich werd's nicht tun, aber ich sollte es.«

»Können wir das Thema wechseln? Es tut mir so weh! Besonders nach der Liebe.«

Er drückte mich an sich. »Ist es das für dich? Liebe?«

»Ja, natürlich. Was ist es denn für dich?«

»Wunderbare Liebe.«

»Dann sind wir ja einer Meinung.« Ich lehnte mich an ihn. »Weiß Lieutenant Decker, was er tut?«

»Er ist nicht blöd, aber New York ist anders als Los Angeles. Er befindet sich auf fremdem Terrain und weiß nicht, mit was oder wem er's zu tun hat. Außerdem ist er unbewaffnet.«

Ich sah auf. »Er hat keine Pistole?«

»Ich wollte ihm eine geben, aber er hat abgelehnt. Der Mann ist stur.«

»Mit wem hat er's zu tun?«

»Ich hab da so meine Theorie – Amateure, die wie Profis wirken wollen. Das heißt, sie sind dumm, und dumm ist gefährlich. Wenn ich seine Frau wäre, würde ich mir mal seine Lebensversicherung ansehen.« Er nahm noch einen Schluck Wasser. »Wahrscheinlich wär's einfacher, jemand würde ihn umlegen. Dann hätte ich mehr Ellbogenfreiheit. Jemand muss das Problem lösen.«

Mein Herz schlug schneller. Er musste es gemerkt haben, denn er streichelte mir den Rücken und sagte leise und beruhigend: »Ich hab's versucht, mein Kätzchen, aber er hat gesagt, ich soll mich da raushalten. Also bin ich draußen. Offen gesagt, ich hab mich nicht gut genug gefühlt, irgendwas zu tun. Wenn er allein kämpfen will, soll er doch. Ich bin nicht sein Kindermädchen.«

Ich legte ihm sanft die Arme um die Hüften und achtete darauf, dass ich nicht an seine Wunde stieß. Mein Flüstern war kaum hörbar. »Lass ihn nicht untergehen, Chris. Hilf ihm, auch wenn er's nicht will.«

Er schwieg.

»Bitte.«

Er sagte immer noch nichts, aber er schob mich nicht weg. Stattdessen zog er mich an sich… drückte die Lippen in mein Haar… streichelte meinen Rücken… spielte auf mir wie auf einem Instrument. Seine Berührung konnte so wundervoll sein. Ich erschauerte leicht.

»Ist dir kalt?«

»Nein… das ist schön.«

»Ich weiß, was mein Kätzchen gern hat.«

»Ja.« Inzwischen verstand ich seine Körpersprache ziemlich gut. Zärtlichkeit bedeutete, er hörte zu, war kooperativ. Zärtlichkeit war ein sehr gutes Zeichen.

28

Wenn er irgendwo Antworten finden konnte, dann in Quinton. Decker wusste, dass es im jüdischen Viertel aussichtslos war, aber er hegte die schwache Hoffnung, er könne sich mit Virgil Merrin versöhnen, indem er sein rüdes Benehmen damit entschuldigte, dass es ihm peinlich war, im Tattlers gesehen worden zu sein. Vielleicht konnte er dann die alte »Wir Jungs aus dem Süden«-Nummer abziehen – wenn er es schaffte, den Sarkasmus aus seiner Stimme herauszuhalten. Mit Merrin als Verbündetem kam er möglicherweise an die Namen von ein paar Teenagern aus Quinton, die Shayndie gekannt hatten.

Aber er musste vorsichtig sein.

Im schlimmsten Fall – wenn Merrin auch zum Ecstasyring gehörte und Erotiktänzerinnen als Kuriere für die Leute von der israelischen Mafia benutzte – bewegte er sich nämlich in einem Sumpf aus Politik, Geld und Korruption, in dem er sehr leicht versinken konnte. Außerdem gab es da noch die unheilige Allianz aus Weiss, Harabi und Ibn Dod: Vielleicht waren sie längst wieder in Israel oder versteckten sich anonym in der jüdischen Gemeinde, vielleicht waren sie aber auch tot.

Und selbst wenn dieses Produkt der überbordenden Fantasie Deckers tatsächlich einen wahren Kern besaß und sich die lückenhaften Fakten, die er von Randy hatte, zu einer Geschichte zusammenfügten – wie hing das alles mit dem Lieber-Mord zusammen?

Womit er wieder beim Ausgangspunkt war.

Er musste in den jüdischen Teil von Quinton eindringen, und das bedeutete, er brauchte dort jemanden, dem die Leute vertrauten. Und vor allem brauchte er jemanden, dem er vertrauen konnte. Decker benötigte einen Maulwurf mit Kenntnis jüdischer Traditionen, Sitten und Rituale – einen Insider, der die Außenseiter kannte und der ihm gegenüber loyal war.

Da Rina fort war, gab es nur noch einen Menschen, der dafür möglicherweise in Frage kam.

Wie gut kannte Decker seinen Halbbruder?

Das würde er jetzt wohl herausfinden.

Die kleine, aber wachsende *schul* lag im Bezirk Morningside Heights, nahe der Columbia University. Zum morgendlichen Gebet um acht Uhr gehörten oft Studenten, und da es sich um eine konservative Gemeinde handelte, nahmen Männer und Frauen in gleicher Zahl am Gottesdienst teil und übten die gleichen Pflichten aus. Als Decker seinen Wagen parkte, war es kurz vor elf, einige Zeit nach dem *Schacharit*, der Morgenandacht. Vielleicht hatte sein Bruder jetzt Zeit für eine Kaffeepause.

Jonathans Sekretärin, eine Afroamerikanerin in den Zwanzigern, erklärte ihm, Rabbi Levine habe Sprechstunde für seine Gemeinde und erst um halb eins Zeit. Wenn es ein echter Notfall sei, könne sie ihn über die Sprechanlage rufen, aber ansonsten wollte er nicht gestört werden.

Es war kein echter Notfall.

In diesem Fall könne er gern in der Bibliothek warten oder vielleicht auch schon mal zu einem frühen Mittagessen gehen. Sie würde dem Rabbi ausrichten, dass er da gewesen sei. Er dankte ihr, sagte, er wolle um halb eins wiederkommen, und sie möge den Rabbi doch bitten, auf ihn zu warten.

Decker verließ die *schul* und ging den Broadway entlang, wobei ihn leichter Knoblauchgeruch umwehte, da die Synagoge gleich neben Titos Pizzeria lag. Er hätte vorher anrufen sollen. Leise fluchend betrat er einen der allgegenwärtigen Starbucks und bestellte einen großen schwarzen Kaffee. Es gab keine Sitzgelegenheit, also lehnte er sich wie ein auf Kundschaft wartender Dealer an die Wand. Er ging im Geist seinen Notizblock durch, der inzwischen eine Menge gekritzelter Bemerkungen enthielt.

Er konnte die Zeit nützen, indem er noch einmal mit ein paar Leuten sprach – zum Beispiel mit Luisa und Marta vom Begräbnis. Sie hatten mit Ephraim zusammen das Lager verwaltet, und vielleicht war ihnen inzwischen was Wichtiges eingefallen. Außerdem hatte Luisa immer noch seine Handschuhe – ein wunderbarer Vorwand für einen Besuch.

Allerdings nicht jetzt, wo sie in einem von Liebers Läden arbeitete und man Deckers Anwesenheit bemerken würde. Vielleicht versuchte er es heute Abend bei ihr zu Hause.

Dann war da noch Leon Hershfield. Wenn einer wusste, ob in der jüdischen Gemeinde jemand krumme Geschäfte machte, dann er. Aber Fragen an ihn wären wegen der Schweigepflicht kaum sinnvoll. Doch meist konnte Decker seine eigenen Schlüsse aus den Reaktionen seiner Gesprächspartner ziehen, auch wenn diese die Aussage verweigerten. Eine Menge ließ sich aus Miene und Blicken ablesen, aber Hershfield war zu clever, um *irgendetwas* preiszugeben, selbst auf nonverbale Art. Ein Gespräch mit ihm wäre nicht nur nutzlos, sondern auch von Nachteil – Decker würde ihm ohne Gegenleistung nur seine eigenen Gedanken verraten.

Der Anwalt kam also nicht in Frage.

Blieb noch Ari Schnitman, der ehemalige Drogensüchtige, der Ephraim von *Emek Refa'im* kannte. Luisa und Leon würden ihm nicht weiterhelfen, also blieb nur noch der Chassid übrig. Schnitman war Diamantenhändler auf der East Side. Da Decker weder seinen Parkplatz aufgeben noch im Stau stehen mochte, entschied er sich für ein Taxi.

Zwanzig Minuten später stand er im Herzen des Diamantenviertels, an der Fifth Avenue 580 zwischen 47. und 48. Straße. Die Diamantenbörse befand sich zwischen der blauen Markise eines OshKosh B'Gosh-Kleiderladens und der ebenfalls blauen Markise eines Juweliers. Es war ein prächtiges altes Gebäude, etwa fünfzig Stockwerke hoch und mit Bogenfenstern, deren Scheiben so mit Bronze abgesetzt waren, dass es an die Kinderzeichnung eines Sonnenaufgangs erinnerte. Amerikanische Flaggen hingen über den steinernen Köpfen behelmter römischer Soldaten. Gegenüber lag die Bank Leumi, eine der offiziellen israelischen Banken.

Vor Jahren hatte Decker die Untersuchungen im Mordfall an einem Juwelier aus Los Angeles und seiner Frau geleitet. Der Fall fand seine Auflösung in Israel, und zwar in der Diamantenbörse von Ramat Gan, Tel Aviv – aus diesen Zeiten kannte Decker die Branche ein wenig und hatte einen Vergleich. Der Vorraum des

Art-déco-Gebäudes Nummer 580 war kleiner als der in Israel, aber größer als das Diamantenzentrum in Los Angeles. Der Eingangsbereich wirkte eher wie ein Korridor, war ganz in grauem Granit gehalten, und wimmelte von wachsam blickenden Menschen mit Aktentaschen. Trotz der metallenen Wandleuchter entlang der dunklen Steinwände herrschte in den Räumen gedämpftes Licht. Direkt vor ihm zeigten große Uhren die Zeitzonen auf der ganzen Welt an. Die Sicherheitsvorkehrungen waren streng. Links stand der übliche Metalldetektor, dahinter ein Drehkreuz und ein Team von vier Wachmännern in grauen Jacketts, die Taschenkontrollen durchführten, während Menschen ins Gebäude eilten. Auf der rechten Seite sah Decker einen Informationscomputer mit Touchscreen. Der Liste zufolge saßen in dem Hochhaus hauptsächlich jüdische Firmen, manche Namen deuteten aber auch auf andere Nationalitäten hin – indisch, armenisch, südamerikanisch und russisch.

Büros und Börsensaal waren nicht für die Öffentlichkeit zugänglich, daher musste Decker sich an der Rezeption anmelden. Nach einigen Fragen willigte einer der grauen Wachmänner ein, Schnitman anzurufen. Kurz darauf bekam Decker einen Laufzettel für den elften Stock mit dem Namen Classic Gems und der Büronummer in Handschrift. Er betrat einen Fahrstuhl und wurde von einem bewaffneten Angestellten hinaufbegleitet.

Schnitman lehnte ein paar Türen von Classic Gems entfernt im schmalen Korridor an der Wand und wartete auf ihn. Auf beiden Seiten des Foyers standen Wachmänner vor den Notausgängen. In der traditionellen chassidischen Tracht aus schwarzem Jackett, weißem Hemd und schwarzem Hut sah er älter, aber auch kleiner aus. Er strich sich über den Bart; seine Augen wirkten winzig hinter den Brillengläsern. Schnitmans Miene war ernst, fast feindselig. Anscheinend gelang es Decker, sich überall Freunde zu machen.

»Was wollen Sie hier?«, flüsterte Schnitman.

»Danke, dass Sie Zeit für mich haben«, begann Decker. »Wenn es Ihnen nichts ausmacht, möchte ich Ihnen noch ein paar ...«

»Es *macht* mir aber was aus!«, zischte er. »Ich hab mit der Polizei zusammengearbeitet. Ich hab Ihnen alles gesagt, was ich weiß. Und jetzt kommen Sie und belästigen mich an meinem Arbeitsplatz. Wissen Sie, was passiert, wenn mein Boss von meinen Problemen erfährt?«

Deckers Miene blieb ausdruckslos. »Warum sollte er denken, ich wär etwas anderes als ein Kunde? Beruhigen Sie sich, wir suchen uns einen Ort zum Reden.«

Schnitman sah auf die Uhr. »In zwanzig Minuten habe ich eine Verabredung zum Essen. Ich wollte gerade weg.«

»Kein Problem. Wir können uns auf dem Weg dahin unterhalten.«

»Warten Sie hier. Ich hole meinen Mantel.«

Knapp eine Minute später war er wieder zurück. Schweigend fuhren sie nach unten. Decker folgte dem jungen Chassid, der auf der Straße nach links bog und mit den Händen auf dem Rücken, wehendem Mantel und Schläfenlocken rasch dahinschritt. An der 48. Straße bog Schnitman nach rechts ab.

»Wenn Sie nicht langsamer gehen, können wir nicht reden, und Sie werden mich nicht los«, sagte Decker.

Schnitman blieb vor dem Fleet Building stehen, lehnte sich an die Scheibe und starrte auf seine blank geputzten schwarzen Schuhe.

»Wo treffen Sie sich mit dem Kunden?«, fragte Decker.

»Den Kunden. Auf der 53., Ecke Second Avenue. Es sind Japaner, deshalb hatte mein genialer Boss die Idee, ich sollte mit ihnen in dieses koschere japanische Restaurant gehen. Es ist nicht schlecht, aber es kommt mir so vor, als ob man Eulen nach Athen trägt. Bestimmt wäre ihnen ein Deli lieber gewesen.«

»Sie haben sicher Recht.«

»Was wollen Sie, Lieutenant?«

»Sie sagten, Ephraim wäre nervös gewesen, kurz bevor er ermordet wurde. Irgendeine Ahnung, warum?«

»Nein.«

»Sagen Sie das noch mal, Schnitman, und schauen Sie mir dabei in die Augen.«

Der Chassid sah weg.

Decker packte ihn am Arm und hielt ihn fest. »Hören Sie, Ari, ich verstehe, dass Sie der Polizei nicht viel erzählen wollen, weil es vielleicht die Aufmerksamkeit auf Ihre geheime Organisation lenkt...«

»Es ist keine geheime Organisation«, erwiderte er gereizt. »Wir möchten nur so anonym wie möglich bleiben, sonst kommen die Leute nicht, die Hilfe brauchen. Glauben Sie mir, es ist schon so schwer genug, ohne dass die Cops in unseren Angelegenheiten rumschnüffeln.«

»Deshalb sollten Sie mich unterstützen. Bis jetzt ist es eine Sache zwischen uns beiden, und vielleicht kann ich Ihnen helfen. Wenn Sie mich wegschicken, wird die New Yorker Polizei wiederkommen.«

Schnitman fuhr sich über Gesicht und Bart. »Also gut, es war so: Ephraim hat nicht mit mir gesprochen, aber mit jemand anderem aus der Gruppe – seiner Vertrauensperson. Ich hab Ihnen das nicht gleich gesagt, weil ich es erst gestern Abend bei unserem wöchentlichen Treffen erfahren habe. Fragen Sie mich nicht nach dem Namen, ich werde ihn nicht sagen. Sie können mir mit Aufdeckung, öffentlicher Schande, Gefängnis oder sonst was drohen, aber ich werde unter keinen Umständen die Schweigepflicht verletzen und Ihnen einen Namen nennen.«

»Sie sind weder Anwalt noch Arzt oder Geistlicher...«

»Ich hab die *Semicha*, also bin ich technisch gesehen zum Rabbi ordiniert. Ich werde mich an die Schweigepflicht halten, wenn ich es als nötig erachte.«

Decker sah sich um. Scharen von Leuten in dunklen Mänteln eilten die Straßen entlang; ihre Schals flatterten wie Fahnen im Wind. Bleigraue Wolken ballten sich am Himmel wie Chrom, der von Altmetall abblättert. Die Luft war mit Staub und dem Geruch von Frittierfett gesättigt, der Verkehr mehr als dicht. Decker bemerkte plötzlich, dass er Hunger hatte. »Was hat er oder sie Ihnen erzählt?«

Der Chassid stopfte die behandschuhten Hände in die Taschen. »Dass Ephraim sich offensichtlich wegen irgendwas Sorgen machte.«

»Weiter.«

»Er fasste die Einzelheiten in *halachische* Begriffe – was sind die Pflichten eines Juden gegenüber seinem Bruder?«, sagte Schnitman.

»Interessant.« Decker nickte. »Ist das metaphorisch gemeint?«

»Genau, Lieutenant. Mit Bruderschaft ist im Judentum meistens nicht Blutsverwandtschaft, sondern die größere Familie der *kal Yisra'el* gemeint – die Einheit aller Juden. Doch diesmal war es wörtlich. Ephraim hatte Ärger mit seinem Bruder.«

»Geschäftlich?«

»Ja, geschäftlich.« Schnitman nickte. »Ephraim erzählte seiner Vertrauensperson, er hätte mehrmals mit seinem Bruder über das Problem geredet, es aber nicht lösen können.«

»Und?«

»Ephraim stand an einem Scheideweg. Er musste entweder wegsehen oder den nächsten Schritt tun ... seinem Vater davon berichten. Seine Seele war in Aufruhr.«

»Hat Ephraim erwähnt, was für Praktiken ihm Sorge machten?«

»Nein, aber man kann sie leicht erraten«, antwortete Schnitman. »Ephraim hat das Lager verwaltet. Er hatte uns erzählt, Chaim hätte ein paar ziemlich hohe Kredite zur Geschäftsausweitung aufgenommen ...«

»Moment, Moment ... wann war das?«

»Das war vor etwa zwei Jahren. Ephraim war sehr aufgeregt. Mehr Läden bedeuteten mehr Verantwortung, mehr Gelegenheiten für ihn, sich zu beweisen.« Schnitman blinzelte. »Führt Ihr Polizisten denn keine Recherchen durch?«

»Ich bin erst seit letztem Freitag hier und nicht bei der New Yorker Polizei. Meine Recherche besteht darin, dass ich mit Ihnen rede. Erzählen Sie weiter.«

»Das war unhöflich. Tut mir Leid.«

Decker sah auf die Uhr. »Sie haben noch sechs Minuten. Ich will nicht, dass Sie zu spät kommen.«

»Schon gut. Es ist die alte Geschichte, Lieutenant Decker. Der Vater baut den Laden aus dem Nichts auf, dann kommt der Sohn mit grandiosen Ideen, wie man alles größer und besser machen kann. Anscheinend hat Chaim Kredite aufgenommen, um geschäftlich zu expandieren, doch dann kam die Rezession. Und als ob das nicht schon schlimm genug wäre, folgten auch noch die Terroranschläge. Das Geschäft ging drastisch zurück. Nicht nur die Erweiterung wurde gestoppt, Chaim stand auch vor der drängenden Frage, wie er das Geld zurückzahlen sollte.«

»Chaim stahl aus der Kasse«, sagte Decker.

Der Chassid schüttelte den Kopf. »Chaim führte die Kasse. Diebstahl im eigenen Laden wäre wie Diebstahl in der eigenen Brieftasche. Man muss jemand anderen bestehlen.«

»Versicherungsbetrug.«

»Genau. Man gibt gestohlene Artikel an, die einem nie gehört haben. Oder man stiehlt die eigenen Sachen aus dem Lagerhaus, lässt sie sich ersetzen und verkauft sie dann auf dem Schwarzmarkt. Das Problem ist, dass es dabei nur um kleine Beträge geht, denn wenn man's übertreibt, schrillen die Alarmglocken. Wenn man in echten Schwierigkeiten steckt – und ich weiß nicht, ob das bei Chaim der Fall war –, wird es Zeit, einen Profi anzuheuern.«

Decker blickte Schnitman an. »Sie scheinen viel darüber zu wissen.«

»*Emek Refa'im* ist eine Zuflucht für Drogensüchtige. Viele von uns hatten große Probleme, die zur Sucht führten.«

»Zum Beispiel ein schlechtes Gewissen.«

»Ganz genau«, sagte Schnitman. »Ephraim scheint keine Ausnahme zu sein. Vielleicht war das sein Konflikt; möglicherweise fragte er sich, ob das Lagerhaus abbrennen würde…«

»Nein«, unterbrach ihn Decker. »Ich glaube, wenn Ephraim gewusst hätte, dass Chaim das Lagerhaus abbrennen wollte, wäre er bestimmt zu seinem Vater gegangen.«

»Ja, da haben Sie wohl Recht.«

»Es muss etwas anderes sein. Sind Sie sicher, dass er sich wegen geschäftlicher Dinge solche Sorgen gemacht hat?«

»Ich weiß gar nichts sicher. Ich wiederhole nur, was mir ein anderer erzählt hat.« Er blickte nach oben. »Wahrscheinlich hätte ich nicht einmal das tun sollen.«

»Ich möchte mit der Vertrauensperson reden.«

»Keine Ahnung, wo diese Person wohnt. Ich kenne nicht mal den Nachnamen. Manche Leute sind so. Es ist nicht meinetwegen; ich schäme mich nicht für das, was ich tue, aber wenn meine Probleme ans Licht kämen, würden meine Kinder darunter leiden, besonders in ihrem späteren Leben. Es wäre schwierig, für sie einen *schidech* zu finden.«

Einen *schidech* – einen von einem Heiratsvermittler ausgesuchten Partner. »Die Sünden der Väter«, sagte Decker.

»Genau.« Schnitman hielt seinen Hut fest, da der Wind heftiger wurde. »Aber ich möchte Ihnen helfen. Wenn Sie nächsten Dienstag kommen, ist die Person vielleicht beim Treffen. Ich werde Sie einander vorstellen, aber mehr kann ich nicht tun.«

»Nächsten Dienstag bin ich wieder in Los Angeles an meinem Schreibtisch«, entgegnete Decker. Er erinnerte sich an das, was er Donatti gesagt hatte – sechzig Stunden; jetzt blieben ihm kaum noch achtundvierzig. »Trotzdem danke. Sie haben meine Vermutung bestätigt.«

Schnitman sah Decker an. »Sie sind ein guter Mensch, wenn Sie den ganzen Weg auf sich nehmen, um einem anderen Juden zu helfen. Sie haben wahrscheinlich keinen Dank für Ihre Mühe geerntet.«

»Das können Sie laut sagen.«

»Moses erntete auch keinen Dank für seine Mühe«, lächelte Schnitman. »Sie befinden sich in sehr guter Gesellschaft, Lieutenant.«

29

Als Decker zur Synagoge zurückkam, war es Viertel vor eins, aber Jonathan befand sich immer noch in einem Gespräch. Fünf Minuten später sah Decker seinen Bruder mit einer schwarz gekleideten Frau um die vierzig und einem Teenager aus dem Büro kommen. Die Frau drückte ein zusammengeknülltes Taschentuch an die Augen, und der Junge starrte mürrisch auf den Ausgang.

Probleme, Probleme, Probleme. Jonathan begleitete sie nach draußen und ging dann wieder Richtung Büro.

»Jon!«, rief Decker.

Der Rabbi fuhr herum. »Akiva. Alles in Ordnung?«

»Ja.« Decker rannte hinter ihm her. »Du warst ziemlich lange drin. Wie wär's mit einem Mittagessen?«

»Dazu hab ich keine Zeit, aber wenn du mich brauchst, bin ich für dich da.«

»Wo musst du hin?«

»Nach Quinton.«

»Wunderbar! Du fährst, und wir unterhalten uns im Auto.«

Die Miene des Rabbi drückte Zögern aus. Decker zerstreute seine Gedanken. »Ich hab nicht vor, deine Schwiegereltern zu besuchen. Ich muss was anderes dort erledigen.«

Jonathans Augen verrieten Neugier. »Was denn?«

»Das erzähle ich dir später. Wie wär's, wenn ich mir schnell einen Kaffee hole und wir uns dann am Wagen treffen? Er steht ein Stück weiter.«

»Du hast einen Parkplatz gefunden?«

»Nach einer halben Stunde. Hol deine Sachen. Wir treffen uns in ein paar Minuten.«

Es dauerte länger als fünfzehn Minuten, und auch als Jonathan losfuhr, kam er nicht weit. Der Verkehr war zäh wie Kleister, und der Wagen kroch nur zentimeterweise dahin.

Jonathan blieb ruhig. »Irgendein hohes Tier muss in der Stadt sein.«

»Ich hab was von einer Konferenz in einer Kirche gelesen – Nationalafrikanische Hilfskommission.«

»Stimmt. Die Riverside Cathedral ist nur ein paar Blocks von der *schul* entfernt. Ich kenn das schon. Es wird eine Weile dauern, bis wir hier weg sind.«

»Macht nichts.« Decker leerte seinen Kaffee, stellte den Becher in einen Tassenhalter und sah dann seinen Bruder an, der einen Anzug aus Wolle mit Weste und Schlips trug. Die Heizung lief auf vollen Touren. »Zieh doch dein Jackett aus, Jon, jetzt geht es gerade.«

»Gute Idee.« Die Autos standen sowieso. »Du hast vom Mittagessen gesprochen. Hast du Hunger?«

»Ich kann noch warten.«

»Ich hab ein paar Sandwiches in meiner Aktentasche.«

»In ein paar Minuten.« Stille. »Hast du mit Raisie gesprochen?«

»Seit heute Morgen nicht mehr.«

»Besser, ich frage nicht.«

»Ja.«

Decker fuhr mit der Hand über den Schnurrbart. »Das, was ich dir erzählen will, ist vertraulich. Ich muss wissen, dass alles, was ich sage, unter uns bleibt.«

»Ich verstehe. Sprich weiter.«

»Heute Vormittag hab ich mit ein paar Leuten geredet. Anscheinend gab es Spannungen zwischen deinen beiden Schwagern. Ich kenne die Einzelheiten nicht, aber es ging um etwas Geschäftliches. Kurz gesagt, ich glaube, Ephraim hatte Schwierigkeiten damit, gewisse Praktiken von Chaim zu akzeptieren.« Er berichtete von seinem Gespräch. »Ephraim wollte zu deinem Schwiegervater gehen, aber dann wurde er ermordet. Weißt du irgendwas darüber, das mir weiterhilft?«

»Mit wem hast du gesprochen?«

»Das möchte ich nicht sagen.«

»Ist diese Person vertrauenswürdig?«

»Sie hat keinen Grund zu lügen.«

»Ich hab kein Problem mit der Vertraulichkeit, Akiva. Ich bin Rabbi, ich unterliege der Schweigepflicht. Aber das gilt in jede Richtung – ich kann nicht so offen sprechen wie du.«

Decker dachte einen Moment nach. »Rechtsanwälte unterliegen auch der Schweigepflicht. Ich bin Anwalt, ich habe die Zulassung. Vor langer Zeit habe ich diesen Beruf sogar ausgeübt.«

»In Kalifornien. Wir sind in New York.«

Decker grinste. »Ein interessanter Präzedenzfall, findest du nicht?«

Jonathan schwieg, dann zog er einen Dollar aus der Tasche. »Du bist beauftragt.«

Decker musterte den Schein. »Und preiswert bin ich auch noch.«

»Die Summe hat nichts mit deinen juristischen Fähigkeiten zu tun.« Jonathan sprach mit Bedacht. »Ich weiß nicht viel, aber ich erzähle dir, was ich weiß. Chaim hatte Schulden. Er hat sich sogar Geld von mir geliehen. Fünftausend Dollar.«

»Nicht gerade ein Taschengeld.«

»Nein. Als er mich um mehr bat, habe ich ihm noch einmal fünf- oder sechshundert Dollar gegeben. Das war alles, was ich erübrigen konnte. Und ich habe ihn gebeten, in Zukunft daran zu denken, dass seine Schwester nicht arbeitet und wir drei Kinder auf die Privatschule schicken.«

»Du hast getan, was du konntest.«

»Das meine ich auch. Er war nicht erfreut, aber er hat es eingesehen. Ein paar Wochen später kam er wieder zu mir. Er sagte, er wisse, dass ich ihm nichts mehr leihen könne, aber was wäre mit der *schul*? Ob er nicht was vom *gemach* borgen könnte?«

»Das ist der Wohltätigkeitsfonds, oder?«

»Richtig. Ich sah ihn aber nicht als Wohlfahrtsfall an. Außerdem war es ein schrecklicher Interessenkonflikt – meinen Schwager auszulösen. Also antwortete ich ihm, dass es nicht möglich sei. Er war beleidigt. Eine Weile haben wir nicht miteinander geredet, bis wir vor sechs Monaten unsere Differenzen beilegen konnten. Er hat sich entschuldigt und gesagt, damals hätten ihm die Gläubiger im Nacken gesessen und das Geschäft wäre schlecht gegangen. Er sei verzweifelt gewesen, aber dann hätten sich die Dinge gewandelt. Das Geschäft laufe langsam besser. Es war während des *Elul*, also dachte ich, er will seine Pflicht erfüllen.«

Elul ist der Monat vor dem jüdischen Neujahrsfest *Rosch ha-Schanah*. Diese dreißig Tage dienen als Bedenkzeit für jene, die ihre Sünden des vergangenen Jahres bereuen müssen – was nach jüdischem Verständnis für jeden gilt. Der *Elul* beginnt meist Anfang September – das war also vor etwa sechs Monaten.

»Und weiter?«, fragte Decker.

»Das ist alles. Wir haben uns versöhnt. Besonders nach dem 11. September erschienen unsere Differenzen absolut kindisch. Er

315

hat uns zum Essen eingeladen. Shayndie hat uns ein paar Wochenenden besucht. Alles schien in Ordnung zu sein… bis zu dieser Katastrophe.«

»Was hat Chaim unternommen, um das Geschäft anzukurbeln?«

»Ich hatte den Eindruck, er hätte gar nichts gemacht, und die Lage wäre einfach von selbst besser geworden.«

»Er hat also keine Details erwähnt?«

»Nein.«

»Und Ephraim? Hat er eine Erklärung für den Aufschwung gehabt?«

»Nein, er hat mir nichts erzählt. Ich hatte immer das Gefühl, Ephraim bräuchte all seine Kraft, nur um einfach Ephraim zu sein. Er hatte seine eigenen Probleme.«

»Ich denke jetzt mal laut nach«, sagte Decker. »Nimm's mir nicht übel.«

»Nur zu.«

»Chaim nimmt einen Kredit bei der Bank auf, um das Geschäft zu vergrößern. Er hat hohe Schulden. Die Rezession schlägt zu, und alles geht bergab. Er borgt, wo er kann – bei Verwandten, vielleicht bei Freunden –, um durchzukommen und der Bank das Geld zurückzuzahlen. Aber es reicht nicht. Er gerät so sehr in Panik, dass er dich bittet, etwas Illegales zu tun…«

»Ich weiß nicht, ob er es für *illegal* hielt.«

»Man kann es zumindest als zweifelhaft bezeichnen, Jonathan. Sogar nachdem du's ihm erklärt hast, ist er böse und redet nicht mehr mit dir. Das hast du selbst gesagt, richtig?«

Jonathan schwieg und konzentrierte sich aufs Fahren.

»Dann geht es plötzlich bergauf«, fuhr Decker fort.

»Ich weiß nicht, ob es so plötzlich kam.«

»Das Geschäft lief langsam besser, hast du gesagt. Bleiben wir mal kurz dabei. Wenn es *langsam* besser wurde, heißt das, dass nicht plötzlich viel Geld reingekommen ist, sondern gerade nur so viel, dass er keine Angst mehr vor der Bank haben musste. So etwas ist ein *langfristiger* Vorgang.«

»Ich kann dir nicht folgen«, sagte Jonathan.

»Ich überlege selbst erst beim Reden«, erklärte Decker. »Okay. Es gibt also eine langsame Besserung. Ich hab aber erfahren, dass Ephraim wegen Chaims Geschäftspraktiken aufgebracht war. Also kannst du dir vorstellen, was ich denke, Jon. Ich denke, Chaim hat sich nicht darauf verlassen, dass sein Geschäft *langsam* besser läuft und ihn rettet. Vielleicht ist er plötzlich zu Geld gekommen – womöglich auf illegale Art. Sogar sehr wahrscheinlich auf illegale Art – oder weißt du von einer glücklichen Erbschaft?«

»Du machst ziemliche Sprünge, Akiva.«

»Ja, das ist das Beste an meinem Beruf. Das Schwierige ist, Beweise für meine Ideen zu finden. Lass es mich noch ein bisschen weiter ausspinnen. Am einfachsten käme Chaim durch einen Versicherungsbetrug illegal an Geld. Allerdings ziehen sich solche Ansprüche immer hin. Der Aufschwung kam aber ziemlich abrupt, stimmt's?«

»Ich weiß nicht, wie plötzlich.«

»Na, wie viele Monate waren es von dem Zeitpunkt, als er das Geld von der Synagoge borgen wollte, bis zu eurer Versöhnung?«

Jonathan klopfte aufs Lenkrad. »Ungefähr drei Monate.«

»Dann muss es ein Wahnsinnsaufschwung gewesen sein, Jon. Vor Weihnachten vielleicht. Aber wir reden hier von einer Spanne von Juni bis September – das ist traditionell eine flaue Zeit für den Handel. Entschuldige meine Skepsis.«

Deckers Magen knurrte.

»Nimm dir ein Sandwich«, sagte Jonathan. »Ich hab Tunfisch und Huhn.«

»Welches willst du?«

»Mir ist es egal.«

»Dann nehme ich Huhn.« Decker wühlte in der Aktentasche seines Bruders herum, bis er den Beutel mit Sandwiches fand. »Was machst du, wenn du dich nicht waschen kannst?«

»Ich spreche bloß das Dankgebet. Ich hab auch Obst, Chips und ein paar Dosen Diät-Cola dabei. Raisie versorgt mich gut. Bedien dich.«

Decker sprach ein Gebet und biss in das Sandwich. »Danke, ich hab wirklich Hunger. Sollen wir fortfahren?«

»Du meinst, du sollst fortfahren?«

»Ja, ich rede am meisten. Möchtest du was hinzufügen?«

»Im Moment nicht.«

»Wo war ich?«

»Der Aufschwung von Chaims Geschäft im Sommer.«

»Du passt gut auf.«

»Ich war schon immer ein Musterschüler«, sagte Jonathan bitter.

»Wie ist Chaim an das Geld gekommen? Wie ich schon sagte, dauert ein Versicherungsbetrug nicht nur lange, sondern der Versicherte erhebt auch hohe Ansprüche. Wenn man richtig viel Geld will, zerstört man das ganze Lager mithilfe eines professionellen Brandstifters. Aber auch wenn die Versicherung zahlt, fließt das Geld nicht so schnell. Es würde eine große Untersuchung geben. Also frage ich mich, wie konnte Chaim so schnell an Geld kommen?«

»Und wie lautet deine Antwort?«

»Es gibt mehrere Möglichkeiten.« Decker spülte das Sandwich mit Diät-Cola hinunter. »Wunderbar. Vielen Dank. Hast du keinen Hunger?«

»Doch.«

Decker packte das Tunfischsandwich für ihn aus. Jonathan sprach ein Gebet und biss ab. »Wie kam Chaim so schnell an Geld?«

»Vielleicht durch Geldwäsche über sein Geschäft, und Chaim bekommt einen Anteil. Aber wie hätte Ephraim davon erfahren, wo er nichts mit den Finanzen zu tun und keinen Einblick in Bücher oder Bankunterlagen hatte? Also wäre Geldwäsche nicht mein erster Gedanke.«

Jonathan schaffte es schließlich auf den Henry Hudson Parkway. Immer noch fuhren sie Stoßstange an Stoßstange. Er hoffte, der Stau würde sich weiter nördlich auflösen. »Und was wäre dein Favorit?«

»Drogen. Da du mein Rabbi bist und Schweigepflicht hast, sage ich dir, was mein Bruder Randy von der Sitte in Miami mir mitgeteilt hat.« Er fasste das Gespräch mit Randy zusammen.

»Anscheinend hatten unsere Glaubensbrüder etwas mit dem illegalen Transport und Verkauf von MDMA, besser bekannt als Ecstasy, zu tun. Ich kann mich sogar an einen großen Skandal mit New Yorker Chassidim erinnern, die die Drogen einschmuggelten. Hab ich Recht?«

»Das ist viele Jahre her.«

»Ungefähr drei«, berichtigte Decker. »Und es schlug hohe Wellen in den Gemeinden. Was denkst du?«

»Wenn ich dich richtig verstehe, gehst du davon aus, dass Chaim an Geld kam, weil er ein Drogenkurier war.«

»Ich denke nur laut nach.«

»Dann lass mich mitdenken. Würde das nicht bedeuten, dass Chaim regelmäßig nach Israel oder Europa reiste, wo die Droge hergestellt wurde?«

Decker antwortete nicht. Er wusste, was jetzt kommen würde.

»Ich glaube, Chaim hat New York seit zehn Jahren nicht verlassen«, sagte Jonathan.

»Vielleicht nicht regelmäßig, sondern nur ein einziges Mal mit großem Gepäck. Du weißt nicht, ob er eine kurze Reise gemacht hat?«

»Nein.«

»Die einzige Möglichkeit, etwas über seine Reisen herauszufinden, besteht darin, einen Blick in seinen Pass zu werfen.« Decker lächelte. »Das wäre doch mal eine Idee.«

»Vergiss es, Akiva.«

»Wieso?«

»Du willst, dass ich zu Chaim gehe, während er die Totenwache für seine ermordete Tochter und seinen Bruder hält, und ihn nach seinem Pass frage?«

»Besser nicht.«

»Auf gar keinen Fall!«

»Du hast Recht«, gab Decker zu.

Schweigend krochen sie die Autobahn entlang. Als der Van die Stadtgrenze erreichte und aufs Land fuhr, löste sich der Stau auf, und sie kamen schneller voran. Jonathan fühlte sich mit vollem Magen besser und nahm das Gespräch wieder auf.

»Wolltest du mir sonst noch was erzählen, Akiva?«

Decker wählte seine Worte mit Bedacht: »Nur, dass Ephraim *vielleicht* etwas über Chaims Drogengeschäfte herausgefunden und überlegt hat, ob er es deinem Schwiegervater sagen soll.«

»Ephraim würde Chaim nicht... *verpfeifen*, schon gar nicht wegen einer einmaligen Sache. Wozu? Um einem alten Mann das Herz zu brechen? Außerdem, wenn Chaim groß zugeschlagen hätte – *ein einziges Mal* –, müsste das mindestens sechs Monate zurückliegen, denn zu dieser Zeit sagte er mir, es ginge aufwärts. Wie würde das zu Ephraims *laufenden* geschäftlichen Konflikten mit Chaim passen?«

Eine gute Frage. »Vielleicht hat er es mehr als einmal gemacht.«

»Dann hätte er regelmäßig ins Ausland reisen müssen – und ich hab dir schon gesagt, dass das nicht sein kann. Wir sind wieder am Ausgangspunkt.«

»Tja, vielleicht hatte er eine neue große Sache geplant, aber dieses Mal kam Ephraim dahinter.«

»Und wie hätte er es rausfinden sollen? Offen gesagt, die beiden mochten sich nicht. Sie haben nur selten miteinander geredet, und auch das nur um des Familienfriedens willen. Ephraim hielt Chaim für einen selbstgerechten Spießer, und Chaim hielt Ephraim für einen verantwortungslosen Versager. Sie haben ihre privaten und geschäftlichen Angelegenheiten sehr getrennt gehalten.«

»Aber es gab Berührungspunkte.«

»Sehr begrenzte, ja.«

»Vor allem im Geschäft.«

»Ja.«

Das Lager, dachte Decker. *Ephraim hat im Lager gearbeitet.* »Wie wär's damit, Jonathan? Vielleicht ist Chaim nicht ins Ausland gefahren, aber was war mit der Ware? Hat er aus Europa oder Israel importiert?«

»Die Familie handelte nach dem Grundsatz: Große Mengen, kleiner Preis. Sie kauften billigere Sachen aus Asien, vieles aus Korea...«

»Ist Haifa nicht ein wichtiger Durchgangshafen für Ware aus

Asien? Und Rotterdam auch? Ich meine, es ist eine Kleinigkeit, Computer, Stereoanlagen, Videorecorder oder CD-Player hinten aufzuschrauben und ein Dutzend Beutel Ecstasypillen hineinzulegen. Und es braucht gar nicht einmal so viel zu sein. Angenommen, man bringt zehntausend Pillen pro Ladung ins Land – eine solche Menge lässt sich in großen Elektrogeräten problemlos verstecken. Bei zwanzig Dollar Verkaufspreis pro Pille bringt jede Ladung eine Viertelmillion. Und wie viele Ladungen bekam Chaim im Jahr?«

Es war eine rhetorische Frage. Jonathan gab keine Antwort.

»Es ist leichter, das Zeug in Waren zu verstecken, als es mit Kurieren rüberzubringen«, erklärte Decker. »Und viel praktischer. Selbst wenn der Zoll Drogenkontrollen durchführt, überprüfen sie vielleicht ein, zwei Paletten. Sie filzen niemals die gesamte Ladung ohne einen konkreten Verdacht, richtig?«

Decker wurde lebhaft.

»Eines Tages vergleicht Ephraim die Nummern auf der Liste mit denen der Ware, da fällt bei einem Video die Rückwand ab. Er entdeckt einen Beutel Pillen, die aus Versehen übrig geblieben sind. Weil er früher selbst drogensüchtig war, weiß er sofort, was gespielt wird. Er geht zu seinem Bruder, um ihn zur Rede zu stellen, aber…«

»Vergiss es«, sagte Jonathan ruhig.

»Was?«

»Ich sagte, *vergiss es!*« Jonathans Miene wurde eisig. »Chaim etwas anzuhängen macht weder Ephraim noch Shayndie wieder lebendig. Die Familie ist schon zerstört. Hörst du, Akiva? *Zerstört.* Meine Frau ist *zerstört!* Ich mache dabei nicht mit. Ich will nicht noch mehr Unglück über alle bringen.«

»Auch wenn es Beweise gibt, dass Chaim Ephraim ans Messer geliefert hat?«

»Aber diese Beweise hast du nicht, oder doch?«

»Nein, noch nicht…«

»Ich glaube das nicht eine Sekunde!« Plötzlich verzog sich Jonathans Gesicht, und Tränen rollten in seinen Bart. »Wenn du jemandem an den Karren fahren willst – oder *musst* – dann *mir!*«

»Wovon redest du, Jon? Was ist los?«

Ohne Warnung riss Jonathan den Wagen nach rechts und hielt am Straßenrand. Er stellte den Motor ab und sackte schluchzend über dem Lenkrad zusammen. Als er zu reden begann, war er kaum zu verstehen.

»Ich hab's vermasselt, Akiva«, stieß Jonathan hervor.

»Was? *Wie?*« Decker berührte seine Schulter und legte dann den Arm um ihn. »Komm, so schlimm kann es nicht sein. Sag's mir.«

»Doch, es *ist* so schlimm.«

»Sag's mir trotzdem.«

Er hob den Kopf. »Ich hab's vermasselt... mit Shayndie. Ich hab dich angelogen. Ich... hab gelogen.«

Decker wartete. Er spürte sein Herz in der Brust hämmern.

»Sie hat mich angerufen – Shayndie hat mich angerufen.«

Decker stockte der Atem. »Wann?«

»Am Morgen, als sie ermordet wurde! Deswegen war es so ein Schock! Ich hatte drei Stunden vorher noch mit ihr *gesprochen.*«

»Also gegen sieben Uhr früh«, erwiderte Decker. »Hat sie dich zu Hause angerufen?«

Der Rabbi nickte. »Sie rief mich an...« Er hielt mit einem schweren Seufzer inne. »Sie sagte, es ginge ihr gut... es würde sich jemand um sie kümmern, aber ich dürfte es keinem verraten – nicht mal ihren Eltern, vor allem nicht ihren Eltern und auf keinem Fall ihrem *Vater.* Sie hätte sich rausgeschlichen, um mich anzurufen, aber es wäre gegen die Regeln, wenn sie da bleiben wollte, wo sie war. Wenn er erfuhr, dass sie gegen die Regeln verstoßen hätte, würde er sie rauswerfen. Also müsste sie schnell zurück... bevor jemand etwas merkte.«

»Wer ist *er?*«, fragte Decker.

Jonathan zuckte hilflos die Achseln. »Wir haben vielleicht ein, zwei Minuten geredet, dann sagte sie, sie müsse gehen. Ich sollte bitte, bitte niemand sagen, dass sie angerufen hätte.« Er blickte Decker aus verquollenen Augen an. »Ich bat sie, mir zu sagen, wo und bei wem sie sei. Natürlich tat sie es nicht. Sie meinte nur, jemand Großes und Mächtiges würde sich um sie kümmern, und es ginge ihr gut.«

Ein langes Schweigen.

»Ich hab es Chaim erzählt«, gab Jonathan zu. »Ich konnte nicht anders, Akiva. Ich ... er ist mein Schwager ... wenn es meine Tochter gewesen wäre ...«

Völlig verzweifelt wandte er sich ab.

»Ich bat ihn, es niemandem zu erzählen, und es sei lebenswichtig, dass nur wir zwei es wüssten. Aber vielleicht hat er es Minda gesagt. Vielleicht hat sie mit jemandem darüber gesprochen ... ich weiß es nicht. Der Gedanke verfolgt mich, dass ich sie ungewollt verraten habe.«

»Es klingt nicht so ...«

»Sie hat mich angefleht, niemandem etwas zu sagen ... Ich hätte es als Warnung betrachten sollen. Vielleicht war mein Telefon angezapft. Oder das von Chaim, als ich ihn angerufen habe, um es ihm mitzuteilen. Ich hätte sie drängen sollen, mir mehr zu erzählen, aber es ging alles so schnell ...«

»Wenn sie dich zu Hause angerufen hat, können wir den Anruf zurückverfolgen. Wahrscheinlich ist es eine Telefonzelle, aber dann wäre es möglich, ihr Versteck ungefähr einzugrenzen ... vorausgesetzt, sie ist zu Fuß zu der Telefonzelle gelaufen.«

»Ich hätte dich um Rat fragen sollen.« Jonathan wischte sich über die Augen. »Ich habe nicht nur meine Schweigepflicht gebrochen ... vielleicht hat es Shayndie auch das Leben gekostet.«

Decker sackte in seinem Sitz zusammen. Jonathan deutete seine Körpersprache falsch. »Du verachtest mich.«

Deckers Lachen war bitter. »Ach was!« Er wandte sich zu seinem Bruder. »Du meinst wirklich, *du* hast es versaut?« Er schaute an die Wagendecke. »Ich hab es erst richtig vermasselt, Jonathan! Ich hab sie gesehen und dann gehen lassen ...«

»*Was?*«

»Ich hab sie gehen lassen, weil sie einen Beschützer hatte ... glaubte ich jedenfalls.«

»Was? *Wen?*«

»Besser, du weißt es nicht«, erwiderte Decker.

Jonathan packte ihn an den Schultern, seine Augen funkelten vor Wut. »Ich hab dir alles erzählt. Das ist *keine* Antwort!«, schrie er.

Decker hätte am liebsten zurückgebrüllt, aber er hielt inne. Jon hatte Recht. Er ballte seine Fäuste, um nicht um sich zu schlagen. Sein Herz raste, und er glaubte, keine Luft zu bekommen.

Ruhig, ganz ruhig!

»Okay…«, er holte Luft. »Okay, folgender Vorschlag: Wenn wir die Sache aufklären wollen, müssen wir alles auf den Tisch legen. Aber nichts – und damit meine ich kein einziges Wort – darf nach außen dringen!«

Beide schwiegen. In gefährlicher Nähe des Wagenhecks rasten die Autos vorbei. »Wir sollten hier weg, bevor uns einer rammt«, brummte Decker.

»Gleich.« Jonathan fuhr sich schwer atmend mit den Fingern durch den Bart. »Okay, es bleibt unter uns. Bei wem war Shayn die?«

Decker brauchte ein paar Momente, um den Namen auszusprechen. »Christopher Donatti.«

Jonathan war fassungslos. »Christopher Dona…«

»Schon mal von ihm gehört?«

»Natürlich! Der Prozess seines Vaters war ein halbes Jahr lang auf allen Titelseiten! Was, zum Teufel, hatte sie mit *ihm* zu tun? Und du?«

»Die zweite Frage zuerst. Als der Tatort von Ephraims Mord untersucht wurde, sagte einer der Cops, es sähe wie einer von Donattis Morden aus, wäre es aber wohl nicht – zu niedrig und ungenau getroffen. Da ich aber nichts anderes vorhatte, habe ich ihn aufgesucht.«

»Du hast Christopher Donatti besucht?«

»Ja.«

»Einfach so?«

»Lass es mich erklären…«

»Du hast einen Berufskiller besucht!« Jonathan war außer sich. »Und nicht irgendeinen Berufskiller – du hast einen der übelsten *Kriminellen* der Mafia besucht, dessen Vater fünfzehn Jahre lang die New Yorker Familie führte? Und darf man fragen, *warum*?«

»Könntest du den sarkastischen Ton lassen? Das nervt.«

Jonathan sah weg. »Ich bin einfach… sprachlos.«

Schweigen.

»Entschuldige meine Grobheit«, flüsterte Jonathan.

»Schon gut, ich verdiene es.«

»Nein, ich vermute, du hast dein Bestes versucht...« Jonathan atmete tief aus, dann putzte er mit einem Taschentuch die Brillengläser. »Warum bist du zu Donatti gegangen, wenn du den Verdacht hattest, er hätte Ephraim ermordet?«

»Ich hab ihn nicht verdächtigt, weil die Cops es auch nicht getan haben.« Decker wurde mürrisch. »Ich brauchte Hilfe, Jonathan. Donatti und ich sind uns früher mal über den Weg gelaufen. Ich dachte, er wäre vielleicht eine gute Informationsquelle...« Decker schlug aufs Armaturenbrett. »Es war schwachsinnig! Ich bin einfach ein Volltrottel, okay?«

»Du bist ganz bestimmt kein Volltrottel.« Jonathan seufzte. »Wer weiß, was unsere Handlungen bestimmt? Wir denken, wir wären es, aber das stimmt nicht. Hinter allem steht Gott, und Er hatte vielleicht Seine Gründe.«

»Nett, dass du das sagst.«

»Ich bin nicht in der Position, ein Urteil zu fällen, oder?«

Sie schwiegen wieder. Die Autos sausten weiter an ihnen vorbei.

»Ich hab mich ein paarmal mit Donatti getroffen«, fuhr Decker fort. »Er sagte, sie wäre bei ihm.«

»Was heißt das?«

»Donatti sammelt Kids, die irgendwo weggelaufen sind. Junge Mädchen und schwule Jungs, die nirgendwohin können. Er benutzt sie... schickt sie auf den Strich...«

»O Gott! Hat er...«

»Nein, nein. Er hat sie nicht auf den Strich geschickt. Sie war noch nicht lange genug bei ihm. Er hatte Shayndie am Wochenende aufgelesen... bevor ich zu ihm kam. Das hat er mir aber nicht gleich erzählt. Wir mussten erst ein kleines Katz-und-Maus-Spiel machen. So war das immer mit uns – Psychospielchen. Später verriet er mir, sie wäre bei ihm, und er würde es mir aus Freundlichkeit erzählen, damit ich mir keine Sorgen mache und mich auf den Mord an Ephraim konzentrieren kann. Damals dachte ich, er sagt die Wahrheit, aber bei Psychopathen weiß man das nie. Der Mann ist ein eiskalter Killer und ein pathologischer Lügner. Man muss mit dem arbeiten, was man kriegt.«

Jonathan nickte. »Natürlich.«

Decker fuhr sich mit der Hand übers Gesicht. »Ich hätte schwören können, es ist die Wahrheit, Jonathan, weil ich sie *gesehen* habe. Wir haben einen Treffpunkt vereinbart, und er brachte sie mit… um mir zu zeigen, dass sie okay ist. Verschreckt, aber unverletzt.«

»Ich kann mir denken, dass sie verschreckt war.«

»Sie hatte keine Angst vor *ihm*, Jon, sondern vor *mir*! Sie fürchtete, ich würde sie mitnehmen und zu ihren Eltern bringen. Sie hat ihn angefleht, sie nicht wieder zu ihrer Familie zu schicken. Sie wollte bloß in ihr Versteck zurück, hing an ihm wie eine Klette. Als er allein mit mir reden wollte, musste er sich regelrecht losreißen.«

»Vielleicht war es gespielt.«

»Nein, das war nicht gespielt. Als ich sie was gefragt habe, konnte sie kaum antworten, so sehr hat sie vor Angst gezittert. Sie hat ihm die Antworten ins Ohr *geflüstert*, und er hat sie mir gesagt.«

»Wonach hast du sie gefragt?«

»Nach dem Mord natürlich. Was sie gesehen hat.«

»Und?«

»Sie sagte, ein paar Chassidim hätten Ephraim mitgenommen.«

»Mein Gott, wie weit ist es mit dieser Welt gekommen…«

»Oder Leute, die als Chassidim verkleidet waren«, unterbrach ihn Decker. »Sie ähnelten nämlich keiner chassidischen Sekte, die ich kenne. Sie trugen *schtreimel*. Kennst du eine Sekte, die an Wochentagen *schtreimel* trägt?«

»Nein.« Jonathan schüttelte den Kopf. »Es kann aber eine geben.«

»Oder jemand hat sich verkleidet, es aber nicht hundertprozentig geschafft. Zum Beispiel Drogenhändler der israelischen Mafia, die in Florida wegen Ecstasyhandels gesucht werden, aber vor der Festnahme aus Miami verschwinden konnten. Es *könnte* doch sein, dass sie sich in Quinton verstecken.«

»Was um alles in der Welt wollten die von Ephraim?«

»Vielleicht wusste er etwas, vor allem wenn Chaim ihre Waren ins Land schmuggelte.«

»Akiva, in Quinton kennen sich alle. Da kann sich niemand verstecken, geschweige denn integrieren.«

»Es sei denn, sie haben schon Verbindungen«, gab Decker zurück. »Vielleicht versteckt sie jemand. Wie ich schon sagte, wenn Chaim mit Ecstasyimport zu tun hatte …«

»Akiva, du hast keine Beweise, Chaim mit so etwas in Verbindung zu bringen!«, brüllte Jonathan. »Wo sind die Indizien für solche Beschuldigungen?«

Decker stützte den Kopf in die Hände. »Es gibt keine.«

Jonathan legte die Hand auf den Mund, seine Stimme sank zu einem Flüstern herab. »Selbst wenn Chaim etwas Illegales getan hat … kann ich nicht glauben, dass er seinen eigenen Bruder auf dem Gewissen hat! Ich weigere mich, das zu glauben!«

»Vielleicht sollte es gar kein Mord sein, Jon. Vielleicht wollte er Ephraim nur Angst einjagen, und das Ganze ist ihm aus den Händen geglitten. Vielleicht bin ich völlig durchgedreht! Ich tu, was ich kann. Offensichtlich ist das nicht genug, sonst wäre Shayndie noch am Leben.«

Jonathan legte ihm die Hand auf die Schulter. »Bist du sicher, dass Donatti sie nicht ermordet hat?«

»Nein, aber er hatte keinen Grund dafür. Er wusste, wenn ihr was passiert, mache ich ihm die Hölle heiß. Und genau das ist eingetreten. Als ich ihm von dem Mord an ihr erzählte, schien er aufrichtig geschockt zu sein.«

»War *das* vielleicht gespielt?«

»Natürlich hätte er mich einwickeln können, aber sie schien so abhängig von ihm zu sein. Er wollte sie mir sogar unversehrt zurückschicken, wenn die Dinge sich beruhigt hätten. Ich hab ihm wohl einfach deshalb geglaubt, weil mir keine andere Wahl blieb.«

»Was meinst du mit ›unversehrt‹?«

»Er schläft mit Teenagern, die er auf den Strich schickt. Ich glaube, mit Jungen und Mädchen. Er versprach mir, es nicht mit ihr zu tun.« Decker winkte ab. »Ich weiß nicht... ich hätte sie mir bei der ersten Gelegenheit einfach schnappen sollen.«

»Er hätte euch beide umgelegt.«

»Wahrscheinlich. Donatti ist kein Mann, dem man den Rücken zudrehen darf. Dabei hat er mir oder meiner Familie nie etwas getan, obwohl ich ihn sicherlich mehr als nur verärgert habe. Ich weiß es einfach nicht. Psychopathen wie er... sie sind wie Wolfshunde, die manche Leute sich anschaffen. Eine Weile tun sie nichts, dann fallen sie einen plötzlich an. Vielleicht war es so. Vielleicht sah er es auch als biblische Rache an – Auge um Auge, Mädchen um Mädchen. Er ist davon überzeugt, ich hätte seine Beziehung zu einem Mädchen zerstört. Das hier war vielleicht seine Rache.«

»Was für ein Mädchen?«

»Das tut hier nichts zur Sache. Es war einer meiner Fälle, vor acht Jahren. Damals hat Donatti in L. A. gelebt.«

»Er lebte in L. A.?«

»Ungefähr ein Jahr.«

Jonathan lehnte sich zurück. »Mit ›Auge um Auge‹ meint die Bibel etwas anderes.«

Einmal Rabbi... »Ich weiß«, sagte Decker. »Rina hat's mir erklärt, es bedeutet Wiedergutmachung. Musst du immer so pedantisch sein? Und lass uns endlich hier wegfahren. Es sollte nicht an einem Tag zwei Witwen geben.«

Jonathan ließ den Motor an und fädelte sich vorsichtig in den Verkehr ein. »Du bist wütend auf mich.«

»Ich bin wütend auf mich selbst. Ich hab's wirklich gründlich versaut. Ich frag mich immer wieder... was hätte ich *tun* sollen? Eine Pistole nehmen und ihn erschießen? Ihn bestechen? Zur Polizei gehen? Hinterher ist man immer schlauer. Damals dachte ich, ich hätte es ganz gut im Griff.«

»Du hast dein Bestes getan.«

»Du auch. Fühlst du dich deswegen besser?«

»Nein. Ich werde das Gefühl nicht los, Gott straft mich, weil ich mein Wort gebrochen habe. Natürlich ist das lächerlich, aber sag das mal deinem Gewissen. Außerdem denke ich immer wieder, ich hätte sie verraten. Warum bin ich nicht zur Polizei gegangen? Wie du schon sagtest: Zumindest hätten sie den Anruf zurückverfolgen und sie suchen können.«

Sie schwiegen eine Weile.

»Du bist wirklich davon überzeugt, dass Donatti sie nicht ermordet hat?«, begann Jonathan wieder.

»Ja. Warum sollte er auch?«

»Was hat er gesagt, als du ihm erzähltest, Shayndie sei ermordet worden?«

»Zuerst rastete ich aus, dann er.« Decker wies auf sein Auge.

»Ach so.« Jonathan nickte. »Das klingt viel plausibler als deine lächerliche Erklärung. Sprich weiter. Was ist passiert, nachdem er dich geprügelt hat?«

»Er beruhigte sich. Wir haben geredet. Er behauptete, er hätte sie um sechs Uhr morgens zum letzten Mal gesehen. Sie verhielt sich genau wie am Abend zuvor – sie klammerte sich an ihn. Er wollte unbedingt Rache, Jon. Ich konnte ihn überreden, so lange stillzuhalten, bis ich alles in meiner Macht Stehende getan hätte. Das Letzte, was ich wollte, war ein professioneller Killer auf dem Kriegspfad – besonders wo Chaim keine reine Weste zu haben scheint.«

»Akiva, du hast keinen Beweis dafür!«

»Das weiß ich selbst. Aber wenn Chaim in der Sache mit drinhängt, ist es besser, ich finde ihn vor Donatti, oder?«

Jonathan blieb ihm die Antwort schuldig.

»Also, wir machen es folgendermaßen«, erklärte Decker. »Du schnüffelst in Quinton herum und erkundest, ob irgendwelche fremden und geheimnistuerischen Leute in der Gemeinde zu Gast sind. Ich gehe zur Polizei von Quinton und versuche rauszukriegen, ob Shayndie die falschen Freunde hatte. Randy hat mir erzählt, ein paar Jungs aus Quinton wären in Miami mal wegen Ecstasybesitz festgenommen worden. Wenn sie es sich da unten beschafft haben, wurde es bestimmt mit hierher gebracht. Vielleicht erfahre ich den Namen des Dealers. Oder ich gehe noch mal ins Tattlers, um herauszufinden, ob jemand von den Mädchen mal Kurier spielen sollte.«

»Und das werden sie zugeben? Einfach so?«

»Nein, natürlich nicht. Dafür muss man ein Lieutenant mit einer echten Dienstmarke sein!« Er lächelte traurig.

»Hör auf, Akiva«, wies Jonathan ihn zurecht. »Du bist ein guter Mensch, und ich habe großen Respekt vor dir. Ich hoffe, du respektierst mich auch.«

»Natürlich.«

»Dann hören wir mit der Quälerei auf.«

»Einverstanden.«

»Verstehe ich dich richtig, dass du meine Hilfe willst?«, fragte Jonathan.

»Ja.«

»Du willst, dass ich hinter dem Rücken meiner Verwandten für dich spioniere – sogar wenn das bedeutet, den einzigen noch lebenden Bruder meiner Frau zu verraten.«

»So kann man's wohl ausdrücken.«

Jonathan überlegte kurz. »Ich versuche herauszufinden, was ich kann, aber ich werde dir Chaim nicht auf einem silbernen Tablett servieren. Okay?«

Decker hob die Hände. »Klar.«

Jonathan warf ihm einen Blick von der Seite zu und konzentrierte sich dann wieder aufs Fahren. »Ich hab schneller Ja gesagt, als du dachtest.«

»Ja, allerdings.«

Beide schwiegen.

»Wie lange noch?«, fragte Decker.

»Eine halbe Stunde.«

»Nicht schlecht. Die Zeit vergeht wie im Flug, wenn man sich amüsiert.«

»Stimmt. Ich hoffe, ich werde ein besserer Partner sein als Donatti«, meinte Jonathan.

»Die meiste Zeit bestimmt.«

»Die *meiste* Zeit?«

»Chris hat seine Vorzüge.«

»Zum Beispiel?«

»Wenn's eng wird, kann der Psychopath mit einer Pistole umgehen.«

30

Der Moment der Vereinigung bedeutete unweigerlich auch den Beginn der Trennung – und wenn das Unvermeidliche eintrat, fiel er stets in ein schwarzes Loch, weil er wusste, dass der einzige Mensch ihn verließ, dem es irgendwas bedeutete, ob er lebte und atmete. Natürlich war ihm klar, dass es dabei auch um Geld ging, aber sie spielte ihre Rolle so gut, dass er sich einreden konnte, ein winziger Teil ihres Herzens habe ihn gern, auch wenn sie ihn nicht liebte.

Heute war es so gut gewesen – *zu* gut –, und das machte den Abschied noch schwerer, die Leere noch größer. Er war in mieser Stimmung, und sein Körper schmerzte vor Entbehrung.

Er lag auf dem Bett in einem Zimmer, das wegen der dicht zugezogenen Vorhänge stockdunkel war, und starrte ins Leere. Alle möglichen Gedanken wirbelten in einem Nebel aus Schnaps und Schmerztabletten durch seinen Kopf.

Ja, heute hatte er es wirklich als toll empfunden.

Gemessen an ihren Orgasmen – denn so bewertete er den Sex.

So war es nicht immer gewesen. Am Anfang verhielt sie sich wie alle anderen. Für ihn war der Sex immer eine Einbahnstraße gewesen, weil ihm die Gefühle der Mädchen völlig egal waren und neunundneunzig Prozent sowieso keinen Höhepunkt kriegten – also, warum überhaupt so tun, als ob? Er glaubte, Terry wäre wie die anderen. Er nahm sie genau wie alle anderen von hinten, weil es seine Lieblingsstellung war – ein geiler Anblick, tiefes Eindringen und minimaler Körperkontakt. Er hasste es, berührt zu werden, weil körperliche Berührungen in seiner Jugend immer gleichbedeutend mit Schmerz gewesen waren. Als Terry das erste Mal über seine Haut strich, war er vor Abscheu zurückgezuckt. Also machte er es in der Hundestellung, obwohl fast alle Mädchen lie-

331

ber oben lagen. Wahrscheinlich hatten sie dann das Gefühl, die Kontrolle zu behalten.

Für ein paar Minuten war das auch okay, aber dann fingen sie immer an, ihn zu streicheln, während sie ihn ritten, und das törnte ihn sofort ab. Wenn es ihm zu viel wurde, drehte er sie auf den Bauch, packte sie an den Hüften und drang von hinten ein. Es war ein Glücksfall, als er bemerkte, dass Terry es auch am liebsten auf allen vieren machte. Er glaubte, endlich eine Seelenverwandte gefunden zu haben. Dann begann er nachzudenken. Vielleicht war sie zu sehr seine Seelenverwandte und wollte es aus demselben Grund von hinten wie er – minimaler Körperkontakt.

Seltsamerweise bewirkte dies das Gegenteil – denn nun *musste* er sie berühren, wenn sie miteinander schliefen. Er drehte sie auf den Rücken, legte sich auf sie und bedeckte ihr Gesicht mit Küssen, streichelte ihren herrlichen Körper. Zuerst hatte sie sich vor Abscheu gewunden, aber schließlich ließ sie ihn gewähren – ein geringer Preis für das Geld, das er ihr gab.

Vor etwa einem Jahr war es dann passiert. Er lag auf ihr und betrachtete wie immer ihr Gesicht, weil er es so unglaublich schön fand. Sie hatte ihre Augen geschlossen, ihre Miene blieb starr; doch ihr Körper bewegte sich im selben Rhythmus. Plötzlich spürte er etwas – eine Beschleunigung ihrer Bewegungen. Dann schlang sie die Beine um ihn und drückte ihn mit den Fersen tiefer in sich hinein. Sekunden später atmete sie schneller und stoßweise. Dann kam sie; ihr Gesicht war gerötet und schweißnass, während sich ihre Muskeln um seinen Schwanz zusammenzogen. Er empfand das Gefühl als so intensiv, dass er sofort explodierte.

Von da an war er besessen davon, sie zum Höhepunkt zu bringen, und bewertete jeden Beischlaf nicht nach seiner und nicht nach ihrer gemeinsamen Befriedigung, sondern nur nach ihrer. Wenn es gut war – so wie heute –, fühlte er sich monatelang in Hochstimmung. Wenn nicht, wurde er gereizt und wortkarg, machte ihr und sich selbst Vorwürfe und analysierte es bis zum Erbrechen. Nichts konnte sein dumpfes Brüten beenden. Er hatte versagt, geißelte sich dafür und machte ihnen beiden das Leben schwer.

Einmal hatte sie einen Orgasmus vorgetäuscht, um ihm eine Freude zu bereiten. Das hatte ihn so in Rage gebracht, dass er nach ihr geschlagen und sie fast getroffen hätte. Aber er war besser als sein Vater, weil er es kontrollieren konnte. Die Angst auf ihrem Gesicht ließ ihn wochenlang nicht mehr los. Letzten Endes hatte es sich aber ausgezahlt, weil sie ihre Lektion gelernt und nie wieder versucht hatte, ihm was vorzumachen.

Er wusste, dass er sie nervös machte, konnte sich aber nicht bremsen. Er stand unter dem Zwang, sie befriedigen, ihre Begierde stillen zu müssen; und wenn sie keinen Orgasmus hatte, hieß das, dass er kein Mann war.

Heute war es ein Erfolg gewesen.

Trotz der heftigen Schmerzen und des Fiebers hatte er sie zweimal zum Höhepunkt gebracht. Er wollte seinen Rekord brechen, aber sie hatte gesagt, sie habe Schmerzen, weil ihre Tage bald kämen oder irgend so einen Unsinn. Er beließ es dabei, weil er völlig erschöpft war und froh, eine wenn auch lahme Entschuldigung zu haben. Hinterher beobachtete er, während sie badete, wie Wassertropfen von ihren Brüsten über ihren flachen Bauch rollten. Er dachte kurz daran, sie zu bitten, über Nacht zu bleiben, ließ es dann aber bleiben. Obwohl sie sich nicht geweigert hätte, wäre es nicht das gewesen, was sie wollte.

Sie wollte zurück zu ihrem Kind.

Alles drehte sich um das Kind.

Das fand er im Allgemeinen auch okay, denn sie war eine gute Mutter. Nur manchmal ging es ihm auf die Nerven.

Jetzt war sie weg, und er litt Höllenqualen. Er fühlte sich wie ein Hund an der Kette. Früher hatte sie ihn bedingungslos geliebt und war bereit gewesen, ihm, ohne dass er etwas versprochen hätte, durch das ganze Land zu folgen. Dann kam Decker, und alles hatte sich verändert.

Er nahm einen kleinen Schluck aus der Whiskyflasche.

Nicht dass sie es nicht rausgekriegt hätte. Er hatte bloß gewollt, dass es zu einem passenden Zeitpunkt passierte, nachdem er ein Loch für sie gegraben hatte, aus dem sie nicht mehr allein herausgekommen wäre.

Decker.

Dieser miese, gottverdammte Schweinehund.

Nachdem sie ihn verlassen hatte, war er voller Rachegedanken gegen sie. Er hätte sie gern umgelegt, tat es aber nicht, weil er es stilvoll machen wollte. So hielt er sich im Hintergrund und beobachtete, wie sie langsam von einer riesigen Schuldenlast erdrückt wurde. Als sie ganz am Boden war, kam er mitten im Winter in ihr beschissenes Loch von einer Wohnung – ein Zimmer ohne Bad, mit einem Klo, einer Spüle und einer Kochplatte.

Es war so gegen neun Uhr abends gewesen. Das Kind, damals etwa drei Jahre alt, schlief unter mehreren Decken auf dem Sofa. Auf dem Zementboden lag eine Matratze.

Verdammt, war das kalt hier drin. Er trug einen Anzug aus dickem Wollstoff, einen Kaschmirmantel, einen Schal und pelzbesetzte Handschuhe, fror aber trotzdem. Er konnte sich nicht vorstellen, wie es ihr möglich war, in dieser Kälte schlafen und auch noch arbeiten zu können. Aber da kauerte sie an einem Klapptisch, ihr Atem eine Dampfwolke, und stopfte Hunderte von Briefen in Hunderte von Umschlägen. Es fiel ihr schwer, denn ihre Hände steckten in alten fingerlosen Strickhandschuhen. Eine Kassette lief – irgendein Professor laberte über chemische Gleichungen. Da sie mehrere Schichten Kleidung trug, sah sie normal aus, aber ihr Gesicht war ausgezehrt wie bei einem Geist.

In diesem einen Moment, in dem er sie arm und gedemütigt vor sich sah, hatte er sie umlegen wollen. Das Vorgefühl seiner Rache war köstlich gewesen, aber er konnte es nicht tun, musste ständig daran denken, wie sehr er sie noch immer wollte.

Also befahl er, sie solle ihre Sachen packen. Sie besaß nicht mal einen Koffer und stopfte ihre Habseligkeiten in zwei Plastiktüten. All das geschah zu einer Zeit, als er seinem Ex-Schwiegervater noch manchmal einen Gefallen tat, weshalb er über die Insignien der Macht verfügte: die Limousine, die Leibwächter, eine Suite in einem schicken Hotel an der Michigan Avenue. Er brachte sie und das Kind dort hin.

Bevor er sie mit nach oben nahm, ging er zur Rezeption und sagte, sie werde ein paar Tage bei ihm wohnen, und alles, was sie bestellte, ginge auf seine Rechnung. Der für den Service zuständige Portier, der sie voller Abscheu musterte, wurde nervös. Der Trottel brachte ihn zum Lachen. Er wusste sofort, warum der Kerl so unruhig war.

»Terry, zeig ihm deinen Ausweis.«

Mit zitternden Händen und gesenktem Blick zog sie Führerschein und Studentenausweis der Northwestern University aus einer abgegriffenen Brieftasche.

Der kleinen Schwuchtel war die Erleichterung anzusehen. Dabei war seine Besorgnis berechtigt – Terry wirkte kaum älter als zwölf.

Er fuhr mit ihr hinauf zu einer Suite mit zwei Schlafzimmern und Panoramablick über die Stadt. Im Wohnzimmer standen mehrere Sofas, ein paar Stühle und Beistelltische sowie ein Esstisch – die Standardausstattung für ein Hotel-Penthouse. Aber auf sie wirkte es wie ein Palast. Er beobachtete, wie sie zu einer großen Keramikvase voller frischer Blumen ging. Sie berührte eine Lilie mit dem Finger. Als er sagte, sie sei echt, errötete sie über ihre Dummheit.

Nachdem sie das Kind im kleineren Schlafzimmer ins Bett gebracht hatte, fragte er, ob sie hungrig sei, und warf ihr die Speisekarte vom Zimmerservice zu. Schüchtern suchte sie sich einen kleinen Salat aus – das Billigste auf der Karte. Er bestellte sich einen Hamburger und gab ihr die Hälfte davon ab, als er ihren gierigen Blick sah. Sie aß so langsam, als sei jeder Bissen ihr letzter; man konnte es nicht mit ansehen.

Ihr Körper bestand nur noch aus Haut und Knochen, und als er mit ihr ins Bett ging, war sie schüchtern wie eine Jungfrau – und auch so eng –, was seine Leidenschaft nur noch steigerte. Er war grob zu ihr, voller Gier, aber sie behandelte ihn mit Respekt und Dankbarkeit. Sie schaffte es nicht zum Höhepunkt, und als es vorbei war, weinte sie. Ihre Seele war gebrochen. Sie hatte sich für einen halben Hamburger und eine Nacht im Warmen verkauft.

Er hatte sie bestraft, gedemütigt. Das Gefühl war okay, aber nicht so gut, wie er es sich erhofft hatte. Er mochte sie nämlich immer noch. Es tat ihm weh, sie in so einem Zustand zu sehen.

Er versuchte, nett zu sein. Lächelte. Plauderte. Fuhr ihr durchs Haar. Streichelte ihr Gesicht. Er wollte ihr noch etwas zu essen bestellen, aber sie sagte, sie habe keinen Hunger – eine offensichtliche Lüge. Er ließ den besten Champagner kommen, doch er musste ihn bis auf ein Glas allein austrinken. Als er aus dem Schlaf aufschreckte, um vier Uhr früh, saß sie mit einer Decke auf dem Sofa über ihren Lehrbüchern. Sie hatte die Vorhänge aufgezogen. Draußen schneite es heftig.

Sie begrüßte ihn mit strahlendem Lächeln und sagte, dass sie zum ersten Mal seit zwei Monaten nicht friere und sich endlich auf den Stoff konzentrieren könne. Er war hundemüde, konnte aber den Blick nicht von ihr wenden. Falls sie spürte, wie er sie anstarrte, schien es sie nicht zu stören – so sehr war sie in ihre Lehrbücher und Notizen vertieft. Sie hatte höchstens ein oder zwei Stunden geschlafen, wirkte aber ziemlich frisch. Als der neue Tag dämmerte, wusste man nicht, wer sich nun an wem gerächt hatte.

Alles war ihm wieder eingefallen… warum er sie so gern gehabt – nein, so *geliebt* hatte. Weil er jetzt im kalten Morgenlicht begriff, dass er innerhalb weniger Stunden seine Macht über sie verloren hatte. Er hatte sie gedemütigt, ihre Seele vergewaltigt, doch was konnte er ihr jetzt, außer körperlicher Gewalt gegen sie oder das Kind, noch antun? Sie hatte nichts mehr zu verlieren.

In zwei Monaten würde sie, um zu überleben, das Studium aufgeben müssen und arbeiten gehen. Wenn sie erst einen Job fand, würden ihr Männer über den Weg laufen, die etwas für sie taten. Das wusste sie aber noch nicht. Sie war ein Mensch, der sich ganz auf das Hier und Heute konzentrierte.

Wie lange würde das wohl so bleiben?

Wenn er sie wieder unter seiner Kontrolle und in seinem Bett haben wollte – und das *wollte* er wirklich –, musste er ihr etwas anbieten.

Er machte ihr einen Vorschlag. Sie befand sich im dritten Studienjahr und kämpfte ums Überleben. Sie wollte Ärztin werden, ein Ziel weit jenseits ihrer finanziellen Möglichkeiten. Selbst mit Stipendien und Krediten würde sie es nicht schaffen. Sie war hoch verschuldet, und wenn sie weiterstudieren und zugleich ihr Kind anständig großziehen wollte, brauchte sie Geld, viel Geld. Warum nicht vom Vater des Kindes?

Der Handel lautete: Sex gegen Unterhalt – so banal wie in vielen amerikanischen Ehen. Sie hätte ihn zwar auf Alimente verklagen können – und das Gesetz war klar auf ihrer Seite –, aber er verfügte über das Geld und die Anwälte, um eine Gerichtsentscheidung jahrelang hinauszuzögern. Außerdem würde er Forderungen stellen: geteiltes Sorgerecht, Wochenendbesuche und gemeinsame Ferien. Es würde viel böses Blut geben… Schaden, der nicht wieder gutzumachen war. Eine freundschaftliche Lösung schien viel besser – und viel praktischer – zu sein. Sein Vorschlag beinhaltete, dass sie das Kind nach ihren Vorstellungen erziehen konnte, ohne dass er sich einmischte. Es bedeutete, dass sie alles bekam, was sie brauchte, ohne dass er Fragen stellte.

»Denk drüber nach«, hatte er gesagt. Keine Schuldenberge mehr, keine Gläubiger, die an ihre Tür hämmerten oder in Briefen mit der Räumung drohten.

Denk drüber nach.

Eine Wohnung mit Heizung und Klimaanlage, ein richtiger Herd statt einer Kochplatte, eine Dusche *und* eine Badewanne. Genug Geld für Nahrung und Kleidung, für eine Privatschule und Musikunterricht für das Kind. Keine Hilfsarbeiten mehr. Geld aus Jobs, die sie annahm, wäre nur für ihr eigenes Bankkonto – Geld, das nur ihr selbst gehörte und nicht zum Einkaufen oder für die Miete draufging.

Denk drüber nach.

In fünfeinhalb Jahren würde sie Frau Doktor sein, hätte einen allseits respektierten Titel und das dazugehörige Einkommen, eine Garantie ihrer Unabhängigkeit.

Denk drüber nach.

Die Feiertage. Er erinnerte sich, wie gut sie gekocht hatte. Der Tisch hatte sich zu Thanksgiving gebogen – ein großer gefüllter Truthahn, glasierte Yamswurzeln, Schüsseln mit frischem Gemüse, Preiselbeersoße und zum Nachtisch Kürbiskuchen. Wie wär's mit neuen Kleidern zu Ostern? Und einem richtigen Weihnachtsfest mit einem geschmückten Baum und einem Haufen Geschenken darunter für sie *und* das Kind? Denn es ging nicht nur um sie, oder? Verdiente Gabe es nicht, seinen richtigen Vater zu kennen? *Er* konnte Gabe etwas bieten. Er wusste, dass sein Sohn musikalisch begabt war. Von wem hatte er das wohl? Er besaß Eigenschaften, die er mit seinem Sohn teilen konnte. Aber er würde sich nie aufdrängen. Sie hätte bei Gabes Erziehung das letzte Wort.

Denk drüber nach.

Er würde die Vergangenheit und die schlimmen Erinnerungen daran für sie vergessen machen und eine sichere Zukunft an deren Stelle setzen. Alles, was er von ihr wollte, alles, was er *brauchte*, waren alle paar Monate ein paar Tage. Kein zu hoher Preis, wenn man bedachte, dass sie es früher einmal umsonst mit ihm getan hatte. Es war doch nicht zu viel verlangt, oder? Ein bisschen… *Flexibilität* in ihrer Haltung ihm gegenüber? Denn wenn sie beide ehrlich waren – es knisterte doch immer noch zwischen ihnen. Es ging nicht bloß um Sex, es ging um eine *Beziehung*.

Sie hörte ihm aufmerksam zu, antwortete aber nicht. Das war ihm egal. Er nahm ihr Schweigen als Zustimmung.

Als sie am nächsten Tag an der Uni und das Kind in der Krippe war, begann er das Angebot in die Tat umzusetzen. Er mietete eine bescheidene, aber saubere Dreizimmerwohnung, komplett ausgestattet und verkehrsgünstig. Er ging für sie einkaufen, füllte die Vorratsregale und den Kühlschrank mit Lebensmitteln und die Kommoden und Schränke mit Kleidung: Wintersachen für sie und das Kind – Pullover, Hosen, Mäntel, Stiefel und Schals. In einem Gebrauchtwarenladen erstand er ein Gulbransen-Klavier. Als er die beiden abends in der Limousine abholte und ihr zeigte, was möglich war, war er fast sicher, es geschafft zu haben. Er nahm ihre unerledigte Post mit nach New York und beglich ihre diversen Rechnungen.

Fünfeinhalb Jahre würde sie sein Eigentum sein. Und er ging davon aus, dass er im Lauf der Zeit genug von ihr bekäme.

Ein großer Irrtum.

Immer wenn er von ihr wegfuhr, bohrte sich ihm ein Messer ins Herz. Er begehrte sie nicht nur, war nicht nur verrückt nach ihr, er *brauchte* sie. Wenn sie zusammen waren, brachte sie seine Dämonen zum Schweigen. Ihre Stimme, ihr Gesicht und ihre Berührungen waren beruhigender als alle Medikamente, die er je genommen, wirkungsvoller als jede Therapie, die er gemacht hatte. Sie war wie Rauschgift, und er war so abhängig von ihr, als würde sie durch seine Adern fließen.

Noch zweieinhalb Jahre.

Der Gedanke, sie wäre finanziell unabhängig und könnte ihn eines Tages wieder verlassen, ihn diesmal von seinem eigenen Fleisch und Blut trennen, ließ sein Herz vor Angst schneller schlagen. Und jetzt sprach sie davon – *nur theoretisch* –, einen anderen zu heiraten. Seine Angst verwandelte sich in unkontrollierbare Wut.

Was, zum Teufel, bildete sie sich ein?

Sein Atem ging schneller. Langsam würde sich seine Depression verflüchtigen und seine Energie in ungezügelte Raserei verwandeln. Dann überkam ihn der Drang. Inzwischen versuchte er gar nicht mehr, ihn zu zügeln, denn er wusste nur zu gut, dass es nur einen Weg gab, ihn loszuwerden.

Er griff unter die Matratze und zog eine seiner vielen Schusswaffen hervor – eine halbautomatische Walther. Eine Pistole in der Hand zu halten, linderte das Gefühl, aber nur für kurze Zeit. Er brauchte etwas Dauerhafteres. Mit plötzlicher Entschlossenheit schob er das Magazin in den Patronenschacht.

Scheiß auf die Versprechen – stillschweigende und ausdrückliche.

Er hatte einen *Job* zu erledigen.

Wer zuerst kommt, mahlt zuerst.

31

Trotz der Kälte und der bedrohlichen Wolken liefen relativ viele Jogger durch den Liberty Park, Männer und Frauen in Jogginganzügen, die Dampfwolken ausstießen wie Feuer speiende Drachen. Hinter ihnen glitzerte der Stahl- und Glasbau der Polizeistation von Quinton im matten Sonnenlicht wie ein Computerchip. Bevor Decker aus dem Auto stieg, ließ er seine Hand einen Augenblick auf dem Metallgriff der Tür ruhen und sagte zu Jonathan: »Du hast meine Mobilnummer und ich die deine.«

»Ja.« Jonathan rieb sich den steifen Nacken. »Ich hab kein gutes Gefühl dabei.«

»Tu in Bezug auf deine Verwandten nichts, womit du nicht leben kannst«, meinte Decker. »Ich hab Verständnis dafür.«

»Um mich mach ich mir keine Sorgen, sondern um dich.«

»Um mich? Wieso?«, fragte Decker mit gerunzelter Stirn.

»Du hast den Polizeichef beim letzten Mal nicht gerade unter idealen Umständen angetroffen.«

»Ich will nur mit dem Mann reden.«

»Akiva, wenn man ihm in die Quere kommt, wird er ungemütlich. Du bist in seinem Revier, also gehst du ein Risiko ein.«

»Ich weiß, was ich tu.«

»Wirklich?«

Im Geist ging Decker die Ereignisse der letzten Tage durch. Es war mehr als eine beiläufige Frage. »Ich bin vorsichtig.« Dann öffnete er die Tür und stieg aus. Rasch ging er, die Hände in den Taschen vergraben, zur Polizeistation – er musste noch seine Handschuhe bei Luisa abholen –, wobei er den Joggern und Skatern auswich und sich fragte, ob er es jemals schaffen würde, die Dinge etwas ruhiger anzugehen. Es war nicht bloß dieser Fall, sondern jeder, mit dem er es zu tun hatte, und nur eine Frage der Zeit, bis sich das Burn-out-Syndrom einstellte.

Ein paar Regentropfen fielen zu Boden. Er beschleunigte seine Schritte und schaffte es zum Gebäude, bevor der Himmel seine Schleusen öffnete. Drinnen war es zwar nicht warm, aber doch erträglich und außerdem trocken. Er hielt den üblichen Dienstweg ein, um zu Merrin zu gelangen, aber in einer so kleinen Stadt war dieser recht kurz. Zu seiner Überraschung befand sich Merrin im Büro, und zeigte sich sogar bereit, ihn zu empfangen, obwohl er sich bei ihrer letzten Begegnung wie ein Idiot benommen hatte.

Während er wartete, überlegte sich Decker, was er zu seiner Entschuldigung vorbringen und wie er sich verhalten sollte. Als der Chef erschien, hatte Decker nicht nur eine Verteidigungsstrategie parat, sondern trug auch eine Demutsmiene zur Schau. Als Friedensangebot streckte er ihm die Hand entgegen. Der Chef schüttelte sie und forderte ihn dann auf, ihm zu folgen. Er ging zum Fahrstuhl und drückte den Knopf nach oben. Decker erinnerte sich, dass sein Büro im zweiten Stock lag.

Merrin war unauffällig gekleidet – blauer Anzug, weißes Hemd, blaubraun gestreifte Krawatte. Sein platingraues Haar war von der Stirn zurückgekämmt, das rötliche Gesicht frisch rasiert. Unter Merrins Bauch bemerkte Decker ein Hüftholster mit einer Pistole.

Schweigend gingen sie den Flur entlang. Merrin winkte seinen Streifen- und Kriminalbeamten im Vorübergehen zu. Seine Sekretärin telefonierte, und er nickte ihr zu, während er Decker in sein Büro führte und die Tür hinter sich schloss. Wegen der großen Panoramafenster war der Raum kühl, an manchen Ecken sogar zugig. Nur eine Hälfte hatte Doppelverglasung. In der kühlen Luft hing aber der Geruch von frischem Kaffee, der Decker den Mund wässrig machte. Um sich abzulenken, schaute er nach draußen, wo der Regen auf die harte braune Erde prasselte. Die Oberfläche des Sees sah aus wie zerfurchtes Silber. Vom Eckbüro aus hatte Merrin einen guten Blick über den Park. Das war nicht nur hübsch, sondern erlaubte ihm auch, das ganze Gebiet im Auge zu behalten.

»Kaffee?«, fragte Merrin.

»Gerne.«

»Schwarz, Milch und Zucker?«

»Schwarz.«

Er drückte auf die Gegensprechanlage und bestellte zweimal

schwarzen Kaffee. Sofort erschien seine Sekretärin, ging zur blubbernden Kaffeemaschine und goss das braune Getränk zuerst in den Keramikbecher des Chefs und dann in einen Becher aus Plastik. Warum der Chef sich nicht selbst den Kaffee einschenken konnte, blieb ein Rätsel.

»Setzen Sie sich«, forderte Merrin ihn auf.

»Danke, Sir.« Er wartete, bis Merrin saß. »Ich bin froh, dass Sie Zeit für mich haben.«

»Bilde ich mir das nur ein, oder hat sich Ihr Verhalten geändert, Lieutenant?«

»Ich glaube... da haben Sie Recht.«

»Ein guter Anfang. Eine Entschuldigung wär ein noch besserer.«

»Ich war verlegen. Ich war ein Idiot. Genügt das als Entschuldigung?«

Merrin lächelte, und die Fältchen um seine wässrigen blauen Augen traten hervor. Seine Zähne waren bananengelb und schief. »Angenommen.« Er trank einen Schluck Kaffee. »Was kann ich für Sie tun, Decker? Sie würden nicht freiwillig herkommen und vor mir auf dem Bauch herumkriechen, wenn Sie nicht irgendetwas von mir wollten.«

Decker hob eine Augenbraue.

»Tja, ich bin nicht so dämlich, wie ich aussehe.«

»Ich komme aus Gainesville, Chief Merrin. Wir sind gar nicht so verschieden. Ich benutze ihn auch dauernd.«

»Was meinen Sie?«

»Den Südstaatenakzent«, erwiderte Decker. »Immer wenn ich mit einem Klugscheißer zusammen bin, wird der Akzent stärker. Die meinen dann, man glaubt ihnen jeden Mist.«

»Dann hätten Sie's besser wissen sollen. Was wollen Sie?«

»Ein Mädchen ist brutal ermordet worden.«

»Sehr brutal, stimmt, aber in New Jersey.«

»Ich glaube, der Grund für ihren Tod ist hier zu suchen.«

»Und?«

»Ihr Tod war ein Nebenprodukt des Mordes an ihrem Onkel. Und ich kann die Familie nicht ausschließen – noch nicht.«

»Sie wollen, dass ich in der Familie ermittle. Auf welcher Grundlage?«

»Sir, *Sie* brauchen gar nichts zu tun. Sie müssen hier auf eine ganze Stadt achten, aber ich hab noch ein paar Tage frei. Wenn es möglich ist, hätte ich gern die Namen der Kids aus dem Norden, mit denen Shayndie Lieber zusammen war. Vielleicht hat sie jemandem außerhalb ihrer Gemeinde was erzählt.«

»Das bezweifle ich.«

»Wahrscheinlich haben Sie Recht, aber ich möchte es trotzdem versuchen.«

»Leider kann ich Ihnen die Namen nicht nennen. Die sind minderjährig. Der Tod von diesem Mädchen geht mir auch nah, aber ich bin ganz sicher, er hatte nichts mit Quinton oder seinen Bewohnern zu tun. Tut mir Leid – nur wegen einer vagen Vermutung kann ich nicht meine Stadt umkrempeln lassen.«

»Wie wäre folgender Vorschlag: Ich bin durch schlaue Tricks selbst an ein paar Namen gekommen. Macht es Ihnen was aus, wenn ich mit denen mal rede?«

Merrin starrte Decker mit zusammengekniffenen Augen über den Rand seines Bechers an. »Welche Namen?«

»Bloß ein paar Kids aus Quinton, die in Miami wegen Besitz von Ecstasy geschnappt wurden. Bitte korrigieren Sie mich, aber ein paar von denen müssten inzwischen achtzehn sein.« Decker blickte Merrin direkt in die Augen und nippte an seinem Kaffee. »Es ist natürlich Ihre Entscheidung, Sir.«

»Ich sollte wohl besser nicht fragen, wie Sie an diese Information gekommen sind.«

»Wir haben alle unsere Methoden, stimmt's?«

»Sie sind ein verdammter Schnüffler.«

»Hört sich aus Ihrem Mund an wie ein Kompliment.«

»Mit wem wollen Sie reden?«

»Ryan Anderson und Philip Caldwell. Beide sind jetzt volljährig.«

»Was wissen Sie über die beiden?«

»Nichts.«

»Dann erzähl ich Ihnen was.«

»Bitte.«

Merrin lehnte sich zurück, schaute an die Decke und faltete die Hände über dem Bauch. »Jede Stadt hat ihre schlimmen Finger. In Quinton sind es Anderson und Caldwell – zwei fiese kleine Arschlöcher, die meinen, es wäre total witzig, aus ihrer Stadt einen Saustall zu machen und zuzusehen, wie andere ihn sauber machen.«

»Die Eltern verfügen über Geld.«

»Allerdings, und wir beide wissen, dass man mit Geld viel sauber machen lassen kann. Aber sogar Geld kann nicht alles.« Er stellte den Kaffeebecher ab und beugte sich vor. »Das bleibt aber unter uns, verstanden?«

»Natürlich.«

»Diese beiden haben als Minderjährige hier ein paar riskante Dinger gedreht. Mehr ist dazu nicht zu sagen. Als sie aus Miami zurückkamen und ich hörte, was da unten los war, habe ich sie und ihre Familien nach Strich und Faden zusammengeschissen. Ich glaube, wir sind zu einer Einigung gekommen, mit der beide Seiten zufrieden sind.«

Decker wartete.

»Das sieht in etwa so aus«, sagte Merrin. »Ich stecke meine Nase nicht in ihre Angelegenheiten, solange sie den Ärger außerhalb meines Zuständigkeitsbereichs machen. Das heißt nicht, dass sie immer ungeschoren davonkommen. Wenn ich davon überzeugt wäre, diese beiden Scheißer hätten was mit dem Tod des Mädchens zu tun, würde ich ihnen den Arsch aufreißen. Aber abgesehen von schweren Delikten – Mord, Vergewaltigung, Körperverletzung, Raub – will ich nicht, dass Sie den beiden am Zeug flicken. Ich möchte nämlich nicht, dass die beiden mir oder den anständigen Bürgern von Quinton Ärger machen.«

»Kann ich mit ihnen reden?«

»Nein, Sie können nicht zu ihnen gehen und sie verhören. Aber wenn Sie mir ein paar Stunden Zeit lassen … kann ich vielleicht hier was arrangieren. Sauber, gemütlich und ganz offiziell.«

»Vielen Dank, Merrin.«

»Bis dahin sollten Sie sich ein gemütliches Restaurant suchen und in Ruhe Kaffee trinken. Oder wenn Sie ein bisschen Abwechslung brauchen, weil Ihre Frau weit weg ist, gehen Sie ins Tattlers und sagen Sie, Virgil Merrin hat sie geschickt. Dann kriegen Sie ein gutes Essen und einen schönen Anblick auf Kosten des Hauses. Tattlers ist sehr kooperativ, in seinem eigenen Interesse.«

Decker versuchte anzüglich zu grinsen. »Klingt gut.« Er ging ein kalkuliertes Risiko ein. »Ich hätte nichts gegen Gesellschaft. Kommen Sie mit?«

Merrin entblößte seine nikotingelben Zähne und lächelte, ließ Decker aber nicht aus den Augen. »Nett, dass Sie fragen, aber ich hab 'ne Menge Arbeit. Vielleicht ein anderes Mal.«

Decker nickte. »Gut.«

»Vielleicht hab ich Sie falsch eingeschätzt, Lieutenant.« Merrin musterte ihn weiterhin. »Vielleicht auch nicht, und Sie verschweigen mir was.«

»Unschuldig bis zum Beweis des Gegenteils. Das ist das amerikanische Rechtsprinzip.« Merrin zog eine Beretta aus dem Holster. »Das *hier* ist das amerikanische Rechtsprinzip.«

»Was wollen Sie damit sagen, Sir?«

»Dass man mit mir keine Spielchen treibt.«

»*Das* hab ich schon verstanden.« Decker stand auf. »Danke. Sie haben mir sehr geholfen.«

Merrin erhob sich und zog einen Knirps aus dem Papierkorb. »Den werden Sie vielleicht brauchen.«

»Prima.« Decker nahm ihn und streckte ihm dann die Hand hin. »Nochmals danke.«

»Kein Problem. Ich helfe gern.«

Tattlers war keine schlechte Idee. Mit einem Taxi wäre er gegen halb vier da, schätzte Decker – nach dem Andrang in der Mittagspause, aber noch vor Feierabend. Mit ein wenig Geduld und Charme konnte er einem der Mädchen ein paar Dollar für ein Gespräch zuschieben. Natürlich würden sie es nicht offen tun, aber wenn er es clever genug anstellte, würde vielleicht was dabei herauskommen. Wenn nicht, verging wenigstens die Zeit. Merrin hatte gesagt, er solle in ein paar Stunden wiederkommen. Wenn er gegen fünf in Quinton war, hatte der Chef möglicherweise einen oder auch beide Jungs da. Oder keinen.

Denn irgendwas an Merrins Verhalten hatte Decker stutzig gemacht. Eigentlich machte ihn an diesem Mann eine Menge stutzig, aber besonders eine beiläufige Bemerkung: »Wenn Sie ein bisschen Abwechslung brauchen, weil Ihre Frau weit weg ist, gehen Sie ins Tattlers und sagen Sie, Virgil Merrin hat Sie geschickt.«

Wenn Sie ein bisschen Abwechslung brauchen, weil Ihre Frau weit weg ist ...

Woher hatte Merrin gewusst, dass Rina abgereist war?

Dieser so leicht hingeworfene Satz machte Decker nervös und ließ ihn misstrauische Blicke über die Schulter werfen. Bei solchen Sprüchen wünschte er sich immer, eine Pistole in Reichweite zu haben.

Taxis waren in Kleinstädten nicht leicht zu kriegen; man musste sie bestellen. Als Decker durch den Park ging, entdeckte er eine Telefonzelle und rief den Taxifunk an. Zwanzig Minuten später traf ein Taxi ein. Decker stieg hinten ein. Das Innere war feucht und roch unangenehm, aber die Sitze waren unbeschädigt, und die Sicherheitsgurte funktionierten. Das Gebläse lief auf vollen Touren, um die Windschutzscheibe freizuhalten. Decker schnallte sich an und nannte dem Fahrer die Adresse. Der junge Weiße mit kurz geschorenem Haar drehte sich um und sah ihn verwirrt an.

»Gibt's ein Problem?«, fragte Decker.

»Das wird so um die vierzig Dollar kosten.«

»Kein Problem.«

»Okay.«

Der Mann fuhr los. Sie durchquerten das Einkaufsviertel. Das Wasser rann von den Markisen und ergoss sich in die Gullis. Alles war grau und verlassen, kein Mensch befand sich auf dem Bürgersteig. Nach wenigen Minuten lag Quinton hinter ihnen. Das Taxi kroch eine zweispurige Landstraße entlang, die durch Waldland führte – vorbei an dichtem Unterholz, tropfnassen Tannen und Fichten und Wäldchen aus kahlen Laubbäumen. Decker spürte, wie ihm die Augen zufielen, wurde aber von der Stimme des Taxifahrers davon abgehalten, einzuschlafen.

»Wollen Sie einkaufen gehn oder so was?«

»Nein, wieso?«

»Die Adresse ist ein Einkaufszentrum. Ich dachte, Sie wollten einkaufen.«

»Nein.«

»Tattlers?«, fragte der Fahrer.

Decker war verärgert, aber eine innere Stimme hielt ihn davon ab, dem Burschen zu sagen, er solle die Klappe halten. Er sah sich die Taxilizenz an. Der Fahrer hieß A. Plunkett. »Wieso? Was geht Sie das an?«

Plunkett kratzte sich die Nase. »Na ja… wenn Sie mir vierzig Dollar bloß für die Fahrt zahlen… kann ich Sie zu was Besserem fahren als zu Tattlers. Wissen Sie, was ich meine?«

Decker wusste es.

Plunkett zog die Nase kraus und schaute in den Rückspiegel. »Die Mädchen, die bei Tattlers arbeiten… manche von denen sind lieber da, wo's ein bisschen diskreter zugeht.«

Umso besser, dachte Decker. *Red allein mit ihnen.* Er zählte bis zwanzig. »Und kennen Sie so eine Adresse?«

»Klar, ich kenn alle guten Adressen.«

»Sind das Mädchen von hier, Plunkett?«

Als er seinen Namen hörte, zuckte der Fahrer zusammen. »Gibt's ein Problem, wenn sie das sind?«

»Ich möchte nicht, dass getratscht wird.«

»Aber Sie sind doch nicht von hier.«

»Ich habe Freunde in Quinton. Man kann nicht vorsichtig genug sein.«

»Was für Freunde?«, fragte Plunkett.

»Ich glaube, das geht Sie nichts an.«

Darauf trat Stille ein.

»Warum sagen Sie mir nicht, was Sie wollen?«, begann der Fahrer wieder.

Decker dachte einen Augenblick nach. »Also vierzig für Sie, und dann zahle ich noch für den Service, den ich haben will, stimmt's?«

»Genau.«

»Und für eine Rundfahrt?«

»Machen Sie fünfzig draus, und wir sind im Geschäft.«

Decker zog einen Fünfzigdollarschein heraus und hielt ihn so, dass er im Rückspiegel zu sehen war. »Was würde ich denn kriegen für… sagen wir hundert?«

»Was erwarten Sie denn dafür?«

Der Typ war clever. Er schwieg, bis Decker antwortete. »Ich erwarte was Schönes.«

»Für einen Hunderter kriegen Sie was *sehr* Schönes.«

Nach ein paar Minuten bog er von der Landstraße ab. Das Taxi holperte über einen Hügel, während es donnerte und Blitze den Himmel zerrissen. Weit und breit nichts als Wald. Das Taxi fuhr tief hinein. Fünf Minuten später wurde der Wagen langsamer, und Decker sah ein zweistöckiges weißes Holzhaus mit geteertem Dach und abblätternder Farbe.

»Moment mal«, sagte Decker. »Das sieht ziemlich runtergekommen aus. Ich bin verheiratet. Ich kann mir kein Risiko leisten.«

Der Fahrer war beleidigt. »Was ist los? Haben Sie Schiss? Ich hab's nicht nötig…«

»Ich meine, passen die auch auf? Ich hab nämlich nichts dabei.«

»Ach so.« Plunkett war erleichtert. »Die passen sehr gut auf.« Er hielt neben dem Haus und stellte den Motor ab. »Warten Sie hier. Ich sag Bescheid, okay?«

Der Mann stieg aus, schlug die Tür zu und ließ Decker in einer fast metaphysischen Stille zurück. Das Trommeln des Regens auf das Wagendach ging abrupt in ein Prasseln von Hagelkörnern über. Unwillkürlich brach ihm der Schweiß aus; auch sein Herz begann zu rasen. Im Wagen stank es nach Schimmel und Fäulnis.

Es roch nach einer verdammten *Falle*.

Decker nahm seinen Schirm und stieg aus. Er rannte zur umlaufenden Terrasse des Hauses unter das Vordach.

Er wog seine Möglichkeiten ab. Viel nachzudenken gab es nicht, denn ihm blieben nicht viele Alternativen. Er konnte sich verstecken… oder weglaufen.

Sein Herz hämmerte.

Dann fiel ihm das Handy ein. Er angelte es aus der Tasche, tippte rasch Jonathans Nummer ein, drückte den grünen Knopf und hörte ein Freizeichen, obwohl es stark rauschte.

Sekunden vergingen.

»Na los, du Scheißding!«

Eine weitere Sekunde verging. Dann klingelte es.

»Danke, lieber Gott!«

Erstes Klingeln.

»Geh ran, Bruder, geh ran!«

Zweites Klingeln.

»Hallo?«

Noch nie hatte Jonathans Stimme so gut geklungen. »Hey, ich bin's, und ich hab ein Riesenproblem.«

»Was?« Das Knistern und Rauschen drohte jeden Augenblick die Verbindung zu unterbrechen. »Kann ich dich zurückrufen, Akiva? Die Verbindung ist schlecht.«

»Leg nicht auf!«, rief Decker. »Ich befinde mich im Niemandsland – irgendwo in den Hügeln zwischen Quinton und Bainberry, ungefähr zehn Minuten von Quinton entfernt. Richtung Bainbury gibt es eine unauffällige Abzweigung, eine Seitenstraße...«

»Akiva...«

»Sei still und hör zu, Jonathan. Man kommt zu einem Holzhaus, das wie eine verfallene Pension aussieht. Wenn ich Glück habe, ist es ein Puff. Wenn nicht, wird gleich jemand auf mich schießen.«

»O mein Gott!«

»*Hör zu!* Wenn ich mich nicht in fünf Minuten wieder melde, musst du herkommen und mich suchen. Was immer du tust, ruf nicht die Polizei in Quinton, sondern die Staatspolizei, verstanden?«

»Akiva...«

»Ich muss los.« Er schaltete das Handy aus und steckte es in die Tasche. »Hey, Plunkett, hier bin ich.«

Der Taxifahrer drehte sich um und kam auf ihn zu. »Was machen Sie denn hier?«

»Ich hab Platzangst.« Deckers Stimme war kalt. »Und ich werde ungeduldig. Ja oder nein?«

»Alles klar«, erwiderte Plunkett. »Beruhigen Sie sich, okay?«

»Tut mir Leid. Gehen wir rein?«

Der Fahrer streckte die Hand aus. »Hey, ich hab meinen Job gemacht.«

»Irrtum.« Decker packte ihn am Kragen. »Sie kommen mit rein. Ich hab gern jemand, der mich vorstellt.«

Dann hörte er das Klicken. Er musste es geahnt haben, denn automatisch griff er nach dem richtigen Handgelenk. Mit einer scharfen Drehung riss Decker ihm die Pistole weg, und der Griff rutschte aus der Hand des Fahrers in die seine. Er stieß ihn gegen die Wand und presste die Mündung des kurzen Smith & Wesson gegen seinen Kehlkopf.

Decker grinste. »Das war aber nicht gerade höflich.«

»Scheiße, was wollen Sie von mir?«

»Hab ich schon gesagt… vorgestellt werden.«

Keiner redete, aber ihr Atem war deutlich zu hören.

»Was wollten Sie mit der Pistole?«, fragte Decker schließlich.

»Warum haben Sie mich gepackt?«, entgegnete Plunkett.

Langsam senkte Decker die Waffe. »Vielleicht war es nur ein Missverständnis.«

Der Fahrer schwieg. Er leckte sich die Lippen. »Sie sind ein Cop, stimmt's?«

Decker antwortete nicht.

»Ein Freund von Merrin?«

Deckers Herz raste wieder. »Kann man so sagen.«

Erleichterung in Plunketts Augen. »Warum haben Sie das nicht gleich gesagt? Dann kriegen Sie da drin nämlich Rabatt.«

Langsam dämmerte es Decker – und plötzlich wurde Merrins häufiger Stellenwechsel in Texas verständlich. Die vielen Bordelle in den kleinen Städten. Er ließ den Fahrer los. »Gut, danke für den Hinweis. Kommen Sie mit zur Tür, dann kriegen Sie Ihr Geld.«

Sie starrten einander an, dann führte ihn Plunkett zum Vordereingang.

»Machen Sie die Tür auf«, befahl Decker.

Plunkett gehorchte. Decker spähte hinein. Kein Begrüßungskomitee. Ein spärlich beleuchteter Eingangsbereich mit Holztäfelung, einem Sofa und ein paar Ohrensesseln. Hinter dem Sofa stand ein Getränkewagen mit Tassen und Gläsern, einer Kaffeekanne, einem Heißwasserkessel und einem halben Dutzend Flaschen aus geschliffenem Glas mit bernsteinfarbenem Inhalt. Decker dachte daran, nach einer Lizenz für den Alkoholausschank zu fragen, aber im Moment war Schnelligkeit ebenso angesagt wie Geistesgegenwart.

Ihm gegenüber stand ein walnussfarbener Schreibtisch, hinter dem eine junge blonde Frau saß. Dunkelblaue Augen blickten aus einem Gesicht, das von schulterlangem, weichem Haar eingerahmt wurde. Sie hatte ebenmäßige Züge, ohne wirklich hübsch zu sein. Ihr Aussehen litt etwas unter den Spuren einer Pubertätsakne auf den Wangen, obwohl die Narben gut mit Make-up und Rouge verdeckt waren. Sie trug einen kurzärmligen Pulli mit tiefem Ausschnitt, der ihre beachtliche Oberweite zur Geltung brachte. Sie sah erst zu Plunkett, dann zu Decker und auf die Pistole. Plunkett lächelte.

»Ich hab gerade rausgefunden, dass er ein Freund von Merrin ist.«

»Umso besser.« Die Frau lächelte mit leicht schiefen Zähnen, denen eine Spange nicht geschadet hätte. »Kommen Sie rein, Sir. Nur keine Angst.«

Ihre Stimme war rauchig. Decker steckte die Pistole in die Manteltasche und drückte Plunkett den Fünfziger in die Hand. »Sie können jetzt gehen. Warten Sie nicht auf mich; es kann eine Weile dauern.«

Der Fahrer starrte ihn an. »Und meine Pistole?«

»Haben Sie einen Waffenschein, Plunkett?«

Keine Antwort.

»Hab ich mir gedacht. Ich wiederhole, Sie können jetzt gehen.« Den Blick immer noch auf die Frau gerichtet, rief er Jonathan an. »Schick die Kavallerie nach Hause. Alles in Ordnung.«

»*Akiva, wo bist du…?*«, rief Jonathan.

Aber Decker hatte die Verbindung unterbrochen und musterte

die Frau. Sie war nicht viel älter als zwanzig. Ihre Nägel waren hervorragend maniikürt, aber nicht lackiert.

»Was kann ich für Sie tun, Sir? Möchten Sie die Fotos unserer Masseusen sehen?«

Wieder die rauchige Stimme, die seinen Puls ein wenig beschleunigte. Er brauchte einen Moment, um wieder auf den Boden der Tatsachen zu kommen. Wenn irgendjemand über Informationen verfügte, dann die Bienenkönigin, nicht die Arbeitsbienen. Er blickte ihr tief in die Augen. »Ich möchte Sie.«

Sie lächelte. »Tut mir Leid, Sir. Ich mache bloß den Empfang.«

Nett und höflich. Irgendwer hatte ihr gute Manieren beigebracht. »Wissen Sie was, Süße? Das macht nichts. Im Augenblick möchte ich bloß ein bisschen reden.«

Ihre Augen blieben auf sein Gesicht geheftet, aber ihre Miene wurde hart. »Das ist gegen die Regeln.«

Decker zog einen Hundertdollarschein hervor. »Jetzt ist bestimmt nicht viel los. Wir brauchen's ja niemand zu erzählen.« Er zwinkerte. »Bitte.«

Sie schaute rasch über die rechte Schulter. Decker folgte ihrem Blick und bemerkte eine unauffällige kleine Tür in der Holzvertäfelung. Dahinter stand zweifellos jemand mit einer Pistole. Wieder schüttelte sie den Kopf; ihre ganze Haltung bewies, dass sie einen einflussreichen Beschützer hinter sich wusste. Merrin hatte die Finger in vielen Geschäften. »Nichts zu machen, Sir.«

»Ich bin ein sehr guter Freund von Merrin«, beteuerte er.

»Das freut mich, Sir, aber das spielt keine Rolle – abgesehen von den zehn Prozent Rabatt, die Sie bei jeder unserer Massagetherapeutinnen bekommen.«

»Ach, so nennt man das heutzutage.«

Ihr Blick wurde eisig – ein vertrauter Ausdruck, obwohl er ihn nicht ganz einzuordnen wusste. Und dann fiel es ihm plötzlich wieder ein. Er lächelte ein wenig und sah sie von oben herab an. »Und was würden Sie tun, wenn ich Ihnen sage, dass C. D. mich geschickt hat?«

Ihre Wangen wurden rot. Wieder ein Blick über die Schulter. »Ihren Ausweis, bitte?«

Decker gab ihr seinen Führerschein. Sie nahm ihn, stand auf und schloss die Vordertür ab. Sie trug einen schwarzen Ledermini und hohe Absätze. Sie wackelte mit dem Po, als sie in dem winzigen Raum hinter der Geheimtür verschwand. Fünf Minuten später kam sie zurück. Wortlos nahm sie Deckers Hand und führte ihn die Treppe hinauf. Ihr Gesicht war ausdruckslos, keine Spur von Trotz. Eine geheimnisvolle, verborgene Stimme hatte ihr gesagt, sie solle sich benehmen. Wenn nicht, würde es ernste Folgen haben.

32

Das Zimmer lag am Ende eines langen, schmalen Korridors, zwei Treppen hoch, am Ende des Gebäudes. Es war dunkel und stickig, und über den Fenstern und an der Decke hingen viele Meter geraffter Stoff: dicker ochsenblutfarbener Samt und rubinroter Satin. Zwischen dem Stoff an den Wänden und an der Decke waren Spiegel angebracht. Das Bett hatte Übergröße, einen goldenen Seidenbezug und viele Kissen. Ein Kronleuchter warf buntes Licht auf einen Überwurf, der ein wenig nach Zigarettenrauch und Parfüm roch. Es war ein Bordellzimmer wie eine Filmkulisse. Die Blondine ging zu einem Spiegel und bückte sich, sodass ihr kleiner, fester Po zum Vorschein kam. Sie drückte gegen ein Feld in der Vertäfelung, worauf sich ein Fach öffnete, nahm ein schnurloses Telefon heraus und reichte es Decker.

»Er will mit Ihnen reden.«

Decker zögerte, dann nahm er das Telefon. »Danke.«

Sie setzte sich auf die Bettkante. Die Matratze bewegte sich in Wellen. *Sehr schick,* dachte Decker. Er und Jan hatten in den Sechzigerjahren auch ein Wasserbett gehabt – damals der letzte Schrei. Sie mussten es weggeben, weil es schlecht für seinen Rücken war.

Er drückte den grünen Knopf. »Decker.«

»Lassen Sie Merrin in Ruhe. Er ist eine Goldgrube für mich – er und die Juden. Ihr Itzigs seid eine richtig geile Bande, wisst ihr das?«

Decker brauchte eine Weile, um Donattis Worte einordnen zu können. »Ich nehme an, die Leitung ist sicher?«

»Ich tu mein Bestes, aber es gibt keine Garantie. Bei jedem Telefonat geht man ein Risiko ein.«

»Das scheint Ihnen keine Sorgen zu machen.«

»Warum auch? Was ist so schlimm daran, einen Massagesalon anzurufen? Ich bin nicht für meinen gehobenen Geschmack bekannt.«

»Gehört Ihnen der Laden?«

»Mir? Mir gehört gar nichts. Als Vorbestrafter bekomme ich keine Lizenz. Terry hingegen... die ist wirklich reich. Ihr gehört eine ganze Kette.«

»Weiß sie das?«

»Nur, wenn sie ihren Steuerbescheid lesen würde. Aber Terry... lebt in ihrer eigenen Welt. Ich mache die Buchhaltung, sie unterschreibt nur. Außerdem ist es ja nichts *Schlechtes*. Massagen sind gut gegen Verspannungen.«

»Ich sehe hier viel Samt und Spiegel, ein Riesenwasserbett, aber keine Massageliege, Donatti.«

»Die Kunden haben's gern gemütlich, und im Badezimmer werden Sie jede Menge Ölflaschen finden.«

»Was wissen Sie über ihn? Über Merrin?«

»Nicht viel, außer dass er Massagen mag. Er bringt auch andere Kunden her. Weil er eine so gute Empfehlung ist, kriegt er einen Riesenrabatt. Die Masseusen sind übrigens alle über achtzehn.«

»Sehr beruhigend«, erwiderte Decker. »Ich glaube, Merrin mag mich nicht.«

»Gut möglich, Decker. Ich mag Sie auch nicht.«

»Was wissen Sie sonst noch über Merrin?«

»Ich delegiere viel. Jen weiß mehr über die Leute aus Quinton.«

»Die nette Blondine vom Empfang.«

»Schön, dass sie Ihnen gefällt.«

»Kann ich ihr ein paar Fragen stellen?«

»Tun Sie das. Ich weiß nicht, was sie Ihnen sagen wird, aber ich habe ihr gesagt, sie soll *sehr, sehr* nett zu Ihnen sein. Das ist ein großer Gefallen, weil ihre Muschi seit drei Jahren im Ruhestand ist.«

»Ich will keinen Sex, Donatti. Ich will Antworten.«

»Sex ist immer die Antwort, Lieutenant.«

Die Verbindung wurde unterbrochen.

Decker gab Jen das Telefon. Sie nahm es, stellte es zurück und setzte sich aufs Bett. Ihre Hand klopfte auf die Matratze, damit er neben ihr Platz nahm. Dann legte sie ihm die Hand aufs Knie und flüsterte verführerisch: »Was kann ich für Sie tun?«

Er schob ihre Hand weg. »Vermutlich nichts, wenn Donatti Ihnen aufgetragen hat, den Mund zu halten.« Er stand auf und lehnte sich gegen die Wand. Sie legte von hinten die Arme um seine Hüften und drückte sich an ihn. Es war ein angenehmes Gefühl, aber er machte sich von ihr frei. »Ich bin verheiratet und gehe nicht fremd. Fassen Sie mich nicht an, okay?«

Er drehte sich um und sah ihren verblüfften und ein wenig gekränkten Blick. »Hat er gesagt, Sie sollen mich verführen? Er macht Spielchen. Er weiß genau, dass ich so was nicht mag. Setzen Sie sich.«

Sie tat wie ihr befohlen und faltete die Hände im Schoß.

»Wohnen Sie in Quinton?«, fragte Decker.

»Rosehill.«

»Wo liegt das?«

»Ungefähr fünfzehn Kilometer östlich von Bainberry.«

»Dazwischen sind Wälder?«

Sie nickte.

»Was ist das für eine Gegend? Eine Kette kleiner Orte?«

»Genau.«

»Und wieso sind Sie nach Rosehill gezogen? Hat er da eine Wohnung für Sie gemietet?«

»Mein Mann hat seine Praxis in Rosehill.«

»Ihr *Mann*?«

»Ja.«

»Was macht er beruflich?«

»Er ist Arzt. Hausarzt. Er lebt seit über dreißig Jahren in Rosehill.«

»Dreißig Jahre.«

»Ja.«

»Er ist ein ganzes Stück älter als Sie?«

»Ja.«

»Damit will ich nichts Negatives andeuten. Ich bin auch sehr viel älter als meine Frau... na ja, nicht *so viel* älter.« Decker ging auf und ab. »Weiß Ihr Mann, was Sie machen?«

Sie sah ihn trotzig an. »Ich mache Büroarbeit, sonst nichts.«

»Vor ein paar Minuten hätten Sie noch mehr gemacht.«

Ihr Blick wurde eisig. »Ich wollte einem alten Freund einen Gefallen tun, das ist alles.«

Decker blieb stehen und rieb sich die Stirn. »Ein Mädchen aus Quinton ist vor etwa fünf Tagen ermordet worden.«

»Ja. Drüben in New Jersey. Es ist schrecklich.«

»Sie war fünfzehn.«

»Schrecklich.«

»Haben Sie Kunden aus Quinton?«

»Natürlich.«

»Auch Juden?«

»Ja.«

»War jemals ein Mann namens Chaim Lieber hier?«

»Wir behandeln die Namen unserer Kunden vertraulich. Die Leute erwarten das. Aber da Sie anscheinend eine... persönliche Beziehung zu Mr. Donatti haben, werde ich antworten.«

»Danke.«

»Nein.«

»Viel Lärm um nichts.« Decker lachte. »Chaim Lieber ist nie hier gewesen?«

»Nein.«

»Und sein Bruder?«

»Wer ist sein Bruder?«

»Ephraim Lieber.«

Wieder schüttelte sie den Kopf.

»Merrin kommt öfter her.«

Sie schwieg.

»Netter Mann?«

»Er ist immer höflich.«

»Schön zu hören.« Decker begann wieder auf und ab zu gehen. Das führte nirgendwohin. »Ich habe eine Frage, Jen. Wenn ich ein bisschen abheben will, wo sollte ich da hingehen?«

Sie lächelte herablassend. »Zum Flugplatz.«

»Sehr komisch. Können Sie die Frage beantworten?«

»Keine Ahnung. Das hier ist eine Sauna, kein Rave.«

»Eine Sauna?«

»Wir haben ein Dampfbad. Haben Sie Interesse?«

»Nein, danke, ich hab heute schon genug geschwitzt.« Erneut versuchte Decker, die Taktik zu wechseln. »Es kommen also auch Leute aus Quinton her.«

»Ja.«

»Männer, die auf Diskretion achten.«

»Ja.«

»Wahrscheinlich auch ein paar Teenager, die spitz sind.«

»Alle unsere Kunden sind volljährig.«

»Lassen Sie sich die Ausweise zeigen, wenn sie zu jung aussehen?«

»Natürlich. Wir wollen keinen Ärger.«

»Kriegt Merrin Schmiergeld, damit er wegguckt?«

»Ich weiß nicht, was Sie meinen, Lieutenant.«

Sie benutzte zum ersten Mal seinen Titel. Donatti musste es ihr gesagt haben.

»Kommen auch üble Typen her, Jen?«

»Hier tauchen alle Sorten von Männern auf, aber wenn sie eine Massage wollen, benehmen sie sich.«

Nichts, nichts, nichts. Los, Decker, du bist ein Profi, verdammt noch mal.

Er erinnerte sich an Donattis Worte dafür, wie er die Mädchen angelte – mit der »Tee-und-Trost-Tour«. Wie oft hatte er diese Methode schon selbst bei Jugendlichen angewandt? Er setzte sich auf den Boden, streckte die Beine aus und lehnte sich gegen das Bett. Er klopfte auf den Teppich, damit sie sich neben ihn setzte. Sie gehorchte. Er sah in ihr Gesicht und senkte die Stimme zu einem sanften, beruhigenden Ton. »Wie alt bist du, Jen?«

»Einundzwanzig.«

»Einundzwanzig.«

»Ja.«

»Meine Tochter ist fünfundzwanzig.«

»Wirklich? So alt sehen Sie gar nicht aus.«

Er lächelte. »Ich habe noch eine Tochter... von meiner zweiten, viel jüngeren Frau. Diese Tochter ist neuneinhalb.«

Jen lächelte.

»Hast du Kinder?«, fragte Decker.

»Ja.«

»Wie viele?«

»Zwei.«

»Wie alt?«

Sie schluckte. »Sechs und eins.«

»Jungen? Mädchen?«

»Ein Mädchen und ein Junge.«

»Das Mädchen ist älter?«

Sie nickte.

»Toll.« Decker lächelte. »Sechs ist ein wunderbares Alter, nicht?«

»Ja.« Sie starrte nach unten. Ihr schwarzer Ledermini bedeckte kaum ihren Slip. »Ja, das stimmt.«

»So voller Leben... voller Vertrauen und Neugier.« Er lehnte sich zurück, verschränkte die Hände hinter dem Kopf und streckte sich. Dann beugte er sich vor. »Ich mache mir Sorgen um meine Jüngste. Es ist schwer, heutzutage aufzuwachsen, besonders weil ich durch meinen Beruf so viele schlimme Dinge sehe. Nicht sehr ermutigend.«

Sie sagte nichts.

»Diese ganzen kaputten Typen, die ich festnehme. Es verzerrt meine Sichtweise. Ich mache mir Sorgen, dass es auf sie abfärbt. Aber weißt du was?«

»Was?«, flüsterte sie.

»Genau das passiert nicht. Kinder sind bemerkenswert widerstandsfähig, findest du nicht auch?«

»Manchmal.«

»Guck doch nur deine kleine Tochter an und dich selbst. Es war bestimmt nicht leicht, mit fünfzehn ein Kind zu kriegen, aber du hast es geschafft. Du hast einen guten Job und einen Mann, der dich sicher sehr lieb hat… stimmt's?«

»Stimmt.«

»Zwei tolle Kinder. Das macht Spaß, oder?«

Sie nickte.

»Natürlich. Schau doch nur, wie gut es bei dir läuft. Du hast eine Menge, worauf du stolz sein kannst. Bestimmt bist du ein echtes Vorbild für deine Tochter.«

Sie wandte den Kopf ab. Ihre Augen wurden feucht. »Das war gemein.«

»Was denn?«, Decker legte den Arm um sie. »Mein Gott, was hab ich denn gesagt?«

Sie schaute ihn mit brennenden Augen an. »Nichts…«

»Nichts? Du bist total wütend. Es tut mir Leid. Was hab ich denn gesagt?«

»Sie haben *gar nichts* gesagt.«

»Es tut mir wirklich Leid. Sag mir, was ich gesagt hab.«

Sie wischte sich die Tränen weg. »Nichts.« Dann verbarg sie das Gesicht in den Händen. »Überhaupt nichts.«

»Lieber Himmel, Donatti wird ganz schön wütend sein, wenn er rauskriegt, dass ich dich verletzt habe.«

»O Gott!« Panische Angst stand in ihren Augen. »Entschuldigen Sie…«

»Aber ich hab dich doch verletzt.«

»Nein, überhaupt nicht.«

»Hast du Angst vor ihm – vor Donatti?«

»Nein, gar nicht.«

»Na, komm schon, Jen, ist ja gut. Tut er… tut er dir weh?«

»Natürlich nicht!«

Decker beobachtete sie, während sie sich die Nase putzte und das Gesicht abtupfte. Ihre Augen waren gerötet. »Ist deine Tochter von Donatti?«

Sie lachte durch die Tränen. »*Nein.* Ich wünschte, sie wäre es.«

Decker nickte. »Irgendein Mistkerl hat dich vergewaltigt, richtig?«

Sie war noch immer aufgebracht, antwortete aber aus Angst höflich. »Der Mann meiner Schwester.«

»O mein Gott...«, seufzte Decker aus tiefstem Herzen. Er lehnte sich zurück und rückte von ihr ab. »Bevor ich zum Morddezernat ging, hab ich mit Jugendlichen zu tun gehabt und deshalb auch mit Sexualverbrechen an Minderjährigen. Es war ein Sexualverbrechen, Jen. Mit vierzehn hast du bestimmt nichts getan, aber *er* hat's getan. Und das war eindeutig ein Sexualverbrechen.«

Jetzt flossen die Tränen unaufhaltsam.

»Sie sind alle gleich... alle.« Decker fuhr sich durchs Haar. »Sie sind alle Monster.« Er seufzte wieder. »Die vierzehnjährige Schwester seiner Frau vergewaltigen. Schlimmer geht's ja wohl nicht.«

Beide schwiegen.

»Doch«, flüsterte sie, »es geht schlimmer.«

Decker wartete.

»Keiner hat mir geglaubt. Meine Schwester...« Jen presste ihre zitternden Hände zusammen. »Sie hat mich eine verlogene kleine Schlampe genannt. Mein Vater hat mich geschlagen. Meine Mutter stand daneben und hat nichts gesagt. Sie haben meine Tochter in ein Kinderheim gesteckt. Als sie mich zwingen wollten, die Papiere zu unterschreiben... damit sie zur Adoption freigegeben wird... bin ich weggelaufen.«

»Mein Gott, es tut mir so Leid.«

»Mr. Donatti hat sich um mich gekümmert. Er...« Sie unterdrückte ihr Schluchzen. »Er hat mich meinem... meinem Mann vorgestellt. Er... er war ein Kunde von Mr. Donatti.« Sie wischte sich das Gesicht ab. »An meinem achtzehnten Geburtstag hat er mir einen Heiratsantrag gemacht. Mr. Donatti meinte, ich sollte zugreifen... ihn heiraten. Er sagte, er würde für mich sorgen. Und das tut er auch... mein Mann sorgt gut...«, wieder ein Schluchzer, »... er sorgt *sehr* gut für mich. Er liebt mich sehr.«

»Ganz bestimmt, Jen. Wie soll er dich nicht lieben?«

Sie versuchte, nicht zu weinen. »Mein Mann... hat mir geholfen, sie zurückzuholen... meine Tochter war bei Pflegeeltern. Er hat den Anwalt bezahlt, er hat alles bezahlt.« Wieder brach sie in Tränen aus. »O Gott, ich bin so dumm.«

»Hey, es ist alles in Ordnung.«

»Nein. Wenn Mr. Donatti das rauskriegt…«

»Das wird er nicht, weil wir ihm nichts sagen.«

Sie schaute zur Seite und schluchzte: »Er wird es rauskriegen!«

»Na, und wenn!« Decker fasste ihr unter das Kinn und sah ihr in die Augen. »Ich kümmere mich um Donatti, okay?«

Sie antwortete nicht.

Decker wartete, bis sie sich ausgeweint hatte, dann sagte er: »Jen, dieses Mädchen aus Quinton, von dem ich dir erzählt habe, das ermordet wurde…«

»Ja?«

»Hast du sie gekannt?«

»Nein.« Sie seufzte und erschauerte. »Ich weiß nur, was in der Zeitung stand.«

»Deshalb bin ich hier. Ich will rausfinden, wer sie umgebracht hat.«

Sie schwieg.

»Sie war erst fünfzehn, Jen. Genau wie du, als du schwanger warst. Aber sie hatte keine Chance, sich zu retten, so wie du.«

»Ich hab mich nicht wirklich gerettet. Ich arbeite Tag und Nacht, und diese widerlichen Kerle und Perversen glotzen mir auf die Titten und den Hintern und versuchen mich anzutatschen.«

»Du wirkst, als könntest du ganz gut auf dich aufpassen.«

»Es ist ekelhaft!«

»Warum hörst du dann nicht auf?«

Sie konnte ihm nicht ins Gesicht sehen. »Sie würden es mir nicht glauben.«

»Er lässt dich nicht gehen?«

»Nein, das nicht. Ich glaube, es ist ihm egal. Er hat andere, die meine Stelle einnehmen können. Und ich bekomme Geld dafür.«

»Im Gegensatz zu den anderen Dingen, die du tun musst?«

»Mr. Donatti ist immer gut zu mir gewesen.«

Loyal bis zum Letzten – unglaublich. »Warum hörst du nicht auf?«, fragte er.

»Sie werden denken, ich bin total pervers.«

»Nein, ich bin einiges gewöhnt.«

Sie antwortete nicht.

»Na, los, versuch's.«

Sie seufzte. »Ich liebe meinen Mann, wirklich. Aber er ist sechsundfünfzig, Lieutenant. Und er ist nicht gesund, er hatte ein schweres Leben. Seine erste Frau litt an Brustkrebs und ist nach zehn Jahren gestorben. Er hat chronische Herzprobleme und hohen Blutdruck. Wir unternehmen nicht viel... ein bisschen natürlich schon. Wir haben einen Sohn. Aber es ist nicht... Sie wissen schon. Und nach dem, was ich durchgemacht habe... macht es mir nichts aus. Nur manchmal gibt es Zeiten...« Eine Pause. »Mr. Donatti... kommt ab und zu her und sieht nach dem Rechten. Er... er ist gut aussehend. Ich bin noch jung.«

Ihre Augen baten um Verständnis.

Decker lächelte. »Ich hab's kapiert.«

Ihre Stimme wurde leise. »Ich fühle mich bei ihm geborgen. Beschützt. Ich weiß, dass er mich benutzt hat, das machen solche Typen halt, aber er war ganz in Ordnung.« Schweigen. »Einer Fünfzehnjährigen, die abgehauen ist, bleiben nicht viele Möglichkeiten. Man hat mir ein paar echte Horrorgeschichten erzählt, und wenn man's richtig bedenkt, hab ich noch Glück gehabt...«

Sie schwiegen.

»Wir sind gar nicht so verschieden, Mr. Donatti und ich. Ich benutze auch andere Menschen.«

Sie meinte wohl ihren Mann. Decker sagte: »Ich weiß, was es heißt... jemandem etwas zu schulden. Ich hab auch ein paar Kumpel. Einer davon... war mit mir in Vietnam. Hat mir das Leben gerettet. Egal, wie tief er in der Scheiße steckt, ich fühle mich ihm gegenüber immer noch verpflichtet.«

»Sie können gut zuhören, wissen Sie das?«, sie streckte die Beine aus und legte den Kopf an seine Schulter. »Und ich kann wirklich nichts für Sie tun?«

»Du kannst viel für mich tun, und damit meine ich keinen Sex.«

Sie setzte sich auf. »Sie wollen also nur Informationen.«

»Ja.«

»Ihre Frau muss toll sein.«

»Stimmt. Erzähl mir von Merrin.«

»Ein geiler alter Bock. Er lässt den Laden in Ruhe laufen.«

»Bezahlt ihn Donatti?«

Ihr Achselzucken sagte ihm, dass er auf dem richtigen Weg war.

»Lässt Merrin andere Sachen auch in Ruhe laufen?«

»Zum Beispiel?«

»Zum Beispiel, wenn ich Ecstasy wollte. Würde ich da zu Merrin gehen?«

»Keine Ahnung.« Sie blickte ihm ins Gesicht. »Das ist die Wahrheit. Ich kenne Merrin nur als Kunden.«

»Und zu wem würde ich gehen?«

»Keine Ahnung; ich nehme keine Drogen.«

»Was ist mit den anderen Mädchen? Hier sind doch ein paar, die auch im Tattlers arbeiten.« Er klopfte auf den Busch. »Ich hab gehört, da drüben kriegt man alles mögliche Zeug.«

»Plunkett, stimmt's?«

»Genau«, log Decker.

»Typisch. Ein echter Penner, aber er kennt sich aus.«

»Also würden die Mädchen, die im Tattlers arbeiten, vielleicht darüber Bescheid wissen?«

»Da müssen Sie sie selber fragen. Hier haben wir jedenfalls nichts, so weit ich weiß.«

»Ist ein Mädchen aus dem Tattlers da, mit dem ich reden kann?«

»Angela vielleicht. Sie ist in einer halben Stunde frei.«

»Kannst du das drehen, ohne ihn vorher anzurufen?« Ein Lächeln. »Bitte, Jen.«

Sie zuckte mit den Achseln.

Decker drängte sie nicht. »Du kennst also die Leute aus dieser Gegend ganz gut.«

Jen lachte bitter. »Ich kenne nur die, die geil sind.«

»Was ist mit den Jungs?«

»Es gibt viele geile Jungs.«

»Ryan Anderson und Philip Caldwell.«

Ihr Gesicht verdüsterte sich. »Ich kenne Caldwell. Er war vor zwei Monaten hier, als er gerade achtzehn geworden ist. Rich hat ihn rausgeworfen.«

»Wer ist Rich?«

»Der Rausschmeißer.«

»Der unten hinter der Holzvertäfelung sitzt.«

Sie sah ihn verblüfft an. »Ihnen entgeht auch nichts – ach so, ich war ja drin, um Mr. Donatti anzurufen.«

»Ja, aber ich hab's vorher gemerkt. Du hast dauernd über die Schulter geguckt. Also Rich hat Caldwell rausgeworfen. Wieso?«

»Er hat das Mädchen verprügelt. Es war übrigens Angela. Rich war oben, bevor der kleine Scheißer sie ernsthaft verletzen konnte. In allen Zimmern sind Videokameras.«

Decker lachte. »Ach, wirklich?«

Sie zeigte auf den Kronleuchter.

»Rich hat sicher Spaß an seiner Arbeit.«

»Er ist schwul und macht nur seinen Job.« Sie blickte zu Boden. »Alles wird aufgezeichnet. Irgendwann wird Mr. Donatti sich das Video ansehen und an die Decke gehen.«

»Hör zu, Jen. Er wollte, dass du irgendwie Informationen aus mir rausholst, stimmt's?«

Sie sagte nichts.

»Er kennt mich. Mit Sex würde es nicht funktionieren. Das heißt, er weiß, dass du mir was erzählen musst, damit ich weiterrede. Meine Fragen werden ihm eine Menge verraten. War er übrigens wütend … Donatti?«

»Wieso?«

»Dass dieser Caldwell eins seiner Mädchen verprügelt hat?«

»Er hat es erst später rausgekriegt … beim Angucken der Videos. Mr. Donatti mag keine Probleme. Wir sind hier, damit wir ihm die vom Hals halten.«

»Ich verstehe. Was ist mit Anderson? Bist du ihm mal begegnet?«

Sie dachte einen Augenblick nach. »Wenn, dann hab ich's vergessen. Die sind alle gleich, diese reichen Kids. Haben eine Riesenklappe. Jeder denkt, er ist der größte, gefährlichste Typ, der rumläuft. Sie dealen und geben mit ihren Pistolen und Messern an. Meinen, sie wären richtig cool. Glauben, sie wüssten, wie es auf der Straße zugeht, aber die haben ja keine Ahnung und wissen nicht, wie gut's ihnen geht. Wissen nicht, worauf es ankommt. Sie haben alles, und sie haben nichts.«

Die Tränen liefen wieder über ihre Wangen, aber sie schien es nicht zu bemerken.

»Manchmal… manchmal ist Gott so ungerecht.«

33

Er musste etwa fünfzehn Minuten warten, bis Angela vom Tattlers mit ihrem Kunden fertig war. Decker ging nach draußen an die frische Luft, um den Kopf klar zu bekommen. Der prasselnde Regen war inzwischen in einen gleichmäßigen Dauerregen übergegangen. Er zog sich den Schal fester um den Hals und vergrub die Hände in den Taschen. Plötzlich spürte er den kalten Stahl an den Fingern; er hatte den Revolver ganz vergessen. Er nahm ihn aus der Tasche und öffnete die Trommel. Vier Kugeln. Er ließ die Trommel wieder zuschnappen und legte den Sicherungshebel um.

Jetzt wäre der richtige Zeitpunkt für eine Zigarette und einen Scotch gewesen. Ihm war kalt, er hatte Durst, und er hätte einen Energieschub vertragen können. Er war sicher, dass es diese Dinge auch hier gab.

In diesem heruntergekommenen Puff fühlte er sich nicht so fremd, wie man hätte denken können. In Vietnam hatte er regelmäßig Bordelle besucht, aber nach seiner Rückkehr in die Staaten brauchte man für Sex nicht mehr zu bezahlen. Es waren die Sechzigerjahre, und er arbeitete in einer Universitätsstadt. Es gab reichlich freie Liebe. Aber da Cops in dieser Zeit zum militärisch-industriellen Komplex – was immer das auch heißen mochte – zählten und für die Flower-Power-Generation Parias waren, verschwieg er in den Bars seinen Beruf. Statt also den Mädchen zu erzählen, er sei Vietnamveteran und Polizist, behauptete er, seine Haare seien deshalb so kurz, weil er sich im Amazonasdschungel Läuse geholt hatte. Die Frauen fielen reihenweise darauf herein.

Manchmal, wenn er mit ihnen geschlafen hatte und besonders gemein sein wollte – und damals wollte er das häufig – verriet er ihnen, wer er wirklich war. Statt sich davon aber abgestoßen zu fühlen, fanden die Frauen seinen Beruf so erregend, als hätten sie eine Affäre mit dem Feind. Bei Jan war es auch so gewesen. Er hatte sie bei einer Antikriegsdemonstration festgenommen. Zwei Abende später trieben sie es wie die Karnickel. Drei Monate später waren sie verheiratet. Weitere sechs Monate später wurde Cindy geboren.

Dann kam die Zeit nach der Scheidung – fünf Jahre Singledasein vor seiner ersten Begegnung mit Rina. Die ersten zwei Jahre waren toll – viel Sex ohne emotionale Bindungen –, die letzten drei schrecklich – viel Sex ohne emotionale Bindungen. Irgendwann wurde ihm klar, dass das Leben nicht nur aus endlosen Affären und einem Vierzehnstundentag bestand.

Dem Himmel sei Dank für Rina.

Auf einmal vermisste er sie schrecklich, sie, Hannah Rosie und sein tägliches Leben in L. A. Er wollte nach Hause. Aber er war hier draußen, fror sich die Eier ab und versuchte einer Familie zu helfen, die sein Engagement gar nicht wollte. Doch es war zu spät für einen Rückzieher. Plötzlich fiel ihm Jonathan wieder ein. Seit einer Stunde hatte er sich nicht mehr gemeldet. Er schaltete das Mobiltelefon ein, bekam aber keine Verbindung. Er schlotterte vor Kälte und ging ins Haus.

Jen blickte auf und sah dann auf die Uhr. »Kann nicht mehr lange dauern, Lieutenant.«

»Darf ich mal das Telefon benutzen?«

Sie schob es ihm zu, wobei sie sich über den Schreibtisch beugte und ihm vollen Einblick in ihren Ausschnitt gewährte. Vielleicht hatte Donatti gesagt, sie solle es noch einmal versuchen.

Decker wandte den Blick ab. »Danke.« Er rief Jonathans Handy an. Die Verbindung kam zustande, aber es rauschte stark. »Jon! kannst du mich hören?«

»Wo bist du, *verdammt noch mal*?«

Trotz des Rauschens hörte Decker, dass sein Bruder schrie. »Ist alles in Ordnung?«

»*Ob alles in Ordnung ist? Nichts ist in Ordnung!* Ich versuch seit einer halben Stunde, dich zu erreichen! Ich fahr hier durch den Wald und weiß nicht, wohin ...«

»Wieso? Was ist los?«

»Akiva! Wo bist du?«, fragte er scharf.

Decker wandte sich an Jen. »Kannst du meinem Bruder den Weg beschreiben?«

»Wir sind in der Nähe der Landstraße zwischen Quinton und Bainberry.«

»Das weiß ich. Wo muss er abbiegen?«

»Ich glaube, die Straße hat keinen Namen.«

»Gibt es irgendwelche Orientierungspunkte?«

Sie zuckte hilflos die Achseln.

Er war verärgert. »Woher weißt du, wie du herkommst?«

»Ich weiß es halt.«

Sein Ärger verwandelte sich in Frustration. »Jon, wo bist du?«

»Etwa anderthalb Kilometer vor dem Einkaufszentrum von Bainberry.«

»Du bist zu weit.«

»Zu weit von wo?«

»Von der Zufahrtsstraße.«

»*Welche* Zufahrtsstraße? Ich habe keine gesehen.« Die Spannung war durchs Telefon zu spüren. »Wir haben einen Notfall, Akiva. Ich muss dich *jetzt* finden!«

Deckers Puls beschleunigte sich. »Was für ein Notfall?«

»Chaim ist verschwunden ...« Es knisterte. »Gleich bricht es ab!« schrie Jonathan. »Es regnet, ich sehe fast nichts, und es wird dunkel. Gib mir einen Hinweis!«

»Warte mal.« Er legte die Hand auf den Hörer. »Jen, kann mich jemand zur Landstraße fahren?«

»Jetzt nicht. Alle haben zu tun.«

»Was ist mit Angela? Du hast gesagt, sie ist in ein paar Minuten fertig.«

»Sie hat kein Auto. Sie wird abgeholt.«

»Und du?«

»Ich hab auch kein Auto. Ich werd auch meistens abgeholt.«

Sie war keine große Hilfe. Decker fragte sich, ob sie das mit Absicht tat. »Jon, ich laufe zur Landstraße. Ich bin näher an Quinton als an Bainberry, aber ich weiß nicht, wie viel näher...«

»Sie können dort nicht hinlaufen!«, unterbrach ihn Jen.

Decker ignorierte sie. »Ich werde wohl so zwanzig Minuten brauchen...«

»Sie können nicht im Dunkeln hinlaufen!«, wiederholte Jen. »Eine falsche Biegung, und Sie verlaufen sich.«

»Es ist noch nicht ganz dunkel.«

»Ich halt die Augen offen«, sagte Jonathan.

»Bis gleich.« Decker legte auf.

»Sie können nicht im Dunkeln gehen. Sie werden sich verlaufen«, beharrte Jen.

»Ich hab keine Wahl.«

»Und was ist mit Angela? Wollen Sie nicht mit ihr reden?«

»Die muss warten.«

»Sie werden sich verlaufen...«

»Du wiederholst dich.« Er ging zur Tür.

»Warten Sie!« Sie öffnete eine Schublade und zog eine Taschenlampe mit einem starken weißen Licht an der einen und einem roten Blinklicht an der anderen Seite heraus. »Nehmen Sie die. Vielleicht hilft es ja was.«

»Danke.«

Sie biss sich auf die Unterlippe und nickte. Diese Wendung der Dinge gefiel ihr nicht. Vielleicht war sie gern in seiner Gesellschaft... bei dieser Vorstellung musste er lächeln. »Mach's gut, Jen. Viel Glück.«

»Ihnen auch. Sie können's brauchen.«

Er lachte, nahm sich ihre Worte aber zu Herzen. Dann trat er hinaus in die Dämmerung und schlug den steilen Weg Richtung Landstraße ein.

Mit jedem Schritt wurde es dunkler, aber Decker ließ die Taschenlampe ausgeschaltet, damit seine Augen sich an das dämmrige Licht gewöhnten. Keine Orientierungspunkte, nur endloser Wald. Vor Jahren hatte er einen Stephen-King-Roman gelesen, in dem sich ein kleines Mädchen im Wald verirrte. Sie hatte wenigstens das Glück gehabt, im Sommer vom Weg abzukommen.

Was soll's, dachte er, folg einfach dem Weg. Dieser verwandelte sich rasch in einen Schlammstrom. Er musste am Rand entlanggehen, wo seine Füße auf Äste und Zweige traten und auf dem weichen Waldboden ausrutschten. Als das Gefälle stärker wurde, verlor er den Halt und fiel hin, aber wenigstens nicht auf die Pistole.

»Mist!« Er versuchte aufzustehen, aber seine Schuhsohlen glitten unter ihm weg. »Verdammt noch mal.«

Es wurde dunkler.

»Mein Gott!« Er hielt sich an einem nassen Baumstamm fest und zog sich hoch.

Nach gründlichem Abwägen seiner Möglichkeiten beschloss Decker, die Hände zu Hilfe zu nehmen. Er faltete den Schirm zusammen und steckte ihn in die Gesäßtasche. Regen lief ihm über das Gesicht. Er hielt die Taschenlampe in der linken Hand und spielte Tarzan, indem er sich, Halt suchend, von Ast zu Ast hangelte. Er setzte seine Schritte langsam und mit Bedacht, damit er nicht ausrutschte. Mehrmals schlug er sich die Taschenlampe an den Kopf. Er fluchte lautstark.

Es wurde ganz dunkel. Das Licht der Taschenlampe strahlte nur ein endloses Dickicht kahler Äste an.

Es gab keine andere Orientierung als den Weg. Wenn er nicht durch den Matsch watete, würde er sich verirren. Vorsichtig hielt er sich an einem Ast fest und ließ versuchsweise den Fuß über den Boden gleiten – glatt wie ein Ölteppich. Um das Gleichgewicht zu halten, brauchte er eine große Oberfläche und Bodenhaftung.

Es ging nur auf dem Hintern, mit den Beinen voraus. Er öffnete den Schirm und setzte sich langsam darauf. Dann stieß er sich ab, wobei er den Griff als Ruder und die Beine als Bremse benutzte.

Decker war nie ein toller Schlittenfahrer gewesen, aber er besaß einen guten Gleichgewichtssinn. Er konzentrierte sich darauf, nicht vom Weg abzukommen oder sich zu verletzen.

Er brauchte etwa eine halbe Stunde, bis er die Landstraße erreichte. Der Schirm war im Eimer, aber die Taschenlampe funktionierte noch. Als er die Lichter eines entgegenkommenden Wagens sah, schwenkte er sie wie wild. Der Wagen hielt an. Es war ein Laster.

Der Fahrer, ein Mann mit einem Gartenzwergbart, kurbelte das Fenster herunter. »Springen Sie rein.«

»Danke«, sagte Decker. »Ich warte auf jemanden.«

»Hier kommen nicht viel Autos lang, Mann.« Er musterte Decker von Kopf bis Fuß. »Sind Sie *ganz* sicher?«

Decker grinste. »Ja. Alles klar.« Er nickte bekräftigend.

Der Fahrer schüttelte den Kopf, kurbelte das Fenster hoch und fuhr weiter.

Es schien wie eine Ewigkeit, aber nach etwa zehn Minuten näherte sich ein Wagen von der anderen Seite. Es musste Jonathan sein, weil die Lichter nur über den Asphalt krochen. Decker winkte mit dem roten Blinklicht. Der Van bremste, wendete und hielt am Straßenrand.

Decker riss die Tür auf und kletterte hinein. Die beiden Männer schauten einander an. Er lächelte. »Darf ich dich küssen?«

Jonathan starrte ihn ungläubig an.

»Hast du zufällig was zum Anziehen dabei? Oder ein Handtuch? Ein Lappen reicht auch schon.«

»Wir besorgen dir was Trockenes«, meinte Jonathan.

»Erst erzähl mir von dem Notfall. Was hast du mit ›Chaim ist verschwunden‹ gemeint?«

Jonathan fuhr los. »Genau das.«

»Ist er abgehauen?«

»Scheint so.« Jonathan warf seinem Bruder einen Blick von der Seite zu. »Alles in Ordnung mit dir?«

»Ich bin klatschnass und mein Hintern ist etwas mitgenommen, aber sonst geht's mir gut. Erzähl mir von Chaim.«

»Als ich nach Quinton kam, war er schon weg. Anscheinend hat er gleich nach dem *Schacharit* gesagt, er fühle sich nicht wohl und müsse sich hinlegen. Als Minda nach ihm sehen wollte, war sein Zimmer leer.«

»Hast du eine Idee?«

Jonathan fuhr Schrittgeschwindigkeit, um nicht von der Straße abzukommen. »Ich war ungefähr zwanzig Minuten bei der *schiwa*, da kriegten wir einen Anruf von Leon Hershfield. Ich hab ihn angenommen.«

»Und?«

»Hershfield hatte gerade mit der Flughafenpolizei vom Kennedy Airport und dem örtlichen FBI-Büro gesprochen.«

»O Gott!«

»Du weißt, was jetzt kommt.«

»Er hat versucht abzuhauen.«

»Diese Typen, von denen du mir erzählt hast… Randy hat sie auch erwähnt.«

»Weiss, Harabi und Ibn Dod. Waren sie dabei?«

»Hershfield war sparsam mit den Informationen. Er hat mir jedenfalls gesagt, sie wollten alle nach Israel fliegen. Die Flughafenkontrolle hat Harabi und Ibn Dod festgehalten, weil mit ihren Pässen was nicht stimmte oder sie zu nervös waren oder nicht chassidisch genug aussahen…«

»Sie waren als Chassidim verkleidet?«

»Scheint so.« Ein tiefer Seufzer. »Du weißt, wie scharf die Kontrollen jetzt sind, besonders bei El Al. Als die Sicherheitsleute auftauchten, sind sie in verschiedene Richtungen abgehauen.«

»Nicht sehr schlau von ihnen, gemeinsam zu reisen.«

»Last-Minute-Flüge nach Israel sind schwierig zu kriegen. El Al ist immer voll, und die anderen Linien haben ihre täglichen Israel-Flüge nach den Anschlägen reduziert.«

»Ist jemand festgenommen worden?«

»Keine Ahnung – niemand hat etwas Genaues gesagt.« Jonathan klopfte aufs Lenkrad. »Die Flughafenpolizei nicht, das FBI auch nicht. Sie sind etwa zur Zeit des Anrufs zu Mindas Haus und zur Schule gekommen. Hershfield war wohl auf dem Weg zum Flughafen, um die Sache zu klären, aber… ich hab das Gefühl, sie haben Chaim *nicht* festgenommen.«

»Wie kommst du darauf?«

»Wegen Hershfields Fragen.«

»Was hat er gefragt?«

»Er wollte wissen, wo Chaim sich verstecken würde. Aber das hat er natürlich raffinierter formuliert. Und das FBI hat mich im Grunde dasselbe gefragt.«

»Was hast du ihnen geantwortet?«

»Ich hab beschlossen, nach dem Desaster mit Shayndie erst mit dir zu reden, deshalb hab ich niemandem was gesagt. Es war wie im Tollhaus. Als niemand drauf geachtet hat, bin ich weg. Jetzt sag mir… wo fahren wir hin?«

»Nicht nach Quinton«, sagte Decker.

»Da würden sie dich auch nur stundenlang festhalten.«

»Weißt du, wo Chaim sich verstecken könnte, Jon?«

»Keine Ahnung. Zuerst hab ich an eins seiner Lagerhäuser gedacht, in Manhattan oder Brooklyn. Bestimmt wimmelt es da schon von Polizei.«

»Das wäre also unsinnig.«

»Wahrscheinlich. Vielleicht sollten wir uns am Flugplatz mit Hershfield treffen.«

»Hat er gesagt, er will dich sehen?«

»Nein.«

Beide schwiegen.

»Ach, was soll's! Fahren wir halt zum Flugplatz.«

»Meinst du, die verraten uns was?«

»Nein, aber wenn sie Weiss, Harabi oder Ibn Dod festgenommen haben, rufe ich meinen Bruder an. Diese Typen werden in Miami dringend gesucht. Wenn ich ihn erreiche und er ein offizielles Auslieferungsgesuch stellt, sind wir glaubwürdiger.« Decker sah auf seine nasse Hose. »Aber bevor wir etwas unternehmen, brauche ich trockene Sachen. Quinton ist jetzt voller FBI-Leute. Wie wär's mit dem Einkaufszentrum in Bainberry? Irgendein Laden wird da noch offen sein.«

Jonathan wendete den Wagen.

Kurze Zeit fuhren sie schweigend dahin. Decker lehnte sich nach vorn und spähte durch die Windschutzscheibe.

»Dein Bruder wird sich freuen, dass die Polizei diese Typen gefasst hat«, sagte Jonathan. »*Falls* sie sie gefasst hat.«

Decker gab keine Antwort.

»Akiva…«

»Ja, ja…«

Schweigen.

»Akiva, hast du gehört, was ich…«

»Moment…«

»Was ist denn?«

»Warte mal…« Decker blickte von der Windschutzscheibe zum Rückspiegel, dann zum Außenspiegel und wieder zur Windschutzscheibe.

»Akiva, was ist los?«

»Ich weiß nicht…« Deckers Gedanken rasten. »Bevor du gewendet hast, war ein Scheinwerfer hinter uns. Nur einer, kein Paar… das fand ich seltsam bei diesem Regen.« Ohne nachzudenken, griff er in die Tasche und zog den Revolver heraus.

»Was… wo hast du den her?«

»Das ist eine lange Geschichte, aber jetzt bin ich froh, dass ich ihn hab. Kann ich den Griff an deiner Jacke abwischen?«

»Warte, ich zieh sie aus.«

»Nein, ich brauche bloß ein Stück.« Er wischte die Pistole trocken. »Weil es weiter weg war, dachte ich, es ist ein Wagen mit einem kaputten Scheinwerfer. Und nachdem du gewendet hast, musste er uns eigentlich entgegenkommen, aber er ist verschwunden.«

Die Welt draußen war pechschwarz. Mond und Sterne lagen hinter dichten Wolken.

»Jonathan, mach die Scheinwerfer aus und fahr rechts ran.«

Der Rabbi tat wie ihm geheißen.

Völlige Dunkelheit umgab sie. Decker knipste die Taschenlampe an und leuchtete durch die Windschutzscheibe. Es war nicht viel, was er sah, aber besser als gar nichts.

Jonathans Hände zitterten. »Also dann.«

Der Van kam schräg am Straßenrand zum Stehen, nur wenige Zentimeter von einem Baum entfernt.

»Wir tauschen die Plätze«, sagte Decker.

Jonathan wollte die Tür öffnen, dann hielt er inne. »Du meinst, ich soll über dich rüberklettern.«

»Ja, klar. Bleib unten.«

Sie krochen übereinander, um die Plätze zu wechseln. Decker hockte auf dem Boden vor dem Fahrersitz, Jonathan kauerte sich auf der anderen Seite hin.

»Was …«

»Psst …« Pause. »Hörst du das?«

»Was?«

»Hör hin!«

Schließlich hörte Jonathan es auch, das leise Grummeln eines Motors. Decker spähte über das Armaturenbrett nach draußen, sah aber nichts. Er kurbelte das Fenster auf seiner Seite halb herunter, mehr als genug für den Lauf des Revolvers. Dann schaute er wieder über das Armaturenbrett.

Das Surren wurde etwas lauter, dann war plötzlich alles still, bis auf das Geräusch des Regens.

»Oh-oh, das sieht nicht gut aus …«

»*Was ist …?*«

»Psst …«

Jonathans Achseln waren durchgeschwitzt.

»Okay, okay … Wo ist die Taschenlampe?«

Jonathan reichte sie ihm. »Was hast du vor?«

»Ich muss ihn überrumpeln.« Decker redete mit sich selbst. Er klopfte auf die Lampe. »Hoffentlich ist das Scheißding stark genug.«

»Was meinst du, wer das ist?«

»Keine Ahnung.« Er kurbelte das Fenster ganz hoch, dann öffnete er die Türverriegelung. Erneut spähte er nach vorn. Er konnte nicht direkt etwas sehen, aber die Dunkelheit vor ihm schien sich zu bewegen. Vielleicht spielte seine Fantasie ihm einen Streich. Doch dann bewegte sich wieder etwas. »Geh ganz runter, Jonathan. Leg den Kopf zwischen die Beine und die Hände übers Genick.«

Der Rabbi gehorchte. Decker bemerkte, dass sein Bruder die Lippen bewegte – stumme Gebete. Er hoffte, dass Jon auch eines für ihn sprach. »Ich sehe was. Na los … komm schon …«

Die Gestalt – vermutlich ein Mann – näherte sich dem Wagen und ging breitbeinig wie ein Westernheld, der eine Pistole ziehen wollte. Dann bemerkte Decker, dass er auf einem kleinen Motorrad saß, vielleicht eine Honda. Er kam ihnen auf der Fahrerseite entgegen, weil der Van mit der anderen Seite nah am Wald im Matsch stand.

»Los, los…«, flüsterte Decker.

Langsam näherte er sich ihnen.

»Noch ein Stückchen…«

»O Gott!«, stöhnte Jonathan.

»Halt durch, er ist fast da.« Decker schluckte.

Die Sekunden vergingen.

Eins… zwei… drei.

Er spähte wieder hinaus. »Na los, du Mistkerl, komm schon.«

Vier… fünf… sechs.

Die Honda rollte zur Stoßstange auf der Fahrerseite. Jemand schaute durch die Scheibe… zum Armaturenbrett. Decker war klar, dass der Motorradfahrer sie nicht sehen konnte.

»Weiter…«

Der Mann ging zur Fahrertür.

»Noch ein Stückchen…«

Decker stieß die Tür auf und streifte den Vorderreifen des Motorrads, wodurch Mann und Maschine aus dem Gleichgewicht kamen. Dazu richtete er den Lichtstrahl auf das Gesicht des Fahrers, der eine Skimaske trug. »Hände hoch!«

Etwas zischte an Deckers Kopf vorbei.

»Mist!« Er ließ die Taschenlampe fallen und duckte sich hinter die Fahrertür. Als er zum zweiten Mal hervorkam, schoss er aus der Hüfte, aber ein Kugelhagel zwang ihn erneut zum Rückzug. Die Geschosse prallten mit ohrenbetäubendem Scheppern auf die Vorderseite des Vans.

»Scheiße!«, schrie Decker. »Verdammte Scheiße!«

Er sprang hinter der Tür hervor und schoss zurück. Zwei Kugeln rissen einen Teil vom hinteren Schutzblech des Motorrads ab, was aber den Fahrer nicht daran hinderte davonzurasen. Decker beschloss, seine letzte Kugel nicht an ein fliehendes Ziel zu verschwenden.

Er keuchte heftig, hob die Taschenlampe, die den Schusswechsel überstanden hatte, auf und setzte sich hinters Steuer. »Bist du okay, Jon?«

»Ich glaube ja…«, flüsterte der Rabbi. »Abgesehen vom Zittern geht's mir gut.«

Decker ließ den Kopf aufs Lenkrad sinken. »Ich zittere auch.«

»Sonst alles okay?«

»Ich bin noch ganz, und das ist jetzt erst mal das Wichtigste.« Er hob den Kopf und ließ den Motor an.

Jonathan kroch aus der Embryohaltung auf den Sitz zurück und schnallte sich an.

Decker legte den Gang ein, fuhr langsam auf die Straße zurück und gab dann vorsichtig Gas. Der Wagen bockte und holperte ein paar Meter vorwärts. Decker bremste.

»Wir haben einen Platten. Hoffentlich nur einen… Hast du einen Ersatzreifen?«

»Ja. Ich hab noch nie einen Reifen gewechselt, du hoffentlich schon.«

»Klar.« Decker fuhr wieder an den Straßenrand, stieg aus und besah sich den Schaden – eine durchlöcherte Motorhaube und ein platter Reifen. Den Motor wollte er gar nicht erst näher in Augenschein nehmen. Im Moment war es wohl besser, nicht alles zu wissen. Jonathan war ausgestiegen und starrte seinen ramponierten Wagen an.

»Ich mach das schon«, sagte Decker zu seinem Bruder. »Hat keinen Sinn, wenn wir beide nass werden.«

»Quatsch. Ich kann wenigstens die Lampe halten, auch wenn ich immer noch zittere.«

Decker legte seinem Bruder die Hand auf die Schulter. »Du hältst dich gut.«

»Danke. Was meinst du, wer das war?«

»Keine Ahnung.«

»Donatti?«

»Vielleicht.«

»Merrin?«

»Auch möglich. Ich hab mir außerdem die Pistole von einem widerlichen Typen von Taxifahrer geborgt – das heißt, sie ihm abgenommen. Vielleicht war er es ja.« Er wischte sich den Regen aus dem Gesicht. »Ich hätte sogar gesagt, es war vielleicht Chaim, aber dein Schwager ist im Moment mit anderen Dingen beschäftigt.«

Gemeinsam holten sie den Ersatzreifen und das Werkzeug. Eine

Stunde später fuhren sie auf den Parkplatz des Einkaufszentrums von Bainberry. Sie entschieden sich für den ersten Laden, der Sportsachen führte und gerade in Großbuchstaben einen RÄUMUNGSVERKAUF anpries. Sie wühlten in den stark heruntergesetzten Sachen und erstanden Sweat- und T-Shirts, leichte Regenjacken, Socken, Turnschuhe und einen Schirm. Gegen sieben Uhr abends waren sie in trockenen Sachen wieder auf der Schnellstraße unterwegs, verschlangen Bagel und heißen Kaffee aus Styroporbechern. Wärme auf der Haut, Wärme im Magen.

Jonathan saß am Steuer. »Wohin?«

Decker überlegte. »Mit dem ramponierten Wagen fahren wir besser nach Quinton. Vielleicht krieg ich was aus den FBI-Leuten raus.«

»Also nicht zum Kennedy Airport?«, wollte Jonathan wissen.

»Hershfield dürfte längst weg sein«, antwortete Decker.

»Stimmt.« Jonathan klopfte aufs Lenkrad. »Wenn wir nach Quinton zurückfahren, sitzen wir stundenlang fest.«

»Ich weiß.«

»Außerdem hast du gesagt, dass es vielleicht Merrin gewesen sein könnte.«

»Möglicherweise.«

»Dann ist es dort vielleicht nicht allzu sicher.«

»Jonathan, wenn Chaims Haus von FBI-Leuten wimmelt, müssen wir uns keine Sorgen machen.«

Sein Bruder gab keine Antwort. »Woran denkst du, Jonathan? Du schaust so seltsam.«

»Die Liebers besitzen ein Lagerhaus, ein alter, umgebauter Stall, etwa dreißig Kilometer nördlich von Quinton. Von uns aus müssten es also etwas über zwanzig Kilometer sein. Man findet es nicht, wenn man nicht schon mal da gewesen ist.«

»Und du warst schon mal dort.«

»Raisie und ich kriegen unsere Fernseher, Videogeräte, Computer, Fotoapparate und so weiter aus den überzähligen Beständen – den Modellen vom letzten Jahr. Manchmal ist es billiger, Sachen wegzugeben als sie zurückzuschicken. Wir sind immer abends hingefahren.«

»Du hast einen Plan.«

»Na ja, ich hab einen Ort. Außerdem weiß ich, wo sich die Hintertür befindet. Wenn sich niemand dort aufhält, ist sie sicher abgeschlossen und die Alarmanlage eingeschaltet, aber wenn Chaim da sein sollte, können wir über die Sprechanlage mit ihm reden.«

»Und was sagen wir ihm?«

»Ich weiß es nicht«, antwortete Jonathan. »Ihn zum Aufgeben überreden.«

Decker lachte. »Einen Mann, der seinen Bruder und womöglich seine Tochter auf dem Gewissen hat...«

»Unsinn.«

»Schön, mach dir halt Illusionen. Aber eins weiß ich: Chaim hat Angst, er wird gesucht und handelt wahrscheinlich völlig irrational. Ich glaube nicht, dass er so einfach aufgibt.«

»Vielleicht können wir ihn dann davon überzeugen, dass er bei uns besser aufgehoben ist als bei der Polizei.«

Deckers Gedanken rasten. »Wir können zumindest hinfahren. Meinst du, der Wagen schafft das?«

»Du bist hier der Techniker«, sagte Jonathan, »ich nur der Rabbi.«

»Wer sagt denn, dass Rabbis keine Ahnung von Technik haben?«

»Ich.«

»Also knapp über zwanzig Kilometer. Und wenn wir nichts finden, müssen wir es auch noch bis nach Quinton zurück schaffen. Das sind sechzig Kilometer im Regen in einem Van mit durchlöcherter Motorhaube und Ersatzreifen.«

»Ich würde es versuchen«, meinte Jonathan.

»Wenigstens haben wir jetzt Regenjacken...« Decker fuhr sich mit den Fingern durch das noch nasse Haar. »Also gut, versuchen wir's.«

Sie fuhren schweigend mehrere Kilometer. »Und was machen wir, wenn er Widerstand leistet? Wenn er auf uns schießt?«

»Das weißt du doch gar nicht.«

»Ich kenne Psychopathen!« Decker griff ins Handschuhfach

und nahm den Revolver heraus. »Ich hab noch eine Kugel. Wenn es heißt, er oder ich, erschieße ich ihn. Kannst du das akzeptieren?«

»Besser, er wird von dir erschossen als von der Polizei. Dann weiß ich wenigstens, dass der Schuss gerechtfertigt war.«

Decker spürte, wie sich sein Kiefer anspannte. »Das ist vielleicht besser für dich, Jon, aber nicht unbedingt für mich.«

34

Alle Umstände sprachen gegen sie. Der Wagen schaffte mühsam achtzig, holperte auf einem behelfsmäßigen Satz Reifen dahin und rüttelte sie durch. Obendrein war die Straße glatt wie ein Ölteppich und die Sicht gleich null. Jonathan fasste die Situation in einem Satz zusammen: »Es war eine Schnapsidee. Ich wollte bloß vor der Polizei bei Chaim sein. Vielleicht ist dann die Chance größer, dass er nicht verletzt wird.«

»Wenn er uns nicht zuerst verletzt.«

»Akiva, ich hab dich ein Dutzend Mal gefragt, ob du zurückfahren willst.«

»Ich weiß, aber ich bin mir selbst nicht sicher.«

»Ich auch nicht.« Jonathan umfasste das Lenkrad fester. »Ich will Chaim helfen. Er ist mein Schwager. Die Familie hat Schreckliches durchgemacht. Ich auch, aber ich will nicht erschossen werden.«

»Du bringst es auf den Punkt.« Decker zog seine Jacke enger um sich.

»Willst du umkehren?«, fragte Jonathan. »Du entscheidest.«

»Das nenne ich Rollentausch. Der Rabbi hat mehr Mut als der Cop.«

»Was ist daran so seltsam? Kennst du nicht die Krimis von Kemelman?«

Decker lächelte. Der Regen war zu einem Nieseln geworden, unter dem der Asphalt glänzte wie polierter Onyx. Da eine Kugel des Motorradfahrers das Gebläse der Heizung getroffen hatte, standen die Fenster offen, damit die Windschutzscheibe nicht beschlug. Es herrschte arktische Kälte, aber wenigstens konnte Jonathan etwas sehen.

Für Decker war New York immer ein Synonym für Manhattan gewesen, doch der Staat war groß und ausgedehnt. Auf lang gezogene Schluchten und Täler folgten Berge und dichte Wälder. Wegen der Dunkelheit konnte man nur wenig von der Landschaft sehen, aber ab und zu huschte ein beleuchtetes New-England-Holzhaus oder ein kleiner Backsteinbau am Rand der Schnellstraße vorüber. Einmal fuhren sie an einer von außen angestrahlten Scheune vorbei, vor der ein handgemaltes Schild Antiquitäten und frische Lebensmittel anpries. Die Scheinwerfer teilten den Nebel. Im Hintergrund waren Felder zu erkennen, auf denen aber nichts zu wachsen schien.

Jonathan bemerkte, wie sein Bruder aus dem Fenster starrte. »Das ist die Kornkammer von New York.«

»Ich hab nicht gedacht, dass es so ländlich ist.«

»Sehr ländlich. Wie bei dir zu Hause.«

»Bin halt ein Junge vom Land.«

»So hab ich's nicht gemeint.«

»Das war nur Spaß. Entspann dich.«

»Ich bin nervös.« Jonathan umklammerte das Lenkrad. Seine Hände zitterten. »Noch nie hat jemand auf mich geschossen.«

»Jetzt schießt ja auch niemand auf uns.«

»*Baruch HaSchem*«, dankte Jonathan Gott.

»Ist auch besser, wo wir nur noch eine Kugel haben. Macht aber nichts. Pistolen können einem ein falsches Gefühl der Sicherheit vermitteln. Statt Munition brauchen wir Ideen.«

»Irgendwelche neuen Theorien?«

»Nein. Soll ich mal ein Stück fahren?«

»Nein, du kennst den Weg nicht.«

Decker probierte wieder das Handy aus. Er bekam kein Netz.

»Je weiter wir uns von der Stadt entfernen, desto schlechter wird die Chance auf eine Verbindung«, sagte Jonathan.

»Wie lange noch?«

»Vielleicht zwanzig Minuten.«

»Was macht der Sprit?«

»Sieht gut aus. Er hat den Tank nicht getroffen, und ich hab in Quinton voll getankt. Der Sprit ist nicht das Problem. Hast du noch Hunger?«

Decker war verblüfft. »Hast du was zu *essen*?«

»Raisie hat mir Plunderteilchen eingepackt, bevor ich die *schiwa* verließ. Sie dachte, ich will vielleicht was essen.«

»Sie hat richtig gedacht.«

»Ist alles hinten.«

Decker löste seinen Gurt. »Bau keinen Unfall.«

»Solange keiner auf uns schießt, passiert nichts.«

Decker kletterte über die Rücklehne nach hinten und fand eine große Papiertüte mit einem Dutzend in Alufolie gewickelten Plunderteilchen. Außerdem entdeckte er noch mehrere Dosen Diät-Cola darin. Unter großen Verrenkungen schaffte er es zurück auf den Beifahrersitz. »Es gibt Käse, Apfel, Schokolade, Kirsch... und was ist das?«

»Käse.«

Decker reichte ihm das Stück. Er selbst nahm eine Apfeltasche und verschlang sie mit drei Bissen. »Soll ich dir eine Cola aufmachen? Genug Flaschenhalter sind ja da.«

»Ja, bitte.«

Er riss zwei Dosen Diät-Cola auf. »Deine Frau ist toll.«

»Alle jüdischen Frauen sind toll, wenn's ums Essen geht.«

»Ja, Rina würde das auch machen.«

»Hast du heute schon mit ihr gesprochen?«

»Ja, heute Morgen. Wahrscheinlich macht sie sich Sorgen um mich. Nicht ganz zu Unrecht.«

Sie verfielen in Schweigen, und Decker dachte darüber nach, welche Rolle Chaim in diesem Ecstasy-Deal spielte. War er der Kopf? Ein unwissender Helfer? Oder bloß der Gelackmeierte?

»Da ist es«, sagte Jonathan.

»Ich seh nichts.«

»Die Abzweigung. Jetzt sind's noch zehn Minuten.«

Während sie fuhren, spürte Decker ein Kribbeln im Nacken. Mit den Jahren hatte er gelernt, auf seine Vorahnungen zu achten.

»Wir sind gleich da«, verkündete sein Bruder.

Nervös ließ Decker seinen Blick über das Terrain wandern. Zuerst sah er nach vorn, dann in den rechten Außenspiegel, anschließend in den Rückspiegel, über die Schulter zurück und zum Schluss in den linken Außenspiegel.

Am Straßenrand bemerkte Decker das Blitzen von Chrom. »Jon, fahr rechts ran und mach den Motor aus.«

»Was? Wieso?« Doch er folgte der Anordnung. »Was ist los?«

»Hat Chaims Lagerhaus einen Parkplatz?«

»Natürlich.«

»Warum stehen diese Wagen dann hier auf dem Feld?« Decker wies auf einen Jeep Cherokee und einen Mitsubishi Montero.

»Vielleicht ist der Parkplatz überschwemmt.«

»Das glaub ich nicht.« Decker griff zwischen den Sitzen nach hinten und zog die Tüten mit Kleidung nach vorn. Er nahm je eine Regenjacke für sich und seinen Bruder heraus, dann Handschuhe. Zuletzt band er sich Plastiktüten um die Schuhe und ließ Jonathan das Gleiche tun. Als sie fertig waren, nahm er die Taschenlampe und öffnete die Tür. Um nicht auszurutschen, ging er vorsichtig zum Cherokee. Die Tür war abgeschlossen. Er leuchtete ins Wageninnere.

»Irgendwas Interessantes?«, fragte Jonathan.

»Der Wagen gehört einem jungen Fahrer – jedenfalls lässt der Musikgeschmack darauf schließen. Das sehe ich an den CD-Hüllen auf dem Boden und den Pillen auf den Sitzen. Siehst du, was eingeprägt ist? Herzen und da eine Cartoonfigur. Ecstasy. Bierflaschen und Kippen auf dem Boden«, erklärte Decker seinem Bruder. »Ein paar Jungs aus Quinton wurden wegen Ecstasybesitz in Miami festgenommen – Philip Caldwell und Ryan Anderson. Bestimmt gehört der Wagen einem von ihnen.«

Er ging zu dem anderen Wagen und schaute hinein.

»Ordentlich. Der gehört jemand anderem. Eine Country & Western-CD… ein Packung Camel… sonst nicht viel.« Er betrachtete die hintere Stoßstange. »Ein Aufkleber: Sag Nein zu Drogen. Soso. Jetzt wissen wir, mit wem wir's zu tun haben.«

»Merrin.«

»Jemand von der Polizei.«

»Schon zynisch… wenn der Ecstasy verkauft und dann so einen Aufkleber hat«, meinte Jonathan.

»Zu Hause könnte ich die Nummernschilder überprüfen lassen und außerdem Verstärkung anfordern.« Decker wandte sich zu seinem Bruder. »Ich bin aber nicht zu Hause. Wir sollten abhauen. Warum das Leben für Chaim riskieren, wenn er dabei mitmacht?«

»Und wenn nicht?«

»Dann ist er wahrscheinlich tot.«

»Oder er wird verhört… vielleicht misshandelt…« Der Rabbi schauderte. »Meine Frau hat einen Bruder verloren… Ich möchte mir nicht vorwerfen, dass wir… Aber du kannst es besser einschätzen.«

Sie schwiegen.

Schließlich sagte Decker: »Zeig mir das Lagerhaus.«

Jonathan nahm die Lampe, und sie gingen auf ihr Ziel zu. Fünf Minuten später sahen sie den riesigen Stall, weil Licht aus einem der unteren Fenster fiel. Das große, zu einem Lagerhaus umgebaute Gebäude lief oben in einem Giebel aus. Das Tor und die Plattform, über die sonst das Vieh hinein- und herausgetrieben wurde, waren durch eine Doppeltür ersetzt worden, die auf eine Betoneinfahrt und eine Ladebucht hinausführte. Auf beiden Seiten der Tore befanden sich drei Fenster übereinander; das Licht kam aus dem untersten rechten. Über dem großen Tor hätte eine Schiebetür sein sollen, aber sie war mit Brettern vernagelt. Die Luken auf der oberen Ebene waren anscheinend intakt.

Der Regen hatte wieder zugenommen. Keiner von beiden schien es zu bemerken.

»Wie sieht es drinnen aus?«, fragte Decker.

»Regale mit Kartons.«

»Mehr als eine Etage?«

Jonathan versuchte sich zu erinnern. »Das meiste auf einer Etage mit sehr hohen Regalen. Breite Zwischenräume, weil sie die Ware mit einem Gabelstapler bewegen. Es gibt aber eine obere Etage, auch mit Regalen. Ich glaube, es ist eine offene Halle.«

»Wahrscheinlich der frühere Heuboden.«

»Ja. Sollen wir nicht das FBI zu Hilfe rufen?«

»Ich kriege keine Verbindung. Und selbst wenn, hat Merrin oder einer seiner Leute bestimmt ein Mehrfrequenzgerät, das Handyanrufe auffängt. Weißt du, zu welchem Raum das beleuchtete Fenster gehört?«

»Keine Ahnung. Es ist aber nicht nahe am Eingang.« Jonathan starrte den Stall an. »Die Tür liegt auf der linken Seite, direkt unter einer Wendeltreppe an der Außenwand.«

Sie warteten unschlüssig ab. Dann traf Jonathan eine Entscheidung und ging auf das Gebäude zu. »Ich will alles in meiner Macht Stehende tun.«

Decker folgte ihm. »Wenn du das nach der Sache im Wagen noch sagst, bist du wohl sicher.«

»Oder dumm.«

»Das ist manchmal dasselbe.«

Der Regen übertönte das Geräusch ihrer Schuhe auf dem Boden. Decker zog die Kapuze seiner Regenjacke fester in die Stirn. Seine Hände steckten in Nylonhandschuhen. Als sie die Tür erreichten, goss es in Strömen. Sie duckten sich unter eine Markise. Decker probierte die Tür – natürlich war sie verschlossen. Er richtete den Lichtstrahl zwischen das Schloss und den Türrahmen.

»Ein Schnappschloss.«

»Und was heißt das?«, fragte Jonathan.

»Ich krieg es wahrscheinlich mit einer Kreditkarte auf. Die Frage ist … will ich das überhaupt?«

»Du hast vielleicht nur noch eine Kugel«, sagte sein Bruder, »aber das wissen die nicht. Außerdem ist das beleuchtete Fenster auf der anderen Seite.«

»Vielleicht bewacht jemand die Türen. Wenn ich das Schloss knacke, hört er mich.« Zögern. »Na ja, das lässt sich leicht rausfinden.«

Decker schob Jonathan an die Wand und stellte sich vor ihn, dann klopfte er leise an die Tür.

Nichts.

Auch ein weiteres Klopfen blieb ohne Reaktion.

»Nimm die Tüten von den Schuhen, das raschelt zu sehr.« Decker tat das Gleiche, dann drückte er Jonathan die Pistole in die Hand. »Gib mir Deckung.«

»Machst du Witze?«

»Sieht nicht so aus.« Decker nahm die Kreditkarte heraus und schob sie sacht zwischen Riegel und Schnapper. Eine Sekunde später ließ sich der Türknopf ohne Widerstand drehen. »Ich hab's. Mach das Licht aus. Hoffentlich ist die Alarmanlage nicht an.«

Jonathan knipste die Taschenlampe aus. Millimeterweise begann Decker den Türknopf zu drehen. Schließlich drückte er gegen den Griff, und die Tür öffnete sich einen winzigen Spalt.

Langsam... langsam... langsam.

Keine Sirene.

»Die Alarmanlage ist aus«, flüsterte Decker.

»Ist das gut oder schlecht?«

»Weiß ich nicht, aber es bedeutet, das Chaim hier sein muss.«

Langsam... langsam... langsam öffnete Decker die Tür.

Zentimeter für Zentimeter.

Ein Viertel offen, dann halb.

Als genug Platz war, um sich hindurchzuquetschen, packte Decker seinen Bruder, zog ihn hinter sich her und schloss die Tür.

Es war stockfinster. Auch nachdem seine Augen sich an die Dunkelheit gewöhnt hatten, konnte Decker nicht viel erkennen. Das Innere war ein weiter Raum voller Riesenschatten und schwarzer Löcher. Regen lief an den hohen Fenstern herunter. Ein Blitz in der Ferne, dann ein Donnerschlag. Keiner von beiden bewegte sich oder sagte etwas. Ein paar Augenblicke vergingen, dann hörte Decker undeutliche Geräusche im Hintergrund – es konnten Stimmen sein. Schwer zu sagen bei dem Regen.

Er machte ein paar Schritte in Richtung der Geräusche. Ein unangenehmer Geruch stieg ihm im selben Moment in die Nase, in dem sein Turnschuh an etwas hängen blieb und er nach vorn fiel. Er konnte sich gerade noch abfangen, ohne Lärm zu machen. Dann beugte er sich zu dem Gegenstand herab, der vor seinen Füßen lag.

Die Leiche war noch warm. Decker betrachtete das Gesicht und stellte fest, dass er es nicht kannte.

Aber alles deutete auf einen Cop: die Kleidung, der Haarschnitt, die Falten im Gesicht, die rauen Hände und Fingernägel, sogar der Bauch. Der schien zwischen vierzig und fünfzig gewesen zu sein.

»Jemand hat den Aufpasser für uns erledigt.« Decker stand auf. »Hauen wir ab.«

Jonathan nickte.

Wenn gutes Timing alles ist, war ihres katastrophal. Als Decker sich umdrehte, sah er ihn. Auch Jonathan musste ihn, nach seinem Keuchen zu urteilen, gesehen haben. Der Junge hatte Mordlust im Blick und eine Pistole in der Hand. Wahrscheinlich hatte er sie hereinkommen hören. Er grinste in der Vorfreude darauf, jemanden umbringen, menschliches Leben auslöschen zu können. Decker griff in die Tasche und stellte fest, dass Jonathan ihm den Revolver nicht zurückgegeben hatte. Die Sekunden wurden zur Ewigkeit, als der Junge die Waffe hob. Decker hatte das Gefühl, sein letztes Stündlein habe geschlagen; Jonathans Gesicht spiegelte seine eigene Angst wider. Während der Junge zielte, riss Decker seinen Bruder mit sich zu Boden, in eine Lache aus Blut.

Er wartete auf den Schuss.

Aber nichts geschah, weil der Kopf des Jungen plötzlich nach hinten gestoßen wurde. Er stürzte in Zeitlupe. Die Finger lösten sich vom Griff, die Pistole fiel aus der Hand, die Knie knickten ein, und ein kleines rundes Loch erschien auf der Stirn. Ein Schatten mit ausgebreiteten Armen tauchte auf und fing zuerst die Pistole auf, dann den Toten. Er war ganz in Schwarz und ließ die Leiche stumm zu Boden gleiten. Dann legte er einen Finger an die Lippen und streckte ihnen eine Hand entgegen, die in einem Gummihandschuh steckte. Mit einem Ruck wurde Decker hochgezogen. Das Gesicht des Mannes war schwarz geschminkt und schweißüberströmt. Sein Körper roch nach Schweiß. In der rechten Hand hielt er die erbeutete Pistole.

Nachdem auch Jonathan auf den Beinen war, machte der Schatten ihnen mit dem Zeigefinger ein Zeichen, ihm zu folgen. Er trug einen schwarzen Rucksack und ging lautlos und sicher voran, bis er zu einer halben Treppe kam. Er stieg hinauf und forderte Decker und seinen Bruder mit einem Nicken auf, ihm zu folgen. Die Plattform war nicht größer als einen Quadratmeter und hing etwa anderthalb Meter unter der Decke. Sie bot wenig Platz, aber Decker verstand sofort den Vorteil des Standorts. Er bot ungehinderte Sicht auf das ganze Lagerhaus.

Einige Zeit verstrich.

Dann flüsterte Donatti: »Sie können nicht behaupten, ich hätte Sie nicht gewarnt.«

Decker wischte sich Blut vom Gesicht. Er hatte plötzlich den Drang zu lachen, hielt sich aber zurück. Seine Gefühle waren in Aufruhr. Er flüsterte: »Sie haben auf den Van geschossen?«

»Nicht ich«, erwiderte Donatti. »Ich dachte, es würde Sie ein paar Stunden aufhalten und mir genug Vorsprung geben, hin- und wieder zurückzukommen. Sie haben alles vermasselt!«

»Wir waren auf dem Weg zum Flughafen. Wir wollten am Kennedy Airport mit Hershfield über ein paar Drogenhändler reden, die die Flughafenpolizei festgenommen hatte. Aber als der Wagen nach den Schüssen aus dem letzten Loch pfiff, hat Jonathan das Lagerhaus vorgeschlagen, weil es näher ist. Wenn Sie uns in Ruhe gelassen hätten, wären wir gar nicht hier.«

Donatti starrte ihn an, dann formten seine Lippen stumme Flüche. »Wo ihr schon mal hier seid, könnt ihr euch auch nützlich machen.« Er gab ihm die Pistole des Jungen. Dann wandte er sich an Jonathan. »Davon sind noch mehr da. Können Sie schießen?«

»Er ist ein Rabbi, kein Scharfschütze«, erklärte Decker.

»Dann bringen Sie ihn weg.«

»Das habe ich als Erstes vor.«

»Sie kommen aber nicht auf demselben Weg raus. Es gibt eine Alarmanlage.«

»Als wir reinkamen, ist nichts losgegangen.«

»Es ist ein Notausgang, glauben Sie mir.«

»Wie schaffe ich ihn dann hier raus?«

Donatti antwortete nicht. Sein Atem ging schwer, und Schweiß tropfte ihm von den Schläfen.«

»Sie sehen nicht gut aus, Chris«, sagte Decker. »Was ist los?«

»Schnauze, ich muss nachdenken.«

Fünf Minuten vergingen. Das einzige Geräusch kam vom Regen.

»Sie sehen nicht *gut* aus, aber *ruhig*«, flüsterte Decker.

»Ich bin ruhig. Ich bin in meinem Element.«

Die Zeit verging.

Decker untersuchte die Pistole in seiner Hand. Eine Neunmillimeter Smith & Wesson-Automatik. Er kannte das Modell nicht genau, aber es hatte wahrscheinlich ein Magazin mit zwölf Schuss. Die Waffe roch nicht, als sei sie vor kurzem benutzt worden, der Lauf war kalt. Decker konnte seinen Atem sehen. Er warf Jonathan, der neben ihm kauerte, einen Blick zu. Er zitterte, wohl aus Angst. Decker legte die Hand auf das Knie seines Bruders.

»Nur noch ein paar Minuten.«

Jonathan nickte. »Ich bin okay.«

»Also gut, es läuft folgendermaßen«, begann Donatti. »Es gibt fünf Türen – die Vordertür, einen Notausgang auf jeder Seite und zwei Hintertüren. Die Notausgänge haben Alarmanlagen, und das Palaver findet an der Vordertür statt. Bleiben noch die Hintertüren. Geht zur nächsten.«

Stille.

»An jeder Seitentür stand ein Bulle, zwei Kids an jeder Hintertür und vielleicht ein paar Cops an der Vordertür«, fuhr Donatti fort. »Einen Cop und einen Jungen hab ich umgelegt. Sie haben ganz schön Glück gehabt, dass ich Sie beim Reinkommen erkannt habe.«

»Wo stand der Junge?«

»Den ich umgelegt habe? An einer Hintertür. Das heißt, sein Partner wird nervös werden, wenn er nicht bald zurückkommt. Streuen wir mal ein bisschen Blei.« Er streifte den Rucksack ab und nahm ein kleines Fernglas heraus. »Sollte kinderleicht für uns sein ... wenn Sie gute Augen haben.«

»Heißt das, wenn ich ein guter Schütze bin?«

»Ja.«

»Bin ich.«

»Gut, ich bin nämlich hervorragend.« Donatti reichte Decker das Infrarotfernglas. Wenn man hindurch sah, wirkte das Lagerhaus taghell. »Sehn Sie das rote Holzschild? Das *N*.«

»Ja.«

»Nehmen Sie's ins Fadenkreuz.«

»Okay.«

»Jetzt auf fünf Uhr.«

»Da sind zwei. Wie weit sind die weg? Hundert Meter?«

»Ja.« Donatti betrachtete Deckers Pistole. »Damit kann man nicht im Dunkeln schießen.« Er holte ein Etui aus dem Rucksack und nahm eine Pistole heraus. »Das ist eigentlich eine Walther Automatik, aber ich hab die Zielgenauigkeit auf große Entfernung verbessert und ein Infrarotfernrohr und einen Schalldämpfer draufgesetzt. Tauschen wir?«

Decker wog sie in der Hand. »Nicht zu schwer.«

»Ist auch nicht nötig. Standard Neunmillimeter Parabellum und .22 Long Range. Mit dem Aufrüsten hat sie mich fünfzehnhundert Dollar gekostet. Wenn die ganze Sache hier vorbei ist, muss ich sie wohl irgendwo verlieren. Schade drum.« Er stopfte die Pistole des Jungen in den Rucksack und nahm eine andere mit Zielfernrohr und Schalldämpfer heraus. »Wir legen sie um, dann können Sie durch den Hintereingang verschwinden.«

Decker sah sich die Gesichter im Zielfernrohr an und bekam Skrupel. Zwei schlaksige Jungen, der eine vielleicht zehn Zentimeter größer als der andere. Auf ihren Wangen war noch ein Rest von Akne zu erkennen. Unwillkürlich dachte er an seine eigenen Söhne. »Das sind Kids. Höchstens achtzehn.«

»So alt war ich auch mal«, erwiderte Donatti.

»Ich bin Polizist. Ich kann sie nicht ohne Warnung erschießen.«

»Na, das ist ja reizend«, höhnte Donatti. »Dann malen Sie sich doch gleich eine Zielscheibe auf die Stirn.«

»Ich kann sie nicht erschießen, ohne sie vorher zu warnen.«

»Sie sind verrückt.«

»Donatti, ich werde ihnen zurufen, sie sollen die Waffen fallen lassen. Wenn nicht…«

»Wenn wir sie warnen, schießen sie und gehen dann in Deckung. Dann haben wir ein echtes Problem.«

»Ich werde nicht mit Ihnen diskutieren.«

»Sie sind ein Idiot.«

»Sie wiederholen sich.« Decker blieb hart. »Kapiert?«

»Ja, kapiert.« Donatti hob ein Stück Zement auf und warf es in Richtung des größeren der beiden Jungen. Als es eine Kiste traf und in kleine Stücke zerbrach, fuhren die beiden herum. Der Größere hob die Pistole und zielte in Deckers Richtung. Donatti traf sie mit zwei sauberen Schüssen – *zzzt, zzzt*. Sie machten ein, zwei Schritte, dann fielen sie zu Boden. Die Schüsse waren so präzise, dass es keine sichtbaren Blutspritzer gab. Donatti verwendete wohl Kugeln, die nur ein kleines Loch hinterließen, aber das ganze Gehirn im Schädel zerfetzten.

Decker starrte ihn wütend an.

»Ich hab sie gewarnt.« Donattis Gesicht war ausdruckslos. »Notwehr. Jetzt gebe ich Ihnen Deckung, und Sie bringen Ihren Bruder raus.«

»Das heißt, ich muss Ihnen den Rücken zukehren. Sie haben gerade zwei Jungen ermordet.«

»Wenn Sie jetzt nicht abhauen, schaffen Sie's nicht.« Donatti kauerte unbeweglich wie eine Kröte auf der Plattform und justierte sein Zielfernrohr. »Ich warte ein paar Minuten. Wenn Sie dann nicht wieder auftauchen, gehe ich davon aus, dass sich unsere Wege getrennt haben.«

Keine Zeit zum Nachdenken.

»Ich behalte die hier.« Decker hielt die Pistole hoch. »Los, Jon. Ich folge dir. Pass auf!«

»Ich sehe nicht, wo ich hintrete.«

»Geh weiter!«

Als sie am Fuß der Treppe waren, schaute Decker durch das Zielfernrohr; dann packte er Jonathans Hand. Mithilfe der Infrarotlinse lief er lautlos an endlosen Regalen entlang und um Kisten und Maschinen herum. Während er den Weg zur Hintertür suchte, zog er Jonathan hinter sich her. Die Zeit zog sich endlos hin. In Wirklichkeit erreichten sie die Tür jedoch in kürzester Zeit.

Sie stießen sie auf und traten hinaus ins Freie. Es regnete noch immer in Strömen, und der Boden war matschig und voller Schlammlöcher. Sie rannten im Dauerlauf zum Wagen. Als Jonathan die Schlüssel hervorkramte, zitterten seine Hände.

Decker öffnete die Fahrertür. »Such eine Telefonzelle und ruf die Staatspolizei an, danach die New Yorker Polizei und frag nach Detective Micky Novack vom 28. Revier. Teil ihm keine Einzelheiten mit, sag ihm nur, er soll herkommen. Je weniger du in die Sache verwickelt bist, desto besser.«

»Kommst du nicht mit?«

»Ich kann ihn nicht allein lassen.«

Jonathan starrte ihn ungläubig an. »Ich fass es nicht. Hast du mir nicht gerade gesagt, die Sache sei es nicht wert, dafür draufzugehen?«

»Ich hab nicht vor draufzugehen…«

»Du verlässt dich auf die Hilfe von *Donatti*?«

»Jonathan, wenn ich nicht zurückgehe, ist dein Schwager *tot*!«

Jonathan wandte den Blick ab. »Meine Frau hat an ihren Bruder zu denken, aber ich muss an den meinen denken. Du hast eine Familie. Du musst hier weg.«

»Ich kann nicht.«

Jonathan standen Tränen in den Augen. »Und wie soll ich Rina bei der *schiwa* trösten?« Er umarmte ihn fest. »Du weißt nicht, was da drinnen auf dich wartet. Vielleicht stellt er dir eine Falle.«

»Kann sein. Aber wenn ich nicht wiederkomme, denkt er, ich hätte Schiss gehabt. Und ich darf diesem Irren nicht die Kontrolle überlassen.«

»Du bist verrückt!«

»Dann solltest du dir ebenfalls Sorgen machen. Wahnsinn ist erblich.« Er klopfte auf den Fahrersitz. »Rein mit dir.«

Jonathan zögerte, dann kletterte er ins Auto. »Ich hab immer noch deine Pistole.«

»Behalt sie.« Decker schlug die Tür des Vans zu. »Mit Gottes Hilfe wirst du sie nicht brauchen. Fahr los!«

Jonathan ließ den Motor an, der zu Anfang ein wenig stotterte. Dann aber setzte der Wagen sich in Bewegung.

»Fahr vorsichtig«, ermahnte ihn Decker.

»Pass auf dich auf«, erwiderte Jonathan.

Als die Rücklichter in der Ferne verschwanden, lief Decker zurück zum Lagerhaus.

Er war bewaffnet und gefährlich – ein Faktor, mit dem man rechnen musste.

35

Die düstere Nacht erinnerte Decker an Begräbnisse, besonders an die von im Dienst getöteten Cops. Im jüdischen Glauben ist die Thora das Licht, und das Licht ist Gott. Die Hölle bestand nicht aus Feuer, Pech und Schwefel, Teufeln und Qualen. Die Hölle war ein Abgrund ohne jegliche Sinneswahrnehmung, ohne Ende.

Der Regen schlug Decker ins Gesicht. Er dachte an Chaim... Donatti... Merrin... Rina und die Kinder. Als er sich der Hintertür näherte, spürte er das Adrenalin in seinem Körper und bemerkte, wie seine Sinne sich schärften.

Er öffnete die Tür einen winzigen Spalt und versuchte die lähmende Angst vor dem unvermittelten Blick in einen Pistolenlauf zu bezwingen. Er hörte nur noch sein Herz pochen.

Noch ein paar Zentimeter, dann hatte Decker sich entschieden. Er glitt ins Lagerhaus und suchte hinter einem Stapel großer Kartons Deckung. In der unheimlichen Stille lauerte die Gefahr. Er holte tief Luft. Schweiß stand auf seiner Stirn. Er spähte durch das Zielfernrohr der Walther über die Kartons, sah aber nur unzählige Regale voller Kisten und Schachteln. Nirgends war Donatti oder die Plattform, auf der sie gekauert hatten, zu entdecken. Und ohne Anhaltspunkt fehlte ihm die Orientierung. Er wusste nur, dass er sich an der Rückseite des Lagerhauses befand.

In dieser Situation konnte er sich genauso gut auf den Weg zu dem beleuchteten Raum an der Vorderseite machen. Hoffentlich würde Donatti ihn erkennen, bevor er abdrückte.

Sofern er nicht hinter Decker her war.

»Vielleicht stellt er dir eine Falle«, hatte Jonathan gesagt.

Donatti hätte reichlich Gelegenheit gehabt, ihn umzulegen, aber Chris war ein Profi und wählte seine Tatorte wie ein Regisseur. Die Gelegenheit war günstig wie nie – ein unvorsichtiger Cop von außerhalb, der seinen Schwager zu retten versuchte und im Kreuzfeuer erschossen wurde.

Erneut suchte er durch das Infrarotzielfernrohr die Regalreihen nach einer Bewegung ab.

Alles schien ruhig.

Er wählte einen Pfad zwischen großen Kartons und Kisten, die gute Deckung und genug Fluchtwege boten. Natürlich konnte sich ein Gegner dahinter verbergen, aber wahrscheinlich hatte der andere Sorgen, als auf einen umherschleichenden Cop zu achten.

Decker kroch aus seinem Versteck und überprüfte ein letztes Mal seine Umgebung. Rasch und so leise wie möglich lief er durch das Lagerhaus.

Er sprintete zwanzig Meter bis zu einer Palette, dann weitere vierzig Meter, kroch hinter einen Gabelstapler und sah sich wieder um.

Danach fand er eine Nische hinter einer zwei Meter hohen Palette.

Sein Atem ging flach, und sein Brustkorb schmerzte vor Anspannung und Sauerstoffmangel.

Ein Stück Zement flog an seinem Ohr vorbei und zerbrach auf dem Boden. Decker fuhr herum, sah aber nichts.

Donatti.

Decker versuchte abzuschätzen, aus welcher Richtung das Geschoss gekommen war. Er lief im Zickzack zwischen den Kisten weiter, bis ein weiterer Brocken an seinem Kopf vorbeizischte.

Er warf sich nach links und suchte dann das neue Gebiet ab.

Immer noch keine Plattform oder Treppe.

Er rannte von Gasse zu Gasse, von Kiste zu Kiste, von Karton zu Karton. Einen Moment machte er Pause und lehnte sich an eine Palette mit der Aufschrift »Computertisch und Gestell – Zerbrechlich.«

Er schöpfte Atem... schloss die Augen... nur einen Augenblick... die Hand sank herab... der Lauf der Pistole wies zu Boden...

Nur noch ein paar Sekunden.

Als er die Stimme hörte, riss er die Augen auf.

»Hände hoch, Scheißkerl!«

Hände hoch!, dachte Decker.

Killer geben keine Warnung ab.

Polizisten sagen »Hände hoch!«.

Und gute Polizisten sagen meistens nicht »Hände hoch, Scheißkerl«, ohne provoziert worden zu sein. Also wahrscheinlich ein Cop, und zwar kein freundlicher.

All das ging Decker im Bruchteil einer Sekunde durch den Kopf, und er traf seine Entscheidung. Er ließ sich fallen, rollte zur Seite und schoss dabei in Richtung der Stimme. Dann rappelte er sich auf, blieb aber hinter einer Kiste in Deckung. Seine Lungen stachen, und er keuchte so laut, dass es fast das Stöhnen übertönte. Langsam stand er auf, aber sein Zittern zwang ihn, sich an einen Holzpfosten zu lehnen. Kleine Lichtpunkte tanzten vor seinen Augen.

Das Stöhnen hatte aufgehört.

Decker spähte hinter seiner Deckung hervor.

Der korpulente Mann war auf den Rücken gefallen, ein Arm lag auf der Brust, der andere auf dem Boden. Der Rumpf hatte sich verdreht und ruhte auf der Hüfte, der Bauch berührte den Boden. Die Beine waren gekreuzt. Das Gesicht war schwer zu erkennen, aber der Figur nach hätte es ohne weiteres Merrin sein können.

Decker kam aus seinem Versteck.

Donatti stand mit gekreuzten Armen über der verrenkten Leiche. Sein Blick war nach unten gerichtet. Er flüsterte kaum hörbar. »Das kommt davon, wenn man jemanden warnt. Er hätte Sie umlegen sollen.«

»Haben Sie…« Deckers Herz raste, er versuchte, Luft zu bekommen. »Waren Sie das oder ich?«

Donatti sah auf. »Gratuliere!«

»*Verdammt!*« Decker verspürte leichten Schwindel.

»Nur die Ruhe«, sagte Donatti. »Das war doch wohl nicht der Erste?«

»Leider nicht…« Er schluckte und starrte dem Toten ins Gesicht. Nicht Merrin, aber auf jeden Fall ein Cop. »Wer ist noch da?«

»Nur die beiden Frischlinge, die Chaims Büro bewachen. Ich weiß nicht, wer drin ist, weil nicht mal ich durch Wände sehen kann.«

»Noch mehr von denen?«

»Von denen? Sie meinen Cops?«

Decker nickte.

»Soviel mir bekannt ist, nicht«, antwortete Donatti lächelnd. »Ich wusste, dass Sie wiederkommen.«

»Ich muss auf Sie aufpassen, Chris.«

»Quatsch. Ihr Ego hat es nicht zugelassen, das *ich* Ihren Schwager rette.«

»Gehn wir?«

Zielsicher führte Donatti Decker durch ein Labyrinth aus Kisten, Kartons und Paletten. Wenig später hatten sie sich bis auf zwanzig Meter an das Büro herangearbeitet. Unter der Tür drang Lichtschein hervor. Niemand war zu sehen.

Wo waren die Aufpasser?

Donatti trat einen Schritt zurück und zog Decker in den Schatten, während er sich im Raum umsah. Sie fanden Deckung hinter einem Stapel Holzkisten. »Das gefällt mir nicht.«

»Wo sind die Jungs?«

»Keine Ahnung.«

»Was heißt das?«

»Ich weiß es nicht. Eben waren sie noch da.«

»Jetzt sind sie weg. Wo sind sie? Im Büro?«

»Kann sein.«

»*Kann sein?*«

»Schnauze! Ich bin kein Gedankenleser.«

»Arschloch!«, gab Decker zurück. Er sah durch das Zielfernrohr, das er von einer Seite zur anderen führte.

Zuerst war da nichts, dann bemerkte er eine fast unmerkliche Bewegung am Rand seines Gesichtsfelds. Bevor er es richtig registriert hatte, riss er Donatti zu Boden und stieß ihn nach links, während Kugeln in eine Reihe Kartons mit Fernsehern einschlugen. Unzählige Glas- und Metallsplitter flogen durch die Luft und regneten auf ihre Köpfe.

Danach Totenstille.

Die Sekunden verstrichen, begleitet vom Prasseln des Regens auf das Dach. Decker lag am Boden, Donatti kauerte sprungbereit in der Hocke. Beide verharrten reglos und verständigten sich durch Blicke.

Decker sah, wie Chris einen Finger hochhielt.

Die Minuten vergingen... zwei... drei... vier.

Da nichts zu sehen war, reagierten andere Sinne sensibler. Decker sah, wie Chris die Augen schloss. Beide waren Profis und wussten, dass man nicht den ersten Schritt tun durfte.

Wer wartet, gewinnt.

Fünf... sechs... sieben.

Sehr lange dauerte es nicht. So war das nun mal mit Amateuren. Sie waren zu ungeduldig. Sie mussten ihr Opfer einfach besichtigen, um sich daran weiden zu können. Und da das Glas unter ihren Schuhen knirschte, hätten sie ihre Ankunft auch über Lautsprecher bekannt geben können. Obwohl Donattis Augen geschlossen blieben, ging ein Lächeln über sein Gesicht, das immer breiter wurde, je näher das Geräusch kam.

Er öffnete die Augen und gab Decker ein Zeichen, unten zu bleiben. Dann zählte er die Sekunden mit fünf ausgestreckten Fingern ab.

Fünf... vier... drei... zwei... eins.

Ein rascher Blick hinter den Kartons hervor, dann zwei Schüsse. Das war alles.

Decker konnte sie nicht sehen, hörte sie aber fallen – das Krachen von Knochen auf Zement.

Donatti flüsterte: »Sie können aufstehen.«

Sehr vorsichtig kam Decker auf die Füße, blieb aber noch in der Hocke und wartete. Seine Hände waren mit kleinen Schnitten übersät, Turnschuhe und Regenjacke glitzerten, als wären sie mit Pailetten besetzt. Plötzlich wurde die Dunkelheit von einem Keil gelblichen Lichts, das auf den Boden fiel, zerrissen. Knirschen, Schritte und das Geräusch von etwas, das über den Boden geschleift wurde. Schwere Atemzüge.

»Caldwell?«, ein Moment verging. »Caldwell, bist du da?«

Donatti und Decker sprachen es gleichzeitig stumm aus. »Merrin.«

»Cald...«

Das Knirschen verstummte. Donatti streckte sich, bis er den Polizeichef sah. »Er schaut sich die Leichen an.« Er wandte sich zu Decker. »Er hat Ihren Schwager.«

»Was heißt das?«

Donatti hielt sich die Pistole an die Schläfe. »Wenn Sie wollen, leg ich ihn um.« Er lächelte. »Oder wollen Sie ihn auch *warnen?*«

Decker überlegte rasch. »Ich versuche, mit ihm zu reden, damit er aufgibt.« Er stand auf. »Sie bleiben hier, okay?«

Chris zuckte gleichgültig die Achseln.

»Geben Sie mir bloß Deckung.«

Ein weiteres Achselzucken.

»Was heißt das?«

»Die Zeit läuft, Decker. Entweder Sie tun's oder ich.«

Decker trat vor und zielte. »Hallo, Virgil.«

Merrin fuhr herum. Mit der einen Hand drückte er einen Smith & Wesson Kaliber .32 an Chaims Schläfe, mit der anderen hielt er Lieber den Mund zu und dämpfte sein Jammern und Schluchzen. Decker blickte zu den Leichen der Teenager und wieder zu Merrin. »Tut mir Leid wegen der Jungs.«

»Schon gut. Es gibt genug andere.« Er grinste abstoßend. »Ausgesprochen nett, dass Sie hier auftauchen. Das macht alles einfacher.«

»Ich bin ziemlich müde«, sagte Decker. »Werfen Sie die Waffe weg.«

»Sie machen wohl Witze. Ich wollte gerade dasselbe sagen.«

»Merrin, meine Neunmillimeter zielt auf Ihre Brust. Ihre Waffe ist an Liebers Kopf, also bin ich im Vorteil.«

»Wenn Sie schießen, erschieß ich ihn.«

»Tun Sie das«, erwiderte Decker.

Merrins Lächeln verschwand.

»Lassen Sie die Pistole fallen, oder erschießen Sie ihn«, wiederholte Decker.

»Sie bluffen...«

»Versuchen Sie's.«

Merrins Lippen verzogen sich zu einem triumphierenden Grinsen. »Wie wär's, wenn Sie die Pistole fallen lassen, Lieutenant? Ich glaube, ich hab die besseren Karten.« Sein Blick war auf etwas hinter Deckers Kopf gerichtet.

Niemand sagte ein Wort.

»Ich wär mir da nicht so sicher, Virgil«, entgegnete Decker. »Donatti ist unberechenbar.«

Donatti lachte. »Stimmt. Weil keiner weiß, auf wessen Seite ich bin.« Stille. »Vielleicht erschieß ich euch beide.«

Keiner bewegte sich.

»Ich stehe drei Meter hinter Ihnen, Decker«, sagte Donatti, »und im Moment zeigt meine Neunmillimeter genau auf Ihr Genick. Gehorchen Sie lieber dem Chef.«

Langsam drehte Decker sich um.

Chris schien die Wahrheit zu sagen, auch wenn die Pistole jetzt auf Deckers Kehle wies. Donatti zuckte die Achseln. »Ist nicht persönlich... na ja, vielleicht ein bisschen. Aber in der Hauptsache geht es ums Geschäft.«

Decker drehte sich zu Merrin um, der boshaft grinste. Dann wandte er seine Aufmerksamkeit wieder Donatti zu. Die Pistole zielte weiterhin auf ihn.

»Wenn Sie es nicht tun, zähle ich bis fünf und erschieße Sie, Decker. Wenn Sie schlau sind und die Pistole *langsam* auf den Boden legen, können Sie mich vielleicht umstimmen.«

Decker wog seine Chancen ab, zwei gegen einen – ein Cop und ein Scharfschütze. Wenn er sich duckte, würden sie sich vielleicht gegenseitig erschießen. Er lächelte innerlich, spürte aber, dass er zitterte. Schließlich bückte er sich und legte die Pistole auf den Boden. Dann richtete er sich auf. Er hatte Jonathan den Revolver mit einer Patrone gegeben. Wie sehr wünschte er sich, ihn noch zu haben.

»Nehmen Sie die Hände hoch, damit ich sie sehen kann«, befahl Donatti.

Decker gehorchte. »Kommt jetzt die Stelle, wo ich Sie umstimme?«

»Nein, die Stelle, wo Sie die Klappe halten und zuhören. Schieben Sie die Walther zu mir rüber.«

Decker tat wie geheißen.

Statt sie aufzuheben, trat Donatti die Waffe mindestens zwanzig Meter hinter sich, außer Reichweite für alle. »Eine Knarre weniger, die in meine Richtung losgehen könnte. Jetzt sind Sie dran, Virgil. Stecken Sie die Pistole ins Halfter. Ich will keinen Mist.«

»Soll ich den Jud nicht wegputzen?«

»Warum? Sie haben ihn genau da, wo Sie ihn haben wollen. Der macht Männchen, wenn Sie pfeifen. Sie müssen lernen, Ihren Vorteil zu erkennen.«

»Gut gesagt, Mr. Donatti, sehr gut.«

»Und weil ich so großzügig bin, werden Sie mir ein bisschen was zukommen lassen, nicht?«

»Auf jeden Fall, Sir.«

»Darf ich was sagen, Chris?«

»Nein, noch nicht. Und tun Sie bloß nicht so vertraulich.« Er schoss wenige Zentimeter vor Deckers Fuß in den Boden. Der Zement spritzte auf. Zu Merrin: »Hab ich nicht gesagt, Sie sollen die Pistole wegstecken?« Donatti wurde plötzlich ungeduldig. »Sie gehen mir auf die Nerven. Na los!«

Rasch steckte Merrin die Pistole weg, hielt Chaim aber weiterhin an der Kehle fest.

»Stoßen Sie ihn auf den Boden«, befahl Donatti. »Er soll spüren, wie es ist, wie eine Laus zu kriechen. Genau das ist er… eine beschissene Laus.«

Merrin packte Lieber am Kragen, stieß ihn zu Boden und trat auf seinen Rücken, damit er flach zu liegen kam. Chaim schluchzte.

Merrin grinste. »Ich kenne keine Läuse, die heulen, Mr. Donatti.«

»Jeder heult, Virgil.«

Drei Kugeln in rascher Folge – eine in die Stirn, eine in die Kehle und eine in die Lenden. Merrin hatte keine Chance zu reagieren und brach über Chaim zusammen. Das Blut schoss aus seinen Wunden. Lieber schrie, schlug mit Armen und Beinen um sich und stieß die Leiche von seinem Körper. Er blieb auf dem Boden liegen und schluchzte, als müsse er ersticken.

Decker hörte sich atmen.

Donatti redete mit ihm. »Gehen Sie zurück, und behalten Sie die Hände oben.«

»Ich…« Decker verstummte. Er zitterte so stark, dass es all seiner Konzentration bedurfte, sich auf den Beinen zu halten. Er gehorchte.

»Jetzt sammeln Sie ihren Schwager vom Boden auf. Er stinkt. Ich glaube, er hat sich in die Hose geschissen. Kann denn keiner mehr die Nerven behalten?«

Decker versuchte sein Zittern zu verbergen, ging zu Chaim und zog ihn auf die Füße. »Alles in Ordnung?«

Chaim schluchzte noch immer.

»Er soll still sein.«

»Er hat Todesangst…«

»Er geht mir auf die Nerven. Er soll *still* sein.«

Chaim stand am ganzen Körper bebend da und presste sich die Hände auf den Mund. Tränen liefen ihm über die Wangen. Decker legte den Arm um seine Schultern.

Donatti ging zu Merrins immer noch blutender Leiche und zog ihm die Pistole aus dem Halfter. »Nun raten Sie mal, wer alle Pistolen hat«, höhnte er, »und das Sagen?«

»Was wollen Sie?«, flüsterte Decker.

»Ich hätte gern Ihre Frau, und am einfachsten würde ich sie wahrscheinlich kriegen, wenn ich Sie erschieße.« Er starrte Decker an. »Was meinen Sie, Lieutenant? Wenn sie ihre vollen Lippen um meinen Schwanz legt und mit den schönen blauen Augen zu mir hochschaut… Gut, was?«

Deckers Magen verkrampfte sich. »Sie haben die Pistole. Und das Recht zu träumen.«

Donatti grinste. »Gute Antwort. Dafür leben Sie noch fünf Minuten länger.« Sein Blick wanderte zu Chaim. »Ich hab gerade einen schönen Teil meines Einkommens erschossen.« Er zielte auf Chaims Kopf. »Zum Ausgleich wirst du für mich arbeiten. Ich brauche die Einzelheiten. Du kannst anfangen.«

Schweigen.

Donatti schoss vor Chaims Füße, der einen Satz machte. »Lass mich nicht warten, dämlicher Itzig. Sag mir, wie die Sache abläuft.«

»Ich…« Chaim räusperte sich. »Ich hab geholfen… ich hab beim Import…«

»Wenn du noch lange hier rumstotterst, leg ich dich um. Fang noch mal an. Na los, ich werde ungeduldig.«

»Ich bring das Zeug… in den Elektrogeräten rein.«

»Von wo?«

»Europa… Israel… Asien… überall.«

»Und Merrin hat den Vertrieb organisiert?«

Chaim nickte und löste sich von Decker. Er versuchte aufrecht zu stehen, aber seine Knie zitterten noch immer.

»Wie hoch ist dein Anteil?«

»Es sind… so etwa…« Lieber atmete schwer, aber er wurde sichtlich ruhiger. »Dreißig Prozent vom Verkaufswert.«

»Gut, ab jetzt sind es zwanzig.«

»Ja… sicher. Okay. Alles, was Sie wollen.«

»Alles, was Sie wollen, *Mr. Donatti*.«

»Ja… sicher. Alles, was Sie wollen, Mr. Donatti.«

»An wen hat Merrin verkauft?«

»An die Kids aus der Gegend… *behamas*… Tiere. Teenager, die nichts Besseres zu tun hatten als auszuflippen.«

»Dieses Pack da drüben…« Donatti zeigte auf die Leichen. »Waren die von hier?«

Chaim nickte.

»Hat Merrin direkt an die Jungs verkauft?«

»Er hatte… andere bei der Polizei, die ihm geholfen haben.«

»Gut zu wissen. Wie bist du in die Sache reingeraten?«

»Merrin… hat Kuriere benutzt… er und die Israelis und Araber… aber dann wurden sie in Miami geschnappt. Sie… mussten das Zeug auf anderem Weg importieren.« Er sah zu Decker. »Weiss hat mich vorgeschlagen, weil ich Geld brauchte.«

»Hattest du vorher schon mit ihm gearbeitet?«

»Ich hatte Geld von ihm geliehen, ja, aber ich hab's zurückge-

zahlt. Ich wollte es nicht tun.« Ein weiterer Blick zu Decker.
»Aber Merrin hat rausgekriegt, dass ich... Sachen gemacht hab.«

Langsam breitete sich ein Grinsen auf Donattis Gesicht aus.
»Du kamst mir doch gleich bekannt vor. Natürlich seht ihr Itzigs
nackt alle gleich aus.«

Die Videobänder aus dem Bordell. Decker hob die Augenbrauen. Jen hatte ihm erzählt, dass sie Chaim Lieber nicht kennen
würde. Vielleicht hatte sie ihn auch nicht gekannt, weil er unter
falschem Namen gekommen war. Genauso wahrscheinlich war
es, dass Donatti ihr aufgetragen hatte zu leugnen, dass sie ihn
kenne.

»Dann hat Merrin dir einen Ausweg aufgezeigt«, fuhr Donatti
fort.

Chaim nickte. »Er sagte, es wäre bloß für ein paarmal. Aber
dann... das Geld... das Geld war gut.«

Ein rascher Blick zu Decker.

»Es ist nicht so, wie du denkst. Ich hab das Geld nicht *rausgeschmissen*... okay, ein paar Massagen, aber das meiste hab ich
fürs Geschäft genommen. Für *mein* Geschäft. Ich hab eine große
Familie zu ernähren. Ich muss mich um meinen Vater kümmern.
Ich hab unsere Schulen und Synagogen unterstützt. Was geht's
mich an, wenn es von Schlägern kommt, die Autos zu Schrott fahren, rammeln wie die Karnickel und ausspucken, wenn sie mich
auf der Straße sehen? Was geht's mich an, wenn sie sich das Gehirn mit Drogen zerstören? Und warum soll ein selbstgerechter
Idiot wie mein Bruder mir alles ruinieren? Ausgerechnet er... der
große Moralapostel, der seit zehn Jahren Drogen nimmt. Er hat
von mir und meinem Vater Geld geborgt und nie einen Cent zurückgezahlt. Er hat nie einen Finger gerührt, um mir mit meinem
Vater zu helfen oder im Geschäft, weil er zu bedröhnt war, um aus
dem Bett zu kommen. Und er besaß die *Frechheit*, mir zu sagen,
wie ich meine Kinder erziehen soll – wo er selbst nie die Verantwortung für irgendwas übernommen hat!«

Die Entrüstung hätte ihm eine gewisse, wenn auch unange-
brachte Würde verliehen, wenn Decker das alles nicht schon einmal gehört hätte – die Begründungen und Argumente, mit denen

Verbrechen entschuldigt werden sollen. »Also hast du Ephraim an Merrin und seine Gorillas ausgeliefert, weil du wütend auf ihn warst.«

»Doch nicht, damit sie ihn ermorden!«, schrie Chaim. »Nur damit sie ihn zur *Vernunft* bringen!« Etwas ruhiger fuhr er fort: »Und wenn sie ihm ein bisschen Angst machen würden, na schön.«

»Sie haben mehr als das getan«, sagte Decker leise.

»Das wusste ich nicht…« Chaim sah weg. »Etwas ist schief gegangen.«

»Das ist wohl leicht untertrieben«, entgegnete Decker.

»Wer hat dich eigentlich zum Richter über mich gemacht?«, knurrte Chaim.

»Was ist mit deiner Tochter passiert? Hast du sie auch ans Messer geliefert?«

»*Ich habe niemanden ans Messer geliefert!*« Plötzlich bekam Chaim feuchte Augen. »Schon gar nicht meine *Tochter*. Ich hab Shayndalah geliebt! Sie war mein eigen Fleisch und Blut. Es war nur… Sie sollte nicht dabei sein. *Ich weiß nicht, was passiert ist!*«

»Das kann ich dir sagen: Sie haben sie umgebracht.«

»Es war ein *Unfall*!«, schrie Chaim. »Sie sagten, sie wüssten, wo sie ist. Sie wollten sie zu mir zurückbringen. Sie hat sich gewehrt. Eine Pistole ist losgegangen…«

»Sie kannte sie, Chaim«, unterbrach ihn Decker. »Sie haben sie umgebracht, weil sie sie identifizieren konnte. Es war kein Unfall.«

»Sie heißen nicht umsonst Lieutenant«, warf Donatti ein.

»Nein, nein, es war ganz anders!«, protestierte Chaim. »Sie sagten, sie würden sie retten.« Er begann zu schluchzen. »Sie haben gesagt, sie hätte sich gewehrt und geschrien.« Er wurde hysterisch. »*Ich hab sie nicht umgebracht!* ICH HAB SIE NICHT…«

Drei Kugeln aus Donattis Pistole durchschlugen Chaim Liebers Brust und hinterließen drei blutige Löcher. Während er zu Boden fiel, formten seine Lippen immer noch Buchstaben, zuletzt ein O.

Die darauf folgende Stille war erdrückend. Deckers Herz schlug heftig. »Was… warum… haben Sie das getan?«

»*Warum?*« Donatti starrte ihn kalt an. »Weil das Mädchen *mir* gehört hat, Decker. Es wäre was anderes, wenn sie von selbst gegangen wäre, aber man hat sie mir weggenommen. Niemand nimmt einem Donatti was weg und kommt ungestraft davon. *Niemand*. Nicht mal ihr Vater!«

Er keuchte.

»Außerdem kann ich selbstgerechte Bastarde nicht ausstehen. Dieses Arschloch war noch schlimmer als ich. Ich bin bei dem, was ich tue, wenigstens ehrlich.«

Donatti hielt zwei Pistolen in den Händen – Merrins Smith & Wesson in der linken und seine Walther in der rechten. Er ging zu Liebers Leiche, legte die halbautomatische Waffe in dessen Hand und schoss so lange in verschiedene Richtungen, bis sie leer war. Dann ließ er sie neben Chaim liegen. Mehrere Kugeln verfehlten Deckers Füße nur um Zentimeter. Als Donatti aufstand, hielt er Merrins Pistole in der linken Hand.

»Wenn irgendjemand Sie erschießen würde, dann doch wohl Merrin, stimmt's?«

Decker sah Donatti an. Er schwitzte, und sein Atem ging rasch. Wenn Decker jetzt handelte, wenn er schnell genug war...

Donatti erriet seine Gedanken und fischte die Beretta aus der Jacke. Dann richtete er die Walther auf Deckers Kopf und die Beretta auf seine Brust. »Also wirklich. Tun Sie nicht so, als wär ich blöd.«

Die Gelegenheit war vertan.

Donatti hielt die Waffe weiter auf Deckers Kopf gerichtet. »Haben Sie schon mal was abgekriegt?«

»Ein paar Mal.«

»Wo?«

»Linke Schulter... Arm.«

»Tut höllisch weh.« Mit der Beretta in der rechten Hand zog sich Donatti den schwarzen Pullover hoch und deutete auf seinen Verband.

»Wer war das?«, fragte Decker. »Merrin? Chaim? Einer von Merrins Jungs?«

Donatti wich der Frage aus. »War nicht das erste Mal, aber ich mag's einfach nicht.«

»Kann ich verstehen.«

»Halten Sie still.« Donatti zielte auf Deckers Brust. »Und damit meine ich *richtig* still.«

Die Waffe spie Feuer, und die Kugel streifte Deckers Brustkorb. Er bäumte sich auf, während der Schmerz durch seinen Körper schoss.

»Jetzt sind wir Zwillinge«, erklärte Donatti.

»Scheißkerl!«, brüllte Decker und befühlte seine Seite. Blut ließ seine Finger rot glänzen. Wütend warf er sich nach vorn, aber Donatti war ein paar Schritte zurückgegangen und zielte auf Deckers Kopf.

»Na, na, na ...«

Decker blieb stehen und zischte: »Erschieß mich doch, du dreckiger Mistkerl! Ich werd hier nichts vortanzen!«

»Ich will Sie nicht tanzen lassen, Lieutenant. Ich mache Sie zu einem echten Helden.« Der nächste Schuss streifte seine Hüfte. Decker krümmte sich vor Schmerz zusammen.

»Ich glaube, das reicht.« Donatti wechselte die Hand und richtete nun die halbautomatische Waffe auf Deckers Gesicht. Rasch bückte er sich, schloss Merrins Finger um seine Pistole und verschoss die letzten Kugeln. Als er aufstand, wischte er sich mit den Latexhandschuhen die Hose ab, während die Beretta auf Deckers Lenden zeigte.

»Sie sollten sich hinlegen. Vom Blutverlust kann einem schwindlig werden.«

»Leck mich!« Decker richtete sich trotzig auf. Sein Kopf brannte. Funken tanzten vor seinen Augen, aber er konzentrierte sich aufs Atmen und versuchte, die Übelkeit und den Schwindel zu ignorieren. Er würde wie ein Mann abtreten, bei klarem Verstand und Auge in Auge.

Donatti ließ seinen Blick über die Szenerie wandern. »Also für mich sieht das aus, als hätten Lieber und Merrin sich gegenseitig erschossen, Lieutenant. Nicht zu reden von diesen beiden Pennern, die für Merrin das Ecstasy an den Highschools verkauft haben.«

»Philip Caldwell und Ryan Anderson.«

»Sie haben Ihre Hausaufgaben gemacht. Ja, Caldwell und Anderson. Und Sie haben Recht – die beiden kannten Shayndie von den Raves.«

»Sie haben sie aus ihrem Versteck geholt, damit sie meinen Bruder anruft«, keuchte Decker. »Sie haben sich gedacht... dass mein Bruder mir davon erzählt und dass mich das eine Weile ablenkt. Sie haben sie umgebracht... aber sie dachten, ich würde wegen des Anrufs erst in ein paar Tagen nach der Leiche suchen. Keine schlechte Idee – nur haben sie die Leiche an einem belebten Ort liegen lassen, wo sie bald gefunden wurde.«

Donatti verdrehte die Augen. »Diese Idioten.«

»Die Jungs wussten, wo Sie sie versteckt hielten.« Decker starrte in Donattis eisblaue Augen. »Das heißt, *Sie* mussten sie auch kennen. Haben die beiden für Sie gearbeitet?«

»Ganz im Gegenteil. Caldwell war einer von den Scheißern, die mein Etablissement besuchten, als ich noch Minderjährige reinließ. Der Kerl hat meine Gastfreundschaft missbraucht. So schlechte Manieren werden bestraft.« Er schüttelte den Kopf. »Er hat Ephraim Lieber in meinem Stil umgebracht, weil er glaubte, er müsste nur abdrücken, um wie ich zu sein. Na ja, es heißt, Nachahmung wäre die höchste Form der Anerkennung.«

»Und was jetzt?«, fragte Decker leise.

»Sie können es drehen, wie Sie wollen, aber ich würde es so darstellen: Ein verzweifelter Vater und Bruder rächt den Tod seiner Tochter und seines Bruders an brutalen Drogenschmugglern und einem korrupten Polizeichef. Soll der Mistkerl als Held sterben. Sie können den Cops auch die Wahrheit sagen – dass er ein mieses Stück Scheiße war, sich von Nutten einen blasen ließ und seinen Bruder und seine Tochter ans Messer lieferte. Dann versuchte er seine Spur zu verwischen und holte einen Provinzcop aus L.A., damit der Informationen von der New Yorker Polizei besorgt. Als der Provinzcop zu nerven anfing, hat er versucht, ihn loszuwerden – bloß war der eben ein bisschen schlauer, als es ihm lieb sein konnte.«

»Ich kann es drehen, wie ich will...« Decker lief der Schweiß von der Stirn; in seiner linken Seite tobte der Schmerz. »Sie lassen mich gehen, Chris?«

»Ist das ein Fehler?«

»Wahrscheinlich.«

»Ich glaub nicht, Decker. Wenn Sie mich verfolgen, kommen Sie in Teufels Küche. Dann steht Ihr Wort gegen meins.«

Decker gelang es zu lächeln. »Ich bin ein bisschen glaubwürdiger als Sie.«

»Ach ja? Ich habe gute Anwälte, und die werden den Geschworenen Folgendes sagen: Wir waren einfach Partner, haben gemeinsam gehandelt und sind beide angeschossen worden.«

Er deutete auf seinen Brustkorb.

»Wenn ich dran bin, sind auch Sie dran. Hershfield braucht Ihnen bloß eine ganz einfache Frage zu stellen, Lieutenant: Wer hat wen um Hilfe gebeten?«

Die Worte schmerzten Decker mehr als seine Schusswunden.

»Und die Tatsache, dass *Sie* noch am Leben sind, erhöht meine Glaubwürdigkeit«, fuhr Donatti fort. »Denn jeder weiß: Wenn ich Ihren Tod gewollt hätte, dann wären Sie tot.«

Sie schwiegen.

»*Außerdem*... sehe ich viel besser aus als Sie.« Donatti lächelte charmant. »Hershfields Spezialität ist die Aussage unter Eid. Er braucht nur Frauen und ein paar Arbeiter in die Jury zu setzen, und Sie haben keine Chance auf eine Verurteilung meinerseits. Bestenfalls steht es eins zu eins. Bis dahin haben Sie nicht nur Ihr eigenes Leben ruiniert, sondern auch das der Familie Ihres Bruders, weil der ganze Scheiß rauskommt. So wie ich das sehe, würde ein solcher Prozess nur meinem Ruf nützen.«

Einen Augenblick dachte Donatti daran, Decker zu verraten, dass dieselben Arschlöcher, die Shayndie umbrachten, auch seine Frau zu ermorden versucht hatten. Ohne ihn wäre der Lieutenant jetzt Witwer – aber er entschied sich dagegen. Es hätte Decker ein Motiv gegeben, ihn laufen zu lassen, und das wollte er nicht. Er wollte Decker leiden sehen, gedemütigt durch sein eigenes Handeln und sein Scheitern... schließlich hatte Decker ihn vor acht Jahren in Terrys Augen gedemütigt.

Langsam ging er rückwärts, die Waffe immer noch auf Deckers Kopf gerichtet. »Ich drehe mich jetzt um. Alle Pistolen in ihrer

Nähe sind leer. Sie können zu denen hinter sich rennen, aber dann müssen Sie sich beeilen, denn wenn Sie nicht treffen … sind Sie tot. Und dann nehme ich mir Ihre Familie vor – einen nach dem anderen. Wenn Sie Glück haben und treffen, denken Sie an Ihr Versprechen, und kümmern Sie sich um Terry und meinen Sohn. Ich liebe die Kleine wirklich.«

Im Hintergrund waren Polizeisirenen zu hören.

Jonathan hatte eine Telefonzelle gefunden.

»Das ist wohl mein Abschiedslied«, meinte Donatti.

Decker sah ihn weggehen und dachte an die Waffen. Er war verletzt und konnte nicht laufen. Jeder Versuch, an eine Pistole zu kommen, würde Donatti mehr als genug Zeit geben, ihn zu töten.

Doch wenn er nichts tat, erlaubte er diesem Scheusal, einfach zu verschwinden. Nicht bloß irgendeinem Mörder, sondern einem Mann, der den Schwager seines Bruders gnadenlos und so beiläufig ermordet hatte, als würde er sich die Nase putzen.

Und dann nehme ich mir Ihre Familie vor – einen nach dem anderen.

Und selbst wenn Decker eine Pistole gehabt hätte – war er überhaupt in der Lage, kaltblütig zu töten? Donatti so einfach in den Kopf zu schießen? Der Welt würde es dann besser gehen. Auch Terry und dem Kind – *vor allem* Terry und dem Kind. Konnte er ihn umbringen, ohne in Notwehr zu handeln?

Wie machte dieser Psychopath das?

Natürlich lag darin die Antwort: Donatti war ein Psychopath.

Wenigstens hatte der Mistkerl ihm diese Entscheidung abgenommen. Decker wusste, dass er nicht den Helden spielen würde. Er schuldete seiner Familie, dass er am Leben blieb.

Decker brüllte: »Das ist nicht fair, Chris! Sie wissen, dass ich das nicht riskieren kann.«

Donatti grinste. »Die Hände sind die von Esau, aber die Stimme ist die von Jacob!«

Was *meinte* er damit? »Die Sache ist noch nicht vorbei, Chris!«, rief Decker. »Wir sind noch nicht fertig!«

Donatti hob den Daumen. »Sie können mich mal, Lieutenant.«

Er drehte sich um und entfernte sich im Laufschritt.

36

Die Geschichte ging so durch die Medien, wie Donatti es vorausgesagt hatte: Rabbi Chaim Lieber gegen ein halbes Dutzend mit Drogen handelnder und Ecstasy schluckender jugendlicher Ungeheuer, einen korrupten Polizeichef und zwei seiner Helfer. Der erschossene Lieber wurde zu einem Heiligen und seine Frau Minda zu einer Märtyrerin stilisiert. Es war widerlich. Die Tage vergingen, und Decker musste der Polizei, den Medien, Rechtsanwälten, Freunden und Verwandten Rede und Antwort stehen. Nachts peinigten ihn Albträume. Nach außen hin schien er die Sache im Griff zu haben, aber in seinem Innern sah es anders aus. Sein Versagen quälte ihn, und er schämte sich, nicht die Wahrheit enthüllen zu können.

Nach einigen Wochen war die Geschichte von einer Titelstory zu einer einspaltigen Nachricht im hinteren Teil der Zeitungen zusammengeschmolzen. Decker blieb schließlich mit seinem Geheimnis und seinen Gewissensbissen allein. Nicht einmal Rina weihte er ein. Vor allem nicht Rina.

Obwohl sie ihn anflehte zu reden, behielt er die Geschichte für sich. Wenn sich alles beruhigt hätte, würde er sich jemandem anvertrauen.

Wer hätte gedacht, dass es sein Bruder sein würde, der Decker den ersehnten Trost spendete? Nicht Jonathan, der nur einen Teil der Wahrheit kannte, aber geschworen hatte, diesen mit ins Grab zu nehmen. Nicht Jonathan, dessen Religion weder ihm noch Decker half. Als er sein Scheitern erkannte, suchte Jonathan Zuflucht bei einem Psychologen.

Nein, es war nicht sein Bruder Jonathan, sondern Randy. Sechzehn Tage nach den Geschehnissen in New York fuhr Decker nach Florida, um im Haus seiner Kindheit seine seelischen Wunden zu lecken. Am ersten Wochenende besuchte ihn Randy. Sein einsfünfundachtzig großer und hundertzwanzig Kilo schwerer Bruder war der ideale Typ für einen Undercover-Cop. Sein markantes Gesicht wurde von einem verfilzten schwarzen Bart bedeckt, der ihm übers Kinn wuchs. Seine durchdringenden dunklen Augen ließen nur die Wahrheit gelten.

Sie unterhielten sich zuerst über dies und das, bis Decker dann auf seine Schuldgefühle zu sprechen kam. Randy hörte zu, ohne ihn zu unterbrechen. Dann legte er ihm eine Hand auf die Schulter.

»Warum nimmst du's so schwer, Peter? Wenn du den Dreckskerl getötet hättest, wär ein anderer gekommen und hätte seinen Platz eingenommen – das weißt du so gut wie ich.«

Decker wischte sich den Schweiß von der Stirn. »Ich weiß nicht, Randy...«

»Natürlich, Peter. Denk nicht mehr dran.«

»Ich hätte was tun müssen. Wenigstens den Cops die Wahrheit sagen.«

»Und alle unglücklich machen – den alten Lieber, die Witwe, die anderen Kinder, die Familie deines Halbbruders, dich, Rina, deine Familie, sogar mich?« Er schüttelte den Kopf. »Der Begriff ›Wahrheit‹ ist dehnbar. Hast du mir nicht erzählt, dass für die Juden Wahrheit Frieden bedeutet?«

»Nein.«

»Doch, du hast gesagt, es wäre erlaubt zu lügen, um den Familienfrieden zu erhalten.«

»Ach das. *Schalom bajit*. Das bezieht sich auf kleine Schwindeleien, Randy, nicht darauf, einen Mörder laufen zu lassen.«

»Irgendwann ist auch Donatti dran, genau wie sein Vater. Jetzt musst du dein Leben weiterführen.« Randy lehnte sich in seinem Korbsessel zurück. Die Brüder saßen auf der Veranda und tranken Limonade. »Du bist ein Held, Peter. Du hast dein Leben riskiert, um Chaim zu retten.«

»Ich hab es nicht geschafft...«

»Na und? Du hast es aber versucht. Und du bist dabei noch angeschossen worden. Außerdem hast du auch *mich* zum Helden gemacht. Weißt du, wie lange wir hinter Weiss, Harabi und Ibn Dod her waren? Du hast sie uns ins Netz getrieben und damit einen großen Ecstasyring gesprengt. Nächste Woche werden sie zum Prozess überstellt.«

»Wie du schon sagst: Andere werden ihre Plätze einnehmen.«

»Sicher, aber für uns ist es wichtig, *ab und zu* einen Erfolg aufweisen zu können, um den Leuten zu sagen: Wir kümmern uns um euch. Um eure Kids und eure Städte. Und das tun wir wirklich.« Er klopfte Decker leicht auf die Schulter. »Du hast uns hier in Miami gut aussehen lassen, genau wie Novack in New York – die ganzen netten Sachen, die du über die New Yorker Polizei zu den Reportern gesagt hast. Alle lieben dich. Wenn du politischen Ehrgeiz hättest, könntest du aus der Sache Kapital schlagen und Polizeichef in einer Großstadt werden.«

Decker schwieg.

Randy fuhr schweres Geschütz auf. »Peter, du hast *mich* ganz besonders gut aussehen lassen. Deinetwegen werde ich befördert – Gehaltsstufe D 3. Weißt du, wie lange ich schon darauf warte?«

»Das freut mich für dich.«

»Dann sitz nicht rum wie ein gekränkter Schuljunge. Du meinst, Donatti hat dich benutzt? Du hast Donatti benutzt. Der Verrückte war endlich mal für was anderes gut, als nur Gangster umzulegen und Mädchen auf den Strich zu schicken.«

Aber Decker war von dieser Einschätzung nicht überzeugt. Seine Miene drückte Skepsis aus.

»Du denkst immer noch wie ein Detective vom Morddezernat«, sagte Randy. »Wenn du Donatti willst, musst du wie die Sitte denken. Du brauchst Informanten. Du brauchst Verbrecher, um andere Verbrecher zu schnappen.«

»Donatti ist ein echter Verbrecher. Der Scheißkerl hat mich angeschossen.« Deckers Kiefermuskeln spannten sich an. »Aber was noch schlimmer ist, er hat mich gedemütigt.«

»Mit einer Pistole in der Hand konnte er leicht den Überlegenen spielen, Peter. Er hat dich nicht gedemütigt, sondern sich wie ein Feigling benommen. Ich möchte euch mal antreten lassen, wenn er keine Beretta hat.«

Decker musste lächeln. »Ich hätte ihn festnehmen sollen.«

»Pete, er ist es nicht wert, dass du dir seinetwegen das Leben schwer machst.« Randy nahm einen Schluck Limonade. »Ja, es wäre schon toll gewesen, wenn du ihn eingebuchtet hättest, aber das Timing stimmte nicht. Das Wichtigste ist, dass du lebst – denn so hast du immer noch die Chance, ihn zu fassen. Wenn du Donatti willst, musst du ihm eine Falle stellen. Du benötigst Informanten und anonyme Tipps, Wanzen, Videos, Observierung und einen, der ihn verrät. Das braucht viel Zeit ... vielleicht Jahre.«

Decker nickte.

»Donatti wird bezahlen«, wiederholte Randy. »Bis dahin guck dich mal um. Schöner Tag, nicht?«

»Ja, sehr schön.« Decker leerte sein Glas.

Randy lachte laut. »Genau wie damals, als wir Kinder waren, Peter. Ich hab immer Mist gebaut und dich dann überzeugt, dass es gar nicht so schlimm ist.«

»Diesmal hast du keinen Mist gebaut.«

»Du auch nicht.«

Decker antwortete nicht.

Randy wechselte das Thema. »Du bist fast wieder gesund und noch vier Wochen krankgeschrieben. Was willst du in der Zeit machen?«

»Im Moment erhole ich mich. In ein paar Tagen wollten Rina und ich mit Hannah nach Epcot ...«

»Nein!«

»Wieso nicht?«

»Warum lasst ihr Hannah nicht bei uns? Wir fahren mit ihr nach Epcot und Disney World. Sie ist gern mit unseren Kindern zusammen. Flieg mit Rina in die Karibik.«

»Nein, danke. Vielleicht ein andermal.«

»Wenn nicht jetzt, wann dann? Ist das nicht ein jüdisches Sprichwort?«

»Es bezieht sich auf das Studium der Thora.«

»Na, du kannst deine heilige Thora nicht studieren, wenn dein Geist angeschlagen ist. Bis dahin ist die Karibik ganz schön.«

»Ich will nicht in die Karibik. Ich hasse Strandurlaub. Ich werde nicht braun, ich krieg nur Sonnenbrand. Und es gibt für mich nichts Schlimmeres, als in der heißen Sonne zu braten und mir den Arsch abzuschwitzen.«

Randy stieß verächtlich die Luft aus.

»Rina hat auch davon gesprochen, eine Woche oder zehn Tage nach Europa zu fliegen. Mom meinte, sie und Dad würden sich um Hannah kümmern. Tante Millie will auch einspringen. Die Flugpreise sind jetzt im Keller. Keiner will fliegen.«

»Warum wohl«, meinte Randy.

»Das Leben muss weitergehen«, erwiderte Decker.

»Genau, Peter. Wie wär's übrigens, wenn Sheryl, ich und die Kinder am Wochenende rüberkommen und Mom und Dad ein bisschen zur Hand gehen?«

»Das wär toll, Randy.«

Er lächelte. »Ich war als kleiner Bruder eine Pest, aber du hast mich ertragen. Jetzt revanchiere ich mich. Wo wollt ihr hin? Paris?«

»Paris und vielleicht München – ausgerechnet. Sie hat eine gute Freundin von früher, die mit ihrem Mann nach Deutschland gegangen ist, um eine Jeschiwa aufzumachen.«

»Sieh mal an.« Randy klopfte ihm auf den Rücken. »Mach es, Decker. Amüsier dich mit deiner Frau und danke dem Gott, an den du glaubst, dass du am Leben bist.«

Am Nachmittag des Tages, bevor sie mit Peter nach Paris fliegen wollte, traf ein einfacher weißer Umschlag ein, der an sie adressiert war und den Poststempel von New York City trug. Sofort wurde sie misstrauisch, aber wer um alles in der Welt sollte *ihr* Anthrax-Erreger mit der Post schicken? Trotzdem war sie beim Öffnen des Briefs vorsichtig.

Kein Pulver.

Auch kein Brief.

Bloß eine kleine, einspaltige Zeitungsmeldung mit sauberen Schnittkanten – eher mit einer Rasierklinge als mit der Schere herausgetrennt. Kein Hinweis auf die Zeitung, kein Datum. Rina las die Überschrift.

Ermordeter Mann auf Kirchentreppe gefunden

Auf seiner Streife fand Officer Willard Greaves eine Leiche auf den Stufen der Methodistenkirche in Medford. Der Tote hatte ein Einschussloch an der Stirn und wurde als Steven Gilbert, Computerdozent am städtischen College, identifiziert…

Der Artikel fiel Rina aus der Hand und flatterte zu Boden. Sie spürte ihr Herz schlagen. Einen Moment versagte ihr die Stimme, dann rief sie ihn.

»Peter?«

Keine Antwort.

Sie hob den Artikel auf und versuchte ihre zitternden Hände unter Kontrolle zu bringen. Sie räusperte sich und versuchte es etwas lauter. »Peter?«

Nichts.

Sie ging in die Küche, das Zentrum des Hauses ihrer Schwiegereltern. Mama Ida hatte gerade einen Apfelkuchen mit Zimt gebacken, und es roch nach Zucker und Gewürzen. »Wo ist Peter?«

»Hinter dem Haus.«

Sie holte tief Luft und ging nach draußen. Peter grillte das Abendessen, Barschfilets vom morgendlichen Angelausflug.

»Hey«, sagte sie.

»Hallo.« Decker konzentrierte sich auf den Grill. »Was gibt's, Schatz?«

»Das kam gerade mit der Post.«

Peter sah auf. »Ist was passiert, Rina?«

»Passiert?«

»Du bist ganz blass.« Seine Miene war besorgt. »Was ist los?«

»Eigentlich nichts, jedenfalls nichts Schlimmes.« Sie nahm ihm das Grillbesteck aus der Hand und hielt ihm den Artikel hin.

Zögernd nahm Decker den Ausschnitt. »Na, so was…« Unwillkürlich musste er lächeln. »Heiliger Strohsack. Wo kommt das denn her?«

»Hab ich dir schon gesagt. Kam eben mit der Post. Es war an mich adressiert, an die Anschrift deiner Eltern.«

»Hast du den Stempel angeguckt?«

»Ja. In New York eingeworfen.«

»New York?«

Rina nickte.

»Nicht Indiana.«

»Nein, New York.« Sie zeigte ihm den Umschlag.

»Vielleicht ist es bloß ein Streich.«

Aber Rina wusste, dass es kein Streich war.

»Na, da gibt's nur einen Weg, das rauszufinden.« Er schaute von dem Artikel auf. »Passt du auf den Fisch auf?«

»Mach ich.«

»Meine Güte. Wenn das stimmt, müssen wir's den Jungs sagen.« Decker lächelte wieder. »Willst du es tun, oder soll ich?«

»Ich glaube, du solltest es tun. Ich…« Plötzlich fühlte sie sich ganz schwach. »Ich…«

Decker nahm sie in die Arme. »Ich weiß, Liebling, du musst einen Schock haben!« Er konnte ein Grinsen nicht verbergen. »Kein unangenehmer Schock. Hier, setz dich.« Er zog ihr einen Gartenstuhl heran.

»Mir geht's gut.« Sie legte die Hand an die Brust. »Rufst du die Polizei in Medford an?«

»Ja.« Decker schlug den Artikel gegen die Handfläche. »Ich hoffe, das ist erlaubt. Ich fühl mich nämlich richtig gut. Eigentlich bin ich gar nicht so rachsüchtig… aber manchmal hat es was für sich.«

Dieser Tag im Park… hatte er da nicht fast das Gleiche gesagt? Dass Rache eine beruhigende Wirkung hätte? Rina versuchte ruhig zu atmen.

»Ich bin gleich wieder da«, sagte Decker lachend. »Unglaublich. Es muss wirklich einen Gott geben.«

Er ging, um seine Anrufe zu erledigen. Sie stand auf, um nach dem Fisch zu sehen. Sie spürte ihren Gefühlen nach und kam zu dem Schluss, es täte ihr nicht Leid… aber sie triumphierte auch nicht.

Vielleicht hatte sie die Nachricht noch nicht verarbeitet.

Ihre Jungs… würden erleichtert sein. Egal, wie sehr sie geglaubt hatten, es sei vorbei – jetzt war es *wirklich* vorbei. Vielleicht konnte Jacob jetzt die Vergangenheit hinter sich lassen.

Tränen traten ihr in die Augen.

Es muss einen Gott geben.

Aber das hier war nicht Gott.

Denn Rina kannte seinen Namen.